BASTEI
LÜBBE

JACK VANCE IM
TASCHENBUCH-PROGRAMM:

23 209 Die blaue Welt

Jack Vance

DRACHENBRUT

Vier Romane

Ins Deutsche übertragen
von Andrea Kamphuis,
Leo P. Kreysfeld, Michael Nagula
und Brigitte Beyer

Mit Zeichnungen
von Johann Peterka

BASTEI
LÜBBE

BASTEI LÜBBE TASCHENBUCH
Band 23 212

Erste Auflage: Mai 1999

Lektorat: Stefan Bauer
Titelbild: Romas Kukalis / Agentur Schlück
Umschlaggestaltung: QuadroGrafik, Bensberg
Satz: Fotosatz Steckstor, Rösrath
Druck und Verarbeitung:
Brodard & Taupin, La Flèche, Frankreich
Printed in France
ISBN 3-404-23212-7

Der Preis dieses Bandes versteht sich einschließlich der gesetzlichen Mehrwertsteuer

Inhalt

Die letzte Festung
Seite 7

Die Drachenreiter
Seite 93

Der Baum des Lebens
Seite 215

Die Häuser von Iszm
Seite 335

Die letzte Festung

Ins Deutsche übertragen
von Andrea Kamphuis

Kapitel Eins

1

Gegen Ende eines stürmischen Sommernachmittags, als die Sonne schließlich zwischen den zerfransten, schwarzen Regenwolken zum Vorschein kam, war Burg Janeil gefallen und ihre Bevölkerung ausgelöscht. Bis fast zum letzten Augenblick hatte zwischen den Klans der Burg Uneinigkeit darüber geherrscht, wie man dem Schicksal angemessen begegnen solle. Die Herren von höchstem Ansehen und größter Wichtigkeit zogen es vor, all die unwürdigen Umstände zu ignorieren, und gingen ihren üblichen Beschäftigungen nach, nicht mehr und nicht weniger auf Etikette bedacht als sonst. Ein paar Kadetten griffen im Zustand hysterischer Verzweiflung zu den Waffen und bereiteten sich auf ihren Widerstand gegen den letzten Ansturm vor. Wieder andere, vielleicht ein Viertel aller Bewohner, warteten tatenlos, bereit – beinahe glücklich –, für die Sünden der menschlichen Gattung zu büßen. Schließlich kam der Tod gleichermaßen zu allen, und alle gewannen ihrem Sterben so viel Genugtuung ab, wie dieser im Wesen reizlose Vorgang zu bieten hatte. Die Stolzen saßen da, blätterten in ihren schönen Büchern, besprachen die Vorzüge einer jahrhundertealten Essenz oder liebkosten ein Lieblings-Phain, sie starben, ohne der schnöden Wirklichkeit Beachtung zu schenken. Die Hitzköpfe stürmten den schlammigen Abhang des Walles hinauf, der, aller Vernunft zum Hohn, drohend über die Mauern von Janeil emporragte. Die meisten wurden unter Geröllawinen begraben, aber einige wenige erreichten den Kamm, um dort zu schießen, zu schlagen und zu stechen, bis sie selbst erschossen, von halblebendigen Wuchtwagen zermalmt, erschlagen oder abgestochen worden waren. Die Bußfertigen verharrten in der klassischen Sühnehaltung – auf den Knien, gebeugten Hauptes – und kamen, so glaubten sie, im Zuge eines Vorgangs ums Leben, in dem die Meks Symbole und die menschliche Sünde Wirklichkeit waren. Schließlich waren alle tot: Edelmänner, Damen, Phains in den Pavillons; Bauern in den Ställen. Von all denen, die Janeil bevölkert hatten, überlebten nur die Vögel, unbeholfene Geschöpfe, taktlos und rauh, blind für Stolz und Treue und mehr daran interessiert, ihre eigene Haut zu retten als die Würde ihrer Burg. Als die Meks über die Befestigungsanlagen in die Burg einfielen, verließen die Vögel ihre Ställe und flatterten, schrille Schmährufe ausstoßend, ostwärts auf Hagedorn zu, die nun letzte Burg der Erde.

2

Vier Monate zuvor waren die Meks im Park vor Janeil aufgetaucht, geradewegs vom Inselburg-Massaker. Die Edelmänner und Damen von Janeil – ungefähr zweitausend – stiegen auf die Türme und Balkone, schlenderten die Sonnenuntergangs-Promenade entlang und sahen von Brustwehren und Schutzwällen auf die goldbraunen Krieger hinab. Ihre Stimmung war vielschichtig: amüsierte Gleichgültigkeit, leichtfertiger Hochmut und ein Unterton des Zweifelns und der Vorahnung; all dies Früchte dreier grundlegender Umstände: ihrer eigenen ausnehmend feinen Zivilisation, der durch Janeils Mauern garantierten Sicherheit und der Tatsache, daß sie sich keine Reaktion vorstellen konnten, keinen Weg, die Dinge zu ändern.

Die Meks von Janeil hatten sich lange zuvor abgesetzt, um sich der Revolte anzuschließen; es verblieben nur die Phains, Bauern und Vögel, aus deren Kreisen man etwas hätte zusammenstellen können, das das Zerrbild einer Kriegstruppe gewesen wäre. Im Moment schien eine solche Truppe nicht vonnöten zu sein. Janeil galt als uneinnehmbar. Die Mauern, sechzig Meter hoch, bestanden aus schwarzer Steinschmelze in einem Gitternetz silberblauer Stahllegierung. Solarzellen deckten den gesamten Energiebedarf der Burg, und im Notfall konnte aus Kohlendioxid und Wasserdampf sowohl Nahrung als auch – für Phains, Bauern und Vögel – Sirup synthetisiert werden. Niemand hielt eine solche Notlage für überhaupt möglich. Janeil war autark und sicher, auch wenn es Unannehmlichkeiten geben mochte, wenn die Maschinerie versagte und keine Meks da waren, um sie zu reparieren. Die Lage war also beunruhigend, aber kaum verzweifelt. Während des Tages brachten die entsprechend gelaunten Edelmänner Energiepistolen und Sportflinten zum Vorschein und töteten so viele Meks, wie die große Entfernung zuließ.

Nach Einbruch der Dunkelheit ließen die Meks Wuchtwagen und Erdschieber anrücken und begannen, einen Erdwall um Janeil hochzuziehen. Das Burgvolk sah verständnislos zu, bis der Wall eine Höhe von fünfzehn Metern erreicht hatte und Erdklumpen gegen den Fuß der Mauer prasselten. Dann wurde die grausame Absicht der Meks augenscheinlich, und die Sorglosigkeit wich düsterer Ahnung. Jeder Edelmann von Janeil war kundig in wenigstens einem Teilgebiet des Wissens; einige waren Mathematiker, während andere ein gründliches Studium der Physik betrieben hatten. Einige von diesen versuchten mit der Hilfe eines Bauerntrupps, der für die rein körperliche Ausführung zuständig war, die Energiekanone wieder funktionstüchtig zu machen. Unglücklicherweise war die Kanone nicht in Schuß gehalten worden. Verschiedene Teile waren korrodiert oder beschädigt. Möglich, daß sich Ersatzteile in den Mek-Geschäften im zweiten Untergeschoß befanden, aber niemand in der Gruppe hatte eine Ahnung von der Nomenklatur und dem Lagersystem der Meks. Warrick Madency Arban* schlug vor, daß ein Arbeitskommando der Bauern das Lager durchsuchen solle, aber angesichts

* Arban aus der Madency-Familie im Warrick-Klan.

der begrenzten Geisteskapazität der Bauern unternahm man nichts, und der ganze Plan, die Energiekanone instandzusetzen, wurde zunichte.

Die Edelleute von Janeil beobachteten fasziniert, wie die Erde sich höher und höher um sie herum zu einem kraterähnlichen, runden Kessel auftürmte. Der Sommer ging seinem Ende entgegen, und an einem stürmischen Tag schoben sich Erde und Geröll über die Befestigung und begannen sich in die Höfe und Plätze zu ergießen: Bald würde Janeil beerdigt und alles darin erstickt sein. Zu diesem Zeitpunkt geschah es, daß eine Gruppe impulsiver, junger Kadetten, mit mehr Elan als Würde, zu den Waffen griff und die Böschung hinaufstürmte. Die Meks bewarfen sie mit Erde und Steinen, aber eine Handvoll erreichte den Kamm, wo sie in furchtbarer Ekstase kämpften.

Fünfzehn Minuten lang tobte der Kampf, und die Erde wurde mit Regen und Blut durchtränkt. Einen ruhmreichen Augenblick lang fegten die Kadetten den Kamm leer, und wären nicht die meisten ihrer Gefährten im Geröllhagel gefallen, hätte alles mögliche passieren können. Aber die Meks sammelten sich und stürmten vorwärts. Zehn Mann standen noch, dann sechs, dann einer, dann keiner mehr. Die Meks marschierten die Böschung hinab, sie schwärmten über die Zinnen, und mit düsterem Eifer löschten sie alles Leben innerhalb der Mauern aus. Janeil, sieben Jahrhunderte lang der Sitz galanter Edelmänner und graziöser Damen, war nunmehr ein lebloser Klotz.

3

Der Mek, der wie ein ausgestopftes Museumsexponat dastand, war ein menschenähnliches Geschöpf, das in seiner ursprünglichen Version von einem Planeten Etamins stammte. Seine harte, rost- bis bronzefarbene Haut glänzte metallisch, als sei sie geölt oder gewachst; die Stacheln, die ihm aus Kopf und Nacken wuchsen, schimmerten wie Gold und waren tatsächlich mit einem leitenden Kupfer-Chrom-Film überzogen. Seine Sinnesorgane waren in Gruppen dort zusammengezogen, wo beim Menschen die Ohren saßen: seine Physiognomie – oft war es ein Schock, auf einem der unteren Korridore plötzlich einem Mek gegenüberzustehen – bestand aus runzligem Muskelgewebe, nicht unähnlich der freigelegten Großhirnrinde eines Menschen. Sein Rachen, ein vertikaler, unregelmäßiger Spalt im unteren Teil seines »Gesichtes«, war ein überflüssiges Organ, da unter der Haut seiner Schultern Sirupsäcke eingefügt worden waren – die Verdauungsorgane, ursprünglich dazu genutzt, vermoderten Sumpfpflanzen und Hohltieren Nährstoffe zu entziehen, waren verkümmert. Für gewöhnlich trug der Mek keine Kleidung, außer vielleicht einer Arbeitsschürze oder einem Werkzeuggürtel, und im Sonnenlicht gab seine bronzefarbene Haut ein hübsches Bild ab. Dies war der Mek als Einzelwesen, an sich ein Geschöpf, das dem Menschen an Leistungsfähigkeit gleichkam – ihn vielleicht, wegen seines ausgezeichneten Gehirns, das auch als Radiosender und -empfänger diente, gar übertraf. In der Masse arbeitend, als einer unter Tausenden, schien er weniger bewundernswert, weniger fähig: ein Hybride aus Untermensch und Kakerlake.

Gewisse Gelehrte, insbesondere Morgenlichts D. R. Jardin und Salonson von Tuang, hielten den Mek für arglos und phlegmatisch, aber der hoch angesehene Claghorn von Burg Hagedorn behauptete etwas anderes. Die Gefühle der Meks unterschieden sich ihm zufolge von menschlichen Emotionen und waren für den Menschen nur schwer begreiflich. Nach gründlichen Untersuchungen unterschied Claghorn mehr als ein Dutzend Mek-Emotionen.

Trotz dieser Untersuchungen kam die Mek-Revolte völlig überraschend – für Claghorn, D. R. Jardin und Salonson nicht weniger als für jeden anderen. Warum?

fragte jeder. Wie konnte eine Gruppe, die so lange in Unterwürfigkeit gelebt hatte, einen derart mörderischen Plan ersinnen?

Die einleuchtendste Vermutung war auch die einfachste: Der Mek verübelte die Knechtschaft und haßte die Erdmenschen, die ihn seiner natürlichen Umgebung entrissen hatten. Jene, die gegen diese Theorie fochten, behaupteten, daß sie menschliche Gefühle und Standpunkte auf einen nicht menschlichen Organismus übertrage, daß der Mek allen Grund hatte, jenen Edelmännern gegenüber Dankbarkeit zu empfinden, die ihn von den Lebensbedingungen auf Etamin Neun befreit hatten. Hierauf reagierte die erste Gruppe: »Und wer projiziert jetzt menschliche Haltungen?« Und die Erwiderung ihrer Gegner war oft: »Solange niemand Genaues weiß, ist die eine Projektion nicht absurder als die andere.«

Kapitel Zwei

Burg Hagedorn nahm den Gipfel eines schwarzen Dioritfelsens ein, der ein weites, nach Süden geöffnetes Tal beherrschte. Größer, majestätischer als Janeil, wurde Hagedorn von eineinhalb Kilometer langen und einhundert Meter hohen Mauern geschützt. Die Zinnen standen ganze dreihundert Meter über der Talsohle, ihre Türme, Gefechtsstände und Ausgucke ragten noch höher auf. Zwei Seiten des Felsens, der Ost- und der Westhang, fielen fast senkrecht zum Tal hin ab. Die Nord- und die Südböschung, etwas weniger steil, waren terrassiert und mit Wein, Artischocken, Birnen und Granatäpfeln bepflanzt. Eine Straße stieg vom Tal auf, umwand den Felsen und führte durch ein Portal auf den Zentralplatz. Gegenüber stand die große Rotunde, zu ihren beiden Seiten die mächtigen Häuser der achtundzwanzig Familien.

Die ursprüngliche Burg, wie sie unmittelbar nach der Rückkehr der Menschen auf die Erde errichtet worden war, hatte auf jener Stelle gestanden, die jetzt der Platz einnahm. Der zehnte Hagedorn hatte eine ungeheure Arbeitstruppe aus Bauern und Meks zusammengestellt und die Mauern hochziehen lassen; danach ließ er die alte Burg abtragen. Die achtundzwanzig Häuser stammten aus dieser Zeit, die nun fünfhundert Jahre zurücklag.

Unterhalb des Platzes lagen die drei Dienstleistungsebenen: die Ställe und Garagen zuunterst, darüber die Mek-Geschäfte und Mek-Unterkünfte, dann die vielen Lagerräume, Warenhäuser und Spezialgeschäfte: Bäckerei, Brauerei, Steinschleiferei, Waffenarsenal und so fort.

Der derzeitige Hagedorn, der sechsundzwanzigste in dieser Tradition, war ein Claghorn von den Oberwalts. Seine Wahl hatte allgemeine Verwunderung hervorgerufen, denn O. C. Charl, wie er vor seiner Wahl geheißen hatte, war ein Edelmann ohne jede bemerkenswerte Eigenschaft. Seine Eleganz, sein Flair und seine Belesenheit waren nur durchschnittlich: er hatte niemals wegen

Die Klans von Hagedorn, ihre Farben und zugehörigen Familien:

KLANS	FARBEN	FAMILIEN
Xanten	gelb schwarze Paspel	Haud, Quay, Idelsee, Eseldun, Salonson, Roseth
Beaudry	dunkelblau weiße Paspel	Onwan, Zadig, Prin, Fer, Sesun
Oberwalt	grau, grün rote Rosetten	Claghorn, Zumbeld, Abreu, Woss, Hinken
Aure	braun, schwarz	Godalming, Fotergil, Zadhaus, Lesmanic, Marun, Baudun
Isseth	purpur, dunkelrot	Mazeth, Luder- Hepman, Floy, Uegus, Kerrith, Bethun

Der oberste Edelmann der Burg, der auf Lebenszeit gewählt wird, wird ›Hagedorn‹ genannt.

Das Klanoberhaupt, das von den Familienältesten gewählt wird, trägt den Namen seines Klans; so sind ›Xanten‹, ›Beaudry‹, ›Oberwalt‹, ›Aure‹, ›Isseth‹ sowohl Klans als auch Klanhäupter.

Der Familienälteste, der von den Haushaltsvorständen gewählt wird, trägt den Namen seiner Familie. So sind ›Idelsee‹, ›Zadhaus‹, ›Bethun‹ und ›Claghorn‹ sowohl Familien als auch Familienälteste.

Die übrigen Edelmänner und Damen tragen zuerst den Klan-, dann den Familien-, dann den persönlichen Namen. Also: Aure Zadhaus Ludwick, abgekürzt zu A. Z. Ludwick, und Beaudry Fer Darian, abgekürzt zu B. F. Darian.

irgendeines originellen Einfalls von sich reden gemacht. Er war gut gebaut; sein Gesicht war kantig und hager, mit einer kurzen, geraden Nase, einer sanften Stirn und schmalen Augen. Sein Ausdruck, für gewöhnlich ein wenig abwesend – seine Gegner benutzen das Wort ›leer‹ –, wurde durch ein bloßes Senken der Augenlider, ein ruckartiges Zusammenziehen der struppigen, blonden Brauen, plötzlich eigensinnig und mürrisch: eine Tatsache, derer sich O. C. Charl, oder Hagedorn, nicht bewußt war.

Das Amt, obwohl es wenig oder keine formale Autorität verlieh, war mit allumfassendem Einfluß verbunden, und die Lebensart des Edelmannes, der Hagedorn war, wirkte auf jeden ein. Daher war die Wahl des Hagedorn eine Angelegenheit von nicht zu unterschätzender Wichtigkeit, Gegenstand Hunderter von Überlegungen, und es gab nur wenige Kandidaten, in deren Geschichte es nicht einen alter Schnitzer oder eine Taktlosigkeit gab, die mit unangenehmer Offenheit diskutiert wurden. Während der Kandidat niemals öffentlich Anstoß daran nehmen durfte, gingen unvermeidlich Freundschaften in die Brüche, mehrte sich Haß, wurde der gute Name zunichte. O. C. Charls Wahl stellte einen Kompromiß zwischen zwei Fraktionen der Oberwalts dar, denen das Privileg der Wahl zugefallen war.

Die Edelmänner, zwischen denen O. C. Charl einen Kompromiß darstellte, waren beide hoch angesehen, zeichneten sich aber durch grundlegend verschiedene Lebenshaltungen aus. Der eine war der begabte Garr aus der Zumbeld-Familie. Er stand für die traditionellen Tugenden von Burg Hagedorn: Er war ein bemerkenswerter Kenner der Essenzen und kleidete sich mit absolutem Savoir, ohne daß auch nur eine Falte oder Schlaufe der charakteristischen Oberwalt-Rosette unsauber fiel. Er verband Lässigkeit und Flair mit Würde; seine schlagfertigen Redebeiträge glänzten durch brillante Anspielungen und Wendungen; sein Witz war, einmal provoziert, von beißender Schärfe. Er konnte jedes bedeutsame literarische Werk zitieren; er spielte die neunsaitige

Laute meisterhaft und war daher stets gefragt auf der Schau Antiker Wappenröcke. Er war ein Altertumsforscher von unangefochtener Belesenheit, kannte die Lage jeder größeren Stadt der Alten Erde und konnte stundenlange Vorträge über die Geschichte des Altertums halten. Sein militärischer Sachverstand war ohnegleichen in Hagedorn und nur von D. K. Magdah von Burg Delora und vielleicht Brusham von Tuang erreicht. Fehler? Schwächen? Nur wenige konnten angeführt werden: übergroße Förmlichkeit, welche als Reizbarkeit aufgefaßt, unerschrockene Hartnäckigkeit, die als Rücksichtslosigkeit angesehen werden konnte. O. Z. Garr konnte niemals als langweilig oder unentschlossen abgetan werden, und seine Tapferkeit stand außer Frage. Vor zwei Jahren hatte sich eine vagabundierende Nomadenbande in das Luzernetal hineingewagt, Bauern abgeschlachtet, Vieh gestohlen und die Dreistigkeit besessen, einem Isseth-Kadetten einen Pfeil in die Brust zu schießen. O. Z. Garr hatte umgehend eine Kompanie Meks zusammengezogen, sie auf ein Dutzend Wuchtwagen verladen und die Verfolgung der Nomaden aufgenommen, die er schließlich an der Drene, einem Fluß bei den Ruinen der Kathedrale von Worster, hatte stellen können. Die Nomaden waren unerwartet stark, unerwartet listig und nicht bereit, den Schwanz einzukneifen und zu fliehen. Während des Kampfes hatte O. Z. Garr höchst vorbildliche Haltung bewiesen, indem er die Attacke vom Sitz seines Wuchtwagens aus beaufsichtigt hatte, geschützt von nur zwei Meks, die mit ihren Schilden die Pfeile abgewehrt hatten. Der Konflikt endete mit der Niederlage der Nomaden; sie ließen siebenundzwanzig magere, schwarz verhüllte Leichen auf dem Schlachtfeld zurück, wohingegen nur zwanzig Meks ihr Leben gelassen hatten.

O. Z. Garrs Gegenkandidat war Claghorn, Ältester der Claghorn-Familie. Wie O. Z. Garr beherrschte Claghorn die subtilen Verfeinerungen der Gesellschaft von Hagedorn so gut wie ein Fisch das Schwimmen. Er war nicht weniger belesen als O. Z. Garr, doch kaum so vielseitig:

Sein vorrangiges Studiengebiet waren die Meks, ihre Physiologie, ihre Sprachformen, ihr Sozialverhalten. Claghorns Konversation war tiefschürfender, aber weniger unterhaltend und nicht so scharf wie die von O. Z. Garr; er bediente sich selten der extravaganten Formulierungen und Andeutungen, die Garrs Erörterungen prägten, und zog einen schmucklosen Sprachstil vor. Claghorn hielt keine Phains; O. Z. Garrs vier harmonierende ›Ausgesuchte Köstlichkeiten‹ waren Wunder an Lieblichkeit, und auf der Schau Antiker Wappenröcke wurden O. Z. Garrs Vorführungen selten in den Schatten gestellt. Der wesentliche Unterschied zwischen den beiden Männern lag in ihren philosophischen Anschauungen. O. Z. Garr, ein Traditionalist, ein leidenschaftliches Musterbeispiel seiner Gesellschaft, trat ohne Vorbehalte für ihre Prinzipien ein. Ihn quälten keine Zweifel, keine Schuldgefühle; er spürte kein Verlangen, jene Verhältnisse zu ändern, die mehr als zweitausend Edelmännern und Damen ein Leben in großem Wohlstand ermöglichten.

Claghorn war, obwohl alles andere als ein Büßer, bekanntermaßen sehr unzufrieden mit dem Grundton des Lebens auf Burg Hagedorn, und er begründete dies so einleuchtend, daß viele Leute sich weigerten, ihm zuzuhören, weil er bei ihnen großes Unbehagen auslöste. Aber eine unbestimmbare Verunsicherung setzte sich fest; und Claghorn fand viele einflußreiche Unterstützer.

Als die Zeit der Stimmabgabe kam, konnten weder O. Z. Garr noch Claghorn genügend Stimmen auf sich vereinigen. Das Amt wurde schließlich auf einen Edelmann übertragen, der dies in seinen kühnsten Träumen nicht erhofft hatte: einen Edelmann von Anstand und Würde, aber ohne großen Scharfsinn; ohne Frivolität, aber auch ohne Lebhaftigkeit; umgänglich, aber abgeneigt, eine Angelegenheit zu einem unpopulären Ende zu bringen: O. C. Charl, den neuen Hagedorn.

Sechs Monate später, in den dunklen Stunden vor Einbruch der Dämmerung, verließen die Hagedorn-Meks ihre Quartiere und gingen fort; Wuchtwagen, Werkzeuge, Waffen und elektrische Gerätschaften nahmen sie mit. Die Tat war offensichtlich lange vorbereitet, denn zur gleichen Zeit verschwanden die Meks in ähnlicher Weise aus den acht anderen Burgen.

Die erste Reaktion auf Burg Hagedorn und anderenorts war Unglaube, dann schockierte Wut und schließlich – als die Konsequenzen der Tat durchdacht waren – ein Gefühl der bösen Vorahnung und des Elends.

Der neue Hagedorn, die Klanhäupter und bestimmte andere, vom Hagedorn einberufene Notabeln trafen in der offiziellen Ratskammer zusammen, um die Angelegenheit zu bedenken. Sie setzten sich um einen großen, mit Samt bezogenen Tisch; Hagedorn am Kopfende; Xanten und Isseth zu seiner Linken; Oberwalt, Aure und Beaudry zu seiner Rechten; dann die anderen, einschließlich der Herren O. Z. Garr, I. K. Linus, A. G. Bernal, eines höchst fähigen Mathematikers, und B. F. Wyas, eines ebenso klugen Altertumsforschers, der die Lage vieler alter Städte ausgewiesen hatte: Palmyra, Lübeck, Eridu, Zanesville, Burton-on-Trent, Massilia und anderer. Bestimmte Familienälteste vervollständigten den Rat: Marun und Baudun von Aure; Quay, Roseth und Idelsee von Xanten; Uegus von Isseth, Claghorn von Oberwalt. Zehn Minuten lang saßen sie alle still da, ordneten ihre Gedanken und vollführten den stillen Akt der psychischen Übereinstimmung, den man »Intression« nannte.

Endlich sprach Hagedorn. »Die Burg ist plötzlich all ihrer Meks beraubt. Unnötig zu sagen, daß dies ein lästiger Zustand ist, der so rasch wie möglich korrigiert werden muß. Hierin, denke ich, sind wir uns einig.«

Er sah in die Runde. Alle schoben gravierte Elfenbeintäfelchen vor, um Zustimmung zu signalisieren – alle bis auf Claghorn, der sein Täfelchen aber auch nicht zum Zeichen seiner Opposition aufrecht stellte.

Isseth, ein gestrenger, weißhaariger Edelmann, für seine siebzig Jahre ausgesprochen stattlich, sprach mit harter Stimme. »Ich entdecke keinen Anlaß zum Nachdenken oder Zögern. Was wir tun müssen, ist klar. Die Bauern sind zugegebenermaßen ein zu armseliges Material, um daraus eine bewaffnete Truppe zu rekrutieren. Nichtsdestotrotz müssen wir sie zusammenziehen, mit Sandalen, Kitteln und Waffen ausrüsten, so daß sie uns nicht zur Schande gereichen, und sie unter ein gutes Kommando stellen: O. Z. Garr oder Xanten. Vögel können die Vagabunden ausfindig machen, woraufhin wir sie stellen, den Bauern befehlen, ihnen eine ordentliche Tracht Prügel zu verabreichen, und sie im Laufschritt nach Hause treiben.«

Xanten, fünfunddreißig Jahre alt – außergewöhnlich jung für ein Klanoberhaupt – und ein notorischer Unruhestifter, schüttelte den Kopf. »Die Idee ist reizend, aber undurchführbar. Bauern könnten den Meks einfach nicht standhalten, ganz gleich, wie wir sie ausbilden.«

Diese Behauptung war unbestreitbar zutreffend. Die Bauern, kleine Humanoide, die von Spica Zehn stammten, waren nicht so sehr zu furchtsam als vielmehr unfähig, einen Gewaltakt durchzuführen.

Ein mürrisches Schweigen senkte sich über die Tafel. Endlich sprach O. Z. Garr. »Wenn die Hunde uns nicht die Wuchtwagen gestohlen hätten, wäre ich versucht, hinauszufahren und die Halunken mit einer Peitsche nach Hause zu jagen.«*

* Dieser nur ungefähren Übersetzung gelingt es nicht, die Schärfe der Sprache einzufangen. Für etliche Wörter gibt es keine zeitgemäße Entsprechung. ›Skirkeln‹, so in ›jemanden skirkeln lassen‹, bezeichnet eine wilde, ungeordnete Flucht in alle Himmelsrichtungen, verbunden mit einem Zittern oder einer huschenden, schnellen Bewegung. ›Volieren‹ heißt müßig mit einem Gedanken spielen, wobei die betreffende Person von so jupiterhafter Allmacht ist, daß alle Schwierigkeiten zu nichtswürdiger Trivialität zusammenschrumpfen. ›Raudelbogs‹ sind semi-intelligente Wesen von Etamin Vier, die zur Erde gebracht, erst als Gärtner, dann als Bauarbeiter ausgebildet und dann in Ungnade nach Hause geschickt worden waren, weil sie aufgrund bestimmter widerwärtiger Angewohnheiten den Gehorsam verweigerten.

Die Stellungnahme von O. Z. Garr war demgemäß etwa folgende: ›Wären Wuchtwagen zur Hand, würde ich volieren, mit einer Peitsche hinauszujagen und die Raudelbogs nach Hause skirkeln zu lassen.‹

»Was mich verwirrt«, sagte Hagedorn, »ist der Sirup. Natürlich haben sie so viel fortgeschafft, wie sie tragen konnten. Wenn diese Vorräte verbraucht sind – was dann? Werden sie verhungern? Sie können unmöglich zu ihrer ursprünglichen Nahrung überwechseln. Was war das noch? Sumpfschlamm? He, Claghorn, Ihr seid der Experte in diesen Fragen. Können Meks zu einer Ernährung durch Schlamm zurückkehren?«

»Nein«, sagte Claghorn. »Die Organe der Erwachsenen sind verkümmert. Würde ein Kleines auf Schlamm angesetzt, könnte es womöglich überleben.«

»Wie ich vermutet hatte.« Hagedorn starrte finster auf seine verschränkten Hände, um über seine völlige Unfähigkeit zu einem konstruktiven Beitrag hinwegzutäuschen.

Ein Edelmann im Dunkelblau der Beaudrys erschien in der Türöffnung: Er stellte sich zurecht, hob seinen rechten Arm und verbeugte sich so tief, daß seine Finger den Boden berührten.

Hagedorn erhob sich. »Tretet näher, B. F. Robarth; was bringt Ihr für Neuigkeiten?« Denn dies sollte die Verbeugung des Neuankömmlings signalisieren.

»Die Nachricht ist ein Funkspruch von Halycorn. Die Meks haben angegriffen; sie haben die Burg in Brand gesteckt und schlachten alles ab. Das Radio verstummte vor fünf Minuten.«

Alle wirbelten herum, einige riß es von den Stühlen.

»Schlachten?« krächzte Claghorn.

»Ich bin sicher, daß Halycorn nicht mehr ist.«

Claghorn saß da und starrte ins Leere. Die anderen besprachen die entsetzliche Nachricht mit angstbelegten Stimmen.

Hagedorn rief den Rat noch einmal zur Ordnung. »Dies ist zweifellos ein extremer Notfall – vielleicht der gravierendste unserer ganzen Geschichte. Ich muß gestehen, daß ich keine angemessene Reaktion vorschlagen kann.«

Oberwalt fragte: »Was ist mit den anderen Burgen? Sind sie sicher?«

Hagedorn wandte sich an B. F. Robarth. »Wollt Ihr so gut sein, mit allen anderen Burgen Funkkontakt aufzunehmen und Euch nach ihrer Verfassung zu erkundigen?«

»Andere sind ebenso verwundbar wie Halycorn«, sagte Xanten. »Die Inselburg und Delora zum Beispiel, und auch Maraval.«

Calghorn tauchte aus seinen Grübeleien auf. »Die Edelmänner und Damen dieser Orte sollten nach meinem Dafürhalten erwägen, nach Janeil oder hierhin zu fliehen, bis der Aufstand niedergeschlagen ist.«

Die anderen blickten ihn überrascht und verwirrt an. O. Z. Garr wandte mit seidenweicher Stimme ein: »Ihr stellt Euch vor, daß die Edelleute dieser Burgen nichts Eiligeres zu tun hätten, als vor der anmaßenden Aufschneiderei einer niederen Lebensform davonzulaufen?«

»In der Tat, wenn sie zu überleben wünschen«, gab Claghorn höflich zurück.

Claghorn, ein untersetzter, kräftiger Mann fortgeschrittenen Alters mit schwarzem, grau durchsetztem Haar und ausdrucksstarken grünen Augen, strahlte stets große, doch durch Strenge beherrschte innere Kraft aus. »Flucht bringt per definitionem eine gewisse Einschränkung der Würde mit sich«, fuhr er fort. »Wenn O. Z. Garr uns eine elegante Form vorstellen kann, die Beine in die Hand zu nehmen, wäre ich froh, sie erlernen zu dürfen, und alle anderen sollten gut hinschauen, denn in den kommenden Wochen dürfte diese Fähigkeit sehr hilfreich sein.«

Hagedorn schaltete sich ein, bevor O. Z. Garr antworten konnte. »Laßt uns bei der Sache bleiben. Ich bekenne, daß ich nicht weiß, wo all das noch hinführen soll. Die Meks haben sich als Mörder erwiesen; wie können wir sie wieder in unsere Dienste nehmen? Aber wenn wir das nicht tun – nun, die Umstände würden, gelinde gesagt, hart, bis wir einen neuen Techniker-Stab ausfindig gemacht und ausgebildet hätten. An diesen Tatsachen müssen wir unsere weiteren Überlegungen messen.«

»Die Raumschiffe!« rief Xanten aus. »Wir müssen uns sofort um sie kümmern!«

»Was soll das heißen?« fragte Beaudry, ein Edelmann mit steinharten Zügen. »Wie meint ihr das: uns um sie kümmern?«

»Sie müssen vor Sabotage geschützt werden! Was sonst? Sie sind unsere Verbindung zu den Heimatwelten. Die Wartungsmeks haben womöglich die Hangars nicht verlassen, weil sie uns, wenn sie uns auszuschalten beabsichtigen, den Zugriff auf die Raumschiffe verwehren möchten.«

»Vielleicht seid Ihr so gut, mit einem Haufen Bauern loszuziehen, um die Hangars zurückzuerobern?« schlug O. Z. Garr in leicht herablassendem Tonfall vor. Zwischen ihm und Xanten bestand seit langer Zeit Rivalität und gegenseitige Abscheu.

»Das könnte unsere einzige Chance sein«, sagte Xanten. »Aber – wie soll man mit einem Trupp Bauern kämpfen? Lieber fliege ich allein zu den Hangars, um die Lage zu erkunden. Indessen werdet vielleicht Ihr und andere mit militärischem Sachverstand die Rekrutierung und Ausbildung einer Bauernmiliz in die Hand nehmen.«

»Diesbezüglich«, erklärte O. Z. Garr, »werde ich den Ausgang unserer gegenwärtigen Beratung abwarten. Falls es sich ergibt, daß wir diesen Weg einschlagen sollten, werde ich meine Fähigkeiten selbstverständlich ohne jede Einschränkung einbringen. Wenn *Eure* Fähigkeiten am besten ausgeschöpft werden, indem Ihr die Aktivitäten der Meks ausschnüffelt, hoffe ich, daß Ihr großherzig genug seid, Euch zur Verfügung zu stellen.«

Die beiden Edelmänner starrten einander an. Ein Jahr zuvor war ihre Feindschaft beinahe in ein Duell gemündet. Xanten, ein großer, feingliedriger Mann von nervöser Aktivität, war mit großem natürlichem Flair ausgestattet, hatte aber zugleich ein etwas zu leichtsinniges Wesen, um absolut elegant zu wirken. Die Traditionalisten bezeichneten ihn als »sthross«, was auf einen mit kaum merklicher Nachlässigkeit und einen Mangel an

Etikette behafteten Charakter hinwies: nicht die bestmögliche Wahl für ein Klan-Oberhaupt.

Xantens Erwiderung war von übertriebener Höflichkeit. »Ich muß mich glücklich schätzen, diese Aufgabe übernehmen zu dürfen. Da Eile vonnöten ist, werde ich den Vorwurf des überstürzten Handelns in Kauf nehmen und sofort aufbrechen. In der Hoffnung, morgen zur Meldung zurück zu sein.« Er erhob sich, vollführte eine zeremonielle Verbeugung vor Hagedorn, eine zweite, alle einschließende Geste vor dem Rat und trat ab.

Er schritt zum Eseldun-Haus hinüber, wo er eine Wohnung im dreizehnten Stock unterhielt: vier Zimmer, eingerichtet im Fünfte-Dynastie-Stil, der nach einer Epoche der Geschichte der Altair-Heimatplaneten, von denen die menschliche Rasse auf die Erde zurückgekehrt war, benannt war. Seine gegenwärtige Gemahlin, Araminta, eine Dame der Onwan-Familie, war in eigenen Angelegenheiten unterwegs, was Xanten nur recht sein konnte. Sie hätte ihn mit Fragen bestürmt, seine einfache Erklärung als Lüge bezeichnet und es vorgezogen, ihm ein Stelldichein auf seinem Landsitz zu unterstellen. Um die Wahrheit zu sagen: Er war Aramintas überdrüssig geworden und hatte Grund zu vermuten, daß sie ähnliches fühlte – oder vielleicht hatte ihr seine herausragende Stellung weniger Gelegenheit gegeben, in repräsentativen sozialen Ämtern den Ton anzugeben, als sie erhofft hatte. Sie hatten keine Kinder in die Welt gesetzt. Aramintas Tochter aus einer zurückliegenden Verbindung war ihr angerechnet worden. Ihr zweites Kind wäre also Xanten zugerechnet worden und hätte ihn gehindert, ein weiteres Kind zu zeugen.*

Xanten legte sein gelbes Ratsornat ab und kleidete sich mit der Hilfe eines jungen Bauern in dunkelgelbe Jagd-

* Die Einwohnerzahl von Burg Hagedorn war begrenzt: Jedem Edelmann und jeder Dame wurde ein einziges Kind zugebilligt. Wenn versehentlich ein weiteres zur Welt kam, mußten die Eltern entweder jemanden finden, der noch kinderlos war und es auf sich anrechnen ließ, oder sich seiner auf anderem Wege entledigen. Üblich war es, das Kind in die Obhut der Büßer zu geben.

hosen mit schwarzer Ziernaht, einen schwarzen Umhang und schwarze Stiefel. Er setzte eine Kappe aus weichem, schwarzem Leder auf und hängte sich einen Beutel um, in den er Waffen packte: einen aufgerollten Degen, eine Energiepistole.

Er verließ die Wohnung, rief den Lift und fuhr in die erste Ebene, zum Arsenal, hinab, wo ihn normalerweise ein Mek bedient hätte. Nun war Xanten zu seinem äußersten Mißfallen genötigt, sich selbst hinter die Ausgabe zu begeben und dort herumzustöbern. Die Meks hatten die meisten Sportflinten mitgenommen, alle Schrotwerfer und schweren Energiegewehre: Das verhieß Unheil, dachte Xanten. Schließlich fand er eine stählerne Peitsche, einige wenige Kraftpatronen für sein Gewehr, zwei Feuergranaten und ein hochauflösendes Fernrohr.

Er kehrte zum Lift zurück und fuhr ins oberste Geschoß. Wehmütig bedachte er den langen Aufstieg, den sie unternehmen mußten, wenn die Maschinerie schließlich versagte und keine Meks da waren, um sie zu reparieren. Er dachte an die cholerische Wut solch unbeugsam strenger Traditionalisten wie Beaudry und kicherte: Ereignisreiche Tage standen bevor!

Auf der obersten Ebene angelangt, ging er zur Brustwehr hinüber und weiter zur Funkzentrale. Üblicherweise saßen dort drei Mek-Spezialisten, die über an ihre Stacheln angeklemmte Drähte mit der Apparatur verbunden waren, und tippten eingehende Nachrichten; nun aber stand B. F. Robarth vor der Anlage, und während er unentschlossen an den Schaltern herumdrehte, verzog er den Mund vor Abscheu und Verachtung für diese Arbeit.

»Irgendwelche neuen Informationen?« fragte Xanten.

B. F. Robarth warf ihm ein säuerliches Grinsen zu. »Die Leute am anderen Ende scheinen mit diesem verdammten Wirrwarr auch nicht besser zurechtzukommen als ich. Gelegentlich höre ich Stimmen. Ich glaube, daß die Meks Delora angreifen.«

Claghorn hatte den Raum hinter Xanten betreten.

»Habe ich Euch recht verstanden? Burg Delora ist ausgelöscht?«

»Ausgelöscht noch nicht, Claghorn. Aber so gut wie ... Deloras Mauern sind nicht mehr viel mehr als ein malerisches Gebrösel.«

»Üble Situation!« murmelte Xanten. »Wie können denkende Wesen derartig Böses tun? Nach all den Jahrhunderten: Wie wenig wissen wir heute von ihnen!« Noch während er sprach, wurde ihm die Taktlosigkeit dieser Bemerkung bewußt; Claghorn hatte dem Studium der Meks viel Zeit gewidmet.

»Die Tat als solche ist nicht verwunderlich«, sagte Claghorn knapp. »So ist es tausendmal in der Geschichte der Menschen passiert.«

Überrascht, daß Claghorn die Menschheitsgeschichte mit einer Angelegenheit in Bezug setzte, in der es um niedere Lebensformen ging, fragte Xanten: »Ihr wart Euch der gewalttätigen Seite der Mek-Natur nie bewußt?«

»Nein. Nie. Wirklich nie.«

Claghorn war übermäßig empfindlich, dachte Xanten. Alles in allem verständlich. Claghorns grundlegende Doktrin, die er auch während der Hagedorn-Wahl vertreten hatte, war alles andere als einfach, und Xanten hatte sie niemals begriffen oder sich voll und ganz hinter das gestellt, was er für ihre Ziele hielt. Aber es war auch ohne großen Sachverstand begreifbar, daß der Aufstand der Meks Claghorn den Boden unter den Füßen fortgerissen hatte – wahrscheinlich zur bitteren Genugtuung O. Z. Garrs, der sich in seinen traditionalistischen Doktrinen bestätigt fühlen mußte.

»Das Leben, das wir geführt haben, konnte nicht ewig währen«, erklärte Claghorn knapp. »Es ist ein Wunder, daß es sich so lange halten konnte.«

»Mag sein«, meinte Xanten mit sanfter Stimme. »Nun, was soll's. Alles ändert sich. Wer weiß? Die Bauern könnten vorhaben, unser Essen zu vergiften ... Ich muß gehen.« Er verbeugte sich vor Claghorn, der ein knappes Nicken zurückgab, und vor B. F. Robarth, dann verließ er den Raum.

Er stieg die Wendeltreppe – fast eine Leiter – hinauf in die Ställe, wo die Vögel in unübertrefflicher Unordnung hausten und sich mit Glücksspiel, Streitereien und einer Schachversion die Zeit vertrieben, deren Regeln noch jedem Edelmann, der sie zu verstehen versucht hatte, ein Rätsel geblieben waren.

Burg Hagedorn hielt einhundert Vögel, die von einer Gruppe bemitleidenswerter Bauern gehütet wurden, mit denen die Vögel unglaublich respektlos umsprangen. Die Vögel waren grelle, geschwätzige Gestalten, rot, gelb oder blau gefärbt, mit langen Hälsen, auf- und niederruckenden, neugierigen Köpfen und einer angeborenen Flegelhaftigkeit, der weder mit disziplinarischen Maßnahmen noch mit gutem Zureden beizukommen war. Als sie Xanten erspäht hatten, brachen sie in einen Chor von wüsten Beschimpfungen aus: »Da will jemand getragen werden! Schwere Sache!« – »Warum lassen sich diese selbstgeölten Zweifüßer nicht ihre eigenen Flügel wachsen?« – »Mein Freund, trau niemals einem Vogel! Wir heben dich hoch, dann lassen wir dich auf deinen Arsch plumpsen!«

»Still!« rief Xanten. »Ich brauche sechs ruhige Vögel für eine wichtige Mission. Ist hier jemand einer solchen Aufgabe gewachsen?«

»Ob jemand dem gewachsen ist, fragt er!« – »A *ros ros ros! Wo* seit einer Woche keiner von uns geflogen ist!« – »Ruhe? Wir werden dir Ruhe geben, gelb und schwarz!«

»Los jetzt! Du. Du. Du mit dem neunmalklugen Blick. Du da. Du mit der schiefen Schulter. Du mit dem grünen Federbusch. Zum Korb.«

Die auserwählten Vögel ließen sich, höhnend, grummelnd, die Bauern verunglimpfend, ihre Sirupsäcke füllen, dann flatterten sie zu dem Korbsitz, wo Xanten wartete. »Zum Raumhafen bei Vincenne«, wies er sie an. »Fliegt hoch und ruhig. Feinde sind im Land. Wir müssen in Erfahrung bringen, ob und welcher Schaden den Raumschiffen zugefügt wurde.«

»Zum Hafen also!« Jeder Vogel nahm eines der Taustücke auf, die an einem über dem Korb aufgespannten

Rahmen befestigt waren; sie rissen den Sitz mit einem Ruck vom Boden, der darauf angelegt war, Xantens Zähne aufeinanderschlagen zu lassen. Dann flogen sie drauflos, lachend, einander beschimpfend, weil nicht jeder seinen Teil der Last tragen wollte, aber schließlich konzentrierten sich alle auf ihre Aufgabe und flogen mit gleichmäßigem Schlag der sechsunddreißig Schwingenpaare. Zu Xantens Erleichterung ließ ihre Geschwätzigkeit nach; ruhig flogen sie südwärts, mit einer Geschwindigkeit von siebzig bis achtzig Kilometern pro Stunde.

Schon ging der Nachmittag seinem Ende entgegen. Die uralte Landschaft, Schauplatz so vielen Kommens und Gehens, so vieler Siege und Niederlagen, war von langen, schwarzen Schatten durchzogen. Als Xanten auf sie hinunter sah, wurde ihm bewußt, daß die Erde, obgleich die menschliche Rasse auf diesem Boden entstanden war, obgleich seine direkten Vorfahren seit siebenhundert Jahren hier ansässig waren, nach wie vor eine fremde Welt zu sein schien. Der Grund dafür war natürlich keineswegs mysteriös oder paradox. Nach dem Sechs-Sterne-Krieg hatte die Erde drei Jahrtausende lang brachgelegen, entvölkert bis auf eine Handvoll verängstigter armer Teufel, die die Katastrophe irgendwie überlebt hatten und zu halbwilden Nomaden geworden waren. Dann, vor siebenhundert Jahren, hatten einige reiche Herren von Altair, geleitet zum Teil von politischer Unzufriedenheit, aber nicht minder von einer bloßen Laune, beschlossen, zur Erde zurückzukehren. Dies war der Ursprung der neun großen Festen, ihrer edlen Gesellschaft und der Belegschaft spezialisierter Humanoider.

Xanten überflog ein Gebiet, in dem ein Altertumsforscher Ausgrabungen angeleitet hatte. Ein weißgefliester Platz war zum Vorschein gekommen, ein zerbrochener Obelisk, eine umgestürzte Statue ... Dieser Anblick weckte bei Xanten einen Gedanken, regte seine Phantasie zu einer erstaunlichen Vision an, die so einfach und zugleich so großartig war, daß er mit völlig neuen Augen um sich sah. Er stellte sich die Erde wieder bevölkert vor, das Land kultiviert, die Nomaden in die Wildnis zurückgedrängt. Im Augenblick war dieses Bild sehr weit hergeholt. Und Xanten, der die sanften Konturen der Alten Erde unter sich dahingleiten sah, sann über die Mek-Revolte nach, die sein Leben mit solch erschreckender Plötzlichkeit verändert hatte.

Claghorn hatte schon lange darauf hingewiesen, daß kein durch Menschen geschaffener Zustand ewig währte, und daß – damit verbunden – die Anfälligkeit eines Systems für Veränderung mit seiner Kompliziertheit wuchs. So gesehen war die siebenhundertjährige Kontinuität auf Burg Hagedorn – ein Leben, wie es artifizieller, extravaganter und umständlicher kaum sein konnte – eine höchst erstaunliche Angelegenheit. Claghorn hatte seine These weiter gesponnen: Da Veränderung unvermeidlich sei, so argumentierte er, sollten die Edelleute ihr die Heftigkeit rauben, indem sie den Wandel vorwegnahmen und kontrollierten – eine Doktrin, die mit Feuereifer bekämpft worden war. Die Traditionalisten hatten Claghorns Ideen als nachweislich irrig abgestempelt und führten die außerordentliche Stabilität des Lebens auf der Burg als Beleg für seine Tauglichkeit an. Xanten fühlte sich erst der einen, dann der anderen Strömung zugeneigt, war aber gefühlsmäßig in keiner der beiden engagiert. Am ehesten hatte ihn die Tatsache, daß O. Z. Garr Traditionalist war, auf Claghorns Seite getrieben, und nun schienen die Ereignisse Claghorn zu bestätigen. Die Veränderung war eingetreten, und zwar auf eine Art und Weise, die an Härte und Gewaltsamkeit nicht zu überbieten war. Einige Fragen verlangten allerdings noch nach einer Antwort. Warum hatten die Meks ausgerechnet diesen Zeitpunkt für ihren Aufstand ausgewählt? Seit fünfhundert Jahren hatten sich die Umstände nicht merklich verändert, und die Meks hatten nie zuvor Unzufriedenheit angedeutet. Tatsächlich hatten sie nichts von ihrem Innenleben offenbart; sie waren allerdings auch niemals gefragt worden – außer von Claghorn.

Die Vögel schwenkten ostwärts ab, um das Ballarat-Gebirge zu meiden, an dessen Westhang sich die Ruinen einer niemals sicher identifizierten Stadt schmiegten. Unter ihnen lag das Luzernetal, einst fruchtbares Ackerland. Wer besonders aufmerksam hinsah, konnte hie und da noch die Grundrisse einiger Gehöfte ausmachen. In Flugrichtung wurden jetzt die Raumschiffhangars sichtbar, in denen Mek-Techniker die vier Raumschiffe warteten, die gemeinsamer Besitz von Hagedorn, Janeil, Tuang, Morgenlicht und Maraval waren, aber aus verschiedenen Gründen niemals benutzt wurden.

Die Sonne ging unter. Orangefarbenes Licht schimmerte und glänzte auf den metallenen Wänden. Xanten rief den Vögeln Anweisungen hinauf: »Schraubt euch hinunter. Landet hinter dieser Baumreihe, aber geht im Tiefflug heran, so daß uns niemand sieht.« Die Vögel kurvten gleitend abwärts, sechs garstige Hälse streckten sich dem Boden entgegen. Xanten machte sich auf den Aufprall gefaßt; die Vögel schienen immer dann zu sanften Landemanövern unfähig, wenn sie einen Edelmann trugen. Wenn sie an der Fracht hingegen ein persönliches Interesse hatten, gingen sie nieder, ohne auch nur einen Löwenzahnsamen aufzuwirbeln.

Xanten hielt gekonnt das Gleichgewicht, anstatt herumzukugeln und zu stolpern, wie es die Vögel zu tun pflegten. »Ihr habt alle Sirup. Ruht euch aus, verhaltet euch still, zankt nicht herum«, wies er sie an. »Wenn ich morgen bei Sonnenuntergang noch nicht wieder hier bin, kehrt zu Burg Hagedorn zurück und sagt, daß Xanten umgebracht wurde.«

»Nur keine Bange!« kreischten die Vögel. »Wir werden ewig warten!« – »Zumindest bis morgen abend!« – »Wenn Gefahr im Verzug ist, wenn Ihr in Not seid – *a ros ros ros!* Ruft nach den Vögeln!« – »A *ros!* Wir sind wildwütig, wenn erregt.«

»Ich wollte, es wäre so«, sagte Xanten. »Die Vögel sind ausgesprochene Feiglinge; das ist bekannt. Aber ich weiß die Absicht zu schätzen. Denkt an meine Anweisungen, und vor allem: Haltet die Schnäbel! Ich habe keine Lust, wegen eures Lärms aufzufliegen und abgestochen zu werden.«

Die Vögel gaben entrüstete Rufe von sich. »Wie ungerecht! Wie ungerecht! Wir sind stumm wie der Tau!«

»Gut.« Xanten beeilte sich fortzukommen, ehe es ihnen einfiel, weitere Ratschläge oder Versicherungen hinter ihm herzubrüllen.

Nachdem er das Wäldchen durchquert hatte, kam er an eine offene Wiese, an die, vielleicht einhundert Meter vor ihm, die Rückwand des ersten Hangars grenzte. Er hielt inne und dachte nach. Verschiedene Aspekte waren abzuwägen. Erstens: Die Wartungs-Meks, die durch das Metall der Hallen von Radiosendungen abgeschirmt waren, mochten von der Revolte bislang nichts wissen.

Höchst unwahrscheinlich, entschied er, in Anbetracht der ansonsten sorgfältigen Planung. Zweitens: Die Meks, die mit ihren Gefährten in ständiger Verbindung standen, handelten als ein Kollektivorganismus. Die Summe funktionierte effektiver als ihre Einzelteile, und das Individuum war nicht fähig, Initiative zu entwickeln. Gerade dann war extreme Wachsamkeit zu vermuten. Drittens: Wenn sie erwarteten, daß jemand einen heimlichen Erkundungsgang unternahm, würden sie zwingend jene Route am gründlichsten überwachen, die einzuschlagen er vorhatte.

Xanten beschloß, noch zehn Minuten im Schatten zu verharren, bis die untergehende Sonne so über seine Schultern schien, daß sie jeden möglichen Beobachter am stärksten blendete.

Zehn Minuten vergingen. Die Hangars, in rotes Licht getaucht, lagen breit und mächtig und völlig still in der Landschaft. In der Wiese, die Xanten von seinem Ziel trennte, wogte und zitterte langes, goldenes Gras in einer kühlen Brise ... Er holte tief Luft, nahm seinen Beutel auf, ordnete seine Waffen und ging los. Es fiel ihm nicht ein, durch das Gras zu robben.

Ohne Schwierigkeiten erreichte er die Rückwand des nächsten Hangars. Er preßte eine Ohr an das Metall: nichts. Er ging um die Ecke, sah die Seite hinunter: kein Hinweis auf Lebewesen. Xanten hob die Schultern: nun gut; dann auf zur Tür.

Die tiefstehende Sonne warf ihm, als er am Hangar entlang lief, einen langen, schwarzen Schatten voraus. Er erreichte die Tür, die ins Verwaltungsbüro führte. Durch Zögern war nichts zu gewinnen, also stieß Xanten die Tür auf und trat ein.

Die Büroräume waren leer. Die Tische, an denen vor Jahrhunderten Untergebene gesessen, Rechnungen und Frachtbriefe ausgestellt hatten, waren abgeräumt, sauber, frei von Staub. Die Computer und Datenbanken, schwarzes Email, Glas, weiße und rote Schalter, sahen aus, als seien sie erst tags zuvor installiert worden.

Xanten ging zu der großen Glasscheibe hinüber, von der aus man den Hangar überblicken konnte, dessen Boden von der Masse des Schiffes verdunkelt wurde.

Er sah keine Meks. Aber auf dem Boden des Hangars lagen, ordentlich zu Reihen und Häuflein arrangiert, Maschinenteile und Apparate aus dem Steuerungsmechanismus des Schiffes. Löcher klafften überall dort im Rumpf, wo zur Entnahme der Geräte die Verkleidung gelöst worden war.

Xanten betrat vom Büro aus die Halle. Das Raumschiff war funktionsuntüchtig gemacht, außer Betrieb gesetzt worden. Er warf einen Blick auf die langen Reihen der Bauteile. Einige Gelehrte verschiedener Burgen waren Experten in der Theorie des Raum-Zeit-Transfers; S. X. Rosenbox von Maraval hatte sogar ein Gleichungssystem entwickelt, das, umgesetzt in einen Mechanismus, den unangenehmen Hamus-Effekt ausschaltete. Aber keiner der Edelmänner würde – selbst, wenn er sein Ehrgefühl soweit vernachlässigte, ein Werkzeug in die Hand zu nehmen – wissen, wie die auf dem Boden aufgehäuften Maschinenteile wieder einzufügen, zu verbinden und abzustimmen waren. Das heimtückische Werk war getan – wann? Nichts gab einen Hinweis darauf.

Xanten kehrte ins Büro zurück, trat hinaus ins Zwielicht und ging zum nächsten Hangar. Auch hier keine Meks; auch hier war das Raumschiff seiner Steuermechanismen beraubt. Als Xanten den dritten Hangar besuchte, bot sich ihm dort das gleiche Bild.

Am vierten Hangar nahm Xanten schwache Geräusche wahr. Er betrat das Büro, sah durch die Glaswand in die Halle und entdeckte dort Meks, die mit den ihnen eigenen, verhaltenen Bewegungen und in fast gespenstischer Stille arbeiteten.

Xanten, den schon sein Herumpirschen im Wald verärgert hatte, brachte die kaltblütige Zerstörung seines Eigentums in Rage. Er schritt in den Hangar, schlug sich auf die Oberschenkel, um auf sich aufmerksam zu machen, und rief streng: »Bringt die Teile dorthin, wo ihr sie herhabt! Wie könnt ihr Ungeziefer es wagen, euch derart danebenzubenehmen!«

Die Meks wandten ihm ihre leeren Gesichter zu, um ihn mit schwarzen, zu beiden Seiten der Köpfe aufgereihten Facettenaugen zu betrachten.

»Was?« schrie Xanten. »Ihr zögert?« Er brachte seine stählerne Peitsche zum Vorschein, die für gewöhnlich mehr ein symbolisches Attribut als eine echte Waffe war, und ließ sie auf den Boden knallen. »Gehorcht! Dieser lächerliche Aufstand hat ein Ende!«

Die Meks zögerten immer noch, der Ausgang der Situation war völlig offen. Keiner gab einen Laut von sich, aber zwischen ihnen gingen Botschaften hin und her, die die Lage beurteilten und einen Konsens herbeiführten. Xanten durfte eine solche Nachlässigkeit nicht dulden. Er trat auf sie zu, schwang die Peitsche und schlug auf die einzige Stelle ein, an der Meks Schmerz empfanden: das ledrige Gesicht. »Tut eure Pflicht«, brüllte er. »Eine feine Wartungs-Mannschaft seid ihr! Zerstörer-Trupp wäre richtiger!«

Die Meks stießen ein sanftes, blasendes Geräusch aus, das alles oder nichts bedeuten mochte. Sie fielen zurück, und jetzt nahm Xanten auf der Treppe, die ins Innere des Schiffes führte, einen Gestalt wahr: einen Mek, größer als alle, die er je zu Gesicht bekommen hatte, und auf unbestimmte Weise anders. Dieser Mek zielte mit einem Schrotgewehr auf seinen Kopf. Mit einem satten Peitschenknall scheuchte Xanten einen Mek zurück, der mit gezücktem Messer auf ihn losging; ohne sich lange mit dem Zielen abzugeben, schoß er auf den Mek, der auf der Treppe stand, und vernichtete ihn gerade in dem Moment, als eine Ladung Schrot an seinem Kopf vorbeizischte. Die Meks waren jedoch schon angewiesen worden, ihn anzugreifen. Gemeinsam rückten sie näher. Xanten lehnte verachtungsvoll an den Schiffshüllen und streckte sie nieder, wie sie gerade kamen, duckte sich, um einem metallenen Gegenstand auszuweichen, tauchte wieder auf, um ein Wurfmesser aufzufangen und es demjenigen ins Gesicht zu schleudern, der ihn damit angegriffen hatte.

Die Meks zogen sich zurück, und Xanten vermutete, daß sie sich auf eine neue Taktik verständigt hatten: Sie wollten sich entweder mit Waffen versorgen oder ihn im Hangar einschließen. Auf jeden Fall gab es für ihn hier nichts mehr zu tun. Er schwang die Peitsche und bahnte sich eine Gasse zum Büro. Während hinter ihm Werkzeug, Stahlstreben und Bauteile gegen die Glasscheibe prasselten, schlenderte er durch das Büro und hinaus in die Nacht. Der Vollmond ging auf: eine große, gelbe Kugel, die ein rauchiges, safranfarbenes Licht ausstrahlte wie eine antike Lampe. Mek-Augen waren auf das Sehen in der Nacht nicht eingestellt, und Xanten wartete an der Tür. Jetzt trat ein Mek nach dem anderen heraus, und Xanten schlug auf ihre Hälse ein.

Die Meks wichen in den Hangar zurück. Xanten wischte seinen Degen sauber und schritt den Weg entlang, den er gekommen war, ohne einen Blick nach links oder rechts zu werfen. Er hielt kurz inne. Die Nacht war jung. Da war etwas, das ihn irritierte: die Erinnerung an den Mek mit dem Schrotgewehr. Er war größer gewesen, vielleicht stärker bronzefarben, aber was bedeutender war, er hatte eine unbestimmbare Haltung an den Tag gelegt, fast eine Autorität – obwohl ein solches Wort in Zusammenhang mit einem Mek absurd klang. Andererseits mußte ja jemand die Revolte geplant oder zumindest angezettelt haben. Es könnte lohnend sein, den Erkundungsgang auszudehnen, obgleich er die wichtigste Information schon eingeholt hatte.

Xanten kehrte um und überquerte das Landefeld in Richtung der Kaserne und Garagen. Wieder schüttelte er sich vor Unbehagen, als er das Bedürfnis verspürte, unbemerkt zu bleiben. Was waren das für Zeiten, in denen ein Edelmann herumschleichen mußte, um so etwas wie einem Mek zu entgehen! Er stahl sich hinter den Garagen entlang, wo ein halbes Dutzend Wuchtwagen* vor sich hin döste.

Xanten sah sie sich an. Sie waren alle von der gleichen Art, ein Metallgestell mit vier Rädern, eine Baggerschaufel an der Vorderseite. Der Siruptank mußte ganz in der Nähe liegen. Schnell fand Xanten einen Verschlag, der etliche Behälter enthielt. Ein Dutzend von ihnen lud er auf den nächstgelegenen Wuchtwagen, den Rest schlitzte er mit seinem Messer auf, so daß der Sirup sich über den Boden ergoß. Die Meks benötigten eine etwas andere Zusammensetzung; ihr Sirup würde anderenorts gelagert sein, vermutlich in der Kaserne.

Xanten bestieg einen Wuchtwagen, legte den *Weck*schalter um, drückte den *Fahrt*knopf und legte den Rückwärtsgang ein. Der Wuchtwagen setzte schwankend zurück. Xanten stoppte ihn und richtete ihn auf die Kaserne aus. Ebenso verfuhr er mit drei weiteren, dann setzte er sie alle nacheinander in Bewegung. Sie wälzten sich vorwärts, die Schaufeln brachen die Metallwand der Kaserne auf, das Dach stürzte ein. Die Wuchtwagen fuhren fort, schoben sich längs durch die Innenräume, zerdrückten alles, was ihnen im Weg lag.

Xanten nickte zutiefst befriedigt und kehrte zu dem

* Wuchtwagen, wie die Meks ursprünglich Sumpflebewesen von Etamin Neun, waren große, rechteckige Muskelpakete, eingehängt in rechtwinklige Rahmen und durch eine synthetische Haut vor Sonnenlicht, Insekten und Nagetieren geschützt. Sirupsäcke waren mit ihren Verdauungsorganen verbunden, Drähte führten in die motorischen Zentren ihrer rudimentären Gehirne. Die Muskeln waren an Kipphebel angeklemmt, welche Rotoren und Triebräder bewegten. Die Wuchtwagen, ökonomisch, langlebig und gefügig, wurden hauptsächlich für schwere Transporte, Erdarbeiten, tiefes Pflügen und andere mühselige Aufgaben eingesetzt.

Wuchtwagen zurück, den er für den eigenen Gebrauch zurückbehalten hatte. Auf dem Sitz thronend, wartete er. Kein einziger Mek kam aus der Kaserne. Anscheinend waren sie alle abwesend, die ganze Mannschaft in den Hangars beschäftigt. Zumindest waren – hoffentlich – die Sirupvorräte zerstört, und viele würden verhungern.

Aus der Richtung der Hangars kam ein einzelner Mek, offensichtlich durch den Lärm des Zerstörungsaktes angelockt. Xanten duckte sich in den Sitz, und als er vorbeiging, schlang er die Peitsche um seinen kurzen Hals. Er zog an – der Mek wurde zu Boden geschleudert.

Xanten sprang herunter und nahm das Schrotgewehr an sich. Hier hatte er es mit einem zweiten der größeren Meks zu tun, und jetzt nahm Xanten wahr, daß er keine Sirupsäcke hatte: Ein Mek im Urzustand. Verblüffend! Wie hatte dieses Wesen überlebt? Plötzlich taten sich eine Menge neuer Fragen auf – von denen er hoffentlich einige würde beantworten können. Xanten, der auf dem Kopf des Wesens stand, schlug die langen Antennenstacheln ab, die aus dem hinteren Teil des Schädels ragten. Jetzt war der Mek isoliert, allein, auf sich gestellt – eine Situation, die den stärksten Mek apathisch machte.

»Auf!« befahl Xanten. »Hinten auf den Wagen!« Er unterstrich die Anordnung mit einem Peitschenknall.

Der Mek schien zunächst geneigt, sich ihm zu widersetzen, aber nach ein oder zwei Schnaufern gehorchte er. Xanten kletterte in den Sitz und setzte den Wuchtwagen gen Norden in Bewegung. Die Vögel waren unfähig, ihn und den Mek zu tragen – oder würden zumindest so lautstark schreien und jammern, daß man verführt wäre, ihnen Glauben zu schenken. Sie mochten die verabredete Stunde des morgigen Sonnenuntergangs abwarten oder auch nicht; höchstwahrscheinlich würden sie die Nacht über in einem Baum schlafen, schlechtgelaunt erwachen und sofort zu Burg Hagedorn zurückkehren.

Stunde um Stunde wälzte sich der Wuchtwagen durch die Nacht, auf seinem Sitz Xanten und auf der Ladefläche kauernd der Gefangene.

Kapitel Drei

1

Die Edelleute der Burgen vermieden es trotz ihrer Selbstsicherheit, nachts durch das Land zu streifen.

Manche verspotteten dies als furchtsam-abergläubisch, andere beriefen sich auf Reisende, die neben zerfallenen Ruinen übernachtet hatten und später von Erscheinungen heimgesucht wurden: gespenstische Musik, die sie vernommen hatten, oder das Wimmern der Mondmirkins, oder die fernen Hörner von Geisterjägern. Andere hatten blaßlila und grüne Lichter gesehen und Phantome, die mit großen Schritten durch den Wald liefen; und die Hode-Abtei, ein dumpfiger Trümmerhaufen, war berüchtigt für die Weiße Hexe und den beunruhigenden Tribut, den sie forderte.

Hunderte solcher Fälle waren bekannt, und wenn die nüchternen Naturen auch spotteten, so reiste doch niemand ohne Grund nachts durch das Land. In der Tat: Wenn Geister wirklich bevorzugt die Orte der Tragödie und des Leides heimsuchten, dann mußte die Landschaft der Alten Erde Heimat unzähliger Gespenster und Erscheinungen sein – insbesondere das Gebiet, durch das Xanten seinen Wuchtwagen lenkte, wo jeder Stein, jede Wiese, jedes Tal und jede Schlucht mit einer dicken Schicht menschlichen Wirkens überzogen war.

Der Mond stieg höher; der Wagen rollte auf einer alten Straße nordwärts, deren zerbrochene Betonplatten blaß im Mondlicht schimmerten. Zweimal sah Xanten orangefarbene Lichter beiseite huschen, und einmal glaubte er, im Schatten einer Zypresse stehend, eine große, stille Gestalt zu erkennen, die sein Vorüberziehen beobachtete. Der gefangene Mek saß da und heckte – Xanten wußte es nur zu gut – Böses aus. Seiner Stacheln beraubt, mußte er sich entfremdet, verstümmelt, verwirrt fühlen, aber Xanten war sich bewußt, daß er durchaus nicht vor sich hin döste. Die Straße führte durch eine Stadt, von der noch einige Gebäude standen. Noch nicht einmal die Nomaden suchten in diesen alten Städten Zuflucht, sie fürchteten Seuchen oder vielleicht den Duft von Kummer und Schmerz.

Der Mond erreichte seinen Zenit. Die Landschaft dehnte sich in hundert Schattierungen von Silber, Schwarz und Grau. Als er sich umsah, dachte Xanten, daß trotz all der beachtlichen Vorzüge zivilisierten Lebens doch etwas für die Weite und Einfachheit des Nomadenlandes sprach. Der Mek machte eine verstohlene Bewegung. Xanten drehte nicht einmal seinen Kopf. Er ließ die Peitsche schnalzen. Der Mek wurde still.

Die ganze Nacht hindurch rollte der Wuchtwagen über die alte Straße, während der Mond im Westen sank. Der östliche Horizont erglühte grün und zitronengelb, und gerade als der bleiche Mond verschwand, erhob sich die Sonne über die ferne Silhouette der Berge. In diesem Augenblick erspähte Xanten rechter Hand eine Rauchfahne.

Er hielt den Wagen an. Auf dem Sitz stehend, verrenkte er sich den Hals und erspähte ein Nomadenlager in vierhundert Metern Entfernung. Er konnte drei bis vier Dutzend Zelte verschiedener Größe erkennen und ein Dutzend verwahrloster Wuchtwagen. Auf dem großen Zelt des Hetmans glaubte er ein schwarzes Schriftzeichen zu sehen, an das er sich erinnerte. Wenn dem so war, war dies der Stamm, der nicht lange zuvor in Hagedorns Domäne eingedrungen und von O. Z. Garr zurückgeworfen worden war.

Xanten ließ sich auf dem Sitz nieder, brachte seine Kleidung in Ordnung, setzte den Wuchtwagen in Bewegung und hielt auf das Lager zu.

Hundert schwarzverhüllte Männer, groß und mager wie Frettchen, beobachteten sein Nahen. Einige sprangen vor, legten Pfeile in ihre Bögen und zielten auf sein Herz. Xanten wandte sich mit herablassend-fragendem Blick zu ihnen um, lenkte den Wagen vor das Zelt des Hetmans und hielt. Er richtete sich auf. »Hetman!« rief er. »Bist du wach?«

Der Hetman teilte die Leinwand, die den Eingang seines Zeltes abschloß, spähte hinaus und trat einen Moment später vor.

Wie die anderen trug er einen Umhang aus dünnem, schwarzem Stoff, der sowohl Kopf als auch Körper verhüllte. Sein Gesicht lugte durch eine viereckige Öffnung: schmale blaue Augen, eine grotesk lange Nase, ein schiefes Kinn, lang und scharf.

Xanten nickte ihm knapp zu. »Sieh dir das an.« Er wies mit dem Daumen auf den Mek im hinteren Teil des Wagens. Der Hetman bewegte seine Augen, betrachtete den Mek eine Zehntelsekunde lang und sah dann wieder Xanten prüfend an. »Seine Art hat gegen die Edelmänner revoltiert«, sagte Xanten. »Tatsächlich massakrieren sie alle Menschen der Erde. Daher machen wir von Burg Hagedorn euch folgendes Angebot: Kommt zur Burg Hagedorn. Wir werden euch ernähren, kleiden und bewaffnen. Wir werden euch Disziplin und die Künste der konventionellen Kriegsführung lehren. Wir werden die erfahrensten Führungskräfte unserer Streitmacht zur Verfügung stellen. Wir werden dann die Meks vernichten, sie von der Erde tilgen. Nach diesem Feldzug werden wir euch zu technischen Facharbeitern ausbilden, und ihr könnt lohnende und interessante Karrieren im Dienste der Burgen einschlagen.«

Einen Moment lang zeigte der Hetman keine Reaktion. Dann verzog sich sein wettergegerbtes Gesicht zu einem grausamen Grinsen. Er sprach mit einer Stimme, die Xanten überraschend klangvoll fand. »Also haben eure Biester sich endlich aufgerafft, euch zu zerfetzen! Ein Jammer, daß sie so lange mitgespielt haben! Na, uns ist das egal. Ihr seid beide fremde Völker, und früher oder später müssen eure Knochen gemeinsam in der Sonne bleichen.«

Xanten gab Verständnislosigkeit vor. »Wenn ich dich richtig verstanden habe, drängst du darauf, daß angesichts dieses Angriffes der Fremdlinge alle Menschen eine gemeinsame Front aufbauen und dann, nach dem Sieg, zu allseitigem Nutzen weiter zusammenarbeiten müssen. Ist das korrekt?«

Das Grinsen des Hetmans wollte nicht enden. »Ihr seid keine Menschen. Einzig wir vom Boden der Erde und vom Wasser der Erde sind Menschen. Ihr und eure sonderbaren Sklaven seid gleichermaßen Fremde. Wir wünschen viel Erfolg beim gegenseitigen Abschlachten.«

»Je nun«, erklärte Xanten, »Ich habe dich also recht verstanden. Appelle an eure Loyalität fruchten nicht, soviel steht fest. Was ist aber mit Eigennutz? Die Meks werden, wenn sie an den Edelleuten der Burgen scheitern, sich gegen die Nomaden wenden und sie wie Ameisen zertreten.«

»Wenn sie uns angreifen, werden wir gegen sie kämpfen«, sagte der Hetman. »Im übrigen können sie tun, was sie wollen.«

Xanten blickte nachdenklich in den Himmel. »Wir könnten bereit sein, selbst jetzt noch, ein Kontingent von Nomaden in den Dienst von Burg Hagedorn zu nehmen, um einen Kader zu bilden, der eine größere, beweglichere Gruppe um sich scharen könnte.«

Von der Seite rief ein anderer Nomade in beleidigendem, höhnischem Ton: »Ihr wollt Säcke auf unsere Rücken nähen, in die ihr euren Sirup gießen könnt, was?«

Xanten gab mit ruhiger Stimme zurück: »Der Sirup ist höchst nahrhaft und befriedigt alle körperlichen Bedürfnisse.«

»Warum nehmt ihr selbst ihn dann nicht zu euch?«

Xanten ließ sich nicht zu einer Antwort herab.

Der Hetman sprach. »Wenn ihr uns Waffen anbieten wollt, werden wir sie nehmen und gegen jeden verwenden, der uns bedroht. Wenn ihr um euer Leben bangt, verlaßt eure Burgen und werdet Nomaden.«

»Um unser Leben bangen?« rief Xanten aus. »Was für ein Unsinn! Nie! Burg Hagedorn ist uneinnehmbar, auch Janeil, und die meisten anderen Burgen ebenfalls.«

Der Hetman schüttelte den Kopf. »Wann immer wir

wollen, könnten wir Burg Hagedorn nehmen und euch Laffen im Schlaf ermorden.«

»Was?« schrie Xanten in höchster Empörung. »Kann das dein Ernst sein?«

»Aber sicher. In einer dunklen Nacht würden wir einen Mann mit einem Flugdrachen aufsteigen lassen und ihn auf den Zinnen absetzen. Er würde ein Tau herunterlassen und Leitern hochziehen, und binnen fünfzehn Minuten fällt die Burg.«

Xanten faßte sich ans Kinn. »Genial, aber undurchführbar. Die Vögel würden einen solchen Drachen entdecken. Oder es gäbe im kritischen Augenblick eine Flaute ... Aber das geht alles an der Sache vorbei. Die Meks haben keinen Drachen. Sie planen einen Aufmarsch vor Janeil und Hagedorn, und dann werden sie in ihrer Enttäuschung weiterziehen und Nomaden jagen.«

Der Hetman trat einen Schritt zurück. »Und? Wir haben vergleichbare Angriffe der Menschen von Hagedorn überlebt. Feiglinge allesamt. Mann gegen Mann, mit gleichen Waffen, würden wir euch Dreck fressen lassen wie die Hunde, die ihr wirklich seid.«

Xanten zog in eleganter Verachtung die Augenbrauen hoch. »Ich fürchte, du vergißt dich. Du sprichst mit einem Klanältesten von Burg Hagedorn. Nur Müdigkeit und Langeweile halten mich davon ab, dich mit dieser Peitsche zu züchtigen.«

»Pah«, sagte der Hetman. Er bedeutete einem seiner Bogenschützen mit dem Finger, näherzutreten. »Spieße dieses unverschämte Herrchen auf.«

Der Bogenschütze schoß einen Pfeil ab, aber Xanten, der auf so etwas gefaßt war, feuerte seine Energiepistole ab und zerstörte den Pfeil, den Bogen und die Hand des Schützen. Er sagte: »Ich sehe, ich muß euch den üblichen Respekt vor den über euch Stehenden beibringen; also muß ich doch die Peitsche sprechen lassen.« Er packte den Hetman an den Haaren, wand die Peitschenschnur geschickt einmal, zweimal, dreimal um seine schmalen Schultern. »Das soll genügen. Ich kann euch nicht zum

Kämpfen zwingen, aber zumindest den schicklichen Respekt kann ich fordern.« Er sprang auf den Boden, hob den Hetman hoch und warf ihn auf die Ladefläche neben den Mek. Nachdem er den Wuchtwagen zurückgesetzt und gewendet hatte, verließ er das Lager, ohne nur einen Blick über seine Schultern zu werfen. Die Lehne des Sitzes schützte seinen Rücken vor Pfeilen.

Der Hetman strampelte aufgeregt, zückte seinen Dolch. Xanten wandte sich ein wenig zu ihm um. »Hüte dich! Oder ich binde dich an den Wagen, und du darfst im Staub hinter uns herlaufen.«

Der Hetman zögerte, stieß ein zischelndes Geräusch aus und wich zurück.

Er blickte auf sein Messer, drehte es um und ließ es mit einem Grunzen wieder in der Scheide verschwinden. »Wohin bringst du mich?«

Xanten hielt den Wagen an. »Nicht weiter. Ich wollte dein Lager lediglich in Würde verlassen können, ohne einem Hagel von Pfeilen ausweichen zu müssen. Du darfst absteigen. Ich nehme an, du lehnst es immer noch ab, deine Männer in Burg Hagedorns Dienst zu stellen?«

Der Hetman ließ noch einmal zischelnd Luft zwischen den Zähnen entweichen. »Wenn die Meks die Burgen zerstört haben, werden wir die Meks zerstören, und die Erde wird von Sternen-Dingen gesäubert sein.«

»Ihr seid eine Bande von störrischen Wilden. Nun gut, steig ab und kehre zu deinem Feldlager zurück. Überleg es dir gut, bevor du dich noch einmal respektlos vor einem Klanältesten von Burg Hagedorn aufführst.«

»Pah«, murmelte der Hetman.

Er sprang vom Wagen und stolzierte auf dem Pfad zu seinem Lager davon.

2

Gegen Mittag erreichte Xanten das Ferne Tal, den äußersten Zipfel von Hagedorns Ländereien.

Ganz in der Nähe lag ein Dorf von Büßern: Unzufriedene und Neurastheniker in den Augen der Burgleute, und in jeder Hinsicht eine kuriose Gruppe. Einige wenige hatten beneidenswerte Stellungen innegehabt, andere waren Gelehrte von anerkannter Belesenheit, aber wieder andere waren Personen ohne Würde und Namen gewesen, Anhänger der bizarrsten und extremsten Philosophie. Alle verrichteten nun mühselige Arbeit, die sich nicht von der an die Bauern delegierten Plackerei unterschied, und alle schienen eine perverse Befriedigung aus dem zu ziehen, was nach den Kriterien der Burg Schmutz, Armut und Erniedrigung war.

Wie zu erwarten, war ihr Glaubensbekenntnis alles andere als einheitlich. Einige sollten besser als »Nonkonformisten« oder »Nichtsozialisierte« bezeichnet werden; eine andere Gruppe war die der »passiven Büßer«, und eine dritte, eine Minderheit, sprach sich für ein dynamisches System aus.

Zwischen Burg und Dorf gab es wenig Kontakt. Gelegentlich tauschten die Büßer Früchte oder feines Holz gegen Werkzeug, Nägel und Medikamente; oder die Edelleute zogen in Gesellschaften ins Dorf, um die Büßer tanzen und singen zu sehen. Xanten hatte das Dorf bei vielen solcher Gelegenheiten besucht und fühlte sich angezogen von dem ungekünstelten Charme und der Ungezwungenheit dieser Leute in ihrem Spiel. Als er nun am Dorf vorbeikam, bog Xanten in einen Pfad ein, der zwischen hohen Brombeerhecken hindurch und auf eine Gemeinschaftsweide führte, wo Ziegen und Rinder grasten. Xanten stoppte den Wagen im Schatten und sah, daß der Sirupsack noch voll war. Er sah sich zu seinem Gefangenen um. »Was ist mir dir? Wenn du Sirup brauchst, bediene dich selbst. Aber nein, du hast keinen

Sack. Wovon ernährst du dich dann? Schlamm? Widerwärtige Kost. Ich fürchte, hier ist nichts faulig genug für deinen Geschmack. Schlucke Sirup oder kaue Gras, wenn du willst; streune nur nicht zu weit vom Wagen weg, ich beobachte dich sehr genau.«

Der Mek, der zusammengesunken in einer Ecke hockte, gab nicht zu erkennen, daß er begriffen hatte, er bewegte sich auch nicht, um Xantens Angebot wahrzunehmen.

Xanten ging zu einer Tränke hinüber, hielt seine Hände unter das Rinnsal, das aus der Zuleitung quoll, wusch sich das Gesicht und trank ein oder zwei Züge aus der hohlen Hand.

Als er sich umdrehte, stand er einigen Dorfleuten gegenüber. Einen von ihnen kannte er gut, ein Mann, der Godalming hätte werden können, oder gar Aure, wäre er nicht vom Büßertum angesteckt worden.

Xanten vollführte einen höflichen Gruß. »A. G. Philidor: Ich bin es, Xanten.«

»Xanten, natürlich. Aber hier bin ich nicht mehr A. G. Philidor, sondern einfach Philidor.«

Xanten verbeugte sich. »Ich bitte um Entschuldigung. Ich habe die absolute Strenge Eurer Formlosigkeit nicht erfaßt.«

»Erspart mir euren Esprit«, sagte Philidor. »Warum bringt Ihr uns einen geschorenen Mek? Zur Adoption vielleicht?« Damit spielte er auf die Gewohnheit der Edelleute an, überzählige Kinder ins Dorf zu bringen.

»Und wer versucht jetzt, sich geistreich zu geben? Aber habt Ihr die Neuigkeiten noch nicht gehört?«

»Neuigkeiten erreichen uns stets zuletzt. Die Nomaden sind besser informiert.«

»Macht Euch auf eine Überraschung gefaßt. Die Meks haben gegen die Burgen revoltiert. Halycorn und Delora sind geschleift, alle Menschen dort getötet. Vielleicht sind es jetzt schon mehr.«

Philidor schüttelte den Kopf. »Das überrascht mich nicht.«

»Aber seid Ihr nicht betroffen?«

Philidor dachte nach. »In Maßen. Unsere eigenen Pläne, die nie besonders realistisch sind, rücken jetzt in größere Ferne als je zuvor.«

»Es scheint mir«, sagte Xanten, »daß Ihr einer ernsten und unmittelbaren Gefahr gegenübersteht. Die Meks beabsichtigen mit Sicherheit, jede Spur der Menschheit auszutilgen. Ihr werdet dem nicht entgehen.«

Philidor hob die Schultern. »Möglich, daß diese Gefahr besteht... Wir werden darüber beraten und entscheiden, was zu tun ist.«

»Ich kann euch einen Vorschlag unterbreiten, der Euch gefallen könnte. Unser erstes Ziel muß es natürlich sein, den Aufstand niederzuschlagen. Es gibt mindestens ein Dutzend Büßergemeinden mit einer Gesamtbevölkerung von zwei-, dreitausend – vielleicht mehr. Ich schlage vor, daß wir eine Truppe rekrutieren und die Leute hervorragend schulen, mit den Waffenbeständen von Burg Hagedorn ausrüsten und unter das Kommando von Hagedorns fähigsten Militärtheoretikern stellen.«

Philidor starrte ihn ungläubig an.

»Ihr erwartet von uns, den Büßern, daß wir Soldaten werden?«

»Warum nicht?« fragte Xanten naiv. »Euer Leben steht nicht minder auf dem Spiel als unseres.«

»Man stirbt nur einmal.«

In Xantens Antwort schwang Entrüstung mit. »Was? Kann der Mann, der so spricht, einst Edelmann von Hagedorn gewesen sein? Ist das die Haltung, mit der ein Mann von Stolz und Tapferkeit einer Gefahr entgegentritt? Ist dies die Lehre der Geschichte? Natürlich nicht! Euch muß ich da keinen Nachhilfeunterricht erteilen; Ihr seid so klug wie ich.«

Philidor nickte. »Ich weiß, daß die Geschichte des Menschen keine Aneinanderreihung seiner technischen Triumphe, seiner Niederlagen, seiner Siege ist. Sie ist eine Komposition, ein Mosaik aus Milliarden Teilen, die Bilanz der Übereinkünfte aller Menschen mit ihrem Gewissen. Dies ist die wahre Geschichte der menschlichen Rasse.«

Xanten machte eine affektierte Geste. »A. G. Philidor, Ihr versimpelt die Dinge aufs schlimmste. Haltet Ihr mich für beschränkt? Es gibt viele Arten von Geschichte. Sie wirken aufeinander. Ihr legt Wert auf die Moral. Aber die Grundbedingung für Sittlichkeit ist das Überleben. Was heißt, daß das Überleben gut ist, woraus folgt, daß das Sterben schlecht ist.«

»Gut gesagt!« erklärte Philidor. »Doch laßt mich eine Parabel vortragen. Darf eine Nation von Millionen Existenzen ein Wesen vernichten, das andernfalls alle mit einer verheerenden Krankheit infizieren würde? Ja, werdet Ihr sagen. Das Ganze noch mal: Zehn hungrige Bestien jagen Euch, den sie fressen wollen. Werdet Ihr sie töten, um euer Leben zu retten? Wieder sagt Ihr ja, obgleich Ihr hier mehr Wesen vernichtet als rettet. Auf ein neues: Ein Mann siedelt in einer Hütte in einem einsamen Tal. Hundert Raumschiffe kommen vom Himmel und schicken sich an, ihn zu vernichten. Darf er diese Schiffe in einem Akt von Selbstverteidigung zerstören, obwohl er allein Hunderttausenden gegenübersteht? Vielleicht sagt Ihr ja. Was nun, wenn eine ganze Welt, eine ganze Rasse von Wesen sich geschlossen gegen diesen Mann stellt? Darf er sie alle töten? Was, wenn die Angreifer Menschen sind wie er? Was, wenn er das Wesen aus unserem ersten Beispiel wäre, das eine Welt anzustecken droht? Ihr seht, dies ist kein Gebiet, in dem ein einfacher Prüfstein von Nutzen wäre. Wir haben gesucht und keinen gefunden. Und daher haben wir – nein, ich kann nur für mich sprechen – habe ich mich, wobei ich Frevel am Prinzip des Überlebens in Kauf nehme, für eine Moral entschieden, die mir zumindest Seelenfrieden gibt. Ich töte – nichts. Ich vernichte – nichts.«

»Pah!« stieß Xanten geringschätzig aus. »Wenn eine Mekkompanie dieses Tal beträte und eure Kinder zu töten begänne, würdet Ihr sie nicht verteidigen?«

Philidor preßte die Lippen zusammen und wandte sich ab. Ein anderer sprach an seiner Stelle: »Philidor hat die Moral definiert. Aber wer handelt durch und durch moralisch? Philidor – oder ich, oder Ihr – könnte in einem solchen Fall die Tugendhaftigkeit hintanstellen.«

Philidor sagte: »Seht Euch um. Ist unter uns ein Mensch, an den Ihr Euch erinnert?«

Xanten sah prüfend in die Runde. Ganz in der Nähe stand ein Mädchen von außerordentlicher Schönheit. Es trug eine weiße Schürze, in dem schwarzen Haar, dessen Locken ihr bis auf die Schultern reichten, steckte eine rote Blüte. Xanten nickte. »Ich sehe die Jungfer, die O. Z. Garr in seinen Haushalt einzuführen gedachte.«

»Richtig«, sagte Philidor. »Entsinnt Ihr Euch der Umstände?«

»Allerdings, sehr gut. Der Rat der Notablen legte energisch Einspruch ein – wenn auch aus keinem anderen Grund als der Gefährdung unserer Populationsbegrenzungs-Gesetze. O. Z. Garr versuchte auf diese Weise, die Gesetze zu umgehen. ›Ich halte mir Phains‹, sagte er. ›Bisweilen habe ich sechs oder gar acht von ihnen, und nirgends höre ich ein Wort des Protests. Ich werde dieses Mädchen Phain nennen, und es unter ihnen wohnen lassen.‹ Ich und viele andere protestierten. Über diese Angelegenheit wäre es beinahe zu einem Duell gekommen. O. Z. Garr war gezwungen, auf das Mädchen zu verzichten.

Sie wurde meiner Obhut übergeben, und ich brachte sie ins Ferne Tal.«

Philidor nickte. »So war es. Nun – wir versuchten, Garr von der Sache abzuhalten. Er lehnte es ab, von uns belehrt zu werden, und schickte seine Jagdtruppe von vielleicht dreißig Meks, um uns einzuschüchtern. Wir gaben nach. War das tugendsam? Sind wir stark oder schwach?«

»Manchmal ist es besser,« sagte Xanten, »die Tugenden zu mißachten. Auch, wenn O. Z. Garr ein Edelmann ist und Ihr nur Büßer seid ... Genauso ist die Sachlage bezüglich der Meks. Sie vernichten die Burgen und alle Menschen der Erde. Wenn Moral hier ergebene Duldung heißt, dann muß auf Moral verzichtet werden!«

Philidor lachte bitter in sich hinein. »Welch bemerkenswerte Lage! Die Meks hier sind, wie die Bauern und Phains und Vögel, zum Vergnügen der Menschen verändert, verschleppt und versklavt worden. Dies ist tatsächlich unsere Schuld, für die wir büßen müssen, und jetzt wollt Ihr uns diese Schuld bereinigen lassen.«

»Es ist ein Fehler, allzu lange über die Vergangenheit nachzugrübeln«, entgegnete Xanten. »Aber wenn Ihr Eure Freiheit zu grübeln bewahren wollt, lege ich Euch nahe, jetzt gegen die Meks zu kämpfen oder zumindest in der Burg Zuflucht zu suchen.«

»Ich nicht«, erklärte Philidor. »Vielleicht werden sich andere dafür entscheiden.«

»Ihr wollt hier darauf warten, getötet zu werden?«

»Nein. Ich und zweifellos auch andere werden in die fernen Berge fliehen.«

Xanten erklomm den Wuchtwagen. »Wenn Ihr Euren Standpunkt ändert, kommt zu Burg Hagedorn.«

Er fuhr an.

Die Straße führte weiter durch das Tal, wand sich einen Berghang hinauf, überquerte einen Kamm. Weit vor ihm stand, ein Schattenriß gegen den Himmel, die Burg Hagedorn.

Kapitel Vier

1

Xanten erstattete dem Rat Bericht.

»Die Raumschiffe können nicht eingesetzt werden. Die Meks haben sie manövrierunfähig gemacht. Jeder Plan, Hilfe von den Heimatwelten zu erbitten, ist sinnlos.«

»Das sind betrübliche Neuigkeiten.« Hagedorn zog eine Grimasse. »Na ja, soviel also dazu.«

Xanten fuhr fort. »Als ich mit dem Wuchtwagen zurückfuhr, stieß ich auf einen Nomadenstamm. Ich ließ den Hetman kommen und legte ihm die Vorzüge dar, die seine Leute im Dienste von Burg Hagedorn genießen würden. Die Nomaden kennen, fürchte ich, weder Anstand noch Gehorsam. Der Hetman gab eine derart grobe Antwort, daß ich voller Abscheu das Lager verließ. Im Fernen Tal besuchte ich das Dorf der Büßer und trug ein ähnliches Angebot vor, ohne großen Erfolg. Sie sind so idealistisch wie die Nomaden flegelhaft. Beide legen eine überängstliche Haltung an den Tag. Die Büßer sprachen davon, in den Bergen Zuflucht zu suchen. Die Nomaden werden sich vermutlich in die Steppe zurückziehen.«

Beaudry schnaubte verächtlich. »Wie könnte Flucht ihnen helfen? Vielleicht gewinnen sie ein paar Jahre – aber schließlich werden die Meks auch den letzten von ihnen gefunden haben; so weit geht ihre Gründlichkeit.«

»In dieser Zeit«, erklärte O. Z. Garr verdrießlich, »hätten wir sie zu einer wirkungsvollen Nahkampftruppe ausbilden können, zum Besten aller. Aber gut, sollen sie verschwinden; wir sind hier sicher.«

»Sicher ja«, sagte Hagedorn düster. »Aber was ist, wenn die Energieversorgung zusammenbricht? Wenn die Aufzüge steckenbleiben? Wenn die Klimaanlage ausfällt, so daß wir entweder ersticken oder erfrieren? Was dann?«

O. Z. Garr schüttelte grimmig den Kopf. »Wir müssen uns auf unwürdige Behelfsmaßnahmen einrichten und dabei so gut als möglich den Anstand wahren. Aber die Technik der Burg ist in tadellosem Zustand, und ich erwarte für wohl fünf bis zehn Jahre kaum einen Leistungsabfall oder gar Versagen. In dieser Zeit kann eine Menge geschehen.«

Claghorn, der lässig in seinem Sessel lehnte, sagte endlich: »Dieses Programm ist durch und durch passiv. Es ist ebenso kurzsichtig wie der Rückzug der Nomaden und Büßer.«

O. Z. Garr gab mit ausgewählt höflicher Stimme zurück: »Es ist Claghorn wohl bekannt, daß mich niemand an höflicher Aufrichtigkeit, Zuversicht und Offenheit übertrifft, kurz: dem Gegenteil von Teilnahmslosigkeit. Aber ich weigere mich, eine dumme kleine Unannehmlichkeit zu überhöhen, indem ich ihr ernsthafte Aufmerksamkeit schenke. Wie kann er dieses Verhalten als passiv einstufen? Hat der angesehene und ehrwürdige Kopf der Claghorns einen Vorschlag, der unserem Status, unserem Niveau und unserer Selbstachtung eher gerecht wird?«

Claghorn nickte langsam und setzte ein schwaches Lächeln auf, das O. Z. Garr entsetzlich selbstgefällig fand. »Es gibt einen einfachen und effektiven Weg, über den die Meks geschlagen werden könnten.«

»Also dann!« schrie Hagedorn. »Warum so zauderlich? Laßt ihn uns wissen!«

Claghorn überblickte den samtüberzogenen Tisch und betrachtete das Gesicht eines jeden: der ruhige Xanten; Beaudry, stämmig, unbeugsam, das Gesicht zu dem üblichen unangenehmen, fast spöttischen Ausdruck verzogen; der alte Isseth, so ansehnlich, aufrecht und vital wie der schneidigste Kadett; Hagedorn, besorgt, mürrisch, seine Verwirrtheit allzu offen zur Schau tragend; der elegante Garr; Overwhele, der wütend an die Unannehmlichkeiten der Zukunft dachte; Aure, der mit seinem Elfenbeintäfelchen spielte, entnervt, niedergeschlagen oder verdrießlich; die anderen, die vielfältigste Bilder von Zweifel, Vorahnung, Hochmut, düsterem Groll und Unruhe darboten – und was Floy anging: ein stilles Lächeln, oder, wie Isseth es später charakterisierte, ein schwachsinniges Grinsen, das Ausdruck seiner totalen Gleichgültigkeit dieser lästigen Angelegenheit gegenüber sein sollte.

Claghorn prüfte diese Mienen und schüttelte den Kopf.

»Ich werden diesen Plan im Augenblick nicht vortragen, weil ich fürchte, daß er undurchführbar ist. Aber ich muß betonen, daß Burg Hagedorn unter keinen Umständen wieder sein wird wie früher, selbst wenn wir die Mek-Attacke überstehen sollten.«

»Pah!« rief Beaudry aus. »Wir verlieren unsere Würde, wir machen uns lächerlich, schon indem wir über diese Tiere reden.«

Xanten rührte sich. »Ein ekelhaftes Thema, aber erinnert Euch! Halycorn ist zerstört, und Delora, und vielleicht andere. Wir dürfen die Köpfe nicht in den Sand stecken! Die Meks lösen sich nicht in Luft auf, nur weil wir sie ignorieren.«

»Auf jeden Fall«, meinte O. Z. Garr, »sind Janeil und wir hier sicher. Die anderen, sofern sie nicht schon abgeschlachtet sind, täten gut daran, uns für die Dauer dieses Zwischenfalls zu besuchen, wenn sie die Erniedrigung der Flucht vor sich selbst rechtfertigen können. Ich für meinen Teil bin überzeugt, daß die Meks bald reumütig zurückkehren und voller Eifer ihre Arbeiten wieder aufnehmen werden.«

Hagedorn schüttelte schwermütig den Kopf. »Das kann ich schwerlich glauben. Aber nun gut, wir sollten uns vertagen.«

2

Das Funksprechsystem war das erste aus der unermeßlichen Fülle von elektrischen und mechanischen Geräten in der Burg, das zusammenbrach. Der Schaden trat so plötzlich ein und war so irreparabel, daß einige der Theoretiker, insbesondere I. K. Hard und Uegus, behaupteten, die Meks hätten vor ihrem Verschwinden die Anlage sabotiert. Andere merkten an, daß das System niemals absolut zuverlässig gewesen war, und daß die Meks dagegen waren, ununterbrochen an den Leitungen herumzubasteln, so daß der Ausfall das Resultat fehlender Wartung war. I. K. Hard und Uegus inspizierten die monströse Apparatur, konnten aber den Grund ihres Versagens nicht entdecken. Nach halbstündiger Beratung kamen sie überein, daß jeder Anlauf, das System wiederherzustellen, eine vollständige Neuplanung und -fabrikation nötig machte, einschließlich der Herstellung von Test- und Kalibrierungsgerätschaft und einer ganz neuen Serie von Einzelteilen. »Das ist offenkundig unmöglich«, stellte Uegus in seinem Bericht vor dem Rat fest. »Auch das einfachste brauchbare System nähme etliche Techniker-Jahre in Anspruch. Es ist nicht ein einziger Techniker zur Hand. Wir müssen abwarten, bis wir über ausgebildete und willige Arbeitskräfte verfügen.«

»Rückblickend wird offenbar«, stellte Isseth, das älteste Klan-Oberhaupt, fest, »daß wir in vieler Hinsicht nicht sehr vorausblickend waren. Keine Frage, daß die Menschen der Heimatwelten Primitive waren! Menschen, die scharfsinnigere Überlegungen anstellen als wir, hätten die Verbindung zwischen den Welten aufrechterhalten.«

»Nicht der Mangel an Scharfsinn oder Vorsicht waren die entscheidenden Faktoren«, behauptete Claghorn. »Die Kommunikation ist einfach deshalb unterbunden worden, weil die frühen Herrscher verhindern wollten, daß die Erde von Heimatwelt-Emporkömmlingen überrannt würde. So einfach ist das.«

Isseth grunzte und hub zu einer Erwiderung an, doch Hagedorn sagte hastig: »Unglücklicherweise sind die Raumschiffe, wie Xanten uns berichtete, unbrauchbar gemacht worden, und während einige in unseren Reihen über profunde Kenntnisse theoretischer Art verfügen, fragt sich wieder, wer die Arbeit ausführen sollte? Selbst wenn sich die Hangars und Raumschiffe in unserer Hand befänden.«

O. Z. Garr verkündete: »Gebt mir sechs Kompanieabteilungen Bauern und sechs Wuchtwagen, bestückt mit Hochleistungs-Kanonen, und ich werde die Hangars zurückerobern. Kein Problem!«

Beaudry sagte: »Schön, das ist zumindest ein Anfang. Ich werde die Ausbildung der Bauern unterstützen, und obwohl ich nichts von der Bedienung der Kanonen verstehe, könnt ihr jederzeit auf meinen Rat zurückgreifen.«

Hagedorn sah in die Runde, zitterte und zupfte an seinem Kinn herum. »Dieser Plan birgt einige Schwierigkeiten in sich. Zunächst: Wir verfügen nur über den einen Wuchtwagen, mit dem Xanten von seinem Spähgang zurückkam. Dann: Was ist mit den Energiekanonen? Hat irgend jemand sie schon inspiziert? Die Meks waren mit der Wartung betraut, aber es ist möglich, ja wahrscheinlich, daß sie auch hier Schaden angerichtet haben. O. Z. Garr, Euch schätzt man als erfahrenen Militärtheoretiker; was sagt Ihr dazu?«

»Bis heute habe ich noch keine Inspektion durchgeführt. Heute wird die Vorführung Antiker Wappenröcke uns alle bis zur Stunde des Sonnenuntergangs-Lobgesanges in Anspruch nehmen*.« Er sah auf seine

* Vorführung Antiker Wappenröcke; Stunde des Sonnenuntergangs-Lobgesanges: Die ursprüngliche Bedeutung des ersten Ausdruckes war noch bekannt; die des zweiten war verlorengegangen, und die Wendung war zur Phrase geworden, die jene Stunde am späten Nachmittag bezeichnete, in der Besuche abgestattet und Weine, Liköre und Essenzen genossen wurden: kurz, eine Zeit der Entspannung und Unterhaltung vor der förmlicheren Lustbarkeit des Abendmahls.

Uhr. »Vielleicht ist dies die beste Zeit, sich zu vertagen, bis ich in der Lage bin, detaillierte Informationen bezüglich der Kanonen zu geben.«

Hagedorn nickte schwer mit seinem Kopf. »Es ist tatsächlich schon recht spät. Treten Eure Phains heute auf?«

»Nur zwei«, antwortete O. Z. Garr. »Das Lazul und das Elfte Mysterium. Weder für die Ausgesuchte Köstlichkeit noch für meine kleine Blaue Fee kann ich etwas Passendes finden, und die Gloriana bedarf noch einiger Anleitung. Heute sollen B. Z. Maxelwans Variflors die größte Aufmerksamkeit erregen.«

»Ja«, sagte Hagedorn, »ich habe andere Bemerkungen des gleichen Inhalts gehört. Nun gut, bis morgen also. Äh, Claghorn, Ihr wolltet etwas sagen?«

»Ja, in der Tat«, meinte dieser sanft. »Wir haben schon zu wenig Zeit zu unserer Verfügung. Wir sollten das Beste daraus machen. Ich hege ernste Zweifel an der Effektivität von Bauern-Truppen. Die Bauern gegen Meks zu schicken, ist nicht besser, als Kaninchen gegen Wölfe zu stellen. Was wir viel mehr brauchen als Kaninchen, sind Panther.«

»Ah, ja«, sagte Hagedorn unbestimmt. »Ja, in der Tat.«

»Wo aber sind diese Panther zu suchen?« Claghorn blickte forschend in die Runde. »Kann niemand eine Quelle nennen? Zu schade. Also, wenn keine Panther auf den Plan treten, nehme ich an, daß Kaninchen es tun müssen. Laßt uns nun das mühsame Geschäft angehen, Kaninchen in Panther zu verwandeln, und zwar sofort. Ich schlage vor, daß wir alle Feiern und Schaustücke verschieben, bis unsere Zukunft feste Gestalt annimmt.«

Hagedorn hob die Augenbrauen, öffnete seinen Mund zu einer Erwiderung, schloß ihn wieder. Er sah Claghorn gespannt an, um herauszufinden, ob dieser scherzte oder nicht. Dann blickte er unschlüssig in die Runde.

Beaudry brach in ein blechernes Lachen aus. »Der gelehrte Claghorn scheint in Panik zu geraten.«

O. Z. Garr stellte fest: »Mit Sicherheit können wir, bei aller Würde, nicht zulassen, daß der Ungehorsam unserer Diener ein derart hektisches Augenrollen hervorruft. Ich schäme mich ja schon, es auszusprechen.«

»Ich bin nicht beschämt«, sagte Claghorn mit jener Selbstgefälligkeit, die O. Z. Garr so reizen konnte. »Ich sehe auch keinen Grund, warum Ihr es sein solltet. Unser Leben ist bedroht, eine Situation, in der ein bißchen Scham oder dergleichen zweitrangig ist.«

O. Z. Garr sprang auf die Füße, vollführte einen schroffen Gruß in Claghorns Richtung, der in dieser Form nur als bewußter Affront gelten konnte. Claghorn erhob sich und gab einen ähnlichen Gruß zurück, so feierlich und über die Maßen kompliziert, daß er Garrs Beleidigung einen burlesken Tenor verpaßte. Xanten, der O. Z. Garr verabscheute, lachte laut.

O. Z. Garr zögerte, spürte, daß unter diesen Umständen jede Forcierung der Situation als schlechte Umgangsform angesehen würde, und schritt zur Tür hinaus.

3

Die Schau Antiker Wappenröcke, ein jährliches historisches Festspiel von Phains in kostbaren Gewändern, fand in der Großen Rotunde nördlich des Zentralplatzes statt. Etwa jeder zweite Edelmann, aber weniger als ein Viertel der Damen hielt sich Phains. Diese waren ursprünglich in den Höhlen des Mondes von Albiero Sieben beheimatete Wesen, verspielt und zutraulich, die nach einigen tausend Jahren selektiver Zucht zu Sylphen von pikanter Schönheit geworden waren. Gekleidet in feine Gaze, die aus Poren hinter ihren Ohren, entlang der Oberarme und auf ihren Rücken ausgeschieden wurde, waren sie die harmlosesten aller Wesen, stets darauf bedacht zu gefallen und unschuldig-eingebildet. Die meisten Edelmänner fühlten sich zu ihnen hingezogen, einige Frauen hingegen benetzten – Gerüchten zufolge – dann und wann ein besonders verhaßtes Phain mit einer Ammoniaktinktur, die dessen Pelz den Glanz nahm und die Gaze für immer zerstörte.

Ein Edelmann, der in ein Phain vernarrt war, wurde als Witzfigur angesehen. Das Phain, obgleich sorgfältig daraufhin gezüchtet, einem hübschen Mädchen zu gleichen, wurde faltig und entstellt, wenn es sexuell mißbraucht wurde, die Gaze fiel aus oder entfärbte sich, und jeder wüßte, daß der und der Edelmann sein Phain geschändet hatte. Zumindest in dieser Hinsicht hatten die Frauen der Burgen ein Privileg inne, und sie spielten das aus, indem sie sich derart extravagant provozierend gaben, daß die Phains im Vergleich zu ihnen als die treuherzigsten und zerbrechlichsten Geschöpfe der Natur galten. Ihre Lebenserwartung betrug rund dreißig Jahre, deren letzte zehn sie sich, nachdem sie ihre Schönheit eingebüßt hatten, in graue Gaze-Mäntel einsponnen und niedere Arbeiten in Boudoirs, Küchen, Waschküchen, Kinderzimmern und Ankleideräumen verrichteten.

Die Schau Antiker Wappenröcke galt mehr dem Bestaunen der Phains denn der Wappenröcke, obwohl diese, aus Phain-Gaze gewebt, auch für sich gesehen von großer Schönheit waren.

Die Besitzer der Phains saßen in einer der vorderen Reihen, in hoffnungsvoller und stolzer Anspannung, frohlockten, wenn eine Vorstellung besonders bezaubernd gelang, versanken in schwärzeste Tiefen, wenn die rituellen Posen ohne Grazie und Eleganz eingenommen wurden. Während jeder Vorführung entlockte ein Edelmann eines anderen Klans als der des Phain-Eigentümers einer Laute höchst formvollendete Musik; die Besitzer spielten niemals zu den Auftritten ihrer eigenen Phains die Laute. Die Vorführung war niemals offiziell ein Wettbewerb, und förmlicher Beifall war nicht gestattet, aber alle Zuschauer bildeten sich eine Meinung darüber, wessen Phain das entzückendste und grazilste Geschöpf war, und das Ansehen des Besitzers erhöhte sich dadurch.

Die jetzige Schau hatte sich wegen der Flucht der Meks schon um fast eine halbe Stunde verzögert, und einige hastige Improvisationen waren unumgänglich gewesen. Aber die Edelleute von Burg Hagedorn waren nicht in der Stimmung, sich kritisch zu geben, und schenkten den gelegentlichen Fehlern keine Beachtung, die dem Dutzend junger Bauernburschen unterliefen, während sie sich mit ungewohnten Aufgaben abquälten. Die Phains waren so entzückend wie stets, als sie sich wanden, drehten, sich wiegten zu den schallenden Akkorden der Laute, ihre Finger spielen ließen, als tasteten sie nach Regentropfen, plötzlich in die Hocke gingen und dahinglitten, dann kerzengerade in die Höhe sprangen, sich schließlich verbeugten und von der Bühne hüpften.

Inmitten des Programms tappte unbeholfen ein Bauer in die Rotunde und murmelte mit gewichtiger Gestik dem Kadetten etwas zu, der ihn fragte, was er dort zu suchen habe. Der Kadett ging sofort zu Hagedorns tiefschwarzer Loge hinüber. Hagedorn hörte ihn an, nickte, sprach ein paar kurze Worte und ließ sich ruhig wieder in seinem Sitz nieder, als sei die Nachricht bedeutungslos gewesen, und das Publikum war beruhigt.

Die Belustigung ging weiter. O. Z. Garrs ergötzliches Paar lieferte eine nette Schau, aber man war sich einig, daß Lirlin, ein junges Phain von Isseth Floy Gazuneth, das das erste Mal an einer öffentlichen Vorführung teilnahm, sich am gewinnendsten darstellte.

Die Phains erschienen ein letztes Mal, führten alle gemeinsam ein halb improvisiertes Menuett auf, vollführten dann einen teils fröhlichen, teils bedauernden Abschiedsgruß und verließen die Rotunde. Einige Augenblicke lang würden die Edelmänner und Damen in ihren Logen sitzen bleiben, an Essenzen nippen, über die Vorführung reden, Liebschaften arrangieren und sich zu zärtlichen Rendezvous verabreden. Hagedorn saß da und zitterte, rieb sich die Hände. Plötzlich stand er auf. Augenblicklich kehrte Ruhe in der Rotunde ein.

»Es ist mir unangenehm, eine so erfreuliche Veranstaltung mit einer traurigen Mitteilung stören zu müssen«, sagte Hagedorn. »Aber die Nachricht hat mich gerade erreicht, und es wäre angemessen, daß alle sie kennen. Janeil-Burg wird angegriffen. Die Meks sind dort mit großer Streitmacht aufmarschiert, mit einhundert Wuchtwagen. Sie haben die Burg mit einem Damm umgeben, der einen wirkungsvollen Einsatz der Energiekanonen verhindert.

Es besteht keine unmittelbare Gefahr für Janeil, und es fällt schwer zu erfassen, was die Meks angesichts der sechzig Meter hohen Mauern glauben erreichen zu können.

Trotzdem ist die Nachricht betrüblich, und sie birgt die Möglichkeit, daß uns eine ähnliche Belagerung bevorsteht – obwohl es noch schwerer fällt zu begreifen, wie die Meks hoffen könnten, uns in Schwierigkeiten zu bringen. Unser Wasser stammt aus vier Brunnen tief in der Erde. Wir haben große Vorräte an Lebensmitteln. Unsere Energie beziehen wir von der Sonne. Wenn nötig, können wir Wasser kondensieren und Nahrung aus der Luft synthetisieren – zumindest wurde mir dies von unserem großen Biochemie-Theoretiker, X. B. Ladisnam, versichert. Aber – dies ist die Nachricht. Macht daraus, was Ihr wollt. Morgen wird der Rat der Notablen tagen.«

Kapitel Fünf

1

»Also dann«, eröffnete Hagedorn die Ratssitzung, »laßt uns dies eine Mal auf die Formalitäten verzichten. O. Z. Garr: Was ist mit unseren Kanonen?«

O. Z. Garr, der die prächtige, graue und grüne Uniform der Oberwalt-Dragoner trug, setzte behutsam seine Sturmhaube auf den Tisch, damit der Federbusch aufrecht stand. »Von zwölf Kanonen haben sich vier als normal funktionierend erwiesen. Vier sind durch Entfernung der Versorgungsleitungen sabotiert worden. Vier sind auf eine trotz gründlicher Untersuchung unerklärliche Weise sabotiert worden. Ich habe ein halbes Dutzend Bauern abkommandiert, die ein gewisses Maß an technischer Begabung zeigten, und habe sie genauestens eingewiesen. Augenblicklich sind sie damit beschäftigt, die Leitungen wieder zu verbinden: Soweit meine gegenwärtigen Informationen zu den Kanonen.«

»Halbwegs gute Neuigkeiten«, sagte Hagedorn. »Wie steht es um die geplanten bewaffneten Bauerntruppen?«

»Das Projekt läuft an. A. F. Mull und I. A. Berzelius inspizieren jetzt Bauern in Hinblick auf Rekrutierung und Ausbildung. Ich kann keine zuversichtliche Aussage über die militärische Effektivität einer solchen Truppe machen, selbst wenn sie von Männern wie A. F. Mull, I. A. Berzelius und mir angeführt wird. Die Bauern sind eine sanfte, kraftlose Rasse, hervorragend geeignet, Unkraut zu jäten, aber ohne jeden Kampfgeist.«

Hagedorn sah sich im Rat um. »Gibt es weitere Anregungen?«

Beaudry sprach mit harter, wütender Stimme. »Hätten die Schurken uns doch unsere Wuchtwagen gelassen. Wir hätten die Kanonen daraufladen können – dazu sollten selbst die Bauern in der Lage sein. Dann könnten wir nach Janeil fahren und den Hunden in den Rücken fallen.«

»Diese Meks scheinen die reinsten Teufel zu sein!« stellte Aure fest. »Was können sie nur vorhaben? Warum müssen sie nach all den Jahrhunderten plötzlich verrückt spielen?«

»Wir alle stellen uns die gleichen Fragen«, gab Hagedorn zurück. »Xanten, Ihr kamt von Eurem Erkundungsgang mit einem Gefangenen zurück. Habt Ihr versucht, ihn zu befragen?«

»Nein«, sagte Xanten. »Um die Wahrheit zu sagen: Ich habe seitdem nicht mehr an ihn gedacht.«

»Warum sollte man es nicht versuchen? Vielleicht liefert er uns ein oder zwei Anhaltspunkte.«

Xanten nickte zustimmend.

»Ich kann es probieren. Offen gesagt glaube ich nicht, dabei klüger zu werden.«

»Claghorn, Ihr seid der Mek-Experte«, sagte Beaudry. »Hättet Ihr gedacht, daß diese Wesen einen derart komplizierten Plan entsinnen können? Was hoffen sie zu gewinnen? Unsere Burgen?«

»Sie sind sicher fähig, korrekt und höchst genau zu planen«, antwortete Claghorn. »Ihre Unbarmherzigkeit überrascht mich – vielleicht mehr, als sie es sollte. Ich habe bei ihnen niemals Gelüste auf unser materielles Eigentum entdeckt, und sie zeigen keine Ansätze dessen, was wir als die Begleiterscheinungen der Zivilisation kennen: hochdifferenziertes Empfindungsvermögen und so weiter. Ich habe oft vermutet – ich möchte diesen Einfall nicht als Theorie bezeichnen –, daß die strukturelle Logik eines Gehirns wesentlich konsequenter ist, als wir annehmen. Unsere eigenen Hirne sind für das völlige Fehlen rationaler Strukturierung bekannt. Wenn ich an die Wahllosigkeit und Zufälligkeit denke, mit der unsere Gedanken entstehen, registriert, eingeordnet und wiederaufgerufen werden, wird jeder rationale Akt zu einem Wunder. Vielleicht sind wir unfähig zu Rationalität; vielleicht ist alles Denken eine Ansammlung von Impulsen, die von einem Gefühl produziert, einem zweiten überprüft und einem dritten bestätigt werden. Im Gegensatz dazu ist das Mek-Gehirn ein Wunder an offenbar umsichtiger Konstruktion. Es ist grob kubisch und besteht aus extrem kleinen Zellen, die durch organische Fibrillen miteinander in Verbindung stehen, deren jede aus nur einem Molekülstrang von vernachlässigbarem elektrischen Widerstand besteht. Innerhalb jeder Zelle befindet sich ein Film aus Quarzglas, eine Flüssigkeit veränderlicher Leitfähigkeit und dielektrischen Eigenschaften, ein Höcker aus einer komplexen Mischung von Metalloxiden. Das Gehirn ist in der Lage, große Mengen an Information nach gut strukturiertem Muster zu speichern. Keine Tatsache geht verloren, es sei denn, sie wird vorsätzlich vergessen: eine Fähigkeit, über die Meks verfügen. Das Gehirn dient auch als Funkgerät, vielleicht als Radarsender und -empfänger, obwohl ich hier nur spekulieren kann.

Was im Mek-Gehirn zu kurz kommt, ist die emotionale Seite. Ein Mek ist genau wie jeder andere; es gibt keine für uns wahrnehmbaren individuellen Unterschiede. Dies ist natürlich eine Bedingung für das Funktionieren ihres Kommunikationssystemes: undenkbar, daß eine einzigartige Persönlichkeit unter diesen Bedingungen gedeihen könnte. Sie dienten uns wirkungsvoll und – so glaubten wir – treu, weil sie für ihre Lage nichts empfanden, weder Stolz auf ihre Leistungen noch Widerwillen, noch Scham. Einfach nichts. Sie liebten und haßten uns nicht, noch tun sie es jetzt. Es fällt uns schwer, dieses emotionale Vakuum zu begreifen, wo doch jeder von uns bei jeder Gelegenheit etwas empfindet. Wir leben in einem Durcheinander von Emotionen. Sie sind so bar jeden Gefühls wie ein Eisklotz. Sie wurden in einer Weise untergebracht und versorgt, die sie zufriedenstellend fanden. Warum lehnten sie sich auf? Ich habe lange überlegt, aber der einzige Grund, den ich ausmachen kann, klingt so grotesk und unvernünftig, daß ich mich dagegen sperre, ihn ernstzunehmen. Wenn das letztlich die zutreffende Erklärung sein sollte ...«
Seine Stimme erstarb.

»Nun?« hakte O. Z. Garr gebieterisch nach. »Was dann?«

»Dann – ändert das nichts. Sie sind darauf eingestellt, die menschliche Rasse zu vernichten. Meine Spekulationen sind belanglos.«

Hagedorn wandte sich an Xanten. »All das könnte Euch bei Eurer Befragung helfen.«

»Ich nahm an, daß Claghorn mir hilft, wenn er die Güte hätte.«

»Wenn Ihr es wünscht«, sagte Claghorn, »Auch wenn die Informationen meiner Ansicht nach, ganz gleich, wie sie ausfallen, bedeutungslos sind. Uns können nur die Mittel und Wege interessieren, die Meks zurückzuschlagen und unser Leben zu retten.«

»Und – einmal abgesehen von den ›Panthern‹, die Ihr in unserer letzten Sitzung erwähntet – könnt Ihr Euch keine raffinierte Waffe vorstellen?« fragte Hagedorn drängend. »Eine Vorrichtung, um in ihren Hirnen elektrische Ströme zu induzieren, oder irgendwas in dieser Richtung?«

»Nicht durchführbar«, sagte Claghorn. »Einige Regionen in den Hirnen dieser Wesen dienen als Sicherungen. Obwohl es so sein dürfte, daß ihr Kommunikationssystem während dieser Zeit ausfiele.« Nach einem Augenblick der Besinnung fügte er nachdenklich hinzu: »Wer weiß? A. G. Bernal und Uegus sind Theoretiker, die sich mit derartigen Projekten bestens auskennen. Vielleicht könnten sie eine solche Vorrichtung konstruieren, oder mehrere, für alle Fälle.«

Hagedorn nickte und sah Uegus an. »Ist das machbar?«

Uegus schüttelte sich. »Konstruieren?! Mit Sicherheit kann ich ein solches Instrument entwerfen. Aber die Bauteile – wo? Munter in den Lagerräumen verstreut, manche funktionsfähig, andere nicht. Um irgend etwas von Bedeutung zustande zu bringen, müßte ich zu etwas derart Niedrigem wie einem Handwerksburschen, einem Mek werden.« Er war erbost, und sein Ton verhärtete sich. »Ich kann kaum glauben, daß ich gezwungen bin, auf diesen Umstand hinzuweisen. Schätzt Ihr mich und meine Talente denn so gering?«

Hagedorn beeilte sich, ihn zu besänftigen. »Selbstverständlich nicht! Ich für meinen Teil würde es niemals wagen, Euer Ehrgefühl anzugreifen.«

»Niemals!« pflichtete Claghorn bei. »Trotzdem, während des gegenwärtigen Notstandes werden uns die Demütigungen von den Ereignissen aufgedrückt. Wenn wir sie uns nicht freiwillig auferlegen.«

»Also schön«, sagte Uegus, dessen Lippen ein humorloses Lächeln umspielte. »Ihr solltet mich ins Lager begleiten. Ich werde Euch die Teile beschreiben, die aufgespürt und zusammengetragen werden müssen, und Ihr werdet die Arbeit leisten. Was sagt Ihr nun?«

»Ich sage ja, mit Freuden, falls das wirklich von Nutzen sein sollte. Allerdings kann ich wohl kaum die Arbeit für ein Dutzend verschiedener Theoretiker übernehmen. Werden mir andere unter Euch zur Seite stehen?«

Niemand gab Antwort. Die Stille war vollkommen, als hielte jeder Edelmann eine Zeitlang den Atem an.

Hagedorn setzte zu sprechen an, aber Claghorn unterbrach ihn. »Verzeiht, Hagedorn, aber wir sind hier definitiv auf ein grundlegendes Problem gestoßen, das jetzt ein für allemal gelöst werden muß.«

Hagedorn sah verzweifelt in die Runde. »Hat irgend jemand eine sachgerechte Anmerkung zu machen?«

»Claghorn muß tun, was die Natur seines Wesens ihm gebietet«, erklärte O. Z. Garr mit seidenweicher Stimme. »Ich kann ihm da keine Vorschriften machen. Was mich angeht, so kann ich meinen Status als Edelmann von Hagedorn nicht in den Schmutz ziehen. Diese Überzeugung ist für mich so selbstverständlich wie das Atmen; wenn sie jemals beeinträchtigt wird, werde ich zur Karikatur eines Edelmannes, zu einer grotesken Maske meiner selbst. Dies ist Burg Hagedorn, und wir repräsentieren die Vollendung menschlicher Zivilisation. Jedes Abweichen wird somit zur Erniedrigung; jedes scheinbar noch so zweckmäßige Absenken unseres Niveaus gerät zur Schande. Ich hörte hier jemanden das Wort ›Notstand‹ in den Mund nehmen. Was für eine erbärmliche Haltung! Das rattenartige Schnappen und Zähnefletschen solcher Kreaturen wie der Meks mit dem Wort ›Notstand‹ aufzubauschen, ist meiner Ansicht nach eines Edelmannes von Hagedorn unwürdig!«

Zustimmendes Gemurmel ging um die Ratstafel.

Claghorn lehnte sich weit in seinen Sessel zurück, das Kinn auf der Brust, als sei er völlig entspannt. Seine hellblauen Augen fixierten ein Gesicht nach dem anderen, dann wandte er sich O. Z. Garr zu, den er mit leidenschaftsloser Aufmerksamkeit betrachtete. »Unzweifelhaft zielen Eure Worte auf mich ab«, sagte er, »und ich weiß ihre Bösartigkeit zu erkennen. Aber das ist nebensächlich.« Er wandte seinen Blick von O. Z. Garr ab und starrte zu dem schweren Diamant- und Smaragdleuchter hoch. »Viel bezeichnender ist die Tatsache, daß der Rat in seiner Gänze, trotz meiner dringlichen Überzeugungsversuche, Euren Standpunkt gutzuheißen scheint. Ich kann nicht länger drängen, protestieren und richtigstellen, und ich werde Burg Hagedorn jetzt verlassen. Die Luft hier ist mir zu stickig. Ich hoffe, daß Ihr den Angriff der Meks überlebt, obgleich ich es bezweifeln muß. Sie sind eine gerissene, findige Rasse, die sich nicht mit Zweifeln und Dogmen herumschlagen muß, und wir haben ihre Fähigkeiten bei weitem unterschätzt.«

Claghorn erhob sich aus seinem Sessel und legte das Elfenbeintäfelchen in seine Mulde. »Ich sage Euch allen Lebewohl.«

Hagedorn sprang hastig auf die Füße und streckte bittend seine Arme vor. »Geht nicht im Bösen, Claghorn! Überdenkt diesen Entschluß! Wir brauchen Eure Weisheit, Eure Erfahrung!«

»Gewiß braucht Ihr sie: Aber noch mehr braucht Ihr die Fähigkeit, entsprechend dem Rat zu handeln, den ich bereits gegeben habe. Ohne das gibt es für uns keine gemeinsame Grundlage, und jeder weitere Austausch ist sinnlos und ermüdend.«

Er vollführte einen kurzen, allumfassenden Gruß und verließ die Kammer.

Hagedorn sank langsam in seinen Sessel zurück. Die anderen rutschten vor Unbehagen auf ihren Plätzen herum, hüstelten, blickten zum Kronleuchter hinauf, betrachteten ihre Elfenbeintäfelchen. O. Z. Garr flüsterte seinem Nachbarn B. F. Wyas etwas zu, dieser nickte ernst. Hagedorn sagte mit gedämpfter Stimme: »Wir werden die Gegenwart von Claghorn vermissen, seine scharfsinnigen, wenn auch unorthodoxen Einsichten ... Wir haben wenig erreicht. Uegus, vielleicht macht Ihr Euch weitere Gedanken zu dem besagten Elektroprojektor. Xanten, Ihr solltet Euch zweifellos um die Reparatur der Energiekanonen kümmern ... über diese wenigen Punkte hinaus haben wir augenscheinlich keinen allgemeinen Handlungsrahmen entwickelt, um uns selbst oder Janeil zu helfen.«

Marun meldete sich zu Wort. »Was ist mit den anderen Burgen? Gibt es sie noch? Wir haben keine Nachrichten erhalten. Ich schlage vor, daß wir Vögel zu allen Burgen schicken, um ihren Zustand in Erfahrung zu bringen.«

Hagedorn nickte. »Ja, das ist ein kluger Schritt. Vielleicht wollt Ihr Euch darum kümmern, Marun?«

»Das werde ich tun.«

»Gut. Wir vertagen uns.«

2

Die Vögel, die Marun von Aure ausgesandt hatte, kehrten einer nach dem anderen zurück. Ihre Berichte ähnelten sich:

»Inselburg ist verwüstet und verlassen. Am Strand liegen umgestürzte Marmorsäulen. Die Perlenkuppel ist eingestürzt. Leichen treiben im Wassergarten.«

»Maraval stinkt nach Tod. Edelmänner, Bauern, Phains – alle tot. Weh! Selbst die Vögel sind nicht mehr da!«

»Delora: a *ros ros ros!* Ein schauriges Bild! Kein Lebenszeichen.«

»Alume ist öd und leer. Das große Holztor ist zertrümmert. Die grüne Flamme ist erloschen.«

»Wir fanden nichts auf Halycorn. Die Bauern wurden in eine Schlucht getrieben.«

»Tuang: Schweigen.«

»Morgenlicht: tot.«

Kapitel Sechs

Drei Tage später befahl Xanten sechs Vögel an einen Flugsitz und wies sie an, erst einen großen Bogen um die Burg und dann südwärts ins Ferne Tal zu fliegen.

Die Vögel trugen ihre üblichen Beschwerden vor, hüpften dann in großen, uneleganten Sprüngen über das Flugdach, die drohten, Xanten auf das Pflaster stürzen zu lassen. Als sie schließlich in der Luft waren, schraubten sie sich in die Höhe; Burg Hagedorn schrumpfte zu einer detailreichen Miniatur zusammen, in der jedes Haus durch seine einzigartige Anordnung von Türmchen und Erkern, seinen eigenen ausgefallenen Dachverlauf, seine langen, wehenden Fähnchen gekennzeichnet war.

Die Vögel zogen den befohlenen Kreis, überflogen die Felsen und Pinien des Nordrückens; dann stellten sie ihre Schwingen schräg zum Aufwind und schwebten in Richtung Fernes Tal.

Über das liebliche Land von Hagedorn flogen die Vögel und Xanten: über Obstgärten, Felder, Weinberge, Bauerndörfer. Sie überquerten den Maudsee mit seinen Pavillons und Anlegeplätzen, die Weiden, auf denen die Hagedorn-Kühe und Schafe grasten, und erreichten bald darauf das Ferne Tal an der Grenze der Hagedorn-Ländereien.

Xanten zeigte an, wo er zu landen wünschte; die Vögel, die einen Platz näher am Dorf vorgezogen hätten, wo sie die Ereignisse hätten beobachten können, murrten und schrien erbost und setzten Xanten derart unsanft auf, daß ihn der Stoß, wäre er nicht darauf gefaßt gewesen, kopfüber hinausgeschleudert hätte.

Xanten erhob sich ohne jede Eleganz, aber immerhin kam er auf die Füße. »Wartet hier auf mich!« befahl er. »Lauft nicht herum, versucht zwischen den Halteriemen keine großartigen Tricks. Wenn ich wiederkomme, möchte ich hier sechs ruhige Vögel in sauberer Formation und unverdrillte, nicht verknäuelte Halteriemen vorfinden. Kein Gezänk, hört ihr! Kein lautes Kreischen, mit dem ihr unangenehm auffallen könntet. Unterlaßt dergleichen, wie ich es befohlen habe!«

Die Vögel schmollten, stampften mit den Füßen, zogen ihre Hälse ein und tauschten böse Kommentare aus, gerade so leise, daß Xanten sie nicht verstehen konnte. Xanten warf ihnen einen letzten mahnenden Blick zu und schritt dann den Pfad entlang, der in das Dorf führte.

Die Sträucher waren schwer mit reifen Brombeeren behangen, und einige Mädchen aus dem Dorf füllten ihre Körbe. Unter ihnen war das Mädchen, das O. Z. Garr für seinen persönlichen Gebrauch zu erwerben getrachtet hatte. Als Xanten nähergekommen war, hielt er an und entbot ihr einen höflichen Gruß. »Wir sind uns schon begegnet, wenn ich mich recht entsinne.«

Das Mädchen lächelte, ein halb wehmütiges, halb befremdetes Lächeln. »Eure Erinnerung trügt Euch nicht. Wir sind uns auf Hagedorn begegnet, wo ich gefangengehalten wurde. Und später, als Ihr mich hierher geschafft habt, nach Einbruch der Dunkelheit – obwohl ich Euer Gesicht nicht sehen konnte.« Sie reichte ihm ihren Korb. »Seid Ihr hungrig? Wollt Ihr essen?«

Xanten nahm einige Beeren. Im weiteren Verlauf des Gespräches erfuhr er, daß ihr Name Glys Süßau war, daß sie ihre Eltern nicht kannte, diese aber wahrscheinlich Edelleute von Burg Hagedorn waren, die ihre Geburtenrate überschritten hatten. Xanten betrachtete sie noch sorgfältiger als zuvor, konnte aber keine Ähnlichkeit mit einer der Hagedorn-Familien entdecken. »Ihr könntet von Burg Delora stammen. Wenn da überhaupt eine Familienähnlichkeit zu bemerken ist, dann mit den Cosanzas von Delora – einer Familie, die für die Schönheit ihrer Frauen bekannt ist.«

»Ihr seid nicht verheiratet?« fragte sie unschuldig.

»Nein«, antwortete Xanten, und tatsächlich hatte er seine Beziehung zu Araminta gerade einen Tag zuvor beendet. »Wie steht's um Euch?«

Sie schüttelte den Kopf. »Ich würde sonst keine Brombeeren pflücken; diese Aufgabe ist den Jungfern vorbehalten ... Was führt Euch ins Ferne Tal?«

»Zwei Gründe. Der erste: Euch zu sehen.« Xanten war überrascht, sich dies sagen zu hören. Aber es traf zu, wie er sich plötzlich eingestehen mußte. »Ich habe damals nicht mit Euch geredet und mich stets gefragt, ob Ihr ebenso charmant und fröhlich wie schön seid.«

Das Mädchen hob die Schultern, und Xanten konnte sich nicht sicher sein, ob sie erfreut war oder nicht – Komplimente von Edelmännern legten manchmal den Grundstein für ein trauriges Nachspiel. »Nun ja, wie dem auch sei. Ich kam auch, um Claghorn zu sprechen.«

»Er ist dort drüben«, sagte sie mit tonloser, fast kühler Stimme, und streckte ihren Arm aus. »Er wohnt in dieser Hütte.« Sie fuhr fort, Brombeeren zu pflücken. Xanten verbeugte sich und schritt zu der Hütte hinüber, auf die das Mädchen gewiesen hatte.

Claghorn, der weite, knielange Hosen aus grobem Stoff trug, war damit beschäftigt, Reisigbündel in ofengerechte Stücke zu zerhacken. Als er Xanten bemerkte, unterbrach er seine Arbeit, stützte sich auf die Axt und wischte sich den Schweiß aus dem Gesicht. »Ah, Xanten. Freut mich, Euch zu sehen. Wie steht es um die Leute von Burg Hagedorn?«

»Wie zuvor. Es gibt wenig zu erzählen, dennoch bringe ich Euch eine Neuigkeit.«

»Ach ja?« Claghorn lehnte sich auf den Stiel der Axt und musterte Xanten mit einem scharfen, blauen Blick.

»Während unseres letzten Zusammentreffens«, fuhr Xanten fort, »willigte ich ein, den gefangenen Mek zu befragen. Jetzt, nachdem das geschehen ist, bin ich betrübt, daß Ihr nicht da wart, um mir zu helfen; Ihr hättet einige Unklarheiten in seinen Antworten entschlüsseln können.«

»Sprecht weiter«, sagte Claghorn. »Vielleicht kann ich das jetzt tun.«

»Nach der Ratssitzung ging ich sofort in den Lagerraum hinüber, in den der Mek eingesperrt worden war.

Ihm fehlte es an Nahrung; ich gab ihm Sirup und einen Eimer Wasser, von dem er ein wenig nippte. Dann äußerte er den Wunsch nach gehackten Muscheln. Ich orderte die Küchenhilfe und bestellte das Verlangte, der Mek nahm einige Kilogramm davon zu sich. Wie ich schon angedeutet habe, war es ein ungewöhnlicher Mek: so groß wie ich selbst und ohne Sirupsack. Ich führte ihn in einen anderen Raum, ein Lager für braune Plüschsessel, und befahl ihm, sich zu setzen.

Ich sah den Mek an, und der Mek sah mich an. Die Stacheln, die ich entfernt hatte, wuchsen langsam nach; vielleicht konnte er, wenn auch nicht senden, so doch wenigstens Nachrichten von anderen Meks empfangen. Es schien sich um ein höhergestelltes Tier zu handeln; er zeigte weder Unterwürfigkeit noch Respekt und beantwortete meine Fragen ohne zu zögern.

Zunächst merkte ich an: ›Die Edelleute der Burgen sind erstaunt über den Aufstand der Meks. Wir hatten angenommen, daß euer Dasein zufriedenstellend sei. Haben wir uns geirrt?‹

›Zweifellos.‹ Ich bin sicher, daß dies das signalisierte Wort war, obwohl ich den Meks niemals irgendeine Art von Nüchternheit oder Verstandeskraft zugetraut hätte.

›Also gut‹, sagte ich. ›Worin haben wir uns getäuscht?‹

›Das ist doch offensichtlich‹, gab er zurück. ›Wir wollten nicht länger auf Euer Geheiß hin arbeiten. Wir wollten unser Leben nach unseren eigenen traditionellen Wertmaßstäben gestalten.‹

Die Antwort überraschte mich. Mir war neu, daß die Meks über irgendwelche Wertvorstellungen verfügten, insbesondere solche traditioneller Art.«

Claghorn nickte. »Auf dem Gebiet der Mentalität der Meks habe ich ähnliche Überraschungen erlebt.«

»Ich hielt dem Mek vor: ›Warum töten? Warum unsere Leben auslöschen, um eure zu vermehren?‹ In dem Moment, als ich die Frage ausgesprochen hatte, wurde mir bewußt, daß sie unglücklich formuliert war. Der Mek bemerkte das, glaube ich, auch; jedenfalls antwortete er mit einer sehr raschen Folge von Signalen, die ungefähr hießen: ›Wir wissen, daß wir entschlossen vorgehen müssen. Wir hätten auf Etamin Neun zurückkehren können, aber wir ziehen diese Welt Erde vor, und wir werden sie zu unserer eigenen Welt machen, mit unseren eigenen großen Hellingen, Docks, Kähnen und Laderampen.‹

Das schien deutlich genug zu sein, aber ich spürte eine Andeutung mitschwingen, die über das Gesagte hinausging. Ich hakte nach: ›Begreiflich. Aber warum töten, warum vernichten? Ihr hättet euch in eine andere Gegend begeben können. Wir hätten euch nicht behelligen können.‹

›Unmöglich, eurem eigenen Denken zufolge. Eine Welt ist zu klein für zwei konkurrierende Rassen. Ihr trugt euch mit der Absicht, uns auf den trostlosen Etamin Neun zurückzuschicken.‹

›Lächerlich!‹ sagte ich. ›Phantasterei, Unsinn. Hältst du mich für einen Schwachkopf?‹

›Nein‹, beteuerte die Kreatur. ›Zwei der Notabeln von Burg Hagedorn bemühten sich um den höchsten Posten. Einer von ihnen versicherte uns, daß dies, wenn er gewählt würde, sein oberstes Ziel sei.‹

›Ein groteskes Mißverständnis‹, erklärte ich ihm. ›Ein Mann, ein Irrer, kann nicht für alle Menschen sprechen!‹

›Nein? Ein Mek spricht für alle Meks. Wir denken mit *einem* Bewußtsein. Sind Menschen nicht von gleichem Wesen?‹

›Jeder denkt für sich selbst. Der Wahnsinnige, der euch diesen Unsinn erzählt hat, ist ein schlechter Mann. Aber schließlich und endlich haben wir die Sache ja geklärt. Wir beabsichtigen keineswegs, euch nach Etamin Neun zu schicken. Werdet ihr euch von Janeil zurückziehen, in ein entferntes Gebiet umsiedeln und uns in Frieden lassen?‹

›Nein‹, sagte er. ›Die Verhältnisse haben sich schon zu weit entwickelt. Wir werden jetzt alle Menschen vernichten. Die Wahrheit dieser Aussage ist einleuchtend: Eine Welt ist zu klein für zwei Rassen.‹

›Wenn das so ist, muß ich dich leider töten‹, ließ ich

ihn wissen. ›Solche Taten gefallen mir nicht, aber wenn du die Gelegenheit dazu hast, wirst du so viele Edelleute töten, wie möglich.‹ Daraufhin sprang die Kreatur mich an, und ich tötete sie mit einem besseren Gewissen, als wenn sie nur dagesessen und mich angestarrt hätte.

Jetzt wißt ihr alles. Es scheint, daß entweder O. Z. Garr oder Ihr die Katastrophe ausgelöst habt. O. Z. Garr? Unwahrscheinlich. Unmöglich! Also Ihr, Claghorn! Ihr tragt diese Last auf Eurer Seele!«

Claghorn sah finster auf seine Axt hinunter. »Last: ja. Schuld: nein. Naivität: ja. Schlechtigkeit: nein.«

Xanten wich zurück.

»Claghorn, Eure Kühle bestürzt mich! Früher, als boshafte Leute wie O. Z. Garr Euch einen Wahnsinnigen nannten ...«

»Friede, Xanten!« rief Claghorn aus. »Dieses zügellose Auf-die-Brust-Trommeln wird langsam taktlos. Was habe ich falsch gemacht? Mein Vergehen ist es, daß ich zu viel versucht habe. Versagen ist tragisch, aber stumpfsinnig beschaulicher Fatalismus ist schlimmer. Ich war entschlossen, Hagedorn zu werden, ich hätte die Sklaven nach Hause geschickt. Ich habe versagt, die Sklaven revoltierten. Also verliert kein Wort mehr darüber. Ich bin der Angelegenheit überdrüssig. Ihr könnt Euch nicht vorstellen, wie Eure aufgerissenen Augen und Euer gebeugtes Rückgrat mich bedrücken.«

»Ja, Ihr habt gut von Überdruß reden!« schrie Xanten. »Ihr setzt meine Augen, mein Rückgrat herab – aber was ist mit all den tausend Toten?«

»Wie lange würden sie unter anderen Umständen gelebt haben? Leben, so schal wie Meeresfisch. Ich empfehle Euch, mir weitere Vorwürfe zu ersparen und statt dessen ebenso energisch daran zu arbeiten, wie Ihr Euch retten könnt. Ist Euch klar, daß es einen Ausweg gibt? Ihr wirkt überrascht. Ich versichere Euch, daß ich die Wahrheit sage, aber ich werde Euch diesen Weg niemals verraten.«

»Claghorn«, sagte Xanten. »Ich kam hierher, um Euch Euren arroganten Kopf von den Schultern zu reißen ...«

Claghorn schenkte ihm keine Aufmerksamkeit mehr, er widmete sich wieder dem Holzhacken.

»Claghorn!« schrie Xanten. »Hört mir zu!«

»Xanten, seid so gut, Eure Schreianfälle anderswo zu inszenieren. Schimpft mit Euren Vögeln.«

Xanten machte auf dem Absatz kehrt und marschierte den Pfad zurück. Glys Süßau war nirgends zu sehen. Seine Wut lebte wieder auf und trieb ihn weiter. Kurz hielt er inne. Auf einem umgefallenen Baum, nur dreißig Meter von den Vögeln entfernt, saß Glys Süßau und betrachtete einen Grashalm so intensiv, als sei er ein erstaunliches Artefakt vergangener Zeiten. Die Vögel hatten ihm wundersamerweise gehorcht und warteten in fast makelloser Ordnung.

Xanten blickte in den Himmel, versetzte dem Gras einen Fußtritt. Er holte tief Luft und hielt dann auf Glys Süßau zu. Er bemerkte, daß sie eine Blume in ihr langes, offenes Haar gesteckt hatte.

Nach ein, zwei Sekunden blickte sie auf und sah forschend in sein Gesicht. »Warum seid Ihr so wütend?«

Xanten schlug sich auf die Schenkel, dann ließ er sich neben ihr nieder. »Wütend? Nein. Ich bin außer mir vor ohnmächtiger Enttäuschung. Claghorn ist unzugänglich wie ein schroffer Fels. Er weiß, wie Burg Hagedorn gerettet werden kann, aber er gibt sein Geheimnis nicht preis.«

Glys Süßau lachte – ein leichter, fröhlicher Ton, mit dem sich nichts messen konnte, was Xanten je auf Burg Hagedorn vernommen hatte. »Geheimnis? Wo selbst ich es weiß?«

»Es muß ein Geheimnis sein«, meinte Xanten. »Er weigert sich, es mir zu sagen.«

»Hört zu. Wenn Ihr fürchtet, daß die Vögel es aufschnappen, werde ich flüstern.« Sie sagte ihm ein paar Worte ins Ohr.

Vielleicht berauschte der süße Atem Xantens Sinne. Jedenfalls fand der klare Kern dieser Enthüllung nicht den Weg in sein Bewußtsein. Er lachte bitter amüsiert auf. »Das ist kein Geheimnis. Bloß, was die prähistorischen Skythen *bathos* nannten. Schande für die Edelmänner! Tanzen wir mit den Bauern? Bieten wir den Vögeln Essenzen an und reden wir mit ihnen über den Glanz unserer Phains?«

»›Schande‹ also?« Sie sprang auf. »Dann ist es auch eine Schmach für Euch, mit mir zu sprechen, hier mit mir zu sitzen, lächerliche Angebote zu machen …«

»Ich habe keine Angebote gemacht!« protestierte Xanten. »Ich sitze hier in vollem Anstand …«

»Zu viel Anstand, zu viel Ehre!« Mit einer Leidenschaftlichkeit, die Xanten verblüffte, riß sich Glys Süßau die Blume aus dem Haar und schleuderte sie zu Boden. »Da. So!«

»Nein«, sagte Xanten mit plötzlicher Demut. Er bückte sich, hob die Blume auf, küßte sie und steckte sie wieder in ihr Haar. »Ich bin nicht über-ehrenwert. Ich werde mich bemühen.« Er legte ihr seine Arme um die Schultern, aber sie wies ihn zurück.

»Sagt mir«, fragte sie mit höchst erwachsenem Ernst, »besitzt Ihr auch welche von diesen seltsamen Insekten-Frauen?«

»Ich? Phains? Ich besitze keine Phains.«

Als sie das hörte, entspannte sich Glys Süßau und erlaubte Xanten, sie in die Arme zu nehmen, während die Vögel glucksten, schallend lachten und mit ihren Schwingen vulgäre, schabende Geräusche machten.

Kapitel Sieben

1

Der Sommer ging seinem Ende entgegen. Am dreißigsten Juni begingen Janeil und Hagedorn das Fest der Blumen, obwohl der Erdwall um Janeil wuchs und wuchs.

Kurz darauf flog Xanten mit sechs ausgewählten Vögeln nachts in die Burg Janeil und schlug dem Rat vor, daß die Bürgerschaft mit Hilfe von Vogel-Tragen evakuiert werden sollte – so viele wie möglich, so viele, wie zu fliehen wünschten. Die Ratsherren lauschten ihm mit versteinerten Gesichtern und gingen dann kommentarlos zum nächsten Tagesordnungspunkt über.

Xanten kehrte nach Burg Hagedorn zurück. Unter größter Vorsicht, indem er nur mit vertrauenswürdigen Kameraden sprach, konnte er dreißig bis vierzig Kadetten und Edelmänner für seine Überzeugung gewinnen, wodurch jedoch auch sein Plan bekannt wurde.

Die ersten Reaktionen der Traditionalisten waren Empörung und Vorwürfe der Feigheit. Auf Xantens Drängen hin durften seine heißblütigen Verbündeten Herausforderungen weder annehmen noch austeilen.

Am Abend des neunten September fiel Burg Janeil. Die Nachricht brachten aufgeregte Vögel nach Burg Hagedorn, mit zunehmend hysterischen Stimmen erzählten sie die grausame Geschichte wieder und wieder.

Hagedorn, der inzwischen hager und müde geworden war, berief umgehend eine Ratsversammlung ein; diese nahm die traurigen Umstände zur Kenntnis. »Wir sind also die letzte Burg! Die Meks können uns keinen erdenklichen Schaden zufügen; sie können meinetwegen zwanzig Jahre lang Wälle um unsere Mauern aufschütten und werden sich dabei doch nur selbst zugrunde richten. Wir sind in Sicherheit; aber dennoch ist es befremdend und unheimlich zu wissen, daß am Ende hier in Burg Hagedorn die letzten Edelmänner der Gattung Mensch leben!«

Xantens Stimme war getragen von ernster Überzeugung, als er sagte: »Zwanzig Jahre – fünfzig Jahre – was macht das für die Meks für einen Unterschied? Irgendwann werden sie uns eingeschlossen haben, irgendwann werden sie hier einfallen, sind wir gefangen. Seid Ihr Euch bewußt, daß dies jetzt die letzte Gelegenheit ist, aus dem großen Käfig zu entfliehen, zu dem Burg Hagedorn geworden ist?«

»Entfliehen, Xanten? Was für ein Wort! Schämt Euch!« höhnte O. Z. Garr. »Nehmt Eure ängstliche Bande, entflieht! In die Steppe oder in den Sumpf oder in die Tundra! Geht, wenn Ihr wollt, mit Euren Feiglingen, aber seid so gut, dieses unaufhörliche Angstgeschrei aufzugeben!«

»Garr, ich habe eine Einsicht gewonnen, bevor ich ein ›Feigling‹ wurde. Überleben ist ein guter Grundsatz. Ich habe dies aus dem Munde eines bekannten Gelehrten.«

»Pah! Der wäre?«

»A. G. Philidor, wenn Ihr es so genau wissen wollt.«

O. Z. Garr schlug die Hände zusammen. »Bezieht Ihr Euch auf Philidor, den Büßer? Ein Mann vom extremstem Schlage, ein Büßer, der alle anderen noch überbüßt! Xanten, so nehmt doch bitte Vernunft an!«

»Uns allen sind noch viele Jahre gegeben«, sagte Xanten mit hölzerner Stimme, »wenn wir uns aus der Burg befreien.«

»Aber die Burg ist unser Leben!« erklärte Hagedorn. »Ja wirklich, Xanten, was wären wir ohne die Burg? Wilde Tiere? Nomaden?«

»Wir wären lebendig.«

O. Z. Garr schnaubte verächtlich und wandte sich ab, um einen Wandteppich zu betrachten.

Hagedorn schüttelte besorgt und verwirrt den Kopf. Beaudry hob die Hände über den Kopf. »Xanten, es gelingt Euch, uns alle zu entnerven. Ihr kommt hierher und behelligt uns mit diesem schrecklichen Gefühl der Dringlichkeit – aber warum? In Burg Hagedorn sind wir so sicher wie in den Armen unserer Mütter. Was gewinnen wir, wenn wir alles einfach fortwerfen – Ehre, Würde, Bequemlichkeit, die Annehmlichkeiten der Zivilisation – einzig und allein, um durch die Wildnis zu pirschen?«

»Janeil war sicher«, sagte Xanten. »Wo ist Janeil heute? Tod, vermoderte Stoffe, saurer Wein. Was wir durch das *Pirschen* gewinnen, ist das Überleben. Und ich plane weit mehr als nur herumzuschleichen.«

»Ich kann mir Hunderte von Situationen vorstellen, in denen Tod besser ist als Leben!« herrschte Isseth ihn an. »Muß ich in Unehre und Schande sterben? Warum sollte ich meine letzten Jahre nicht in Würde verbringen?«

B. F. Robarth stürzte in den Raum. »Ratsherren! Die Meks marschieren auf Burg Hagedorn zu.«

Hagedorn warf einen panischen Blick in die Runde. »Gibt es irgendeine einhellige Meinung? Was sollen wir tun?«

Xanten hob die Hände. »Jeder muß das tun, was er für das Richtige hält. Ich streite nicht mehr: Die Sache ist für mich erledigt. Hagedorn, wollt Ihr bitte den Rat vertagen, damit wir unseren eigenen Angelegenheiten nachgehen können? Ich selbst meinem *Pirschen?«*

»Der Rat ist vertagt«, sagte Hagedorn, und alle gingen hinaus, um sich auf die Brustwehr zu stellen.

Auf dem gesamten Weg, der in die Burg führte, marschierten Bauern aus dem Umland, die mit Bündeln behangen waren. Jenseits des Tals, am Rande des Barthomäo-Waldes, standen ein Verband von Wuchtwagen und eine amorphe goldbraune Masse: Meks.

Aure wies nach Westen. »Seht – da kommen sie die Lange Senke entlang.« Er drehte sich um, spähte ostwärts. »Und seht, dort bei Bambrück: Meks!«

Alle wandten sich gemeinsam dem Nordrücken zu. O. Z. Garr deutete auf eine bewegungslose Linie goldbrauner Silhouetten. »Da wartet das Geschmeiß! Sie haben uns eingeschlossen! Also schön, sollen sie warten!« Er wandte sich ab, fuhr mit dem Lift zum Platz hinab und wechselte raschen Schrittes zum Zumbeld-Haus hinüber, wo er den Rest des Nachmittags mit seiner Gloriana arbeitete, von der er sich Großes erhoffte.

2

Am folgenden Tag nahm die Belagerung durch die Meks Form an. In einem großen Kreis rings um Burg Hagedorn machte sich reges Treiben bemerkbar: Schuppen, Lagerhäuser, Unterkünfte wurden errichtet. Innerhalb dieses Kreises, doch gerade noch außerhalb der Reichweite der Energiekanonen, türmten Wuchtwagen Berge von Erde auf.

Über Nacht dehnten sich diese Berge in Richtung der Burg aus, ebenso in der Nacht darauf. Schließlich wurde der Zweck der Aufschüttungen offenbar: Es waren Röhren, Umkleidungen von Wegen oder Tunnel, die sich an den Felsen heranschoben, auf dem Burg Hagedorn thronte.

Tags darauf erreichten einige dieser Hügelrücken den Fuß des Felsens. Jetzt entströmte ihren fernen Enden ganze Züge von Wuchtwagen, die mit Erdaushub beladen waren. Sie tauchten auf, luden ihre Fracht ab und verschwanden wieder in den Tunneln.

Acht dieser oberirdischen Tunnelgänge waren eingerichtet worden. Aus jedem quoll ein endloser Strom von Erde und Geröll, herausgefressen aus dem Felsen, auf dem Burg Hagedorn ruhte. Den Edelleuten, die die Brustwehr bevölkerten, wurde endlich der Sinn dieser Arbeit offenbar.

»Sie versuchen nicht, uns zu begraben«, sagte Hagedorn. »Sie höhlen einfach den Berg unter uns aus!«

Am sechsten Tag der Belagerung wurde ein großes Stück des Hanges von einem Beben erschüttert, es sackte zusammen, und eine hohe Felswand, die bis fast an den Fuß der Mauern heranreichte, stürzte ein.

»Wenn das so weitergeht«, murmelte Beaudry, »wird unsere Frist kürzer sein als die von Janeil.«

»Also ans Werk«, rief O. Z. Garr, plötzlich aktiv geworden. »Laßt uns unsere Energiekanonen einsetzen. Wir werden ihre erbärmlichen Tunnels abdecken, und was können diese Halunken dann noch tun?!« Er trat an das nächstgelegene Geschütz und rief nach Bauern, die die Plane entfernen sollten.

Xanten, der zufällig in der Nähe stand, sagte: »Gestattet, daß ich Euch behilflich bin.« Er zog die Plane herunter. »Jetzt schießt, wenn Ihr wollt.«

O. Z. Garr starrte ihn verständnislos an, stürzte dann vorwärts und schwenkte den großen Lauf so herum, daß seine Mündung auf eine der Aufschüttungen wies. Er drückte den Schalter; die Luft vor der Mündung zerriß mit einem Knall, kräuselte sich, erglühte in roten Funken. Das Zielgebiet dampfte, schwärzte sich, wurde dann dunkelrot und verwandelte sich schließlich in einen weißglühenden Krater. Aber die darunterliegende Erdschicht, sieben Meter dick, isolierte zu gut. Die Lache geschmolzener Materie brodelte, weitete sich aber weder in die Breite noch in die Tiefe aus. Die Energiekanone gab ein unvermitteltes Knattern von sich, als der Strom durch die korrodierte Isolation kurzschloß. Das Feuer der Kanone erstarb. O. Z. Garr musterte die Apparatur wütend und enttäuscht; dann wandte er sich verächtlich ab. Die Kanonen waren eindeutig von sehr begrenzter Wirksamkeit.

Zwei Stunden später brach am Osthang des Felsens eine weitere Steilwand ab, und kurz vor Sonnenuntergang löste sich ein ähnlich großes Stück von der Westwand, an der die Burgmauer fast nahtlos den schroffen Abhang nach oben hin fortsetzte.

Um Mitternacht verließen Xanten und seine Gesinnungsgenossen mit ihren Kindern und Gefährten Burg Hagedorn. Sechs Gespanne von Vögeln bauten zwischen dem Flugdach und einer Wiese nahe dem Fernen Tal eine Luftbrücke auf, und lange vor Sonnenaufgang hatten sie die ganze Gruppe hinausbefördert. Niemand entbot ihnen einen Abschiedsgruß.

3

Eine Woche darauf stürzte ein zweiter Abschnitt der Westwand in die Tiefe und nahm dabei ein Stück eines Strebepfeilers aus Steinschmelze mit. Die Haufen zutage geförderten Schutts an den Mündungen der Tunnels waren beunruhigend groß geworden.

Der terrassierte Südhang des Felsens war bislang am wenigsten in Mitleidenschaft gezogen worden, am verheerendsten waren die Schäden im Osten und im Westen. Plötzlich, einen Monat nach dem ersten Angriff, rutschte eine große Scholle der Terrassenanlage ab und hinterließ eine unregelmäßige Erdspalte, die sich quer durch die Straße fraß und einige Statuen ehemaliger Notabeln umstürzte, welche in regelmäßigen Abständen das Straßengeländer geziert hatten.

Hagedorn berief eine Ratsversammlung ein. »Die Umstände haben sich«, sagte er in einem schwachen Anflug von schwarzem Humor, »nicht zum Besseren gewendet. Selbst unsere pessimistischsten Erwartungen sind übertroffen worden: eine bedrückende Situation. Ich gestehe, daß die Aussicht, zwischen den Trümmern meiner Habe in den Tod zu stürzen, nicht meinen Gefallen findet.«

Aure machte eine verzweifelte Geste. »Mich plagen ähnliche Gedanken! Tod – was kümmert er mich. Niemand ist unsterblich. Aber wenn ich an mein kostbares Hab und Gut denke, werde ich ganz krank. Meine Bücher zertrampelt! Meine zarten Vasen zerbrochen! Meine Wappenröcke zerrissen! Meine Teppiche begraben! Meine Phains erwürgt! Meine Leuchter – Erbstücke! – beiseite geworfen! *Das* sind meine Alpträume.«

»Euer Besitz ist nicht mehr oder weniger wertvoll als der anderer«, sagte Beaudry knapp. »Aber er hat kein Eigenleben. Wenn wir nicht mehr sind: Wen interessiert dann noch, was mit ihm geschieht?«

Marun zuckte zusammen. »Vergangenes Jahr habe ich

achtzehn Dutzend Flaschen erstklassiger Essenzen eingekellert; zwölf Dutzend Grüner Regen, je drei Balthasar und Faidor. Denkt *daran,* wenn Ihr über Tragik sprecht!«

»Hätten wir nur gewußt ...!« stöhnte Aure. »Ich hätte – ich hätte ...« Seine Stimme versagte.

O. Z. Garr stampfte mit dem Fuß. »Laßt, um alles in der Welt, dieses Gejammere bleiben! Wir hatten die Wahl, entsinnt Ihr Euch? Xanten bekniete uns zu fliehen; jetzt ziehen er und die Seinen feige und plündernd mit den Büßern durch das Nordgebirge. Wir entschlossen uns zu bleiben, was auch immer geschähe, und leider geschieht das Schlimmste. Wir müssen den Tatsachen ins Auge sehen wie wahre Edelmänner.«

Dem pflichtete der Rat melancholisch bei. Hagedorn brachte eine Flasche unbezahlbaren Rhadamanths zum Vorschein und schenkte mit einer verschwenderischen Großzügigkeit aus, wie sie früher undenkbar gewesen wäre. »Da wir keine Zukunft haben – auf unsere glorreiche Vergangenheit!«

In dieser Nacht waren hier und da entlang des Belagerungsringes Zwischenfälle zu bemerken: Flammen an vier verschiedenen Stellen; ein fernes, schwaches Geräusch, wie heisere Schreie. Tags darauf schien das Arbeitstempo ein wenig nachgelassen zu haben.

Trotzdem fiel am Nachmittag ein riesiges Stück des Osthangs. Einen Augenblick später, als habe sie sich erst dazu durchringen müssen, setzte sich die hohe östliche Mauer ab und stürzte in die Tiefe. Sechs große Häuser standen jetzt mit den Rückseiten unmittelbar am Abgrund. Eine Stunde nach Sonnenuntergang ließ sich ein Gespann Vögel auf dem Flugdach nieder. Xanten sprang aus dem Korbsitz. Er lief die Wendeltreppe zur Brustwehr hinunter und trat bei Hagedorns Palast auf den Platz.

Hagedorn, der von einem Angehörigen herbeigerufen wurde, trat näher und starrte Xanten überrascht an. »Was führt Euch hierher? Wir nahmen an, daß Ihr Euch mit den Büßern nach Norden in Sicherheit gebracht hättet!«

»Die Büßer haben sich nicht nach Norden in Sicherheit gebracht«, gab Xanten zurück. »Sie haben sich mit uns anderen zusammengeschlossen. Wir kämpfen.«

Hagedorns Kinnlade klappte nach unten. »Kämpfen? Die Edelmänner kämpfen gegen Meks?«

»So kraftvoll wie möglich.«

Hagedorn schüttelte ungläubig den Kopf. »Die Büßer auch? Mir wurde gesagt, daß sie nach Norden fliehen wollten.«

»Einige hatten das vor, unter anderem A. G. Philidor. Unter den Büßern gibt es verschiedene Strömungen, genau wie hier. Die meisten sind keine fünfzehn Kilometer von hier entfernt. Das gleiche bei den Nomaden: Einige haben sich mit ihren Wuchtwagen aus dem Staub gemacht. Die anderen töten mit fanatischem Eifer Meks. Letzte Nacht habt ihr unsere Arbeit sehen können. Wir haben vier Lagerschuppen niedergebrannt, Siruptanks zerstört, einhundert oder mehr Meks getötet, und auch ein Dutzend Wuchtwagen. Wir haben Verluste erlitten, die uns sehr schwächen, weil es nur wenige von uns gibt, aber viele Meks. Das ist der Grund für mein Kommen. Wir brauchen mehr Leute. Kommt zu uns und kämpft an unserer Seite!«

Hagedorn drehte sich um und schickte Xanten mit einer Handbewegung auf den großen Zentralplatz. »Ich werde die Edlen aus ihren Häusern rufen lassen. Sprecht zu ihnen.«

4

Die Vögel, die sich bitterlich über diese beispiellose Arbeitslast beschwerten, waren die ganze Nacht damit beschäftigt, diejenigen Edelmänner nach draußen zu schaffen, die, durch die fortschreitende Zerstörung ihrer Burg ernüchtert, jetzt bereit waren, alle Skrupel abzulegen und um ihr Leben zu kämpfen. Die aufrechten Traditionalisten weigerten sich nach wie vor, ihre Ehre zu kompromittieren, aber Xanten versicherte ihnen lächelnd: »Bleibt also hier, streicht durch die Burg wie die vielen verstohlenen Ratten. Klammert Euch fest an der Gewißheit, daß Ihr hier sicher seid; die Zukunft hat Euch nicht viel anderes zu bieten.«

Und viele von denen, die ihn so reden hörten, wandten sich voll Abscheu ab.

Xanten wandte sich an Hagedorn. »Was ist mit Euch? Bleibt Ihr oder geht Ihr?«

Hagedorn stieß einen tiefen Seufzer aus, fast schon ein Stöhnen. »Burg Hagedorn ist am Ende. Was auch dabei herauskommen mag: Ich komme mit Euch.«

5

Die Lage hatte sich schlagartig geändert. Die Meks, in einem lockeren Ring um Burg Hagedorn gelagert, hatten nicht mit Widerstand von außen oder solchem von der Burg aus gerechnet. Sie hatten ihre Unterkünfte und Siruplager nur unter dem Gesichtspunkt der Bequemlichkeit errichtet, nicht aber, um sich effektiv verteidigen zu können. So konnten Stoßtrupps vordringen, Schaden anrichten und sich zurückziehen, bevor es zu ernsten Verlusten auf ihrer Seite kam. Diejenigen Meks, die entlang des Nordrückens postiert waren, wurden fast ständig gestört und schließlich mit schweren Verlusten aufgerieben. Der Kreis um Burg Hagedorn schrumpfte zum Halbkreis zusammen; dann, zwei Tage darauf, nach der Zerstörung weiterer fünf Siruplager, wichen die Meks noch weiter zurück. Sie zogen Erdwälle um die beiden Tunnels hoch, die unter die Südwand des Felsens führten, und richteten sich damit in einer mehr oder weniger haltbaren Verteidigungsstellung ein. Anstatt zu belagern, wurden sie jetzt belagert, auch wenn immer noch Wagenladungen Bruchstein aus dem Felsen hinausbefördert wurden. In dem verteidigten Gebiet zogen die Meks ihre restlichen Sirupvorräte, Werkzeuge, Waffen und Munition zusammen. Das Gebiet außerhalb der Erdwälle wurde nachts mit Flutlicht ausgeleuchtet und von Meks bewacht, die mit ihren Schrotgewehren jeden frontalen Angriff vereitelten.

Einen Tag lang hielten die Angreifer sich im Schutz der umliegenden Obstgärten verborgen, um die neue Situation einzuschätzen. Dann versuchten sie es mit einer neuen Taktik. Sechs leichte Tragen wurden zusammengebastelt, mit Behältern voll leicht entflammbaren Öls beladen und je einer Feuergranate ausgestattet. An jede Trage schirrte man zehn Vögel, und um Mitternacht wurden sie in die Luft gelassen. Je ein Mann flog mit. Die Vögel flogen zunächst hoch, glitten dann in der Dunkelheit über die Mek-Stellung, wo die Brandbomben abgeworfen wurden. Das Gebiet verwandelte sich augenblicklich in ein Flammenmeer. Die Siruplager brannten; die Wuchtwagen, von den Flammen aus dem Schlaf gerissen, rollten wie wahnsinnig hin und her, zerdrückten dabei Meks und Lagerschuppen, stießen aneinander und trugen so gewaltig zum Schrecken des Feuers bei. Die Meks, die dies überlebt hatten, nahmen Zuflucht in den Tunneln. Einige der Flutlichter waren erloschen, und die Männer nutzten das Durcheinander, um die Wälle zu stürmen. Nach kurzer, heftiger Schlacht töteten die Männer alle Wachtposten und nahmen Stellungen ein, von denen aus sie die Öffnungen der Tunnels kontrollieren konnten, die nun die letzten Reste der Mek-Armee in sich bargen. Es sah ganz danach aus, als sei der Aufstand der Meks niedergeschlagen.

Kapitel Acht

1

Die Flammen verloschen. Die menschlichen Krieger – dreihundert Männer von der Burg, zweihundert Büßer und um die dreihundert Nomaden – versammelten sich um die Tunnelöffnungen und überlegten während der restlichen Nachtstunden, wie mit den eingesperrten Meks zu verfahren sei. Bei Sonnenaufgang gingen diejenigen Männer von Hagedorn, deren Kinder und Gefährtinnen noch in der Burg waren, diese holen. Mit ihnen, als sie zurückkehrten, kam eine Gruppe von Burgherren, unter ihnen Beaudry, O. Z. Garr, Isseth und Aure. Sie grüßten die ihnen einst Gleichgestellten, Hagedorn, Xanten, Claghorn und andere, formgerecht, aber mit einer zurückhaltenden Kühle, die dem Verlust an Ansehen Rechnung trug, dem sich jene ausgesetzt hatten, die gegen Meks wie ihresgleichen gekämpft hatten.

»Und was geschieht *jetzt*?« wollte Beaudry von Hagedorn wissen. »Die Meks sitzen in der Falle, aber Ihr könnt sie nicht herausholen. Durchaus möglich, daß sie da drinnen Sirup für die Wuchtwagen gelagert haben; sie könnten monatelang überleben.«

O. Z. Garr, der die Sache vom Standpunkt eines Militärstrategen betrachtete, brachte einen Aktionsplan vor. »Holt die Kanonen herunter – oder laßt Eure Untergebenen das tun – und packt sie auf Wuchtwagen. Wenn dieses Geschmeiß ausreichend geschwächt ist, rollt die Kanonen hinein und löscht sie alle bis auf eine Arbeitstruppe für die Burg aus. Früher haben wir vierhundert beschäftigt, und das sollte reichen.«

»Ha!« rief Xanten aus. »Es ist mir ein großes Vergnügen, Euch mitzuteilen, daß dies auf keinen Fall geschehen wird. Falls es überlebende Meks gibt, werden sie die Raumschiffe reparieren und uns mit der Wartung vertraut machen, und dann werden wir sie und die Bauern zu ihren Heimatwelten zurückbringen.«

»Wie gedenkt Ihr dann, uns am Leben zu halten?« wandte Garr unbeeindruckt ein.

»Ihr habt den Sirup-Generator. Stattet Euch mit Säcken aus und trinkt Sirup.«

Garr warf seinen Kopf zurück und starrte Xanten voller Verachtung an. »Das ist Eure Stimme, Eure allein, und Eure anmaßende Meinung. Andere müssen gehört werden. Hagedorn – Ihr wart einst ein Edelmann. Ist dies auch Eure Anschauung: daß die Zivilisation weichen soll?«

»Sie braucht nicht zu weichen,« sagte Hagedorn, »vorausgesetzt, daß jeder von uns – Ihr ebenso wie wir – für sie arbeitet. Es kann keine Sklaven mehr geben. Das habe ich eingesehen.«

O. Z. Garr wandte sich auf den Fersen um und fegte die Straße zur Burg hinauf, gefolgt von den radikalsten seiner traditionell gesonnenen Kameraden. Ein paar von ihnen traten beiseite, berieten sich mit leiser Stimme und warfen hin und wieder finstere Blicke auf Xanten und Hagedorn.

Von den Zinnen der Burg erscholl plötzlich ein Ruf: »Die Meks! Sie stürmen die Burg! Sie schwärmen über die unteren Ebenen. Greift an, rettet uns!«

Die Männer starrten konsterniert hinauf. Gerade in dem Moment, als sie hinsahen, schwang das Burgtor zu.

»Wie ist das möglich?« rätselte Hagedorn. »Ich kann beschwören, daß sie alle in den Tunnel gelaufen sind!«

»Das ist doch nur zu klar«, sagte Xanten säuerlich. »Während sie den Felsen unterminierten, legten sie Tunnel hoch zu den unteren Ebenen!«

Hagedorn ging los, als wolle er allein den Felsen hinaufstürmen, und hielt dann inne. »Wir müssen sie hinaustreiben. Undenkbar, daß sie unsere Burg ausplündern!«

»Bedauerlicherweise«, sagte Claghorn, »sperren die Mauern uns so wirkungsvoll aus, wie sie bisher die Meks zurückgehalten haben.«

»Wir können einen Trupp von den Vögeln hineintragen lassen! Wenn wir erst einmal drin sind, können wir sie zur Strecke bringen, auslöschen.«

Claghorn schüttelte den Kopf. »Sie könnten auf der Brustwehr und dem Flugdach warten und die Vögel einfach abschießen, wenn sie anrücken. Selbst, wenn es uns gelänge, Fuß zu fassen, gäbe es ein gewaltiges Blutvergießen: Auf jeden gefallenen Mek käme ein Toter auf unserer Seite. Und sie sind uns immer noch mit drei oder vier zu eins überlegen.«

Hagedorn stöhnte. »Die Vorstellung, daß sie in meiner Habe schwelgen, in meinen Gewändern herumstolzieren, meine Essenzen in sich hineinschütten – das macht mich ganz krank!«

»Still!« sagte Xanten. Von oben hörten sie die heiseren Rufe der Männer, das Krachen der Energiekanonen. »Ein paar von ihnen halten sich wenigstens auf der Brustwehr!«

Xanten ging zu einer Gruppe von Vögeln hinüber, die ausnahmsweise ehrerbietig und durch die Ereignisse zur Raison gebracht waren. »Tragt mich hoch über die Burg, außerhalb der Schußweite, aber so, daß ich sehen kann, was die Meks tun!«

»Gebt acht, gebt acht!« krächzte einer der Vögel. »Schlimme Dinge spielen sich da oben ab!«

»Macht nichts; schafft mich hoch, über die Brustwehr!«

Die Vögel hoben mit ihm ab, schwangen sich in einem großen Bogen zum Felsen und über die Burg hinauf, gerade weit genug entfernt, um von den Schrotgewehren der Meks unbehelligt zu bleiben. Neben den Kanonen, die noch funktionierten, standen dreißig Männer und Frauen. Zwischen den großen Häusern, der Rotunde und dem Palast, überall, wo die Kanonen nicht zum Einsatz gebracht werden konnten, machten die Meks sich breit. Der Platz war übersät mit Leichen: Edelmänner, Damen und ihre Kinder – all jene, die sich entschieden hatten, in Burg Hagedorn zu bleiben.

An einer der Kanonen stand O. Z. Garr. Als er Xanten entdeckte, brüllte er in hysterischer Wut auf, schwenkte den Lauf herum und gab einen Schuß ab. Die Vögel versuchten schreiend, dem Strahl auszuweichen, aber zwei von ihnen waren getroffen. Vögel, Trage, Xanten: in einem wirren Knäuel fielen sie vom Himmel. Wie durch ein Wunder gelang es den vier Überlebenden, sich wieder zu fangen, und dreißig Meter über dem Boden bremsten sie unter ungeheuren Anstrengungen ihren Fall, standen in der Luft, schwebten eine Weile und sanken dann zu Boden. Xanten befreite sich aus dem Knäuel. Männer liefen auf ihn zu. »Seid Ihr in Ordnung?« rief Claghorn.

»In Ordnung, ja. Und auch zu Tode erschreckt.« Xanten holte tief Luft und ließ sich auf einen Felsbrocken fallen.

»Was spielt sich da oben ab?« wollte Claghorn wissen.

»Alle tot«, ächzte Xanten. »Alle bis auf zwanzig. Garr ist verrückt geworden. Er hat auf mich geschossen.«

»Seht! Meks auf den Zinnen!« schrie A. L. Morgan.

»Da!« rief ein anderer. »Menschen! Sie springen! Nein, sie werden gestoßen!«

Einige waren Menschen, einige Meks, die diese mit sich gerissen hatten; grauenhaft langsam stürzten sie in den Tod. Dann fiel niemand mehr. Burg Hagedorn war in der Gewalt der Meks. Xanten betrachtete die komplexe Silhouette, die so vertraut und plötzlich doch so fremd schien. »Sie können nicht hoffen, sich dort zu halten. Wir brauchen nur die Solarzellen zu zerstören, und sie können keinen Sirup mehr synthetisieren.«

»Dann laßt uns das jetzt tun«, sagte Claghorn, »bevor sie daran denken und die Kanonen besetzen. Vögel!«

Er entfernte sich, um Anweisungen zu erteilen – und vierzig Vögel, von denen jeder zwei Steine von der Größe eines Menschenkopfes in den Fängen hielt, schwangen sich in den Himmel, umkreisten die Burg und kehren schließlich zurück, um zu berichten, daß die Solarzellen vernichtet waren.

Xanten sagte: »Was zu tun bleibt, ist, die Tunnel zu versiegeln, damit wir nicht von unliebsamem Besuch überrascht werden – und dann: abwarten.«

»Was ist mit den Bauern in den Ställen – und den Phains?« fragte Hagedorn mit elender Stimme.

Xanten schüttelte langsam den Kopf. »Er, der kein Büßer war, muß jetzt einer werden.«

Claghorn murmelte: »Sie können zwei Monate durchhalten – nicht länger.«

Aber zwei Monate verstrichen, und ein dritter, dann ein vierter. Dann schwenkte eines Morgens das große Tor auf, und ein abgezehrter Mek stolperte hinaus. Er signalisierte: »Menschen! Wir verhungern. Wir haben eure Schätze nicht angerührt. Schenkt uns das Leben, oder wir zerstören alles, bevor wir sterben.«

Claghorn gab zurück: »Dies sind unsere Bedingungen: Wir schenken Euch das Leben. Ihr müßt die Burg sauber herrichten, euch zurückziehen und die Leichen begraben. Ihr müßt die Raumschiffe instandsetzen und uns alles beibringen, was ihr über sie wißt. Wir werden euch nach Etamin Neun verfrachten.«

2

Fünf Jahre später unternahmen Xanten und Glys Süßau mit ihren beiden Kindern eine Reise nördlich ihrer Heimat am Sandefluß. Sie nutzten die Gelegenheit zu einem Abstecher nach Burg Hagedorn, wo jetzt nur an die dreißig Menschen lebten, unter ihnen Hagedorn.

Er war alt geworden, dachte Xanten. Sein Haar war weiß, sein Gesicht, einst breit und gesund, war eingefallen und fast wächsern. Seine Stimmung konnte Xanten nicht daraus ablesen.

Sie standen im Schatten eines Walnußbaumes; die Burg ragte über ihnen auf. »Sie ist jetzt ein großes Museum«, erklärte Hagedorn. »Ich bin der Museumsdirektor, und diese Aufgabe werden alle Hagedorns nach mir haben, denn wir haben unermeßliche Schätze zu hüten und zu pflegen. Schon hat sich ein Hauch von

Altertümlichkeit über die Burg gelegt. In den Häusern wohnen Geister. Ich sehe sie oft, besonders in den Nächten der Feste ... Ach, das waren Zeiten, nicht wahr, Xanten?«

»Ja, wirklich«, antwortete Xanten. Er strich seinen beiden Kindern über die Köpfe. »Aber ich habe nicht den Wunsch, in sie zurückzukehren. Wir sind jetzt Menschen, auf unserer eigenen Welt, wie wir es früher nicht gewesen sind.«

Hagedorn stimmte ein wenig bedauernd zu. Er blickte zu dem riesigen Bau auf, als sei dies die erste Gelegenheit, ihn zu betrachten. »Die Menschen der Zukunft – was werden sie über Burg Hagedorn denken? Ihre Schätze, ihre Bücher, ihre Wappenröcke?«

»Sie werden kommen, sie werden staunen«, antwortete Xanten. »Wie ich es heute getan habe.«

»Es gibt hier viel zu bestaunen. Wollt Ihr mit hineinkommen, Xanten? In den Kellern lagern noch Flaschen mit höchst beachtlichen Essenzen.«

»Danke, nein. Zu vieles, was Erinnerungen wachrufen könnte. Wir werden weiterziehen, und zwar jetzt gleich, denke ich.«

Hagedorn nickte traurig. »Ich verstehe sehr gut. Ich selbst versinke jetzt sehr oft in Träumerei. Also dann, lebt wohl, und eine erfreuliche Heimreise.«

»Das werden wir tun, Hagedorn. Danke, und lebt wohl.«

Die Drachenreiter

Ins Deutsche übertragen
von Leo P. Kreysfeld

Kapitel Eins

Die Gemächer von Joaz Banbeck, tief in das Herz eines Kalksteinfelsens gegraben, bestanden aus fünf Hauptkammern auf fünf Ebenen. Oben waren das Reliquar und eine formelle Ratskammer; das erstere ein Raum von düster erhabener Pracht, der die verschiedener Archive, Trophäen und Erinnerungsstücke der Banbecks beherbergte; das zweite eine lange, niedrige Halle mit brusthoher, dunkler Holztäfelung und einem weißen Stuckgewölbe darüber; sie zog sich durch die gesamte Weite des Felsens, so daß der Balkon an einem Ende Banbeck-Grund und der am anderen Kergans Weg überblickte.

Darunter befanden sich Banbecks Privaträume: ein Wohn- und Schlafzimmer, als nächstes sein Studierzimmer und schließlich, in der untersten Ebene, ein Arbeitsraum, zu dem er niemand anderem Zutritt gestattete.

Der Eingang zu den Gemächern führte über das Studierzimmer, einen großen L-förmigen Raum mit einem kunstvoll gearbeiteten Kreuzgewölbe, von dem vier mit Granatsteinen verkleidete Kandelaber herabhingen. Zur Zeit waren sie dunkel; in den Raum drang nur ein wäßrig graues Licht durch vier geschliffene Glasscheiben, in denen sich in der Art einer *Camera obscura* Ausblicke auf Banbeck-Grund fokussierten. Die Wände waren mit Matten aus verholztem Riedgras verkleidet; ein Teppich mit einem Muster aus schwarzen, dunkel- und hellbraunen Kreisen, Rechtecken und Winkeln bedeckte den Boden.

In der Mitte des Studierzimmers stand ein nackter Mann; seine einzige Bekleidung bestand aus dem langen, braunen Seidenhaar, das seinen Rücken hinunterströmte, sowie dem goldenen Reif, der sich eng um seinen Hals schloß. Seine Züge waren scharf und kantig, sein Körper dünn; er schien auf irgend etwas zu lauschen oder auch zu meditieren. Hin und wieder blickte er auf eine gelbe

Marmorkugel in einem Regal, woraufhin sich dann seine Lippen bewegten, als lerne er irgendeinen Satz oder eine Folge von Gedanken auswendig.

Am anderen Ende des Studierzimmers öffnete sich eine schwere Tür. Eine junge Frau mit frischem Gesicht, auf dem ein schalkhafter Ausdruck lag, spähte hinein. Beim Anblick des nackten Mannes preßte sie die Hände auf den Mund und erstickte ein Aufkeuchen. Der nackte Mann drehte sich um, aber die schwere Tür hatte sich bereits geschlossen.

Einen Augenblick verharrte er stirnrunzelnd in tiefer Nachdenklichkeit, dann ging er zu der Wand an der inneren L-Seite. Er schwenkte einen Teil des Bücherregals heraus, schritt durch die Öffnung, und das Regal schlug mit einem dumpfen Geräusch hinter ihm zu. Er ging eine Wendeltreppe hinunter und trat in eine rauh aus dem Fels geschlagene Kammer: Joaz Banbecks persönliche Werkstatt. Auf einem Arbeitstisch lagen Metallformen und -fragmente, Werkzeug, eine Bank elektromotorischer Zellen, Drähte und Teile von Schaltungen – die gegenwärtigen Objekte von Banbecks Neugier.

Der nackte Mann blickte auf die Werkbank, nahm eine der Vorrichtungen in die Hand und musterte sie mit einer Art Geringschätzigkeit, obwohl sein Blick klar und staunend wie der eines Kindes war. Aus dem Studierzimmer drangen gedämpfte Stimmen in die Werkstatt. Der nackte Mann hob lauschend den Kopf, dann bückte er sich unter die Werkbank. Er hob einen Steinblock an, schlüpfte in die dunkel gähnende Leere, drückte den Stein zurück und ergriff einen Leuchtstab. Dann machte er sich in einen dunklen Tunnel auf, der sich schließlich senkte und in eine natürliche Höhle mündete. In unregelmäßigen Abständen verbreiteten Leuchtröhren ein schwaches Licht, das jedoch kaum ausreichte, die Dunkelheit zu durchdringen. Der nackte Mann lief rasch weiter, und sein Seidenhaar strömte wie ein Heiligenschein hinter ihm her.

Im Studierzimmer stritten die Minnemaid Phade und ein ältlicher Seneschall. »Ich habe ihn wirklich gesehen!«

beteuerte Phade. »Mit diesen beiden Augen – einen der Geweihten – so stand er da, wie ich es beschrieben habe.« Sie zupfte den Mann aufgebracht am Ellbogen. »Glaubst du etwa, daß ich den Verstand verloren habe oder hysterisch bin?«

Rife, der Seneschall, legte sich nicht fest und hob die Schultern. »Jetzt sehe ich ihn jedenfalls nicht.« Er stieg die Treppe empor und spähte in das Schlaf-Wohnzimmer. »Leer. Die Türen darüber sind verriegelt.« Er blinzelte Phade eulenhaft an. »Und ich saß am Eingang auf Posten.«

»Geschlafen hast du. Sogar, als ich direkt an dir vorbeikam, hast du geschnarcht!«

»Du täuschst dich: Ich habe nur gehustet.«

»Mit geschlossenen Augen und den Kopf im Nacken?«

Rife hob noch einmal die Schultern. »Schlafend oder wachend, es macht keinen Unterschied. Vorausgesetzt, die Kreatur hat sich Zutritt verschafft, wie kam sie hinaus? Ich war wach, als du mich gerufen hast, das mußt du zugeben.«

»Dann halte weiter Wache, während ich Joaz Banbeck suche.« Phade rannte den Gang hinunter, der schließlich in die Vogelpromenade mündete, die wegen der herrlichen in Marmor eingelegten Vogelintarsien aus Lapislazuli, Gold, Zinnober, Malachit und Pyrit so genannt wurde. Durch eine Arkade aus gewundenen Jadesäulen in Grau und Grün gelangte sie auf Kergans Weg hinaus, einen natürlichen Hohlweg, der die Hauptverkehrsader von Banbeck-Dorf bildete. Sie erreichte das Tor und rief ein paar Burschen von den Feldern herbei. »Lauft zum Brüter, sucht Joaz Banbeck! Eilt euch, bringt ihn hierher; ich muß ihn sprechen.«

Die Jungen rannten los, in Richtung eines etwa eine Meile nördlich gelegenen niedrigen Zylinders aus schwarzen Ziegeln.

Phade wartete. Skene, die Sonne, stand im Mittag, und die Luft war warm; die Felder mit Wicken, Schoingarten und Spharganum verströmten einen angenehmen Duft. Phade ging zu einem Zaun hinüber und lehnte sich dagegen. Jetzt begann sie an der Dringlichkeit ihrer Nachrichten, ja sogar an ihrem Wahrscheinlichkeitsgehalt zu zweifeln. »Nein!« sagte sie heftig zu sich selbst. »Ich habe es gesehen! Ich habe es gesehen!«

Zu beiden Seiten wuchsen weiße, steile Kalksteinwände zu Banbeck-Rand empor, und dahinter Berge und Felsspitzen, die sich in den dunklen, von Federwolken gefleckten Himmel erstreckten. Skene glänzte blendend hell, eine brennende Flocke strahlender Brillanz.

Phade seufzte, halb von ihrem Irrtum überzeugt. Wieder, weniger entschlossen diesmal, versicherte sie sich ihrer Wahrnehmung. Sie hatte nie zuvor einen Geweihten gesehen, warum sollte sie sich jetzt einen eingebildet haben?

Die Jungen, die den Brüter erreicht hatten, waren im Staub der Übungspferche verschwunden. Schuppen glänzten, schimmerten und blinkten; Drachenmeister, Knechte und Waffenschmiede in schwarzem Leder gingen ihrer Arbeit nach. Nach einem Augenblick wurde Joaz Banbeck sichtbar. Er bestieg einen dünnbeinigen hochgewachsenen Skorpion, trieb ihn zu seinem vollen durchschüttelnden Galopp an und donnerte den Pfad zum Dorf entlang.

Phades Unsicherheit wuchs. Würde Joaz erzürnt sein? Oder ihre Neuigkeiten mit einem ungläubigen Blick abtun? Besorgt sah sie ihn näherkommen. Erst seit einem Monat in Banbeck-Grund, war sie sich ihres Status noch nicht sicher. In dem öden, kleinen Tal, südlich von hier, in dem sie geboren worden war, hatten ihre Unterweiser sie sorgfältig und gewissenhaft ausgebildet, aber der Unterschied zwischen dem Unterricht und der praktischen Wirklichkeit verwirrte und bestürzte sie zuweilen. Sie hatte gelernt, daß alle Menschen einem kleinen und identischen Satz von Verhaltensmustern gehorchten – Joaz Banbeck jedoch hielt sich nicht an solche Grenzen, und Phade empfand ihn als völlig unberechenbar.

Sie wußte, daß er ein verhältnismäßig junger Mann war, obwohl sein Äußeres keinen Hinweis auf sein Alter lieferte. Er hatte ein bleiches, herbes Gesicht, in dem graue Augen wie Kristalle schimmerten; einen breiten, dünnen Mund, der auf Flexibilität deutete, sich jedoch nie aus seiner geraden Linie verzog. Seine Bewegungen waren träge; seiner Stimme fehlte jede Leidenschaft; er gab kein Geschick mit Säbel oder Pistole vor. Er schien bewußt jede Geste zu vermeiden, die ihm die Bewunderung oder Zuneigung seiner Untertanen gewinnen mochte. Phade hatte ihn ursprünglich für kalt gehalten, aber dann ihre Meinung geändert. Er war, so schloß sie, ein gelangweilter und einsamer Mann mit einem leisen Humor, der zuweilen ziemlich grimmig erschien. Aber er behandelte sie ohne Unhöflichkeit, und Phade, die hundert Koketterien an ihm erprobte, glaubte nicht selten, einen Funken von Interesse zu bemerken.

Joaz Banbeck stieg vom Skorpion und ließ ihn in die Drachen-Unterkünfte bringen. Phade trat schüchtern vor, und Joaz richtete einen fragenden Blick auf sie. »Was erfordert, mich so dringend zurückzurufen? Hast du die neunzehnte Festlegung bedacht?«

Phade errötete verwirrt. Aufrichtig und arglos hatte sie ihm die quälend harte Sorgfalt ihrer Ausbildung beschrieben; Joaz bezog sich jetzt auf ein Detail der Klassifikationen, das ihrem Gedächtnis entglitten war.

Phade sprach rasch, wieder einmal aufgeregt. »Ich öffnete die Tür zu Eurem Studierzimmer, sanft, behutsam. Und was sah ich? Einen Geweihten, nackt in seinem Haar. Er hörte mich nicht. Ich schloß die Tür und rannte los, um Rife zu holen. Als wir zurückkehrten – war die Kammer leer!«

Joaz' Brauen zogen sich leicht zusammen; er blickte ins Tal. »Sonderbar.« Nach einem Augenblick fragte er: »Bist du sicher, daß er dich nicht gesehen hat?«

»Nein, ich glaube nicht. Doch als ich mit dem dummen alten Rife zurückkam, war er verschwunden! Ist es wahr, daß sie magische Kräfte haben?«

»Dazu kann ich nichts sagen«, erwiderte Joaz.

Sie bogen in Kergans Weg ab, durchschritten Tunnel und Felskorridore, kamen schließlich zur Eingangstür. Rife döste wieder an seinem Tisch. Joaz bedeutete Phade zu warten, trat leise vor und warf die Tür zu seinem Studierzimmer auf. Er sah sich um und seine Nasenflügel bebten. Der Raum war leer. Er stieg die Treppe hinauf, untersuchte das Wohn-Schlafzimmer und kehrte ins Studierzimmer zurück. Falls nicht tatsächlich Magie im Spiel war, hatte der Geweihte sich eines geheimen Eingangs bedient. Mit diesem Gedanken schwang er die Buchregaltür auf, stieg in die Werkstatt hinab und prüfte die Luft wieder nach dem sauer-süßen Geruch des Geweihten. Ein Hauch davon? Vielleicht.

Joaz untersuchte den Raum Zentimeter um Zentimeter, spähte in jeden Winkel. Schließlich entdeckte er vor der Wand unter der Werkbank einen kaum wahrnehmbaren Spalt, der einen rechteckigen Umriß bildete.

Joaz nickte in grimmiger Zufriedenheit. Er erhob sich und kehrte ins Studierzimmer zurück. Nachdenklich musterte er seine Regale. Was gab es hier, das einen Geweihten interessieren konnte? Bücher, Folianten, Broschüren? Hatten sie sogar die Kunst des Lesens gemeistert? Wenn ich das nächste Mal einen Geweihten treffe, muß ich danach fragen, dachte Joaz vage, er wird mir zumindest die Wahrheit sagen. Im nächsten Augenblick erkannte er, daß die Frage absurd war – bei all ihrer Nacktheit waren die Geweihten keineswegs Barbaren, ja, hatten ihm seine vier Sichtscheiben geliefert; meisterliche Kunststücke, die keine geringen Fertigkeiten erforderten.

Er inspizierte die gelbliche Marmorkugel, die er für sein wertvollstes Stück hielt – eine Darstellung des mythischen Eden. Offensichtlich war sie nicht angerührt worden. Ein anderes Regal stellte Modelle der Banbeckschen Drachen zur Schau – die rostrote Furie, den Langhörnigen Mörder und dessen Vetter, das Hochbeinige Monstrum; den Blauen Schrecken; den Unhold, dicht über dem Boden, ungeheuer stark, einen Stahlstachel an der Schwanzspitze; den massigen Moloch mit blankpolierter Schädeldecke und weiß wie ein Ei.

Ein wenig abseits stand der Vorfahr der gesamten Gruppe, der sogenannte Standard – ein perlblasses Geschöpf, aufrecht auf zwei Beinen mit zwei mittleren

Mehrzweckgliedern und Brachen – einem kurzen, vielgelenkigen Armpaar – am Hals. So wunderschön detailliert diese Modelle auch sein mochten, warum sollten sie die Neugier eines Geweihten erregen? Dafür gab es nicht den geringsten Grund, wenn die Originale täglich ungehindert studiert werden konnten.

Dann etwas aus der Werkstatt? Joaz rieb sich das lange, bleiche Kinn. Er hegte keine Illusionen über den Wert seiner Arbeit. Müßiges Herumgespiele, nicht mehr. Joaz stellte das Spekulieren ein. Höchstwahrscheinlich war der Geweihte in keiner besonderen Mission gekommen, der Besuch war vielleicht ein Teil einer regelmäßigen Inspektion. Aber warum?

Ein Klopfen an der Tür, die unehrerbietige Faust des alten Rife. Joaz öffnete ihm.

»Joaz Banbeck, eine Nachricht von Ervis Carcolo von Glückstal. Er wünscht mit Euch zu konferieren und erwartet in diesem Moment Eure Antwort am Banbeck-Rand.«

»Nun gut«, sagte Joaz. »Ich werde mit Ervis Carcolo konferieren.«

»Hier? Oder am Banbeck-Rand?«

»Am Rand. In einer halben Stunde.«

Kapitel Zwei

Fünfzehn Kilometer von Banbeck-Grund entfernt, jenseits einer windgepeitschten Wildnis aus Steilwänden, Graten, steinernen Klüften, zerrissenen Schluchten, öden Hügeln und von Felsbrocken übersäten Feldern, lag Glückstal. Es war ebenso breit wie Banbeck-Grund, aber nur halb so lang und die vom Wind abgelagerte Erdschicht daher nur halb so dick und entsprechend weniger fruchtbar.

Der Erste Rat von Glückstal war Ervis Carcolo, ein wohlgenährter, kurzbeiniger Mann mit leidenschaftlichem Gesicht, schwerem Mund und einem Charakter, der beständig zwischen heiterer Ausgelassenheit und bösartiger Wut schwankte. Anders als Joaz Banbeck genoß er seine Besuche in den Drachenunterkünften, wo er Drachenmeister, Knechte und Drachen gleichermaßen mit einer Flut aus gebrüllten Vorwürfen, Ermahnungen und Beschimpfungen überschüttete.

Ervis Carcolo war ein energischer und tatkräftiger Mann, entschlossen, Glückstal wieder in die Vorrangstellung zu bringen, die es vor etwa zwölf Generationen innegehabt hatte. In jenen rauhen Zeiten, vor dem Erscheinen der Drachen, trugen die Menschen ihre Schlachten selbst aus, und die Männer von Glückstal waren bemerkenswert waghalsig, geschickt und skrupellos gewesen. Banbeck-Grund, die Große Nordklamm, Neuheim, Sadrotal und Phosphorschlucht erkannten alle die Oberhoheit Carcolos an.

Dann kam aus dem Raum ein Schiff der Standards oder Grephen, wie sie zu jener Zeit genannt wurden. Die gesamte Bevölkerung Neuheims wurde durch das Schiff entweder gefangengenommen oder getötet, bei der Großen Nordklamm versuchte es dasselbe, war aber nur teilweise erfolgreich; dann bombardierte es die übrigen Siedlungen mit Explosivgranaten. Als die Überlebenden in ihre verwüsteten Täler zurückkrochen, war die Vorherrschaft von Glückstal eine Fiktion. Eine Generation später, während des Zeitalters des Blutigen Eisens, brach selbst diese Fiktion zusammen. In einer Entscheidungsschlacht wurde Goss Carcolo von Kergan Banbeck gefangengesetzt und gezwungen, sich mit seinem eigenen Messer zu entmannen.

Fünf Jahre des Friedens vergingen, und dann kehrten die Standards zurück. Nachdem es Sadrotal entvölkert hatte, landete das große, schwarze Schiff in Banbeck-Grund, doch dessen Einwohner waren gewarnt worden und in die Berge geflohen. Gegen Einbruch der Dunkelheit machten sich dreiundzwanzig der Standards hinter ihren präzise ausgebildeten Kriegern auf: Mehrere Züge schwerer Infanterie, eine Schwadron Waffner – kaum von den Menschen Aerliths zu unterscheiden – und eine Schwadron Spürer; diese wiederum waren entschieden anders. Der Abendsturm brach über das Tal herein und machte die Flieger des Schiffes nutzlos, was Kergan Banbeck in die Lage versetzte, jene erstaunliche Tat zu vollbringen, die seinen Namen auf Aerlith zu einer Legende machte. Anstatt sich der panischen Flucht seiner Leute in die Hohen Wirren anzuschließen, sammelte er sechzig Krieger und stachelte ihren Mut an, indem er sie mit Hohn und Spott beschämte. Aus dem Hinterhalt losschlagend, hackten sie eine Schwadron schwerer Infanterie in Stücke, schlugen den Rest in die Flucht und nahmen die dreiundzwanzig Standards gefangen, noch bevor diese richtig bemerkten, daß irgend etwas nicht stimmte.

Die Waffner hielten sich in Verzweiflung zurück, nicht imstande, ihre Waffen einzusetzen, weil sie fürchteten, ihre Meister zu vernichten. Die Schwere Infanterie stürmte vor, hielt aber inne, als Kergan Banbeck die Waffen auf die Grephen richten ließ. Verwirrt zogen sie sich zurück; Kergan Banbeck, seine Männer und die dreiundzwanzig Gefangenen entkamen in die Dunkelheit.

Die lange Aerlithnacht verging; der Morgensturm fegte aus dem Osten heran, donnerte vorüber, zog sich majestätisch in den Westen zurück; Skene erhob sich wie ein gleißender Sturm. Drei Männer tauchten aus dem Standards-Schiff auf – ein Waffner und zwei Spürer. Sie erklommen die Felswände zu Banbeck-Rand, während über ihnen ein kleiner Standards-Flieger herumglitt. Er war nicht mehr als eine schwebende Plattform, die durch den Wind tauchte und schlingerte wie ein schlecht ausbalancierter Drachen. Die drei Männer trotteten südwärts, auf die Hohen Wirren zu, eine Region aus chaotischem Schatten und Licht, zersplitterten Felsen und eingestürzten Steilwänden. Das Gestein türmten sich in wirren Haufen übereinander. Es war die traditionelle Zuflucht der Gejagten und Verfolgten.

Der Waffner hielt direkt vor dem Gewirr, rief nach Kergan Banbeck und bat ihn um ein Gespräch.

Kergan Banbeck trat hervor, und es erfolgte die seltsamste Unterredung in der Geschichte Aerliths. Der Waffner hatte Schwierigkeiten mit der Sprache der Menschen, da seine Lippen, die Zunge und die Stimmritzen mehr an die Sprache der Standards angepaßt waren.

»Du beschränkst die Freiheit von dreiundzwanzig unserer Verehrten. Es ist nötig, daß du sie in aller Demut herausgeleitest.« Er sprach nüchtern, mit einem Hauch Melancholie, weder fordernd noch befehlend oder gar drängend. Wie seine sprachlichen Gewohnheiten waren auch die seines Denkens an Greph-Muster angepaßt.

Kergan Banbeck, ein hochgewachsener, hagerer Mann mit gelackten schwarzen Brauen und schwarzem Haupthaar, das ebenfalls gelackt und zu einem Kamm mit fünf langen Spitzen geformt war, stieß ein kurzes, humorloses Lachen aus. »Was ist mit den getöteten Aerlith-Bewohnern? Was ist mit denen, die auf euer Schiff gezwungen wurden?«

Der Waffner, selbst ein beeindruckender Mann mit einem vornehmen, adlerhaften Schädel, beugte sich mit ernster Miene vor. Bis auf einige Locken dünnen, gelben Flaums war er haarlos. Seine Haut glänzte, als sei sie poliert worden; seine Ohren – worin er sich am meisten von den nichtangepaßten Menschen Aerliths unterschied – waren kleine, zarte Hautlappen.

Er trug ein einfaches Kleidungsstück in Dunkelblau und Weiß und hatte bis auf einen kleinen Vielzweckwerfer keine Waffe. Mit Gelassenheit und ruhiger Vernunft antwortete er auf Kergans Fragen: »Die Aerlith-Bewohner, die getötet wurden, sind tot. Diejenigen an Bord unseres Schiffes werden in die Unterschichten gekreuzt, wo die Beimengung frischen, auswärtigen Blutes von Wert ist.«

Kergan Banbeck musterte den Waffner mit verächtlicher Bedächtigkeit. In gewisser Hinsicht, überlegte er, erinnerten die modifizierten und sorgfältig gezüchteten Menschen an die Geweihten seines eigenen Planeten, besonders was die klare, zarte Haut, die stark ausgeprägte Zunge, die langen Beine und Arme betraf. Vielleicht war Telepathie im Spiel, vielleicht war ein Hauch des charakterisch sauer-süßen Geruchs zu ihm hinübergetragen worden – er wandte den Kopf und sah den Geweihten keine fünfzehn Meter entfernt zwischen den Felsen stehen: ein bis auf seinen goldenen Halsreif und das wie eine Fahne hinter ihm flatternde Haar nackter Mann. Uralter Sitte folgend, blickte Kergan Banbeck durch ihn hindurch, tat so, als existiere er nicht. Der Waffner verhielt sich nach einem kurzen Seitenblick genauso.

»Ich verlange, daß ihr die Aerlither aus eurem Schiff freilaßt«, sagte Kergan Banbeck mit klangloser Stimme.

Der Waffner schüttelte lächelnd den Kopf, mühte sich nach Kräften, sich verständlich zu machen. »Diese Personen stehen nicht zur Diskussion; ihr –« er hielt inne, suchte nach Worten, »ihr Geschick ist ... parzelliert, eingeteilt, quantifiziert, teilmengenbestimmt, gefügt. In Ordnung festgelegt. Dazu kann nichts mehr gesagt werden.«

Kergan Banbecks Lächeln wurde zu einer zynischen Grimasse. Er stand reserviert und schweigend da, während der Waffner weiterkrächzte. Der Geweihte kam langsam näher, jeweils ein paar Schritte. »Du wirst verstehen«, sagte der Waffner, »daß ein Muster der Ereignisse existiert. Es ist die Funktion von meinesgleichen, die Ereignisse so zu gestalten, daß sie in das Muster passen.« Er bückte sich und nahm mit einem graziösen Schwingen des Arms einen kleinen, scharfkantigen Stein hoch. »Genau wie ich dieses Stückchen Fels so schleifen kann, daß es in eine runde Öffnung paßt.«

Kergan Banbeck beugte sich vor, nahm den Stein und schleuderte ihn in hohem Bogen über das Gewirr von Felsbrocken. »Dieses Stückchen Fels wirst du nie so formen, daß es in ein rundes Loch paßt.«

Der Waffner schüttelte in mildem Tadel den Kopf. »Es gibt andere Steine.«

»Und andere Löcher«, erklärte Kergan Banbeck.

»Dann also zur Sache«, sagte der Waffner. »Ich schlage vor, diese Situation zu ihrer korrekten Anordnung umzugestalten.«

»Was bietest du mir für die dreiundzwanzig Grephen?«

Der Waffner zuckte unsicher mit den Schultern. Die Ideen dieses Mannes waren so wild, barbarisch und willkürlich wie die lackierten Spitzen seiner Haartracht. »Wenn du es wünschst, gebe ich dir Anleitung und Rat, damit ...«

Kergan Banbeck machte eine abrupte Geste. »Ich stelle drei Bedingungen.« Der Geweihte stand jetzt nur noch drei Meter entfernt, das Gesicht ausdruckslos, der Blick unbestimmt. »Erstens«, sagte Kergan Banbeck, »eine Garantie gegen zukünftige Angriffe auf die Menschen Aerliths. Fünf Grephen müssen immer als Geiseln in unserem Gewahrsam bleiben. Zweitens – um die Fortdauer dieser Garantie sicherzustellen – müßt ihr mir ein Raumschiff überlassen, mit Energievorräten, voll ausgerüstet, bewaffnet, und ihr müßt mich in seiner Bedienung unterweisen.«

Der Waffner warf den Kopf zurück und stieß durch die Nase eine Folge blökender Laute aus. »Drittens«, fuhr Kergan Banbeck fort, »müßt ihr alle Männer und Frauen freilassen, die sich gegenwärtig auf eurem Schiff befinden.«

Der Waffner blinzelte und wandte sich in schnellen,

heiseren Worten der Verblüffung an die Spürer. Diese bewegten sich unruhig und bedachten Kergan Banbeck mit ungeduldigen Seitenblicken, als sei er nicht nur ein Wilder, sondern verrückt. Über ihnen schwebte der Flieger, der Waffner blickte auf und schien Ermutigung aus dem Anblick zu ziehen. Er wandte sich Kergan Banbeck mit einer neuen Festigkeit zu, als habe der vorhergegangene Austausch nie stattgefunden. »Ich bin gekommen, dich zu unterweisen, daß die dreiundzwanzig Verehrten unmittelbar freigelassen werden müssen.«

Kergan Banbeck wiederholte seine eigenen Forderungen: »Ihr müßt mich mit einem Raumschiff ausstatten, ihr dürft uns nicht mehr überfallen, ihr müßt die Gefangenen freilassen. Stimmst du zu, ja oder nein?«

Der Waffner schien verwirrt zu sein. »Dies ist eine eigentümliche Situation – unbestimmt, nicht quantifiziert.«

»Kannst du mich verstehen?« bellte Kergan Banbeck erzürnt. Er blickte auf den Geweihten, ein Akt fragwürdiger Sittsamkeit, und verhielt sich dann völlig unkonventionell: »Geweihter, wie kann ich mit diesem Dummkopf umgehen? Er scheint mich nicht zu hören.«

Der Geweihte trat einen Schritt näher, das Gesicht so ausdruckslos und leer wie zuvor. Da er nach einer Doktrin lebte, die aktive oder gezielte Einmischung in die Angelegenheiten anderer Menschen verbot, konnte er auf jede Frage nur eine spezielle und begrenzte Antwort geben. »Er hört dich, aber es gibt keine Überschneidung der Vorstellungen und Ideen zwischen euch. Seine Denkstruktur ist von der seiner Herren abgeleitet und mit der deinen unvereinbar. Wie du mit ihm umgehen kannst, vermag ich nicht zu sagen.«

Kergan Banbeck blickte wieder auf den Waffner. »Hast du gehört, was ich von dir verlangt habe? Hast du meine Bedingungen für die Freilassung der Grephen verstanden?«

»Ich habe dich deutlich gehört«, erwiderte der Waffner. »Deine Worte haben keine Bedeutung, sie sind Absurditäten, Paradoxa. Höre mir sorgfältig zu. Es ist gefügt, umfassend festgelegt, eine Teilmenge, ein Quantum des Geschicks, daß ihr uns die Verehrten übergebt. Es ist regellos, es ist keine geordnete Fügung, daß du ein Schiff haben solltest, oder daß deinen anderen Forderungen entsprochen wird.«

Kergan Banbecks Gesicht lief rot an; er wandte sich halb zu seinen Männern um, unterdrückte dann aber seine Wut und sprach mit sorgfältiger Klarheit: »Ich habe etwas, das ihr wollt. Ihr habt etwas, das ich will. Handeln wir miteinander.«

Zwanzig Sekunden lang starrten sich die Männer Auge in Auge an. Dann holte der Waffner tief Luft. »Ich werde es in deinen Worten erklären, so daß du es begreifst. Gewißheiten – nein, keine Gewißheiten; Zuordnungen – Zuordnungen existieren. Diese sind Einheiten der Gewißheit, Quanten, Teilmengen der Notwendigkeit und Ordnung. Das Sein ist die ständige Abfolge dieser Einheiten, eine Zuordnung nach der anderen. Die Aktivität des Universums kann in bezug auf diese Einheiten ausgedrückt werden. Ungeordnetheit, Regellosigkeit, Absurdität – diese sind wie ein halber Mensch mit einem halben Gehirn, halbem Herz, der Hälfte all seiner lebenswichtigen Organe. Weder das eine noch das andere kann und darf existieren. Daß ihr dreiundzwanzig der Verehrten als Gefangene haltet, ist eine solche Absurdität, eine Ausschreitung gegen den rationalen Fluß des Universums.«

Kergan Banbeck warf die Arme hoch und wandte sich noch einmal an den Geweihten: »Wie kann ich diesem Unsinn Einhalt gebieten? Wie kann ich ihn die Vernunft erkennen lassen?«

Der Geweihte dachte nach. »Er spricht keinen Unsinn, sondern vielmehr eine Sprache, die zu verstehen du nicht imstande bist. Du kannst ihn dazu bringen, deine Sprache zu verstehen, indem du alles Wissen und jede Ausbildung aus seinem Geist löschst und durch deine Muster ersetzt.«

Kergan Banbeck unterdrückte ein Gefühl der Enttäuschung und der Irrealität. Um von einem Geweihten eine exakte, klare Antwort zu erhalten, war eine exakte, klare Frage erforderlich – es war in der Tat schon bemerkenswert, daß dieser Geweihte überhaupt blieb und sich befragen ließ. Er überlegte sorgfältig und fragte: »Was schlägst du vor, wie ich mit diesem Mann umgehen soll?«

»Lasse die dreiundzwanzig Grephen frei.« Der Geweihte berührte die Zwillingserhebungen am Vorderteil seines goldenen Halsreifs; eine rituale Geste, die bedeutete, daß er, gleichgültig wie unwillig, eine Handlung vollzogen hatte, von der vorstellbar war, daß sie den Verlauf der Zukunft ändern mochte. Noch einmal tippte er gegen seinen Reif und intonierte: »Lasse die Grephen frei; er wird dann abziehen.«

Kergan Banbeck schrie in nicht mehr unterdrückter Wut auf:

»Wem dienst du? Menschen oder Grephen? Sag uns die alte Wahrheit! Sprich!«

»Bei meinem Glauben, bei meinem Bekenntnis, bei der Wahrheit meines *Tand,* ich diene niemandem außer mir selbst.« Der Geweihte richtete sein Gesicht zur großen Kluft des Berges Gethron empor und entfernte sich langsam; der Wind blies sein langes, feines Haar zur Seite.

Kergan Banbeck sah ihm nach und wandte sich dann mit kalter Entschlossenheit wieder dem Waffner zu. »Deine Erörterung über Gewißheiten und Absurditäten ist interessant. Ich habe den Eindruck, daß du die zwei verwechselst. Hier ist Gewißheit von meinem Standpunkt aus: Ich werde die dreiundzwanzig Grephen nicht freilassen, bis ihr meine Bedingungen erfüllt. Wenn ihr uns weiter angreift, werde ich sie halbieren, um das Bild deiner Äußerungen zu illustrieren und zu verwirklichen, und dich vielleicht zu überzeugen, daß Absurditäten möglich sind. Mehr werde ich nicht sagen.«

Der Waffner schüttelte den Kopf, langsam, bedauernd. »Hör zu, ich werde es erklären. Bestimmte Umstände sind undenkbar, sie sind unqualifiziert, unvorherbestimmt …«

»Geh!« donnerte Kergan Banbeck. »Sonst wirst du deinen dreiundzwanzig verehrten Grephen Gesellschaft leisten, und ich werde dich lehren, wie wirklich das Undenkbare werden kann!«

Der Waffner und die beiden Spürer drehten sich krächzend und murmelnd um, zogen sich von den Hohen Wirren in Richtung Banbeck-Rand zurück und stiegen ins Tal hinab. Über ihnen glitt der Flieger dahin, trudelte, flatterte und sank wie ein fallendes Blatt.

Die Männer von Banbeck-Grund, die den Rückzug durch die Felswände beobachteten, wurden alsbald Zeugen einer bemerkenswerten Szene: Eine halbe Stunde nachdem der Waffner zum Schiff zurückgekehrt war, hüpfte er wieder heraus und tanzte wilde Kapriolen schlagend herum. Andere folgten ihm: Waffner, Spürer, schwere Infanteristen und acht weitere Grephen – alle hüpfend, springend und wie von Sinnen hin und her rennend. Aus den Luken des Schiffes blitzten Lichter in vielfältigen Farben, und leise Geräusche gequälter Maschinerie drangen herüber.

»Sie sind verrückt geworden!« murmelte Kergan Banbeck. Er zögerte einen Augenblick, dann gab er einen Befehl: »Sammelt alle Männer; wir greifen an, während sie hilflos sind.«

Die Männer von Banbeck-Grund stürmten von den Hohen Wirren herab. Dabei konnten sie beobachten, wie einige der gefangenen Männer und Frauen aus Sadrotal furchtsam und zaghaft aus dem Schiff herauskamen und, als sie auf keinen Widerstand stießen, über Banbeck-Grund in die Freiheit flohen. Andere folgten – und jetzt hatten die Banbeck-Krieger den Talboden erreicht.

Der Wahnsinn zu Füßen des Schiffes hatte sich beruhigt; die Außenweltler kauerten schweigend neben der Schiffshülle. Plötzlich ereignete sich eine markerschütternde Explosion, ein blendendes Aufzucken gelben und weißen Feuers. Das Schiff löste sich auf. Ein großer Krater verschandelte den Talboden; Metallfragmente regneten auf die angreifenden Banbeck-Krieger herab.

Kergan Banbeck starrte auf das Bild der Zerstörung. Langsam, mit hängenden Schultern sammelte er seine

Leute ein und führte sie zurück in ihr verwüstetes Tal. Als Letzte, im Gänsemarsch, mit Seilen aneinandergebunden, kamen die dreiundzwanzig Grephen, mit stumpfem Blick, fügsam, von ihrer vorherigen Existenz bereits weit entfernt. Das Gefüge des Schicksals war unabänderlich: die gegenwärtigen Umstände paßten nicht zu den dreiundzwanzig der Verehrten. Der Mechanismus des Seins mußte daher justiert werden, um das ungestörte Voranschreiten der Ereignisse zu gewährleisten. Die Dreiundzwanzig waren folglich etwas anderes als die Verehrten – eine völlig neue Spezies. Falls das zutraf, was waren sie? Diese Fragen stellten sie einander in traurigen, krächzenden Tönen, während sie den Hang hinunter nach Banbeck-Grund hineinmarschierten.

Kapitel Drei

Im Verlauf der langen Aerlithjahre wechselten Wohlstand und Erfolg von Glückstal und Banbeck-Grund im Einklang mit den Ereignissen der gegnerischen Carcolos und Banbecks. Golden Banbeck, Joaz' Großvater, war gezwungen, Glückstal aus seinem Kundenstamm zu entlassen, als Uttern Carcolo, ein ausgezeichneter Drachenzüchter, die ersten Unholde produzierte. Golden Banbeck seinerseits entwickelte die Moloche, ließ jedoch einen unsicheren Waffenstillstand fortbestehen.

Weitere Jahre vergingen. Ilden Banbeck, der Sohn von Golden, ein zarter, unfähiger Mann, starb durch den Sturz von einem widerspenstigen Skorpion.

In dieser Situation, Joaz war noch ein kränkliches Kind, beschloß Grode Carcolo, sein Glück gegen Banbeck-Grund zu versuchen. Er rechnete jedoch nicht mit dem alten Hendel Banbeck, Großonkel von Joaz und Oberster Drachenmeister. Die Streitkräfte Glückstals wurden in Sternenfall vernichtend geschlagen; Grode Carcolo wurde getötet und der junge Ervis von einem Langhörnigen Mörder aufgespießt. Aus verschiedenen Gründen, einschließlich Hendels Alter und Joaz' Jugend, verfehlten es die Banbecktruppen, nachzustoßen und einen entscheidenden Vorteil herauszuschlagen. Ervis Carcolo gelang es, obwohl durch Blutverlust und Schmerz geschwächt, sich einigermaßen geordnet zurückzuziehen; und in den folgenden Jahren herrschte zwischen den benachbarten Tälern ein argwöhnischer Friede.

Joaz wuchs zu einem düsteren jungen Mann heran, der zwar nicht unbedingt enthusiastische Zuneigung bei seinen Leuten hervorrief, aber doch zumindest keine heftige Abneigung auf sich zog. Er und Ervis Carcolo waren vereint in gegenseitiger Verachtung. Kam die Sprache auf Joaz' Studierzimmer mit seinen Büchern, Schriftrollen, Modellen und Plänen, seinem komplizierten Sichtsystem auf ganz Banbeck-Grund (dessen Linsen, wie das Gerücht ging, von den Geweihten geliefert worden sein sollten), warf Carcolo angewidert die Hände hoch. »Studien? Pah! Welchen Nutzen hat dieses Herumgewühle im Mist der Vergangenheit? Wohin führt es? Er hätte als Geweihter geboren werden sollen – er ist genauso ein muffiger, langweiliger, versponnener Schwächling!«

Ein Wanderhändler, ein gewisser Dae Alvonso, der die Gewerbe von Spielmann, Kinderkäufer, Seelenheiler und Chiropraktiker in sich vereinte, berichtete Joaz von Carcolos Schmähungen, doch dieser zuckte nur mit den Schultern. »Ervis Carcolo sollte sich mit einem seiner Moloche kreuzen«, sagte er. »Er würde eine unerschütterliche Kreatur zeugen – mit dem Panzer eines Molochs und der ihm eigenen unbeirrbaren Dummheit.«

Die Bemerkung kam auf umgekehrtem Wege zu Ervis Carcolo zurück und traf ihn zufällig an einer besonders empfindlichen Stelle. Im geheimen hatte er in seinen Brütern eine neue Züchtung entwickelt: einen Drachen, fast so massig wie der Moloch und mit der wilden Intelligenz und Beweglichkeit des Blauen Schreckens. Aber Ervis Carcolo ging rein intuitiv und allzu optimistisch an seine Arbeit heran und ignorierte den Rat von Bast Given, seinem Obersten Drachenmeister.

Die Jungen schlüpften aus: ein Dutzend Brutlinge überlebte. Ervis Carcolo zog sie mit Zärtlichkeit und Tadel zugleich auf. Schließlich waren die Drachen herangewachsen. Carcolos erhoffte Kombination von Wildheit und Unbezwingbarkeit verkörperte sich in vier schwerfälligen, reizbaren Geschöpfen mit aufgeblähten Leibern, dürren Beinen und unstillbarem Appetit. (»Als ob man einen Drachen züchten könne, indem man befiehlt: Existiere!« schnaubte Bast Given seinen Helfern zu und riet ihnen: »Nehmt euch vor den Biestern in acht – sie können nur eins gut: darauf warten, daß ihr in die Reichweite ihrer Rachen kommt.«)

Zeit, Mühe, Einrichtungen und Futter, die auf die nutzlosen Hybriden verschwendet worden waren, hatten Carcolos Armee geschwächt. An fruchtbaren Furien hatte er keinen Mangel, es gab ausreichend Langhörnige Mörder und Hochbeinige Monstren, aber die Zahl der schwereren, spezialisierteren Typen, insbesondere der Moloche, entsprach seinen Plänen ganz und gar nicht. Die Erinnerung an Glückstals vergangene Herrlichkeit verfolgte ihn in seinen Träumen – als erstes würde er Banbeck-Grund unterwerfen, und oft malte er sich die Zeremonie aus, mit der er Joaz Banbeck auf die Funktion eines Kloakenreinigers zurechtstutzen würde.

Ervis Carcolos Ambitionen wurden durch einige grundlegenden Schwierigkeiten kompliziert. Die Bevölkerung Glückstals hatte sich verdoppelt, doch anstatt die Stadt durch das Ausräumen neuer Felsspitzen oder das Vorantreiben von Tunneln auszudehnen, baute Carcolo drei neue Drachen-Brüter, ein Dutzend Drachenunterkünfte und ein enormes Ausbildungsgelände. Die Bevölkerung des Tals hatte die Wahl, sich entweder noch enger in den überfüllten Tunneln zusammenzudrücken oder armselige, wacklige Behausungen am Fuß der Steilwand zusammenzubauen. Brüter, Unterkünfte, Übungsfelder; aus dem Speicher wurde Wasser zur Unterhaltung der Brüter abgezweigt; gewaltige Mengen von Nahrungsmitteln wurden zur Fütterung der Drachen aufgewendet. Das Volk Glückstals, unterernährt, kränklich und elend, teilte keine von Carcolos Bestrebungen, und sein Mangel an Begeisterung machte ihn wütend.

Jedenfalls, als der Wanderhändler Dae Alvonso die Bemerkung Joaz Banbecks wiederholte, daß Ervis Carcolo sich mit einem Moloch kreuzen sollte, kochte Carcolo vor Wut. »Bah! Was weiß Joaz Banbeck über Drachenzucht? Ich bezweifle, daß er seine eigene Drachen-Sprache beherrscht.« Er bezog sich damit auf die Art und Weise, mit der den Drachen Anweisungen und Befehle übermittelt wurden, ein jeder Armee eigener geheimer Kode. Die Drachen-Sprache eines Gegners zu lernen, war das Hauptziel jedes Drachenmeisters, da er damit ein bestimmtes Maß an Kontrolle über die Streitmacht seines Feindes gewann. »Ich bin ein Praktiker und doppelt soviel wert wie er«, fuhr Carcolo fort. »Kann er Drachen entwerfen, aufziehen, hegen und ausbilden? Kann er Disziplin erzwingen und gleichzeitig zu grausamer Wildheit erziehen? Nein. Das alles überläßt er seinen Drachenmeistern, während er sich auf einem Sofa lümmelt, Zuckerwerk nascht und Schlachtpläne nur zur Eroberung seiner geduldigen Minnemaiden entwirft. Man erzählt, daß er aus astrologischen Weissagungen die Rückkehr der Standards prophezeit, daß er mit verdrehtem Hals herumläuft und den Himmel beobachtet. Verdient ein solcher Mann Macht und ein glückliches Leben in Wohlstand? Ich sage nein. Ist Ervis Carcolo von Glückstal ein solcher Mann? Ich sage ja, und das werde ich beweisen.«

Dae Alvonso hob mahnend die Hand. »Nicht so schnell. Er ist wachsamer, als Ihr denkt. Seine Drachen sind in bester Verfassung; er besucht sie oft. Und was die Standards angeht . . .«

»Komm mir nicht mit den Standards«, fauchte Carcolo. »Ich bin kein Kind, dem man mit Schreckgespenstern angst machen kann!«

Wieder hob Dae Alvonso die Hand. »Hört mir zu. Ich bin kein leichtgläubiger Narr, und Ihr könnt von meinen Nachrichten Nutzen ziehen. Joaz Banbeck nahm mich mit in sein Studierzimmer . . .«

»Ah, ja, das berühmte Studierzimmer!«

»Er nahm eine auf einem schwarzen Kasten befestigte Kristallkugel aus einem Schrank.«

»Aha!« höhnte Carcolo. »Eine Kristallkugel!«

Dae Alvonso ignorierte die Unterbrechung und fuhr fort: »Ich untersuchte diese Kugel, und sie schien in der Tat das ganze All zu enthalten – in ihr trieben Sterne und Planeten, alle Himmelskörper des Sternhaufens. ›Sieh es dir gut an‹, sagte Joaz Banbeck, ›dergleichen wirst du nirgendwo sonst je wieder zu Gesicht bekommen. Es wurde von den Alten Menschen geschaffen und von den ersten unseres Volkes nach Aerlith gebracht.‹

›Tatsächlich‹, sagte ich. ›Und was ist dieser Gegenstand?‹

›Es ist ein himmlisches Mentarium‹, erklärte mir Joaz Banbeck. ›Es stellt die Position aller nahe gelegenen Sterne zu jedem von mir bestimmten Zeitpunkt dar. Siehst du diesen weißen Punkt da? Das ist unsere Sonne. Und siehst du den roten Stern? In den alten Almanachen wird er Coralyne genannt. Er nähert sich uns in unregelmäßigen Intervallen, da auch der Fluß der Sterne in diesem Sternhaufen unregelmäßig ist. Diese Intervalle fielen immer mit den Angriffen der Standards zusammen.‹

An diesem Punkt drückte ich mein Erstaunen aus. Joaz überzeugte mich, was die Sache anging: Die Geschichte der Menschen auf Aerlith berichtet von sechs Überfällen der Standards oder Grephen, wie sie ursprünglich genannt wurden. Offensichtlich suchen die Standards im Verlauf des Weges von Coralyn durch das All nahe gelegene Welten nach verborgenen Siedlungen von Menschen ab. Das letzte Mal ereignete es sich vor langer Zeit, während der Herrschaft Kergan Banbecks, und führte zu den Ergebnissen, die euch bekannt sind. Damals stand Coralyne uns im All sehr nahe. Zum ersten Mal seit dieser Zeit steht Coralyne wieder dicht in unserer Nähe. Das ist es«, sagte Alvonso zu Carcolo, »was ich bei Joaz Banbeck erfahren und gesehen habe.«

Carcolo war gegen seinen Willen beeindruckt. »Willst du mir erzählen, daß innerhalb dieser Kugel alle Sterne des Alls schwimmen?« fragte er.

»Dafür kann ich mich nicht verbürgen«, erwiderte Dae Alvonso. »Die Kugel ist mit einem schwarzen Kasten verbunden, und ich vermute, daß ein innerer Mechanismus Bilder projiziert oder vielleicht Leuchtpunkte kontrolliert, die die Sterne simulieren. Auf jeden Fall ist es eine wundervolle Apparatur, eine, die zu besitzen ich stolz wäre. Ich bot Joaz mehrere wertvolle Objekte zum Tausch, aber er wollte keines von ihnen.«

Carcolo verzog angewidert die Lippen. »Du und deine gestohlenen Kinder. Kennst du keine Scham?«

»Nicht mehr als meine Kunden«, entgegnete Alvonso beherzt. »Soweit ich mich erinnere, habe ich bei mehreren Gelegenheiten gewinnträchtig mit Euch gehandelt.«

Ervis Carcolo wandte sich ab und gab vor, zwei Furien zu beobachten, die mit Holzsäbeln übten. Die beiden

Männer standen an einem Steinzaun, hinter dem Gruppen von Drachen Formationskampf exerzierten, mit Speeren und Schwertern kämpften, um ihre Muskeln zu stärken. Schuppen blitzten, Staub stieg unter gespreizten, stampfenden Füßen auf; der ätzende Duft von Drachenschweiß lag in der Luft.

»Er ist raffiniert, dieser Joaz«, murmelte Carcolo, »er wußte, daß du mir ausführlich berichten würdest.«

Dae Alvonso nickte. »Genau. Seine Worte waren ... aber vielleicht sollte ich diskret sein.« Verstohlen blickte er Carcolo unter buschigen, weißen Brauen an.

»Sprich«, sagte Ervis Carcolo barsch.

»Nun gut. Bedenkt, daß ich Joaz Banbeck zitiere. ›Sag Carcolo, dem alten Pfuscher, daß er sich in großer Gefahr befindet. Falls die Standards nach Aerlith zurückkehren, was sehr wohl möglich ist, ist Glückstal völlig schutzlos und verwundbar und wird zerstört werden. Wo können sich seine Leute verstecken? Man wird sie in das schwarze Schiff treiben und zu einem kalten, neuen Planeten bringen. Wenn Carcolo nicht völlig herzlos ist, wird er neue Tunnel vortreiben und verborgene Wege anlegen. Andernfalls ...‹«

»Andernfalls was?« wollte Carcolo wissen.

»›Andernfalls wird es kein Glückstal mehr geben, keinen Ervis Carcolo.‹«

»Bah«, sagte Carcolo mit gedämpfter Stimme. »Der junge Kläffer bellt in schrillen Tönen.«

»Vielleicht übermittelt er eine ehrlich gemeinte Warnung. Seine weiteren Worte ... Aber ich fürchte, Eure Würde zu verletzen.«

»Weiter! Sprich!«

»Dies waren seine Worte – aber nein, ich wage nicht, sie zu wiederholen. Er betrachtet Eure Bemühungen, eine Armee aufzubauen, als im Grunde absurd und infantil; er vergleicht Eure Intelligenz unvorteilhaft mit der seinen; er sagt voraus ...«

»Genug!« donnerte Ervis Carcolo fäusteschüttelnd. »Er ist ein durchtriebener Gegner, aber warum gibst du dich zu seinen Tricks her?«

Dae Alvonso schüttelte seinen ergrauten, alten Schädel. »Ich wiederhole nur – widerwillig – das, was Ihr zu hören verlangt. Nun denn, da Ihr mich ausgequetscht habt, tut auch etwas zu meinem Vorteil. Möchtet Ihr Drogen, Elexiere, Zöglinge oder Gifte kaufen? Ich habe hier die Salbe der ewigen Jugend, die ich aus der Privatschatulle des Demie-Geweihten gestohlen habe. In meinem Troß habe ich sowohl Mädchen als auch Knaben-Kinder, unterwürfig und hübsch, zu einem anständigen Preis. Ich werde mir Eure Nöte und Sorgen anhören, Euer Lispeln heilen und garantiere Ruhe des Gemüts – oder wollt Ihr vielleicht Dracheneier kaufen?«

»Ich brauche nichts von alledem«, grunzte Carcolo. »Insbesondere keine Dracheneier, aus denen Eidechsen schlüpfen. Und was Kinder angeht: Glückstal quillt über davon. Bring mir ein Dutzend gesunder Moloche, und du darfst dich mit hundert Kindern deiner Wahl entfernen.«

Dae Alvonso schüttelte traurig den Kopf und schlurfte von dannen. Carcolo ließ sich gegen den Zaun sinken, während sein Blick starr auf den Drachenpferchen ruhte.

Die Sonne stand tief über den Felsen des Despoire, des hohen Berges im Nordwesten – der Abend war nahe. Jetzt war die angenehmste Zeit des Aerlithtages, wenn die Winde erstarben und eine ungeheure samtene Stille zurückließen. Skenes Glut milderte sich zu einem rauchigen Gelb mit einer bronzenen Aureole; die Wolken des bevorstehenden Abendsturms sammelten sich, stiegen hoch, fielen, wirbelten, verschoben sich und glommen wechselnd in jeder Schattierung von Gold, Orangebraun, Goldbraun und staubigem Violett.

Skene sank; die Gold- und Orangetöne wurden ebenholzfarben und purpurn. Blitze durchzuckten die Wolken, und der Regen fiel als schwarzer Vorhang. In den Unterkünften bewegten sich die Männer mit erhöhter Wachsamkeit, denn jetzt wurden die Drachen unberechenbar – abwechselnd wach und aufmerksam, träge und apathisch, streitlustig und übellaunig. Mit dem Vorbeizug des Regens wurde der Abend zur Nacht, und eine kühle, stille Brise trieb durch die Täler. Die Sonnen des Sternenhaufens ließen den Himmel brennen und funkeln. Einer der strahlendsten blinkte rot, grün, weiß, rot, grün.

Ervis Carcolo betrachtete nachdenklich den Stern. Ein Gedanke führte zum nächsten und schließlich zu einem Plan, der das ganze Durcheinander von Zweifeln, Ungewißheiten und Unzufriedenheiten aufzulösen schien, die sein Leben verdarben. Carcolo verzog den Mund zu einer säuerlichen Grimasse – er würde diesem Laffen Joaz Banbeck ein Angebot machen müssen; aber wenn es unvermeidlich war – dann sollte es eben sein!

Daher tauchte am nächsten Morgen, kurz nachdem Phade, die Minnemaid, den Geweihten in Joaz' Studierzimmer entdeckte, ein Bote im Tal auf, der Joaz Banbeck zu einer Konferenz mit Ervis Carcolo am Banbeck-Rand einlud.

Kapitel Vier

Ervis Carcolo wartete mit seinem Obersten Drachenmeister Bast Given und einem Paar junger Unterführer. Hinter ihnen standen in einer Reihe ihre Reitdrachen: vier glänzende Skorpione, die Brachen gefaltet, die Beine in exakt dem gleichen Winkel ausgestellt. Sie waren Carcolos neueste Zucht, und er war maßlos stolz auf sie. Die Barteln, die die hornigen Antlitze umgaben, waren von zinnoberroten Schmucksteinen übersät; ein schwarz emaillierter Schild mit einem Stachel in der Mitte bedeckte jede Brust. Die Männer trugen traditionelle Reithosen aus schwarzem Leder und kurze kastanienbraune Mäntel sowie schwarze Lederhelme mit langen Klappen, die hinter den Ohren auf die Schultern fielen.

Die vier Männer warteten, geduldig oder rastlos, wie ihre Natur es ihnen gebot, und betrachteten die wohlbestellte Fläche von Banbeck-Grund. Im Süden erstreckten sich Felder mit verschiedenen Nahrungsmitteln: Wicken, Schaingarten, Mooskuchen, ein Hain von Loquats. Direkt gegenüber, in der Nähe der Mündung der Clybournespalte, war immer noch der Umriß des Kraters zu erkennen, den die Explosion des Standards-Schiffes gerissen hatte. Im Norden lagen weitere Felder, dann die Drachen-Lager, die aus einer Unterkunft mit schwarzem Ziegelwerk, einem Brüter und einem Exerzierplatz bestanden. Dahinter lagen die Banbeck-Wirren, eine unfruchtbare Gegend, wo in vergangenen Zeiten ein Teil der Steilwand heruntergestürzt war und eine Ödnis verstreuter Felsen geschaffen hatte, vergleichbar den Hohen Wirren unterhalb des Gethron, aber von geringerer Ausdehnung.

Einer der jungen Unterführer machte eine ziemlich taktlose Bemerkung über den offensichtlichen Wohlstand von Banbeck-Grund, verglichen mit dem (unausgesprochenen) Wertverlust von Glückstal. Ervis Carcolo hörte einen Moment lang verdrießlich zu, dann warf er dem Missetäter einen hochmütigen Blick zu.

»Seht den Damm«, sagte der junge Unterführer. »Wir verlieren die Hälfte unseres Wassers durch Versickern.«

»Richtig«, antwortete der andere. »Diese Felseinfassung ist eine gute Idee. Ich frage mich, warum wir nicht auch etwas in der Art machen.«

Carcolo setzte zu sprechen an, besann sich aber eines Besseren. Mit einem Grollen tief in der Kehle wandte er sich ab. Bast Given winkte, und die Unterführer verstummten.

Einige Augenblicke später kündigte Given an: »Joaz Banbeck nähert sich.«

Carcolo spähte Kergans Weg hinunter. »Wo ist seine Begleitung? Reitet er allein?«

»Es scheint so.«

Nach einigen Minuten erschien Joaz Banbeck auf einem Skorpion, der mit grauem und rotem Samt aufgeputzt war, an Banbeck-Rand. Joaz trug einen locker geschnittenen Umhang aus weichem, braunem Stoff über einem grauen Hemd und grauen Hosen und einen blauen Samthut mit langer Spitze. Er hob die Hand zu einem beiläufigen Gruß, den Carcolo brüsk erwiderte, um dann mit einem Rucken der Hand Given und die Unterführer außer Hörweite zu schicken.

»Ihr habt mir über den alten Alvonso eine Botschaft zukommen lassen«, sagte Carcolo mürrisch.

Joaz nickte.

»Er dürfte wohl meine Bemerkungen exakt weitergegeben haben?«

Carcolo grinste wölfisch. »Zuweilen fühlte er sich genötigt, zusammenzufassen.«

»Taktvoller alter Dae Alvonso.«

»Mir wurde zu verstehen gegeben«, sagte Carcolo, »daß Ihr mich für unbesonnen, unfähig und den höchsten Interessen Glückstals gegenüber gleichgültig haltet. Alvonso gestand ein, daß Ihr in bezug auf mich das Wort ›Tölpel‹ verwandtet.«

Joaz lächelte höflich. »Einschätzungen dieser Art werden am besten durch Zwischenträger übermittelt.«

Carcolo erging sich in betont würdevoller Nachsicht.

»Offenbar habt Ihr den Eindruck, daß ein neuer Standard-Angriff bevorsteht.«

»Genau so ist es«, stimmte Joaz zu, »falls meine Theorie, die ihre Heimat als den Stern Coralyne identifiziert, zutrifft. In welchem Fall, wie ich gegenüber Alvonso zum Ausdruck brachte, Glückstal ernsthaft verwundbar ist.«

»Und warum Banbeck-Grund nicht genauso?« bellte Carcolo.

Joaz starrte ihn überrascht an. »Ist das nicht offensichtlich? Ich habe Vorsichtsmaßnahmen getroffen. Meine Leute bewohnen Tunnel und keine Hütten. Wir haben mehrere Fluchtwege, falls sich die Notwendigkeit ergibt, sowohl zu den Hohen Wirren als auch zu Banbeck-Wirren.«

»Höchst interessant.« Carcolo bemühte sich, seinen Ton zu mildern. »Falls Eure Theorie zutrifft – und ich fälle darüber kein sofortiges Urteil –, wäre es vielleicht klug, entsprechende Maßnahmen einzuleiten. Aber ich denke in anderen Begriffen. Ich ziehe Angriff und Aktivität der passiven Verteidigung vor.«

»Bewundernswert«, sagte Joaz Banbeck. »Die großen, bedeutenden Taten werden von Männern wie Euch vollbracht.«

Eine leichte Röte überzog Carcolos Gesicht. »Das gehört nicht hierher«, erklärte er. »Ich bin hier, um ein gemeinsames Vorgehen vorzuschlagen: Es ist völlig neuartig, aber sorgfältig durchdacht. Ich befasse mich seit Jahren mit den verschiedenen Seiten dieser Angelegenheit.«

»Ich folge Euch mit großem Interesse«, sagte Joaz.

Carcolo blies die Wangen auf. »Ihr kennt die Legenden so gut wie ich, vielleicht besser. Während des Krieges der Zehn Sterne besiedelten unsere Vorfahren Aerlith als Flüchtlinge. Die Alptraum-Koalition hatte offensichtlich die Alte Ordnung besiegt, doch wie der Krieg ausging ...«, er warf eine Hand hoch, »wer mag das zu sagen?«

»Es gibt einen bedeutsamen Hinweis«, sagte Joaz. »Die

Standards besuchen und plündern Aerlith, wie es ihnen gefällt. Wir haben keine Menschen aus dem Raum gesehen, bis auf die, die den Standards dienen.«

»›Menschen‹?« fragte Carcolo abfällig. »Ich nenne sie anders. Trotzdem ist das eine bloße Folgerung, nicht mehr, und wir *wissen* nichts über den weiteren Verlauf der Geschichte. Vielleicht beherrschen die Standards den Sternhaufen, vielleicht suchen sie nur uns heim, weil wir schwach und waffenlos sind. Vielleicht sind wir die letzten Menschen; vielleicht hat die Alte Ordnung sich wieder erhoben. Und vergeßt keinesfalls, daß viele Jahre verstrichen sind, seit die Standards zum letzten Mal auf Aerlith auftauchten.«

»Viele Jahre sind verstrichen, seit Aerlith und Coralyne in so passender Weise beinander standen.«

Carcolo winkte ungeduldig ab. »Eine Hypothese, die bedeutungsvoll sein mag oder auch nicht. Laßt mich das Grundaxiom meines Vorschlags erläutern. Es ist einfach genug. Ich finde, daß Banbeck-Grund und Glückstal ein zu kleiner Bereich für Männer unserer Art sind. Wir bedürfen größerer Spielräume.«

Joaz stimmte ihm zu. »Ich wünschte, es wäre möglich, die damit zusammenhängenden praktischen Schwierigkeiten zu ignorieren.«

»Und ich bin in der Lage, eine Methode zur Beseitigung dieser Schwierigkeiten vorzuschlagen«, behauptete Carcolo.

»In diesem Fall«, sagte Joaz, »sind uns Macht, Ruhm und Reichtum so gut wie sicher.«

Carcolo warf ihm einen scharfen Blick zu, schlug sich mit der Goldperlenquaste seiner Schwertscheide an die Reithosen. »Bedenkt«, sagte er, »daß die Geweihten Aerlith vor uns bewohnten. Wie lange, weiß niemand zu sagen Es ist ein Geheimnis. Was wissen wir eigentlich über sie? So gut wie nichts. Sie tauschen ihr Metall und Glas gegen unsere Nahrungsmittel, sie leben in tiefen Höhlen, ihr Glaube heißt Abgeschiedenheit, Versunkenheit, Distanz, Losgelöstheit, wie immer man es nennen will – für jemanden wie mich völlig unverständlich.«

Er blickte Joaz herausfordernd an, doch dieser betastete nur sein längliches Kinn. »Sie stellen sich selbst als simple Anhänger eines metaphysischen Kults dar, tatsächlich aber sind sie ein sehr geheimnisvolles Volk. Hat je jemand eine Geweihtenfrau gesehen? Was ist mit den blauen Lichtern, was mit den Leuchttürmen, was mit der Geweihtenmagie? Was mit dem unheimlichen Kommen und Gehen bei Nacht, was mit den sonderbaren Formen und Umrissen, die sich über den Himmel bewegen, vielleicht zu anderen Planeten?«

»Die Erzählungen und Gerüchte gibt es, sicher«, sagte Joaz. »Was den Grad an Glaubwürdigkeit angeht, den man ihnen beimessen soll ...«

»Jetzt kommen wir zum Wesentlichen meines Vorschlags!« erklärte Ervix Carcolo. »Der Glaube der Geweihten verbietet offensichtlich Scham, Hemmungen, Furcht und das Bedenken von persönlichen Konsequenzen. Daher sind sie gezwungen, jede Frage zu beantworten, die man ihnen stellt. Und doch, Glaube oder nicht, vernebeln sie vollständig jede Information, die ein hartnäckiger Mann aus ihnen herausholen kann.«

Joaz musterte ihn neugierig. »Offensichtlich habt Ihr den Versuch unternommen.«

Ervis Carcolo nickte. »Ja. Warum sollte ich es leugnen? Ich habe drei Geweihte entschlossen und nachdrücklich befragt. Sie beantworteten alle meine Fragen mit Ernsthaftigkeit und ruhiger Bedächtigkeit, sagten mir jedoch nicht das geringste.« Er schüttelte verärgert den Kopf. »Daher schlage ich vor, daß wir Zwang anwenden.«

»Ihr seid ein tapferer Mann.«

Carcolo schüttelte einsichtsvoll den Kopf. »Ich würde keine direkten Schritte wagen. Aber sie müssen essen. Falls Banbeck-Grund und Glückstal kooperieren, können wir sie auf sehr zwingende Weise überzeugen: mit Hunger. Ihre Antworten könnten dann präziser werden.«

Joaz dachte kurz nach. Ervis Carcolo zupfte an seiner Säbelquaste. »Euer Plan«, sagte Joaz schließlich, »ist nicht leichtfertig, und er ist klug und raffiniert – zumindest auf den ersten Blick. Welche Art von Information hofft Ihr zu erringen? Kurz gesagt: Was sind Eure letztlichen Ziele?«

Carcolo trat näher und tippte Joaz mit dem Zeigefinger an. »Wir wissen nichts von den äußeren Welten. Wir sind auf dieser armseligen Welt aus Stein und Wind gestrandet, während das Leben an uns vorüberzieht. Ihr geht davon aus, daß die Standards den Sternhaufen beherrschen, aber angenommen, Ihr irrt Euch? Angenommen, die Alte Ordnung ist wiedererstanden? Denkt an die reichen Städte, die vielbesuchten Erholungsorte, die Paläste, die Vergnügungsinseln! Blickt hinauf in den Nachthimmel, bedenkt die Beute, die unser sein kann! Ihr fragt, wie wir uns diese Wünsche erfüllen können? Ich antworte: Das Verfahren könnte so einfach sein, daß die Geweihten es uns ohne Zurückhaltung enthüllen.«

»Ihr meint ...«

»Kommunikation mit den Menschenwelten! Erlösung aus dieser einsamen, kleinen Welt am Rande des Universums!«

Joaz Banbeck nickte unschlüssig. »Eine schöne Vision, aber die Indizien lassen auf eine ganz andere Situation schließen, nämlich die der Vernichtung des Menschen und des menschlichen Imperiums.«

Carcolo streckte die Hände in einer Geste unvoreingenommener Toleranz aus. »Vielleicht habt Ihr recht. Aber warum sollten wir bei den Geweihten keine Erkundigungen einziehen? Konkret schlage ich folgendes vor: Erstens, daß Ihr und ich in diesem Punkt gemeinsame Sache machen. Zweitens, daß wir um eine Audienz bei dem Demie-Geweihten ersuchen. Wir stellen unsere Fragen. Falls er bereitwillig und ohne Umschweife antwortet – ausgezeichnet. Falls er ausweicht, handeln wir im gegenseitigen Einvernehmen: keine Nahrung mehr für die Geweihten, bis sie uns klar und offen über das informieren, was wir wissen wollen.«

»Es gibt andere Täler, Schluchten und Gründe«, meinte Joaz nachdenklich.

Carcolo winkte brüsk ab. »Wir können jeden diesbezüglichen Handel entweder durch Argumente oder durch die Macht unserer Drachen unterbinden.«

»Der Grundgedanke Eures Vorschlags sagt mir zu«, erklärte Joaz, »aber ich fürchte, daß das alles nicht so einfach ist.«

Carcolo schlug mit der Quaste scharf auf seinen Oberschenkel. »Und warum nicht?«

»Zum ersten steht Coralyne hell am Himmel. Das ist unsere erste Sorge. Sollte Coralyne vorbeiziehen und sollten die Standards nicht angreifen – dann ist es an der Zeit, diese Angelegenheit zu verfolgen. Und noch einmal, und vielleicht deutlicher: Ich bezweifle es, daß wir die Geweihten durch Aushungern gefügig machen können. Ja, ich glaube, daß es sehr unwahrscheinlich ist. Ich will noch weiter gehen. Ich halte es für unmöglich.«

Carcolo blinzelte. »Warum?«

»Sie gehen nackt durch Graupel und Sturm – glaubt Ihr, daß sie Hunger fürchten? Und es gibt wilde Flechten, die gesammelt werden können. Wie könnten wir das verbieten? Ihr mögt vielleicht wagen, irgendeine Art von Zwang anzuwenden, ich jedoch nicht. Die Geschichten über die Geweihten mögen nicht mehr sein als Aberglaube – vielleicht sind sie aber auch untertrieben.«

Angewidert stieß Ervis Carcolo einen tiefen Seufzer aus. »Joaz Banbeck, ich hielt Euch für einen entscheidungsfreudigen Mann. Ihr aber sucht nur kleinlich nach Schwachstellen.«

»Das sind keine Schwachstellen, es sind ernste, grundlegende Fehler, die in die Katastrophe führen würden.«

»Nun dann, habt Ihr irgendwelche eigenen Vorschläge?«

Joaz strich sich übers Kinn. »Falls Coralyne weiterzieht und wir immer noch auf Aerlith sind – anstatt in den Frachträumen des Standards-Schiffes –, dann laßt uns planen, die Geheimnisse der Geweihten zu plündern. In der Zwischenzeit empfehle ich dringendst, daß Ihr Glückstal gegen einen neuen Überfall präpariert. Ihr habt Euch zu weit ausgedehnt mit Euren neuen Brütern und Unterkünften. Laßt sie einstweilen ruhen, während Ihr Euch sichere Tunnel grabt!«

Ervis Carcolos ließ seinen Blick starr über Banbeck-Grund wandern. »Ich bin kein Mann der Verteidigung. Ich greife an!«

»Ihr wollt mit Euren Drachen Hitzestrahler und Ionenprojektoren angreifen?«

Ervis Carcolo richtete seinen Blick wieder auf Joaz Banbeck. »Kann ich uns in dem von mir vorgeschlagenen Plan als Verbündete betrachten?«

»Im Allergemeinsten – sicherlich. Allerdings liegt mir nichts daran, die Geweihten auszuhungern oder sonstwie zu zwingen. Es könnte ebenso gefährlich wie vergeblich sein.«

Einen Moment lang konnte Carcolo seine Verachtung für Joaz Banbeck nicht beherrschen – seine Lippen verzogen sich, seine Hände ballten sich zu Fäusten. »Gefahr! Bah! Welche Gefahr droht schon von einer Handvoll nackter Pazifisten?«

»Wir wissen nicht, ob sie Pazifisten sind. Wir wissen, daß sie Menschen sind.«

Carcolo gab sich noch einmal aufrichtig freundlich: »Vielleicht habt Ihr recht. Aber im Grunde sind wir Verbündete.«

»Bis zu einem gewissen Grad.«

»Gut. Ich schlage vor, daß wir für den Fall des Angriffes gemeinsam handeln, mit einer gemeinsamen Strategie.«

Joaz nickte zurückhaltend. »Das könnte wirkungsvoll sein.«

»Laßt uns unsere Pläne koordinieren. Nehmen wir an, daß die Standards in Banbeck-Grund niedergehen. Ich schlage vor, daß Eure Leute dann in Glückstal Zuflucht suchen, während unsere Streitmacht sich mit der Euren vereint, um deren Rückzug zu decken. Und falls sie Glückstal angreifen, werden meine Leute entsprechend in Banbeck-Grund Zuflucht finden.«

Joaz lachte zutiefst amüsiert auf. »Ervis Carcolo, für was für einen Trottel haltet Ihr mich? Kehrt in Euer Tal zurück, legt Eure närrische Aufgeblasenheit ab und grabt Euch selbst Euren Schutz. Und zwar schnell! Coralyne strahlt schon hell!«

Carcolo stand steif da. »Verstehe ich richtig, daß Ihr mein Angebot zum Bündnis zurückweist?«

»Ganz und gar nicht. Aber ich kann es nicht auf mich nehmen, Euch und Eure Leute zu schützen, wenn Ihr Euch nicht selbst helfen wollt. Entsprecht meinen Anforderungen, überzeugt mich, daß Ihr ein tauglicher Verbündeter seid – dann werden wir weitersehen.«

Ervis Carcolo wirbelte auf dem Absatz herum, winkte Bast Given und den beiden Unterführern. Ohne ein weiteres Wort, ohne einen Blick bestieg er seinen prachtvollen Skorpion, trieb ihn in einen plötzlich hüpfenden Galopp über den Banbeck-Grund und den Hang zu Sternenfall hinauf. Seine Männer folgten weniger überstürzt.

Joaz sah ihm nach und schüttelte in betrübter Verwunderung den Kopf. Dann bestieg er ebenfalls seinen Skorpion und folgte dem Pfad zurück zum Tal von Banbeck-Grund.

Kapitel Fünf

Der lange Aerlith-Tag – er entsprach sechs der alten Diurnaleinheiten – verstrich. In Glückstal herrschte verbissene Aktivität und eine Stimmung von Zielstrebigkeit und anstehenden Entscheidungen. Die Drachen exerzierten in geschlosseneren Formationen, die Unterführer und Fähnriche riefen ihre Befehle in härterem Ton. In der Waffenschmiede wurden Kugeln gegossen, Pulver gemischt und Schwerter gewetzt und geschärft.

Ervis Carcolo trieb sich mit dramatischem Einsatz an, ritt einen Skorpion nach dem anderen zusammen, während er seine Drachen durch verschiedenste Formationsübungen jagte. Bei den Glückstal-Streitkräften handelte es sich hauptsächlich um Furien – kleine, agile Drachen mit rostroten Schuppen, schmalen, zuckenden Köpfen und meißelscharfen Fängen. Ihre Brachen, kräftig und gut entwickelt, führten Lanze, Kurzsäbel und Streitkolben mit gleich hohem Können. Ein Mann hatte gegen eine Furie keine Chance, denn die Schuppen hielten sowohl Kugeln als auch jedem Schlag stand, zu dem der Mann die Kraft hatte; andererseits bedeutete ein einziger Stoß der Fänge oder der Schlag einer sichelartigen Klaue den Tod für den Mann.

Die Furien waren fruchtbar und zäh und gediehen selbst unter den Bedingungen, die in den Brütern Glückstals herrschten; daher ihr Übergewicht in Carcolos Armee. Dem Obersten Drachenmeister Bast Given, einem hageren, drahtigen Mann mit flachem, hakennasigem Gesicht und Augen schwarz und ausdruckslos wie zwei Tropfen Tinte auf einem Teller, behagte dieser Tatbestand nicht. Von Natur kurzangebunden und schweigsam, wurde er in seiner Ablehnung eines Angriffs auf Banbeck-Grund fast beredt. »Seht selbst, Ervis Carcolo, wir können eine Horde von Furien aufmarschieren lassen, zusammen mit ausreichend Hochbeinigen Monstren und Langhörnigen Mördern. Aber Blaue Schrecken,

Unholde und Moloche – nein! Wir sind verloren, wenn sie uns auf den Kahlen Höhen einschließen!«

»Ich habe nicht vor, auf den Kahlen Höhen zu kämpfen. Ich werde Joaz Banbeck die Schlacht aufzwingen. Seine Moloche und Unholde nützen ihm zwischen den Felswänden nichts. Und was die Blauen Schrecken angeht, sind wir ihm fast ebenbürtig.«

»Ihr überseht eine einzige Schwierigkeit«, meinte Bast Given.

»Und die wäre?«

»Daß es unwahrscheinlich ist, daß Joaz Banbeck vorhat, das alles zuzulassen. Ich halte ihn für intelligenter.«

»Gib mir irgendeinen Beweis dafür!« forderte Carcolo ihn auf. »Was ich von ihm weiß, läßt auf Wankelmut und Dummheit schließen! Also werden wir zuschlagen – hart!« Carcolo klatschte die Faust in die Hand. »So werden wir den überheblichen Banbecks ein Ende machen.«

Bast Given wandte sich zum Gehen; Carcolo rief ihn wutentbrannt zurück. »Du zeigst wenig Begeisterung für diesen Feldzug!«

»Ich weiß, was unsere Streitmacht tun kann und was nicht«, erwiderte Given offen. »Falls Joaz Banbeck der Mann ist, für den Ihr ihn haltet, könnten wir Erfolg haben. Falls er auch nur den Scharfsinn der beiden Knechte hat, denen ich vor zehn Minuten zugehört habe, sehen wir einer Katastrophe entgegen.«

Mit wuterstickter Stimme sagte Carcolo: »Kehre zu deinen Unholden und Molochen zurück. Ich will sie so schnell wie Furien haben.«

Bast Given ging seiner Wege. Carcolo sprang auf einen in der Nähe stehenden Skorpion und trat ihn mit den Absätzen. Das Geschöpf sprang vor, hielt abrupt an, verdrehte den langen Hals, um Carcolo ins Gesicht zu sehen. Carcolo schrie: »Rusch, rusch! Schnell und flott voran jetzt! Zeig diesen Tölpeln, was Schmiß und Feuer bedeuten!« Der Skorpion machte einen so gewaltigen Satz nach vorn, daß Carcolo hintenüber geschleudert wurde, sich den Hals verrenkte und stöhnend liegenblieb. Knechte rannten herbei, halfen ihm auf eine Bank,

wo er mit leiser Stimme ununterbrochen vor sich hin fluchte. Ein Feldscher untersuchte ihn, drückte, bohrte, preßte, empfahl, daß Carcolo sich hinlegen solle, und verabreichte ihm einen Beruhigungstrank.

Carcolo wurde in seine Gemächer unterhalb der Westwand von Glückstal gebracht, der Obhut seiner Gattinnen übergeben und schlief so zwanzig Stunden. Als er erwachte, war der Tag zur Hälfte verstrichen. Er hatte den Wunsch aufzustehen, mußte jedoch feststellen, daß er zu steif war, um sich bewegen zu können, und ließ sich stöhnend zurückfallen. Schließlich ließ er Bast Given rufen, der seinen Wortschwall kommentarlos über sich ergehen ließ. Der Abend kam. Die Drachen kehrten in die Unterkünfte zurück; jetzt blieb nichts mehr zu tun, außer auf den Tagesanbruch zu warten.

Während der langen Nacht unterzog Carcolo sich einer Vielzahl von Behandlungen: Massagen, heiße Bäder, Aufgüsse und Packungen. Er machte eine Reihe von Übungen, und als die Nacht zu Ende ging, erklärte er sich für wiederhergestellt. Im Firmament verbreitete der Stern Coralyne giftige Farben: rot, grün, weiß, der bei weitem auffälligste Stern des Haufens. Carcolo weigerte sich, zu ihm aufzublicken, aber der helle Glanz drang ihm unnachgiebig in die Augenwinkel, wann immer er über den Talboden ging.

Die Dämmerung nahte. Carcolo gedachte, so früh wie möglich zu marschieren: sobald die Drachen einigermaßen handhabbar waren. Ein Flackern im Osten kündete vom herannahenden Morgensturm, der hinter dem Horizont noch unsichtbar war. Mit großer Vorsicht ließ man die Drachen aus ihren Unterkünften antreten und befahl sie in eine Marschkolonne. Es waren fast dreihundert Furien, fünfundachtzig Hochbeinige Monstren, genausoviel Langhörnige Mörder, einhundert Blaue Schrecken, zweiundfünfzig gedrungene, extrem kraftvolle Unholde mit stachelbewehrten Stahlkugeln an den Schwanzspitzen und achtzehn Moloche. Sie alle grollten und knurrten sich bösartig an, suchten nach einer Gelegenheit, einander zu treten oder einem unvorsichtigen

Knecht ein Bein abzubeißen. Dunkelheit stimulierte ihren verborgenen Haß auf Menschen, obwohl man ihnen bewußt weder etwas über ihre Vergangenheit und Herkunft noch über die Umstände ihrer Versklavung beigebracht hatte.

Die Blitze der Morgendämmerung zuckten grell und knisternd, zeichneten die steilen Spitztürme, die erstaunlichen Gipfelschroffen der Kummerberge nach. Der Sturm zog mit wütenden Windstößen und herunterhämmernden Regenbänken über sie hinweg und bewegte sich nach Banbeck-Grund weiter. Der Osten glühte in grau-grüner Blässe, und Carcolo gab das Signal zum Abmarsch. Immer noch steif und wund humpelte er zu seinem Skorpion, stieg auf und zwang das Wesen in einen raffinierten und theatralischen Mehrfachbogensprung. Carcolo hatte sich verrechnet – die Bösartigkeit der Nacht beherrschte den Skorpion noch immer. Er beendete das kunstvolle Manöver mit einem Hochzucken des Halses, das Carcolo erneut auf den Boden schleuderte, wo er halb wahnsinnig vor Schmerz und ohnmächtiger Wut liegenblieb.

Er versuchte aufzustehen, brach zusammen; versuchte es wieder, verlor das Bewußtsein. Fünf Minuten lag er ohnmächtig da, dann schien er sich mit reiner Willenskraft selbst ins Bewußtsein zurückzuholen. »Hebt mich hoch«, flüsterte er heiser. »Bindet mich in den Sattel. Wir müssen marschieren.« Da dies eindeutig und offenkundig unmöglich war, unternahm niemand etwas. Carcolo raste und wütete und rief schließlich nach Bast Given. »Übernimm du; wir können jetzt nicht haltmachen. Du mußt die Truppen führen.«

Given nickte verdrießlich. Dies war eine Ehre, nach der ihn nicht verlangte.

»Du kennst den Schlachtplan«, stieß Carcolo keuchend hervor, »ziehe eine Nordkehre um den Fang, überquere den Hochstiek mit vollem Tempo, schwenke nördlich um den Blauen Spalt, dann den Banbeck-Rand entlang in südlicher Richtung weiter. Es steht zu erwarten, daß Joaz Banbeck euch dort entdecken wird, und ihr müßt ausschwärmen und direkt am Rand Aufstellung nehmen, damit ihr, wenn er seine Moloche heranführt, sie mit den Unholden zurückwerfen und hinunterstürzen könnt. Vermeide es, unsere Moloche zu binden, setzt ihm mit den Furien zu, reserviere die Mörder, um dort zuzuschlagen, wo er über den Rand kommt. Hast du alles verstanden?«

»So wie Ihr es erklärt, ist der Sieg unser«, murmelte Bast Given verdrossen.

»Was er auch ist, solange du keine groben Schnitzer machst. Oh, mein Rücken! Ich kann mich nicht bewegen. Während die große Schlacht tobt, muß ich am Brüter sitzen und zusehen, wie die Eier braten! Geh jetzt! Kämpft hart, kämpft für Glückstal!«

Given gab einen Befehl, und die Truppen setzten sich in Bewegung. Die Furien schossen zur Spitze vor, gefolgt von den seidig schimmernden Hochbeinigen Monstren und den schwereren Langhörnigen Mördern, deren phantastische Bruststacheln von Stahlspitzen gekrönt wurden. Dahinter kamen die ungeheuer massigen Moloche, grunzend, gurgelnd und mit im Takt ihrer Schritte aufeinanderschlagenden Zähnen. Rechts und links von ihnen marschierten die Unholde, die schwere Kurzsäbel trugen und die Stahlkugel an ihren Schwänzen schwenkten wie Skorpione ihre Stachel; dann, am Schluß, kamen die Blauen Schrecken, die sowohl massig als auch schnell waren, gute Kletterer und nicht weniger intelligent als die Furien. An den Flanken ritten hundert Männer: Drachenmeister, Ritter, Unterführer und Fähnriche. Sie waren mit Schwertern, Pistolen und großkalibrigen Donnerbüchsen bewaffnet.

Carcolo sah ihnen auf einer Bahre liegend nach, bis die letzten seiner Streitmacht außer Sicht waren. Dann befahl er, ihn zu dem Tor zurückzutragen, das zu den Höhlen Glückstals führte. Nie zuvor hatten die Höhlen so schäbig, trostlos und unbedeutend gewirkt. Säuerlich musterte er die Hütten aus Felsbrocken, harzimprägnierten Flechten und teerverklebtem Rohrgeflecht, die sich unregelmäßig am Fuß des Steilhanges ausbreiteten.

Nach Beendigung des Banbeck-Feldzugs würde er darangehen, neue Kammern und Gänge in den Fels schneiden zu lassen. Die prachtvollen Dekorationen vom Banbeck-Dorf waren weithin bekannt – Glückstal würde noch prächtiger und großartiger werden. Die Gänge würden von Opalen und Perlmutt, Silber und Gold erstrahlen. Jedoch: zu welchem Zweck eigentlich? Falls die Dinge so verliefen wie geplant, winkte ihm eine ganz andere Behausung. Und welche Bedeutung besaßen dann ein paar armselige Dekorationen in den Tunneln von Glückstal?

Stöhnend ließ er sich auf sein Lager umbetten und vertrieb sich die Zeit, indem er sich den Vormarsch seiner Truppen ausmalte. Inzwischen mußten sie dabei sein, sich den Hängekamm hinunterzuarbeiten und um den kilometerhohen Fang zu schwenken. Versuchsweise streckte er vorsichtig die Arme, bewegte die Beine. Seine Muskeln prostestierten, Schmerz schoß durch seinen Körper – aber es schien, als wirkten sich die Verletzungen nicht mehr so stark aus wie zu Anfang. Inzwischen mußte die Armee dabei sein, die sogenannten Wälle zu erklimmen, die das ausgedehnte hügelige Hochland einfaßten, das als der Hochstiek bekannt war. Der Feldscher brachte Carcolo einen Trank; er schluckte ihn und schlief ein, um mit einem Ruck aufzuwachen. Wie spät war es? Seine Truppen konnten durchaus schon in der Schlacht stehen! Er ließ sich zum Außentor tragen, dann, immer noch unzufrieden, befahl er seinen Dienern, ihn durch das Tal zu dem neuen Drachenbrüter zu bringen, von dessen Laufgang aus man das gesamte Tal überblicken konnte. Trotz der Proteste seiner Gattinnen wurde er dorthin transportiert und so bequem gelagert, wie es angesichts der Prellungen und Verstauchungen möglich war.

Er machte sich auf eine unbestimmte Zeit des Wartens gefaßt, doch die Nachrichten brauchten nicht lange.

Ein Fähnrich stürmte auf einem Skorpion, dem die Schaumflocken von Maul und Kiemen flogen, den Nordpfad hinunter. Carcolo schickte einen Knecht los, um ihn abzufangen, und richtete sich, Schmerzen und Qualen nicht achtend, in seinem Sofa auf. Der Fähnrich ließ sich von seinem Reitdrachen fallen, stolperte taumelnd die Rampe hinauf und ließ sich erschöpft gegen das Geländer sacken.

»Hinterhalt!« keuchte er. »Blutiges Desaster!«

»Hinterhalt?« stöhnte Carcolo. »Wo?«

»Als wir die Hochstiek-Wälle erklommen. Sie warteten, bis unsere Furien und Mörder drüben waren, dann griffen sie mit Blauen Schrecken, Unholden und Molochen an. Sie zerteilten uns, trieben uns zurück und rollten dann Felsbrocken auf unsere Moloche! Unsere Armee ist zerschlagen!«

Carcolo sank auf das Sofa zurück, lag da und starrte in den Himmel. »Wie viele haben wir verloren?«

»Ich weiß nicht, Given rief zum Rückzug; wir haben ihn so geordnet wie möglich angetreten.«

Carcolo lag wie im Koma, der Fähnrich warf sich auf eine Bank.

Im Norden tauchte eine Staubsäule auf, näherte sich, löste sich auf und gab die Sicht auf eine Anzahl Glückstal-Drachen frei. Alle waren verwundet – krächzend, trompetend, wilden Blicks marschierten sie, humpelten, hinkten, schleppten sich mit unkontrollierten Bewegungen weiter. Zuvorderst kam eine Gruppe Furien, deren häßliche Schädel hin und her zuckten; dann ein paar Blauer Schrecken, deren Brachen sich fast wie menschliche Arme wanden und ineinander klammerten; dann ein Moloch, massig, krötenhaft, die Beine vor Erschöpfung weit gespreizt. Gerade als er sich den Unterkünften näherte, strauchelte er, fiel hintenüber, schlug dumpf auf und blieb, Beine und Klauen in die Höhe gestreckt, still liegen.

Dann ritt Bast Given den Nordpfad hinab, staubbedeckt und hohlwangig. Er stieg von seinem ermatteten Skorpion und schritt die Rampe hoch. Mit einem schmerzhaften Ruck richtete sich Carcolo noch einmal auf seinem Sofa auf.

Given gab seinen Bericht mit erhobener Stimme, in so

glattem, fast heiterem Ton, daß er völlig unbekümmert wirkte, doch selbst der unsensible Carcolo war dadurch nicht zu täuschen. »Wo genau war der Hinterhalt?« fragte er verwirrt und erschüttert.

»Wir erklommen die Wälle durch die Chlorisklamm. Wo der Hochstiek sich in die Klamm senkt, ragt ein Porphyrüberhang weit nach unten. Dort erwarteten sie uns.«

Carcolo zischte durch die Zähne. »Erstaunlich.«

Bast Given zeigte ein angedeutetes Nicken.

»Selbst wenn wir annehmen«, sagte Carcolo, »daß Joaz Banbeck sich während des Abendsturms in Bewegung setzte, eine Stunde früher, als ich es für möglich halten würde, wenn wir weiter annehmen, daß er seine Truppen im Dauerlauf vorantrieb – wie konnte er vor uns an den Wällen sein?«

»Nach meiner Einschätzung«, sagte Given, »drohte uns kein Hinterhalt, bis wir den Hochstiek überquert hatten. Ich hatte vor, den Barkrücken bis hinunter zu Blaufall und quer durch die Blaue Spalte abpatrouillieren zu lassen.«

Carcolo nickte düster zustimmend. »Wie also hat Joaz Banbeck dann seine Truppen so früh zu den Wällen gebracht?«

Given drehte sich um und blickte in das Tal zum Nordpfad, wo sich immer noch verwundete Drachen und Männer hinunterschleppten. »Ich habe keine Ahnung.«

»Eine Droge?« rätselte Carcolo. »Ein Trank, der die Drachen besänftigt? Könnte er während der ganzen Nacht auf dem Hochstiek kampiert haben?«

»Das letztere wäre möglich«, gab Given unwillig zu. »Unter Barkdorn liegen leere Höhlen. Falls er seine Truppen während der Nacht dort unterbrachte, mußte er nur über den Hochstiek marschieren, um uns aufzulauern.«

Carcolo grunzte. »Vielleicht haben wir Joaz Banbeck unterschätzt.« Er sank mit einem Stöhnen auf sein Sofa zurück. »Also dann: Wie hoch sind unsere Verluste?«

Die Zählung brachte düstere Ergebnisse. Von der bereits unzulänglichen Schwadron Moloche waren nur sechs verblieben. Aus einer Streitmacht von zweiundfünfzig Unholden hatten vierzig überlebt, wovon fünf schwer verwundet waren. Furien, Blaue Schrecken, Mörder und Monstren hatten schwere Verluste: Eine große Zahl war beim ersten Ansturm zerfetzt worden, viele andere waren über die Wälle gestürzt und hatten ihre zerplatzten Panzer über das Geröll verstreut. Von den hundert Männern waren zwölf durch Kugeln getötet worden, weitere vierzehn durch Drachenangriffe; dazu kamen zwanzig mehr oder weniger Verwundete.

Carcolo sackte zurück, seine Augen schlossen sich, sein Mund bewegte sich kraftlos.

»Allein das Terrain hat uns gerettet«, sagte Given. »Joaz Banbeck scheute davor zurück, seine Truppen in die Klamm zu schicken. Falls es auf der einen oder anderen Seite einen taktischen Fehler gab, dann hat er ihn begangen. Er hat nicht genug Furien und Blaue Schrecken mitgebracht.«

»Ein schwacher Trost«, brummte Carcolo. »Wo ist der Rest der Armee?«

»Wir haben eine gute Stellung auf dem Hängekamm. Wir haben keinen von Banbecks Kundschaftern gesehen, weder Mensch noch Furie, er könnte also sehr leicht glauben, daß wir ins Tal zurückgekehrt sind. Auf jeden Fall sind seine Hauptkräfte noch auf dem Hochstiek konzentriert.«

Mit einer ungeheuren Anstrengung kam Carcolo auf die Beine. Er stolperte über die Rampe, blickte hinunter in die Ambulanz. Fünf Unholde kauerten in balsamgefüllten Bottichen, murmelten, brummten, seufzten. Ein Blauer Schrecken hing in einer Schlinge und winselte, als ihm Feldscher zerbrochene Fragmente seines Panzers aus dem grauen Fleisch schnitten. Plötzlich erhob sich einer der Unholde hoch auf die Hinterbeine, aus seinen Kiemen quoll Schaum. Er schrie in einem sonderbar anrührenden Ton auf und fiel tot in den Balsam zurück.

Carcolo wandte sich wieder Given zu. »Du wirst folgendes tun: Da Joaz Banbeck sicherlich Streifen ausgeschickt hat, zieht euch dem Hängekamm folgend zurück und schwenkt in einen der Despoirepässe ein – der Turmalinpaß dürfte richtig sein. Ich denke, Banbeck wird vermuten, daß ihr euch nach Glückstal zurückzieht, und daher südlich hinter den Fang eilen, um euch anzugreifen, wenn ihr den Hängekamm hinunterkommt. Wenn er unter dem Turmalinpaß vorbeizieht, seid ihr im Vorteil und könntet Joaz Banbeck mit all seinen Truppen vernichten.«

Bast Given schüttelte nachdrücklich den Kopf. »Und was ist, wenn seine Kundschafter uns trotz aller Vorsichtsmaßnahmen entdecken? Er braucht nur unseren Spuren zu folgen, um uns im Turmalinpaß einzuschließen, aus dem es außer über den Despoire oder direkt hinaus nach Sternenfall kein Entkommen gibt. Und falls wir das Letztere wagen, werden seine Moloche uns dort in Minutenschnelle aufreiben.«

Ervis Carcolo sank auf das Sofa zurück. »Bring die Truppen zurück nach Glückstal. Wir werden auf eine andere Gelegenheit warten.«

Kapitel Sechs

In die Wand südlich der Kalksteinspitze, die Joaz' Gemächer beherbergte, war ein großer Saal geschnitten, der Kergans Halle genannt wurde. Die Ausmaße des Raums, seine Einfachheit und das Fehlen von Verzierungen, das massive alte Mobiliar trugen ebenso zu dem Eindruck des Nachklangs einer Persönlichkeit bei wie ein unverwechselbarer, eigentümlicher Geruch, der dem Raum anhaftete. Der Geruch entströmte den nackten Felswänden, dem versteinerten Moosparkett, altem Holz – ein herber, voller Duft, den Joaz nie gemocht hatte, so wie alles andere in diesem Raum. Die Maße wirkten arrogant in ihrer Ausdehnung, das Fehlen von Verzierungen erschien ihm rüde, wenn nicht sogar brutal. Eines Tages wurde Joaz Banbeck klar, daß es nicht der Raum war, den er nicht mochte, sondern Kergan Banbeck selbst, genau wie das ganze System aufgebauschter Legenden, das ihn umgab.

Trotzdem war der Raum in mancher Hinsicht angenehm und freundlich. Drei große Bogenfenster blickten auf das Tal. In jeden Rahmen war eine Innenfassung aus einem schwarzen Eisenholzgitterwerk mit kleinen, rechteckigen Scheiben aus blaugrünem Glas eingelassen. Die Decke war dazu passend holzgetäfelt, und hier war ein gewisser Grad der typischen Banbeckschen Raffinesse zugelassen worden: falsche, mit Dämonenfratzen verzierte Abschlußstücke nicht vorhandener Wandsäulen unterbrachen in regelmäßigen Abständen ein umlaufendes Fries stilisierter Farnwedel. Das Mobiliar bestand aus drei Stücken: zwei hohen, geschnitzten Sesseln und einem massiven Tisch, alle aus poliertem, dunklem Holz, alle von enormem Alter.

Joaz hatte eine Verwendung für den Raum gefunden: Auf dem Tisch lag eine sorgfältig detaillierte Reliefkarte der weiteren Umgebung, bei der fünf Zentimeter etwa einem Kilometer entsprachen. In der Mitte war Banbeck-

Grund, rechterhand Glückstal, durch eine Wirrnis aus Schroffen, Klüften, Felsnadeln, Steinwällen und fünf titanischen Bergen voneinander getrennt: der Gethron im Süden, der Despoire in der Mitte, die Barkspitze, der Fang und der Friedwetter im Norden.

Am Fuß des Gethron lagen die Hohen Wirren, davor Sternenfall, das sich bis zum Despoire und zur Barkspitze erstreckte. Hinter dem Despoire, zwischen den Hochstiek-Wällen und Barkrücken dehnte sich der Hochstiek bis hin zu den schroffen Vorbergen und zerklüfteten Basaltschluchten am Fuß des Friedwetters.

Joaz stand und studierte die Karte, als Phade schalkhaft hereinschlich. Aber Joaz spürte ihre Nähe durch den Duft des Parfümrauchs, in dem sie gebadet hatte, bevor sie ihn aufsuchte. Sie trug die traditionelle Feiertagskleidung der Banbeck-Maiden – eine hautenge Umhüllung aus Drachendärmen mit braunem Pelzbesatz an Hals, Ellbogen und Knien. Ein hoher, an der oberen Kannte eingekerbter Röhrenhut mit einem roten Federbusch krönte ihre vollen, braunen Locken.

Joaz gab vor, sich ihrer Anwesenheit nicht bewußt zu sein; sie trat hinter ihn und kitzelte ihn mit ihrem Kragenbesatz am Hals. Joaz gab sich den Anschein stoischer Gleichgültigkeit; Phade, nicht im mindesten getäuscht, setzte ein Gesicht jammervoller Sorge auf. »Werden wir alle dahingeschlachtet werden? Wie verläuft der Krieg?«

»Für Banbeck-Grund verläuft er gut. Für den armen Ervis Carcolo und Glückstal verläuft er wahrlich schlecht.«

»Ihr plant seine Vernichtung«, sagte Phade im Ton angedeuteter Anklage. »Ihr werdet ihn töten! Armer Ervis Carcolo!«

»Er verdient es nicht besser.«

»Aber was wird Glückstal widerfahren?«

Joaz Banbeck zuckte die Achseln. »Eine Veränderung zum Besseren.«

»Ihr wollt die Herrschaft übernehmen?«

»Ich denke nicht daran.«

»Bedenkt doch!« flüsterte Phade. »Joaz Banbeck,

Tyrann von Banbeck-Grund, Phosphorschlucht, Glor, dem Kleinen Weiher, Neuheim und der Großen Nordklamm.«

»Ich denke nicht daran«, wiederholte Joaz Banbeck. »Vielleicht möchtest du an meiner Statt herrschen?«

»Oh! Freilich! Was dann alles geändert würde! Ich würde die Geweihten in rote und gelbe Bänder kleiden. Ich würde ihnen befehlen zu singen, zu tanzen und Maiwein zu trinken; die Drachen würde ich einfach in den Süden verbannen. Und nie wieder diese fürchterlichen, wahnsinnigen Schlachten. Ich würde die Rüstungen einschmelzen und die Schwerter zerbrechen, ich würde ...«

»Mein lieber, kleiner Flatterling«, sagte Joaz mit einem Lachen. »Welch kurze Regentschaft du doch haben würdest!«

»Warum kurz? Warum nicht für immer? Wenn die Männer keine Mittel zum Kämpfen hätten ...«

»Und wenn die Standards landen, wirfst du ihnen Blütenkränze um den Hals?«

»Pah, sie werden sich nie wieder blicken lassen. Was haben sie davon, wenn sie ein paar entlegene Täler belästigen?«

»Wer weiß, was sie gewinnen? Wir sind freie Menschen – vielleicht die letzten freien Menschen des Universums. Wer weiß? Und ob sie wiederkommen? Carolyne steht hell am Firmament!«

Phade richtete ihr Interesse plötzlich auf die Reliefkarte. »Und Euer momentaner Krieg – schrecklich! Werdet Ihr angreifen, werdet Ihr verteidigen?«

»Das hängt von Ervis Carcolo ab«, erklärte Joaz. »Ich brauche nur zu warten, bis er sich entblößt.« Er blickte auf die Karte. »Er ist schlau genug, um mir schaden zu können, wenn ich nicht überlegt vorgehe.«

»Und was, falls die Standards kommen, während Ihr Euch mit Carcolo herumschlagt?«

Joaz lächelte. »Vielleicht werden wir alle in die Wirren fliehen, vielleicht werden wir alle gemeinsam kämpfen.«

»Ich werde an Eurer Seite kämpfen«, gab Phade sich mutig. »Wir werden das große Standards-Schiff angreifen, den Hitzestrahlen die Stirn bieten, die Energieblitze abwehren. Wir werden das Haupttor stürmen, wir werden dem ersten Plünderer, der sich zeigt, die Nase lang ziehen!«

»In einem Punkt ist deine ansonsten kluge Strategie undurchführbar«, sagte Joaz. »Wie findet man die Nase eines Standards?«

»In diesem Fall«, meinte Phade, »packen wir sie eben ...« Sie drehte den Kopf dem Geräusch auf dem Gang zu. Joaz durchquerte den Raum und warf die Tür auf. Rife, der alte Türhüter, watschelte herein. »Ihr habt mir aufgetragen, euch zu rufen, wenn die Flasche entweder umfällt oder zerplatzt. Nun, sie hat beides gemacht, und zwar unwiederbringlich, vor nicht fünf Minuten.«

Joaz schob Rife beiseite, rannte den Gang hinunter. »Was bedeutet das?« wollte Phade wissen. »Rife, was hast du gesagt, das ihn so verstört?«

Rife schüttelte verdrossen den Kopf. »Ich bin ebenso ahnungslos wie du. Eine Flasche wird mir gezeigt. ›Beobachte diese Flasche Tag und Nacht‹, bekomme ich gesagt. Und auch: ›Rufe mich sofort, wenn die Flasche sich neigt oder zerplatzt.‹ Ich sage mir, daß das wahrlich und wahrhaftig ein gemütlicher Ruheposten ist, und ich frage mich, ob Joaz mich für so senil hält, daß ich mit einer Scheinaufgabe wie dem Bewachen einer Flasche zufrieden bin? Ich bin alt, meine Beine sind zittrig, aber ich bin nicht einfältig. Zu meiner Überraschung zerplatzt die Flasche! Die Erklärung ist zugegebenermaßen alltäglich: Sie fiel auf den Boden. Nichtsdestotrotz gehorche ich, ohne zu wissen, was das alles bedeutet, meinen Befehlen und habe daher Joaz Banbeck benachrichtigt.«

Phade wand sich bereits vor Ungeduld. »Wo ist denn diese Flasche?«

»Im Studierzimmer von Joaz Banbeck.«

Phade rannte so schnell, wie es die enge Hülle um ihre Schenkel erlaubte. Sie lief durch einen Quertunnel, kreuzte Kergans Weg auf einer überdachten Brücke und stieg dann eine Schräge zu Joaz' Gemächern hoch.

Sie rannte durch den langen Gang und den Vorraum,

wo eine zerbrochene Flasche auf dem Boden lag, ins Studierzimmer, wo sie erstaunt stehenblieb. Niemand war zu sehen. Sie bemerkte, daß ein Regalabschnitt in einem Winkel von der Wand abstand. Lautlos, zaghaft stahl sie sich durch den Raum und spähte in die Werkstatt hinunter.

Die Szene war höchst ungewöhnlich. Joaz stand, ein kaltes Lächeln im Gesicht, lässig da, während auf der anderen Seite des Raums ein nackter Geweihter ernst und würdevoll versuchte, eine Barriere zu verschieben, die vor einem Teil der Wand heruntergefallen war. Aber sie war so geschickt blockiert, daß die Anstrengungen des Geweihten keinen Erfolg zeitigten. Er drehte sich um, blickte flüchtig auf Joaz und setzte sich dann zum Ausgang ins Studierzimmer in Bewegung.

Phade fuhr erschreckt einatmend zurück.

Der Geweihte trat ins Studierzimmer und ging in Richtung Tür.

»Einen Moment«, sagte Joaz. »Ich wünsche mit dir zu sprechen.«

Der Geweihte hielt inne, drehte leicht fragend den Kopf. Er war ein junger Mann, das Gesicht sanft, ausdruckslos, fast schön. Dünne, durchscheinende Haut spannte sich über seine bleichen Knochen; seine Augen, geweitet, blau, unschuldig, schienen blicklos zu starren. Er war von zartem Körperbau, extrem schlank; seine Hände waren dünn und die Finger zitterten in einer Art nervösem Ungleichgewicht. Die Mähne langen, hellbraunen Haars in seinem Rücken hing ihm fast bis zur Hüfte herab.

Joaz setzte sich betont bedächtig, ohne den Blick von dem Geweihten zu nehmen. Schließlich sagte er in bedrohlich leisem Ton: »Dein Verhalten wirkt ganz und gar nicht einnehmend auf mich.« Das war eine Erklärung, die keine Antwort verlangte, und der Geweihte schwieg.

»Bitte setz dich«, sagte Joaz. Er deutete auf eine Bank. »Du wirst eine Menge erklären müssen.«

Bildete Phade es sich ein? Oder flackerte ein Funke

wilder Amüsiertheit in den Augen des Geweihten auf und erstarb sofort wieder? Er gab noch immer keine Antwort. Joaz, der sich den sonderbaren Regeln anpaßte, nach denen die Kommunikation mit den Geweihten gehandhabt werden mußte, fragte: »Möchtest du dich setzen?«

»Das ist belanglos«, sagte der Geweihte. »Da ich jetzt stehe, bleibe ich stehen.«

Joaz erhob sich und tat etwas noch nie Dagewesenes: Er schob die Bank hinter den Geweihten, stieß gegen die knotigen Kniekehlen und drückte den Geweihten unnachgiebig auf die Bank. »Da du jetzt sitzt«, sagte er, »kannst du auch sitzen bleiben.«

Mit sanfter Würde stand der Geweihte wieder auf. »Ich werde stehen.«

Joaz zuckte mit den Schultern. »Wie du willst. Ich habe die Absicht, dir einige Fragen zu stellen. Ich hoffe, daß du mitmachen und präzise antworten wirst.«

Der Geweihte blinzelte eulenhaft.

»Wirst du das tun?«

»Sicherlich. Ich ziehe es allerdings vor, den Weg zurückzukehren, den ich gekommen bin.«

Joaz ignorierte die Bemerkung. »Erstens, warum kommst du in mein Studierzimmer?« fragte er.

Der Geweihte sprach überlegt, in dem Tonfall, mit dem man zu Kindern spricht. »Deine Ausdrucksweise ist ungenau; ich bin verwirrt und muß nicht antworten, da ich gelobt habe, jedem, der danach verlangt, nur die Wahrheit zu sagen.«

Joaz machte es sich in seinem Sessel bequem. »Es herrscht keine Eile. Ich bin zu einem langen Gespräch bereit. Laß mich also fragen: Hattest du Impulse, die du mir erklären kannst, die dich dazu bewegten, in mein Studierzimmer zu kommen?«

»Ja.«

»Wie viele dieser Impulse hast du erkannt?«

»Ich weiß es nicht.«

»Mehr als einer?«

»Vielleicht.«

»Weniger als zehn?«
»Ich weiß es nicht.«
»Hmmm ... Warum bist du dir unsicher?«
»Ich bin mir nicht unsicher.«
»Warum kannst du dann nicht die von mir nachgefragte Zahl benennen?«
»Es gibt keine solche Zahl.«
»Ich verstehe. Du meinst möglicherweise, daß es mehrere Elemente eines einzelnen Motivs gibt, die dein Gehirn leiteten, deine Muskeln zu steuern, damit sie dich hierher bringen konnten?«
»Möglich.«
Joaz' dünne Lippen verzogen sich zu einem triumphierenden Lächeln. »Kannst du ein Element des entwickelten Motivs beschreiben?«
»Ja.«
»Dann tue es.«
Das war ein Geheiß, gegen das der Geweihte gefeit war. Alle Arten von Zwang, die Joaz kannte – Feuer, Schwert, Durst, Verstümmelung –, waren dem Geweihten nicht mehr als Unannehmlichkeit; er ignorierte sie, als ob sie nicht existierten. Seine persönliche innere Welt war die einzig reale; sowohl das Reagieren auf als auch das Handeln gegen die Angelegenheiten der Unbedingten Menschen entwürdigte ihn; absolute Passivität, absolut offene Unparteilichkeit waren die notwendigen Bedingungen seines Handelns. Joaz begriff und formulierte seine Anweisung um: »Kannst du dir ein Element des Motives denken, das dich hierher brachte?«
»Ja.«
»Was ist es?«
»Ein Verlangen herumzuwandern.«
»Kannst du dir ein weiteres denken?«
»Ja.«
»Was ist es?«
»Ein Verlangen, mich durch Laufen zu ertüchtigen.«
»Ich verstehe. Übrigens, versuchst du, meinen Fragen auszuweichen?«
»Ich beantworte jene Fragen, die du mir stellst.

Solange ich das tue, solange ich meinen Geist all jenen öffne, die Wissen suchen – denn so lautet unser Bekenntnis –, steht ein Ausweichen außer Frage.«

»Das sagst du. Und doch hast du mir keine Antwort gegeben, die mich zufriedenstellt.«

Die Erwiderung des Geweihten auf diese Bemerkung bestand in einer kaum merklichen Weitung der Pupillen.

»Also gut dann«, sagte Joaz Banbeck. »Kannst du dir ein weiteres Element dieses komplexen Motivs denken, über das wir reden?«

»Ja.«

»Was ist es?«

»Ich interessiere mich für Antiquitäten. Ich kam in dein Studierzimmer, um deine Relikte der alten Welten zu bewundern.«

»Tatsächlich?« Joaz hob die Brauen. »Ich habe das Glück, solche faszinierenden Schätze zu besitzen. Welche meiner Antiquitäten interessieren dich besonders?«

»Deine Bücher, deine Karten, dein großer Globus der Erzwelt.«

»Der Erzwelt? Eden?«

»Das ist einer ihrer Namen.«

Joaz krauste die Lippen. »Du kommst also hierher, um meine Antiquitäten zu studieren. Nun dann; welche anderen Elemente des Motivs gibt es?«

Der Geweihte zögerte einen winzigen Augenblick. »Es wurde mir vorgeschlagen, daß ich hierher komme.«

»Von wem?«

»Vom Demie.«

»Warum schlug er das vor?«

»Ich bin mir nicht sicher.«

»Kannst du Mutmaßungen anstellen?«

»Ja.«

»Wie lauten diese Mutmaßungen?«

Der Geweihte machte eine kleine sanfte Geste mit den Fingern der linken Hand. »Der Demie könnte den Wunsch haben, ein Unbedingter Mensch zu werden, und so zu versuchen, die Prinzipien eures Seins zu erfahren. Oder der Demie könnte den Wunsch haben, die Handelsobjekte zu wechseln. Der Demie könnte von meiner Beschreibung deiner Antiquitäten fasziniert sein, oder er könnte neugierig sein, was die Ausrichtung deiner Sichtscheiben angeht. Oder …

»Genug. Welche von diesen Mutmaßungen und von anderen, die du noch nicht bekanntgegeben hast, hältst du für die wahrscheinlichste?«

»Keine.«

Joaz hob erneut die Brauen. »Wie begründest du das?«

»Da jede gewünschte Zahl von Mutmaßungen gebildet werden kann, ist der Nenner jedes Wahrscheinlichkeitsquotienten variabel, und das gesamte Konzept wird bedeutungslos.«

Joaz zeigte ein müdes Grinsen. »Welche der Mutmaßungen, die du bisher angestellt hast, betrachtest du als die zutreffendste?«

»Ich vermute, daß der Demie es vielleicht für wünschenswert hält, daß ich zum Stehen hierherkomme.«

»Was erreichst du durch das Stehen?«

»Nichts.«

»Dann schickt der Demie dich nicht deshalb her.« Der Geweihte äußerte sich nicht.

Joaz formulierte seine nächste Frage mit großer Sorgfalt: »Was, glaubst du, erhofft sich der Demie von deinem Herkommen?«

»Ich glaube, er wünscht, daß ich lerne, wie die Unbedingten Menschen denken.«

»Und du lernst, wie ich vermute, indem du hierherkommst?«

»Ich lerne sehr viel.«

»Wie hilft dir das?«

»Ich weiß es nicht.«

»Wie oft hast du mein Studierzimmer besucht?«

»Siebenmal.«

»Warum wurdest gerade du dazu ausgewählt?«

»Die Gemeinde hat mein *Tand* anerkannt und gutgeheißen. Es ist sehr gut möglich, daß ich der nächste Demie bin.«

»Mach mir Tee«, sagte Joaz über die Schulter zu Phade

und wandte sich wieder an den Geweihten: »Was ist ein *Tand?*«

Der Geweihte atmete tief durch: »Mein *Tand* ist Darstellung und Vorstellung meiner Seele.«

»Hmm. Wie sieht es aus?«

Der Gesichtsausdruck des Geweihten war unergründlich. »Es ist nicht zu beschreiben.«

»Habe ich eines?«

»Nein.«

Joaz hob die Achseln. »Du kannst also meine Gedanken lesen.«

Schweigen.

»Kannst du meine Gedanken lesen?«

»Nicht gut.«

»Warum solltest du den Wunsch haben, meine Gedanken zu lesen?«

»Wir alle leben im Universum. Da es uns nicht erlaubt ist zu handeln, sind wir genötigt und verpflichtet zu wissen.«

Joaz lächelte skeptisch. »Wie hilft dir das Wissen, wenn du nicht entsprechend dem handeln willst, was du weißt?«

»Die Ereignisse folgen dem *Prinzip* wie Wasser, das in eine Senke fließt und einen Teich bildet.«

»Bah!« sagte Joaz mit plötzlicher Verärgerung. »Eure Doktrin verpflichtet euch zur Nichteinmischung in unsere Angelegenheiten, trotzdem erlaubt ihr eurem *›Prinzip‹* Umstände zu schaffen, von denen Ereignisse beeinflußt werden. Trifft das zu?«

»Ich bin mir nicht sicher. Wir sind ein passives Volk.«

»Trotzdem muß euer Demie einen Plan im Kopf gehabt haben, als er dich hierherschickte. Trifft das nicht zu?«

»Das kann ich nicht sagen.«

Joaz schlug eine neue Linie der Befragung ein. »Wohin führt der Tunnel hinter meiner Werkstatt?«

»In eine Höhle.«

Phade stellte eine Silberkanne vor Joaz auf den Tisch. Er goß sich ein, nippte nachdenklich. Bei Wettkämpfen gab es zahllose Varianten – er und der Geweihte waren in ein Versteckspiel der Worte und Begriffe, der Konzepte und Vorstellungen verwickelt. Der Geweihte war in Geduld und geschicktem Ausweichen geschult, denen Joaz Stolz und Entschlossenheit entgegensetzen konnte. Der Geweihte war durch den ihm wesenseigenen unausweichlichen Zwang behindert, die Wahrheit sagen zu müssen, Joaz andererseits mußte blindlings herumtasten, ohne eine Ahnung, welches Ziel er suchte, ohne eine Vorstellung des Preises, der zu gewinnen war. Also schön, dachte Joaz, machen wir weiter. Wir werden sehen, wessen Nerven zuerst versagen. Er bot dem Geweihten Tee an, der mit einem so schnellen und so schwachen Kopfschütteln ablehnte, daß es wie ein Schaudern wirkte.

Joaz deutete mit einer Geste seine Gleichgültigkeit an. »Sollte dich nach Essen oder Trinken verlangen«, sagte er, »laß es mich bitte wissen. Ich genieße die Unterhaltung mit dir so übermäßig, daß ich fürchte, ich könnte sie bis an die Grenzen deiner Geduld ausdehnen. Du möchtest doch bestimmt lieber sitzen?«

»Nein.«

»Wie du wünschst. Nun dann, zurück zu unserer Diskussion. Die Höhle, die du erwähntest – wird sie von Geweihten bewohnt?«

»Mir entgeht die Bedeutung deiner Frage.«

»Benutzen die Geweihten die Höhle?«

»Ja.«

In der Folge filterte Joaz Bruchstück um Bruchstück die Information heraus, daß die Höhle mit einer Reihe von Kammern verbunden war, in denen die Geweihten Metall schmolzen, Glas gewannen, aßen, schliefen und ihre Rituale vollführten. Es hatte einmal eine Öffnung nach Banbeck-Grund gegeben, sie war aber vor langer Zeit blockiert worden. Warum? Überall im Sternhaufen hatte es Krieg gegeben; Gruppen besiegter Menschen suchten Zuflucht auf Aerlith, siedelten sich in Spalten und Tälern an. Die Geweihten bevorzugten ein abgeschiedenes, eigenständiges Dasein und hatten ihre Höhlen der Einsicht entzogen. Wo war diese Öffnung?

Der Geweihte antwortete vage, unbestimmt. Irgendwo im Nordende des Tals. Hinter Banbeck-Wirren? Vielleicht. Aber der Handel zwischen Menschen und Geweihten lief über einen Eingang unter dem Gethron. Warum? Eine Frage der Gepflogenheiten, erklärte der Geweihte. Außerdem war dieser Punkt auch leichter von Glückstal und Phosphorschlucht zu erreichen. Wie viele Geweihte in den Höhlen lebten? Ungewiß. Einige mochten gestorben sein, andere geboren. Wieviel in etwa heute morgen? Vielleicht fünfhundert.

Bei diesem Stand der Dinge schwankte der Geweihte, und Joaz war heiser. »Zurück zu deinem Motiv – oder den Elementen deines Motivs –, in mein Studierzimmer zu kommen: Sind sie auf irgendeine Weise mit dem Stern Coralyne verknüpft und einem möglichen neuen Kommen der Standards oder Grephen, wie sie früher genannt wurden?«

Wieder schien der Geweihte zu zögern. Dann: »Ja.«

»Werden die Geweihten uns gegen die Standards helfen, falls diese kommen sollten?«

»Nein.« Diese Antwort war klar und eindeutig.

»Aber ich kann doch annehmen, daß die Geweihten wünschen, daß die Standards vertrieben werden?«

Keine Antwort.

Joaz formulierte seine Worte um. »Wünschen die Geweihten, daß die Standards von Aerlith verjagt werden?«

»Das *Prinzip* gebietet uns, von den Angelegenheiten der Menschen wie der Nichtmenschen fernzubleiben.«

Joaz kräuste die Lippen. »Angenommen, die Standards überfallen euch, dringen in eure Höhlen ein, verschleppen euch auf den Coralyne-Planeten, was wäre dann?«

Der Geweihte schien fast zu lachen. »Die Frage kann nicht beantwortet werden.«

»Würdet ihr den Standards Widerstand leisten, falls sie den Versuch unternehmen?«

»Ich kann deine Frage nicht beantworten.«

Joaz lachte. »Aber die Antwort lautet anders?«

Der Geweihte stimmte zu.

»Dann habt ihr also Waffen?«

Die sanften, blauen Augen des Geweihten schienen zuzufallen. Erschöpfung? Der Versuch, etwas zu verbergen? Joaz wiederholte seine Frage.

»Ja«, sagte der Geweihte. Seine Knie wurden weich, aber er drückte sie wieder durch.

»Was für Waffen?«

»Zahllose Arten. Projektile wie etwa Steine. Stichwaffen wie etwa abgebrochene Stöcke. Hieb- und Schneidewaffen wie etwa Küchengerät.« Seine Stimme begann zu schwinden, als würde er sich entfernen. »Gifte – Arsen, Schwefel, Triventidum, Säuren, Schwarzsporen. Brandwaffen wie Fackeln und Linsen zum Konzentrieren des Sonnenlichts. Waffen zum Ersticken – Seile, Schlingen, Drähte und Schnüre. Zisternen, um den Feind darin zu ertränken ...«

»Setz dich, ruh dich aus«, drängte Joaz ihn. »Deine Inventur interessiert mich, aber ihre Gesamtwirkung scheint mir unzureichend zu sein. Habt ihr andere Waffen, die die Standards entscheidend zurückschlagen könnten, sollten sie euch angreifen?«

Zufall oder Planung – die Frage wurde nie beantwortet. Der Geweihte sank in die Knie, langsam, als würde er beten. Er fiel auf sein Gesicht, dann zur Seite, Arme und Beine von sich gestreckt. Joaz sprang vor, riß den Kopf an den Haaren hoch. Die Augen, halb geöffnet, zeigten nur abscheuliches Weiß. »Sprich!« krächzte Joaz. »Beantworte meine letzte Frage! Habt ihr Waffen – oder eine Waffe –, um einen Angriff der Standards zurückzuschlagen?«

Die bleichen Lippen bewegten sich. »Ich weiß es nicht.«

Joaz runzelte verdutzt die Stirn, starrte angestrengt in das wächserne Gesicht, wich bestürzt zurück. »Der Mann ist tot.«

Phade blickte von der Couch auf, wo sie gedöst hatte. Ihr Gesicht war gerötet, das Haar zerzaust. »Ihr habt ihn getötet!« rief sie mit mühsam verborgenem Schrecken in der Stimme.

»Nein. Er ist gestorben – oder hat sich das Leben genommen.«

Phade stolperte blinzelnd durch den Raum, drängte sich an Joaz, der sie geistesabwesend beiseite schob. Phade sah ihn finster an, zuckte die Achseln und marschierte dann, da Joaz ihr keine Aufmerksamkeit schenkte, aus dem Raum.

Joaz ließ sich in seinen Sessel zurückfallen und starrte auf den leblosen Körper. »Er wurde nicht müde«, murmelte er, »bis ich auf Geheimnisse stieß.«

Dann sprang er auf, ging in den Vorraum, schickte Rife nach einem Barbier. Eine Stunde später lag der Leichnam, seines Haares beraubt und von einem Tuch bedeckt, auf einer Holzpritsche, und Joaz hielt eine primitive, aus dem langen Haar gefertigte Perücke in den Händen.

Der Barbier zog sich zurück; Bedienstete schafften den Leichnam weg. Joaz stand allein in seinem Studierzimmer, angespannt und von wirren Empfindungen beherrscht. Er entfernte seine Bekleidung und war nackt, wie der Geweihte. Behutsam zog er die Perücke über sein Haar und begutachtete sich im Spiegel. Für einen beiläufigen Blick mochte es kaum einen Unterschied geben! Doch irgend etwas fehlte. Der Reif. Joaz legte ihn sich um den Hals und betrachtete dessen Reflektionen noch einmal mit skeptischer Zufriedenheit.

Er betrat die Werkstatt, zögerte, entriegelte die Falle und zog vorsichtig die Steinplatte heraus. Auf Händen und Knien spähte er in den Tunnel und streckte, da dieser dunkel war, eine Glasphiole mit lumineszierenden Algen vor. In dem schwachen Licht wirkte der Tunnel leer. Schließlich unterdrückte Joaz endgültig alle Ängste und kletterte durch die Öffnung. Der Tunnel war niedrig und schmal; Joaz ging vorsichtig weiter, seine Nerven vibrierten vor Anspannung. Er hielt oft inne, um zu lauschen, hörte aber nichts außer dem Pulsieren des eigenen Pulsschlags.

Nach etwa hundert Metern mündete der Tunnel in eine natürliche Höhle. Joaz hielt unschlüssig an und versuchte die Düsternis mit den Ohren zu durchdringen. An den Wänden waren in unregelmäßigen Abständen lumineszierende Phiolen angebracht, die gerade soviel Licht gaben, daß der Verlauf der Höhle erkennbar war. Sie verlief offenbar parallel zur Länge des Tals in nördlicher Richtung. Joaz setzte sich wieder in Bewegung, blieb jedoch alle paar Meter stehen, um zu lauschen. Nach allem, was er wußte, waren die Geweihten ein sanftes, friedfertiges Volk, aber sie waren auch äußerst verschlossen. Wie würden sie auf die Anwesenheit eines Eindringlings reagieren? Joaz war sich nicht sicher und ging mit großer Vorsicht weiter.

Die Höhle stieg an, senkte sich, wurde breiter und wieder enger. Schließlich stieß Joaz auf Zeichen von Leben: kleine, in die Wände getriebene Zellen, die von Kandelabern aus großen Phiolen mit einer lumineszierenden Substanz beleuchtet wurden. In zwei der Zellen stieß Joaz auf Geweihte; der erste schlief auf einer Weidenmatte; der zweite saß mit gekreuzten Beinen und blickte unverwandt auf eine Vorrichtung verdrehter Metallstäbe. Sie schenkten Joaz keine Beachtung; er ging mit etwas sicherem Schritt weiter.

Die Höhle senkte sich, weitete sich wie ein Füllhorn und ging unvermittelt in eine so gewaltige Kaverne über, daß Joaz einen verblüfften Augenblick lang glaubte, in die Nacht hinausgetreten zu sein. Die Decke dehnte sich jenseits des Flackerns der Myriaden von Lampen, Feuern und Leuchtphiolen. Vor ihm und linker Hand schienen Schmelzöfen und Schmieden in Betrieb zu sein; dahinter verdeckte eine Windung der Höhlenwand die Sicht auf andere Gegenstände. Joaz bemerkte eine mehrlagige Röhrenkonstruktion, die eine Art Werkstatt zu sein schien, denn eine große Zahl von Geweihten war dort mit komplizierten Aufgaben befaßt. Rechts waren Ballen aufgestapelt; in einer Reihe großer Behälter lagerten Güter unbekannter Art. Joaz sah zum ersten Mal Geweihte-Frauen. Sie waren weder die Nymphen noch die halbmenschlichen Hexen der populären Legenden. Wie die Männer wirkten sie bleich und zerbrechlich und hatten scharfgeschnittene Züge; wie die Männer bewegten sie sich bedächtig und zielgerichtet; und wie die Männer trugen sie nur ihr hüftlanges Haar. Es wurde wenig gesprochen und nicht gelacht – vielmehr herrschte eine Atmosphäre zufriedener Gemütsruhe und Konzentration. Die Kaverne verströmte einen Hauch uralter Zeiten und althergebrachter Sitten und Gebräuche. Der Steinboden war durch das endlose Trotten nackter Füße poliert; die Ausdünstungen vieler Generationen hatten die Wände gebeizt und verfärbt.

Niemand beachtete Joaz. Er tastete sich langsam weiter, blieb in den Schatten und hielt unter dem Ballenstapel an. Rechts verengte sich die Kaverne ungleichmäßig zu einem gewaltigen horizontalen Trichter, der sich windend und drehend in der Ferne verlor und in dem düsteren Licht gänzlich unwirklich wurde.

Joaz suchte die gesamte Ausdehnung der gewaltigen Höhle ab. Wo mochte das Arsenal mit den Waffen sein, deren Existenz der Geweihte ihm während seines Todes bestätigt hatte? Joaz richtete seine Aufmerksamkeit wieder nach links und bemühte sich, Einzelheiten der seltsamen mehrlagigen Werkstatt zu erkennen, die sich fünfzehn Meter über den Boden erhob. Ein sonderbares Gebilde, dachte Joaz mit weit zurückgebeugtem Kopf, eines, dessen Zweck er nicht vollständig begreifen konnte. Aber alles in der großen Kaverne – so nahe bei Banbeck-Grund und doch so entfernt – war sonderbar und wundersam. Waffen? Sie konnten überall sein; mit Sicherheit durfte er es nicht wagen, weiter nach ihnen zu suchen. Es gab nichts mehr, was er ohne das Risiko der Entdeckung erfahren konnte. Er wandte sich den Weg zurück, den er gekommen war – den düsteren Gang hinauf, an den Zellen vorbei, wo die beiden Geweihten so verblieben waren, wie er sie angetroffen hatte: der eine schlafend, der andere auf das Gebilde aus verdrehtem Metall konzentriert. Weiter und weiter trottete er. War er so weit gekommen? Wo war die Spalte, die zu seinen Gemächern führte? War er bereits daran vorbei, mußte er suchen? Panik stieg in ihm auf, aber er ging weiter, musterte sorgfältig die Wände. Da, er hatte sich nicht verirrt! Dort rechts öffnete sich ein Spalt, lieb und fast vertraut. Er stürzte hinein, ging mit langen, hüpfenden Schritten, als sei er unter Wasser, und hielt seine Leuchtröhre vor sich. Eine Erscheinung erhob sich vor ihm, eine hohe, weiße Gestalt. Joaz erstarrte. Das hagere Phantom kam rasch auf ihn zu. Joaz drückte sich gegen die Wand. Die Gestalt schritt weiter und schrumpfte plötzlich auf menschliche Proportionen zusammen. Es war der junge Geweihte, den Joaz geschoren und als tot zurückgelassen hatte. Er trat Joaz gegenüber, Vorwurf und Verachtung ließen die sanften, blauen Augen leuchten. »Gib mir meinen Halsreif.«

Mit tauben Fingern löste Joaz den goldenen Ring. Der Geweihte nahm ihn, machte jedoch keine Anstalten, ihn selbst anzulegen. Er blickte auf das Haar, das schwer auf Joaz' Schopf drückte. Mit einem verlegenen, albernen Grinsen nahm Joaz die zerzauste Perücke ab, bot sie an. Der Geweihte sprang zurück, als habe Joaz sich in einen Höhlenkobold verwandelt. Er drückte sich vorbei – so weit von Joaz entfernt, wie die Wand es zuließ – und schritt rasch in den Tunnel hinein. Joaz ließ die Perücke fallen, starrte auf den wirren Haarklumpen. Er drehte sich um und sah der bleichen Gestalt des Geweihten nach, die bald mit der trüben Dunkelheit verschmolz. Langsam ging Joaz weiter. Dort – eine rechteckige Lichtfläche, die Öffnung zu seiner Werkstatt. Er krabbelte hindurch, zurück in die wirkliche Welt. Wild, mit aller Kraft rammte er die Platte zurück in das Loch und schlug die Sperre nach unten, die zuvor den Geweihten gefangen hatte.

Joaz' Kleidung lag dort, wo er sie hingeworfen hatte. Er wickelte sich in einen Umhang, schritt zur Außentür und blickte in den Vorraum, wo Rife döste. Joaz schnappte mit den Fingern. »Bring mir Maurer mit Mörtel, Stahl und Steinen.«

Joaz badete mit großem Eifer, rieb sich ein um das andere Mal mit Emulsion ein, spülte sich immer wieder ab. Aus dem Bad tretend, führte er die wartenden Maurer in seine Werkstatt und befahl, das Loch zu verschließen. Dann legte er sich auf seine Liege. An einem Becher Wein nippend ließ er seine Gedanken wandern und schweifen. Rückbesinnung wurde freies Sinnieren, Sinnieren wurde Traum. Joaz durchschritt wieder den Tunnel, leichtfüßig wie Diestelwolle folgte er der langen Verbindungshöhle, und die Geweihten in ihren Zellen hoben jetzt die Köpfe, um ihm nachzublicken. Endlich stand er im Eingang zu der ungeheuren unterirdischen Leere und sah sich erneut mit staunender Scheu um. Jetzt trieb er über den Boden, an Geweihten vorbei, die ernst und gewissenhaft an Feuern und Ambossen arbeiteten. Funken flogen aus Retorten, blaues Gas waberte über schmelzendem Metall.

Dahinter trieb Joaz auf eine kleine, in den Stein gehauene Kammer zu. Hier saß ein alter Mann, dünn wie eine Bohnenstange, die hüftlange Haarmähne schneeweiß. Der Mann musterte Joaz mit unergründlichen blauen Augen und sagte etwas, aber seine Stimme war sonderbar gedämpft, unhörbar. Er sprach wieder – nun ertönten die Worte laut in Joaz' Geist.

»Ich hole dich hierher, um dich davor zu warnen, uns irgendeinen Schaden zuzufügen, was zudem nicht den geringsten Vorteil für dich hätte. Die Waffe, die du suchst, ist nicht existent und jenseits deiner Vorstellung. Entferne sie aus deinem Streben.«

Mit großer Anstrengung gelang es Joaz zu stammeln: »Der junge Geweihte hat nicht widersprochen – diese Waffe muß existieren!«

»Nur in den engen Grenzen spezieller Interpretation. Der Jüngling kann nicht mehr als die wortwörtliche Wahrheit aussprechen, oder anders als mit Anmut und Tugend handeln. Wie kannst du dich fragen, warum wir uns fernhalten? Für euch Unbedingte Menschen ist Echtheit, Reinheit unverständlich – du suchtest dir einen Vorteil zu verschaffen, hast aber nichts erreicht außer einer Übung in rattenhaftem Stehlen. Solltest du es erneut mit größerer Kühnheit versuchen, muß ich mich entwürdigen, um die Dinge in den korrekten Zustand zu versetzen. Ich versichere dir, daß diese sogenannte Waffe völlig außerhalb deiner Beherrschung liegt.«

Zuerst überkam Joaz Scham, dann Empörung. »Du begreifst mich nicht, du begreifst die Dringlichkeit nicht!« rief er laut aus. »Warum sollte ich anders handeln? Coralyne ist nahe – die Standards werden kommen. Seid ihr keine Menschen? Warum wollt ihr uns nicht helfen, den Planeten zu verteidigen?«

Der Demie schüttelte den Kopf, und sein weißes Haar wogte mit hypnotischer Trägheit. »Ich zitiere dir das *Prinzip:* vollständige und absolute Passivität. Das bedeutet und verlangt Zurückgezogenheit, Unberührtheit, Stille, Friede. Kannst du dir die Seelenpein vorstellen, die ich riskiere, indem ich mit dir spreche? Ich trete dazwischen, interveniere, ich wirke ein, ein ungeheurer Schmerz des Geistes. Machen wir dem ein Ende. Wir haben uns bei deinem Studierzimmer Freiheiten herausgenommen, dir aber keinen Schaden zugefügt, dir keine Schmach angetan. Du hast unserer Höhle einen Besuch abgestattet und dabei einen edlen jungen Mann entwürdigt. Möge es damit ausgeglichen sein, möge es auf beiden Seiten kein Spionieren mehr geben. Bist du einverstanden?«

Joaz hörte seine Stimme ohne eine bewußte Steuerung antworten: Sie klang nasaler und schriller, als ihm zusagte. »Du machst dieses Angebot jetzt, nachdem ihr genug von meinen Geheimnissen erfahren habt, ich aber keines der euren kenne.«

Das Gesicht des Demies schien zurückzuweichen und verschwommen zu zittern. Joaz las Verachtung darin und warf sich in seinem Schlaf hin und her. Er bemühte sich, in einem Ton ruhiger Vernunft zu sprechen: »Komm, wir alle sind Menschen – warum sollten wir uneins sein? Teilen wir unsere Geheimnisse, helfen wir einander. Untersucht meine Archive, meine Schränke und meine Relikte nach eurem Belieben, und erlaubt mir dann, diese existente und doch nichtexistente Waffe zu studieren. Ich schwöre, daß sie nur gegen die Standards eingesetzt wird, zu unser aller Schutz.«

Die Augen des Demies funkelten. »Nein.«

»Warum nicht? Ihr wünscht uns doch sicherlich nichts Böses?«

»Wir sind losgelöst, distanziert und leidenschaftslos. Wir erwarten euer Erlöschen. Ihr seid die Unbedingten Menschen und die Letzten der Menschheit überhaupt. Und wenn ihr vergangen seid, werden auch eure dunklen Gedanken und schlimmen Pläne vergangen sein; Mord und Schmerz und Bosheit werden nicht mehr sein.«

»Das kann ich nicht glauben«, sagte Joaz. »Es mag keine Menschen im Sternhaufen geben, aber was ist mit dem Universum? Die Alte Ordnung reichte weit – früher oder später werden Menschen nach Aerlith zurückkehren.«

Die Stimme des Demies wurde volltönend. »Denkst du, was wir sagen, entstammt nur dem Glauben? Zweifelst du unser Wissen an?«

»Das Universum ist groß. Die Alte Ordnung reichte weit.«

»Die letzten Menschen leben hier auf Aerlith. Die Unbedingten Menschen und die Geweihten. Ihr werdet vergehen – wir werden das *Prinzip* wie ein Ruhmesbanner auf alle Welten des Himmel weitertragen.«

»Und wie wollt ihr euch bei dieser Mission transportieren?« fragte Joaz listig. »Könnt ihr so nackt zu den Sternen fliegen, wie ihr über die Felsen und Berge wandert?«

»Es wird Mittel geben. Die Zeit ist lang.«

»Für eure Zwecke muß sie lang sein. Selbst auf den Coralyne-Planeten gibt es Menschen. Versklavt, an Körper und Geist umgeformt, aber Menschen. Was ist mit denen? Es scheint, daß ihr Unrecht habt, daß ihr tatsächlich von bloßem Glauben geleitet werdet.«

Der Demie verstummte. Sein Gesicht schien sich zu verhärten.

»Sind das keine Tatsachen?« fragte Joaz. »Wie bringst du sie mit deinem Glauben in Einklang?«

»Tatsachen können nie mit Glauben in Einklang

gebracht werden«, erwiderte der Demie mild. »Nach unserem Glauben werden diese Menschen, falls sie existieren, ebenfalls vergehen. Die Zeit ist lang. Oh, die Welten der Helle – sie warten auf uns!«

»Es ist klar«, sagte Joaz, »daß ihr euch mit den Standards verbündet und auf unsere Vernichtung hofft, und das kann nur zu einer Veränderung unserer Einstellung euch gegenüber führen. Ich fürchte, Ervis Carcolo hatte recht und ich unrecht.«

»Wir bleiben passiv«, sagte der Demie. Sein Gesicht flackerte, schwankte, schien in Farbtupfern zu verschwimmen. »Ohne Emotion werden wir Zeugen des Vergehens der Unbedingten Menschen sein, weder helfend noch hindernd.«

»Euer Glaube, euer *Prinzip* – wie immer ihr es nennt – führt euch in die Irre«, sagte Joaz, der jetzt wütend war. »Ich drohe dir: Falls ihr es unterlaßt, uns zu helfen, werdet ihr leiden, wie wir leiden.«

»Wir sind passiv, wir sind neutral.«

»Was ist mit euren Kindern? Die Standards machen keinen Unterschied zwischen uns. Sie werden euch genauso gern in ihre Pferche treiben wie uns. Warum sollten wir kämpfen, um euch zu schützen?«

Das Gesicht des Demies verblaßte, löste sich in transparente, dunstige Flecken auf, seine Augen glommen wie verrottendes Fleisch. »Wir brauchen keinen Schutz«, heulte er. »Wir sind ungefährdet.«

»Ihr werdet unser Schicksal erleiden«, schrie Joaz. »Das verspreche ich dir!« Der Demie fiel zu einer kleinen, trockenen Hülse zusammen, einer toten Mücke gleich – Joaz floh mit unglaublicher Geschwindigkeit durch die Höhlen und Tunnel zurück, hinauf durch seine Werkstatt, sein Studierzimmer in seinen Schlafraum, wo er nun hochschreckte, den Blick voll Bestürzung, mit angeschwollener Kehle und trockenem Mund.

Die Tür öffnete sich, Rifes Kopf tauchte auf. »Habt Ihr gerufen?«

Joaz erhob sich auf die Ellbogen und blickte sich um. »Nein, ich habe nicht gerufen.«

Rife zog sich zurück. Joaz ließ sich auf die Liege zurücksinken und starrte an die Decke. Er hatte einen höchst sonderbaren Traum gehabt. Traum? Eine Synthese seiner Erinnerungen und Vorstellungen? Oder, wahrlich und wahrhaftig, die Konfrontation und der gedankliche Austausch zweier Geister? Unmöglich zu entscheiden und wohl auch unwichtig – die Begebenheit war auf ihre eigene Weise authentisch. Joaz schwang die Beine von der Couch und blickte blinzelnd auf den Boden. Traum oder wirkliches Gespräch, das machte keinen Unterschied. Er erhob sich, schlüpfte in Sandalen und einen Umhang aus gelbem Pelz, schlurfte grämlich zur Ratskammer hinauf und trat auf einen sonnigen Balkon. Der Tag war in seinem letzten Drittel. Dichte Schatten hingen längs der westlichen Felsen. Rechts und links erstreckte sich Banbeck-Grund. Nie zuvor war ihm das Tal fruchtbarer erschienen und nie zuvor so unwirklich, als sei er ein Fremder auf dem Planeten. Er blickte nach Norden, an dem mächtigen, steinernen Wall entlang, der steil zu Banbeck-Rand aufstieg. Auch das war unwirklich, eine Fassade, hinter der die Geweihten lebten. Er schätzte die Oberfläche der Wand ab, stellte sich das Höhlen- und Tunnelsystem und die riesige Kaverne dahinter vor: Der Fels gegen Ende des Tals mußte kaum mehr als eine Schale sein!

Joaz wandte seine Aufmerksamkeit den Übungsfeldern zu, wo Moloche zügig durch verschiedene Defensivformationen dröhnten. Wie seltsam war doch die Beschaffenheit des Lebens, das Standard und Moloch, Geweihte und ihn selbst erschaffen hatte. Er dachte an Ervis Carcolo und rang mit plötzlicher Verbitterung. Carcolo war eine zum gegenwärtigen Zeitpunkt höchst unwillkommene Ablenkung; wenn es schließlich zur Abrechnung mit ihm kam, würde es keine Nachsicht geben. Ein leichtfüßiger Schritt hinter ihm, der Druck von Pelz, die Berührung kesser Hände, der Duft von Parfumrauch – Joaz' Spannungen lösten sich. Gäbe es keine solchen Wesen wie die Minnemaiden, wäre es nötig, sie zu erfinden.

Tief unter Banbeck-Böschung, in einer von einem zwölfphioligen Kandelaber erhellten Zelle, saß schweigend ein nackter, weißhaariger Mann. Auf einem Podest in der Höhe seiner Augen ruhte sein *Tand,* eine komplizierte Konstruktion aus Goldstäben und Silberdraht, augenscheinlich willkürlich gebogen und verwoben. Die Wahllosigkeit des Musters war jedoch nur eine scheinbare. Jede Krümmung symbolisierte einen Aspekt der *Endgültigen Erkenntnis;* der an die Wand geworfene Schatten repräsentierte das *Prinzip:* in dauernder Wandlung, immer dasselbe.

Das Objekt war den Geweihten heilig und diente als Quelle der Offenbarung. Für das Studium des *Tand* gab es nie ein Ende: Unablässig wurden neue Intuitionen aus irgendeiner bisher übersehenen Beziehung von Winkel und Krümmung gewonnen. Die Nomenklatur war vielgestaltig und ausgefeilt: Alle Einzelteile, alle Bogen, Kehren, Verbindungsstellen und Windungen hatten ihren Namen; jeder Aspekt der Beziehungen zwischen den verschiedenen Teilen war entsprechend kategorisiert. So also war der Kult des *Tand* beschaffen: abstrus, fanatisch exakt, kompromißlos. Während seiner Pubertätsriten durfte der junge Geweihte das ursprüngliche *Tand* studieren, solange es ihn beliebte; dann mußte jeder aus dem Gedächtnis ein *Tand*-Duplikat herstellen. Schließlich kam es zu dem bedeutendsten Ereignis seines Lebens: die Begutachtung seines *Tands* durch den Kreis der Ältesten. In ehrfurchtgebietender Stille, manchmal für Stunden, sannen sie über seine Schöpfung nach, bedachten sie, wogen die unendlich kleinen Variationen von Proportion, Radius, Bogen und Winkel ab. So schlossen sie auf die Qualität des Initianden, beurteilten seine persönlichen Eigenschaften, ermittelten sein Verständnis der *Endgültigen Erkenntnis,* des *Prinzips* und der *Grundlage.*

Gelegentlich enthüllte das Zeugnis des *Tand* einen Charakter, der derart besudelt war, daß er als nicht tolerierbar angesehen werden mußte; das abstoßende *Tand* wurde in einen Schmelzofen geworfen, das geschmolzene Metall einer Latrine übergeben, der unglückliche

Initiand auf die Oberfläche des Planeten verstoßen, um dort nach seinen eigenen Begriffen zu leben.

Der nackte, weißhaarige Demie, der in die Betrachtung seines eigenen schönen *Tand* versunken war, seufzte, bewegte sich unruhig. Er war von einem Einfluß befallen worden, der so heftig, so leidenschaftlich, so gleichermaßen unbarmherzig und empfindsam war, daß sein beklommener Geist in Bedrängnis geriet. Ungebeten, unwillkommen sickerte dunkler Zweifel in sein Denken. Könnte es sein, fragte er sich, daß wir unmerklich vom wahren Prinzip abgewichen sind? Studieren wir unsere *Tands* mit verblendeten Augen? Wie soll man das wissen, oh, wie soll man das wissen! In der Orthodoxie ist alles leicht und einfach, doch wie kann bestritten werden, daß das Gute an sich unbestreitbar ist? Absolutheiten haben von allen Formulierungen die größte Gewißheit, wohingegen die Ungewißheiten die realsten sind.

Sechzig Kilometer jenseits der Berge schmiedete Ervis Carcolo seine eigenen Pläne. »Mit Wagemut, hartem Zuschlagen und guten Handstreichen kann ich ihn besiegen! An Entschlossenheit, an Mut, an Beharrlichkeit bin ich ihm mehr als ebenbürtig. Er wird mich nicht noch einmal überlisten und meine Drachen hinschlachten und meine Männer töten! Oh, Joaz Banbeck, wie ich dir deine Tücke heimzahlen werde!« Wütend warf er die Arme hoch. »Oh, Joaz Banbeck, du käsegesichtiges Schaf!« Carcolo hieb mit der Faust durch die Luft. »Ich werde dich zerdrücken wie einen Klumpen trockenes Moos!« Er runzelte die Stirn, rieb sich das runde, rote Kinn. »Aber wie? Wo? Er hat alle Vorteile auf seiner Seite!«

Carcolo bedachte die ihm möglichen Strategien. »Er erwartet, daß ich angreife, soviel steht fest. Zweifellos wird er wieder in einem Hinterhalt warten. Also werde ich jeden Zentimeter abpatrouillieren, aber auch das wird er erwarten und darauf achten, daß ich nicht von oben auf ihn herunterdonnere.

Wird er sich hinter dem Despoire verstecken oder entlang der Nordwacht, um mich zu fassen, während ich den Aufstiek überquere? Falls ja, muß ich mich auf einer anderen Route nähern – durch den Maudlinpaß und unterhalb des Gethron? Dann, wenn er langsam marschiert, werde ich an Banbeck-Rand auf ihn stoßen. Und falls er früher kommt, schleiche ich mich zwischen den Gipfeln und Klüften an ihn heran.«

Kapitel Sieben

Unter dem Prasseln des kalten Morgenregens machten sich Ervis Carcolo, seine Drachen und seine Männer auf den nur von Blitzen beleuchteten Weg. Als der erste Funke Sonnenlicht auf den Despoire fiel, hatten sie den Maudlinpaß bereits durchquert.

So weit, so gut, frohlockte Ervis Carcolo. Er stand in den Steigbügeln, um Sternenfall zu überblicken. Kein Zeichen der Banbeck-Armee. Er wartete und musterte den gegenüberliegenden Rand der Nordwachtkette, die sich schwarz vor dem Himmel abzeichnete. Eine Minute verstrich, zwei Minuten; die Männer schlugen die Fäuste in die Handflächen, die Drachen murrten und grummelten mürrisch. Ungeduld begann in Carcolo zu prickeln; er zappelte herum und fluchte. Konnte denn nicht der einfachste Plan ohne Fehler durchgeführt werden? Doch jetzt – das Flackern eines Heliographen von Barkspitze und ein weiteres im Südosten von den Hängen des Gethron! Carcolo winkte seine Armee voran; der Weg führte direkt über Sternenfall. Die Glückstal-Streitmacht strömte aus dem Maudlinpaß nach unten. Zuerst die Langhörnigen Mörder, mit stählernen Stacheln und von Stahldornen übersät; dann der rote Strom der Furien, die Köpfe hin und her werfend, während sie rannten; dahinter folgte der Rest der Armee.

Vor ihnen dehnte sich Sternenfall, ein welliger Hang, übersät mit Meteorfragmenten – Feuersteinsplitter, die auf dem graugrünen Moos wie Blumen glitzerten. Ringsum ragten majestätische Gipfel auf und Schnee flammte weiß im klaren Morgenlicht: der Gethron, der Despoire, Barkspitze und weit im Süden Leitgipfel.

Die Kundschafter näherten sich von rechts und links und brachten gleichlautende Berichte. Nirgendwo ein Zeichen von Joaz Banbeck und seinen Truppen. Carcolo begann mit einer neuen Möglichkeit zu rechnen. Vielleicht hatte Joaz Banbeck sich gar nicht zu dieser Lappalie herabgelassen? Der Gedanke machte ihn wütend und erfüllte ihn zugleich mit großer Freude: Wenn ja, würde Joaz bitter für seine Unterlassung bezahlen.

Nach etwa dem halben Weg über Sternenfall stießen sie auf ein Gehege mit gut zweihundert von Joaz Banbecks Unholdbrutlingen. Zwei alte Männer und ein Junge hüteten sie und blickten der sich nähernden Glückstalhorde mit offenkundigem Schrecken entgegen.

Aber Carcolo ritt vorbei, ließ das Gehege unbehelligt. Falls ihm der Tag den Sieg brachte, würde es Teil seiner Beute sein, falls er unterlag, konnten die Unholdbrutlinge ihm nicht schaden.

Die alten Männer und der Junge standen auf dem Dach ihrer Torfhütte und sahen zu, wie Carcolo und seine Truppen vorüberzogen – die Männer in schwarzen Uniformen und schwarzen Piekenhauben mit nach hinten fallenden Ohrlaschen; die Drachen mit glitzernden Schuppen je nach ihrer Art springend, kriechend, trottend oder stampfend: das dumpfe Rot und Kastanienbraun der Furien, der giftige Glanz der Blauen Schrecken, die schwarz-grünen Unholde, die grauen und eierschalenweißen Moloche, die Monstren und Mörder. Ervis Carcolo ritt an der rechten Flanke, Bast Given bei der Nachhut. Und jetzt beschleunigte Carcolo das Marschtempo, gequält von der Befürchtung, Joaz Banbeck könnte seine Unholde und Moloche an Banbeck-Böschung sammeln, bevor er selbst dort eintraf, um ihn zurückzuwerfen. Wenn er Joaz Banbeck diesmal wirklich und wahrhaftig überrumpelt hatte.

Aber Carcolo erreichte Banbeck-Rand ohne Anfechtung. Seine Haube schwenkend schrie er seinen Triumph hinaus: »Joaz Banbeck, der Müßiggänger, Joaz Banbeck, der Faulpelz! Soll er jetzt doch versuchen, Banbeck-Böschung zu erklimmen!« Und Ervis Carcolo überblickte Banbeck-Grund mit den Augen eines Eroberers.

Bast Given schien Carcolos Triumph nicht im mindesten zu teilen, unbehaglich behielt er den Süden und den Norden sowie das Gelände hinter ihnen im Blick.

Carcolo beobachtete ihn verdrossen aus dem Augenwinkel und rief schließlich aus: »Ho, ho, da! Was gibt es?«

»Vielleicht viel, vielleicht nichts«, sagte Bast Given, während er die Umgebung beobachtete.

Carcolo schnaubte verächtlich. Given fuhr mit jener kühlen Stimme fort, die Carcolo so sehr reizte und irritierte. »Joaz Banbeck scheint uns hereinzulegen, wie zuvor.«

»Wie kommst du darauf?«

»Urteilt selbst. Würde er uns einen Vorteil zugestehen, ohne einen sehr hohen Preis zu verlangen?«

»Unsinn!« brummte Carcolo. »Der Faulpelz ruht sich noch auf seinem letzten Sieg aus.« Aber er rieb sich das Kinn und spähte unbehaglich ins Tal. Von hier aus wirkte es seltsam still. Eine sonderbare Ruhe herrschte zwischen den Feldern und Unterkünften. Eisiger Schauer griff nach Carcolos Herz. »Dort am Brüter!« rief er dann. »Da sind die Banbeck-Drachen!«

Given spähte hinunter ins Tal und warf Carcolo einen Seitenblick zu. »Drei Furien, im Ei.« Er straffte sich, richtete seine ganze Aufmerksamkeit auf die Gipfel und Kämme im Norden und Osten. »Angenommen, Joaz Banbeck setzte sich noch vor dem Morgengrauen in Bewegung, über den Gleitrutsch zu Rand hinauf, überquerte Blauhügel ...«

»Was ist mit Blauspalte?«

»Er umgeht Blauspalte im Norden, kommt über Barkrücken, über den Hochstiek und um Barkspitze herum ...«

Carcolo musterte den Nordwachtkamm mit neu erwachter und verblüffter Aufmerksamkeit. Das Huschen einer Bewegung, das Glitzern von Schuppen?

»Rückzug!« brüllte Carcolo. »In Richtung Barkspitze! Sie sind hinter uns!«

Verwirrt verlor seine Armee ihre Marschordnung, floh über Banbeck-Rand hinauf in die rauhen Ausläufer der Barkspitze. Joaz, dessen Strategie entdeckt war, warf mehrere Mörder- und Monsterschwadrone vor, um der Glückstalarmee den Weg abzuschneiden, sie zu binden und ihr Tempo zu verzögern, und, wenn möglich, von den schroffen Hängen der Barkspitze fernzuhalten.

Carcolo überlegte rasch. Er hielt seine Mörder und Monstren für seine besten Kämpfer und war sehr stolz auf sie. Er verzögerte jetzt absichtlich ihren Abmarsch, in der Hoffnung, die Banbecker Vortruppen in einen Kampf zu verwickeln, sie rasch zu vernichten und doch noch den Schutz der Abhänge von Barkspitze zu erreichen.

Die Banbecker verweigerten jedoch den Kontakt und kletterten Barkspitze hinauf, um Höhe zu gewinnen. Carcolo schickte seine Furien und Blauen Schrecken vor – die beiden Linien stießen mit einem scheußlichen Knurren aufeinander. Die Banbecker Furien stürmten den Hang hinauf, um von den Hochbeinigen Monstren Carcolos abgefangen und stampfend und polternd in die Flucht geschlagen zu werden.

Der Hauptteil von Carcolos Truppen war erregt durch den Anblick des weichenden Feindes und konnte nicht zurückgehalten werden. Sie schwenkten vom Aufstiek zur Barkspitze herum und stießen auf Sternenfall herunter. Die Hochbeinigen Monstren fielen über die Banbecker Furien her, kletterten auf ihre Rücken, warfen sie kreischend und tretend herum und schnitten dann die freiliegenden rosa Bäuche auf.

Banbecks Langhörnige Mörder schwenkten ab, schlugen von der Flanke in Carcolos Hochbeinige Monstren hinein, spießten mit stahlverstärkten Hörnern, durchbohrten mit Lanzen. Aus irgendeinem Grund übersahen sie dabei Carcolos Blaue Schrecken, die auf sie heruntersprangen. Mit Äxten und Streitkolben streckten sie die Monstren nieder, ergingen sich in dem gräßlichen Vergnügen, auf ein unterworfenes Monstrum zu klettern, das Horn zu packen und ihm Haut und Schuppen vom Kopf bis zum Schwanz abzuziehen. So verlor Joaz Banbeck dreißig Furien und etwa zwei Dutzend Mörder. Trotzdem erfüllte der Angriff seinen eigentlichen Zweck nicht, indem er ihm erlaubte, seine Ritter, die Unholde und Moloche von der Nordwacht heranzubringen, bevor Carcolo die Höhen von Barkspitze erreichte.

Carcolo zog sich in einer schrägen Linie auf die pockennarbigen Hänge zurück und schickte gleichzeitig sechs Männer hinüber zu dem Gehege, wo die Unholdbrutlinge, durch die Schlacht verängstigt, durcheinanderwogten. Die Männer zerbrachen die Gatter, erschlugen die beiden alten Männer und trieben die jungen Unholde über Sternenfall auf die Banbecktruppen zu. Die hysterischen Brutlinge folgten ihren Instinkten, klammerten sich an den Hals des nächstbesten Drachen, der dadurch ernstlich behindert wurde, denn seine eigenen Instinkte hinderten ihn daran, sich mit Gewalt von dem Brutling zu befreien.

Diese List, eine brillante Improvisation, führte zu enormer Unordnung unter den Banbecktruppen. Ervis Carcolo stürmte nun mit seiner gesamten Streitmacht direkt in das Banbecker Zentrum. Zwei Abteilungen Furien schwärmten aus, um die Männer zu beschäftigen und zu stören; seine Mörder und Monstren – die einzigen Arten, bei deren Zahl er Banbeck überlegen war –, schickte Carcolo aus, um die Unholde zu binden, während sich seine eigenen Unholde, verhätschelt, stark und glänzend vor öliger Kraft, auf die Banbeck-Moloche zuschlängelten. Sie schossen dicht über dem Boden unter die weißen Kolosse und peitschten die fünfzig Pfund schweren Kugeln ihrer Schwanzspitzen gegen die Innenseiten der Molochbeine.

Es folgte ein donnerndes, tumultöses Handgemenge. Der Verlauf der Schlachtlinien war ungewiß; Männer und Drachen wurden gleichermaßen zerschmettert, zerrissen, in Stücke gehackt. In der Luft sangen Kugeln, zischte Stahl; sie hallte wider von Schreien, Trompeten, Brüllen, Pfeifen, Rufen und Bellen.

Mit seiner tollkühnen Taktik erzielte Carcolo Erfolge, die in keinem Verhältnis zur Anzahl seiner Kämpfer standen. Seine Unholde bohrten sich noch tiefer zwischen die erregten Banbeck-Moloche, während die Carcoloschen Mörder, Monstren und Blauen Schrecken die Unholde Banbecks zurückhielten. Joaz Banbeck selbst, von Furien angegriffen, rettete sein Leben nur, indem er um die Schlacht herum nach hinten flüchtete, wo er eine Abteilung Blauer Schrecken zur Unterstützung heranzog. Wutentbrannt blies er ein Rückzugssignal, und seine Armee folgte dem Befehl hangabwärts und hinterließ einen von kämpfenden und tretenden Körpern übersäten Boden.

Carcolo warf alle Bedenken beiseite, erhob sich in seinem Sattel und signalisierte, seine Moloche einzusetzen, die er bisher wie seine eigenen Kinder gehegt hatte.

Kreischend, hicksend wälzten sie sich in das Getümmel, rissen links und rechts große Happen Fleisch heraus, fetzten kleinere Drachen mit ihren Brachen auseinander, stampften über Furien hinweg, packten Blaue Schrecken, Mörder und Monstren und schleuderten sie durch die Luft. Sechs Banbecker Ritter versuchten, sich dem Ansturm entgegenzustemmen, indem sie ihre Musketen unmittelbar in die dämonischen Gesichter abfeuerten – sie gingen zu Boden und wurden nicht mehr gesehen. Die Schlacht wogte abwärts auf Sternenfall hinaus. Das Kampfgeschehen verdünnte sich, der Vorteil der Glückstaler löste sich auf. Carcolo zögerte einen langen, berauschenden Augenblick. Er und seine Truppen waren in Feuer geraten; das Gift des unerwarteten Erfolges berauschte sie. Aber konnten sie hier, auf Sternenfall, die Überlegenheit auffangen, die die Banbeckkräfte durch ihre größere Zahl hatten? Die Vorsicht gebot, sich Barkspitze hinauf zurückzuziehen, um das Beste aus seinem Teilsieg herauszuholen. Schon hatte sich ein starker Zug aus Unholden formiert und setzte sich zu einem Angriff auf seine dürftige Molochen-Streitmacht in Bewegung. Bast Given näherte sich, eindeutig auf den Befehl zum Rückzug wartend. Aber Carcolo zögerte weiter, weidete sich an dem Zerstörungswerk seiner armseligen sechs Moloche.

Bast Givens düstere Züge waren erstarrt. »Rückzug, befehlt den Rückzug! Uns droht die völlige Vernichtung, wenn ihre Flügel auf uns einschwenken.«

Carcolo packte seinen Ellbogen. »Dort! Sieh doch, wo diese Unholde sich sammeln, sieh, wo Joaz Banbeck reitet! Sobald sie angreifen, schickst du von jeder Seite sechs Hochbeinige Monstren, schließt ihn ein, tötet ihn!«

Given öffnete den Mund, um zu protestieren, sah dann in die Richtung, die Carcolo wies, und ritt los, um die Befehle auszuführen.

Hier kamen die Banbecker Unholde und näherten sich den Glückstal-Molochen mit verstohlener Siegesgewißheit. Joaz erhob sich in seinem Sattel, um ihren Vormarsch zu beobachten. Plötzlich waren von beiden Seiten die Hochbeinigen Monstren über ihm. Vier seiner Ritter und sechs junge Fähnriche stürzten, Alarmschreie ausstoßend, zurück, um ihn zu schützen; das Klirren von Stahl auf Stahl, das Krachen von Stahl auf Schuppen. Die Monstren fochten mit Schwert und Streitkolben, die Ritter antworteten, da sie ihre Musketen nicht einsetzen konnten, mit Kurzsäbeln und unterlagen einer nach dem anderen. Hoch auf die Hinterbeine erhoben, hieb der Truppführer der Monstren auf Joaz ein, der den Schlag verzweifelt abwehrte. Das Monstrum hob Schwert und Streitkolben zugleich – und aus fünfzig Meter Entfernung schmetterte eine Musketenkugel in sein Ohr. Wahnsinnig vor Schmerz ließ es seine Waffen sinken und fiel um sich schlagend und sich windend auf Joaz. Banbecker Blaue Schrecken näherten sich zum Angriff; die Monstren schossen über den sich herumwerfenden Truppführer hin und her, stachen auf Joaz ein, traten nach ihm, flohen schließlich vor den Blauen Schrecken.

Ervis Carcolo stöhnte enttäuscht auf – um eine halbe Sekunde nur war ihm der Sieg entgangen. Joaz Banbeck, geschunden, malträtiert, vielleicht verwundet, war mit dem Leben davongekommen.

Ein Reiter kam über den Kamm, ein unbewaffneter Jüngling, der einen strauchelnden Skorpion vorwärtspeitschte. Bast Given machte Carcolo auf ihn aufmerksam: »Ein Bote mit dringender Nachricht aus dem Tal.«

Der junge Bursche kam über den Hang auf Carcolo zu und rief etwas, aber seine Worte gingen im Lärm der Schlacht unter. Schließlich war er heran. »Die Standards, die Standards!«

Carcolo sackte in sich zusammen.
»Wo?«
»Ein großes schwarzes Schiff, halb so breit wie das Tal. Ich war oben auf dem Heideland, ich konnte entkommen.« Er zeigte mit dem Arm in Richtung Glückstal, wimmerte.
»Sprich, Junge!« stieß Carcolo heiser hervor. »Was tun sie?«
»Das habe ich nicht gesehen – ich bin losgeritten, um Euch zu benachrichtigen.« Carcolo blickte über das Schlachtfeld; die Banbeck-Unholde hatten seine Moloche fast erreicht, diese zogen sich langsam zurück, die Köpfe drohend gesenkt, die Klauen weit vorgestreckt.
Carcolo warf verzweifelt die Hände hoch. »Blase zum Rückzug, setzt euch ab!« befahl er Bast Given.
Ein weißes Taschentuch schwenkend ritt er um die Schlacht herum, dorthin, wo Joaz Banbeck immer noch lag, und der zuckende Drache gerade von seinen Beinen gehoben wurde. Joaz blickte auf, und sein Gesicht war so weiß wie Carcolos Taschentuch. Beim Anblick Carcolos weiteten sich seine Augen, wurden dunkel, sein Mund wurde schmal.
»Die Standards sind zurückgekommen; sie sind in Glückstal niedergegangen; sie löschen meine Leute aus.«
Unterstützt von seinen Rittern kam Joaz Banbeck auf die Beine. Schwankend und mit kraftlosen Armen blickte er in Carcolos Gesicht.
Carcolo sprach weiter: »Wir müssen eine Waffenruhe beschließen – diese Schlacht ist sinnlose Verschwendung! Marschieren wir mit all unseren Kräften nach Glückstal, greifen wir die Ungeheuer an, bevor sie uns alle vernichten! Ah, denkt nur, was wir mit den Waffen der Geweihten hätten erreichen können!«
Joaz schwieg. Weitere Sekunden verstrichen. »Na los«, schrie Carcolo erbost, »was sagt Ihr dazu?«
Joaz antwortete mit heiserer Stimme: »Ich sage: keine Waffenruhe. Ihr habt meine Warnung verworfen und geplant, Banbeck-Grund zu plündern. Ich werde Euch gegenüber kein Erbarmen zeigen.«

Carcolo riß verblüfft den Mund auf, der wie eine rote Höhle unter seinem Schnäuzer klaffte. »Aber die Standards . . .«

»Kehrt zu Euren Truppen zurück. Ihr seid genauso mein Feind wie die Standards; warum sollte ich zwischen euch Unterschiede machen? Bereitet Euch darauf vor, um Euer Leben zu kämpfen – ich gewähre Euch keine Waffenruhe.«

Ebenso bleich wie Joaz zog sich Carcolo zurück. »Ihr werdet keine Ruhe mehr finden. Selbst wenn Ihr diese Schlacht hier auf Sternenfall gewinnt, wird der Sieg doch nie Euer sein. Ich werde Euch verfolgen, bis Ihr nach Erlösung schreit.«

Banbeck winkte seinen Rittern. »Prügelt diesen Hund zurück zu den Seinen.«

Carcolo wich mit seinem Skorpion vor den drohenden Peitschen zurück, wendete und galoppierte von dannen. Das Schlachtglück hatte sich gewendet. Die Banbeck-Unholde waren jetzt über seine Blauen Schrecken hereingebrochen; einer seiner Moloche existierte nicht mehr; ein anderer, der sich von drei Unholden eingekreist sah, schnappte mit seinem mächtigen Rachen und schwenkte sein monströses Schwert. Die Unholde schnellten weg und fintierten mit ihren Stahlkugeln, drängten mit huschenden Bewegungen vor. Der Moloch hackte auf sie ein, schmetterte sein Schwert auf die steinharten Panzer der Unholde; dann waren sie unter ihm und hämmerten ihre Stahlkugeln in die immensen Säulenbeine. Er versuchte wegzuhüpfen und strauchelte majestätisch. Die Unholde schlitzten seinen Bauch auf, und jetzt blieben Carcolo nur noch fünf Moloche.

»Zurück!« schrie er. »Setzt euch ab!«

Seine Truppen mühten sich Barkspitze hinauf. Die Schlachtlinie war ein dröhnendes, kochendes Inferno aus Schuppen, Panzern, blitzendem Metall. Zu Carcolos Glück befand sich seine Nachhut auf hochgelegenem Grund, und nach zehn schrecklichen Minuten war er in der Lage, einen geordneten Rückzug anzutreten. Zwei weitere Moloche waren tot; die drei verbliebenen kletterten sich frei. Sie packten große Felsbrocken und schleuderten sie auf die Angreifer, die sich nach einer Reihe von Ausfällen und Verstößen bereitwillig absetzten. Nach Carcolos Nachrichten war Joaz nicht mehr willens, weitere Verluste zu riskieren.

Sein Schwert in verzweifeltem Trotz schwenkend, führte Carcolo seine Truppen zurück um Barkspitze herum, dann hinunter über den öden Hochstiek. Joaz kehrte nach Banbeck-Grund zurück. Die Nachricht vom Standard-Überfall hatte alle Ohren erreicht. Die Männer ritten düster und schweigend, warfen immer wieder Blicke nach oben und nach hinten. Selbst die Drachen schienen etwas zu spüren und murmelten unruhig miteinander.

Als sie Blauhügel überquerten, erstarb der fast allgegenwärtige Wind – die Stille vertiefte das Gefühl der Beklemmung. Die Furien begannen wie die Männer den Himmel zu beobachten. Joaz fragte sich, wie sie es wissen konnten, wie sie die Standards wahrnehmen konnten. Auch er suchte den Himmel ab, und als seine Armee über die Böschung nach unten marschierte, glaubte er, hoch über dem Gethron ein kleines, schwarzes Rechteck huschen zu sehen, das schließlich hinter einer Felsspitze verschwand.

Kapitel Acht

Ervis Carcolo und die Überreste seiner Armee rasten Hals über Kopf vom Hochstiek hinunter, durch die Wildnis aus Schluchten und Spalten am Fuß des Despoire, hinaus auf das Ödland westlich von Glückstal. Jede militärische Ordnung war aufgehoben. Carcolo ritt auf seinem vor Erschöpfung schluchzenden Skorpion voran, und dahinter stampften in völliger Unordnung die Mörder, Monstren und Blauen Schrecken, gefolgt von den Furien und den Unholden, die dicht über dem Boden dahinpolterten und ihre Stahlkugeln funkensprühend über den Fels schleifen ließen. Weit hinten rumpelten schwerfällig die Moloche mit ihren Aufsehern.

Die Armee stürzte zum Rand von Glückstal hinunter und blieb stampfend, zeternd und kreischend stehen. Carcolo sprang von seinem Skorpion, rannte zur Böschung und blickte ins Tal.

Er hatte sich darauf eingestellt, das Schiff zu sehen, doch die Wirklichkeit des Dings war so unmittelbar, daß es ihn erschütterte. Es war ein sich beidseitig verjüngender Zylinder, glänzend und schwarz, der in einem Gemüsefeld nicht weit entfernt von den baufälligen Hütten der Äußeren Gemeinde ruhte. Auf Metallscheiben an beiden Enden schimmerten und glitzerten schnell wechselnde Farben. Es gab drei Einstiegluken: vorne, in der Mitte und im Heck. Von der mittleren Luke führte eine Rampe auf den Boden.

Die Standards hatten mit grausamer Tüchtigkeit gearbeitet. Schwere Dragoner trieben eine langgezogene Linie zaudernder Menschen aus der Gemeinde. Vor dem Schiff durchliefen sie eine Untersuchungsapparatur, die von zwei Standards bedient wurde. Eine Reihe von Instrumenten und die Augen der Standards taxierten jeden Mann, jede Frau und jedes Kind, klassifizierten sie nach einem nicht sofort erkennbaren System, woraufhin die Gefangenen entweder die Rampe zum Schiff hochgetrieben oder in einen übermannsgroßen Kasten gestoßen wurden. Sonderbarerweise schien sich der Kasten nicht zu füllen, gleichgültig, wie viele Personen darin verschwanden. Carcolo rieb sich mit bebenden Fingern die Stirn. Als er aufblickte, bemerkte er Bast Given neben sich, und gemeinsam blickten sie in das Tal hinunter.

Von hinten kam ein Alarmschrei. Herumwirbelnd sah Carcolo einen schwarzen, rechteckigen Flieger, der lautlos vom Gethrongipfel herunterglitt. Die Arme schwenkend rannte Carcolo zu den Felsen und schrie Befehle, Deckung zu suchen. Drachen und Männer stürmten in die Schlucht zurück, aus der sie gekommen waren. Über ihnen glitt der Flieger dahin, eine Luke öffnete sich und warf eine Ladung explosiver Kügelchen ab. Sie schlugen mit einem lauten Knattern ein, und Kiesel, Felssplitter, Fragmente von Knochen, Schuppen, Haut, Fleisch flogen in die Luft, und alle, die keine Deckung gefunden hatten, wurden zerfetzt. Den Furien erging es verhältnismäßig gut. Die Unholde, obgleich übel zugerichtet und zerschunden, hatten alle überlebt. Zwei der Moloche waren erblindet und konnten nicht mehr kämpfen, bis ihnen neue Augen gewachsen waren.

Der Flieger kam wieder zurück. Einige der Männer feuerten ihre Musketen ab – ein Akt sinnlosen Trotzes, doch der Flieger wurde getroffen und beschädigt. Er trudelte, drehte sich um seine Längsachse, stieg in einer dröhnenden Kurve auf und raste auf dem Rücken liegend auf den Berghang zu, wo er mit einer blendenden, hellroten Feuerflut aufschlug. Carcolo schrie in irrer Freude auf, hüpfte auf und ab und schüttelte seine Faust gegen das Schiff im Tal. Er beruhigte sich jedoch rasch und blieb finster und bebend stehen. Dann wandte er sich dem abgerissenen Haufen aus Männern und Drachen zu, die wieder aus der Schlucht herausgekrochen waren, und schrie ihnen heiser zu: »Was sagt ihr? Sollen wir kämpfen? Sollen wir uns auf sie stürzen?«

Niemand sagte etwas; dann erklärte Bast Given mit tonloser Stimme: »Wir sind hilflos. Wir können nichts erreichen. Warum Selbstmord begehen?«

Carcolo wandte sich ab, das Herz zu voll für Worte. Given sprach die offensichtliche Wahrheit aus. Sie würden getötet oder an Bord des Schiffes geschleppt werden; um dann, auf einer Welt, zu fremd, um sie sich vorzustellen, einer schmählichen Verwendung zugeführt zu werden, die sie nicht verdient hatten. Carcolo ballte die Fäuste, sah mit bitterem Haß nach Westen. »Joaz Banbeck, das hast du mir zugefügt! Du hast mich aufgehalten, als ich noch etwas für meine Leute hätte tun können!«

»Die Standards waren bereits hier«, bemerkte Given mit unwillkommener Vernunft. »Wir hätten nichts tun können, da wir nichts hatten, um damit zu handeln.«

»Wir hätten kämpfen können!« brüllte Carcolo. »Wir hätten über den Gabelhang hinunterstürmen und mit allem, was wir haben, über sie herfallen können! Hundert Krieger und vierhundert Drachen. Ist das denn nichts?«

Bast Given hielt jede weitere Diskussion für sinnlos. »Sie untersuchen jetzt unsere Brüter«, sagte er mit ausgestrecktem Arm.

Carcolo drehte sich um, sah in die angegebene Richtung und brach in wildes Gelächter aus. »Sie sind überrascht! Sie sind befremdet und erschreckt! Und sie haben auch jedes Recht dazu.«

Given stimmte ihm zu: »Ich denke mir, daß der Anblick eines Unholds oder eines Blauen Schreckens – ganz zu schweigen von einem Moloch – ihnen Stoff zum Nachdenken gibt.«

Unten im Tal war das grausame Geschäft zu Ende gekommen. Die Schweren Dragoner marschierten zurück ins Schiff; zwei gigantische, über dreieinhalb Meter große Männer kamen heraus, hoben den Kasten an und trugen ihn über die Rampe ins Schiff. Carcolo und seine Männer beobachteten sie mit aufgerissenen Augen. »Riesen!«

Bast Given kicherte trocken. »Die Standards starren verblüfft auf unsere Moloche, und wir geraten über ihre Riesen ins Staunen.«

Schließlich kehrten die Standards ins Schiff zurück. Die Rampe wurde hochgezogen, die Luken geschlossen. Aus einem Geschützturm im Bug schoß ein Energiestrahl, der nacheinander die drei Brüter streifte, und jeder explodierte in einer gewaltigen Eruption schwarzer Ziegel.

Carcolo stöhnte leise und verhalten.

Das Schiff erzitterte und trieb hoch; Carcolo bellte einen Befehl; Männer und Drachen gingen eilig in Deckung. Hinter Felsblöcke gedrückt, beobachteten sie, wie der schwarze Zylinder aus dem Tal aufstieg und nach Westen schwebte. »Sie sind auf dem Weg nach Banbeck-Grund«, erklärte Bast Given.

Carcolo lachte, ein trostlos schadenfreudiges Gackern. Bast Given sah ihn von der Seite an. War Ervis Carcolo verrückt geworden? Er wandte sich ab. Es war unwichtig.

Carcolo kam zu einem plötzlichen Entschluß. Er schritt zu einem der Skorpione, stieg auf, schwenkte ihn herum, um sich an seine Männer zu wenden. »Ich reite nach Banbeck-Grund. Joaz Banbeck hat sein Bestes getan, um mich zugrundezurichten – ich werde mein Bestes gegen ihn tun. Ich gebe keine Befehle. Kommt mit oder bleibt, ganz wie ihr wollt. Bedenkt nur eines: Joaz Banbeck hat uns daran gehindert, gegen die Standards zu kämpfen.«

Er ritt davon. Die Männer starrten in das geplünderte Tal hinunter, drehten sich um, um Carcolo nachzublicken. Das schwarze Schiff glitt gerade über den Despoire. Im Tal gab es nichts mehr für sie zu tun. Murmelnd und leise murrend sammelten sie die todmüden Drachen und setzten sich den öden Berghang hinauf in Bewegung.

Kapitel Neun

Ervis Carcolo trieb seinen Skorpion in wildem Ritt über den Hochstiek. Zu beiden Seiten erhoben sich gewaltige Felsen, und die sengende Sonne hing auf halber Höhe im schwarzen Himmel. Hinter ihm die Hochstiek-Wälle, vor ihm Barkrücken, Barkspitze und Nordwachtkamm. Die Erschöpfung seines Skorpions nicht achtend, peitschte Carcolo ihn weiter; graugrünes Moos flog hinter den trommelnden Füßen des Drachen weg, der niedrige Schädel hing herunter, Schaum wehte von den Kiemenschlitzen. Carcolo kümmerte nichts mehr; sein Geist war leer, leer bis auf seinen Haß – auf die Standards, auf Joaz Banbeck, auf Aerlith, auf die Menschen, auf die menschliche Geschichte. Als sie sich Nordwacht näherten, strauchelte der Skorpion und brach zusammen. Mit weit ausgestrecktem Hals und schlaffen Beinen lag er da. Carcolo stieg verärgert ab und blickte die lange, wellige Neigung des Hochstieks zurück, um zu sehen, wie viele seiner Leute ihm gefolgt waren. Ein Mann, der einen Skorpion in maßvollem Galopp ritt, erwies sich als Bast Given, der alsbald bei ihm war und den gestürzten Skorpion untersuchte. »Lockert den Sattelgurt; er wird sich schneller erholen.«

Carcolo glaubte einen neuen Unterton in Givens Stimme zu hören und starrte in böse an. Dennoch beugte er sich über den Drachen und löste die breite Bronzeschnalle. Given stieg ab, streckte die Arme und massierte seine dünnen Beine. »Das Standards-Schiff geht in Banbeck-Grund nieder«, bemerkte er mit ausgestrecktem Arm.

Carcolo nickte grimmig. »Bei der Landung wäre ich gerne Zuschauer.« Er trat den Skorpion. »Komm schon, steh auf. Hast du dich nicht genug erholt? Willst du, daß ich zu Fuß gehe?«

Der Skorpion wimmerte vor Erschöpfung, kämpfte sich aber auf die Beine. Carcolo wollte aufsitzen, aber

Bast Given hielt ihn an der Schulter zurück. Carcolo starrte ihn wutentbrannt an – das war Impertinenz! Given sagte ruhig: »Zieht den Sattelgurt fest, sonst werdet Ihr auf die Felsen fallen und Euch wieder die Knochen brechen.«

Eine Gehässigkeit zwischen den Zähnen hervorstoßend, hakte Carcolo die Schnalle wieder in Position, und der Skorpion schrie verzweifelt auf. Carcolo achtete nicht darauf und stieg auf, woraufhin der Skorpion sich mit zitternden Schritten in Bewegung setzte.

Barkspitze vor ihnen wirkte wie der Bug eines weißen Schiffes. Sie trennte Nordwachtkamm von Barkrücken. Carcolo hielt inne und beobachtete, an seinem Schnäuzer zupfend, die Landschaft.

Given schwieg taktvoll. Carcolo blickte den Hochstiek hinunter zu seiner teilnahmslos und ermattet marschierenden Armee.

Sie nahmen ihren Weg dicht unter dem Gethron, umgingen die Hohen Wirren und stiegen in ein altes, ausgetrocknetes Flußbett, das zu Banbeck-Rand führte. Sie waren trotz ihrer Anstrengungen nicht schnell gewesen, aber auch das Standards-Schiff hatte sich nicht beeilt und glitt gerade erst in das Tal hinunter; die Scheiben an Bug und Heck wirbelten in wildem Farbspiel herum.

Carcolo grunzte erbittert. »Das sieht Joaz Banbeck ähnlich, sich nur um seine Probleme zu kümmern. Keine Seele ist in Sicht. Er hat sich in seine Tunnel davongemacht, mit Drachen und allem.« Mit gespitzten Lippen parodierte er Joaz' Stimme: »›Ervis Carcolo, mein lieber Freund, auf einen Angriff gibt es nur eine Antwort. Grabt Tunnel!‹ Und ich antwortete ihm: ›Bin ich ein Geweihter, daß ich unter der Erde lebe? Grabt und bohrt, Joaz Banbeck, tut was Ihr wollt; ich bin nur ein altmodischer Mann – ich gehe nur unter die Felsen, wenn ich muß.‹«

Given deutete ein leichtes Schulterzucken an.

Carcolo fuhr fort: »Tunnel oder nicht, sie werden ihn herausholen. Wenn es sein muß, werden sie dazu das ganze Tal hochjagen. Sie haben viele Tricks.«

Given grinste sardonisch. »Joaz Banbeck beherrscht

auch einen oder zwei – wie wir zu unserem Leidwesen erfahren haben.«

»Soll er zwei Dutzend Standards gefangennehmen«, schnappte Carcolo. »Dann gestehe ich ihm zu, ein kluger Mann zu sein.« Er ging bis unmittelbar zum Rand des Felsens vor. Nun war er für das Standards-Schiff voll sichtbar. Given beobachtete ihn ausdruckslos.

Carcolo deutete mit der Hand ins Tal. »Aha, sieh dir das an!«

»Auf keinen Fall«, erklärte Given. »Ich habe großen Respekt vor den Waffen der Standards.«

»Pah!« spuckte Carcolo. Trotzdem trat er ein wenig vom Rand zurück. »Es sind Drachen in Kergans Weg. Soviel zu Banbecks Gerede über Tunnel.« Er blickte einen Moment lang nach Norden das Tal entlang und warf dann enttäuscht die Hände hoch. »Joaz Banbeck wird nicht zu mir heraufkommen; es gibt nichts, was ich tun kann. Wenn ich nicht in die Gemeinde hineinmarschiere, ihn aufstöbere und niederstrecke, wird er mir entkommen.«

»Wenn nicht die Standards Euch und ihn gefangennehmen und in denselben Pferch sperren«, sagte Given.

»Bah!« knurrte Carcolo und stapfte davon.

Kapitel Zehn

Die Sichtscheiben, die es Joaz Banbeck gestatteten, Banbeck-Grund in voller Länge und Breite zu überblicken, erfuhren zum erstenmal ihre praktische Verwendung. Er hatte die Idee entwickelt, als er mit einem Satz alter Linsen spielte, und im selben Augenblick wieder fallenlassen. Dann, eines Tages, als er mit den Geweihten in der Höhle unter dem Gethron handelte, hatte er vorgeschlagen, daß sie die Optik für ein derartiges System entwickeln und fertigen sollten.

Der blinde, alte Geweihte, der den Tauschhandel leitete, gab eine unklare Antwort: die Möglichkeit eines solchen Projekts könne unter bestimmten Umständen durchaus einer Überlegung wert sein. Drei Monate verstrichen, und die Idee versank in Joaz Banbecks Gedächtnis. Dann fragte der Geweihte in der Handelshöhle, ob Joaz immer noch vorhabe, das Beobachtungssystem zu installieren; falls ja, könne ihm die Optik unmittelbar zur Verfügung gestellt werden. Joaz akzeptierte den Tauschpreis und kehrte mit vier schweren Kisten nach Banbeck-Grund zurück. Er ließ die notwendigen Tunnel treiben, installierte die Linsen und stellte fest, daß er im abgedunkelten Studierzimmer alle Ecken von Banbeck-Grund beobachten konnte.

Jetzt, während das Standards-Schiff den Himmel verdunkelte, stand Joaz Banbeck in diesem Raum und beobachtete das Niedersinken der großen, schwarzen Hülle.

Im rückwärtigen Teil des Raumes teilte sich eine dunkelbraune Portiere. Die Minnemaid Phade umklammerte den Stoff mit verkrampften Fingern. Ihr Gesicht war bleich, ihre Augen glänzten wie Opale. Mit erstickter Stimme rief sie: »Das Schiff des Todes; es ist gekommen, die Seelen zu sammeln!«

Joaz bedachte sie mit einem steinernen Blick und wandte sich wieder dem geschliffenen Glasschirm zu. »Das Schiff ist deutlich zu sehen.«

Phade rannte zu ihm, umklammerte seinen Arm und schwenkte ihn herum, um ihm ins Gesicht zu sehen. »Laßt uns versuchen zu fliehen! In die Berge, die Hohen Wirren; sie sollen uns nicht so schnell bekommen!«

»Niemand hält dich auf«, sagte Joaz ungerührt. »Flieh, wohin immer du willst.«

Phade starrte ihn verdutzt an, drehte dann den Kopf und beobachtete den Schirm. Das große, schwarze Schiff sank mit finsterer Zielstrebigkeit tiefer; die Scheiben an Bug und Heck schimmerten jetzt perlmuttfarben. Phade betrachtete wieder Joaz und leckte sich über die Lippen. »Habt Ihr keine Angst?«

Joaz lächelte dünn. »Was nützt es, davonzulaufen? Ihre Spürer sind schneller als Monstren, bösartiger als Furien. Sie können dich auf einen Kilometer riechen, dich mitten aus den Wirren herausholen.«

Phade schauerte in abergläubischem Erschrecken. »Dann laßt sie mich nur tot bekommen«, flüsterte sie. »Lebend will ich nicht mit ihnen gehen.«

Joaz fluchte plötzlich. »Sieh nur, wo sie landen! In unserem besten Schoingartenfeld!«

»Was macht das schon?«

»Was das macht? Sollen wir nicht mehr essen, weil sie uns besuchen?« Phade sah ihn benommen und verständnislos an. Sie sank langsam auf die Knie und begann mit den rituellen Gesten des Theurgischen Kultes: Sie hob die zu beiden Seiten nach unten gestreckten Handflächen langsam an, bis die Handrücken die Ohren berührten. Gleichzeitig streckte sie die Zunge aus. Wieder und wieder, während die Augen mit hypnotischer Intensität in die Leere starrten.

Joaz ignorierte die Gebärden, bis Phade, das Gesicht zu einer phantastischen Maske verzerrt, zu seufzen und zu wimmern begann; dann schlug er ihr die Zipfel seiner Jacke ins Gesicht. »Hör mit dieser Narretei auf!«

Phade brach stöhnend auf dem Boden zusammen; Joaz verzog verärgert den Mund. Ungeduldig zog er sie hoch. »Sieh mal, diese Standards sind weder Ghoule noch Engel des Todes – sie sind nicht mehr als bleiche

Furien, die *Standard*form, der Grundstock unserer Drachen. Also gib jetzt deine Idiotie auf, oder ich lasse dich von Rife wegbringen.«

»Warum bereitet Ihr nichts vor? Ihr seht zu und tut nichts.«

»Es gibt nichts, was ich noch tun kann.«

Phade stieß einen tiefen, bebenden Seufzer aus und starrte düster auf die Sichtscheibe. »Werdet Ihr gegen sie kämpfen?«

»Natürlich.«

»Wie könnt Ihr hoffen, gegen solche wundersame Macht anzukommen?«

»Wir werden tun, was wir können. Noch haben sie unsere Drachen nicht kennengelernt.«

Das Schiff ging in einem purpurnen und grünen Weinfeld auf der anderen Seite des Tals, in der Nähe der Clybourneschlucht, nieder. Die Luke glitt zur Seite, die Rampe fuhr aus. »Da«, sagte Joaz, »jetzt kannst du sie sehen.«

Phade starrte auf die sonderbaren, bleichen Gestalten, die prüfend auf die Rampe getreten waren. »Sie sehen merkwürdig verdreht aus, wie Silberpuzzles für Kinder.«

»Sie sind die Standards. Aus ihren Eiern stammen unsere Drachen. Sie haben dasselbe mit den Menschen getan. Sieh, dort sind ihre Schweren Dragoner.«

Im exakten Gleichschritt, vier in einer Reihe, marschierten die Schweren Dragoner die Rampe hinunter und hielten fünfzig Meter vor dem Schiff inne. Es waren drei Abteilungen zu je zwanzig – gedrungene Männer mit massigen Schultern, dicken Hälsen, ernsten, langgezogenen Gesichtern.

Sie trugen Rüstungen aus schwarzen und blauen, einander überlappenden Metallschuppen, einen breiten Gürtel mit Pistole und Schwert. Schwarze Epauletten, die nach hinten über ihre Schultern ragten, hielten eine kurze Klappe aus schwarzem Stoff; ihre Helme trugen eine Krone aus scharfen Stacheln, ihre kniehohen Stiefel waren mit Tretklingen versehen.

Jetzt ritten einige Standards heraus. Die nur noch entfernt menschenähnlichen Geschöpfe, auf denen sie saßen, liefen auf Händen und Füßen, die Rücken hoch über dem Boden. Ihre Schädel waren langgezogen und haarlos. Ihre hängenden Lippen bebten. Die Standards lenkten sie mit beiläufigen Berührungen einer Reitpeitsche und ließen sie, als sie die Rampe hinter sich hatten, forsch durch das Schoingartenfeld galoppieren. Währenddessen rollte ein Trupp Schwerer Dragoner einen dreirädrigen Mechanismus die Rampe hinunter und richtete seine vielgestaltige Mündung auf die Gemeinde.

»Nie zuvor haben sie sich so sorgfältig vorbereitet«, murmelte Joaz. »Da kommen die Spürer.« Er zählte. »Nur zwei Dutzend? Vielleicht sind sie schwer zu züchten. Bei den Menschen folgen die Generationen langsam, während Drachen jedes Jahr ein Eigelege produzieren.«

Die Spürer gingen beiseite und hielten sich in einer lockeren, unruhigen Gruppe. Sie waren hagere, weit über zwei Meter große Geschöpfe und zeigten vorquellende, schwarze Augen, kleine Münder mit vorspringendem Unterkiefer und wie zum Kuß gespitzten Lippen. Von schmalen Schultern baumelten lange Arme wie Taue. Während sie warteten, beugten sie die Knie und starrten das Tal hinauf und hinunter. Sie waren in dauernder, ruheloser Bewegung. Nach ihnen kam eine Gruppe Waffner – unmodifizierte Menschen, die lockere Stoffkittel und Stoffhüte in Grün und Gelb trugen. Sie brachten zwei weitere dreirädrige Vorrichtungen aus dem Schiff, die sie sofort zu justieren und zu testen begannen.

Die gesamte Gruppe wurde still und angespannt. Die Schweren Dragoner traten in stampfender, schwerbeiniger Gangart vor und hielten die Hände an den Pistolen und Schwertern. »Da kommen sie«, sagte Joaz. Phade stieß einen leisen verzweifelten Laut aus, kniete nieder und begann erneut, die Theurgischen Gebärden auszuführen. Angewidert befahl Joaz, sie aus dem Studierzimmer zu entfernen, und ging zu einer Tafel, die mit sechs Drahtkommunikatoren ausgestattet war, deren Konstruktion er persönlich beaufsichtigt hatte. Er sprach in drei der Telefone und vergewisserte sich, daß seine Verteidigungseinrichtungen bereit waren. Schließlich kehrte er zu den geschliffenen Glasschirmen zurück.

Die Schweren Dragoner zogen über das Schoingartenfeld. Ihre Gesichter wirkten schwer, hart, und waren von tiefen, senkrechten Falten gezeichnet. An den Flanken schoben die Waffner ihre dreirädrigen Mechanismen vorwärts, doch die Spürer warteten weiterhin neben dem Schiff. Hinter den Schweren Dragonern ritt etwa ein Dutzend Standards, die knollige Waffen auf dem Rücken trugen.

Hundert Meter vor dem Tor, das in Kergans Weg führte, außerhalb der Reichweite der Banbecker Musketen, machten die Invasoren halt. Ein Schwerer Dragoner rannte zu einem der Karren der Waffner, drückte seine Schultern unter ein Geschirr, richtete sich auf. Er trug jetzt eine graue Maschine, aus der Kugeln ragten. Der Dragoner huschte wie eine riesige Ratte auf die Gemeinde zu, während aus den schwarzen Kugeln eine Materie herausfloß, die die neuralen Prozesse der Verteidiger überlagern und so zum Stillstand bringen sollte.

Explosionen klangen auf, Rauchwölkchen stiegen von Deckungen und Spalten auf. Kugeln schlugen neben dem Dragoner in den Boden, mehrere prallten von seiner Rüstung ab. Sofort zuckten vom Schiff Hitzestrahlen über die Felswand. Joaz Banbeck lächelte. Die Rauchwölkchen waren Finten, die wirklichen Schüsse kamen von anderen Stellen. Der Dragoner entging hüpfend und hakenschlagend dem Kugelregen und rannte unter das Tor, über dem zwei Männer warteten. Beeinträchtigt von dem Induktionsfluß, schwankten sie und begannen zu erstarren. Doch sie stürzten noch einen großen Felsen nach unten, der den Dragoner im Genick traf und zu Boden warf. Er ruderte mit Armen und Beinen und rollte mehrfach um die Längsachse; dann sprang er auf und rannte hüpfend und springend zurück ins Tal. Endlich strauchelte er, fiel kopfüber um und blieb zuckend und bebend liegen. Die Armee der Standards beobachtete ihn ohne erkennbares Mitgefühl oder Interesse.

Für einen Augenblick war es ruhig. Dann ging vom Schiff ein unsichtbares Vibrationsfeld aus, das über die Oberfläche der Felswand strich. Dort, wo sein Kern auftraf, stiegen Staubwolken auf und wurde loses Gestein weggerissen. Ein Mann, der auf einem Sims lag, sprang auf, tanzte und wirbelte herum und stürzte fünfzig Meter in den Tod. Als die Vibration über eine von Joaz' Beobachtungseinrichtungen strich, wurde sie in das Studierzimmer übertragen, wo sie ein nervenzerfetzendes Schrillen hervorrief. Das Feld wanderte weiter; Joaz rieb sich den schmerzenden Kopf.

Währenddessen setzten die Waffner eines ihrer Geräte ein: Zuerst gab es eine gedämpfte Explosion, dann trudelte eine graue Kugel durch die Luft. Sie traf neben das Tor und zerbarst mit einem mächtigen Schwall gelbweißen Gases. Der Apparat hustete erneut auf, und dieses Mal schlug die Bombe genau in Kergans Weg ein, der inzwischen verlassen war. Die Bombe erzielte keine Wirkung.

Joaz wartete grimmig in seinem Studierzimmer. Bis jetzt waren die Standards nur tastend, fast spielerisch vorgegangen; ernsthaftere Anstrengungen würden mit Bestimmtheit folgen.

Wind zerstreute das Gas. Die Lage änderte sich nicht. Die Verluste bestanden bisher aus einem Schweren Dragoner und einem Banbecker Schützen.

Plötzlich kam vom Schiff eine rote Flammenlanze schroff und entschlossen hervorgejagt. Der Fels um das Tor zersprang; Splitter wirbelten und sangen; die Schweren Dragoner trabten schwerfällig an.

Joaz sprach in seine Telefone und gebot seinen Hauptleuten höchste Vorsicht, um sich nicht durch einen Gegenangriff auf eine Finte einer neuen Gasbombe auszusetzen.

Aber die Schweren Dragoner stürmten in Kergans Weg – in Joaz' Augen ein Akt sträflichen Leichtsinns. Er gab einen kurzen Befehl – und aus den Vorhöfen und Durchgängen strömten seine Drachen: Blaue Schrecken, Unholde, Furien.

Die gedrungenen Dragoner starrten sie mit hängenden Kiefern an. Das waren unerwartete Gegner. Kergans Weg hallte von ihren Rufen und Befehlen wider. Zuerst wichen sie zurück, dann kämpften sie mit dem Mut der Verzweiflung. Die Schlacht wütete die Schlucht hinauf und hinunter. Die Kampfbedingungen wurden schnell offenbar: In den schmalen Hohlweg konnten weder die Pistolen der Dragoner noch die Stahlkugelschwänze der Unholde wirksam eingesetzt werden. Säbel waren nutzlos gegen Drachenschuppen, aber die Beißzangen der Blauen Schrecken, die Streitkolben der Furien, die Äxte, Schwerter, Fänge und Klauen der Unholde hielten blutige Ernte unter den Dragonern. Eine einzelne Furie und ein einzelner Dragoner waren sich etwa ebenbürtig, obwohl die Dragoner häufiger den Sieg davontrugen, indem sie die Furien mit ihren massigen Armen umklammerten, ihre Brachen wegrissen und ihnen den Hals brachen. Aber wenn zwei oder drei Furien einem Dragoner gegenüberstanden, war er verloren. Sobald er sich einer zuwandte, zerschmetterte eine andere seine Beine, blendete ihn oder riß ihm die Kehle auf.

Also fielen die Dragoner ins offene Tal zurück und ließen zwanzig ihrer Kameraden tot in Kergans Weg. Die Banbecker eröffneten erneut das Feuer, doch wieder mit geringem Effekt.

Joaz beobachtete das Geschehen von seinem Studierzimmer aus und fragte sich, wie der nächste taktische Schritt der Standards aussehen mochte. Er wurde bald aufgeklärt. Die Schweren Dragoner gruppierten sich um und warteten schweratmend, während die Standards hin- und herritten, Informationen abfragten, mahnten, Rat erteilten oder tadelten. Aus dem schwarzen Schiff ergoß sich ein Schwall von Energie und schlug in den Fels von Kergans Weg ein. Das Studierzimmer erbebte.

Joaz fuhr von den Sichtplatten zurück. Was, falls ein Strahl auf eine seiner Sammellinsen fiel? Konnte es nicht sein, daß die Energie direkt zu ihm geleitet wurde? Er verließ den Raum, als dieser gerade von einer neuen Explosion erschüttert wurde.

Er rannte durch einen Verbindungsgang, eine Treppe hinunter und gelangte auf einem der zentralen Laufgänge an, wo sich ihm ein scheinbares Durcheinander bot. Frauen und Kinder mit bleichen Gesichtern zogen sich tiefer in den Berg zurück und drückten sich an Drachen und Männern in Kampfausrüstung vorbei, die in einen der neuen Tunnel marschierten. Joaz beobachtete sie einen Moment lang, um sich zu überzeugen, daß das Durcheinander keine Anzeichen einer Panik barg, und gesellte sich dann zu seinen Kriegern in den nach Norden führenden Tunnel.

Im hinteren Bereich des am Kopf des Tals gelegenen Felsens hatte sich ein ganzer Abschnitt gelöst und ein wüstes Durcheinander aufgetürmter Felsblöcke und Steinschütten gebildet, das Banbeck-Wirren genannt wurde. Hier mündete durch einen Spalt der neue Tunnel; und hierhin ging Joaz Banbeck mit seinen Kriegern. Hinter ihnen, unten im Tal, ertönte das Grollen von Explosionen, als das schwarze Schiff begann, Banbeck-Dorf zu demolieren.

Joaz, der um einen Felsblock spähte, mußte wutentbrannt mit ansehen, wie sich mächtige Platten von der Kalksteinwand ablösten. Dann weiteten sich seine Augen, denn die Dragoner hatten außergewöhnliche Verstärkung erhalten. Er sah acht Giganten, deren Statur die eines normalen Mannes um das Doppelte übertraf – tonnenbrüstige Ungeheuer mit knorrigen Armen und Beinen, mit fahlen Augen und lohfarbenen Haarschöpfen. Sie trugen braune und rote Rüstungen mit schwarzen Epauletten und waren mit Schwertern, Streitkolben und über den Rücken gehängten Sprengkanonen bewaffnet.

Joaz überlegte. Das Vorhandensein der Giganten war kein Grund, seine Hauptstrategie zu ändern, die ohnehin unbestimmt und intuitiv war. Er mußte auf Verluste vorbereitet sein und konnte nur hoffen, den Standards größere Verluste beizufügen. Aber was kümmerte diese das Leben ihrer Truppen? Weniger als ihn das seiner Drachen. Und falls sie Banbeck-Dorf zerstörten, das Tal zugrunde richteten – wie konnte er ihnen entsprechenden Schaden zufügen? Er blickte über die Schulter auf die hohen, weißen Felswände und fragte sich, wie genau er die Lage der Geweihten-Halle abgeschätzt hatte. Jetzt mußte er handeln; die Zeit war gekommen. Er winkte einem kleinen Jungen, einem seiner eigenen Söhne, der tief Luft holte, blindlings aus dem Schutz der Felsen hervorschoß und Hals über Kopf auf den Talboden hinausrannte. Einen Augenblick später stürzte seine Mutter hinterdrein, riß ihn hoch und raste zurück in die Wirren.

»Gut gemacht«, lobte Joaz die beiden. »Wirklich sehr gut gemacht.« Vorsichtig spähte er wieder durch die Felsen nach vorn. Die Standards blickten aufmerksam in seine Richtung.

Einen langen Augenblick, während er vor Spannung vibrierte, schien es, als ignorierten sie sein Schauspiel. Sie berieten sich, kamen zu einem Entschluß und schnippten mit ihren Peitschen gegen die ledrigen Schenkel ihrer Reitmenschen. Die Geschöpfe tänzelten zur Seite und galoppierten dann in nördliche Richtung das Tal entlang. Die Spürer fielen hinter ihnen ein, dann kamen die Dragoner in weit vorgebeugtem Eilmarsch. Ihnen folgten die Waffner mit ihren dreirädrigen Mechanismen und am Schluß, gravitätisch trottend, die acht Giganten. Über Schoingartenfelder und Wicken, über Reben und Hecken, Beerenbeete und Ölschotenstränge trampelten die Plünderer mit verdrossener Genugtuung.

Die Standards hielten vorsichtig vor den Banbeck-Wirren, während die Spürer in Hundehaltung vorwegliefen, über die ersten Felsblöcke kletterten und sich hoch aufrichteten, um die Luft nach Düften zu überprüfen. Sie spähten, lauschten, gestikulierten und verständigten sich schnatternd miteinander. Die Schweren Dragoner schlossen vorsichtig auf, und ihre Nähe spornte die Spürer an. Jede Vorsicht fahrenlassend, sprangen sie in das Herz der Wirren und stießen Quietscher entsetzter Bestürzung aus, als ein Dutzend Blauer Schrecken unerwartet zwischen sie trat. Sie rissen Hitzewaffen heraus und verbrannten in ihrer Aufregung Freund und Feind gleichermaßen. Die Blauen Schrecken rissen sie mit beinahe zärtlicher Grausamkeit entzwei. Schreiend, um sich schlagend, tretend, stoßend flohen die, die noch dazu imstande waren, so jäh, wie sie gekommen waren. Nur zwölf der ursprünglich vierundzwanzig erreichten den Talboden, und gerade, als sie ihre Erleichterung über ihr Entrinnen vor dem Tod herausschrien, brach eine Abteilung Langhörniger Mörder über sie herein. Die überlebenden Spürer wurden zu Boden geworfen, aufgespießt, zerhackt. Die Schweren Dragoner stürmten mit heiseren Wutschreien vor, schwenkten Schwerter, zielten mit Pistolen, aber die Mörder zogen sich in den Schutz der Felsblöcke zurück.

Im Innern der Wirren hatten die Banbecker die von den Spürern fallengelassenen Hitzewaffen an sich genommen und versuchten, wachsam vorrückend, die Standards niederzubrennen. Aber die Männer, mit den Waffen nicht vertraut, versäumten es, die Flammen auf Kernschußweite einzustellen oder zu verdichten; und die Standards, nur leicht angesengt, peitschten die Reitmenschen hastig außer Reichweite. Die Schweren Dragoner, die nur zweihundert Meter vor den Wirren Halt machten, feuerten eine Salve Explosionskügelchen ab, die zwei der Banbecker Ritter tötete und die anderen zurück in die Deckung zwangen.

In sicherer Entfernung schätzten die Standards die Lage ein. Die Waffner kamen heran und unterhielten sich, während sie warteten, leise mit den Reitgeschöpfen. Einer dieser Waffner wurde jetzt herbeigerufen und bekam Befehle. Er entledigte sich all seiner Waffen und marschierte mit emporgereckten Händen zum Rand der Wirren vor. Er wählte eine Lücke zwischen drei Meter hohen Blöcken und betrat entschlossen das Felslabyrinth.

Ein Banbeck-Ritter geleitete ihn zu Joaz. Hier befand sich auch ein halbes Dutzend Furien. Der Waffner hielt verunsichert inne, überlegte und trat schließlich auf die Furien zu. Er verbeugte sich respektvoll und begann zu sprechen. Die Furien hörten ihm ohne Interesse zu, und bald darauf führte ihn einer der Ritter zu Joaz.

»Auf Aerlith herrschen die Drachen nicht über die Menschen«, erklärte Joaz trocken. »Wie lautet deine Botschaft?«

Der Waffner blickte zweifelnd auf die Furien und dann wieder ernst zu Joaz. »Du bist berechtigt, für den gesamten Bau zu handeln?«

Er sprach langsam, mit trockener, ausdrucksloser Stimme, und wählte seine Wort mit gewissenhafter Sorgfalt.

»Wie lautet deine Botschaft?« wiederholte Joaz knapp.

»Ich bringe eine Integration meiner Meister.«

»›Integration‹? Ich verstehe dich nicht.«

»Eine Integration der gegenseitigen Vektoren der Fügung. Eine Interpretation der Zukunft. Sie wünschen, daß dir der Sinn in folgenden Begriffen übermittelt wird: ›Verschwendet keine Leben, sowohl unsere als auch eure. Ihr seid wertvoll für uns und werdet eine diesem Wert entsprechende Behandlung erfahren. Unterwerft euch Der Regel. Unterlaßt die verschwenderische Vernichtung von möglichem Reichtum.‹«

Joaz runzelte die Stirn. »›Vernichtung von möglichem Reichtum‹?«

»Der Bezug gilt dem Inhalt eurer Gene. Die Botschaft ist beendet. Ich rate euch einzuwilligen. Warum euer Blut vergeuden, warum euch selbst zerstören? Kommt jetzt mit mir; alles wird sich zum Besten wenden.«

Joaz stieß ein sprödes Lachen aus. »Du bist ein Sklave, wie kannst du beurteilen, was das Beste für uns ist?«

Der Waffner blinzelte. »Welche Wahl habt ihr? Alle übriggebliebenen Nischen unorganisierten Lebens sind auszutilgen. Der einfachste Weg ist der beste.« Respektvoll wies er mit dem Kopf auf die Furien. »Falls ihr mir keinen Glauben schenkt, fragt eure eigenen Verehrten. Sie werden euch raten.«

»Hier gibt es keine Verehrten«, erklärte Joaz. »Die Drachen kämpfen mit uns und für uns – sie sind unsere Kampfgefährten. Aber ich habe einen Gegenvorschlag: Warum schließt ihr, du und deine Gefährten, euch nicht uns an? Macht eurer Sklaverei ein Ende, werdet freie

Menschen! Wir werden das Schiff übernehmen und nach den alten Welten der Menschheit suchen.«

Der Waffner zeigte nicht mehr als höfliches Interesse. »›Welten der Menschen‹? Diese gibt es nicht. Einige Restbestände wie ihr existieren noch in den öden Regionen. Alle sind auszutilgen. Würdet ihr es nicht vorziehen, Der Regel zu dienen?«

»Würdest du es nicht vorziehen, ein freier Mensch zu sein?«

Das Gesicht des Waffners zeigte gelinde Verwirrung. »Du verstehst mich nicht. Falls ihr wählt ...«

»Hör mir gut zu«, sagte Joaz. »Du und deine Gefährten, ihr könntet eure eigenen Meister sein, unter anderen Menschen leben.«

Der Waffner runzelte die Stirn. »Wer könnte wünschen, ein barbarischer Wilder zu sein? Von wem sollten wir Gesetze, Kontrolle, Richtung, Ordnung und Befehle bekommen?«

Joaz warf angewidert die Hände hoch, machte aber einen letzten Versuch: »Ich werde für all das sorgen; ich werde eine derartige Verantwortung auf mich nehmen. Geh zurück, tötet alle Standards – die Verehrten, wie ihr sie nennt. Das sind meine ersten Befehle.«

»Sie töten?« Die Stimme des Waffners war kaum hörbar vor Entsetzen.

»Sie töten!« Joaz sprach wie zu einem Kind. »Dann wird uns Menschen das Schiff gehören. Wir werden aufbrechen und die Welten suchen, wo die Menschen mächtig ...«

»Es gibt keine derartigen Welten.«

»Aber es muß sie geben. Die Menschen durchstreiften einstmals den gesamten Himmel.«

»Nicht mehr.«

»Was ist mit Eden?«

»Davon weiß ich nichts.«

Joaz warf die Hände hoch. »Werdet ihr euch uns anschließen?«

»Welchen Sinn hätte ein solches Handeln?« fragte der Waffner sanft. »Nun kommt, legt eure Waffen nieder, ergebt euch Der Regel.« Er blickte wieder zweifelnd zu den Furien hinüber. »Euren eigenen Verehrten werden wir eine angemessene Behandlung zuteil werden lassen, habt keine Befürchtungen in dieser Hinsicht.«

»Du Narr! Diese ›Verehrten‹ sind Sklaven, gerade so, wie du Sklave der Standards bist! Wir züchten sie, damit sie uns dienen, genau wie ihr gezüchtet werdet. Hab doch wenigstens die Würde, eure eigene Erniedrigung einzugestehen!«

Der Waffner blinzelte. »Du sprichst in Begriffen, die ich nicht völlig verstehe. Ihr werdet euch also nicht unterwerfen?«

»Nein. Wir werden euch alle töten, falls unsere Kraft dazu reicht.«

Der Waffner verbeugte sich, wandte sich um und entschwand zwischen den Felsen. Joaz folgte ihm und spähte zum Schiff hinüber.

Der Waffner erstattete den Standards seinen Bericht, die ungerührt zuhörten. Sie gaben einen Befehl, und die Schweren Dragoner, die in einer Schützenlinie ausschwärmten, rückten langsam auf die Wirren vor. Dahinter polterten die Giganten mit schußbereiten Kanonen und etwa zwanzig neue Spürer aus dem Schiff. Die Schweren Dragoner erreichten die Felsen, spähten hinein. Die Spürer kletterten die Blöcke hinauf, hielten Ausschau nach Hinterhalten und gaben Zeichen nach hinten, als sie keine fanden. Die Schweren Dragoner drangen mit großer Vorsicht in die Wirren ein, wobei sie notwendigerweise ihre Formation aufgaben. Zehn Schritt drangen sie vor, dreißig Schritt, fünfzig. Ermutigt sprangen die rachedurstigen Spürer über die Felsen vor, und die Furien brandeten plötzlich zwischen sie.

Kreischend und fluchend kletterten die Spürer, von den Drachen verfolgt, zurück. Die Dragoner zuckten zusammen, schwenkten dann ihre Waffen hoch, feuerten, und zwei der Furien wurden unterhalb der zweiten Achselhöhlen, ihrer verwundbarsten Stelle, getroffen. Um sich schlagend taumelten sie zwischen die Felsen. Andere sprangen daraufhin in rasender Wut auf die Dragoner herunter. Brüllen, Kreischen, Schreie der Überraschung und des Schmerzes erfüllten die Luft. Die Giganten polterten vor und pflückten die Furien mit einem breiten Grinsen ab, drehten ihnen die Köpfe vom Rumpf und schleuderten sie hoch über die Felsen. Diejenigen Furien, die dazu noch imstande waren, brachten sich in Sicherheit und ließen ein Dutzend Schwerer Dragoner verwundet zurück, zwei mit aufgerissenen Kehlen.

Wieder gingen die Schweren Dragoner vor, während die Spürer von oben aufklärten, wachsamer diesmal. Die Spürer erstarrten, schrien eine Warnung, die Schweren Dragoner blieben abrupt stehen, tauschten Rufe aus, schwenkten nervös ihre Waffen herum. Oben kletterten die Spürer zurück und zwischen den Felsen hindurch, über die Felsen brachen Dutzende von Unholden und Blauen Schrecken hervor. Die Dragoner verzogen grimmig und trotzig die Gesichter und feuerten mit ihren Pistolen – die Luft stank nach brennenden Schuppen, explodierenden Eingeweiden. Die Drachen drangen direkt auf die Männer ein, und jetzt begann zwischen den Felsen eine schreckliche Schlacht, denn Pistolen, Streitkolben, selbst Schwerter waren durch den Mangel an Raum nicht verwendbar. Die Giganten stapften heran und wurden ihrerseits von den Unholden angegriffen. Erstaunt, das idiotische Grinsen aus den Gesichtern gewischt, hüpften sie ungeschickt vor den stahlkugelbewehrten Schwänzen zurück; aber zwischen den Felsen waren auch die Unholde benachteiligt, ihre Stahlbälle schlugen öfter gegen Stein als Fleisch.

Die Giganten erholten sich von der Überraschung und entluden ihre Brustprojektoren in das Durcheinander; Unholde wurden ebenso wie Blaue Schrecken und Schwere Dragoner auseinandergerissen, die Giganten machten keinen Unterschied.

Eine neue Welle von Drachen kam über die Felsen – Blaue Schrecken. Sie glitten auf die Köpfe der Giganten herunter, krallend, stechend, reißend. Die Giganten zerrten sie in wilder Raserei herunter, schleuderten sie zu Boden, stampften auf ihnen herum, und die Schweren

Dragoner verbrannten sie mit ihren Pistolen. Unvermittelt, ohne jeden Grund wurde es still. Zehn Sekunden, fünfzehn Sekunden verstrichen ohne einen Laut bis auf das Wimmern verwundeter Drachen und Männer. Die Ahnung eines bevorstehenden Ereignisses hing schwer in der Luft. Und dann kamen die Moloche, türmten sich zwischen den Durchgängen auf. Einen kurzen Moment standen sich Moloche und Giganten einander gegenüber. Dann griffen die Giganten nach ihren Projektoren, während erneut Blaue Schrecken auf sie heruntersprangen und an ihren Armen zerrten. Die Moloche stampften eilig heran. Drachenbrachen umklammerten Gigantenarme, Keulen und Streitkolben wurden geschwungen, Drachenpanzer und Menschenrüstungen wurden zerdrückt und zerrissen. Mensch und Drache wälzten sich auf dem Boden, sie spürten keinen Schmerz, Schläge und Verstümmelung.

Der Kampf wurde leiser; Stöhnen und Winseln lösten das Brüllen ab, und dann stolperten acht Moloche, an Masse und natürlicher Panzerung überlegen, von acht vernichteten Giganten weg.

Die Dragoner hatten sich inzwischen gesammelt und standen Rücken an Rücken in Klumpen beieinander. Schritt für Schritt zogen sie sich, die ihnen folgenden schreienden Schrecken, Furien und Unholde verbrennend, zum Talboden zurück und kamen schließlich aus den Felsen frei. Die nachfolgenden Unholde, begierig, im Freien zu kämpfen, sprangen zwischen sie, während von den Flanken Langhörnige Mörder und Hochbeinige Monstren vorstürmten. In unbekümmertem Frohlocken griff ein Dutzend Männer auf Skorpionen mit den Kanonen, die sie den getöteten Giganten abgenommen hatten, die Standards und Waffner an, die neben den dreirädrigen Waffen warteten. Ohne Scham warfen die Standards ihre Reitmenschen herum und flohen zu dem schwarzen Schiff. Die Waffner schwenkten ihre Apparate herum, zielten, feuerten Energieladungen ab. Ein Mann fiel, zwei Männer, drei – dann waren die anderen unter den Waffnern, die bald in Stücke gehauen waren, das beredte

Individuum, das als Parlamentär fungiert hatte, eingeschlossen. Einige der Männer setzten schreiend und johlend den Standards nach, aber die Reitmenschen, die wie monströse Hasen dahinsprangen, trugen die Standards so schnell, wie die Skorpione die Menschen. Von den Wirren kam ein Hornsignal; die Reiter hielten an und warfen ihre Skorpione herum. Die gesamt Banbeck-Streitmacht machte kehrt und zog sich mit voller Geschwindigkeit in die Wirren zurück.

Die Dragoner setzten trotzig zur Verfolgung an, mußten aber schon nach wenigen Schritten aus Erschöpfung aufgeben. Von den ursprünglichen drei Abteilungen hatten nicht genug Männer überlebt, um auch nur noch eine zu bilden. Die acht Giganten waren ausgelöscht, ebenso alle Waffner und fast die komplette Gruppe der Spürer.

Die Banbecker erreichten die Wirren gerade noch rechtzeitig. Von dem schwarzen Schiff kam ein Hagel von Sprengkügelchen, der die Felsen an der Stelle zerriß, wo sie verschwunden waren.

Von einer windgeschliffenen Felskuppe über Banbeck-Grund hatten Ervis Carcolo und Bast Given die Schlacht beobachtet. Die Felsblöcke verbargen den größeren Teil der Kämpfe; die Schreie und der Lärm drangen nur schwach und leise herüber. Hier und da sah man das Aufblitzen einer Drachenschuppe, den flüchtigen Eindruck eines rennenden Mannes, schattenhafte Bewegungen, aber das Ereignis der Schlacht war nicht erkennbar, bis die aufgeriebenen Streitkräfte der Standards hervortaumelten. Carcolo schüttelte in säuerlicher Verblüffung den Kopf. »Dieser raffinierte Teufel Joaz Banbeck! Er hat sie zurückgejagt und ihre Besten erschlagen!«

»Es scheint«, sagte Bast Given, »daß mit Fängen, Schwertern und Stahlkugeln bewaffnete Drachen effektiver sind als Menschen mit Pistolen und Hitzestrahlen – zumindest auf engem Raum.«

Carcolo grunzte. »Ich hätte unter den gleichen Umständen dasselbe erreichen können.« Er bedachte Bast

Given mit einem giftigen Blick. »Du stimmst mir doch zu?«

»Sicherlich. Ganz ohne Frage.«

»Natürlich«, fuhr Carcolo fort, »hatte ich nicht den Vorteil der Vorbereitung. Die Standards haben mich überrascht, aber Joaz Banbeck arbeitete unter keiner derartigen Behinderung.« Er sah wieder hinunter ins Tal, wo das Schiff der Standards die Wirren bombardierte und die Felsen zu Splittern zerschmetterte. »Wollen sie die Wirren aus dem Tal sprengen? In dem Fall hätte Banbeck keinen weiteren Unterschlupf mehr. Ihre Strategie ist klar. Und wie ich erwartet habe: Reservetruppen!«

Weitere dreißig Dragoner waren die Rampe hinunter marschiert und standen unbeweglich auf dem zertrampelten Feld vor dem Schiff.

Carcolo schlug sich mit der Faust in die Handfläche. »Bast Given, hör mir jetzt zu, hör mir genau zu! Denn jetzt steht es in unserer Macht, eine große Tat zu vollbringen und unser Geschick zum Guten zu wenden! Beachte die Clybourneschlucht, wie sie sich genau hinter dem Standards-Schiff ins Tal öffnet.«

»Eure Ambitionen werden uns das Leben kosten.«

Carcolo lachte. »Komm, Bast Given, wie oft kann ein Mann sterben? Gibt es einen besseren Weg zu sterben als im Streben nach Ruhm?«

Bast Given drehte sich herum und begutachtete die armseligen Überreste der Glückstalarmee. »Wir würden schon dadurch Ruhm erringen, daß wir ein Dutzend Geweihte verprügeln. Uns an Bord eines Standards-Schiffes zu stürzen, ist dazu kaum notwendig.«

»Trotzdem«, sagte Ervis Carcolo, »muß es sein. Ich reite voraus, du stellst die Truppen auf und folgst. Wir treffen uns am Kopf der Clybourneschlucht, am Westrand des Tals!«

Kapitel Elf

Mit den Füßen stampfend und nervös Flüche murmelnd, wartete Ervis Carcolo am Kopf der Clybourneschlucht. Eine unerfreuliche Möglichkeit nach der anderen ging ihm durch den Kopf. Die Standards könnten vor den Problemen von Banbeck-Grund kapitulieren und sich absetzen. Joaz Banbeck könnte sie über die offenen Felder angreifen, um Banbeck-Grund zu retten und sich so vernichten. Bast Given war vielleicht nicht imstande, die entmutigten Männer und die unwilligen Drachen Glückstals zu kontrollieren. Jede dieser Situationen konnte eintreten, jede würde Carcolos Träume von Ruhm austilgen und ihn als gebrochenen Mann zurücklassen. Auf und ab schritt er über den narbigen Granit; alle paar Sekunden spähte er hinunter nach Banbeck-Grund; alle paar Sekunden drehte er sich um und suchte den öden Horizont nach den dunklen Umrissen seiner Drachen und den schlankeren Silhouetten seiner Männer ab.

Neben dem Schiff der Standards warteten die dürftigen zwei Abteilungen der Schweren Dragoner – diejenigen, die den Angriff überlebt hatten, und die Reserve. Sie kauerten in schweigenden Gruppen und beobachteten die gemächliche Zerstörung von Banbeck-Gemeinde. Fragment um Fragment barsten die Felsspitzen, Türme und Klippen, die die Banbecker beherbergt hatten, krachten herunter und sackten zu einem beständig wachsenden Schutthügel zusammen. Ein noch schwereres Bombardement ergoß sich über die Wirren. Mächtige Blöcke zerplatzten wie Eier, Felssplitter regneten ins Tal hinunter.

Eine Stunde verstrich. Mit düsterem Blick ließ sich Ervis Carcolo auf einem Stein nieder.

Ein Klirren, das Scharren von Füßen. Carcolo sprang auf. Über den Horizont wanden sich die traurigen Überbleibsel seiner Streitmacht: die Männer niedergeschlagen, die Furien mürrisch und gereizt, jeweils nur eine

Handvoll von Unholden, Mördern, Monstren und Blauen Schrecken.

Carcolos Schultern sanken herab. Was ließ sich mit einer Streitmacht ausrichten, die so nutzlos war wie diese? Er atmete tief durch. Zeige eine mutige Haltung! Gib nie auf! Er setze seine dreisteste Miene auf, trat vor und rief laut: »Männer, Drachen! Heute haben wir eine Niederlage erfahren, aber der Tag ist noch nicht vorbei. Die Stunde der Wiedergutmachung ist nahe; wir werden uns sowohl an den Standards als auch an Joaz Banbeck rächen!« Er forschte in den Gesichtern seiner Männer, hoffte auf Begeisterung. Sie sahen ihn ohne Interesse an. Die Drachen, deren Begreifen weniger umfassend war, schnaubten leise, zischten und flüsterten. »Männer und Drachen!« dröhnte Carcolo. »Ihr fragt mich: Wie sollen wir diese Ehren erringen? Ich antworte: Folgt mir, wohin ich euch führe! Kämpft, wo ich kämpfe! Was bedeutet uns der Tod, da unser Tal geplündert wurde?«

Wieder musterte er seine Truppen, wieder fand er nur Mattigkeit und Apathie. Carcolo unterdrückte das wütende, enttäuschte Brüllen, das in seiner Kehle saß und wandte sich ab. »Vorwärts!« rief er barsch über die Schulter. Er bestieg seinen ermatteten Skorpion und setzte sich die Clybourneschlucht hinunter in Bewegung.

Das Standards-Schiff hämmerte mit gleichbleibender Gewalt auf die Wirren und Banbeck-Dorf ein. Von einem Aussichtspunkt am Westrand des Tals beobachtete Joaz Banbeck, wie ein vertrauter Korridor nach dem anderen hochgejagt wurde. Wohnungen und Gänge, die mühevoll aus dem Fels geschlagen und über Generationen hinweg verziert, bearbeitet, verbessert worden waren – alle aufgerissen, zerstört, pulverisiert. Jetzt wurde jene Felsspitze Ziel, die Joaz Banbecks Privatgemächer umschloß, sein Studierzimmer, seine Werkstatt, das Banbeck-Reliquiar.

Krampfhaft und fast rasend vor Wut über seine Hilflosigkeit ballte Joaz die Fäuste. Das Ziel der Standards war klar. Sie beabsichtigten Banbeck-Grund zu zerstören, es vollständig auszulöschen, wie alle Menschen auf Aerlith, und was konnte sie aufhalten? Joaz Banbeck studierte die Wirren. Die alte Trümmerböschung war fast bis zur nackten Oberfläche der Steilwand dahinter weggesplittert. Wo war die Öffnung in die Große Halle der Geweihten? Seine weithergeholten Hypothesen reduzierten sich zu Nichtigkeit. Eine weitere Stunde würde die völlige Verwüstung von Banbeck-Dorf bringen.

Joaz versuchte das schwächende Gefühl hilfloser Enttäuschung zu beherrschen. Wie ließ sich die Zerstörung aufhalten? Er zwang sich zu kühler Überlegung. Ein Angriff quer über den Talboden kam Selbstmord gleich. Aber hinter dem schwarzen Schiff öffnete sich eine Klamm, ähnlich der, in der er sich gerade verbarg: die Clybourneschlucht. Der Eingang des Schiffes stand weit offen, Schwere Dragoner hockten mürrisch daneben. Joaz schüttelte säuerlich den Kopf. Unvorstellbar, daß die Standards eine so offensichtliche Gefahr außer acht ließen.

Und doch – konnten sie in ihrer Arroganz vielleicht die Möglichkeit einer so unverschämten Tat übersehen?

Unentschlossenheit riß Joaz hin und her. Und jetzt brach eine Salve von Explosionskügelchen die Felsnadel auf, die seine Gemächer beherbergte. Das Reliquiar, der uralte Schatz der Banbecks, stand vor der Vernichtung. Joaz vollführte eine wilde Geste, sprang auf die Beine und rief den nächststehen den Drachenmeister zu sich. »Sammele die Mörder und Monstren, drei Abteilungen Furien, zwei Dutzend Blaue Schrecken, zehn Unholde und alle Reiter. Wir steigen zu Banbeck-Rand auf, gehen über die Clybourneschlucht hinunter und greifen das Schiff an.«

Der Drachenmeister entfernte sich, während sich Joaz wieder düsteren Betrachtungen hingab. Falls die Standards beabsichtigten, ihn in eine Falle zu locken, standen sie kurz vor dem Erfolg.

Der Drachenmeister kehrte zurück. »Die Streitmacht ist versammelt.«

»Wir reiten.«

Die Männer und Drachen drängten die Schlucht hinauf und erreichten Banbeck-Rand. Sie schwenkten nach Süden und langten am Kopf der Clybourneschlucht an.

Ein Ritter an der Spitze der Kolonne signalisierte plötzlich einen Halt. Als Joaz zu ihm aufgeschlossen hatte, deutete er auf Spuren am Boden der Klamm. »Hier sind kürzlich Männer und Drachen durchgezogen.«

Joaz musterte die Spuren. »Nach unten in die Schlucht?«

»Ja.«

Joaz sandte einen Trupp Kundschafter aus, der bald darauf wild zurückgaloppiert kam. »Ervis Carcolo greift mit Männern und Drachen das Schiff an!«

Joaz wirbelte seinen Skorpion herum und stürzte Hals über Kopf in die dämmrige Passage hinab, seine Armee folgte direkt hinter ihm.

Schreie und Schlachtenlärm erreichte ihre Ohren, als sie sich der Mündung der Schlucht näherten. Als Joaz auf den Talboden hinausjagte, sah er sich einem verzweifelten Gemetzel gegenüber: Drachen und Schwere Dragoner, hackend, stoßend, reißend, brennend, schießend. Wo war Ervis Carcolo? Joaz ritt tollkühn zu der weit offenen Luke und sah hinein. Ervis Carcolo hatte sich also Zutritt in das Schiff erzwungen. Eine Falle? Oder hatte er Joaz' Plan zur Eroberung des Schiffes erahnt und durchgeführt? Was war mit den Schweren Dragonern? Würden die Standards vierzig Krieger opfern, um eine Handvoll Männer zu fangen? Unwahrscheinlich – aber die Schweren Dragoner behaupteten sich jetzt. Sie hatten einen Verteidigungsring gebildet und konzentrierten nun die Energie ihrer Waffen auf die Drachen, die sie noch angriffen. Eine Falle? Falls ja, dann war sie zugeschnappt, sofern Ervis Carcolo das Schiff nicht bereits erobert hatte. Joaz erhob sich in seinem Sattel, signalisierte seinen Begleitern. »Angriff!«

Die Schweren Dragoner waren verloren. Hochbeinige Monstren hackten von oben, Langhörnige Mörder stießen von unten, Blaue Schrecken zwickten, schnitten und verstümmelten mit ihren Scheren. Die Schlacht war vorüber, und Joaz war mit seinen Männern und Furien bereits die Rampe hinaufgeprescht. Aus dem Innern des Schiffes drang das Summen und Pochen von Energie, und auch menschliche Laute – Rufen, Wutschreie.

Die gewaltige Masse des Schiffes erschütterte Joaz; er hielt unvermittelt inne und spähte unsicher in das Schiff. Hinter ihm warteten seine Männer, murmelten verhalten. Joaz fragte sich: Bin ich so mutig wie Ervis Carcolo? Was ist Mut überhaupt? Ich habe Angst. Ich wage nicht, hineinzugehen, ich wage nicht, draußen zu bleiben. Schließlich schob er alle Vorsicht beiseite und stürmte los, gefolgt von seinen Männern und einer Horde rennender Furien.

Gerade als er in das Schiff eindrang, erkannte er, daß Ervis Carcolo keinen Erfolg gehabt hatte – über ihm sangen und zischten noch immer die Waffen des Schiffes. Joaz' Gemächer brachen auseinander. Eine weitere fürchterliche Salve schlug in die Wirren ein und legte den nackten Stein der Felswand frei – und das, was bisher verborgen gewesen war: den Rand einer großen Öffnung.

Joaz fand sich in einem großen Vorraum des Schiffes wieder. Die innere Luke war geschlossen. Er trat vor und spähte durch eine rechteckige Scheibe in einen Raum, der eine Art Wandelhalle oder Aufenthaltsraum zu sein schien. Ervis Carcolo und seine Ritter kauerten an der gegenüberliegenden Wand, gleichgültig bewacht von etwa zwanzig Waffnern. Eine Gruppe von Standards ruhte entspannt und ruhig in einem Alkoven an der Seite.

Carcolo und seine Männer waren nicht völlig besiegt; plötzlich sprang er wild nach vorne. Eine purpurne Energieentladung strafte ihn und warf ihn zurück gegen die Wand.

Einer der Standards in dem Alkoven, der quer durch die Halle blickte, bemerkte Joaz Banbeck; eine seiner Brachen berührte schnell einen Stab. Eine Alarmpfeife schrillte, die äußere Luke glitt zu. Eine Falle? Teil eines Notfallplanes? Das Ergebnis war dasselbe. Joaz winkte vier schwerbeladene Männer heran. Sie traten vor, knieten nieder und plazierten vier der Sprengkanonen, die die Giganten getragen hatten, auf dem Deck. Joaz schwenkte den Arm und die Kanonen bellten und spuckten; Metall kreischte, schmolz; ätzende Dämpfe breiteten sich aus. Das Loch war noch zu klein. »Noch einmal!« Die Kanonen flammten – die innere Luke verschwand. In die Lücke sprangen Waffner, die ihre Energiepistolen abfeuerten. Purpurnes Feuer schnitt in die Banbecker hinein. Männer zuckten, krümmten sich, erschlafften, fielen mit verkrampften Fingern und verzerrten Gesichtern. Bevor die Kanonen antworten konnten, stürzten rotschuppige Gestalten vor. Furien. Zischend und jaulend brachen sie über die Waffner herein und ergossen sich in die Halle. Vor dem Alkoven mit den Standards hielten sie wie erstaunt inne. Die Männer, die sich hinter ihnen hereindrängten, verstummten; selbst Carcolo war fasziniert. Standardform stand ihrer Ableitung gegenüber, jede Form sah in der anderen ihre Karikatur. Die Furien schlichen mit finsterer Behutsamkeit heran; die Standards schwenkten ihre Brachen, pfiffen, flöteten. Die Furien stürzten vor, sprangen in den Alkoven. Ein grausiger Tumult und ein schreckliches Krächzen begann. Joaz kämpfte mit einer tiefen Übelkeit und wandte sich ab. Der Kampf war bald vorüber; in dem Alkoven herrschte Schweigen. Joaz drehte sich, um Ervis Carcolo zu mustern, der ihn sprachlos vor Wut, Erniedrigung, Schmerz und Angst anstarrte.

Als er schließlich seine Stimme wiederfand, vollführte Carcolo eine linkische Geste der Wut und der Drohung. »Macht Euch weg«, krächzte er. »Ich beanspruche dieses Schiff. Wenn Ihr nicht in Eurem Blut liegen wollt, überlaßt Ihr mir meine Eroberung!«

Joaz schnaubte verächtlich und wandte Carcolo den Rücken zu. Der wollte sich mit einem leisen Fluch auf ihn stürzen, wurde jedoch von Bast Given gepackt und zurückgezogen. Carcolo wehrte sich, Given redete ernsthaft auf ihn ein, und schließlich gab Carcolo weinend nach.

Joaz untersuchte währenddessen den Raum. Die

Wände waren glatt, grau; das Deck war mit elastischem, schwarzem Schaum überzogen. Es gab keine erkennbare Beleuchtung, aber das Licht war überall, als trete es aus den Wänden. Die Luft lag kühl auf der Haut und roch unangenehm beißend. Und da war ein Geruch, den er vorher nicht bemerkt hatte. Er hustete, seine Ohren dröhnten. Ein erschreckender Verdacht wurde Gewißheit; auf schweren Beinen strebte er der Luke zu, winkte seinen Männern und Drachen. »Nach draußen, sie vergiften uns!« Er stolperte auf die Rampe und schnappte nach frischer Luft; seine Männer und Drachen folgten, und dann kamen in taumelndem Lauf Ervis Carcolo und seine Leute. Die Gruppe stand keuchend und auf kraftlosen Beinen wankend unter der aufragenden Masse des Schiffes. Die Augen tränten.

Über ihnen feuerten die Schiffsgeschütze eine weitere Salve ab. Die Felsnadel mit Joaz' Gemächern schwankte und brach endgültig in sich zusammen; die Wirren waren nur noch ein Haufen von Gesteinssplittern, die in eine hochgewölbte Öffnung trieben. Innerhalb der Öffnung machte Joaz einen dunklen Umriß aus, ein Glitzern, ein Schimmern, eine Konstruktion ... Dann wurde er von einem drohenden Geräusch in seinem Rücken abgelenkt. Aus einer Luke am anderen Ende des Schiffes war eine neue Streitmacht aus Schweren Dragonern heruntergekommen – drei neue Abteilungen zu je zwanzig Mann, begleitet von einem Dutzend Waffner mit vier der rollenden Projektoren.

Joaz sank bestürzt in sich zusammen. Er warf einen Blick auf seine Truppen – sie waren weder in der Lage anzugreifen, noch sich zu verteidigen. Es blieb nur eine Möglichkeit: Flucht. »Zur Clybourneschlucht, schnell«, rief er mit schwerer Zunge.

Stolpernd und taumelnd flohen die Reste der beiden Armeen unter der Wölbung des großen, schwarzen Schiffs entlang. Hinter ihnen setzten sich die Schweren Dragoner zügig, doch ohne Hast in Bewegung.

Als Joaz um die Schiffspitze bog, blieb er abrupt stehen. In der Mündung der Clybourneschlucht wartete

eine vierte Abteilung Schwerer Dragoner mit einem Waffner und seiner Apparatur.

Joaz blickte nach rechts und links, talauf, talab. Wohin fliehen, wohin sich wenden? Die Wirren? Sie gab es nicht mehr. Eine langsame und schwerfällige Bewegung an der bisher vom aufgetürmten Felsen verborgenen Öffnung erregte seine Aufmerksamkeit. Ein dunkles Objekt kam hervor, ein Verschluß zog sich zurück, eine glitzernde Scheibe leuchtete. Fast im selben Augenblick stach ein Stift milchig-blauer Strahlung in die Endscheibe des Schiffes und trat wieder heraus. Im Innern der schwarzen Hülle winselte gequälte Maschinerie über das Spektrum des Hörbaren hinaus. Das Farbspiel an den Endscheiben verlosch; sie wurden grau und stumpf; das Wispern von Energie und Leben, das das Schiff vorher durchdrungen hatte, wich totem Schweigen. Das Schiff selbst war tot, und seine Masse, plötzlich nicht mehr abgestützt, krachte in den stöhnenden Boden.

Die Schweren Dragoner blickten bestürzt auf den Koloß, der sie nach Aerlith gebracht hatte. Joaz nutzte ihre Unschlüssigkeit und rief: »Rückzug! Nach Norden – talaufwärts!«

Die Dragoner folgten ihnen beharrlich; die Waffner allerdings riefen einen Haltebefehl. Sie stellten ihre Waffen in Position, richteten sie auf die Höhle hinter den Wirren. In der Öffnung bewegten sich nackte Gestalten in verzweifelter Hast. Die schwere Apparatur schwenkte langsam herum, und in einem Wechsel von Lichtern und Schatten stieß der Schaft milchigblauer Strahlung ein weiteres Mal zu: Waffner, Projektoren, zwei Drittel der Dragoner vergingen wie Motten im Schmelzofen. Die überlebenden Schweren Dragoner hielten und zogen sich dann unsicher zum Schiff zurück.

In der Mündung der Clybourneschlucht wartete die verbliebene Abteilung Schwerer Dragoner. Der einzelne Waffner beugte sich über seinen dreirädrigen Mechanismus. Mit schicksalhafter Sorgfalt nahm er seine Justierungen vor; die Geweihten in der dunklen Öffnung arbeiteten fieberhaft. Sie stießen, schoben, verkeilten, und die Anstrengung ihrer Sehnen und Herzen übermittelte sich jedem Menschen im Tal. Der Schaft milchigblauen Lichts sprang vor – zu früh. Er zerschmolz das Gestein hundert Meter südlich der Clybourneschlucht, und jetzt zuckte eine Flamme in Orange und Grün aus der Kanone des Waffners hervor. Sekunden später brach es aus der Mündung der Geweihten-Höhle. Felsbrocken, Körper, Fragmente aus Metall, Glas, Gummi schossen in hohem Bogen durch die Luft.

Das Donnern der Explosion hallte durch das Tal. Das dunkle Objekt in der Höhle war zerstört. Es bestand nur noch aus Metallfetzen und -splittern. Joaz atmete dreimal tief durch und warf die Wirkung des Betäubungsgases mit einem gewaltigen Willensakt ab. Er winkte seinen Mördern und Monstren. »Greift an, tötet!«

Die Drachen stürmten los; die Schweren Waffner warfen sich zu Boden und zielten mit ihren Waffen, starben aber bald. Die letzte Abteilung Dragoner raste wild aus der Clybourneschlucht heran und wurde augenblicklich von Furien und Blauen Schrecken angegriffen, die sich seitlich an der Felswand angeschlichen hatten. Der Waffner wurde von einem Mörder aufgespießt – es gab keinen weiteren Widerstand im Tal mehr, und das Schiff lag einem Angriff offen.

Joaz zog den Weg zurück, die Rampe empor und durch den Eingang in die jetzt düstere Aufenthaltshalle. Die von den Giganten eroberten Sprengkanonen lagen dort, wo seine Männer sie aufgebaut hatten.

Drei Luken führten aus dem Raum, und die waren rasch geöffnet. Hinter der ersten zeigte sich eine Wendelrampe, hinter der zweiten lag ein langer niedriger Saal mit Reihen von leeren Kojen, hinter der dritten ein ähnlicher Saal, in dem die Kojen belegt waren. Bleiche Gesichter blickten auf, blasse Hände zuckten. Den Zentralgang entlang marschierten untersetzte Matronen in grauen Gewändern. Ervis Carcolo stürzte vor, stieß die Matronen auf das Deck und spähte in die Kojen. »Hinaus!« bellte er. »Ihr seid befreit, ihr seid gerettet. Schnell hinaus, solange Gelegenheit dazu ist.«

Doch es war lediglich der armselige Widerstand von einem halben Dutzend Waffner und Spürer zu überwinden, überhaupt keinen von den zwanzig Mechanikern – kleine, dünne Männer mit scharfen Zügen und schwarzem Haar – und auch keinen von den sechzehn übriggebliebenen Standards; alle marschierten als Gefangene vom Schiff.

Kapitel Zwölf

Ruhe erfüllte das Tal, die Stille der Erschöpfung. Männer und Drachen lagen hingestreckt auf den zertrampelten Feldern, um sich zu erholen; die Gefangenen standen niedergeschlagen in einer ungeordneten Gruppe hinter dem Schiff. Hin und wieder betonte ein isolierter Laut die Stille – das Knacken abkühlenden Metalles im Schiff; der Sturz lockeren Gesteins von den zerschmetterten Felsen; ein gelegentliches Murmeln von den befreiten Glückstalern, die in einer von den überlebenden Kriegern getrennten Gruppe saßen.

Ervis Carcolo schien als einziger ruhelos zu sein. Eine Weile stand er mit dem Rücken zu Joaz und schlug sich mit seiner Säbelquaste gegen den Schenkel. Er betrachtete den Himmel, wo Skene, ein blendendes Atom, dicht über den westlichen Felsen hing, wandte sich dann um und studierte die zerschmetterte Lücke im Nordende des Tals, die angefüllt war mit den zerstörten Überresten der Geweihten-Konstruktion. Er versetzte seinem Schenkel einen abschließenden Schlag, blickte zu Joaz Banbeck, drehte sich schließlich um und schritt durch die Ansammlung der Glückstaler. Er machte brüske Bewegungen ohne besondere Bedeutung, hielt hier und da inne, um sie zu beschwatzen oder aufmunternd auf sie einzureden, und bemühte sich, seinen niedergeschlagenen Leuten frischen Lebensmut einzuimpfen.

Seine Anstrengung war erfolglos, und alsbald schwenkte er scharf herum und marschierte über das Feld dorthin, wo Joaz Banbeck sich ausgestreckt hatte. »Nun dann«, bemerkte er großtuerisch, »die Schlacht ist geschlagen, das Schiff gewonnen.«

Joaz stützte sich auf den Ellbogen. »Allerdings.«

»Daß wir uns in einem Punkt nicht mißverstehen«, sagte Carcolo. »Schiff und Inhalt sind mein. Ein uralter Grundsatz umreißt die Rechte desjenigen, der zuerst angreift. Auf diesen Grundsatz stütze ich meinen Anspruch.«

Joaz blickte verblüfft auf.

»Nach einem noch älteren Grundsatz habe ich bereits Besitz ergriffen.«

»Ich fechte das an«, sagte Carcolo hitzig. »Wer ...«

Joaz hob müde die Hand. »Ruhe, Carcolo! Ihr lebt nur noch, weil ich das Blutvergießen und die Gewalt leid bin. Stellt meine Geduld nicht auf die Probe!«

Carcolo wandte sich ab und zupfte in unterdrückter Wut an seiner Säbelquaste. Er blickte das Tal hinauf, wandte sich wieder Joaz zu. »Dort kommen die Geweihten, die das Schiff tatsächlich demoliert haben. Ich erinnere Euch an meinen Vorschlag, durch den wir diese Zerstörung und dieses Gemetzel vielleicht hätten verhindern können.«

Joaz lächelte. »Ihr habt Euren Vorschlag vor gerade zwei Tagen gemacht. Außerdem, die Geweihten besitzen keine Waffen.«

Carcolo starrte Joaz an, als habe dieser den Verstand verloren. »Wie haben sie dann das Schiff zerstört?«

Joaz zuckte die Achseln. »Ich kann nur Vermutungen anstellen.«

»Und in welche Richtung führen diese Vermutungen?« fragte Carcolo sarkastisch.

»Ich vermute, daß sie das Gestell eines Raumschiffes gebaut haben. Ich vermute, daß sie den Antriebsstrahl gegen das Schiff der Standards gerichtet haben.«

Carcolo verzog zweifelnd den Mund. »Warum sollten die Geweihten sich ein Raumschiff bauen?«

»Dort kommt der Demie. Warum stellt Ihr Eure Frage nicht ihm selbst?«

»Das werde ich tun«, erklärte Carcolo würdevoll.

Aber der Demie, der, gefolgt von vier jüngeren Geweihten, wie im Traum dahinwandelte, ging vorüber, ohne etwas zu sagen.

Joaz erhob sich auf die Knie und sah ihm nach. Der Demie hatte offensichtlich vor, die Rampe zu besteigen und das Schiff zu betreten. Joaz sprang auf die Beine, folgte ihm und versperrte den Weg zur Rampe. Höflich fragte er: »Was begehrst du, Demie?«

»Ich begehre, an Bord des Schiffes zu gehen.«

»Zu welchem Zweck? Ich frage natürlich aus bloßer Neugier.«

Der Demie musterte ihn für einen Moment, ohne ein Wort zu erwidern. Sein Gesicht war verhärmt und angespannt, seine Augen schimmerten wie gefrorene Sterne. Schließlich antwortete er mit vor Gefühlsaufwallung heiserer Stimme: »Ich wünsche festzustellen, ob das Schiff instandgesetzt werden kann.«

Joaz überlegte einen Moment, sagte dann mit freundlicher und sachlicher Stimme: »Diese Information kann nur von geringem Interesse für dich sein. Würden die Geweihten sich unter meine Befehlsgewalt stellen?«

»Wir gehorchen niemandem.«

»In diesem Fall kann ich euch kaum mitnehmen, wenn ich aufbreche.«

Der Demie wirbelte herum, und einen Moment lang schien es, als wolle er gehen. Sein Blick fiel auf die zertrümmerte Öffnung am Ende des Tales, und er wandte sich wieder um. Als er sprach, war es nicht in dem gemessenen Ton eines Geweihten, sondern in einem Ausbruch von Gram und Wut: »Das ist dein Tun, du hältst dich für einfallsreich und schlau, brüstest dich damit; du hast uns gezwungen zu handeln und dadurch uns selbst und unsere Weihung zu schänden!«

Joaz nickte mit einem leisen, grimmigen Lächeln. »Ich wußte, daß die Öffnung hinter den Wirren liegen mußte; ich fragte mich, ob ihr vielleicht ein Raumschiff baut; ich hoffte, daß ihr euch gegen die Standards schützen und so meinen Zwecken dienen würdet. Ich gebe zu, wessen du mich beschuldigst. Ich habe euch und eure Konstruktion als Waffe benutzt, um mich und meine Leute zu retten. Habe ich falsch gehandelt?«

»Falsch oder richtig – wer kann das abwägen? Du hast unsere Mühen von über achthundert Aerlithjahren zunichte gemacht. Du hast mehr zerstört, als du je ersetzen kannst.«

»Ich habe nichts zerstört, Demie. Die Standards haben euer Schiff zerstört. Wenn ihr mit uns bei der Verteidigung von Banbeck-Grund zusammengearbeitet hättet, wäre es nie zu dieser Katastrophe gekommen. Ihr wähltet die Neutralität, ihr hieltet euch für immun gegen unseren Kummer und unseren Schmerz. Wie du siehst, ist das nicht der Fall.«

»Und unterdessen ist unsere Arbeit von achthundertzwölf Jahren zunichte.«

Mit vorgetäuschter Naivität fragte Joaz: »Warum braucht ihr ein Raumschiff? Wohin wollt ihr reisen?«

Die Augen des Demie flammten mit sonnenheller Intensität auf. »Wenn die menschliche Rasse nicht mehr ist, werden wir hinausreisen. Wir ziehen durch die Galaxis, wir bevölkern wieder die schrecklichen alten Welten, und von dem Tage an wird die neue Universale Geschichte beginnen. Die Vergangenheit wird ausgelöscht, als habe sie nie existiert. Falls die Grephen euch vernichten, was bedeutet das uns. Wir warten nur auf den Tod des letzten Menschen im Universum.«

»Betrachtet ihr euch nicht als Menschen?«

»Wir sind das, als was ihr uns kennt – Über-Menschen.«

Dicht hinter Joaz lachte jemand krächzend. Joaz wandte sich um und sah Ervis Carcolo. »Über-Menschen?« spottete Carcolo. »Armselige, nackte Kreaturen der Höhlen. Was könnt ihr vorzeigen, um eure Überlegenheit zu beweisen?«

Der Mund des Demie sank ein, und die Linien seines Gesichts vertieften sich. »Wir haben unsere *Tands.* Wir haben unser Wissen. Wir haben unsere Kraft.«

Carcolo wandte sich mit einem weiteren heiseren Lachen ab. Mit gedämpfter Stimme sagte Joaz: »Ich empfinde mehr Mitleid für euch, als ihr je für uns empfunden habt.«

Carcolo kehrte zurück. »Und wo habt ihr gelernt, Raumschiffe zu bauen? Durch eigene Anstrengung? Oder durch die Arbeit von Menschen, die vor euch waren, durch Menschen der alten Zeit?«

»Wir sind die endgültigen Menschen«, sagte der Demie. »Wir wissen alles, was Menschen je gedacht, gesprochen oder ersonnen haben. Wir sind die Letzten und die Ersten, und wenn die Unterentwickelten ausgestorben sind, werden wir den Kosmos wie unschuldiger und frischer Regen erneuern.«

»Aber die Menschen sind nie ausgestorben und werden nie aussterben«, sagte Joaz. »Ein Rückschlag, ja, aber ist das Universum nicht weit? Irgendwo sind die Welten der Menschen. Mit der Hilfe der Standards und ihrer Mechaniker werde ich das Schiff instandsetzen und losziehen, um diese Welten zu finden.«

»Du wirst vergeblich suchen«, erklärte der Demie.

»Gibt es diese Welten nicht?«

»Das Reich der Menschen ist aufgelöst; die Menschen existieren nur in unbedeutenden Gruppen.«

»Was ist mit Eden, dem alten Eden?«

»Eine Legende, nicht mehr.«

»Mein Marmorglobus, was ist damit?«

»Ein Spielzeug, eine phantasievolle Fälschung.«

»Was macht dich so sicher?« fragte Joaz, unwillkürlich beunruhigt.

»Habe ich nicht gesagt, daß wir die gesamte Geschichte kennen? Wir können in unsere *Tands* blicken und sehen tief in die Vergangenheit, bis sie verschwommen und undeutlich wird. Doch nie haben wir den Planeten Eden gesehen.«

Joaz schüttelte halsstarrig den Kopf. »Es muß eine Ursprungswelt geben, von der alle Menschen stammen. Nenne sie Erde oder Tempe oder Eden – irgendwo existiert sie.«

Der Demie setzte zum Sprechen an, schwieg dann jedoch in einer seltenen Zurschaustellung von Unentschlossenheit. Joaz sagte: »Vielleicht hast du recht, vielleicht sind wir die letzten Menschen. Aber ich werde losziehen, um nachzusehen.«

»Ich werde mit Euch gehen«, erklärte Ervis Carcolo.

»Ihr könnt Euch glücklich schätzen, wenn Ihr morgen noch lebt«, sagte Joaz.

Carcolo richtete sich auf. »Tut meinen Anspruch auf das Schiff nicht so leichtfertig ab.«

Joaz kämpfte um Worte, vergebens. Was sollte mit dem ungebärdigen Carcolo geschehen? Er fand nicht genug Härte in sich, um zu tun, was, wie er wußte, getan werden mußte. Er zögerte die Entscheidung hinaus, drehte Carcolo den Rücken zu. »Jetzt kennst du meine Pläne«, wandte er sich wieder an den Demie. »Wenn ihr mich nicht stört, werde ich euch auch nicht stören.«

Der Demie zog sich langsam zurück. »Dann gehe. Wir sind eine passive Rasse, wir verachten uns wegen unserer heutigen Tätigkeit. Vielleicht war sie unser größter Fehler. Aber gehe nur, suche vergessene Welten. Du wirst nur irgendwo zwischen den Sternen zugrundegehen. Wir werden warten, wie wir schon so lange gewartet haben.« Er drehte sich um und schritt von dannen, gefolgt von den vier jüngeren Geweihten, die feierlich neben ihm gestanden hatten.

»Und wenn die Standards wiederkommen?« rief Joaz ihm hinterher. »Werdet ihr mit uns kämpfen oder gegen uns?«

Der Demie gab keine Antwort; er ging weiter, sein langes weißes Haar wehte ihm leicht über die dünnen Schulterblätter.

Joaz sah ihm einen Moment nach, blickte sich dann in dem verwüsteten Tal um, schüttelte staunend und verwundert den Kopf, wandte sich schließlich um und musterte das große, schwarze Schiff.

Skene berührte die westliche Felswand; es wurde plötzlich dämmrig und kühl. Carcolo trat auf ihn zu. »Ich werde meine Leute heute hier in Banbeck-Grund lassen und sie morgen früh nach Hause schicken. In der Zwischenzeit, schlage ich vor, geht Ihr mit mir an Bord des Schiffes, damit wir eine vorläufige Besichtigung vornehmen können.«

Joaz atmete tief durch. Warum konnte ihm das nicht leichter fallen? Carcolo hatte ihm zweimal nach dem Leben getrachtet und hätte im umgekehrten Fall kein Erbarmen mit ihm. Er zwang sich zu handeln. Seine

Pflicht sich selbst, seinen Leuten und seinem Endziel gegenüber war klar.

Er rief diejenigen seiner Ritter zu sich, die die eroberten Hitzewaffen trugen.

Joaz sagte: »Bringt Carcolo in die Clybourneschlucht. Exekutiert ihn. Sofort.«

Carcolo wurde protestierend und brüllend davongezerrt. Joaz wandte sich schweren Herzens ab und suchte Bast Given auf. »Ich halte Euch für einen vernünftigen Mann.«

»Das bin ich in der Tat.«

»Ich übergebe Euch die Verantwortung über Glückstal. Bringt Eure Leute vor Einbruch der Dunkelheit heim.«

Schweigend begab sich Bast Given zu seinen Leuten. Sie gerieten in Aufruhr, verließen dann aber Banbeck-Grund.

Joaz ging durch das Tal zu dem Schutthaufen, der Kergans Weg versperrte. Er würgte an seiner Wut, als er auf die Zerstörung blickte. Für einen Moment wurde er fast schwankend in seinem Entschluß. War es nicht angebracht, mit dem schwarzen Schiff nach Coralyne zu fliegen und Rache an den Standards zu nehmen? Er schritt bis unter die Felsnadel, die einmal seine Gemächer beherbergt hatte. Durch eine verrückte Laune des Zufalls stieß er auf ein gewölbtes Fragment gelben Marmors.

Er wog es in der Hand und blickte zum Himmel auf, wo Coralyne bereits rot blinkte, und versuchte Ordnung in seine Gedanken zu bringen.

Die Banbecker waren aus ihren tiefen Tunneln herausgeströmt. Phade, die Minnemaid, kam zu ihm. »Was für ein schrecklicher Tag«, murmelte sie. »Welch grauenvolle Begebenheiten; welch ein großer Sieg.«

Joaz schleuderte das gelbe Marmorbruchstück zurück in den Schutt. »Ja, das denke ich auch. Und wo das alles enden wird, weiß niemand.«

[illegible] Hormonen zu
[illegible] ein [illegible] schönes Spektakel wer
[illegible]

Der Baum des Lebens

Ins Deutsche übertragen
von Michael Nagula

1

Ein gellender Laut drang in zweihundert Gehirne, zerbrach zweihundert Tranceblasen.

Joe Smith war sofort hellwach. Er schien in einem Kokon gefangen zu sein.

Er wehrte sich, kämpfte dagegen an – dann ließ die Panik nach. Er entspannte sich und spähte durch die Dunkelheit.

Die Luft roch nach Moschus und Erde, nach den warmen Leibern vieler Menschen, die über und unter, rechts und links von ihm lagen, sich krümmten und wanden und gegen das elastische Netz ankämpften.

Joe legte sich ruhig zurück. Seine Gedanken nahmen den Faden wieder auf, den sie vor drei Wochen fallengelassen hatten. Ballenkarch? Nein, noch nicht. Ballenkarch war weiter draußen, zum Rand der Galaxis hin. Dies mußte Kyril sein, die Welt der Druiden.

Mit einem reißenden Geräusch sprang die Hängematte entlang des Magnetsaums auf. Joe ließ sich auf das Laufbrett hinabfallen. Seine Beine waren schlaff und weich wie Butter. Nach einundzwanzig Tagen unter Hypnose hatten seine Muskeln kaum noch Kraft.

Er schleppte sich auf dem Laufbrett zur Leiter, stieg zum Hauptdeck hinunter und durch die Luke. An einem Tisch saß ein dunkelhäutiger Junge von sechzehn Jahren, großäugig und intelligent, der einen beigen Pullover und blaue Latzhosen trug. »Ihr Name, bitte?«

»Joe Smith.«

Der Junge sah auf seiner Liste nach. Dann hakte er einen Namen ab und nickte in Richtung des Ganges. »Sanitätskabine nächste Tür.«

Joe schob die Tür auf und betrat ein kleines Zimmer, aus dem ihm Dampf und aseptische Gerüche entgegenschlugen. »Ausziehen!« bellte die heisere Stimme einer Frau in engen Kniehosen. Sie war gertenschlank – ihre blaubraune Haut schweißgebadet. Sie entriß ihm den lockeren Überwurf, den man ihm aus den Bordbeständen zugeteilt hatte – dann trat sie einen Schritt zurück und drückte auf einen Knopf. »Augen schließen!«

Ströme von Reinigungsmitteln prasselten gegen seinen Körper. Verschiedene Drücke, verschiedene Temperaturen, und seine Muskeln begannen zu erwachen. Ein warmer Luftstrom trocknete ihn, und die Frau trieb ihn mit einem achtlosen Klaps zu einer angrenzenden Kammer, wo er seinen Stoppelbart abrasierte, sein Haar kämmte und schließlich den Umhang und die Sandalen anzog, die vor ihm in einem Trichter erschienen.

Als er das Zimmer verließ, wartete schon ein Steward auf ihn, drückte eine Mündung gegen seinen Schenkel und blies eine Mischung aus Impfstoffen, Gegengiften, Stärkungsmitteln und Stimulanzien unter seine Haut. So gewappnet verließ Joe das Schiff, durchquerte die Gangway und betrat den Boden Kyrils.

Tief sog er die frische Planetenluft ein und sah sich um. Ein Himmel, mit glitzernden Wolken verhangen. Eine ausgedehnte, sanft ansteigende Landschaft mit zahlreichen kleinen Farmen, die sich bis zum Horizont erstreckte – und am Horizont selbst stand, sich wie ein riesiger Federbusch erhebend, der Baum. Seine Umrisse waren durch die Entfernung verschwommen, und seine Krone war in perlweißen Dunst gehüllt, aber ein Irrtum war nicht möglich. Es war der Baum des Lebens.

Er wartete eine Stunde, während in einem Glaskasten von Büro sein Paß und verschiedene Ausweispapiere überprüft und abgestempelt wurden. Nachdem man sie ihm wieder ausgehändigt hatte, wurde er über den Landeplatz zum Raumhafengebäude geführt. Es war ein Rokokobauwerk aus schwerem weißen Stein, das reich mit Schnitzwerk und einer Anzahl feiner Intaglien verziert war.

Am Drehkreuz in der Glaswand stand ein Druide, der träge die aussteigenden Passagiere beobachtete. Er war groß, ungemein sehnig und hatte eine vornehme, blasse, elfenbeinerne Haut. Sein Gesicht wirkte nervös und aristokratisch, seine Haare waren tiefschwarz, seine Augen dunkel und ernst. Er trug einen glänzenden Küraß aus Schmelzglas und darüber einen wallenden Umhang, der fast bis zum Boden reichte. Den Saum bildete eine Borte aus sorgsam ausgeführten Goldstickereien. Seinen Kopf schmückte eine Sturmhaube, die kunstvoll aus verschiedenfarbigen Metallplättchen zusammengefügt war.

Joe reichte einem Schalterbeamten am Drehkreuz seinen Passierschein. »Ihr Name?«

»Steht auf dem Schein.«

Der Beamte runzelte die Stirn und begann die Eintragungen vorzunehmen. »Zweck Ihres Besuchs auf Kyril?«

»Zwischenaufenthalt«, erwiderte Joe mürrisch. Er hatte bereits alle Fragen, die ihn und seinen Aufenthalt hier betrafen, in ermüdenden Einzelheiten dem Beamten im Raumhafenbüro beantwortet. Dieses erneute Verhör war bloße Schikane. Der Druide drehte den Kopf und musterte ihn von oben bis unten. »Spione, nichts als Spione!« zischte er und wandte sich ab.

Etwas an Joes Auftreten ließ ihn aber nicht ruhen. Energischen Schrittes kam er wieder auf ihn zu. »Noch etwas!« sagte er gereizt.

Joe schaute auf. »Ja?«

»Wer ist Ihr Auftraggeber? Für wen arbeiten Sie?«

»Für niemanden. Ich bin in eigener Sache hier.«

»Machen Sie mir doch nichts vor. Jeder spioniert. Warum wollen Sie es leugnen? Sie beschwören nur meinen Ärger herauf. Also – wem dienen Sie?«

»Ich bin wirklich kein Spion«, beteuerte Joe mit gleichbleibender Höflichkeit. Stolz war das erste, was ein Vagabund abstreifen mußte.

Der Druide lächelte zynisch. »Weshalb sollten Sie denn sonst nach Kyril gekommen sein?«

»Aus persönlichen Gründen.«

»Sie sehen aus wie ein Thubaner. Was ist Ihre Heimatwelt?«

»Die Erde.«

Der Druide legte den Kopf schief und öffnete den

Mund, doch dann schloß er ihn wieder. Seine Augen verengten sich, als er schließlich sagte: »Wollen Sie sich mit diesem Kindermärchen über mich lustig machen? Die Erde – eine Phantasterei von Narren ...«

Joe zuckte die Schultern. »Sie haben mich etwas gefragt, und ich habe geantwortet.«

»Unter beleidigender Mißachtung meiner Würde und meines Ranges.«

Ein korpulenter Mann mit zitronengelber Haut näherte sich anmaßenden und übertrieben selbstbewußt wirkenden Schrittes. Er hatte große unschuldige Augen, ausgeprägte Wangenknochen und trug einen Umhang aus schwerem, blauem Samt.

»Ein Erdenmensch *hier?*« Er blickte zu Joe. »Sie, Sir?«

»Ja, ich.«

»Dann gibt es die Erde also wirklich?«

»Natürlich gibt es sie.«

Der Gelbhäutige wandte sich an den Druiden. »Dies ist schon der zweite Erdenmensch, der mir begegnet, Ehrwürden. Offenbar ...«

»Der zweite?« erkundigte sich Joe aufgeregt. »Wie hieß der andere?«

Der Gelbhäutige verdrehte die Augen. »Ich habe seinen Namen vergessen. Parry – Larry – Barry ...«

»Harry? Harry Creath?«

»Ja, genau – jetzt bin ich mir sicher. Vor ein oder zwei Jahren habe ich draußen auf Kreuzweg ein wenig mit ihm geplaudert. Sehr angenehmer Zeitgenosse.«

Der Druide machte auf dem Absatz kehrt und stolzierte davon. Der Korpulente blickte ihm mit ausdruckslosem Gesicht nach, dann wandte er sich wieder an Joe. »Mir scheint, Sie sind hier fremd.«

»Ich kam gerade erst an.«

»Gestatten Sie also, daß ich Ihnen hinsichtlich der Druiden einen Rat gebe. Sie sind ein sehr gefühlsbetontes Volk, hitzköpfig und überschwenglich. Sie sind durch und durch provinziell, völlig davon überzeugt, daß Kyril der Mittelpunkt des Universums ist, aller Zeit und allen Raums. Es ist ratsam, in ihrer Gegenwart die Zunge im

Zaum zu halten. Darf ich meiner Neugier Ausdruck verleihen und fragen, was Sie hierherführte?«

»Mir fehlten die nötigen Mittel, um eine längere Passage zu buchen.«

»Und jetzt?«

Joe zuckte die Schultern. »Ich werde mir Arbeit suchen und etwas Geld verdienen.«

Der Korpulente runzelte nachdenklich die Stirn. »Welche Fähigkeiten und Talente stehen Ihnen denn diesbezüglich zur Verfügung?«

»Ich bin ein guter Mechaniker, Maschinist, Dynamist und Elektriker. Ich verstehe etwas von Vermessungsarbeiten, kann alle möglichen Berechnungen durchführen und bin mir auch für niedere Arbeiten nicht zu schade. Von Beruf bin ich Ingenieur.«

Joes neuer Bekannter schien zu überlegen. Schließlich sagte er zweifelnd: »Es gibt reichlich billige Arbeitskräfte unter dem einfachen Volk.«

Joe betrachtete eingehend das Raumhafengebäude. »Wenn ich mir das so ansehe, würde ich sagen, daß Sie am Rechenschieber etwas tatterig sind.«

Der andere nickte zustimmend und schürzte die Lippen.

»Und natürlich sind die Druiden auch ausgesprochen mißtrauisch gegenüber Fremden. Hinter jedem neuen Gesicht wittern sie einen Spion.«

Joe grinste jetzt offen. »Das habe ich gemerkt. Schon der erste Druide, den ich überhaupt zu Gesicht bekam, machte mir die Hölle heiß. Beschimpfte mich als Mang-Spion, was auch immer das ist.«

Der Korpulente nickte. »Das ist so was wie ich.«

»Ein Mang – oder ein Spion?«

»Beides. Wir versuchen gar nicht erst, das geheimzuhalten, sondern geben es gleich zu. Jeder Mang auf Kyril ist ein Spion. Genau wie jeder Druide auf Mangtse einer ist. Die beiden Welten kämpfen um die wirtschaftliche Vorherrschaft, und es gibt eine Menge Unstimmigkeiten zwischen uns.« Er rieb sich das Kinn. »Sie suchen also einen einigermaßen gutbezahlten Job?«

»Richtig«, sagte Joe. »Aber keine Spitzeltätigkeit. Mit Politik will ich nichts zu tun haben. Bringt nur Ärger und zahlt sich nicht aus.«

Der Mang machte eine beschwichtigende Handbewegung. »Natürlich. Daran dachte ich auch nicht. Ich erwähnte ja schon, daß die Druiden eine sehr gefühlsbetonte Rasse sind. Und verschlagen. Vielleicht können wir uns auf dieser Grundlage treffen. Ich schlage vor, Sie begleiten mich nach Divinal. Ich habe dort eine Verabredung mit dem Bezirksthearchen, und wenn ich vor ihm ein bißchen mit dem fähigen Techniker prahle, den ich in meine Dienste genommen habe ...« Er ließ den Rest des Satzes unausgesprochen und nickte Joe verschwörerisch zu. »Also – hier entlang.«

Joe folgte ihm durch das Raumhafengebäude und eine mit Läden gesäumte Arkade entlang zum Parkplatz. Er betrachtete die Reihen der Luftwagen. Uralte Modelle, dachte er, schlampig zusammengehauen.

Der Mang öffnete die Tür des größten der wartenden Wagen und bedeutete ihm einzusteigen. »Nach Divinal!« befahl er dem Fahrer.

Der Wagen erhob sich und flog über die graugrüne Landschaft dahin. Trotz der offensichtlichen Fruchtbarkeit des Landes fühlte sich Joe unangenehm berührt. Die Dörfer waren klein, die Höfe und Hütten dicht gedrängt, die Straßen und Gassen glitzerten von stehendem Wasser. Auf den Feldern entdeckte er Arbeitskolonnen verschiedener Größenordnung – sechs, zehn, zwanzig Mann, die Pflüge und Eggen hinter sich herzogen. Ein trostloser und wenig erfreulicher Anblick.

»Fünf Milliarden Bauern«, brummte der Mang. »Das einfache Volk. Ihnen stehen zwei Millionen Druiden und ein Baum gegenüber.«

Joe gab ein paar nichtssagende Worte von sich. Der Mang verfiel in Schweigen. Nichts als Äcker unter ihnen – endlose Reihen, Flächen, Rechtecke, jedes in einer anderen Schattierung von Grün, Braun und Grau. Eine riesige Anzahl armseliger Hütten mit Kegeldächern, aus denen Rauch emporkräuselte, kauerte in den Ecken der Felder. Und vor ihnen hob sich immer höher, immer schwärzer und mächtiger der Baum in den Himmel.

Allmählich tauchten prachtvoll geschmückte weiße Steinpaläste auf, die man zwischen den Luftwurzeln erbaut hatte, und der Wagen senkte sich langsam über die schweren Dächer herab. Joe erspähte einen Wald geschwungener Balustraden, verschnörkelter Täfelungen, verstrebter Dachfenster, Wasserspeier, Säulengänge und reich mit Zierwerk versehene Landungsstege.

Dann setzte der Wagen auf einer Plattform vor einem langen hohen Gebäude auf, das Joe entfernt an das Schloß von Versailles erinnerte. Zu beiden Seiten erstreckten sich sorgfältig gepflegte Gärten mit mosaikartig gefliesten Wandelpfaden, Springbrunnen und Skulpturen. Und dahinter erhob sich der Baum, dessen Laubwerk erst viele Meilen über dem Boden begann.

Der Mang stieg aus und wandte sich an Joe. »Wenn Sie die Seitenverkleidung des Motorraums an diesem Wagen entfernen und so tun, als nähmen Sie eine kleinere Reparatur vor, wird man Ihnen, glaube ich, schon in Kürze einen lukrativen Posten anbieten.«

Mit leichtem Unbehagen sagte Joe: »Sie geben sich sehr viel Mühe mit einem Fremden. Wieso? Sind Sie ... ein Menschenfreund?«

»O nein. Nein, *nein!*« rief der Mang vergnügt. »Ich handele nur aus dem Augenblick heraus, obwohl ich nicht ganz selbstlos in meinen Handlungen bin. Lassen Sie es mich so ausdrücken: Riefe man mich zu einer nicht näher bezeichneten Reparatur, würde ich eine möglichst große Auswahl an Werkzeugen mitnehmen.

Was nun meine eigene ... äh ... Mission betrifft, so hat sich häufig erwiesen, daß manche Personen gewisse Fähigkeiten haben oder über ein bestimmtes Wissen verfügen, die sich als von unschätzbarem Wert herausstellen. Deshalb bemühe ich mich um einen möglichst großen Bekanntenkreis, mit dem ich auf gutem Fuß stehe.«

Joe lächelte dünn. »Zahlt es sich denn aus?«

»O ja, durchaus. Und außerdem«, fügte der Korpulente mit sanfter Stimme hinzu, »trägt das Gelingen seinen Lohn meistens ja schon in sich. Es erwächst eine tiefe innere Befriedigung aus hilfreicher Führung. Bitte glauben Sie jetzt nicht, daß Sie mir auf irgendeine Weise zu Dank verpflichtet wären.«

Nein, ganz sicher nicht, dachte Joe, sprach es aber nicht laut aus.

Der Korpulente ging über die Landeplattform davon und trat durch eine riesige Bronzetür, die mit Einlegearbeiten verziert war.

Joe zögerte einen Augenblick. Dann, als er begriff, daß ihm nichts geschehen konnte, wenn er dem Vorschlag folgte, löste er die Klammern an der Verkleidung der Motorhaube. Ein Bleiband hielt sie wie ein Siegel an seinem Platz. Noch einmal zögerte Joe kurz, bevor er das Band öffnete und die Verkleidung abnahm.

Sein Blick fiel auf einen höchst erstaunlichen Mechanismus, der aus Ersatzteilen zusammengeflickt war, durch Sechskantschrauben mit Holzblöcken verbunden und mit Hanfseilen am Fahrzeuggestell befestigt. Drähte hingen ohne Isolierung herum, und die Kraftfeldjustierung war mit einem Holzkeil vorgenommen worden. Joe schüttelte fassungslos den Kopf. Als er daran dachte, daß er mit diesem Ding vom Raumhafen bis hierher geflogen war, schwitzte er noch nachträglich Blut und Wasser.

Der gelbhäutige, korpulente Mann hatte ihm geraten, so zu tun, als repariere er den Motor. Joe sah, daß Verstellung nicht nötig war. Die Batterie war durch ein wirres Durcheinander von Kabeln mit dem Metadyno verbunden. Joe griff hinein, riß das Ganze heraus, justierte die Pole neu und koppelte die Einheiten mit einem kurzen Verbindungsstück wieder aneinander.

Auf der Plattform landete ein weiterer Wagen, und ein Mädchen von achtzehn oder neunzehn Jahren sprang heraus. Joe begegnete dem Blick ihrer Augen in einem schmalen, lebhaften Gesicht, als sie zu ihm hersah. Dann hatte sie die Plattform auch schon verlassen.

Joe starrte der jugendlich ranken Gestalt noch eine Weile nach, als sie schon längst verschwunden war. Dann entspannte er sich und wandte sich wieder dem Motor zu. Ein hübsches Geschöpf – Mädchen waren doch etwas ganz Besonderes. Er preßte die Lippen zusammen und dachte an Margaret. Margaret war nicht weniger hübsch, aber eine völlig andere Art von Mädchen. Vor allem war sie blond – unterhaltsam und anpassungsfähig, aber in ihrem Inneren ... Joe unterbrach seine Arbeit. Was fühlte sie in ihrem tiefsten Inneren, wo er niemals Zugang erlangt hatte?

Als er ihr von seinen Plänen erzählte, hatte sie gelacht und gemeint, er sei tausend Jahre zu spät auf die Welt gekommen. Zwei Jahre war das jetzt her – ob Margaret noch auf ihn wartete? Höchstens drei Monate hatte er fortbleiben wollen – und dann hatte es ihn immer weiter hinausgetrieben, von Planet zu Planet, weg von der Erde, in den Einhornstrudel hinein, einen dünnen Sternenarm entlang. So hatte er sich zwei Jahre lang von Welt zu Welt durchgeschlagen.

Auf Jamivetta hatte er auf einer öden Tundra für ein paar Credits täglich Moos gestochen, und selbst eine Passage dritter Klasse nach Kyril war ihm wie ein Geschenk des Himmels erschienen. *Margaret,* dachte Joe, *ich hoffe, du bist diese ganze Mühe überhaupt wert.* Er blickte zu der Tür, durch die das dunkelhaarige Druidenmädchen im Palast verschwunden war.

»Was machen Sie da?« rief eine barsche Stimme. »Was fällt Ihnen ein, den Luftwagen auseinanderzunehmen? Das werden Sie mit dem Leben bezahlen!«

Es war der Fahrer des Wagens, mit dem das Mädchen gekommen war, ein feister Mann mit derbem Gesicht, dessen Nase und Kinn unangenehm platt wirkten. Joe hielt aus langer bitterer Erfahrung auf den Außenwelten den Mund und beschäftigte sich wieder mit dem Motor. Er beugte sich darüber und glaubte seinen Augen nicht trauen zu dürfen. Drei ineinanderverhakte Kondensatoren wackelten und zitterten in ihren Verankerungen. Er griff hinein, riß das überflüssige Paar heraus und verkeilte den übriggebliebenen Kondensator vorschriftsmäßig in einer Nut.

»He, he, *he!*« empörte sich der Fahrer. »Nimm deine grobschlächtigen Finger von diesen zarten und empfindlichen mechanischen Teilen!«

Das war zuviel. Joe hob den Kopf. »Zarte mechanische Teile! Es ist ein Wunder, daß diese jämmerliche Dreckschleuder überhaupt noch fliegt.«

Das Gesicht des Fahrers verzerrte sich vor Wut. Er machte einen schnellen schweren Schritt auf Joe zu, hielt dann jedoch inne, als ein Druide auf die Plattform herausgestürmt kam – ein großer Mann mit einem flachen roten Gesicht und eindrucksvollen Augenbrauen. Er hatte einen Geierschnabel von einer Nase, die wie ein nachträglicher Einfall zwischen seinen Wangen hervorstach, und einen Mund, den ein Wulst unbeugsamer Muskeln umgab.

Er trug eine lange rote Robe mit einer Kapuze aus schwarzem Pelz, zu der ein Pelzbesatz am Saum der Robe paßte. Über der Kapuze trug er eine Sturmhaube aus schwarzgrünem Metall, die in rotem und gelbem Schmelzglas einen Sonnenaufgang über einem Tempel zeigte.

»Borandino!«

Der Fahrer verbeugte sich. »Eminenz.«

»Geh! Bring den Kelt weg!«

»Jawohl, Eminenz.«

Der Druide blieb vor Joe stehen. Er betrachtete den Haufen überflüssiger Teile, und sein Gesicht rötete sich. »Was machen Sie mit meinem besten Wagen?«

»Ich beseitige ein paar Hemmnisse.«

»Der beste Mechaniker auf Kyril wartet diese Maschine!«

Joe zuckte die Schultern. »Dann kann es mit ihm nicht weit her sein. Wenn Sie wollen, gebe ich das Zeug wieder hinein. Es ist ja nicht mein Wagen.«

Der Druide starrte ihn unbewegt an. »Wollen Sie

damit sagen, daß der Wagen noch fliegt, nachdem Sie das ganze Metall herausgeholt haben?«

»Er müßte noch besser fliegen.«

Der Druide musterte Joe von Kopf bis Fuß. Joe nahm an, daß dies der Bezirksthearch war. Der Druide warf einen verstohlenen Blick über die Schulter zum Palast zurück, dann wandte er sich wieder an Joe.

»Ich müßte mich doch sehr wundern, wenn Sie nicht in Hableyats Diensten ständen.«

»Bei dem Mang? Ja – natürlich.«

»Sie sind kein Mang. Was sind Sie?«

Joe erinnerte sich des Vorfalls mit dem Druiden am Raumhafengebäude. »Ich bin Thubaner.«

»Ah! Wieviel zahlt Ihnen Hableyat?««

Joe wünschte, er wüßte mehr über die hiesige Währung und ihren Wert. »Eine ganze Menge«, murmelte er.

»Dreißig Pensis die Woche? Vierzig?«

»Fünfzig«, erwiderte Joe.

»Ich zahle Ihnen achtzig«, sagte der Thearch, »und Sie werden mein Chefmechaniker.«

Joe nickte. »Einverstanden.«

»Sie kommen gleich mit mir. Ich werde Hableyat von der Änderung informieren. Sie werden künftig keine Verbindung mehr mit diesem mangtschen Attentäter pflegen. Sie stehen jetzt im Dienst des Bezirksthearchen.«

»Sehr wohl, Euer Eminenz«, sagte Joe.

2

Der Summer ertönte.

Joe schlug rasch auf die Meldetaste und brummte: »Garage.«

Die Stimme eines Mädchens drang von der Plattform an sein Ohr, die gebieterische und eigenwillige Stimme von Priesterin Elfane, der dritten Tochter des Thearchen.

Ein schriller Unterton schwang darin mit, den sich Joe nicht erklären konnte.

»Chauffeur, hör mir zu und tu genau, was ich sage.«

»Jawohl, Eminenz.«

»Nimm den schwarzen Kelt, steig damit zur dritten Ebene auf und sinke dann wieder zu meinen Gemächern hinab. Sei diskret, und es wird dein Schaden nicht sein. Hast du mich verstanden?«

»Jawohl, Eminenz«, sagte Joe bleiern.

»Beeil dich.«

Joe schlüpfte in seine Livree. Hast – Diskretion – Diebstahl? Ein Liebhaber von Elfane? Sie war jung, aber nicht zu jung. Er hatte schon ähnliche Aufträge für ihre Schwestern Esane und Phedran erledigt. Joe zuckte die Schultern. Vielleicht konnte er dabei etwas herausschlagen. Hundert Pensis, oder mehr.

Er grinste kläglich, als er den schwarzen Kelt herausfuhr. Ein Trinkgeld von einem achtzehnjährigen Mädchen – und er freute sich auch noch darüber. Irgendwann und irgendwo, wenn er zur Erde und zu Margaret zurückkehrte, würde er seinen Anspruch auf Stolz und Würde schon einklagen. Doch jetzt waren das nutzlose Allüren für ihn, ein Handikap, das er sich nicht leisten konnte.

Geld war Geld. Geld hatte ihn durch die Galaxis gebracht, und jetzt war es nur noch ein Katzensprung bis Ballenkarch. Nachts konnte er, wenn die Suchscheinwerfer des Tempels vom Himmel verschwanden, schon die Sonne Ballen sehen, ein heller Punkt in einem Sternbild, das die Druiden ›Porphyrit‹ nannten. Die billigste Passage im Hypnoseschlaf kostete zweitausend Pensis.

Bei einem Gehalt von achtzig Pensis die Woche konnte er fünfundsiebzig zurücklegen. Drei Wochen arbeitete er schon hier – vierundzwanzig weitere würden ihm eine Passage nach Ballenkarch sichern. Eine zu lange Zeit, während der Margaret, blond, lebensfroh und anmutig, auf der Erde wartete. Geld war Geld. Jedes Trinkgeld würde ihn schneller zu ihr zurückbringen.

Joe lenkte den Wagen zum Freisteig des Palastes und

ließ sich am Baum entlang bis zur dritten Ebene nach oben tragen. Die Krone des Baumes wölbte sich über ihm, als hätte er den Boden überhaupt nicht verlassen, und Joe empfand wieder jene tiefe Ehrfurcht und Bewunderung, die drei Wochen im Schatten des mächtigen Stammes nicht hatten mildern können.

Ein gewaltiger, atmender, kraftstrotzender Gigant, dessen Stamm fünf Meilen im Durchmesser betrug und von den großen Luftwurzeln bis zu den Knospen an der äußersten Spitze zwölf Meilen hoch war – der ›Spender der Lebenskraft‹, wie ihn die Druiden nannten. Sein Laubwerk breitete sich nach allen Seiten hin aus, von Ästen getragen, so mächtig wie der Palast des Thearchen, der gleich einem strohgedeckten altmodischen Heuschober in sie eingebettet war.

Die Blätter waren annähernd dreieckig, drei Fuß lang und leuchtend gelb in den oberen Höhen, wurden nach unten zu aber mehr und mehr lind, rosa, purpur und blauschwarz. Der Baum beherrschte Himmel und Horizont, trug die Wolken auf seinen Schultern und Blitz und Donner wie einen Kranz aus Lametta. Er war die Seele des Lebens, des ungezügelten Lebens, bezwang alle Trägheit und ließ sie weit hinter sich, so daß Joe verstand, wie es dazu hatte kommen können, daß die ersten erstaunten Siedler auf Kyril ihn einst zu verehren begannen.

Die dritten Ebene. Und wieder hinunter, im schwarzen Kelt hinunter zur Plattform neben den Gemächern der Priesterin Elfane. Joe landete den Wagen, sprang heraus, schritt über die goldenen und elfenbeinernen Einlegearbeiten. Elfane persönlich öffnete ihm – ein lebhaftes Geschöpf voll innerem Feuer mit angenehm schmalem Gesicht und dunklem Haar. Sie trug ein einfaches weißes Kleid ohne jede Verzierung und stieg barfuß vor lauter Nervosität von einem Bein auf das andere. Joe, der sie bisher nur in ihrer offiziellen Amtstracht gesehen hatte, starrte sie fasziniert und fassungslos an.

»Schnell«, drängte sie, »hier entlang!« Sie eilte ihm voraus und schob einen Vorhang zur Seite. Joe betrat einen eleganten, aber kalt wirkenden Raum mit schwarzen Wänden. Streifen weißen Marmors zogen sich über zwei Wände dahin, in die Kupferreliefs eingelassen waren, auf denen Abbildungen exotischer Vögel zu sehen waren. An der dritten Wand hing ein Gobelin, der eine Gruppe junger Mädchen zeigte, die einen Wiesenhang hinabrannte, und entlang der vierten Wand verlief ein mit niedrigen Sitzkissen ausgestatteter Diwan.

Hier saß ein junger Mann in der Amtstracht eines Unterthearchen – einer blauen Robe, die mit den roten und grauen Borten seines Ranges bestickt war. Eine Sturmhaube, in die ein goldenes Blattmuster eingelegt war, ruhte neben ihm auf dem Diwan, und an seinem Gürtel hing ein aus heiligem Holz geschnitzter Stab – eine Ehre, mit der nur Ekklesiarchen ausgezeichnet wurden. Er hatte schmale Hüften, breite Schultern und das auffallendste Gesicht, das Joe jemals gesehen hatte.

Es war ein leidenschaftliches Gesicht, breit um die Backenknochen mit den flachen Wangen, die in ein vorstehendes Kinn ausliefen. Die Nase war lang und gerade und die Stirn hoch. Die Augen waren schwarze Scheiben in schmalen Höhlen, die Brauen rabenschwarz wie das dichtgelockte und kunstvoll frisierte Haar. Es war ein verschlagenes Gesicht, faszinierend in seiner Grausamkeit, übervoll, überreich, ohne Humor und Anteilnahme – das Gesicht einer Bestie, die nur aus Zufall ein Mensch war.

Joe verharrte mitten im Schritt und starrte dieses Gesicht in instinktiver Abneigung an. Erst dann blickte er hinunter auf die Leiche zu Füßen des Ekklesiarchen – grotesk verkrümmt lag sie da, der scharlachrote Umhang mit hellgelbem Blut getränkt.

»Er war ein Gesandter von Mangtse«, wandte Elfane sich an Joe. »Ein Spion, aber nichtsdestotrotz ein Gesandter von hohem Rang. Jemand tötete ihn entweder hier, oder er brachte die Leiche in diesen Raum. Sie darf nicht gefunden werden. Es darf kein Aufschrei der Entrüstung erfolgen. Ich halte dich für einen treuen Diener vor dem Herrn. Heikle Verhandlungen mit den Mang stehen uns bevor, und ein Vorfall wie dieser kann zur Katastrophe führen. Verstehst du mich?«

Palastintrigen interessierten Joe nicht. »Welche Befehle Eure Eminenz mir auch immer geben«, erwiderte er, »ich werde sie ausführen, sofern der Thearch seine gütige Erlaubnis erteilt.«

»Der Thearch ist zu beschäftigt, als daß wir ihn jetzt um Rat fragen könnten«, sagte sie unwirsch. »Ekklesiarch Manaolo wird dir helfen, die Leiche im Kelt zu verstauen. Dann fliegst du uns über den Ozean, wo wir uns ihrer entledigen können.«

»Ich werde den Wagen so nahe wie möglich heranfahrem«, meinte Joe.

Manaolo erhob sich und folgte ihm zur Tür. Joe hörte ihn leise über die Schulter murmeln: »Es wird recht eng in dem Wagen werden.«

»Es ist der einzige Wagen, den ich fahren kann«, sagte Elfane nervös.

Joe nahm sich Zeit, den Wagen vor der Tür abzustellen, und dachte angestrengt über ihre Worte nach. Der einzige Wagen, den sie fahren konnte ... Er blickte zur benachbarten Plattform an der Seite des Palastes, die kaum fünfzig Fuß entfernt war. Ein korpulenter Mann in blauem Umhang stand dort mit auf dem Rücken verschränkten Händen und nickte Joe väterlich zu.

Joe kehrte in das Zimmer zurück. »Auf dem nächsten Balkon steht ein Mang.«

»*Hableyat!*« entfuhr es Manaolo. Er schritt zur Tür und blickte hinaus, ohne sich zu zeigen. »Gerade er darf nichts bemerken!«

»Verdammt. Es gibt nichts, was Hableyat nicht weiß«, murmelte Elfane düster. »Manchmal glaube ich, er hat das zweite Gesicht.«

Joe kniete sich neben den Toten. Der Mund stand offen und enthüllte eine rostig orangefarbene Zunge. Ein prallgefüllter Beutel hing vom Umhang halb verborgen an seiner Seite. Joe öffnete ihn. Hinter ihm ertönte ein wütender Aufschrei. Dann vernahm er Elfanes Stimme. »Nein, soll er sich doch bedienen.«

Ihr Tonfall, ihre herablassende Verachtung, schmerzten Joe. Aber Geld war Geld. Mit brennenden Ohren griff er in den Beutel und holte ein Bündel Banknoten heraus. Hundertpensisscheine, mindestens ein Dutzend. Er griff erneut in den Beutel und entdeckte eine kleine Handfeuerwaffe ihm unbekannter Bauart. Schnell ließ er sie unter seinem Hemd verschwinden. Anschließend hüllte er die Leiche in den scharlachroten Mantel und erhob sich, faßte sie unter den Achselhöhlen.

Manaolo nahm sie an den Fußknöcheln. Elfane ging zur Tür und warf einen Blick hinaus. »Er ist weg. Schnell! So beeilt euch doch!«

Fünf Sekunden später war die Leiche im Kofferraum des Wagens verstaut. Elfane wandte sich an Joe. »Komm mit«, befahl sie ihm.

Sorgfältig bedacht, Manaolo nicht den Rücken zuzuwenden, folgte Joe ihr. Sie führte ihn in einen Umkleideraum und deutete auf ein paar Kisten. »Lade sie auf den Rücksitz des Kelts.«

Ballast, dachte Joe. Er gehorchte. Aus den Augenwinkeln bemerkte er, daß Hableyat wieder auf den Balkon hinausgetreten war und milde in seine Richtung lächelte. Joe kehrte ins Innere zurück.

Elfane hatte sich umgekleidet. Sie trug jetzt Sandalen und ein blaues Kleid, das sie wie ein Mädchen des einfachen Volkes aussehen ließ. Es unterstrich noch ihre elfengleiche Erscheinung und jene herbe Würze, die ein wesentlicher Bestandteil von ihr zu sein schien. Joe riß seine Augen von dem Anblick los. Margaret hätte sich nicht so beiläufig mit einer Leiche eingelassen.

»Der Kelt ist bereit, Eminenz«, meldete er.

»Du wirst uns fahren«, erklärte Elfane. »Wir steigen bis zur fünften Ebene hinauf und fliegen dann über Divinal südwärts zum Meer.«

Joe schüttelte den Kopf. »Ich fahre Sie nicht. Tatsächlich komme ich nicht einmal mit.«

Der Sinn seiner Worte wurde ihnen nicht sofort klar. Doch dann wandten Elfane und Manaolo gemeinsam die Köpfe. Elfanes Miene spiegelte mehr einen Mangel an Verständnis als wirklichen Ärger wider. Manaolo stand reglos da, seine Augen düster und trüb.

Elfane starrte Joe an und sagte in etwas schärferem Tonfall, als hätte er sie nicht verstanden: »Geh! Du wirst uns fahren.«

Joe ließ seine Hand beiläufig unter sein Hemd gleiten, wo die Waffe verborgen war. Manaolos Lider zuckten unruhig, sonst blieb sein Gesicht unbewegt, doch Joe wußte, daß er intensiv nachdachte.

»Ich habe nicht die Absicht, Sie zu fahren«, wiederholte Joe. »Sie können diese Leiche ebensogut ohne mich versenken. Ich habe keine Ahnung, wohin Sie anschließend wollen und weshalb. Ich weiß nur, daß ich auf keinen Fall mitkommen werde.«

»Ich befehle es dir!« empörte sich Elfane. Das war einfach unglaublich. Es stand im Widerspruch zu den Grundfesten ihrer Existenz.

Joe schüttelte den Kopf und sah sie aufmerksam an. »Tut mir leid.«

Elfane verbannte den Widerspruch aus ihren Gedanken. »Na schön, dann töte ihn eben hier«, sagte sie zu Manaolo. »Zumindest wird uns *seine* Leiche nicht in Schwierigkeiten bringen.«

Manaolo grinste bedauernd. »Ich fürchte, der Kerl zielt mit einer Waffe auf uns. Er wird es nicht zulassen, daß ich ihn töte.«

Elfane preßte die Lippen zusammen. »Das ist ja lächerlich!« Sie fuhr herum. Joe zog die Waffe heraus, und Elfane blieb stocksteif stehen – die Worte blieben ihr im Hals stecken.

»Also gut«, sagte sie mit gedämpfter Stimme. »Ich werde dir Geld geben, damit du den Mund hältst. Bist du einverstanden?«

»Sehr«, erwiderte Joe und lächelte schlitzohrig. Stolz? Was war schon Stolz? Wäre nicht Margaret, er hätte gute Lust ... Aber nein, sie war ja wohl drauf und dran, mit diesem gerissenen und gefährlichen Manaolo durchzubrennen. Und wer würde schon eine Frau wollen, die sich mit so einem eingelassen hat?

»Wieviel?« frage Manaolo.

Joe überschlug kurz seine Auslagen. Er hatte vierhundert Pensis auf seinem Zimmer und ungefähr tausend dem Toten abgenommen. Fehlten noch ... Ach was! Er warf seine Berechnungen über den Haufen. Wenn schon, denn schon. »Fünftausend Pensis, und ich werde alles vergessen, was ich heute hier gesehen habe.«

Die Forderung schien offenbar keinem von beiden übermäßig hoch zu sein. Manaolo griff in seine Robe, holte eine Geldbörse heraus, zählte ein paar Scheine ab und warf sie auf den Boden. »Da hast du dein Geld.«

Ohne einen weiteren Blick auf ihn rannte Elfane zur Plattform hinaus und sprang in den Kelt. Manaolo schlenderte hinter ihr her.

Der Kelt machte einen Satz nach vorn und schwang sich dann in die saubere Luft von Kyril. Joe war allein in der hohen Kammer.

Er hob die Banknoten auf. Fünftausend Pensis! Er ging ans Fenster und sah zu, wie der Luftwagen zu einem Punkt zusammenschrumpfte.

Er hatte einen dicken Kloß im Hals, und ein stechender Schmerz nagte in seiner Brust. Elfane war ein bezauberndes Wesen. Auf der Erde, gäbe es nicht Margaret, die auf ihn wartete, hätte sie ihn sicher in ihren Bann gezogen. Doch er war hier auf Kyril, wo man die Erde für eine Legende hielt. Und Margaret, geschmeidig, sanft und blond wie ein Feld von Jonquillen, wartete auf seine Rückkehr. Oder wußte doch wenigstens, daß er damit rechnete, daß sie auf ihn wartete. Aber für Margaret, dachte Joe bedauernd, mochte das längst nicht dasselbe sein. Verdammter Harry Creath!

Ein ungutes Gefühl machte sich in ihm breit, und er wurde sich wieder seiner Umgebung bewußt. Jeden Augenblick mochte eine beliebige von einem runden Dutzend Personen auftauchen und ihn hier finden. Er würde Schwierigkeiten bekommen, seine Anwesenheit zu erklären. Irgendwie mußte er in seine eigene Kammer zurück. Er erstarrte vor Schreck. Das Geräusch einer aufgleitenden Tür ließ seinen Puls schneller schlagen, trieb ihm den Schweiß auf die Stirn. Er drückte sich in eine Ecke. Langsam und ohne jede Eile kamen Schritte den Korridor entlang. Die Tür glitt scharrend zur Seite. Ein Mann betrat das Zimmer, ein gelbhäutiger korpulenter Mann in blauem Samtumhang – Hableyat.

3

Hableyat schaute sich kurz um und schüttelte bekümmert das Haupt. »Eine schlimme Geschichte. Sehr gefährlich für alle Beteiligten.«

Joe, der immer noch steif an der Wand stand, war geneigt, ihm zuzustimmen. Hableyat machte ein paar Schritte vorwärts und betrachtete ruhig den Fußboden. »Wie unvorsichtig. Viel zuviel Blut.«

Er blickte hoch und bemerkte Joes starre Haltung. »Aber um alles in der Welt, entspannen Sie sich doch, mein junger Freund. Entspannen Sie sich.« Einen Augenblick lang musterte er Joe unpersönlich. »Zweifellos hat man Ihnen den Mund mit Geld gestopft. Ein Wunder, daß Sie überhaupt noch am Leben sind.«

»Ich wurde von der Priesterin Elfane hierherbefohlen, die danach mit dem Kelt abgeflogen ist«, sagte Joe trocken. »Übrigens distanziere ich mich von allem, was in diesem Raum vorgefallen ist.«

Hableyat schüttelte traurig den Kopf. »Wenn man Sie hier mit dem Blut am Boden antrifft, wird man Sie verhören. Und da man keine Mühe scheuen wird, das Attentat auf Empoing zu vertuschen, wird man sie gewiß töten, damit Sie nicht reden können.«

Joe fuhr sich mit der Zunge nervös über die Lippen. »Aber sind es denn nicht gerade Sie, vor dem man das Attentat verheimlichen will?«

Hableyat nickte. »Natürlich. Ich vertrete die Macht und das Ansehen des mangtschen Oberhauses – das heißt der Blauwasserfraktion. Empoing gehörte der Rotstromfraktion an, die andere Ziele verfolgt. Sie glaubt an den Sinn militärischer Interventionen.«

Ein seltsamer Einfall tauchte in Joes Gedanken auf und wollte nicht mehr weichen. Hableyat bemerkte die Veränderung auf seinem Gesicht. Er verzog den Mund, einen fleischigen Spalt zwischen zwei gelben Wangenknochen, zu einem honigsüßen Grinsen.

»Ja, Sie haben recht. Ich habe ihn getötet. Es war notwendig, glauben Sie mir. Sonst hätte er Manaolo umgebracht, der mit einer wichtigen Mission beauftragt ist. Wenn Manaolo sie nicht ausführen könnte, wäre das aus unserer Sicht eine Tragödie.«

Joes Gedanken überschlugen sich – sie zuckten durch sein Gehirn wie ein Schwarm Elritzen. Es war, als breitete Hableyat ein Tablett voll köstlicher Waren vor ihm aus und wartete nun ab, um zu sehen, welche Wahl Joe treffen würde.

»Weshalb erzählen Sie mir das eigentlich alles?« fragte Joe mißtrauisch.

Hableyat hob seine schweren Schultern. »Wer und was immer Sie auch sind, ein einfacher Chauffeur jedenfalls sicher nicht.«

»Aber ... das *bin ich!*«

»Wer oder was Sie wirklich sind, konnte bisher nicht mit Sicherheit festgestellt werden. Dies sind verworrene Zeiten, in denen viele Leute auf vielen Welten unvereinbare Ziele verfolgen und Herkunft sowie Absichten eines jeden Menschen genauestens analysiert werden müssen. Meine Informationen reichen bis Thuban Neun und zurück, wo Sie als Dozent für Ziviles Ingenieurwesen am Technischen Institut tätig waren. Von Thuban aus gelangten Sie nach Ardemizian, dann nach Panapol, nach Rosalinde, nach Jamivetta und schließlich nach Kyril.

Auf jedem Planeten blieben Sie gerade lange genug, um sich die Überfahrt zum nächsten zu verdienen. Es gibt also ein Muster, und wo es ein Muster gibt, gibt es auch einen Plan. Wo es aber einen Plan gibt, da gibt es auch eine Absicht, und wo es eine Absicht gibt, werden Ziele verfolgt. Tja, und wenn Ziele verfolgt werden, ist immer jemand Verlierer. Wie ich sehe, sind Sie ein wenig beunruhigt. Offenbar haben Sie Angst vor einer Entdeckung. Oder sollte ich mich täuschen?«

»Oh, ich habe nur etwas dagegen, ohne Grund getötet zu werden.«

»Ich schlage vor, daß wir uns in meine Suite zurückziehen, die gleich nebenan ist, und dort einen kleinen Schwatz halten. Ich bin immer daran interessiert, etwas Neues zu lernen, und vielleicht würden Sie mir ja aus Dankbarkeit, daß ich Ihnen helfe, diese Räume sicher zu verlassen ...«

Ein schrilles Klingeln unterbrach ihn. Er ging schnell zum Fenster, blickte hinauf und hinunter, eilte zur Tür und lauschte. Dann gab er Joe ein Zeichen: »Verstecken Sie sich!«

Erneut ertönte das schrille Klingeln – ein schwerer Knöchel klopfte gegen Holz. Hableyat sog zischend die Luft ein. Ein Kratzen, ein Knarren, und langsam glitt die Tür zur Seite.

Ein großgewachsener Mann mit breitem, rotem Gesicht und einem Miniaturzinken als Nase betrat das Zimmer. Er trug eine locker fallende weiße Robe mit einer Kapuze und einer schwarz-grün-goldenen Sturmhaube obendrauf. Hableyat trat lautlos hinter ihn, machte eine Anzahl verwirrender Gesten, einschließlich eines Trittes gegen die Waden des Mannes, eines Schlags auf den Unterarm, einer Verrenkung des Handgelenks – und der Druide fiel mit dem Gesicht voran zu Boden.

»Aber das ist ja der Thearch!« keuchte Joe. »Man wird uns steinigen ...«

»Kommen Sie«, forderte Hableyat ihn auf, der jetzt wieder ganz der freundliche Geschäftsmann war. Sie durchquerten schnell die Halle. Hableyat drückte einen Knopf, und die Tür zu seinen Botschaftsräumen glitt vor ihnen auf. *»Los, hinein!«*

Hableyats Suite war erheblich größer als die Gemächer der Priesterin Elfane. Das Vorzimmer wurde von einem gewaltigen rechteckigen Tisch beherrscht, dessen Platte aus einer einzigen Scheibe polierten dunklen Holzes bestand, in das man fein ziseliertes kupfernes Laubwerk eingearbeitet hatte.

Zwei Mangkrieger saßen reglos zu beiden Seiten der Tür – kleine knorrige Männer mit derben Gesichtszügen. Hableyat beachtete sie nicht, sondern schritt an ihnen vorbei, als wären sie leblose Statuen. Als er Joes fragenden Blick bemerkte, schien er sie zum erstenmal richtig wahrzunehmen.

»Hypnotisiert«, sagte er knapp. »Solange ich mich in der Wohnung befinde oder sie leer ist, bewegen sie sich nicht.«

Joe betrat hinter ihm das Zimmer, sich wohl bewußt, daß er hier ebenso mißtrauisch sein mußte wie in den Gemächern der Priesterin.

Hableyat ließ sich ächzend in einen Sessel fallen und bot Joe einen anderen an. Um nicht in ein Labyrinth unbekannter Gänge flüchten zu müssen, gehorchte Joe. Hableyat legte seine speckigen Handflächen auf den Tisch und fixierte Joe mit starrem Blick.

»Sie scheinen sich in eine unangenehme Situation gebracht zu haben, Joe Smith.«

»Nicht unbedingt«, sagte Joe in dem vergeblichen Versuch, geistreich zu sein. »Ich könnte zum Thearchen gehen und ihm meine Geschichte erzählen. Das würde die Sache beenden.«

Hableyats Kinnfalten zitterten, als er geräuschlos lachte. »Und dann?«

Joe schwieg.

Hableyat schlug herzhaft auf den Tisch. »Mein Junge, Sie sind noch nicht ganz mit der Psychologie der Druiden vertraut. Für sie ist im Zweifelsfall das Töten der einfachste Ausweg aus allen Schwierigkeiten – eine beiläufige Handlung wie das Ausknipsen eines Lichtschalters, wenn man das Zimmer verläßt. Hätten Sie also Ihre Geschichte erst einmal erzählt, würde man Sie umbringen. Aus dem simplen Grund, weil es einfacher ist zu töten als nicht zu töten.« Hableyat fuhr mit einem gelben Fingernagel das komplexe Muster der Tischplatte nach und sprach, als würde er sich köstlich amüsieren.

»Manchmal funktionieren gerade die fremdartigsten Organismen am wirkungsvollsten. Hier auf Kyril ist alles so furchtbar einfach, wie man es sich nur vorstellen kann. Fünf Milliarden Bürger kennen nichts anderes, als zwei Millionen Druiden und einen Baum zu füttern und zu verhätscheln. Aber dieses System funktioniert, es setzt sich durch – was noch immer der beste Beweis für Lebensfähigkeit ist.

Kyril ist ein groteskes Beispiel religiöser Aufopferung. Es gibt das einfache Volk, die Druiden und den Baum. Das einfache Volk schuftet immerzu, die Druiden vollziehen die Rituale, und der Baum ist ... nun, er ist immanent. Erstaunlich, wenn man bedenkt, daß die Natur die Massen des einfachen Volkes aus demselben Protoplasma geschaffen hat wie die Druiden.«

Joe räusperte sich ruhelos. »Und was hat das alles mit mir zu tun?«

»Ich will damit nur sagen«, erwiderte Hableyat freundlich, »daß Ihr Leben hier keinen roten Heller wert ist, außer für Sie selbst natürlich. Was bedeutet einem Druiden schon ein Leben? Sehen Sie diese Qualitätsarbeit hier? Das Leben von zehn Männern ist für diesen Tisch draufgegangen. Die Marmortafeln an der Wand – sie wurden von Hand geschliffen und zusammengefügt. Kosten? Davon haben die Druiden keine Vorstellung. Arbeit kostet nichts, und Menschenmaterial gibt es unbegrenzt. Selbst die Elektrizität, die den Palast mit Strom und Licht versorgt, wird in den Gewölben von Hand erzeugt – im Namen des Lebensbaumes, in dem die armen blinden Seelen dereinst ihr Glück zu finden hoffen, um heiter als Blätter im Sonnenlicht und im Wind zu tanzen. Damit rechtfertigen die Druiden das System sich selbst und anderen Welten gegenüber.

Das einfache Volk weiß es nicht besser. Ein Teller Hafergrütze, ein Fisch, ein Löffel voll Gemüse – das reicht ihnen zum Leben. Sie kennen keine ehelichen Bande, keine Familie, keine Tradition, ja nicht einmal Legenden oder Sagen. Sie sind nicht mehr als Zuchtvieh auf einer Weide. Sie pflanzen sich ohne jede Leidenschaft und Anteilnahme fort.

Unstimmigkeiten? Die Formel der Druiden ist einfach. Töte beide Parteien, und auch die Unstimmigkeit wird begraben sein. Unwiderlegbar, nicht wahr? Es ist ein unerschütterliches System, solange der Lebensbaum weithin als das mächtigste Wahrzeichen des ewigen Lebens, das die Galaxis jemals gekannt hat, über dem Planeten thront. Geballte Lebenskraft!«

Joe rutschte unruhig auf seinem Platz hin und her. Er sah nach rechts zu den reglosen Mangkriegern, dann nach links, über den orangenen Teppich, zum Fenster. Hableyat begleitete seinen rastlosen Blick mit einem spöttischen Vorstülpen der Lippen.

»Weshalb halten Sie mich hier fest?« fragte Joe. »Worauf warten Sie?«

Hableyat blinzelte vorwurfsvoll. »Aber ich halte Sie doch nicht fest. Es steht Ihnen frei zu gehen, wann immer Sie das wünschen.«

»Weshalb haben Sie mich dann überhaupt hierhergebracht?« fragte Joe.

Hableyat zuckte die Schultern. »Reiner Altruismus. Denn wenn Sie jetzt in Ihr Quartier zurückkehrten, wären Sie so gut wie tot. Besonders nach dem bedauerlichen Vorfall mit dem Thearchen.«

Joe entspannte sich in seinem Sessel. »Das muß nicht ... unbedingt so sein.«

Hableyat nickte betont. »Ich fürchte doch. Denken Sie daran: Es ist bekannt oder wird noch bekannt werden, daß Sie den schwarzen Kelt holten, der später von Priesterin Elfane und Ekklesiarch Manaolo geflogen wurde. Der Thearch wurde, als er die Gemächer seiner Tochter betrat – vielleicht um nachzuforschen, vielleicht um einer Einladung zu folgen –, angegriffen. Bald darauf kehrt der Chauffeur in sein Quartier zurück.« Er machte eine Pause und breitete seufzend die Arme aus.

»Also gut«, sagte Joe. »Was haben Sie vor?«

Hableyat trommelte mit den Fingern auf die Tischplatte. »Dies sind verworrene Zeiten. Sie müssen wissen«, fügte er vertraulich hinzu, »daß Kyril bald mit Druiden übervölkert sein wird.«

Joe runzelte die Stirn. »Übervölkert? Mit zwei Millionen Druiden?«

Hableyat lachte. »Fünf Milliarden einfache Bürger schaffen es nicht, noch mehr Druiden einen standesgemäßen Unterhalt zu sichern. Sie müssen wissen, daß diese armen Kerle von sich aus kein großes Interesse daran haben. Ihr einziges Streben ist es, ihr Leben so schnell wie möglich hinter sich zu bringen, um endlich ihren Platz als Blatt am Baum des Lebens einnehmen zu dürfen.

Die Druiden befinden sich in einem Dilemma. Um die Produktivität zu erhöhen, müssen sie entweder eine Industrie aufbauen und dem Volk eine anständige Ausbildung zukommen lassen – was bedeuten würde, dem Volk gegenüber einzugestehen, daß das Leben mehr zu bieten hat als mystische Versenkung –, oder sie müssen eine andere Bezugsquelle finden. Schließlich entschieden sie sich dafür, auf Ballenkarch eine Kette von Industriezweigen aufzubauen. So wurden wir Mang und unsere hochindustrialisierte Welt in das Ganze verwickelt. Wir sehen in dem Plan der Druiden eine Bedrohung unseres eigenen Wohlstands.«

»Und was geht das *mich* an?« fragte Joe mit zur Neige gehender Geduld.

»In meiner Position als Abgesandter mit eigener Entscheidungsbefugnis«, erklärte Hableyat, »bleibt mir nichts anderes übrig, als die Interessen meiner Welt wahrzunehmen. Zu diesem Zweck bin ich auf möglichst viele Informationsquellen angewiesen. Als Sie vor einem Monat hier ankamen, ließ ich Erkundigungen über Sie einziehen. Wie schon erwähnt, konnten wir Ihre Spur bis zu einem Planeten der fernen Sonne Thuban zurückverfolgen. Doch woher Sie davor kamen, ließ sich nicht feststellen.«

»Aber Sie *kennen* meine Heimatwelt!« rief Joe in fassungslosem Zorn. »Ich nannte sie Ihnen, als wir uns zum erstenmal trafen. Es ist die Erde. Sie sagten noch, daß Sie schon mit einem anderen Erdenmenschen gesprochen hätten, mit Harry Creath.«

Hableyat nickte. »Natürlich. Aber dann fiel mir ein, daß die ›Erde‹ als Herkunftsort eine angenehme Anonymität bietet.« Er blickte Joe durchdringend an. »Sowohl für Sie als auch für Harry Creath.«

Joe holte tief Luft. »Sie wissen mehr über Harry Creath, als Sie zugeben wollen.«

Hableyat schien überrascht zu sein, daß Joe diese Tatsache ungewöhnlich fand. »Natürlich. Es ist selbstverständlich für mich, eine Menge zu wissen. Was nun diese ›Erde‹ betrifft, von der Sie sprechen – ist sie denn wirklich mehr als nur eine Redensart?« Und dabei schaute er Joe neugierig an.

»Das können Sie aber glauben«, erwiderte Joe sarkastisch. »Ihr Menschen hier am Rande der Galaxis lebt so abgeschieden von aller Welt, daß ihr den Rest des Universums glatt vergessen habt.«

Hableyat nickte und trommelte mit den Fingern auf dem Tisch. »Interessant, interessant. Das wirft ein völlig neues Licht.«

»Es ist mir egal, ob es ein neues oder ein altes Licht wirft«, sagte Joe ungeduldig. »Mein Anliegen ist rein persönlich. Ich bin nicht daran interessiert, mich in Ihre Intrigen, oder was immer Sie sonst beabsichtigen, verwickeln zu lassen.« Jemand klopfte lautstark an die Tür. Hableyat erhob sich mit einem zufriedenen Grunzen. Darauf hatte er also gewartet, dachte Joe.

»Ich wiederhole«, sagte Hableyat. »Sie haben keine andere Wahl. Sie stecken bis zum Hals in der Sache drin, ob Sie wollen oder nicht. Ich nehme doch an, Sie möchten am Leben bleiben?«

»Natürlich will ich das.« Joe erhob sich zögernd, als es erneut klopfte.

»Dann müssen Sie mir jetzt in allem zustimmen – egal, wie weit hergeholt es Ihnen erscheinen mag. Haben Sie mich verstanden?«

»Ja«, seufzte Joe.

Hableyat stieß einen Befehl aus, und die beiden Krieger sprangen wie mechanische Puppen von ihren Plätzen auf. »Öffnet die Tür!«

Die Tür glitt zur Seite. Der Thearch stand in der Öffnung, sein Gesicht eine drohende Maske. Er war in Begleitung eines halben Dutzend Druiden in Roben der verschiedensten Farben – Ekklesiarchen, Unterthearchen, Presbyter und Hierophanten.

Hableyat war wie verwandelt. Seine hervorstechenden Charaktermerkmale traten noch deutlicher hervor. Sein Wohlwollen milderte sich zur Unterwürfigkeit, die höfliche Leichtigkeit seines Gebarens wurde zu weihevoller Inbrunst. Er stolperte nach vorn, als mache ihn der Besuch des Thearchen stolz und erwiese ihm grenzenlose Ehre.

Der Thearch füllte den Türrahmen aus und sah sich im Zimmer um. Sein Blick streifte die beiden Krieger und blieb auf Joe ruhen.

Er deutete auf ihn. »Dort ist der Mann! Ein mörderischer Schuft! Ergreift ihn! Sein Ende wird kommen, noch ehe die Stunde um ist.«

Die Druiden schritten mit raschelnden Gewändern auf Joe zu. Er griff nach seiner Waffe. Doch die beiden Mangkrieger verstellten ihnen schon den Weg – so schnell und leichtfüßig, daß man glauben könnte, sie hätten sich überhaupt nicht bewegt. Ein Druide in braungrüner Robe wollte sie wütend zur Seite schieben.

Blaue Funken sprühten, es knisterte. Der Druide schrie verblüfft auf und sprang an allen Gliedern zitternd zurück.

»Sie stehen ja unter Strom!«

Hableyat trat mit sorgenvoller Miene vor. »Was hat das alles zu bedeuten, Eminenz?«

Der Thearch warf ihm einen verächtlichen Blick zu. »Geht zur Seite, Mang, und ruft Eure elektrisch geladenen Sklaven zurück. Ich will diesen Mann!«

»Aber Eure Eminenz!« rief Hableyat erschüttert. »Ihr tut mir unrecht. Kann es wahr sein, daß ich einen Verbrecher in meine Dienste nahm?«

»In Eure Dienste?«

»Eurer Eminenz ist doch sicher bekannt, daß meine Regierung, damit sie ihren realistischen Kurs weiterverfolgen kann, eine Anzahl inoffizieller Beobachter beschäftigt?«

»Meuchlerische Spione!« donnerte der Thearch.

Hableyat rieb sich das Kinn. »Sollte Eure Anklage zu Recht bestehen, Eminenz, bin ich zutiefst entrüstet, da die Spione der Druiden auf Mangtse sich alle lobenswert unauffällig verhalten. Welchen Vergehens wird mein Diener denn beschuldigt?«

Der Thearch schob den Kopf vor und erklärte mit kaum verhohlener Genugtuung: »Ich sage Euch, wessen er sich schuldig gemacht hat – er hat einen Eurer eigenen Leute ermordet – einen Mang! Der ganze Boden im Gemach meiner Tochter Elfane ist mit hellgelbem Blut befleckt. Und wo in diesem Ausmaß Blut geflossen ist, muß ein Mord geschehen sein.«

»Eure Eminenz!« rief Hableyat. »Das sind ja furchtbare Neuigkeiten. Wer ist denn der Tote?«

»Woher soll ich das wissen? Es genügt, daß ein Mord geschah und dieser ...«

»Aber Eure Eminenz! Dieser Mann befand sich den ganzen Tag über in meiner Begleitung. Eure Kunde ist äußerst beunruhigend. Sie bedeutet, daß ein Vertreter meiner Regierung angegriffen wurde. Ich fürchte, daß das zu einem Tumult in Lathbon führen wird. Wo habt Ihr dieses Blut entdeckt? Im Gemach Eurer Tochter, der Prinzessin? Wo ist sie? Vielleicht kann sie etwas Licht in die Angelegenheit bringen?«

»Ich weiß noch nicht, wo sie gerade ist.« Er drehte sich

um und deutete auf einen Druiden. »Alamaina – finde die Prinzessin Elfane.« Dann wandte er sich wieder an Hableyat. »Verstehe ich also richtig? Ihr stellt diesen unverschämten Spion unter Euren Schutz?«

»Unsere Sicherheitsoffiziere sind äußerst gewissenhaft, was den Schutz der Druiden betrifft, die sich in Eurem Auftrag auf Mangtse aufhalten, Eure Eminenz«, erinnerte ihn Hableyat höflich.

Der Thearch drehte sich um und schritt mit seiner Begleitung davon.

»Jetzt bin ich also offiziell ein mangtscher Spion«, sagte Joe.

»Wären Sie vielleicht lieber tot?«

Joe kehrte zu seinem Sessel zurück. »Aus irgendeinem Grund kann ich mir nicht vorstellen, daß Sie mich wirklich in Ihren Stab aufnehmen wollen.«

Hableyat machte eine abfällige Geste.

Joe starrte ihn einen Moment lang an. »Sie ermorden Ihre eigenen Leute, schlagen den Thearchen in den Gemächern seiner Tochter nieder – und irgendwie werde ich schließlich dafür verantwortlich gemacht. Wäre es möglich, daß Sie das so geplant haben?«

»Na, na, na«, murmelte Hableyat.

»Dürfte ich wohl noch mit einem weiteren Hilfsdienst rechnen?« fragte Joe.

»Aber natürlich. Sprechen Sie.« Hableyat blickte ihn erwartungsvoll an.

»Bringen Sie mich zum Raumhafen«, bat Joe ihn, ohne ernsthaft an Hableyats Unterstützung zu glauben. »Bringen Sie mich an Bord eines Raumschiffs, das heute noch nach Ballenkarch abfliegt.«

Hableyat hob die Augenbrauen und nickte. »Ein durchaus verständliches Anliegen – und eines, das abzuschlagen sicherlich unrecht von mir wäre. Sind Sie zum sofortigen Aufbruch bereit?«

»Ja«, meinte Joe, »bin ich.«

»Und Sie verfügen über genügend Mittel?«

»Ich habe fünftausend Pensis, die Priesterin Elfane und Manaolo mir gaben.«

»Ah! Ich verstehe. Die beiden müssen in beträchtlicher Eile gewesen sein.«

»Diesen Eindruck hatte ich auch.«

Hableyat blickte ihn scharf an. »Ich höre unterdrückte Wut in Ihrer Stimme.«

»Nun ja, der Druide Manaolo ruft eine gewisse Abneigung in mir hervor.«

»*Hah!*« sagte Hableyat und blinzelte verschmitzt. »Und die Priesterin das genaue Gegenteil, was? Ach, diese Jugend! Ich wünschte, ich wäre noch einmal jung. Ich wüßte mich schon zu amüsieren.«

»Meine künftigen Pläne haben weder mit Manaolo noch mit Elfane etwas zu tun«, sagte Joe.

»Das wird allein die Zukunft erweisen«, erwiderte Hableyat salbungsvoll. »Und nun – auf zum Raumhafen.«

4

Joe bemerkte nicht, daß ein Befehl erteilt wurde, doch drei Minuten später – während denen Hableyat schweigend in seinem Sessel gekauert hatte – landete ein gutausgerüsteter Flugwagen auf der Plattform. Joe trat vorsichtig ans Fenster und blickte am Palast entlang in die Tiefe. Die Sonne ging bereits unter. Schatten der verschiedenen Balustraden, Landungsstege und Zieraufbauten glitten über den Stein und schufen ein Durcheinander von Formen, in denen sich alles mögliche verbergen mochte.

Unten befanden sich die Garage und seine Kammer. Aber er hatte dort nichts von großem Wert zurückgelassen – die paar hundert Pensis, die er sich von seinem Chauffeurgehalt erspart hatte, konnte er jetzt entbehren. Draußen erhob sich der Baum, eine monströse Masse, die sein Auge nicht auf einen Blick umfassen konnte. Um von einem Rand zum anderen zu sehen, mußte er seinen

Kopf von links nach rechts wenden. Seine Gestalt war aus dieser Nähe von nur etwa einer Meile Entfernung ungewiß. Eine Anzahl niedrig hängender und mit Blättern befrachteter Äste lag wie ein Trauerflor über dem Palast.

Hableyat trat zu ihm ans Fenster. »Er wächst und wächst. Eines Tages wird er über seine eigene Kraft und die des Bodens hinauswachsen. Er wird kippen und mit dem schrecklichsten Geräusch, das diese Welt jemals gehört hat, zu Boden stürzen. Und sein Sturz wird den Untergang der Druiden einleiten.«

Er musterte die sichtbare Seite des Palastes mit einem Blick, der sehr auf Vorsicht bedacht war. »Laufen Sie zum Wagen. Wenn Sie erst einmal drin sitzen, sind Sie vor Heckenschützen sicher.«

Erneut suchte Joe die Schatten ab. Dann trat er zögernd auf die Plattform hinaus. Sie schien sehr groß und sehr leer zu sein. Er spürte ein nervöses Jucken unter der Haut, als er auf den Flugwagen zuging. Er stieg ein, und schon im nächsten Moment schwankte das Fahrzeug unter einem enormen Gewicht. Gleich darauf ließ sich Hableyat neben ihn in einen Sessel fallen.

»Also gut, Juliam«, sagte Hableyat zu dem Fahrer, einem alten Mang mit traurigen Augen und faltigem Gesicht, dessen Haar vom Alter fleckig braun geworden war. »Auf – zum Raumhafen. Steg vier, glaube ich. Die *Belsaurion* nach Kreuzweg und Ballenkarch.«

Juliam trat auf das Steigpedal. Der Wagen zog hoch und davon. Schnell schrumpfte unter ihnen der Palast zusammen, und sie stiegen eine Weile am Stamm des Baumes hinauf, bevor sie zur Seite kippten.

Die Luft Kyrils war normalerweise von einem rauchigen Dunst erfüllt, doch heute schienen die schräg einfallenden Sonnenstrahlen wärmend durch eine absolut klare Atmosphäre. Die Stadt Divinal – mit ihrer Vielzahl von Palästen, Verwaltungsgebäuden, Tempeln und einigen langgestreckten Lagerhallen – kauerte zwischen den Wurzeln des Baumes und wich schnell der leicht hügeligen Landschaft mit ihren Farmen und winzigen Dörfern. Von allen Richtungen führten Straßen auf den Baum zu, und in langen Zügen schritten darauf Männer und Frauen des einfachen Volkes – hielten ihre Pilgerfahrt zum Baum ab. Joe hatte sie einige Male dabei beobachtet, wie sie die Heilige Pforte betraten, einen Spalt zwischen zwei bogenförmigen Luftwurzeln. Wie Ameisen zogen sie dahin, blieben manchmal stehen und starrten über das graue Land, bevor sie weitermarschierten und im Baum verschwanden. Jeder Tag brachte Tausende aus allen Ecken Kyrils. Alte und junge staubbedeckte und erschöpfte Menschen, die sich nach dem Frieden im Baum sehnten.

Sie überflogen eine flache Ebene, auf der schwarze Raumkapseln standen. An einem Ende davon machten einige nackte Männer Fitneßübungen – sprangen und hüpften in völliger Übereinstimmung.

»Dort sehen Sie die Raumflotte der Druiden«, verkündete Hableyat. Joe blickte ihn fragend an und überlegte, ob er es sarkastisch gemeint hatte, aber Hableyats breites Gesicht blieb unbewegt.

»Sie sind für die Verteidigung Kyrils – oder besser des Lebensbaums – erstklassig ausgebildet. Verständlicherweise würde jeder, der die Druiden zu vernichten suchte, erst den Baum zerstören wollen, um die Moral der Einheimischen zu untergraben. Um jedoch den Baum erfolgreich anzugreifen, müßte eine feindliche Flotte, wenn die Bomben ihr Ziel finden sollen, relativ nahe an Kyril herankommen, auf wenigstens hunderttausend Meilen.

Die Druiden unterhalten etwa eine Million Meilen außerhalb des Planeten einen Schutzschild, bestehend aus diesen kleinen Raumkapseln. Sie sind primitiv, aber sehr schnell und manövrierfähig. Jede ist mit einem Sprengkopf ausgerüstet – tatsächlich sind sie eine Art Selbstmordboote, die einen nicht zu unterschätzenden Schutz für den Baum darstellen.«

Joe schwieg einen Moment lang nachdenklich. Schließlich fragte er: »Werden diese Kapseln hier auf Kyril hergestellt?«

»Sie sind recht primitiv«, erwiderte Hableyat mit

kaum verhohlener Geringschätzung. »Eine Hülle, der Antrieb, ein Sauerstofftank. Von den Bürgersoldaten wird nicht erwartet, daß sie auf Komfort bestehen. Sie wüßten damit auch gar nichts anzufangen. Es gibt eine große Anzahl dieser kleinen Boote. Warum auch nicht? Es entstehen daraus keine Unkosten. Die Druiden haben keine Vorstellung davon, was Lohn ist. Ich glaube, die Kontrollanlage wird von Beland importiert, genau wie der Zündmechanismus. Ansonsten werden die Boote hier auf Kyril in Handarbeit hergestellt.«

Das gewaltige Feld mit den aufrecht stehenden Einmannbooten fiel achtern zurück. Vor ihnen tauchte die dreißig Fuß hohe Mauer rings um den Raumhafen auf. Das lange Glasgebäude erstreckte sich auf einer Seite des braunschwarz gebrannten Rechtecks. Entlang einer weiteren befand sich eine Reihe palastartiger Häuser – die Botschaften und Konsulate anderer Planeten.

Auf dem Landefeld, im vierten der fünf Parkbuchten, stand ein kombiniertes Passagier-Frachtschiff mittlerer Größe, und Joe sah, daß es startbereit war. Die Verladeluke hatte man bereits dichtgemacht, und auch die Rampe war schon eingezogen, so daß nur noch eine Gangway das Schiff mit dem Boden verband.

Juliam ging auf dem Parkplatz seitlich des Raumhafengebäudes nieder. Hableyat legte Joe kumpelhaft eine Hand auf die Schulter.

»Vielleicht wäre es – zu Ihrer eigenen Sicherheit – besser, wenn ich die Passage für Sie buche. Der Thearch könnte Maßnahmen ergriffen haben, um Sie am Verlassen des Planeten zu hindern. Bei diesen unberechenbaren Druiden muß man auf alles gefaßt sein.« Er sprang aus dem Wagen. »Wenn Sie bitte in Deckung blieben und hier warten würden. Ich bin gleich wieder da.«

»Aber das Geld für die Passage ...«

»Eine Bagatelle, eine unbedeutende Kleinigkeit«, meinte Hableyat. »Meine Regierung hat mehr Geld, als sie ausgeben kann. Gestatten Sie mir, die zweitausend Pensis als Zeichen unserer unverbrüchlichen Freundschaft zur legendären Mutter Erde auszulegen.«

Joe lehnte sich unbehaglich im Sitz zurück. Zweitausend Pensis waren zweitausend Pensis, und sie würden ihm eine schnellere Rückkehr zur Erde ermöglichen. Wenn Hableyat sich einbildete, daß er sich so seine Dankbarkeit erkaufen konnte, täuschte sich Hableyat. Er rutschte auf seinem Sitz herum. Vielleicht sollte er sich besser aus dem Staub machen, solange er noch die Chance dazu hatte. Solche Dinge pflegten ein unangenehmes Nachspiel zu haben. Er griff nach dem Türhebel, als ihn Juliams Blick traf. Juliam schüttelte den Kopf.

»Nein, nein, Sir. Lord Hableyat wird jeden Augenblick wieder da sein, und es ist sein ausdrücklicher Wunsch, daß niemand Sie sieht.«

In einem Anflug von Trotz erwiderte Joe: »Hableyat kann mich mal.«

Er ignorierte Juliams quengelnde Stimme, sprang aus dem Wagen und marschierte auf das Raumhafengebäude zu. Seine Wut kühlte jedoch schnell ab, als er dahinschritt, und er kam sich in seiner grün-weiß-schwarzen Livree sehr auffällig vor. Hableyat hatte die unangenehme Eigenschaft, immer recht zu behalten.

Auf einem Schild über einer Tür stand: *Kostüme aller Welten. Umtausch hier. Treffen Sie in passender Kleidung an Ihrem Ziel ein.*

Joe betrat den Laden. Durch das Schaufenster würde er Hableyat sehen können, wenn er das Raumhafengebäude verließ und zum Wagen zurückkehrte. Der Eigentümer sah ihm schweigend entgegen, ein großgewachsener Mann von unbestimmbarer Rasse mit wächsernem Gesicht und blauen, arglistig funkelnden Augen.

»Der Herr wünschen?« erkundigte er sich ruhig, während er zusah, wie Joe sich der Dienerlivree entledigte.

»Werfen Sie's weg. Geben Sie mir etwas Passendes für Ballenkarch.«

Der Ladenbesitzer verbeugte sich. Er betrachtete Joes Figur, drehte sich zu einem Regal um und kramte ein paar Kleidungsstücke hervor, bei deren Anblick Joe blinzeln mußte – rote Pluderhosen, eine enge ärmellose

Weste in Blau und eine weite weiße Bluse. »Ist das nicht etwas ... etwas zu auffällig?« meinte Joe zweifelnd.

»Es ist eine für Ballenkarch typische Gewandung, mein Herr – das heißt, typisch für die zivilisierteren Clans. Die Wilden tragen grobe Kleider aus Leder und Leinen.« Er drehte die einzelnen Stücke, um sie Joe von allen Seiten zu zeigen. »So, wie Sie es hier sehen, deuten sie auf keinen bestimmten Rang hin. Ein Vasall trägt dazu ein Schwert an seiner linken Seite. Ein Edelmann vom Vail-Alan-Hof hat zusätzlich ein schwarzes Band an der Schwerthülle. Die ballenkarchschen Kostüme, mein Herr, zeichnen sich durch eine etwas barbarische Farbenpracht aus.«

»Geben Sie mir einen einfachen grauen Reiseanzug«, erwiderte Joe. »Ich werde mich auf ballenkarchsche Art kleiden, wenn ich dort ankomme.«

»Wie Sie wünschen, mein Herr.«

Der Reiseanzug war mehr nach seinem Geschmack. Mit größter Zufriedenheit zog Joe den Verschluß hoch, stellte die Hand- und Fußgelenkweite nach seinem Geschmack ein und schloß die Gürtelschnalle.

Der Verkäufer nickte. »Und welche Art von Sturmhaube bevorzugen der Herr?«

Joe verzog das Gesicht. Sturmhauben waren bei den höheren Rängen auf Kyril in Mode. Dem einfachen Volk war das Tragen dieser effektvollen Standeszeichen untersagt. Er deutete auf eine Sturmhaube aus glänzendem Metall mit Federbusch. »Diese dort hätte ich gern.«

Der Ladenbesitzer verbeugte sich so tief, daß sein Körper beinahe ein umgekehrtes U bildete. »Sehr wohl, Eure Eminenz.«

Joe blickte ihn scharf an, dann betrachtete er die gewählte Kopfbedeckung – ein ausgesucht schöner Helm, der zu nichts weiter als bloßer Zierde nütze war. Er sah jenem ähnlich, den der Ekklesiarch Manaolo getragen hatte. Er zuckte die Schultern, stülpte ihn sich auf den Kopf und beförderte sein Eigentum von der Livree in seinen neuen Anzug. Die Waffe, das Geld und eine Brieftasche mit Ausweispapieren.

»Was bin ich Ihnen schuldig?«

Joe gab ihm zwei Scheine und ging auf die Arkade zurück. Als er den Betonpfad entlangspazierte, fiel ihm auf, daß sein Schritt fester geworden war, ja daß er geradezu stolzierte. Der Wechsel aus der Livree in den grauen Anzug mit der prahlerischen Kopfbedeckung schien sich auf seine Psyche ausgewirkt zu haben. Moral; Selbstvertrauen und der Wille zu siegen – das war zwar gänzlich immateriell, jedoch äußerst deutlich spürbar. Jetzt mußte er nur noch Hableyat finden.

Das war nicht weiter schwer, denn plötzlich stand er vor ihm und flanierte Arm in Arm mit einem Mang in grün-blau-gelber Uniform die Straße entlang. Sie sprachen sehr ernsthaft und eindringlich miteinander. Joe wünschte, er könne ihr Gespräch mithören. Die beiden blieben vor der Rampe zum Raumhafen stehen. Der mangtsche Offizier verbeugte sich, machte kehrt und marschierte die Arkade entlang zurück. Hableyat stieg die Rampe hinunter und überquerte den Raumhafen.

Joe fand, daß es sinnvoll sein könnte zu erfahren, was Juliam Hableyat sagte und wie Hableyats Kommentar über seine Abwesenheit ausfiel. Wenn er zum Ende des Bogengangs rannte, über die Mauer sprang und um den Parkplatz herumlief, konnte er sich dem Wagen wahrscheinlich ungesehen von der Rückseite her nähern.

Kaum gedacht, machte er auch schon kehrt und raste die Terrasse der Länge nach zurück, ohne auf die verblüfften Blicke zu achten, die man ihm zuwarf. Auf der blaugrünen Grasfläche verlangsamte er und brachte so viele parkende Flugwagen wie möglich zwischen sich und den müßig dahinschreitenden Hableyat. Er erreichte den Wagen und sank auf Hände und Knie, von Juliam unbemerkt, der Hableyat im Auge behielt.

Juliam öffnete die Tür. Hableyat sagte vergnügt: »Also dann, mein junger Freund, es ist alles ...« Er hielt inne. Dann fragte er Juliam scharf: »Wo ist er? Wohin ist er verschwunden?«

»Er ist unmittelbar nach Ihnen aufgebrochen«, erwiderte Juliam.

Hableyat stieß einen unterdrückten Fluch aus. »Die verdammte Unberechenbarkeit dieses Mannes! Habe ich ihm nicht unmißverständlich zu verstehen gegeben, daß er auf mich warten soll?«

»Ich sagte es ihm noch einmal«, meinte Juliam, »aber er hörte nicht auf mich.«

»Es ist doch immer das gleiche«, brummte Hableyat, »wenn man mit Leuten von beschränkter Intelligenz zu tun hat. Man kann sich nicht darauf verlassen, daß sie sich logisch verhalten. Wieviel tausendmal lieber würde ich es mit einem Genie zu tun haben. Dessen Methoden wären zumindest verständlich ... Wenn Erru Kametin ihn sieht, sind all meine Pläne zunichte. Oh«, stöhnte er, »dieser dickschädelige Narr!«

Juliam räusperte sich, hielt jedoch den Mund. »Geh«, befahl Hableyat energisch, »und suche ihn. Wenn du ihn findest, schicke ihn sofort zu mir. Ich warte hier auf ihn. Dann ruf Erru Kamentin an – er ist noch im Konsulat. Weise dich als Aglom Vierzehn aus. Er wird dich ausfragen wollen, und du wirst ihm erklären, daß du für Empoing, der jetzt tot ist, als Agent tätig warst und wichtige Informationen für ihn hast.

Er wird verlangen, daß du gleich zu ihm kommst, aber du weigerst dich aus Furcht vor Repressalien durch die Druiden. Anschließend erklärst du ihm, daß kein Zweifel an der Identität des Kuriers besteht und daß dieser sich auch mit dem fraglichen Gegenstand an Bord der *Belsaurion* begeben wird. Du wirst ihm eine kurze Beschreibung des Mannes geben und dann hierher zurückkehren.«

»Jawohl, Herr.«

Joe hörte Juliams schlurfende Schritte. Er wich zurück, duckte sich hinter einen langen blauen Flugkombi und erhob sich. Er sah zu, wie Juliam das Landefeld überquerte, dann kehrte er in weitem Bogen zu dem mangtschen Wagen zurück und stieg ein.

Hableyats Augen funkelten, aber er sagte in ruhigem Tonfall: »Da sind Sie ja wieder, mein Junge. Wo haben Sie denn gesteckt? Ah, ich sehe schon, neue Kleidung. Sehr weise, sehr weise, obwohl es recht riskant war, sich in der Arkade blicken zu lassen.«

Er zog einen Umschlag aus der Tasche. »Hier ist Ihr Ticket, Ballenkarch über Kreuzweg.«

»Kreuzweg? Wer oder was ist Kreuzweg?«

Hableyat legte die Fingerspitzen aneinander. »Kyril, Mangtse und Ballenkarch«, erklärte er übertrieben deutlich, »bilden, wie Sie vielleicht wissen, ein beinahe gleichschenkliges Dreieck. Kreuzweg ist ein künstlicher Satellit genau in der Mitte. Er liegt auch an der Route Mangtse – Thombol – Beland sowie rechtwinklig dazu an der Frumsstrecke zu den Außenwelten und ist deshalb eine günstige Transitstation und ein bedeutender Warenumschlagplatz.

Er ist noch in anderer Hinsicht sehr interessant, nämlich durch die ungewöhnliche Art seiner Konstruktion, die nicht so leicht zu überbietenden Attraktionen für den Besucher, zu denen die galaxisweit berühmten Kreuzweggärten gehören, und die kosmopolitische Natur der Menschen, die dort anzutreffen sind. Ich bin überzeugt, daß diese Reise zu einem Erlebnis für Sie wird.«

»Das glaube ich auch«, murmelte Joe.

»Es wird Spione an Bord geben – doch wo gibt es die nicht? Man kann ja kaum noch einen Schritt gehen, ohne über einen zu stolpern. Ihre Anweisungen bezüglich Ihrer Person mögen vielleicht Gewalttätigkeit mit einschließen. Ich rate Ihnen daher zu äußerster Wachsamkeit – obwohl sich erfahrene Attentäter, wie man weiß, über einen Mangel an Gelegenheiten nicht zu beklagen brauchen.«

»Ich bin ja bewaffnet«, erwiderte Joe in einem Anfall von Galgenhumor.

Hableyat blickte ihn mit unschuldig scheinenden Augen an. »Gut, ausgezeichnet. Das Schiff startet in wenigen Minuten. Sie sollten jetzt besser an Bord gehen. Ich werde Sie nicht begleiten, möchte Ihnen aber von hier aus schon einmal alles Gute wünschen.«

Joe sprang aus dem Wagen. »Dank für Ihre Hilfe«, sagte er aufrichtig.

Hableyat hob zum Abschied eine Hand. »Nichts zu danken. Ich freue mich, daß ich einem Mitmenschen aus der Klemme helfen konnte. Allerdings würde ich Sie gern um eine kleine Gefälligkeit bitten. Ich habe meinem Freund, dem Prinzen von Ballenkarch, einen Ableger des herrlichen kyrilschen Ginsters versprochen, und vielleicht könnten Sie ihm mit meinen besten Empfehlungen diesen kleinen Topf hier überreichen?«

Hableyat holte einen Blumentopf mit einer Pflanze unter dem Rücksitz hervor. »Ich gebe ihn in diesen Beutel. Bitte behandeln Sie ihn vorsichtig. Er muß einmal in der Woche gegossen werden.«

Joe nahm den Beutel entgegen. Das Heulen der Schiffssirene zerriß die Luft. »Beeilen Sie sich«, drängte ihn Hableyat. »Vielleicht sehen wir uns eines nicht allzufernen Tages wieder.«

»Leben Sie wohl«, sagte Joe. Er drehte sich um und ging auf das wartende Schiff zu. Er hatte es nun eilig, an Bord zu kommen. Die letzten Passagiere näherten sich vom Raumhafengebäude und überquerten schnellen Schrittes das Landefeld. Joe starrte verblüfft auf ein junges Paar, das keine fünfzig Fuß vor ihm herging – ein hochgewachsener breitschultriger Mann mit dem Gesicht eines heimtückischen Satyrs und ein graziles dunkelhaariges Mädchen – Manaolo und die Priesterin Elfane.

5

Das Gerüst der Einstiegplattform hob sich deutlich gegen den düsteren Himmel ab. Joe stieg die ausgetretenen Holzplanken zum Oberdeck hinauf. Niemand befand sich hinter ihm. Niemand beobachtete ihn. Er griff unter einen L-Träger und stellte die eingetopfte Pflanze auf einer Strebe ab. Was immer es auch war, es war gefährlich. Er wollte nichts damit zu tun haben. Hableyats Anliegen war ihm eine Nummer zu groß.

Joe lächelte säuerlich. ›Beschränkte Intelligenz‹ und ›dickschädeliger Narr‹ – es gab ein altes Sprichwort, das in seinem Fall zuzutreffen schien: der Lauscher an der Wand hört seine eigene Schand.

Naja, dachte Joe, *ich mußte schon schlimmere Komplimente einstecken. Und wenn ich dadurch nach Ballenkarch komme, soll es mir recht sein ...*

Weit vor ihm überquerten Manaolo und Elfane die Plattform, zielstrebig und ohne sich umzusehen, ganz wie es für Druiden charakteristisch war. Sie stiegen die Gangway hinauf und verschwanden im Schiff. Joe verzog das Gesicht. Elfanes wohlgeformte Beine hatten, als sie die Stufen hinaufging, einen Schauer der Erregung durch seinen Körper gejagt. Und Manaolos stolzer Rücken – es war geradeso, als würde man zwei Drogen mit genau entgegengesetzten Wirkungen einnehmen.

Joe verfluchte den alten Hableyat. Bildete er sich tatsächlich ein, er hätte sich so sehr in die Priesterin Elfane verguckt, daß er Manaolo herausforderte? Joe schnaubte verächtlich. *Dieser scheinheilige Heuchler!* Schließlich hatte er nicht den geringsten Anhaltspunkt, ob Elfane überhaupt etwas für ihn empfand. Und nachdem sich Manaolo mit ihr abgegeben hatte – sein Magen verkrampfte sich. Selbst wenn seine Treue zu Margaret ein solches Interesse zulassen würde – hatte er nicht schon genug eigene Probleme, ohne noch neue heraufzubeschwören?

Am Ende der Gangway stand ein Steward in einer hautengen roten Uniform. Eine Anzahl kleeblattförmiger Goldtressen schmückte seine Hose, und ein Empfänger klemmte an seinem Ohr, dessen dazugehöriges Mikrofon dicht am Kehlkopf befestigt war. Er gehörte einer Rasse an, die Joe nicht kannte – mit weißem Haar, biegsamen Gelenken und Augen so grün wie Smaragde.

Joe spürte, wie die Spannung in ihm wuchs. Wenn der Thearch vermutete, daß er den Planeten verließ, würde man ihn jetzt aufhalten.

Der Steward nahm sein Ticket, nickte höflich und wies ihn an, durch die Schleuse zu treten. Joe brachte die letzten Schritte bis zur gewölbten schwarzen Hülle hinter sich und trat durch die schattige Doppelpforte. An einem provisorischen Tisch saß der Zahlmeister, ein weiterer Angehöriger der weißhaarigen Rasse. Wie der Steward trug er einen scharlachroten Anzug, der wie eine zweite Haut saß. Zusätzlich trug er Schulterstücke aus Glas und ein kleines scharlachrotes Käppchen.

Er hielt Joe ein Buch entgegen. »Ihr Name und Ihr Daumenabdruck, bitte. Wir übernehmen keine Verantwortung für Unfälle an Bord.«

Joe unterzeichnete und preßte seinen Daumen auf das gepunktete Quadrat, während der Zahlmeister sein Ticket überprüfte. »Passage erster Klasse, Kabine vierzehn. Ihr Gepäck, Euer Gnaden?«

»Ich habe keins«, sagte Joe. »Ich nehme an, es gibt einen Laden an Bord, wo ich Kleidung und andere Utensilien einkaufen kann.«

»Aber sicher, Euer Gnaden. Wenn Sie sich jetzt in Ihre Kabine begeben würden. Ein Steward wird Sie für den Start anschnallen.«

Joe warf einen schnellen Blick in das Buch. Unmittelbar über seiner Unterschrift las er in steiler, eckiger Schrift: *Druide Manaolo kia Benlodieth,* und darunter etwas schwungvoller und abgerundeter: *Alnietho kia Benlodieth.* Sie hatte sich also als seine Frau ausgegeben – Joe nagte an seiner Unterlippe. Manaolo bewohnte Kabine zwölf, Elfane Kabine dreizehn.

Das war nicht ungewöhnlich. Kombinierte Passagier-Frachtschiffe boten ihren Passagieren, anders als die großen Luxusraumer, die von der Erde aus in alle Richtungen starteten, wenig Bequemlichkeit. Die sogenannten Kabinen waren kaum mehr als großformatige Wandschränke mit Hängematte, Schubladen und viel zu kleinen ausklappbaren sanitären Einrichtungen.

Ein anderer mit einer Uniform bekleideter Steward, diesmal jedoch in Blau, trat auf ihn zu. »Darf ich Ihnen den Weg zeigen, Lord Smith?«

Alles, was man hier brauchte, um seine Würde zu beweisen, war ein Blechhut, dachte Joe.

Er folgte dem Steward am Laderaum vorbei, wo die Zwischendeckpassagiere bereits im Tranceschlaf lagen und in ihre Hängematten gehüllt waren, dann durch den Speisesaal, der zugleich als Aufenthaltsraum diente. An seinem entgegengesetzten Ende befanden sich übereinander zwei Reihen von Türen, die obere hinter einem Gitterbalkon, zu dem eine Treppe hinaufführte. Kabine vierzehn war die letzte Tür in der oberen Reihe.

Als der Steward Joe an Kabine dreizehn vorbeiführte, wurde die Tür aufgerissen, und Manaolo kam herausgestürmt. Sein Gesicht war blaß, und seine Augen hatten eine ungewöhnlich elliptische Form angenommen, zeigten das volle Ausmaß seiner tiefschwarzen Retina. Er schäumte vor Wut. Blindlings schob er Joe zur Seite, öffnete die Tür zur Kabine zwölf und verschwand darin.

Joe entfernte sich wieder vom Geländer, an dem er sich festgehalten hatte. Einen Augenblick lang verließ ihn jede Einsicht und jede Vernunft. Es war ein merkwürdiges Gefühl – eines, das er nie zuvor gekannt hatte. Eine an Haß grenzende Abneigung, wie nicht einmal Harry Creath sie in ihm hervorzurufen vermocht hatte. Er drehte sich auf dem Gitterbalkon langsam um.

Elfane stand im Türrahmen ihrer Kabine. Sie hatte den blauen Umhang abgelegt und trug nur ihr weiches weißes Kleid – ein dunkelhaariges Mädchen mit schmalem Gesicht, lebhaft und ausdrucksstark, das jetzt in maßloser Wut verzerrt war. Ihre Blicke trafen sich. Einen Augenblick lang starrten sie sich an, die Gesichter kaum zwei Fuß voneinander entfernt.

Der Haß in Joes Herzen wich einer anderen Empfindung, die ihn hoch emporzuheben schien, in Entzücken und Aufruhr versetzte. Ihre Augenbrauen zogen sich fragend zusammen, sie öffnete die Lippen, um zu sprechen. Joe überlegte in plötzlichem Unbehagen, ob sie ihn überhaupt erkannte. Ihre bisherigen Begegnungen waren sehr flüchtig und unpersönlich gewesen. Er fühlte sich in seinem neuen Anzug wie ein neuer Mensch.

Sie drehte sich um und schloß die Tür. Joe setzte seinen Weg zu Kabine vierzehn fort, wo der Steward ihn in seiner Hängematte einwickelte.

Joe erwachte aus seiner Starttrance. »Wonach Sie auch immer suchen«, brummte er, »ich habe es nicht. Hableyat hat Sie zum Narren gehalten.«

Der Unbekannte in seiner Kabine, der ihm den Rücken zuwandte, erstarrte.

»Keine Bewegung«, warnte Joe, »ich habe meine Waffe auf Sie gerichtet.«

Er wollte aus der Hängematte springen, doch die Gurte hielten ihn zurück. Seine vergeblichen Anstrengungen ließen den Eindringlich einen raschen Blick über seine Schulter werfen, woraufhin er sich duckte und eilig aus der Kabine verschwand.

Joe schrie ihm wütend nach, aber das half nichts. Endlich gelang es ihm, sich von den Gurten zu befreien und auf den Balkon zu stürzen. Er sah zum Aufenthaltsraum hinunter, doch der war leer.

Joe drehte sich wieder um und schloß die Tür hinter sich. Im Halbdämmer der Trance hatte er sich kein klares Bild von dem Eindringling machen können. Ein kleiner und untersetzter Mann, der sich auf Beinen bewegte, die merkwürdig breite Knöchel aufwiesen. Er hatte zwar das Gesicht des Mannes flüchtig von der Seite gesehen, doch alles, woran Joe sich erinnern konnte, war die gelbliche Färbung der Haut. Demnach ein Mang.

Jetzt geht's also los, dachte Joe. *Dieser elende Hableyat, mich als Lockvogel vorzuschieben!* Er überlegte, ob er den Einbruch beim Kapitän melden sollte, der – weder Druide noch Mang – vielleicht etwas gegen Ungesetzlichkeiten an Bord seines Schiffes unternehmen würde. Er entschied sich dagegen. Er hatte nichts zu berichten – nur einen Streuner in seiner Kabine. Der Kapitän würde wohl kaum sämtliche Passagiere einer Psychomessung unterziehen, nur um einen Dieb zu fangen, der nichts gestohlen hatte.

Joe rieb sich die Augen und gähnte. Wieder einmal befand er sich an Bord eines Schiffes im Weltraum, auf der letzten Etappe seiner Reise. Außer, natürlich, Harry war erneut weitergezogen.

Er schaltete den Verdunkelungsschild vor dem Bullauge auf Transparenz und blickte hinaus. Vor ihm, in Flugrichtung, absorbierte ein Schutzschirm jegliche Strahlung, die das Schiff überholte oder die es durchstieß. Ohne ihn hätte die Energie, die durch den Dopplereffekt aufgrund der Geschwindigkeit des Schiffes noch vielfach verstärkt wurde, jeden Beobachter sofort verbrannt. Das Seitenlicht zeigte ihm die Sterne mehr oder weniger in ihrer normalen Größe, doch die Perspektive verschob sich und wanderte, während er hinsah – die Sterne flossen dahin, taumelten wie Motten in einem Lichtstrahl. Achtern herrschte völlige Finsternis – kein Licht vermochte das Raumschiff einzuholen. Joe verdunkelte das Bullauge wieder. Das Bild war ihm genügend vertraut. Jetzt ein warmes Bad und danach etwas zu essen ...

Ein Blick in den Spiegel ließ ihn prüfend über die Bartstoppeln fahren. Der Rasierer lag auf der Glaskonsole über dem einschwenkbaren Waschbecken. Joe griff danach – zog die Hand jedoch einen Zentimeter davon entfernt wieder zurück. Er erinnerte sich genau, daß der Rasierer beim ersten Betreten der Kabine an einer Klammer unterhalb des Spiegels gehangen hatte.

Mit kribbelnden Nerven brachte Joe eine gewissen Abstand zwischen sich und die Wand. Sein Besucher hatte sich doch wohl nicht rasiert? Er blickte zu Boden – und sah eine Matte aus geflochtenen Messingbändern. Als er sich bückte, bemerkte er, daß ein Kupferdraht von der Matte zum Abflußrohr führte.

Vorsichtig ließ er den Rasierer in einen Schuh gleiten und trug ihn zu seiner Koje. Um den Griff war ein

Metallring gespannt, von dem ein Dorn in die Akumulatorhülle drang, die den Strom aus dem Kraftfeld des Schiffes bezog.

Letztlich, dachte Joe, hatte er dies alles Hableyat zu verdanken – Hableyat, der ihn so zuvorkommend vor dem Thearchen gerettet und ihn dann mit einer Topfpflanze im Gepäck auf die *Belsaurion* verfrachtet hatte.

Joe läutete nach dem Steward. Eine junge Frau betrat die Kabine, weißhaarig wie die anderen Besatzungsmitglieder. Sie trug ein schenkelkurzes Kleidungsstück in Orange und Blau, das sich ihrem Körper wie eine Farbschicht anschmiegte. Joe ließ den Rasierer in einen Kissenbezug fallen. »Bringen Sie das hier Ihrem Bordelektriker«, sagte er. »Aber passen Sie auf. Der Apparat ist gefährlich. Er hat einen Kurzschluß. Berühren Sie ihn nicht und lassen Sie nicht zu, daß jemand ihn berührt. Ach – und besorgen Sie mir bitte einen neuen Rasierer.«

»Jawohl, Sir.« Sie verließ mit dem Kissenbezug in der Rechten die Kabine.

Frisch gebadet, rasiert und so gut gekleidet, wie es seine beschränkte Garderobe zuließ, machte er sich schließlich in der halben Schwerkraft des Schiffes beschwingten Schrittes auf den Weg zum Aufenthaltsraum. Vier oder fünf Männer und eine Frau saßen in weichen Sesseln an der Wand und waren in leise Gespräche vertieft.

Joe beobachtete sie eine Weile. Seltsame, unnatürlich wirkende Geschöpfe, dachte er, diese Menschen des Raumfahrtzeitalters – spröde und so schrecklich förmlich, daß eine Unterhaltung zwischen ihnen nichts weiter als ein Austausch geschliffener Redewendungen war. Dermaßen überspannt, daß sie nichts so sehr schockierte wie die ungeschminkte Offenheit.

Drei Mang saßen in der Gruppe – zwei Männer, einer alt, der andere jung, beide in der prunkvollen Uniform der Rotstromfraktion, und eine junge Frau von fülliger Schönheit, offenbar die Gattin des jüngeren Offiziers.

Das andere Paar waren Menschenabkömmlinge, die Joe ebenso fremd waren wie die Rasse, der die Besatzung angehörte. Sie erinnerten ihn an Bilder aus seinem ersten Märchenbuch – elfengleiche, zerbrechliche Gestalten mit makellos samtiger Haut und großen verträumten Augen. Ihre locker fallenden Gewänder schienen genau zu ihnen zu passen.

Joe stieg die Treppe zum Hauptdeck hinunter. Ein Schiffsoffizier, vermutlich der Chefsteward, tauchte auf. Er verbeugte sich höflich vor Joe und sagte dann laut: »Darf ich Ihnen Lord Joe Smith vom Planeten« – er zögerte – »vom Planeten Erde vorstellen.«

Er wandte sich der Reihe nach an die anderen. »Erru Kametin« – das war der ältere der beiden Mangoffiziere – »Erru Ex Amma und Erritu Thi Amma von Mangtse.« Er deutete zu den elfengleichen Geschöpfen. »Prater Luli Hassimassa und seine Lady Hermina von Cil.«

Joe verbeugte sich höflich und ließ sich am Ende der Couch nieder. Der jüngere Mangoffizier, Erru Ex Amma, fragte neugierig: »Habe ich richtig gehört, Sie wollen wirklich von der *Erde* stammen?«

»So ist es«, erwiderte Joe ein wenig mürrisch. »Ich bin auf jenem Kontinent geboren, der als Nordamerika bekannt ist und der die ersten Raumschiffe baute und ins All hinausschickte.«

»Merkwürdig«, murmelte Mang und warf Joe einen Blick zu, der seine Skepsis und seinen Unglauben ausdrückte. »Ich habe das Gerede über die Erde immer für eine Art Raumaberglauben gehalten, so wie die Paradiesmode und den Sternendrachen.«

»Ich kann Ihnen versichern, daß die Erde keine Legende ist«, sagte Joe. »Irgendwie wurde im Laufe der wachsenden Expansion, bei all den Kriegen und planetaren Propagandaprogrammen, die Existenz der Erde in Frage gestellt. Und wir Erdenmenschen reisen nur selten in die Außenbezirke der Galaxis.«

Die Elfenfrau fragte mit einer piepsigen Stimme, die zu ihrer grazilen Erscheinung paßte: »Wollen Sie etwa behaupten, daß wir alle – Sie, die Mang, wir Cil, die Belander, denen dieses Schiff gehört, die Druiden, die Frumsaner, die Thabliten – daß wir *alle* letzten Endes von den Erdenmenschen abstammen?«

»Das ist die reine Wahrheit.«

»Nicht ganz«, warf eine metallische Stimme ein. »Die Druiden waren die ersten Früchte des Lebensbaums. Das ist eine wohlbekannte Doktrin, und alle anderslautenden Behauptungen sind falsch.«

»Sie haben ein Recht auf Ihren Glauben«, erwiderte Joe vorsichtig.

Der Steward eilte herbei. »Ekklesiarch Manaolo kia Benlodieth von Kyrill.«

Einen Augenblick lang herrschte Schweigen nach der gegenseitigen Vorstellung. Dann erklärte Manaolo heftig: »Ich habe nicht nur ein Recht auf meinen Glauben, sondern muß auch gegen die Verbreitung falscher Vorstellungen protestieren.«

»Nichts dagegen«, meinte Joe. »Protestieren Sie, soviel Sie wollen.«

Er begegnete dem Blick aus Manaolos schwarzen Augen, und kein menschliches Verständnis zeigte sich dahinter, nicht die Spur – nur Fanatismus und ein unbeugsamer Wille.

Hinter ihm bewegte sich jemand; es war Priesterin Elfane. Sie wurde der Gesellschaft vorgestellt und ließ sich ohne ein Wort neben Hermina von Cil nieder. Die Atmosphäre hatte sich jetzt verändert, und obwohl sie mit Hermina Freundlichkeiten austauschte, brachte ihre Anwesenheit eine gewisse Pikanterie, ein Prickeln, ein klein wenig Würze ins Spiel ...

Joe zählte. Mit ihm waren es jetzt acht Passagiere – vierzehn Kabinen gab es, also fehlten noch sechs Personen. Einer der dreizehn hatte versucht, ihn umzubringen – ein Mang.

Zwei Druiden traten aus den Kabinen zwei und drei und wurden den anderen vorgestellt – ältliche schafsgesichtige Männer, die zu Missionsarbeiten nach Ballenkarch unterwegs waren. Sie führten einen Reisealtar mit sich, den sie sofort in einem Winkel des Aufenthaltsraums aufstellten, und begannen mit einer Reihe lautloser Rituale vor einer kleinen Abbildung des Lebensbaums. Manaolo sah ihnen einige Minuten lang ohne größeres Interesse zu und wandte sich dann ab.

Fehlen noch vier, dachte Joe.

Der Steward lud zur ersten Mahlzeit des Tages, und im gleichen Augenblick kamen zwei weitere Leute aus ihren Kabinen, zwei Mang in zwangloser Kleidung – losen Gewändern aus farbiger Seide, leichten Umhängen und juwelenbesetzten Westen. Sie verbeugten sich förmlich vor der Gesellschaft und nahmen, da der Steward mit dem Decken der Klapptafel beschäftigt war, ihre Plätze ein, ohne den anderen vorgestellt worden zu sein. Fünf Mang, dachte Joe. Zwei Soldaten, zwei Zivilisten, eine Frau. Zwei Kabinen verbargen noch ihre Passagiere.

Kabine Nummer zehn öffnete sich, und eine ältere Frau von ungewöhnlich hohem Wuchs trat langsam auf den Balkon hinaus. Ihr abgeflachter Schädel war kahl wie ein Ei. Sie hatte eine große knochige Nase und dunkle hervorstehende Augen. Ihre Kleidung bestand aus einem schwarzen Cape, und an jedem Finger ihrer mageren Hände steckte ein auffallend großer Edelstein.

Fehlte nur noch eine Person. Die Tür zu Kabine sechs blieb geschlossen. Das Menü war überaus abwechslungsreich, um die Vorlieben der verschiedenen Passagiere zu treffen. Joe hatte auf seinen Reisen von Planet zu Planet notgedrungen alle Vorurteile gegenüber fremden Gerichten fallengelassen. Er hatte bereits organische Speisen jeder vorstellbaren Farbe und Zusammensetzung, jedes erdenklichen Geschmackes und Geruchs zu sich genommen.

Vertraute Leckereien, deren Namen er kannte – Farne, Obst, Wurzeln, Knospen, Schwämme, Reptilien, Insekten, Fisch, Mollusken, Schnecken, Eier, Sporensäcke,

Pflanzen und Vögel – vermischten sich mit Delikatessen, die er noch nie gesehen hatte und sich auch nicht hätte vorstellen können und deren Appetitlichkeit sich für ihn am Beispiel der übrigen Speisen bemaß.

Gegenüber am Tisch saßen Manaolo und Elfane. Er bemerkte, daß sie nicht miteinander sprachen, und mehrmals hatte er den Eindruck, daß ihn die Priesterin irritiert und nachdenklich ansah. *Sie ist sicher, mich schon einmal gesehen zu haben,* dachte Joe, *aber sie kann sich nicht erinnern, wo.*

Nach der Mahlzeit trennten sich die Passagiere. Manaolo zog sich in die Sporthalle zurück, die unmittelbar an den Aufenthaltsraum anschloß. Die fünf Mang fanden sich zu einem Spiel zusammen, das mit kleinen farbigen Stäbchen gespielt wurde. Die Cil begaben sich auf die Promenade am Heck. Die kahlköpfige Frau setzte sich auf einen Stuhl und starrte ins Nichts.

Auch Joe hätte gern ein bißchen Gymnastik getrieben, aber Manaolos Anwesenheit in der Sporthalle hielt ihn davon ab. Er wählte einen Film aus der Schiffsbibliothek und wollte gerade in seine Kabine zurückkehren, als die Priesterin Elfane mit leiser Stimme sagte: »Lord Smith, ich wünsche mit Ihnen zu sprechen.«

»Bitte.«

»Begleiten Sie mich in meine Kabine?«

Joe blickte über seine Schulter. »Wird das Ihrem Gemahl auch recht sein?«

»Gemahl?« Es gelang ihr, ein gerüttelt Maß an Verachtung und Abscheu in ihre Stimme zu legen. »Unsere Beziehung ist rein nominell.« Sie hielt inne und sah zur Seite, bedauerte ihre Worte offenbar. »Ich wünsche mit Ihnen zu sprechen«, wiederholte sie kalt. Dann drehte sie sich um und ging zu ihrer Kabine.

Joe grinste innerlich. Das kleine Biest kannte keinen anderen Willen als seinen eigenen, nichts hatte daneben Bestand. Jetzt war das ja noch amüsant – aber zu was für einer tyrannischen Teufelin würde sie mit der Zeit heranwachsen! Einen Augenblick lang dachte Joe, welch angenehme Erfahrung es sein mußte, mit ihr auf einem unbewohnten Planeten gestrandet zu sein – er würde sie schon zu bändigen und zu zähmen wissen.

Gemächlich folgte er ihr in die Kabine. Sie setzte sich auf die Koje, und er ließ sich ihr gegenüber auf der Bank nieder. »Nun?«

»Sie behaupten, Ihre Heimat sei der Planet Erde – die sagenhafte Erde. Stimmt das?«

»Ja, es stimmt.«

»Wo liegt die Erde?«

»Dem Zentrum zu, etwa tausend Lichtjahre entfernt.«

»Und wie ist es dort?« Sie beugte sich vor, stützte den Ellenbogen auf die Knie, den Kopf auf die Hände und sah ihn interessiert an.

Joe zuckte etwas verlegen die Schultern. »Sie stellen eine Frage, die man nicht so ohne weiteres beantworten kann. Die Erde ist eine Welt von ehrwürdigem Alter. Überall gibt es uralte Bauwerke, uralte Städte, uralte Traditionen. In Ägypten stehen die Pyramiden, die von den ersten zivilisierten Menschen errichtet wurden. In England gibt es einen Kreis aufrecht stehender Steine – Stonehenge –, die Hinterlassenschaft einer fast ebenso alten Rasse. In den Höhlen Frankreichs und Spaniens befinden sich tief unter der Erde Wandmalereien, von Menschen erschaffen, die kaum höher entwickelt waren als die Tiere, die sie jagten.«

Sie holte tief Atem. »Aber Ihre Städte, Ihre Kultur – sind sie anders als unsere?«

Joe setzte eine gewichtige Miene auf. »Natürlich sind sie anders. Sie sind auf keinen zwei Planeten gleich. Unsere Kultur ist alt und stabil – langsam zum Besten gereift. Unsere Rassen sind dabei miteinander verschmolzen; ich selbst bin das Ergebnis dieser Verschmelzung. Hier in den äußeren Bereichen waren die Menschen jedoch von den anderen Planeten abgeschlossen. Sie konnten sich nur untereinander paaren, und dadurch kam es zu neuen Rassen, die verständlicherweise von Welt zu Welt verschieden waren. Ihr Druiden seid uns körperlich noch am ähnlichsten und kommt der alten kaukasischen Rasse des Mittelmeergebiets sehr nahe.«

»Aber habt ihr denn keinen Großen Gott – keinen Lebensbaum?«

»Gegenwärtig«, erwiderte Joe, »gibt es keine organisierte Religion auf der Erde. Wir können unserer Freude am Leben auf jede Weise Ausdruck verleihen, die uns gerade beliebt. Manche verehren einen kosmischen Schöpfer – andere akzeptieren lediglich die physikalischen Gesetze des Universums, was eigentlich auf das gleiche hinausläuft. Die Anbetung von Idolen, seien sie nun anthropoider, tierischer oder pflanzlicher Art wie euer Baum, gehört längst der Vergangenheit an.«

Sie richtete sich kerzengerade auf. »Sie ... Sie verhöhnen unser größtes Heiligtum!«

»Tut mir leid.«

Sie sprang auf, setzte sich aber gleich wieder und schluckte ihre Wut hinunter. »Sie interessieren mich in mehr als einer Hinsicht«, sagte sie langsam, als müßte sie ihre Duldsamkeit vor sich selbst rechtfertigen. »Ich habe das merkwürdige Gefühl, daß ich Sie kenne.«

Aus einem halb sadistischen Impuls heraus sagte Joe: »Ich war der Chauffeur Ihres Vaters. Gestern versuchten Sie und Ihr Gemahl, mich zu töten.«

Sie erstarrte und blickte ihn mit offenem Mund an. Schließlich entspannte sie sich wieder, schauderte jedoch noch einmal und zog sich ein wenig vor ihm zurück. »*Sie* – Sie sind ...«

Joe hatte inzwischen auf einem Regal über ihrer Koje etwas entdeckt – eine Topfpflanze, die von der gleichen Art zu sein schien wie jene, die er auf Kyril zurückgelassen hatte.

Sie bemerkte seinen Blick. Ihr Mund schloß sich wieder. »Sie wissen es also!« keuchte sie. Ihre Stimme wurde zu einem Flüstern. »Töten Sie mich! Nehmen Sie mir das Leben, ich bin es leid!«

Sie stand auf und streckte wehrlos die Arme aus. Auch

Joe erhob sich und trat auf sie zu. Es war wie in einem Traum, ein Augenblick außerhalb jeder Vernunft und Logik, ohne Ursache und Wirkung. Ihre Augen weiteten sich, aber nicht aus Furcht. Er legte seine Hände auf ihre Schultern. Sie waren warm und weich, und ihre Brust hob und senkte sich wie die eines Vogels.

Sie entwand sich ihm und setzte sich wieder auf die Koje. »Ich verstehe es nicht«, murmelte sie heiser. »Ich verstehe es einfach nicht!«

»Bitte verraten Sie's mir«, erwiderte Joe beinahe ebenso heiser. »Was bedeutet Ihnen dieser Manaolo? Ist er Ihr Geliebter?«

Sie antwortete nicht. Erst nach einer Weile schüttelte sie zaghaft den Kopf. »Nein, das ist er nicht. Er wurde mit einem Geheimauftrag nach Ballenkarch geschickt. Ich hatte genug von den ewigen Ritualen. Ich suchte das Abenteuer und kümmerte mich nicht um die Konsequenzen. Aber nun habe ich Angst vor Manaolo. Er kam gestern zu mir – doch ich fürchtete mich!«

Joe empfand eine wunderbare Leichtigkeit um sein Herz. Das Abbild Margarets tauchte vor ihm auf, die ihn empört und anklagend ansah. Joe seufzte bedauernd. Die Stimmung wechselte. Elfanes Gesicht wurde wieder zu dem einer jungen druidischen Priesterin.

»Was sind Sie eigentlich wirklich, Smith?« fragte sie kühl. »Ein Spion?«

»Nein, ich bin kein Spion.«

»Was wollen Sie dann auf Ballenkarch? Nur Spione und Agenten besuchen diesen Planeten – Druiden und Mang oder ihre Spitzel.«

»Es ist eine persönliche Angelegenheit.« Er blickte sie an und dachte daran, daß diese hinreißende Priesterin Elfane noch gestern ganz versessen darauf gewesen war, ihn zu töten.

Sie bemerkte, daß er sie prüfend ansah, und neigte mit einem drolligen Gesichtsausdruck den Kopf – die Geste eines Mädchens, das sich seines Charmes bewußt war.

Joe lachte – und hielt lauschend inne. Er hatte ein kratzendes Geräusch gehört, drüben an der Wand. Elfane folgte seinem Blick.

»Das ist meine Kabine!« Joe sprang auf, öffnete die Tür, stürmte den Balkon entlang und riß die Tür zu seiner Kabine auf. Erru Ex Amma, der junge Mangoffizier, stand mit einem humorlosen Grinsen im Gesicht vor ihm, die spitzen gelben Zähne gebleckt. Eine Schußwaffe war direkt auf Joes Bauch gerichtet.

»Zurück!« befahl er. *»Zurück!«*

Joe zog sich langsam auf den Balkon zurück. Er warf einen schnellen Blick zum Aufenthaltsraum hinunter. Die vier anderen Mang waren noch in ihr Spiel vertieft. Einer der Zivilisten schaute hoch, murmelte seinen Kameraden etwas zu, und auch sie schauten hoch. Joe nahm den Glanz von vier zitronengelben Gesichtern wahr. Dann widmeten sie sich wieder dem Spiel.

»In die Kabine der Druidin!« zischte Ex Amma. *»Beeilung!«* Er wedelte mit der Waffe, die Zähne immer noch zu einem Grinsen gefletscht. Joe tastete sich rückwärts in Elfanes Kabine, während sein Blick zwischen der Waffe und dem Gesicht des Mang hin und her zuckte.

Elfane keuchte vor Entsetzen laut auf. Der Mang entdeckte den Tontopf mit dem kleinen Schößling darin. »Ahhhh!« machte er.

Er wandte sich an Joe. »Los, an die Wand!« Grimmig legte er den Finger um den Abzug, und Joe wußte, daß er nun sterben würde. Die Tür glitt auf, und ein Zischen ertönte. Der Mang erstarrte und kippte langsam nach hinten über, den Mund zu einem lautlosen Schrei aufgerissen. Er stürzte aufs Hauptdeck hinunter.

Hableyat stand mit einer Waffe in der Hand im Türrahmen und lächelte förmlich. »Bitte verzeihen Sie mein ungebetenes Eindringen.«

6

Hableyats Blick wanderte zu der Pflanze im Regal. Er schüttelte den Kopf, schnalzte kurz mit der Zunge und sah Joe enttäuscht an. »Mein junger Freund, es ist Ihnen gelungen, einen äußerst sorgfältig durchdachten Plan zunichte zu machen.«

»Wenn Sie mich gefragt hätten«, erwiderte Joe, »ob ich bereit wäre, mein Leben für den Erfolg Ihrer Pläne aufs Spiel zu setzen, hätte ich Ihnen viel Kummer ersparen können.«

Hableyat stieß ein meckerndes Lachen aus, ohne dabei das Gesicht zu verziehen. »Wie nett Sie das sagen. Ich bin ehrlich froh, Sie noch am Leben zu sehen. Aber trotzdem fürchte ich, daß uns noch ein paar Unannehmlichkeiten bevorstehen.«

Die drei Mang kamen im Gänsemarsch den Balkon entlang auf sie zumarschiert, an der Spitze der alte Offizier Erru Kametin, gefolgt von den beiden Zivilisten. Abrupt blieb Erru Kametin vor der Tür stehen. Er schäumte offenbar vor Wut.

»Das ist eine Zumutung, Lord Hableyat!« erklärte er. »Sie haben einen Offizier in der Ausübung seines Dienstes behindert.«

»›Behindert‹?« rief Hableyat. »Ich habe ihn getötet. Und was seinen ›Dienst‹ anbelangt – seit wann hat ein einfacher Rotstromoffizier das Recht, ohne Kenntnis eines Angehörigen des Ampianus vorzugehen, wenn sich beide am gleichen Ort befinden?«

»Wir erhalten unsere Befehle direkt von Magneru Ippolito. Es kann . . .«

»Magneru Ippolito«, sagte Hableyat freundlich, »ist, wie Sie sicher wissen, dem Lathbon verantwortlich, der mit den Blauwassern das Ampianu bildet.«

»Ein Pack weißblütiger Feiglinge!« brüllte der Offizier. »Sie und alle anderen Blauwasser!«

Die Mangfrau im Aufenthaltsraum, die den Ereignissen auf dem Balkon ungläubig gefolgt war, begann gellend zu schreien. Im nächsten Moment ertönte Manaolos metallische Stimme: »Ihr räudigen Hunde!«

Er stürmte zum Balkon hinauf, geschmeidig und stark, furchtbar in seiner Wut. Mit einer Hand packte er einen der Zivilisten bei der Schulter und schleuderte ihn zu Boden. Dann tat er das gleiche mit dem zweiten. Er ergriff Erru Kametin am Genick, hob ihn hoch und warf ihn über die Brüstung.

Dank der geringen Schwerkraft landete der Offizier unversehrt auf dem Boden des Aufenthaltsraumes. Nun wandte sich Manaolo an Hableyat, der protestierend eine Hand hob.

»Einen Augenblick, Ekklesiarch, bitte wenden Sie gegen mich keine Gewalt an.«

Das wilde Gesicht zeigte keine Spur von Gefühl. Die zum Angriff geduckte Haltung des Körpers war Antwort genug auf Hableyats Worte.

Joe holte tief Luft, trat vor und ließ einem Handkantenschlag mit der Linken einen Hieb mit der Rechten folgen. Gleich darauf lag Manaolo auf dem Boden und sah Joe aus tiefschwarzen Augen an.

»Tut mir leid«, log Joe. »Aber Hableyat hat gerade Elfanes und mein Leben gerettet. Nehmen Sie sich wenigstens die Zeit, ihn anzuhören.«

Manaolo rappelte sich auf und trat wortlos in Elfanes Kabine, die er von innen verschloß und verriegelte. Hableyat sah Joe spöttisch lächelnd an. »Der Komplimente sind jetzt genug gewechselt.«

»Ich möchte wissen, was hier eigentlich gespielt wird«, sagte Joe. »Nein, lieber doch nicht – ich habe genug mit meinen eigenen Angelegenheiten zu tun, also behalten Sie Ihre bitte für sich.«

Hableyat schüttelte verständnislos den Kopf. »Für jemanden, der nur an seinen eigenen Angelegenheiten interessiert ist, stürzen Sie sich aber ganz schön ins Getümmel. Wie wär's, wenn Sie mich zu meiner Kabine begleiteten? Ich habe einen erstklassigen Aquavit, der zu einer angenehmen Entspannung verhilft.«

»Gift?« erkundigte sich Joe.

Erneut schüttelte Hableyat den Kopf. »Bloß ein ausgezeichneter Brandy.«

Der Kapitän des Schiffes berief eine Versammlung der Passagiere ein. Er war ein großer schwerer Mann mit schlohweißem Haar, einem flachen weißen Gesicht, hellgrünen Augen und einem dünnen rosafarbenen Mund. Er trug die hautenge Uniform der Belander, nur war seine dunkelgrün und mit Glasepauletten besetzt. Um die Oberarme herum ringelte sich eine scharlachrote Krause.

Die Passagiere hatten sich in die weichen Sessel gesetzt – die beiden Zivilisten, die Mangfrau, deren Augen vom Weinen ganz rot waren, Erru Kametin, Hableyat, der eine weitfallende Robe aus weißem Stoff angelegt hatte, und Joe. Unmittelbar neben Joe saß in einem schwarzen Gewand die kahlköpfige alte Frau und verströmte einen krankhaften süßen Geruch, der weder tierischen noch pflanzlichen Ursprungs war. Danach kamen die Cil und die beiden Druiden, ruhig und gelassen, dann Elfane und zuletzt Manaolo. Er trug ein prächtiges Gewand aus hellgrünem Satin mit Goldbesatz entlang den Beinen. Eine helle flache Sturmhaube thronte auf seinen dunklen Locken.

Der Kapitän begann nachdenklich zu sprechen. »Es ist mir durchaus bewußt, daß zwischen den Welten Kyril und Mangtse ein Zustand der Spannung existiert. Dieses Schiff ist jedoch Eigentum der Regierung von Beland, die es vorzieht, neutral zu bleiben.

Ein Mann fand hier heute morgen den Tod. Soweit ich das feststellen konnte, wurde Erru Ex Amma dabei überrascht, wie er die Kabine Lord Smith' durchstöberte. Er zwang daraufhin Smith mit Waffengewalt, sich in die Kabine der Priesterin Alnietho« – er benutzte den Namen, mit dem sich Elfane in der Passagierliste eingetragen hatte – »zu begeben, wo er beide zu töten drohte. Lord Hableyat, der sich auf bewundernswerte Weise bemühte, eine interplanetarische Verwicklung zu vermeiden, kam hinzu und tötete seinen Landsmann Erru Ex Amma.

Die anderen Mang, die dagegen Protest erhoben, wurden von Ekklesiarch Manaolo gewaltsam angegriffen, der sich daraufhin auch auf Hableyat stürzen wollte, jedoch von Lord Smith, der befürchtete, daß Manaolo in Unkenntnis der wahren Sachlage Lord Hableyat verletzen könnte, mit der Faust niedergeschlagen wurde. Ich denke, das entspricht im wesentlichen dem Ablauf der Dinge.«

Er machte eine Pause. Niemand sprach. Hableyat saß mit hängender Unterlippe da und spielte mit seinen Fingern. Joe war sich bewußt, daß Elfane still und stumm wartete, und spürte, wie Manaolo ihn verstohlen musterte – sein Gesicht, seine Schultern und Beine.

Der Kapitän fuhr fort. »Nach bestem Wissen und Gewissen hat es für mich den Anschein, als sei der Schuldige in diesem Fall, Erru Ex Amma, bereits durch den Tod bestraft worden. Die restlichen Beteiligten machten sich nichts weiter als eines etwas hitzigen Temperaments schuldig. Doch ich komme nicht umhin, vor künftigen Vorfällen dieser Art zu warnen. Ich sähe mich sonst gezwungen, alle Beteiligten für den Rest der Reise hypnotisieren und in die Hängematten einwickeln zu lassen.

Es ist belandische Tradition, daß unsere Schiffe neutraler Boden sind. Das ist allgemein bekannt, und wir können es uns nicht leisten, diesen guten Ruf in Gefahr zu bringen. Unser weiteres Auskommen hängt davon ab. Streitigkeiten, ob nun persönlicher oder interplanetarer Natur, müssen deshalb warten, bis die Passagiere nicht mehr meiner Aufsicht unterstehen.« Er verbeugte sich tief. »Ich danke Ihnen für Ihre Aufmerksamkeit.«

Die Mang erhoben sich sofort – die Frau, um sich weiter in ihrer Kabine auszuweinen, die drei Männer, um ihr Spiel mit den farbigen Stäbchen fortzusetzen, und Hableyat, um zur Promenade zu gehen. Die kahlköpfige Frau blieb reglos in ihrem Sessel sitzen und starrte auf die Stelle, an der der Kapitän gestanden hatte. Die Cil begaben sich zur Schiffsbibliothek, und die Druidenmissionare begannen leise auf Manaolo einzureden.

Elfane stand auf, reckte ihre schlanken jungen Arme und warf erst Joe, dann Manaolo, der ihr seinen breiten Rücken zuwandte, einen schnellen Blick zu. Schließlich entschloß sie sich für Joe, ging zu ihm hinüber und setzte sich auf den Sessel neben ihm. »Sagen Sie, Lord Smith – worüber hat Hableyat mit Ihnen gesprochen, als er Sie in seine Kabine einlud?«

Joe rutschte unbehaglich auf der Stelle. »Priesterin – Sie können nicht von mir verlangen, daß ich den Zuträger zwischen Druiden und Mang spiele. Was unsere gestrige Unterhaltung betrifft, so sprachen wir über nichts Wichtiges. Hableyat fragte mich nach meinem Leben auf der Erde, er interessierte sich für den Mann, dessentwegen ich die ganze Galaxis durchquerte. Ich beschrieb ihm einige Planeten, auf denen ich Aufenthalt hatte. Wir tranken eine Menge Brandy – das war alles.«

Elfane biß sich nervös auf die Lippen. »Ich verstehe einfach nicht, weshalb Hableyat uns gestern vor dem jungen Mang rettete … Was verspricht er sich davon? Er ist nicht weniger ein Mang als die anderen. Er würde lieber sterben als zulassen, daß die Druiden die Vorherrschaft auf Ballenkarch übernehmen.«

»Sie und Manaolo sind doch sicher nicht nach Ballenkarch unterwegs, um dort die Vorherrschaft zu übernehmen?« erkundigte sich Joe.

Sie starrte ihn aus großen Augen an und trommelte dann mit den Fingern auf ihr Knie. Joe lächelte innerlich. Bei jedem anderen würde ihn die Vorstellung, er könne sich einbilden, über unbegrenzte Macht zu verfügen, irritieren. Bei Elfane, die ihn bezauberte, nahm er es als faszinierende Attitüde hin. Er lachte.

»Weshalb lachen Sie?« fragte sie mißtrauisch.

»Sie erinnern mich an ein Kätzchen in Puppenkleidern, das sich sehr groß vorkommt.«

Ihre Wangen liefen rot an, und ihre Augen versprühten aus lauter Wut blitzende Speere. »So ist das – Sie machen sich über mich lustig!«

Joe sah sie eine Weile an. »Lachen Sie denn nie über sich?« fragte er.
»Natürlich nicht!«
»Versuchen Sie's mal.« Er erhob sich und ging in die Sporthalle.

7

Joe strampelte mit aller Kraft auf einem Fahrrad, bis ihm der Schweiß in Strömen hinablief, sprang dann herunter und setzte sich keuchend auf eine Bank. Manaolo betrat zögernd die Sporthalle, sah sich in dem ansonsten leeren Raum um und warf Joe einen raschen Blick zu. *Da steht Ärger ins Haus,* dachte Joe.

Manaolo musterte ihn über die Schulter hinweg, drehte sich zu ihm um und stand nach drei großen Schritten vor ihm. Finster starrte er auf Joe herab. Sein Gesicht glich mehr der Maske eines Satyrs aus der Unterwelt als dem eines Menschen. »Sie haben mich mit Ihren Händen berührt«, erklärte er drohend.

»Berührt nennen Sie das?« Joe grinste. »Ich habe Sie k. o. geschlagen.«

Manaolos Mund, fein genug, um einer Frau zu gehören, aber dennoch hart und muskulös, verzerrte sich vor Wut. Er zog die Schultern zusammen, beugte sich vor und rammte Joe das Knie in den Leib. Joe krümmte sich vor Schmerz und preßte beide Hände auf die getroffene Stelle. Manaolo trat leichtfüßig einen Schritt zurück und versetzte Joe einen deftigen Kinnhaken.

Joe glitt langsam und schlaff zu Boden. Manaolo beugte sich schnell vor, und ein kleiner Metallgegenstand blitzte in seinen Händen auf. Joe hob kraftlos den Arm – Manaolo stieß ihn zur Seite. Er verankerte den Gegenstand in Joes Nase und zog. Zwei Hakenmesser zerschnitten die Knorpel. Eine Puderwolke verätzte das Fleisch.

Manaolo sprang mit einem zufriedenem Gesichtsausdruck zurück. Dann machte er auf dem Absatz kehrt und verließ gutgelaunt die Halle.

»Ach was«, meinte der Schiffsarzt, »das ist nicht weiter schlimm. Die Narben werden noch eine Weile zu sehen sein, sind aber nicht von Dauer.«

Joe betrachtete sich im Spiegel. Der Bluterguß am Kinn, das Pflaster auf der Nase. »Naja – wenigstens ist die Nase noch dran«, brummte er.

»Richtig, wenigstens ist die Nase noch dran«, stimmte ihm der Arzt nüchtern zu. »Sie hatten Glück, daß ich Sie ohne Verzögerung behandeln konnte. Ich habe einige Erfahrung mit diesem Puder. Es ist ein Hormon, das das Wachstum der Haut beschleunigt. Wenn ich es nicht sofort entfernt hätte, würden die Schnittstellen nicht mehr zusammenwachsen, und Sie hätten statt einer Nase drei Haut-und-Knorpel-Lappen im Gesicht.«

Joe mußte schlucken. »Sie verstehen doch«, erwiderte er, »daß es ein Unfall war. Ich möchte den Kapitän nicht mit einer Meldung belästigen und hoffe, daß auch Sie es nicht tun.«

Der Arzt zuckte die Schultern. Dann drehte er sich um und packte seine Ausrüstung zusammen. »Seltsamer Unfall«, murmelte er.

Joe kehrte in den Aufenthaltsraum zurück. Die Cil waren dabei, das Spiel mit den farbigen Stäben zu lernen, und unterhielten sich angestrengt mit den Mang. Die Druidenmissionare hatten die Köpfe zusammengesteckt und führten irgendwelche komplizierten Rituale an ihrem Reisealtar durch. Hableyat hatte es sich auf der Couch bequem gemacht und betrachtete mit zufriedener Miene seine Fingernägel. Die Tür von Elfanes Kabine öffnete sich, Manaolo kam heraus, schritt den Balkon entlang und die Treppen hinunter. Er warf Joe einen ausdruckslosen Blick zu und ging dann zur Promenade weiter.

Joe setzte sich neben Hableyat und befingerte seine Nase. »Sie ist noch dran.«

Hableyat nickte gelassen. »In zwei Wochen wird man nicht einmal mehr die Narben sehen. Die belandischen Ärzte sind äußerst tüchtig. Auf Kyril, wo es so gut wie keine Mediziner gibt, hätte Ihnen ein Bürger eine Breipackung mit irgendeiner ekligen Substanz aufgelegt, und die Wunde wäre niemals verheilt.

Sicher sind Ihnen unter dem einfachen Volk viele Männer mit dreigespaltenen Nasen aufgefallen. Neben dem Töten ist das die beliebteste Strafe bei den Druiden.« Er musterte Joe aus halbgeschlossenen Lidern. »Der Anschlag scheint Sie weniger berührt zu haben, als man unter diesen Umständen annehmen sollte.«

»Ich bin nicht gerade erfreut.«

»Ich möchte Sie auf eine bestimmte Seite der druidischen Psychologie aufmerksam machen«, sagte Hableyat. »Für Manaolo ist nun, da er Ihnen diese Verletzung beigebracht hat, die Sache erledigt. Es war für ihn der Schlußakt der Unstimmigkeiten zwischen Ihnen. Auf Kyril handeln die Druiden im Namen des Baumes ohne Furcht vor Vergeltung. Das verleiht ihnen das Gefühl, unfehlbar zu sein. Ich erwähne dies alles nur, um Sie darauf aufmerksam zu machen, daß Manaolo überrascht und empört sein würde, wenn Sie die Angelegenheit weiterverfolgten.«

Joe zuckte die Schultern.

»Sie sagen ja nichts«, meinte Hableyat, »stoßen keine Drohungen aus, sind nicht wütend.«

Joe lächelte dünn. »Ich hatte noch nicht genug Zeit zum Nachdenken. Warten Sie's ab.«

Hableyat nickte.

»Ah, ich verstehe. Der Anschlag hat Ihnen einen Schock versetzt.«

»So ungefähr.«

Erneut nickte Hableyat und kicherte leise, so daß seine Speckfalten am Hals zitterten. »Wechseln wir also das Thema. Ihre Beschreibung der europäischen vorchristlichen Druiden interessiert mich.«

»Sagen Sie mir eines«, unterbrach ihn Joe. »Was ist eigentlich in diesem Blumentopf, der an der ganzen Aufregung schuld zu sein scheint? Irgendeine Art Botschaft, eine Formel oder ein militärisches Geheimnis?«

Hableyat blickte ihn groß an. »Botschaft? Militärisches Geheimnis? Wovon sprechen Sie, mein junger Freund? Nein, soviel ich weiß, ist es ein ganz normaler Blumentopf mit einer ganz normalen Pflanze.«

»Weshalb dann die Aufregung? Und warum versuchten Sie, mir auch so ein Ding aufzuhalsen?«

»Manchmal«, sagte Halbleyat nachdenklich, »ist es in der planetaren Politik leider notwendig, eine Person zum Wohle anderer zu opfern. Sie sollten die Pflanze befördern, um meine schießwütigen Landsleute von jener abzulenken, die die Druiden bei sich haben.«

»Das verstehe ich nicht«, meinte Joe. »Arbeiten Sie denn nicht für die gleiche Regierung?«

»Nun, das schon«, sagte Hableyat. »Unsere Ziele sind die gleichen – Ruhm und Ehre für unseren geliebten Planeten. Niemand ist daran mehr interessiert als ich. Aber es gibt da eine etwas ungewöhnliche Spaltung im Mangsystem, die die militante Rotstromfraktion von der eher kommerziell ausgerichteten Blauwasserfraktion trennt. Sie existieren wie zwei Seelen in einer Brust, wie zwei Männer, die mit derselben Frau verheiratet sind.

Beide lieben Mangtse. Beide haben ihre eigenen Mittel, um diese Liebe zum Ausdruck zu bringen. Bis zu einem gewissen Grad arbeiten sie Hand in Hand, aber nur solange es für sie vorteilhaft ist. Sie sind lediglich dem Lathbon verantwortlich und, eine Stufe niedriger, dem Ampianu, in dem beide Fraktionen ihre Abgeordneten sitzen haben. In vieler Hinsicht funktioniert diese Übereinkunft recht gut – denn ein Problem auf zweierlei Weise anzugehen, kann zu wertvollen Erkenntnissen führen.

Im allgemeinen geht die Rotstromfraktion direkt und nicht ohne Gewaltanwendung vor. Sie ist der Meinung, daß wir unsere Differenzen mit den Druiden am besten bereinigen können, indem wir den Planeten mit Waffengewalt übernehmen. Wir Blauwasser halten dagegen, daß dadurch viele Menschen getötet und eine Menge Material zerstört würde und daß wir, würden wir dort wie durch ein Wunder tatsächlich den Sieg über die fanatischen Horden des einfachen Volkes davontragen, alles vernichtet hätten, was vielleicht von Nutzen für uns sein könnte.

Sie müssen wissen«, er blinzelte Joe vertraulich zu, »mit einer produktiven Arbeiterschaft kann Kyril uns die Rohstoffe und das Handwerkszeug für unsere Wirtschaft liefern. Wir geben ein gutes Gespann ab, doch die gegenwärtige Politik der Druiden ist ein Störfaktor. Ein industrialisiertes Ballenkarch, das von den Druiden beherrscht wird, würde das Gleichgewicht empfindlich beeinträchtigen. Die Rotstromfraktion ist dafür, die Druiden zu vernichten. Wir Blauwasser hoffen hingegen, eine allmähliche Metamorphose einleiten zu können, die die Wirtschaft auf Kyril zur normalen Produktion hinlenkt, statt sie an einen Baum zu verschwenden.«

»Und wie wollen Sie das erreichen?«

Hableyat hob einen Finger. »Im Vertrauen gesagt, mein junger Freund – indem wir die Druiden ihre Intrigen ungestört weiterspinnen lassen.«

Joe runzelte die Stirn und tupfte sich geistesabwesend auf die Nase. »Aber – dieser Blumentopf – wie paßt der ins Bild?«

»Ihn«, erklärte Hableyat, »halten die etwas eingleisig denkenden Druiden für das wirkungsvollste Mittel zur Ausführung ihres Planes. Ich hoffe, er wird eines der Werkzeuge zu ihrem Untergang sein. Darum setze ich alles daran, damit der Topf Ballenkarch auch erreicht, selbst wenn ich deshalb zwanzig meiner eigenen Landsleute umbringen müßte.«

»Wenn Sie die Wahrheit sagen, was ich bezweifle ...«

»Aber mein lieber junger Freund, weshalb sollte ich Sie belügen?«

»... beginne ich allmählich klar zu sehen.«

Kreuzweg – eine vielfältige Struktur von einer Meile Durchmesser, die in einem diffusen Leuchten schwamm. Dutzende von Raumschiffen schienen sich wie Blutegel daran festzusaugen, und in ihrer unmittelbaren Nähe schwärmten Lichtpunkte wie Glühwürmchen in einer lauen Sommernacht – Männer und Frauen in Raumanzügen, die durch die Unendlichkeit trieben, sich zehn, zwanzig, dreißig Meilen weit hinauswagten, um freischwebend das grandiose Schauspiel des tiefen Alls zu genießen.

Es schien keine Formalitäten bei der Landung zu geben – eine Tatsache, die Joe überraschte, da er es gewöhnt war, daß man ihn überprüfte und nochmals überprüfte, immer wieder seine Pässe und Ausweise, Visa, Quarantäneauflagen, Gesundheitsattests und Unterschriften sehen wollte. Die *Belsaurion* suchte lediglich einen freien Anlegeplatz, verankerte sich dort mit Hilfe der Mesonenhaftfelder und kam zur Ruhe.

Die Tranceschläfer der dritten Klasse wurden nicht aus der Hypnose geweckt.

Abermals berief der belandische Kapitän eine Versammlung der Passagiere ein. »Wir sind jetzt auf Kreuzweg und werden einen Aufenthalt von zweiunddreißig Stunden haben, während wir Post und Fracht aufnehmen. Einige von Ihnen sind nicht zum erstenmal hier. Sie brauche ich nicht besonders zur Vorsicht zu mahnen.

Jene aber, die Kreuzweg bisher nur vom Hörensagen kennen, muß ich darauf aufmerksam machen, daß die Station zu keinem planetaren Hoheitsgebiet gehört, daß ihre Gesetze im Ermessen ihrer Eigentümer und deren Beauftragten liegen und diese hauptsächlich daran interessiert sind, Ihnen durch eine große Auswahl von Vergnügungsetablissements das Geld aus der Tasche zu ziehen.

Ich lege Ihnen dringend nahe, sich vor den Glücksspielpavillons in acht zu nehmen. Und Sie, meine Damen – betreten Sie den Parfümpark keinesfalls allein, denn das würde als Aufforderung gedeutet, daß Sie einen käuflichen Begleiter wünschen. Besonders warnen möchte ich Sie alle vor Deck drei, denn dort sind nicht nur die Preise horrend, sondern es ist auch nicht ganz ungefährlich. Berichten zufolge soll es bereits zu Raubmorden gekommen sein. Ein Mann, der nur Augen für seine Begleiterin hat, kann leicht einem Dolchstoß zum Opfer fallen. Außerdem wurden schon oft Aufnahmen von Personen gemacht, die dann später mit diesen Bildern und Filmen erpreßt wurden.

Zu guter Letzt: Lassen Sie sich nicht dazu verführen, mag es Ihnen auch noch so verlockend erscheinen, sich in die Arena zu begeben – denn nur zu leicht könnten Sie gezwungen werden, selbst in den Ring zu steigen und gegen einen erfahrenen Kämpfer antreten zu müssen. Mit der Bezahlung des Eintritts geben Sie sich nämlich in die Hand des momentanen Siegers, der das Recht hat, seinen nächsten Gegner aus den Reihen der Besucher auszuwählen. Es ist erstaunlich, wie viele Männer, ob nun unter Einfluß von Alkohol und Drogen oder aus reinem Übermut und bloßem Nervenkitzel, die Arena aufsuchen. Eine große Anzahl von ihnen wird getötet oder ernsthaft verletzt.

Doch genug der Warnungen. Ich will Sie nicht übermäßig beunruhigen. Es gibt eine Menge legitimer Vergnügungen, an denen Sie Ihre Freude haben werden. Die Neunzehn Gärten sind *das* Gesprächsthema des Universums. Im Celestium können Sie Speisen von Ihrer Heimatwelt zu sich nehmen und vertrauter Musik lauschen. Die Läden entlang der Esplanade führen zu durchaus angemessenen Preisen alles, was ein Reisender so benötigt.

Jetzt möchte ich Sie aber sich selbst überlassen. In etwas weniger als zweiunddreißig Stunden fliegen wir nach Ballenkarch weiter.«

Er zog sich zurück. Allgemeines Rumoren erhob sich. Joe bemerkte, daß Manaolo Elfane zu ihrer Kabine folgte. Die beiden Druidenmissionare kehrten zu ihrem Reisealtar zurück, ohne offenbar die Absicht zu haben, das Schiff zu verlassen. Der Mangoffizier Erru Kametin machte sich mit der jungen Witwe am Arm auf den Weg, dicht gefolgt von den beiden Mang in Zivil.

Die kahlköpfige alte Frau rührte sich um keinen Zentimeter aus ihrem Sessel, sondern starrte nur zu Boden.

Die Cil eilten kichernd und mit großen Schritten aus dem Schiff. Hableyat blieb vor Joe stehen, die Arme auf dem Rücken verschränkt. »Nun, mein Freund«, fragte er, »gehen Sie nicht von Bord?«

»Doch«, erwiderte Joe nachdenklich. »Ich denke schon. Ich möchte nur erst abwarten, was die Priesterin und Manaolo vorhaben.«

Hableyat schaukelte auf den Fersen. »Ich rate Ihnen, diesem Kerl aus dem Weg zu gehen. Er ist ein gefährliches Beispiel für Größenwahn – der sich erstklassig seiner Umgebung anzupassen vermag, wie ich hinzufügen sollte. Manaolo hält sich – tatsächlich, ich versichere es Ihnen – für gottähnlich und vom Schicksal auserkoren, und zwar in einem Maße, wie wir beide es uns sicher nicht vorstellen können. Manaolo kennt weder Recht noch Unrecht. Er kennt nur für und gegen Manaolo.«

Die Tür zu Kabine dreizehn öffnete sich. Manaolo und Elfane traten auf den Balkon hinaus. Manaolo, der vorne stand, hielt ein kleines Paket in Händen. Er trug einen goldenen Brustharnisch aus ziseliertem Metall und hatte sich einen langen gelben Umhang, der mit gelben Blättern bestickt war, über die Schultern geschwungen. Er blickte weder nach rechts noch nach links, als er die Treppe hinunterstieg, den Aufenthaltsraum durchquerte und in Richtung Luftschleuse verschwand.

Elfane dagegen blieb bei Erreichen des Hauptdecks stehen, schaute ihm kurz nach und schüttelte den Kopf – eine Geste, die größten Ärger ausdrückte. Sie drehte sich um und kam auf Joe und Hableyat zu.

Hableyat verneigte sich respektvoll, doch Elfane beachtete ihn gar nicht. »Ich möchte, daß Sie mich von Bord begleiten«, sagte sie zu Joe.

»Ist das eine Einladung oder ein Befehl?«

Elfane hob spöttisch eine Augenbraue. »Es bedeutet, daß ich Ihre Begleitung wünsche.«

»Na schön«, erwiderte Joe und erhob sich. »Es ist mir ein Vergnügen.«

Hableyat seufzte tief. »Wenn ich noch jung und gutaussehend wäre ...«

»Gutaussehend?« brummte Joe.

»... bräuchte mich eine reizende junge Dame nicht zweimal zu fragen.«

»Ich glaube«, sagte Elfane beiläufig, »es ist nur fair, wenn ich Sie darauf aufmerksam mache, daß Manaolo versprochen hat, Sie umzubringen, falls Sie es wagen, mit mir zu sprechen.«

Eine Weile herrschte Schweigen. Dann meinte Joe mit einer Stimme, die in seinen eigenen Ohren seltsam klang: »Und das erstbeste, was Sie tun, ist mich aufzufordern, mit Ihnen zu kommen.«

»Haben Sie Angst?«

»Ich bin nicht gerade tapfer.«

Abrupt machte sie auf dem Absatz kehrt und ging zur Luftschleuse. »Warum haben Sie das gesagt?« fragte Hableyat neugierig.

Joe schnaubte verächtlich. »Sie macht einem nichts als Ärger. Sie bildet sich tatsächlich ein, daß ich es riskiere, von einem verrückten Druiden wie ein tollwütiger Hund niedergeschossen zu werden, nur um des zweifelhaften Vergnügens willen, mit ihr herumspazieren zu dürfen.« Er sah zu, wie sie das Schiff verließ, gertenschlank in ihrem tiefblauen Cape. »Sie hat recht«, sagte Joe. »Ich bin wirklich so verrückt.« Er begann hinter ihr herzulaufen. Hableyat wartete, bis er sie Arm in Arm davongehen sah, lächelte ein wenig traurig und rieb sich die Hände. Dann lüftete er etwas die Robe an seinem Gesäß, machte es sich auf der Couch bequem und verfolgte die Andachtsübungen der beiden Druiden vor ihrem Altar.

8

Gemächlich schritten sie einen Korridor entlang, wo sich Laden an Laden reihte. »Hören Sie«, sagte Joe. »Sind Sie nun eine vornehme Druidenpriesterin, der es gleichgültig ist, ob ich ihretwegen umgebracht werde – oder sind

Sie ein nettes junges Mädchen, das mit ihrem Verehrer ausgeht?«

Elfane warf ihren Kopf zurück und versuchte würdevoll und welterfahren auszusehen. »Ich bin eine sehr hochgestellte Persönlichkeit, und eines Tages werde ich die Oberpriesterin für den gesamten Bezirk von Kelminester sein. Ein kleines Gebiet, gewiß, aber die Führung von drei Millionen Seelen zum Baum wird in meinen Händen liegen.«

Joe machte ein angewidertes Gesicht. »Kämen die nicht auch ohne Sie zurecht?«

Sie lachte so entspannt, daß sie einen Augenblick lang wie ein lebenslustiges dunkelhaariges Mädchen wirkte. »Oh – wahrscheinlich schon. Aber ich muß wohl oder übel den Schein wahren.«

»Dumm ist nur, daß Sie mit der Zeit selbst daran glauben werden.«

Sie schwieg eine Weile.

»Weshalb sehen Sie sich denn so aufmerksam um?« meinte sie dann spitzbübisch. »Finden Sie diesen Korridor so interessant?«

»Ich halte Ausschau nach diesem Teufel Manaolo«, brummte Joe. »Es würde ihm nur ähnlich sehen, mir hier irgendwo im Schatten aufzulauern, dann hervorzuspringen und mich zu erstechen.«

Elfane schüttelte den Kopf. »Manaolo ist zu Deck drei hinuntergegangen. Er hat seit Anbruch der Reise jede Nacht versucht, mich zu seiner Geliebten zu machen, aber ich habe kein Verlangen nach ihm. Heute morgen drohte er, falls ich ihm nicht endlich zu Willen wäre, sich eines der Freudenmädchen von Kreuzweg zu nehmen. Ich riet ihm, es unbedingt zu tun, weil sich dann seine Männlichkeit vielleicht weniger aufdringlich gegen mich richten würde. Er ist beleidigt abgerauscht.«

»Manaolo scheint ständig in einem Zustand gekränkter Eitelkeit zu sein.«

»Er ist ein Mann von äußerst hohem Rang«, erwiderte Elfane. »Gehen wir doch hier entlang. Ich möchte ganz gern ...«

Joe nahm ihren Arm, riß sie herum und starrte in ihre dunklen Augen. Ihre Nasen waren nur Zentimeter voneinander entfernt.

»Hören Sie, junge Dame. Ich habe nicht die Absicht, Ihnen meine Männlichkeit aufzudrängen, aber ebensowenig gedenke ich, nach Ihrer Pfeife zu tanzen und hinter oder neben Ihnen herzutrotten und Ihre Einkäufe zu schleppen wie ein Chauffeur.«

Er wußte, er hatte das falsche Wort gewählt.

»Chauffeur, *ha!* Dann . . .«

»Wenn Sie keinen Wert auf meine Begleitung legen«, unterbrach Joe sie, »dann sagen Sie's, und ich werde gehen. Auf der Stelle!«

Eine Zeitlang war Schweigen. Schließlich blickte sie ihn von der Seite her an und fragte: »Wie ist eigentlich Ihr Vorname?«

»Nennen Sie mich Joe.«

»Joe – Sie sind eigentlich ein bemerkenswerter Mann. Sehr merkwürdig. Sie geben mir Rätsel auf, Joe.«

»Wenn Sie sich mir anvertrauen wollen – einem Chauffeur, Mechaniker, Ingenieur, Moospflanzer, Barkeeper, Tennislehrer, Dockarbeiter und was nicht sonst noch alles –, dann gehen wir hinunter zu den Neunzehn Gärten und schauen, ob man dort nicht auch irdisches Bier zu trinken bekommen kann.«

Die Neunzehn Gärten waren eine Scheibe im Mittelteil der Konstruktion und bestanden aus neunzehn keilförmigen Segmenten, die um eine als Restaurant dienende zentrale Plattform angeordnet waren.

Sie fanden einen freien Tisch und bekamen zu Joes Überraschung, nachdem sie bestellt hatten, sofort Maßkrüge mit kühlem Bier vorgesetzt.

»Auf daß es Euer Durchlaucht munden möge«, erklärte Elfane spöttisch.

Joe grinste dümmlich. »So weit brauchen Sie's auch nicht zu treiben. Ihr Druiden müßt doch immer eins drauf geben. Nun, was wollten Sie?«

»Nichts.« Sie drehte sich auf ihrem Stuhl um und betrachtete die Gärten. In diesem Augenblick erkannte

Joe, daß er – ob er nun wollte oder nicht – sich hoffnungslos in sie verliebt hatte. Margaret? Er seufzte. Sie war ja so weit weg, tausend Lichtjahre entfernt.

Er ließ seinen Blick über die Gärten schweifen, neunzehn an der Zahl, in denen die Flora von neunzehn verschiedenen Planeten wuchs, jede mit ihren besonderen Farbtönen – das Schwarz, Grau und Weiß von Kelce – das Orange, Gelb und Pastellgrün von Zarjus – die sanften Schattierungen der grünen, blauen und gelben Blüten, die auf dem kleinen stillen Planeten Jonapah wuchsen – Grün in hundert verschiedenen Nuancen, Grellrot, Himmelblau – seine Augen weiteten sich, und er sprang auf.

»Was ist los?« fragte Elfane.

»Der Garten dort – mich laust der Affe, wenn das nicht irdische Pflanzen sind.« Er trat näher und beugte sich über die Brüstung. Sie folgte ihm. »Geranien, Begonien, Petunien, Zinnien, Rosen, Zypressen, Pappeln, Trauerweiden. Und ein Rasen. Und Hibiskus ...« Kopfschüttelnd las er das Schild. »Planet Gea. Koardinaten unbestimmt.«

Sie kehrten zum Tisch zurück. »Man könnte meinen, Sie hätten Heimweh«, sagte Elfane in einem Tonfall, der spöttisch gemeint sein sollte.

Joe lächelte. »Ich habe sogar sehr großes Heimweh. Erzählen Sie mir etwas über Ballenkarch.«

Sie nahm einen Schluck Bier, blickte überrascht hoch und verzog das Gesicht.

»So geht es jedem beim ersten Schluck«, meinte Joe. »Das kommt schon noch.«

»Nun ja – ich weiß nicht viel über Ballenkarch. Bis vor ein paar Jahren bestand überhaupt keine Verbindung damit. Die Raumschiffe hielten dort nicht, weil die Eingeborenen dem Kannibalismus frönten. Aber schließlich vereinte der jetzige Prinz alle Stämme auf dem kleineren Kontinent zu einer Nation. Es geschah über Nacht. Viele Eingeborene wurden dabei getötet.

Und nun gibt es dort keinen Mord mehr, und die Raumschiffe können relativ sicher landen. Der Prinz hat beschlossen, den Planeten zu industrialisieren, und deshalb importiert er jede Menge Maschinen von Beland, Mangtse und Grabo. Schritt für Schritt erweitert er seinen Machtbereich über den Hauptkontinent hinaus. Irgendwie gewinnt er die Häuptlinge für sich – vielleicht hypnotisiert er sie oder bringt sie ganz einfach um.

Sie müssen wissen, daß die Ballenkarts keine wie auch immer geartete Religion haben, und wir Druiden hoffen, diese neue Industriemacht durch die Bande eines gemeinsamen Glaubens an uns zu ketten. Dann werden wir für Industriegüter nicht länger auf Mangtse angewiesen sein. Dieser Gedanke gefällt den Mang natürlich gar nicht, und deshalb ...« Ihre Augen weiteten sich. Sie griff über den Tisch hinweg und umklammerte Joes Arm. »Manaolo! Oh, Joe, ich hoffe, er hat uns nicht gesehen.«

Joes Mantel der Vorsicht zerriß. Es ist unmöglich, friedlich zu bleiben, wenn das geliebte Wesen um deine Sicherheit fürchtet.

Er lehnte sich in seinem Stuhl zurück und beobachtete Manaolo, der wie ein Operettenheld auf die Terrasse stolziert kam. Eine beigehäutige Frau in orangefarbenen Pluderhosen, spitzen Pantoffeln aus blauem Stoff und einem blauen Stoffgewand hing an seinem Arm. Unter dem anderen Arm steckte jenes Paket, das er vom Schiff mitgebracht hatte. Er erspähte Joe und Elfane aus den Augenwinkeln, änderte mit ausdrucksloser Miene die Richtung, eilte schweren Schrittes auf ihren Tisch zu und zog unterwegs ein Stilett aus seinem Gürtel.

»Jetzt reicht's«, murmelte Joe. »Jetzt reicht's!« Er sprang auf.

Die Gäste an den Nachbartischen brachten sich erschrocken in Sicherheit. Manaolo blieb etwa einen Meter vor Joe stehen, und ein siegesbewußtes Lächeln umspielte seine Lippen. Er stellte das Paket auf dem Tisch ab, trat dann einen Schritt vor und warf ein Messer. Er warf es mit einer beinahe naiven Lässigkeit, als erwartete er allen Ernstes, Joe würde ruhig stehenbleiben, um sich erdolchen zu lassen. Joe tat es nicht. Er goß ihm das Bier ins Gesicht, schlug ihm den Maßkrug aufs Handgelenk, und das Stilett fiel klirrend zu Boden.

»Und jetzt«, brummte Joe, »werde ich dir eine Tracht Prügel verabreichen, die du dein Lebtag lang nicht mehr vergißt.«

Manaolo lag auf dem Boden. Joe saß rittlings auf ihm und keuchte vor Anstrengung. Das Pflaster hatte sich von seiner Nase gelöst. Blut strömte ihm über Gesicht und Kinn. Manaolos Hand tastete nach dem Stilett. Mit einem unterdrückten Triumphgeschrei schwang er es. Joe packte seinen Arm und zwang ihn zurück, bis die Klinge in Manaolos Schulter eindrang.

Manaolo stöhnte laut auf und zog das Stilett heraus. Joe entriß es ihm und stach es durch Manaolos Ohr in den Holzboden, trieb es mit wilden Fausthieben tiefer hinein. Dann sprang er mit zufriedener Miene auf und blickte auf seinen Gegner hinab.

Manaolo zappelte wie ein Fisch, bis er erschöpft still lag. Zwei Sanitäter mit einer Trage schoben sich unbeeindruckt durch die Menge, entfernten das Stilett, hoben den Lädierten auf die Trage und schafften ihn weg. Die beigehäutige Frau rannte neben ihnen her. Manaolo sprach mit ihr.

Sie kehrte um, lief zum Tisch, nahm das Paket, lief wieder dorthin zurück, wo die Sanitäter Manaolo inzwischen auf einen Wagen verfrachtet hatten, und legte das Paket auf seine Brust.

Joe sank auf seinen Stuhl zurück, nahm Elfanes Bier und trank es in einem Zug leer.

»Joe«, flüsterte sie. »Sind Sie – verletzt?«

»Ich bin überall grün und blau«, gestand Joe. »Manaolo ist ein hartgesottener Bursche. Wenn Sie nicht dabei gewesen wären, hätte ich mich aus dem Staub gemacht. Aber«, fügte er mit schmerzerfülltem Grinsen hinzu, »ich kann doch nicht zulassen, daß Sie sehen, wie ich vor einem Rivalen klein beigebe.«

»Rivale?« fragte sie verwirrt. »Rivale?«

»Um Sie.«

»Oh!« rief sie tonlos.

»Sagen Sie jetzt bloß nicht: ›Ich bin die größte allmächtige Druidenpriesterin‹!«

Sie blickte ihn erstaunt an. »Das hatte ich gar nicht vor. Ich dachte gerade daran, daß Manaolo niemals Ihr ... dein Rivale war.«

»Ich muß dringend duschen und mir was anderes anziehen«, meinte Joe blinzelnd. »Hättest du vielleicht Lust mitzukommen, oder ...«

»Nein«, murmelte Elfane. »Ich möchte lieber bleiben. Ich muß nachdenken.«

Einunddreißig Stunden. Die *Belsaurion* war startbereit. Die Passagiere kehrten allmählich an Bord zurück und wurden vom Zahlmeister eingecheckt.

Einunddreißigeinhalb Stunden. »Wo ist Manaolo?« fragte Elfane den Zahlmeister. »Befindet er sich schon an Bord?«

»Nein, Euer Durchlaucht.«

Elfane kaute an ihrer Lippe und ballte die Fäuste. »Ich erkundige mich besser auf der Krankenstation nach ihm. Sie fliegen doch nicht ohne mich ab?«

»Nein, Euer Durchlaucht, natürlich nicht.«

Joe folgte ihr zum Telefon. »Krankenstation«, befahl sie der mechanischen Stimme. Und dann: »Ich möchte mich nach Ekklesiarch Manaolo erkundigen, der gestern bei Ihnen eingeliefert wurde. Wurde er schon entlassen? ... Gut, aber beeilen Sie sich. Sein Schiff fliegt in wenigen Minuten ab ...« Sie wandte sich an Joe. »Sie sehen in seinem Zimmer nach.«

Ein Augenblick verging; plötzlich wurde sie schreckensbleich. »*Was!* Nein!«

»Was ist los?«

»Er ist tot. Man hat ihn ermordet.«

Der Kapitän erklärte sich einverstanden, mit dem Start zu warten, bis Elfane von der Krankenstation zurück war. Sie rannte zum Aufzug, dicht gefolgt von Joe. Auf der Station erwartete sie eine hagere belandische Schwester mit weißem Haarknoten.

»Sind Sie seine Frau?« fragte sie. »Wenn ja, möchte ich Sie bitten, sich der Formalitäten für die Beisetzung anzunehmen.«

»Ich bin nicht seine Frau, und es ist mir vollkommen gleichgültig, was Sie mit der Leiche machen. Sagen Sie mir lieber, was aus dem Paket geworden ist, das er bei sich hatte.«

»In seinem Zimmer ist kein Paket. Ich erinnere mich, daß er mit einem eingeliefert wurde – aber es ist nicht mehr da.«

»Wer hat ihn besucht?« fragte Joe.

»Ich weiß es nicht. Ich nehme jedoch an, es läßt sich feststellen.«

Manaolos letzte Besucher waren drei Mang gewesen, die unbekannte Namen angegeben hatten. Dem diensthabenden Pfleger war aufgefallen, daß einer von ihnen, ein älterer Mann mit militärischer Haltung, mit einem Paket aus dem Zimmer getreten war.

Elfane lehnte sich an Joes Schulter. »Das war der Blumentopf mit der Pflanze.« Er legte den Arm um sie und drückte ihren Kopf an seine Brust. »Und jetzt haben die Mang ihn«, sagte sie hoffnungslos.

»Verzeih, wenn ich vielleicht unangebracht neugierig erscheine«, meinte Joe. »Aber was ist denn so Wichtiges in diesem Blumentopf?«

Sie blickte mit tränenfeuchten Augen zu ihm auf. »Das zweitwichtigste Lebewesen im Universum. Der einzige lebensfähige Sprößling des Baums.«

Sie kehrten langsam durch den blau getäfelten Korridor zum Schiff zurück. »Ich bin nicht nur neugierig, sondern offenbar auch schwer von Begriff«, ließ Joe sich vernehmen. »Was soll es denn für einen Sinn haben, einen Ableger des Baumes durch das Universum zu schleifen? Außer natürlich . . .«

Sie nickte. »Ich erwähnte ja schon, daß wir eine Bindung mit den Eingeborenen von Ballenkarch anstreben – religiöse Bande. Dieser Sprößling, der Sohn des Baumes, wäre ein lebendes Symbol.«

»Und dann«, murmelte Joe, »würden die Druiden allmählich die Macht übernehmen, bis ganz Ballenkarch ein zweites Kyril wäre. Fünf Milliarden bedauernswerte Leibeigene, ein oder zwei Millionen feudal lebender Druiden und ein Baum.« Er musterte sie kritisch. »Gibt es denn niemanden auf Kyril, der dieses System als – nun ja – als unausgewogen betrachtet?«

Sie warf ihm einen empörten Blick zu. »Du bist ein absoluter Materialist. Auf Kyril ist Materialismus ein todeswürdiges Verbrechen.«

»›Materialismus‹ im Sinne von ›Aufteilung des Profits‹«, wollte Joe zynisch wissen, »oder als ›Aufwiegelung zur Rebellion‹?«

»Das Leben ist die Schwelle zum Glück«, dozierte Elfane. »Das Leben ist die Bürde, die den Platz des einzelnen auf dem Baum bestimmt. Die fleißigen Arbeiter werden zu Blättern am sonnigen Wipfel. Die Tunichtgute müssen bis ans Ende aller Zeiten als Wurzelhaar in der Enge des Bodens ihr verfehltes Leben abbüßen.«

»Wenn Materialismus eine solche Sünde ist, wie du behauptest, weshalb schlagen sich die Druiden dann wohl die Bäuche voll? Weshalb schwelgen sie so sehr im Luxus? Fällt dir denn nicht selbst auf, daß gerade jene die erbittertsten Gegner des ›Materialismus‹ sind, die durch ihn am meisten zu verlieren haben?«

»Wer bist du, an uns Kritik zu üben?« schrie sie wütend. »Ein Barbar, genauso unzivilisiert wie die Ballenkarts! Auf Kyril würde man deinen aufrührerischen Reden schnell ein Ende bereiten!«

»Ah!« knurrte Joe verächtlich. »Immer noch die vornehme Nippesgöttin!«

In empörtem Schweigen stiefelte sie, mit weit schwingenden Hüften, vor ihm her. Joe grinste innerlich, als er ihr zum Schiff zurück folgte.

Die Schleuse öffnete sich. Elfane blieb abrupt stehen. »Der Sohn ist verloren – wahrscheinlich zerstört.« Sie warf Joe einen Seitenblick zu. »Es besteht kein Grund mehr für mich, weiter nach Ballenkarch mitzufahren.

Meine Pflicht ist es, nach Hause zurückzukehren und dem Rat der Thearchen Bericht zu erstatten.«

Joe rieb sich bedauernd das Kinn. Er hatte gehofft, daß ihr dieser Aspekt der Angelegenheit nicht auffallen würde. Weil er nicht genau wußte, wie wütend sie auf ihn war, sagte er vorsichtig: »Aber du hast doch Kyril mit Manaolo verlassen, weil du das Leben im Palast satt hattest. Die Thearchen werden durch ihre Spione jede Einzelheit über Manaolos Tod erfahren.«

Sie musterte ihn mit einer Miene, die er anhand irdischer Maßstäbe nicht deuten konnte. »Du möchtest also, daß ich mit dir weiterfahre?«

»Ja, das möchte ich.«

»Weshalb?«

»Ich fürchte«, gestand Joe mit einem dicken Kloß in der Kehle, »daß du mich sehr tief und sehr angenehm berührt hast. Trotz deiner reichlich verzerrten Philosophie empfinde ich eine Menge für dich.«

»Das war die richtige Antwort«, verkündete Elfane. »Also gut, ich werde weiterfahren. Vielleicht«, fügte sie von ihrer eigenen Wichtigkeit überzeugt hinzu, »vielleicht gelingt es mir sogar, die Ballenkarts dazu zu bringen, den Lebensbaum auf Kyril zu verehren.«

Joe preßte hastig die Lippen aufeinander, aus Angst, lachen zu müssen und sie so ein weiteres Mal zu verletzen. Sie blickte ihn traurig an. »Ich sehe, daß du mich nicht ernst nimmst.«

Hableyat stand ruhig am Klapptisch des Zahlmeisters. »Ah – ihr seid zurück, wie ich sehe. Und ich darf wohl annehmen, daß es Manaolos Mördern gelang, mit dem Sohn des Baumes zu fliehen?«

Elfane erstarrte. »Woher wissen Sie das?«

»Meine teure Priesterin«, erwiderte Hableyat, »selbst das kleinste Steinchen, in einen stillen Teich geworfen, schickt seine Kreise bis ans entgegengesetzte Ufer. Tatsächlich glaube ich, der wahren Sachlage sogar erheblich nähergekommen zu sein als Sie.«

»Was wollen Sie damit sagen?«

Die Luftschleuse schloß sich, und der Steward verkündete: »Wir starten in zehn Minuten. Priesterin, meine Herren, gestatten Sie, daß ich Sie zum Schutz gegen die hohe Beschleunigung in Ihre Matten einwickle?«

9

Joe erwachte aus der Trance. In Erinnerung an sein letztes Erwachen richtete er sich auf und sah sich in der Kabine um. Aber er war allein, die Tür verschlossen und verriegelt, genau wie es gewesen war, bevor er seine Tablette genommen und sich dem hypnotischen Muster auf dem Bildschirm überlassen hatte.

Joe sprang aus der Hängematte, duschte und rasierte sich und schlüpfte in den neuen blauen Anzug aus Gabardine, den er sich auf Kreuzweg gekauft hatte. Als er auf den Balkon hinaustrat, stellte er fest, daß im Aufenthaltsraum noch kein Licht brannte. Es schien beinahe, als sei er als erster erwacht.

Er blieb vor der Tür zu Kabine dreizehn stehen und dachte an Elfane, die dort warm und weich lag, mit auf dem Kissen ausgebreitetem dunklen Haar und einem Gesicht, das von Selbstvertrauen und Stolz zeugte. Er legte seine Hand auf den Türknauf. Es war, als zöge ihn etwas hinein. Mit größter Willensanstrengung riß er seinen Arm zurück, wandte sich ab und ging den Balkon entlang. Er blieb abrupt stehen. Jemand saß auf der großen Couch neben dem Bullauge. Joe beugte sich vor und starrte in den halbdunklen Raum hinunter. Es war Hableyat.

Joe ging weiter den Balkon entlang und stieg die Treppe hinunter. Hableyat machte eine knappe Begrüßungsgeste. »Setzen Sie sich, mein junger Freund, und leisten Sie mir Gesellschaft.«

Joe nahm Platz. »Sie sind früh wach.«

»Im Gegenteil«, erklärte Hableyat. »Ich habe überhaupt nicht geschlafen. Ich sitze jetzt schon seit sechs

Stunden hier auf dieser Couch, und Sie sind die erste Person, die ich zu Gesicht bekomme.«

»Wen hatten Sie erwartet?«

Hableyat lächelte geheimnisvoll. »Ich erwartete niemanden *im besonderen.* Aber ein paar unverfänglichen Fragen und Gesprächen auf Kreuzweg entnahm ich, daß nicht alle Passagiere das sind, wofür sie sich ausgeben. Ich war ganz einfach neugierig, was sich unter diesem neuen Aspekt wohl beobachten ließe.«

»Nun«, seufzte Joe, »zum Glück geht mich das ja auch nichts an.«

Hableyat wedelte mit seinem dicken Zeigefinger. »Na, na, mein Freund. Sie sind zu bescheiden. Sie verstellen sich. Ich fürchte, das ist nun nicht länger der Fall, seit Sie Ihr Herz offenbar an die reizende junge Priesterin verloren haben.«

»Denken Sie, was Sie wollen. Mir ist völlig egal, ob es den Druiden gelingt, ihre Pflanze lebend nach Ballenkarch zu bringen. Aber ich verstehe immer noch nicht, weshalb Sie ihre diesbezüglichen Bemühungen so sehr unterstützen.« Er warf Hableyat einen skeptischen Blick zu. »An Stelle der Druiden würde ich mir das einmal gründlich durch den Kopf gehen lassen.«

»Ah, mein junger Freund, Sie schmeicheln mir.« Hableyat strahlte. »Aber ich tappe bis zu einem gewissen Grad selbst noch im dunkeln. Es gibt da ein paar Kleinigkeiten, die mir nicht so recht ins Bild passen. Sie würden sich übrigens über das wahre Gesicht einiger unserer gemeinsamen Bekannten sehr wundern.«

»Ich lasse mich gern überraschen.«

»Nun, diese kahlköpfige alte Frau zum Beispiel, die in ihrem schwarzen Leichengewand nur herumsitzt und reglos ins Nichts starrt, als wäre sie bereits tot, was halten Sie von ihr?«

»Oh – eine harmlose alte Greisin.«

»Sie ist vierhundertzwölf Jahre alt. Ihr Mann, so erfuhr ich von einem Informanten, entwickelte ein Lebenselexier, als sie vierzehn war. Sie ermordete ihn, und erst vor ungefähr zwanzig Jahren verlor sie die Frische und

Schönheit ihrer Jugend. Während ihres langen Lebens hatte sie Tausende von Liebhabern jeglicher Gestalt, Größe, Farbe und Rasse sowie beiderlei Geschlechts. Die letzten hundert Jahre ernährte sie sich fast ausschließlich von Menschenblut.«

Joe sank in seinem Sessel zusammen und rieb sich das Gesicht. »Fahren Sie fort.«

»Ich erfuhr, daß einer meiner Landsleute einen bedeutend höheren Rang und erheblich mehr Macht hat, als ich annahm, und daß ich deshalb besonders umsichtig vorgehen muß. Ich fand heraus, daß der Prinz von Ballenkarch einenen Agent an Bord des Schiffes hat.«

»Nur zu«, murmelte Joe.

»Außerdem bin ich dahintergekommen, daß – wie ich schon vor dem Start von Krenzweg andeutete – Manaolos Tod und der Verlust seines Blumentopfs aus druidischer Sicht gar keine so große Tragödie ist.«

»*Wieso?*«

Hableyat blickte nachdenklich zum Balkon hinauf. »Ist Ihnen denn niemals der Gedanke gekommen«, fragte er langsam, »daß Manaolo eine recht schlechte Wahl für eine so wichtige Mission wie diese war?«

Joe runzelte die Stirn. »Nun, ich dachte, er kam zu dieser vielleicht etwas zweifelhaften Ehre allein aufgrund seiner Stellung, die doch – glaubt man Elfane – ziemlich hoch ist ... beziehungsweise war. Ein Ekklesiarch, der direkt dem Thearchen untersteht.«

»Aber die Druiden sind nicht so engstirnig und dumm, wie es vielleicht den Anschein hat«, versicherte Hableyat. »Sie haben es geschafft, mit nichts weiter als einem monströsen Baum seit beinahe tausend Jahren fünf Milliarden Männer und Frauen zu beherrschen. Das zeigt wohl, daß sie keine Dummköpfe sind.

Der Rat des Thearchen erkannte Manaolo zweifellos als das, was er war – ein wankelmütiger Egozentriker. Sie hielten ihn für einen geeigneten Lockvogel. Ich, da ich die Komplexität ihres Planes noch nicht durchschaut hatte, hielt es meinerseits für nötig, Manaolo einen Lockvogel an die Seite zu stellen, um von ihm abzulenken. Sie schienen mir dafür der richtige Mann zu sein.

Die Druiden hatten jedoch die Schwierigkeiten dieser Mission vorausgesehen und entsprechende Maßnahmen ergriffen. Manaolo wurde, ohne daß er es wußte, ein falscher Sprößling mitgegeben, der freilich auf Dauer nicht lebensfähig gewesen wäre. Der echte Sohn des Baumes unternimmt seine Reise auf ganz andere Art.«

»Und welche Art ist das?«

Hableyat zuckte die Schultern. »Es ist leider alles bloße Theorie. Vielleicht trägt die Priesterin ihn irgendwo unauffällig bei sich. Vielleicht befindet er sich auch als Reisegepäck im Frachtraum – obwohl ich das bezweifle. Ich nehme eher an, der Sprößling ist in der Obhut eines Beauftragten von Kyril – vielleicht auf diesem Schiff, vielleicht auf einem anderen.«

»Und?«

»Und deshalb sitze ich hier und passe auf, ob jemand mein Mißtrauen erweckt. Bis jetzt sind Sie allerdings der einzige, der sich zeigte.«

Joe lächelte schwach. »Und welche Schlüsse ziehen Sie daraus?«

»Keine.«

Der weißhaarige Steward betrat den Raum. Seine dünnen Arme und Beine wirkten merkwürdig grazil unter dem hautengen Stoff. Stoff? Joe betrachtete die Uniform zum erstenmal näher. »Wünschen die Herren ein Frühstück?« erkundigte sich der Steward.

Hableyat nickte. »Ja, bitte.«

»Ich hätte gern etwas Obst«, erklärte Joe. Und ermutigt durch den Biergenuß auf Kreuzweg: »Kaffee werden Sie wohl keinen haben?«

»Ich bin überzeugt, wir können Ihnen auch damit dienen, Lord Smith.«

Joe wandte sich an Hableyat. »Sie scheinen nicht viel Kleidung zu tragen. Das ist ja nur aufgemalte *Farbe!*«

Hableyat schien sich köstlich zu amüsieren. »Natürlich. Wußten Sie denn nicht, daß die Belander lieber Farbe als Stoff tragen?«

»Nein«, sagte Joe. »Ich habe Kleidung immer als selbstverständlich hingenommen.«

»Aber das ist ein gewaltiger Fehler«, erwiderte Hableyat großspurig. »Wenn man sich mit Lebewesen oder Phänomenen oder Entitäten auf einem fremden Planeten einläßt – *darf man niemals etwas als selbstverständlich hinnehmen!* Als ich noch jung war, besuchte ich einmal die Welt Xenchoy im Krimnebel und beging dort den Fehler, eines der einheimischen Mädchen zu verführen. Ein bildhübsches Geschöpf, das Reben in ihr Haar geflochten hatte. Ich erinnere mich, daß sie meine Avancen bereitwillig, aber ohne jede Begeisterung hinnahm.

Im Augenblick meiner höchsten Erregung versuchte sie, mich mit einem langen Dolch zu erstechen. Es gelang mir gerade noch, ihn ihr abzunehmen, und sie war aufs höchste verwundert. Schließlich fand ich heraus, daß auf Xenchoy nur ein Mann, der Selbstmord begehen will, die intime Bekanntschaft einer ledigen Frau sucht, und da er weder eine Anklage wegen Selbstmords noch wegen Unsittlichkeit zu befürchten hat, erfüllt sich für ihn der Traum der Menschheit – in Ekstase zu sterben.«

»Und die Moral von der Geschichte?«

»Ist doch sonnenklar«, grinste er. »Es ist nicht alles, wie es scheint.«

Joe lehnte sich auf der Couch zurück und dachte nach. Hableyat summte indessen geistesabwesend eine viertönige Mangfuge vor sich hin und begleitete sich dabei auf sechs Täfelchen, die an einer Kette um seinen Hals hingen und auf seine Berührung hin jedes in einer anderen Tonlage erklangen.

Es steht außer Frage, dachte Joe, *daß er etwas weiß oder vermutet, das für ihn offensichtlich ist und das ich einfach nicht sehe. Hableyat sagte einmal, ich hätte eine beschränkte Intelligenz. Vielleicht hat er damit sogar recht. Er hat nun wirklich genug Andeutungen gemacht. Elfane? Hableyat selbst? Nein, sein Hauptthema war der Sohn des Baumes. Ein ganz schönes Getue wegen so einer blöden Pflanze. Hableyat glaubt, sie sei noch an Bord, das steht fest. Nun, ich habe sie jedenfalls nicht. Und er hat sie auch nicht, sonst würde er nicht unentwegt darüber reden. Bleibt noch Elfane. Oder die Cil. Vielleicht die schreckliche alte Frau? Die Mang? Die beiden Druidenmissionare?*

Hableyat beobachtete ihn gespannt. Als Joe sich mit einem Ruck aufrichtete, lächelte er. »Haben Sie endlich begriffen?«

»Ich denke schon«, sagte Joe.

Abermals hatten sich die Passagiere im Aufenthaltsraum versammelt, doch nun herrschte eine andere Atmosphäre. Der erste Teil der Reise hatte sich durch eine gewisse Spannung ausgezeichnet, die aber mehr von persönlicher Abneigung hervorgerufen worden war, wahrscheinlich in erster Linie bedingt durch die Persönlichkeit Manaolos.

Jetzt schienen die einzelnen Sympathien und Aversionen in einen regelrechten Rassenhaß ausgeartet zu sein. Erru Kametin, die beiden mangtschen Zivilisten – Prokuratoren des Rotstromkabinetts, wie Joe von Hableyat erfahren hatte – und die junge Witwe saßen fast die ganze Zeit über bei ihrem Spiel mit den farbigen Stäben, aber immer wieder warfen sie Hableyat am entgegengesetzten Ende des Zimmers böse Blicke zu.

Die beiden Druidenmissionare waren in einer dunklen Ecke des Aufenthaltsraumes über ihrem Altar mit langwierigen Ritualien beschäftigt, die sie vor dem Abbild des Baumes verrichteten. Die Cil, ein wenig gekränkt, daß man ihren vornehmen Erscheinungen nicht mehr Aufmerksamkeit widmete, hatten sich auf die Promenade zurückgezogen. Die schwarzgekleidete Greisin saß reglos wie der Tod in ihrem Sessel, nur hin und wieder zuckten ihre Lider. Vielleicht einmal pro Stunde hob sie eine durchscheinende Hand und strich sich damit über den kahlen Schädel. Joe fand sich im Spannungsfeld psychologischer Gegensätze wieder, die ihn aufrührten wie einen Teich, der gleichzeitig aus allen Richtungen von

Stürmen heimgesucht wird. Und schließlich war da sein eigener Grund, nach Ballenkarch zu reisen. Merkwürdig, dachte Joe – es sind nur noch Stunden bis zum Ziel, und es erscheint mir auf einmal so unwichtig. Er besaß bloß ein bestimmtes Maß an Emotionen, an Willen und Kraft, und es schien, als habe er einen Großteil davon in Elfane investiert. Investiert? Es war ihm entrissen worden, entwunden, herausgequetscht.

Joe dachte an Kyril, an den Baum, an die Paläste von Divinal, die man zwischen den Luftwurzeln des Stammes gebaut hatte, an die endlosen Weiten der mageren Farmen und stinkenden Dörfer, an die ausgemergelten Pilger zum Stamm und ihren letzten triumphalen Blick zurück, diesen Blick über die flache graue Landschaft.

Er dachte an die verbreitetste Strafe der Druiden – den Tod. Obwohl der Tod auf Kyril nicht gefürchtet wurde. Der Tod war so willkommen wie das tägliche Brot. Er war die Lösung der Druiden für jedes Problem, das Zaubermittel, die Essenz des Lebens. Zurückhaltung war ein Wort von geringer Bedeutung für Männer und Frauen, die keine Hemmungen kannten, weder bei ihren Launen und Leidenschaften noch bei ihren Ausschweifungen.

Er rief sich ins Gedächtnis zurück, was er über Mangtse wußte – eine kleine Welt mit unzähligen Seen und malerischen Inseln, mit einem Volk, das eine Vorliebe für alles Gewundene und eine Architektur bezaubernder Bögen entwickelt hatte, gedrechselte Holzbrücken über Ströme und Kanäle, idyllische Spazierwege im antikgelben Licht der schwachleuchtenden kleinen Sonne.

Dann die Fabriken auf den Industrieinseln, die systematisch und effektiv produzierten. Und die Mang – ein Volk von Menschen, die genauso geziert, verworren und feinsinnig waren wie ihre Bauwerke. Da war Hableyat, so undurchschaubar, daß Joe nicht wußte, ob er jemals sein wahres Gesicht gesehen hatte. Da waren die feuerspuckenden Rotstromer, die für den Imperialismus eintraten. Mit anderen Worten – es herrschten mittelalterliche Zustände. Und Ballenkarch? Was wußte er darüber? Nichts, außer daß es eine barbarische Welt war, mit einem Prinzen als Oberhaupt, der es sich in den Kopf gesetzt hatte, über Nacht eine komplexe Industrie ins Leben zu rufen. Und irgendwo auf dem Planeten, unter den Wilden im Süden und den Barbaren im Norden, war auch Harry Creath.

Harry hatte Margarets romantische Ader geweckt und war dann ohne viel Aufhebens verschwunden, hatte ein gefühlsmäßiges Tohuwabohu hinterlassen, das sich erst wieder legen würde, wenn Margaret mit der Wirklichkeit – also mit Harry – konfrontiert wurde. Vor zwei Jahren hatte sich Harry nur wenige Stunden entfernt auf dem Mars befunden. Doch als Joe dort ankam, um ihn für die Gegenüberstellung zur Erde zurückzubringen, war Harry schon weitergereist. Schäumend vor Wut über die Verzögerung, aber starrköpfig und von seiner Idee besessen, war Joe ihm nachgeflogen.

Auf Thuban hatte er die Spur verloren, als die Klinge eines Betrunkenen ihn für drei Monate ins Krankenhaus schickte. Es vergingen nochmals drei Monate verzweifelter Nachforschungen und qualvoller Suche, bis er schließlich den Namen eines obskuren Planeten herausfand – Ballenkarch. Und wieder folgten Monate schwerer Arbeit, während der er sich die Passage quer durch die Galaxis verdiente. Und jetzt endlich lag Ballenkarch vor ihm, und irgendwo auf dem Planeten befand sich Harry.

Zum Teufel mit Harry! dachte Joe. Denn Margaret hatte mit einemmal aufgehört, ihm etwas zu bedeuten. Seine ganze Liebe galt dem unberechenbaren kleinen Biest von einer Priesterin. Joe stellte sich vor, wie er und Elfane gemeinsam die alten Städte und Sehenswürdigkeiten der Erde erkundeten – Paris, Wien, San Francisco, New York, das Kaschmirtal, den Schwarzwald, die Sahara.

Dann fragte er sich, ob Elfane überhaupt auf die Erde *passen* würde? Es gab dort keine willenlosen Sklaven, die nach Belieben getötet oder geschlagen oder wie Haustiere gehalten werden konnten. Vielleicht war es das, worauf Hableyat anspielte: *Es ist nicht alles, wie es scheint.* Elfane schien – im wesentlichen zumindest – ein Mensch wie alle anderen zu sein. Wahrscheinlich hatte er einfach das wahre Ausmaß des druidischen Egoismus nicht richtig erkannt. Nun, er würde es herausfinden.

Hableyat blickte ironisch auf, als Joe sich erhob. »Wenn ich Sie wäre, mein Freund, würde ich warten. Zumindest noch einen Tag. Ich bezweifle, ob sie bisher das ganze Ausmaß ihrer Einsamkeit erkannt hat. Ich glaube, wenn Sie jetzt zu ihr gingen, besonders mit diesem grimmigen Gesichtsausdruck, würden Sie lediglich ihren Abwehrinstinkt auslösen, und sie würde Sie in die gleiche Kategorie wie ihre Feinde einstufen. Lassen Sie sie noch einen Tag oder auch länger schmoren und warten Sie, bis sie zur Promenade heraufkommt – oder zur Sporthalle, wo sie, wie mir auffiel, jeden Tag eine Stunde verbringt.«

Joe sank auf die Couch zurück. »Hableyat«, sagte er. »Sie sind mir ein Rätsel.«

Hableyat schüttelte traurig den Kopf. »Aber ich bin doch wie ein offenes Buch.«

»Erst retten Sie mir auf Kyril das Leben. Dann setzen Sie es wieder aufs Spiel.«

»Aus reiner Notwendigkeit, die mir selbst äußerst unangenehm ist.«

»Manchmal glaube ich, Sie sind mitfühlend und hilfsbereit ...«

»Aber natürlich!«

»... so wie jetzt, wo Sie offenbar meine Gedanken lesen und mir väterliche Ratschläge erteilen. Und doch ist mir immer noch nicht ganz klar, wofür Sie mich eigentlich aufsparen. Genau wie die Weihnachtsgans es nicht versteht, weshalb man sie so großzügig mit Leckerbissen vollstopft. Es ist nicht alles, wie es scheint.« Er lachte kurz auf. »Ich nehme nicht an, daß Sie mir verraten, für welches Fest Sie mich mästen?«

Hableyat machte eine Geste, die Verwirrung ausdrücken sollte. »Ich bin von Natur aus nicht hinterhältig. Ich mache niemandem etwas vor und bevorzuge stets die Ehrlichkeit. Auch mein Interesse an Ihnen ist aufrichtig – aber ich stimme Ihnen zu, daß dieses Interesse mich nicht davon abhielte, Sie für ein höheres Ziel zu opfern. Darin liegt kein Widerspruch. Ich trenne nur meine persönlichen Vorlieben und Abneigungen von meiner Arbeit. So, und jetzt wissen Sie alles über mich.«

»Und wie, bitte schön, soll man wissen, wann Sie arbeiten und wann nicht?«

Hableyat breitete die Arme aus. »Das ist eine Frage, die nicht einmal ich selbst beantworten kann.«

Aber Joe war noch nicht zufrieden. Er lehnte sich auf der Couch zurück, und Hableyat lockerte den Gürtel an seinem fülligen Bauch.

»Manchmal ist das Leben doch sehr schwer«, sinnierte Hableyat, »und belastend.«

»Hableyat«, sagte Joe freundlich, »warum kommen Sie nicht mit mir zur Erde?«

Hableyat grinste. »Vielleicht komme ich ja auf Ihren Vorschlag zurück – wenn die Rotstromer die Blauwasser im Ampianu schlagen.«

10

Vier Tage von Kreuzweg entfernt, noch drei Tage bis Ballenkarch. Joe lehnte am Geländer der Schiffspromenade, als er hörte, wie sich ihm langsamen Schrittes jemand näherte. Es war Elfane. Ihr Gesicht wirkte schmal und blaß, ihre Augen waren groß und glänzend. Sie blieb zögernd neben Joe stehen, als legte sie auf ihrem Spaziergang nur einen kurzen Aufenthalt ein. »Hallo«, murmelte Joe und blickte weiter zu den Sternen hinauf.

Durch eine Kleinigkeit in ihrer Haltung gab Elfane ihm zu verstehen, daß sie endgültig stehengeblieben war und sich zu ihm gesellt hatte. »Du bist mir aus dem Weg gegangen«, sagte sie, »wo ich doch gerade jetzt jemanden brauche, mit dem ich reden kann.«

»Elfane«, erkundigte sich Joe, »bist du jemals verliebt gewesen?«

Sie blickte ihn verwirrt an. »Ich verstehe nicht, was du meinst?«

»Ach nichts«, brummte Joe. »Mit wem paart man sich gewöhnlich auf Kyril?«

»Oh – mit Menschen, die einen interessieren, mit denen man gern zusammen ist, die bestimmte körperliche Regungen in einem erwecken.«

Joe sah wieder zu den Sternen hinauf. »Ich fürchte, es geht etwas tiefer.«

Ihre Stimme klang sanft und amüsiert. »Ich verstehe dich sehr gut, Joe.«

Er wandte ihr das Gesicht zu. Sie lächelte. Ein weicher, voller Mund, ein leidenschaftliches Gesicht und dunkle Augen, die erwartungsvoll funkelten. Er küßte sie wie ein Verdurstender.

»Elfane . . .?«

»Ja?«

»Wir nehmen auf Ballenkarch das nächste Schiff und fahren zur Erde. Wir lassen die Sorgen, die Verschwörungen, den überall lauernden Tod zurück. Ich möchte dir so vieles zeigen – die alten Orte auf der alten Erde, die noch immer so frisch und süß ist.«

Sie befreite sich sanft aus seinen Armen. »Ich darf meine eigene Welt nicht vergessen, Joe – meine Verantwortung ihr gegenüber.«

»Auf der Erde wirst du sie sehen, wie sie wirklich ist«, erwiderte Joe drängend, »ein schmutziger Pfuhl, so erniedrigend für die Druiden, wie sie unzumutbar für eure Sklaven ist.«

»Sklaven? Sie dienen dem Lebensbaum. Wir alle dienen auf die eine oder andere Weise dem Lebensbaum.«

»Dem Todesbaum!«

Elfane sah ihn traurig an. »Joe – wie soll ich es dir nur erklären. Wir sind mit dem Baum verbunden. Wir sind seine Kinder. Du verstehst die Große Wahrheit nicht. Es gibt das Universum, und der Baum ist seine Nabe, und die Druiden und das gemeine Volk dienen dem Baum, damit er sie vor dem heidnischen All schützt.

Eines Tages wird sich das ändern. Dann werden alle

Menschen dem Baum dienen. Wir sind aus der Erde geboren, um zu dienen und zu arbeiten und unser Leben schließlich dem Baum zurückzugeben. Wir werden ein Blatt im ewigen Licht sein, jeder an seinem verdienten Platz. Kyril wird ein Gral sein, das Heiligtum der Galaxis.«

»Aber ihr räumt damit dieser Pflanze – einer riesigen Pflanze, aber immer noch einer Pflanze – einen größeren Stellenwert ein als der Menschheit«, ereiferte sich Joe. »Auf der Erde würden wir dieses Monstrum zu Brennholz schlagen. Nein, das stimmt nicht. Wir würden eine Wendeltreppe um den Baum herum errichten und Reisegruppen hinaufschicken und auf der Spitze Hot dogs und Coca-Cola verkaufen. Wir würden das Ding benutzen, um damit Geld zu verdienen, und uns nicht davon hypnotisieren lassen.«

Sie hatte ihm nicht zugehört. »Joe – du kannst mein Geliebter sein. Wir werden unser Leben auf Kyril verbringen und dem Baum dienen und seine Feinde töten ...« Erstaunt über Joes Gesicht hielt sie inne.

»Nein, das wäre nicht das Richtige – für keinen von uns. Ich werde zur Erde zurückkehren. Du wirst hierbleiben und einen anderen Liebhaber finden, der für dich eure Feinde tötet. So tun wir beide, was wir wollen. Nur ist der andere dann nicht Teil unseres Lebens.«

Sie wandte sich ab und starrte mit tränenfeuchtem Blick zu den Sternen hinauf. »Warst du jemals in eine andere Frau verliebt?« fragte sie leise.

»Nicht ernsthaft«, log Joe. Und nach einer Weile: »Und du – hattest du andere Liebhaber?«

»Nicht ernsthaft ...«

Joe blickte sie scharf an, aber es lag keine Spur von Spott auf ihrem Gesicht. Er seufzte tief. Die Erde war nun einmal nicht Kyril.

»Was wirst du tun, wenn wir auf Ballenkarch gelandet sind?« fragte sie.

»Ich weiß es nicht – darüber habe ich noch nicht nachgedacht. Jedenfalls nichts, was mit den Druiden oder mit den Mang zu tun hat, soviel steht fest. Wenn es nach mir geht, können sämtliche Bäume und Machtbereiche des

Universums zur Hölle fahren. Mir reicht's. Ich habe genug eigene Probleme ...« Seine Stimme wurde leiser und erstarb schließlich ganz.

Er nahm an, daß er nach Harry Creath suchen würde. Auf dem Mars, als das Bild Margarets sein Bewußtsein ausgefüllt hatte – auf Io, Pluto, Altair, Wega, Giansar, Polaris, Thuban und sogar noch zuletzt auf Jamivetta und Kyril –, war an seiner abenteuerlichen Reise nichts Albernes oder Lächerliches gewesen.

Jetzt hatte Margarets Bild zu verblassen begonnen – und trotzdem hörte er noch das melodiöse Klingen ihres Lachens. Mit einemmal wußte er, daß sie an der Geschichte seiner Unternehmung viel Erheiterndes finden würde – daß sie erstaunt, ungläubig und vielleicht sogar ein wenig spöttisch reagieren würde.

Elfane musterte ihn aufmerksam. Allmählich kehrte er in die Gegenwart zurück. Merkwürdig, wie real und fest sie im Gegensatz zu seinen gedanklichen Abschweifungen wirkte. Elfane hätte nichts Erheiterndes an einem Mann gefunden, der aus Liebe zu ihr das gesamte Universum durchquerte. Andererseits wäre sie wahrscheinlich empört, wenn ein Mann nicht dazu bereit wäre.

»Was wirst du also auf Ballenkarch tun?« wiederholte sie ihre Frage.

Joe rieb sich das Kinn und starrte zu den dahintreibenden Sternen hinauf. »Ich werde mich wohl auf die Suche nach Harry Creath machen.«

»Und wo willst du nach ihm suchen?«

»Keine Ahnung. Ich werd's zuerst auf dem zivilisierten Kontinent versuchen.«

»Pah!« meinte sie. »Einen solchen Kontinent gibt es auf Ballenkarch nicht.«

»Dann eben auf dem am wenigsten barbarischen!« sagte Joe unwirsch. »Wie ich Harry kenne, wird er dort sein, wo sich am meisten tut.«

»Und wenn er tot ist?«

»Dann kehre ich eben um und fliege mit gutem Gewissen wieder nach Hause.«

Margaret würde fragen: ›Harry ist tot?‹ Und er sah

schon den neckischen Zug um ihre Mundwinkel. ›In diesem Fall hat er durch seine eigene Schuld verloren. Nimm mich, mein ritterlicher Geliebter, entführe mich auf deinem weißen Weltraumschimmel.‹

Er warf Elfane einen verstohlenen Blick zu und wurde sich des herben Blütendufts bewußt, den sie verströmte. Elfane sprühte vor Frische und Geist und Anmut. Sie nahm das Leben und die Gefühle ernst. Natürlich war Margaret zarter gebaut und hatte nicht vor, die Feinde ihrer Religion zu töten. Religion? Joe lachte kurz auf. Margaret kannte dieses Wort nicht einmal.

»Warum lachst du?« fragte Elfane mißtrauisch.

»Ich dachte gerade an eine alte Freundin«, erwiderte Joe.

Ballenkarch! Eine Welt heftiger grauer Stürme und grellen Sonnenlichts. Eine Welt der wirbelnden Farben und wilden Landschaften – der Felswände, die wie Mauern am Horizont aufragen – der dunklen, weiten, unerforschlichen Wälder – der Savannen, in denen man knöcheltief in grünem Gras steht und die von ruhigen mächtigen Flüssen durchzogen sind. Auf den niedrigen Breitengraden ballten und drängten sich die Dschungel, durchsetzt mit schwächerem Bewuchs, der sich Meile um Meile auf dem nährstoffreichen Boden ausbreitete, bis die erreichte Höhe schließlich eine natürliche Grenze des Wachstums bildete.

Und auf den Gebirgspässen, durch die Wälder und über die Ebenen zogen die Clans von Ballenkart in ihren Karavanen mit farbigen Wagen dahin. Es waren hochgewachsene Männer mit dröhnender Stimme, die Rüstungen aus Stahl und Leder trugen und ihr Blut bei der Blutrache und im Zweikampf verströmten.

Sie lebten in einer Atmosphäre des Heldentums – der Überfälle, Massaker und Kämpfe mit großen schwarzen Dschungelzweibeinern, die furchtlos und halbintelligent waren. Als Waffen benutzten sie Schwerter, Lanzen und eine tragbare Armbrust, die faustgroße Steine verschleuderte. Ihre Sprache hatte sich seit tausend Jahren von der gegenwärtigen galaktischen Zivilisation getrennt entwickelt und war ein kaum verständliches Kauderwelsch, das sie in Bildern niederschrieben.

Die *Belsaurion* landete auf einer sonnenüberfluteten grünen Ebene. In der Ferne hing der Regen in Schleiern von einem schwarzen Wirrwarr aus Wolken und schuf einen prächtigen Regenbogen, der über einen Wald mit blaugrünen Bäumen hinwegragte.

Ein grob zusammengefügter Schuppen aus Holz und verrostetem Metall diente als Depot und Warteraum, und als die *Belsaurion* schließlich zitternd niederging, rollte ein kleiner Waggon mit acht knirschenden Rädern durch das Gras und hielt neben dem Schiff.

»Wo ist die Stadt?« fragte Joe.

Hableyat lachte. »Der Prinz erlaubt keinem Schiff, näher an seiner Hauptsiedlung zu landen – aus Angst vor Sklavenjägern. Die bulligen Ballenkarts stehen auf Frums und Perkins als Leibwächter hoch im Kurs.«

Die Schleuse schwang sowohl außen als auch innen auf. Frische Luft, die nach feuchter Erde roch, drang in das Schiff. »Es steht den Passagieren jetzt frei, auszusteigen«, verkündete der Steward im Aufenthaltsraum. »Sie werden jedoch gebeten, in Schiffsnähe zu warten, bis für eine Fahrgelegenheit nach Vail-Alan gesorgt ist.«

Joe blickte sich nach Elfane um. Sie sprach drängend auf die beiden Druidenmissionare ein, die ihr mit offensichtlichem Gleichmut zuhörten. Elfane stampfte wütend mit dem Fuß auf, wandte sich ab, marschierte blaß zur Schleuse und ins Freie. Die Druiden folgten gemächlich und unterhielten sich miteinander.

Entschlossen trat Elfane auf den Fahrer des achträdrigen Fahrzeugs zu. »Ich wünsche, sofort nach Vail-Alan gebracht zu werden.«

Er blickte sie ausdruckslos an. Hableyat berührte ihren Ellenbogen. »Priesterin, ein Flugwagen wird in Kürze hier eintreffen und uns auf erheblich schnellere Weise zur Stadt bringen.«

Sie drehte sich kommentarlos um und stiefelte davon.

Hableyat beugte sich dicht zu dem Fahrer herab, der ihm etwas zuflüsterte. Sein Gesichtsausdruck änderte sich ein wenig – ein Muskel zuckte, ein Fältchen vertiefte sich. Als er bemerkte, daß Joe ihn beobachtete, setzte er eine geschäftige Miene auf, und der Fahrer machte wieder ein ausdrucksloses Gesicht.

Hableyat ging auf die ihm eigene geistesabwesende Weise davon. Joe gesellte sich zu ihm. »Na, was gibt es für Neuigkeiten?«

»Sehr schlechte«, murmelte Hableyat, »wirklich sehr schlechte ...«

»Wieso?«

Hableyat zögerte einen Augenblick lang, doch dann antwortete er mit einer Offenheit, die Joe nicht erwartet hatte: »Meine Gegner zu Hause haben im Lathbon mehr an Einfluß gewonnen, als ich ahnte. Magnerru Ippolito ist höchstpersönlich nach Vail-Alan gekommen. Er hat bereits mit dem Prinzen gesprochen und offenbar ein paar unschöne Wahrheiten über die Druiden aufgedeckt. Ich erfuhr soeben, daß man den Bau einer druidischen Kathedrale und eines Klosters aufgegeben hat und Wanbrion, ein Unterthearch, in Gewahrsam genommen wurde.«

Verständnislos betrachtete Joe Hableyat. »Aber ist das nicht genau das, was Sie wollten? Ein Druide, der dem Prinzen Ratschläge erteilt, wäre doch sicher nicht im Interesse der Mang.«

Hableyat schüttelte traurig den Kopf. »Mein junger Freund, Sie sind genauso leicht irrezuführen wie meine militanten Landsleute.«

»Ich bin wohl ein bißchen begriffsstutzig.«

Hableyat breitete seine Arme aus, als würde er Joe durch diese Geste schon alles verraten. »Es ist doch so offensichtlich.«

»Tut mir leid.«

»Also schön – die Druiden planen, Ballenkarch zu assimilieren. Meine Gegenspieler auf Mang erfahren von dieser Absicht und eilen herbei, um das auf Biegen und Brechen zu verhindern. Sie machen sich keine Gedanken über die Folgen. Nein, weil es ein Plan der Druiden ist, muß einfach etwas dagegen unternommen werden. Und zwar auf eine Art, die Mangtse meiner Meinung nach ernsthaft in Verlegenheit bringen wird.«

»Jetzt ist mir klar, worauf Sie hinauswollen«, meinte Joe, »aber ich verstehe immer noch nicht, wie das zusammenhängt.«

Hableyat blickte ihn mit amüsierter Miene an. »Mein lieber junger Freund, die menschliche Ehrfurcht hat durchaus ihre Grenzen. Ich würde sagen, der Lebensbaum ist das ein und alles des einfachen Volkes von Kyril. Schön – und wie wird es wohl reagieren, wenn es von einem zweiten heiligen Baum erfährt?«

Joe grinste. »Ihre Ehrfurcht für den ersten Baum wird sich halbieren.«

»Natürlich bin ich nicht in der Lage, diese Wertminderung genau abzuschätzen, aber sie wird auf jeden Fall beträchtlich sein. Zweifel und Häresie werden offene Ohren finden, und die Druiden werden feststellen, daß das Volk nicht länger blind gehorcht, sondern damit beginnt, sich Gedanken zu machen. Jetzt identifizieren sie sich noch mit dem Baum. Er gehört ihnen, ist etwas Besonderes und einzigartig im ganzen Universum.

Dann erfahren sie auf einmal, daß es auf Ballenkarch einen zweiten Baum gibt – der von den Druiden gepflanzt wurde –, und wenn man den Gerüchten Glauben schenken will, auch noch aus politischen Gründen.« Er hob nachdrücklich seine Augenbrauen.

»Aber wenn die Druiden über Ballenkarch und die dortigen Industrien die Vormacht erringen, ist das doch ein Gewinn für sie?«

Hableyat schüttelte den Kopf. »Mein junger Freund, Mangtse ist potentiell die schwächste der drei Welten. Das ist es ja gerade. Kyril verfügt über Menschenmaterial, Ballenkarch hat seine Bodenschätze, eine ertragreiche Landwirtschaft, eine aggressive Bevölkerung und kriegerische Traditionen. Auf wessen Seite Ballenkarch auch stehen mag, wird es sich schließlich als Kannibale herausstellen, der seinen Partner verschlingt.

Führen Sie sich doch einmal die Druiden vor Augen – diese Genußmenschen, diese feinsinnigen Herren über fünf Milliarden Sklaven. Stellen Sie sich vor, wie sie versuchen, Ballenkarch zu beherrschen. Es ist lachhaft. In fünfzig Jahren würden die Ballenkarts die Thearchen zu den Toren Divinals hinauspeitschen und den Baum in einem Siegesfeuer verbrennen.

Und nun nehmen Sie die Alternative – Ballenkarch mit Mangtse verbunden. Eine Zeit wirtschaftlichen Tiefstands, von der niemand profitieren kann. Die Druiden hätten keine andere Wahl – sie würden sich daran gewöhnen müssen zu *arbeiten.* Da ihnen die Industrie der Ballenkarts nicht zugänglich ist, müßten sie auf Kyril neue Wege gehen – eine Industrie aufbauen und für Ausbildung sorgen. Die Zeit der Verdummung wäre vorbei.

Ob die Druiden nun die Macht über das Volk verlieren oder nicht – jedenfalls würde Kyril eine integrierte Industrieeinheit bleiben. Und das bedeutet, daß die mangtschen Güter hier nicht mehr gekauft würden. Sie sehen also, daß die mangtsche Wirtschaft, wenn es sowohl auf Kyril als auch auf Ballenkarch keine Absatzmärkte mehr für sie gäbe, schwere Einbußen erleiden würde. Wir wären gezwungen, unsere Märkte durch Waffengewalt wiederzugewinnen – und wir könnten verlieren.«

»Das verstehe ich ja alles«, erwiderte Joe zögernd, »aber es dreht sich im Kreis. Worauf wollen Sie hinaus?«

»Ballenkarch ist autark. Gegenwärtig können weder Mangtse noch Kyril allein existieren. Wir brauchen einander. Aber wie Sie wissen, sind die Druiden unzufrieden mit ihrem Wohlstand. Sie möchten noch mehr haben, und den versprechen sie sich durch die Beherrschung der ballenkarchschen Industrien.

Genau das ist es, was ich verhindern möchte – und außerdem möchte ich ein Abkommen zwischen Mangtse und Ballenkarch verhindern, das von allem Anfang an unnatürlich wäre. Ich möchte ein neues Regime auf Kyril sehen, eine Regierung, die die Produktivität und Kaufkraft des Volkes erhöht, eine Regierung, für die eine Verbindung mit Mangtse selbstverständlich ist.«

»Ein Jammer, daß die drei Welten keinen gemeinsamen Rat bilden können.«

Hableyat seufzte. »Das wäre natürlich das Ideale, aber bedauerlicherweise stehen dem dreierlei Fakten entgegen. Erstens die gegenwärtige Politik der Druiden, zweitens die Machtübernahme der Rotstromer auf Mangtse und drittens die Ambitionen des Prinzen von Ballenkarch. Verändern Sie diese drei Fakten, und ein solches Gremium wäre im Bereich des Möglichen. Ich für meinen Teil wäre dafür – warum nicht?« murmelte er wie zu sich selbst, und Joe entdeckte hinter der ausdruckslosen gelben Maske seines Gesichts einen furchtbar müden Mann.

»Was wird nun aus Ihnen?«

Hableyat schürzte bekümmert die Lippen. »Wenn meine Vollmachten wirklich zurückgezogen wurden, wird man wohl meinen Freitod erwarten. Schauen Sie nicht so überrascht – das ist eine alte Sitte auf Mangtse, eine Methode, um sein Versagen einzugestehen.«

»Weshalb fliegen Sie nicht einfach nach Mangtse zurück und sehen zu, daß Sie die Sache politisch wieder ins reine bringen?«

Hableyat schüttelte den Kopf. »Das ist bei uns nicht üblich. Sie mögen darüber lächeln, aber Sie vergessen, daß eine Gesellschaft nur durch die allgemeine Übereinkunft gewisser Symbole existiert, Notwendigkeiten, denen man gehorchen muß.«

»Da kommt der Flugwagen«, sagte Joe. »Wenn ich Sie wäre, würde ich mir irgend etwas einfallen lassen, um den Prinzen auf meine Seite zu bringen, statt Selbstmord zu begehen. Er scheint der Schlüssel zu der ganzen Angelegenheit zu sein. Beide sind hinter ihm her, sowohl die Druiden als auch die Mang.«

Erneut schüttelte Hableyat den Kopf. »Nicht der Prinz. Er ist ein merkwürdiger Mann, eine Mischung aus Abenteurer, Narr und Prophet. Ich glaube, er betrachtet dieses neue Ballenkarch als ein interessantes Spiel, eine sportliche Herausforderung.«

11

Der Luftwagen landete. Es war ein bauchiger Transporter, der einen neuen Anstrich nötig gehabt hätte. Zwei große Männer in roten Kniehosen, losen blauen Jacken und schwarzen Kappen entstiegen dem Fahrzeug mit der arroganten Lässigkeit der Militärelite.

»Der Lordprinz entsendet seine Grüße«, sagte der vordere zu dem belandischen Offizier. »Er hörte, daß sich außerplanetare Agenten unter den Passagieren befinden, und verfügt deshalb, daß alle, die von Bord gegangen sind, sofort zu ihm gebracht werden.«

Niemand erhob Einspruch. Elfane und Hableyat stiegen nacheinander in den Wagen, gefolgt von den beiden Druiden, die ihren Reisealtar an sich drückten, den Mang, die Hableyat finstere Blicke zuwarfen, und Joe. Das waren die Passagiere mit Ziel Ballenkarch – die Cil und die kahlköpfige Greisin im schwarzen Gewand würden ihre Reise nach Castlegran, Cil oder Beland fortsetzen und waren deshalb von vornherein an Bord geblieben.

Joe durchquerte den Rumpf des Fahrzeugs und ließ sich neben Elfane in einen Sitz fallen. Sie wandte ihm ein Gesicht zu, das allen Mut und jede Hoffnung vermissen ließ. »Was hast du mit mir vor?«

»Nichts. Bist du böse auf mich?«

»Du bist ein mangtscher Spion.«

Joe lachte unbehaglich. »Du meinst, weil ich so oft mit Hableyat spreche?«

»Was hat er diesmal von dir verlangt, daß du's an mich weitergeben sollst?«

Die Frage verblüffte Joe. Sie eröffnete ungeahnte Perspektiven. Wäre es möglich, daß Hableyat ihn als Mittel einsetzte, seine eigenen Ideen über ihn durch Elfane an die Druiden weiterzuleiten?

»Ich weiß nicht, ob er beabsichtigt, daß du es erfährst«, erwiderte er. »Er erklärte mir jedenfalls, weshalb er dabei half, daß euer Baum hier ankommt, und seine Geschichte klang sehr plausibel.«

»Dabei vergißt du nur eins«, sagte Elfane ätzend. »Wir haben den Baum nicht mehr. Er wurde uns auf Kreuzweg gestohlen.« Ihre Augen weiteten sich, und sie starrte ihn mit plötzlich erwachtem Argwohn an. »Hast du das vielleicht veranlaßt? Wäre es möglich, daß du ...«

Joe seufzte. »Du hast dir also in den Kopf gesetzt, das Schlimmste von mir anzunehmen. Na schön. Wenn du nicht so verdammt hübsch und anziehend wärst, würde ich keinen zweiten Gedanken an dich verschwenden. Du beabsichtigst also, dich mit deinen beiden milchbärtigen Druiden dem Prinzen aufzudrängen, und bildest dir ein, ihn tatsächlich um den Finger wickeln zu können. Vielleicht kannst du das ja. Ich weiß, daß du vor nichts zurückschreckst. Und nun werde ich dir endlich verraten, was ich von Hableyat erfahren habe, und du kannst mit dieser Information machen, was du willst.«

Er funkelte sie an, auf ihre Erwiderung wartend, aber sie warf nur ihren Kopf zurück und starrte schweigend aus dem Fenster.

»Er glaubt, daß du und deine Druiden gegenüber den Ballenkarts schließlich nur die zweite Geige spielen werden, falls eure Mission gelingt. Wenn ihr keinen Erfolg habt – nun, dann wird den Mang schon irgend etwas Unangenehmes für dich und deine beiden Freunde einfallen, aber letzten Endes werden – das folgert zumindest Hableyat – die Druiden davon profitieren.«

»Geh weg«, sagte sie mit erstickter Stimme. »Du machst mir Angst. Geh!«

»Elfane – vergiß den ganzen Druiden-Mang-Lebensbaum-Quatsch und komm mit mir zur Erde. Das heißt«, setzte er hinzu, »wenn es mir gelingt, den Planeten lebend zu verlassen.«

Sie drehte ihm den Rücken zu. Der Wagen summte, vibrierte und erhob sich in die Luft. Die Landschaft unter ihnen wurde zusehends kleiner. Gebirgsmassive wuchsen empor, deren Gipfel weiß von Schnee und Eis waren, und fruchtbare Ebenen mit Gras, das im hellen Licht in tausend Farbtönen funkelte, breitete sich unter ihnen aus. Sie ließen das Weideland hinter sich. Der Wagen rumpelte und holperte in der dünnen Atmosphäre und kippte schließlich zu einem Binnenmeer ab.

Eine Siedlung, offenbar neu und hastig zusammengebaut, war an der Küste dieses Meeres entstanden. Drei riesige Hafenanlagen und ein Dutzend langgestreckter Gebäude mit Glasfronten und Dächern aus glitzerndem Metall formten das Herz der Stadt. Eine Meile voraus überragte ein mit Bäumen bewachsenes Vorgebirge das Meer, an dessen Küste der Flugwagen landete.

Die Tür öffnete sich. »Hier geht's lang!« sagte einer der Ballenkarts. Joe stieg hinter Elfane aus und erkannte vor ihnen ein langgestrecktes niedriges Gebäude mit einer Glasfront, von der aus man ebensogut aufs Meer wie aufs Weideland hinausblicken konnte. Abermals forderte der ballenkarchsche Offizier sie mit einer Geste auf, ihm zu folgen. »Zur Residenz!« schnarrte er kurz.

Widerstrebend gehorchte Joe. Seine Nerven waren zum Zerreißen gespannt, als er auf das Gebäude zuging. Er fand, daß diese Soldaten nicht gerade Botschafter des guten Willens waren. Es herrschte eine beklemmende Atmosphäre. Die Spannung, so schien ihm, hatte jeden ergriffen. Elfane stakste, als wären ihre Beine steif. An Erru Kametins Kinn widerspiegelte sich das hellgelbe Licht der Sonne von Ballenkarch.

Am Ende der Gruppe, bemerkte Joe, redete Hableyat drängend auf die beiden Druidenmissionare ein. Sie schienen zu zögern. Hableyat hob seine Stimme. Joe hörte ihn sagen: »Was spielt es noch für eine Rolle? So habt ihr wenigstens eine Chance, ob ihr mir jetzt traut oder nicht.« Das schien die Druiden dann doch zu überzeugen. Hableyat schritt selbstsicher nach vorn und rief mit lauter Stimme: »Halt! Wir dulden diese Anmaßung nicht länger!«

Die beiden Ballenkarts drehten sich verblüfft um. »Geht«, sagte Halbeyat mit ernster Miene, »bringt euren

Herrn hierher. Wir sind nicht bereit, uns eure Unverschämtheiten weiter gefallen zu lassen.«

Die Ballenkarts blinzelten und wurden sichtlich kleiner, als man ihre Autorität in Frage stellte. Erru Kametin trat mit funkelnden Augen vor. »Wozu soll das gut sein, Hableyat?« fragte er. »Wollen Sie uns vor dem Prinzen in ein schlechtes Licht stellen?«

»Er soll wissen, daß wir Mang nicht so schnell unsere Würde vergessen«, erwiderte Hableyat. »Wir rühren uns nicht von der Stelle, bevor er uns nicht auf die uns gebührende Weise empfängt.«

Erru Kametin lachte verächtlich. »Von mir aus bleiben Sie.« Er warf seinen scharlachroten Umhang zurück, wandte sich ab und marschierte mit großen Schritten auf die vor ihm liegende Residenz zu. Die Ballenkarts besprachen sich kurz, dann begleitete einer den Mang. Der andere bedachte Hableyat mit finsteren Blicken. »Warten Sie nur, bis unser Prinz davon hört!«

Die übrigen Personen waren inzwischen um eine Ecke gebogen. Hableyat zog seine Hand unter dem Umhang hervor und richtete eine Röhre auf die Wache. Mit glasigen Augen stürzte sie zu Boden.

»Er ist nur betäubt«, versicherte Hableyat Joe, der gerade protestieren wollte. Dann wandte er sich an die Druiden: »Beeilt euch!«

Sie rafften ihre langen Gewänder und eilten zu einem nahen, offenbar frisch aufgeschütteten Erdhaufen. Einer bohrte mit einem Stock ein Loch, der andere öffnete den Altar und hob vorsichtig den Miniaturbaum heraus. Ein kleiner Topf schützte seine Wurzeln.

Joe hörte, wie Elfane tief Luft holte. »Also Sie beide haben ...«

»Still!« warnte Hableyat. »Behalten Sie Ihre Gedanken für sich, wenn Sie klug sind. Diese beiden sind Erzthearchen.«

»Dann war Manaolo nur ein Lockvogel!«

Das Wurzelwerk wanderte ins Loch. Die weiche Erde wurde festgeklopft. Die Druiden schlossen den Altar, reinigten ihre Hände vom Schmutz und wurden wieder zu ausdruckslos dreinschauenden Mönchen. Doch der Sohn des Baumes stand fest verankert in der fruchtbaren Erde Ballenkarts und badete im heißen Licht der gelben Sonne. Wenn man nicht genau hinsah, unterschied er sich in nichts von jeder anderen jungen Pflanze.

»Und nun«, sagte Hableyat ruhig, »setzen wir unseren Weg zur Residenz fort.«

Elfane starrte Hableyat und die Druiden an. Ihre Augen schleuderten Blitze. »Die ganze Zeit habt ihr nur über mich gelacht!«

»Aber nein, Priesterin«, beschwichtigte Hableyat sie. »Bitte, beruhigen Sie sich doch. Sie brauchen Ihren klaren und kühlen Verstand, wenn Sie dem Prinz gegenüberstehen. Glauben Sie mir, Sie haben eine äußerst wichtige Funktion ausgeübt.«

Elfane fuhr mit tränenblinden Augen herum und hätte sich wohl ins Meer gestürzt, hätte Joe sie nicht zurückgehalten. Einen Augenblick lang starrte sie ihn mit zum Zerreißen gespannten Muskeln an. Dann beruhigte sie sich. »Also gut, ich komme mit.«

Sie setzten ihren Weg fort und begegneten auf halber Höhe zur Residenz sechs Soldaten, die offenbar ausgeschickt worden waren, um sie zu eskortieren. Niemand beachtete die schlaffe Gestalt der Wache.

Am Portal wurden sie einer raschen, aber so gründlichen Durchsuchung unterzogen, daß die Druiden erbost protestierten und Elfane wütend eine Ohrfeige austeilte. Das Arsenal, das dabei zum Vorschein kam, war erstaunlich – von jedem der beiden Druiden ein Handstrahler, eine Lähmröhre und ein Klappmesser von Hableyat, Joes erbeutete Waffe und ein kleiner glänzender Stab, den Elfane in ihrem Ärmel verborgen gehabt hatte.

Der Offizier trat zurück und salutierte. »Sie dürfen die Residenz jetzt betreten. Halten Sie die üblichen Respektbezeugungen ein.«

Sie durchquerten ein Vorzimmer, das mit grotesken, halbdämonischen Tierbildern bemalt war, und betraten eine riesige Halle. Die Deckenbalken waren aus Holz, das von Hand gesägt und in die erforderliche Form gebracht worden war; die Wände waren mit Rattanmatten bedeckt. Zu beiden Seiten säumten Blumenbänke mit grünen und roten Pflanzen die Wand, und auf dem Boden lag ein weicher Teppich aus Wollstoff, in den grelle scharlachrote, schwarze und grüne Muster eingewebt waren.

Gegenüber dem Eingang stand ein Podest, das von drei schweren Geländern aus rostrotem Holz flankiert wurde, und darauf ein thronähnlicher Sessel. Im Augenblick war der Thron leer.

Zwanzig oder dreißig Männer standen im Zimmer herum – hochgewachsen und sonnengebräunt, einige mit kunstvollen Schnurrbärten. Sie schienen sich in ihrer Haut nicht sehr wohl zu fühlen, als wären sie ein Dach über dem Kopf nicht gewohnt. Alle trugen Kniehosen und einige dazu Hemden in den verschiedensten Farben, während andere schwarze Pelzumhänge über die nackten Schultern geschwungen hatten. Allen hingen kurze schwere Säbel vom Gürtel, und alle blickten die Ankömmlinge mit einer Miene an, die nichts Gutes verhieß.

Joe musterte Gesicht um Gesicht. Harry Creath würde sich sicher nicht weit von Vail-Alan, dem Zentrum des Geschehens, entfernt aufhalten. Aber im Thronsaal befand er sich nicht.

Neben dem Podest standen die Rotstrommang in einer Gruppe zusammen. Erru Kametin sprach in harschem Stakkato auf eine Frau ein. Die beiden Prokuratoren lauschten mit halb abgewandten Köpfen.

Ein Haushofmeister mit einer langen Messingtrompete betrat den Raum und blies eine kraftvolle Fanfare. Joe lächelte schwach. Wie in einer Operette, dachte er. Soldaten in strahlenden Phantasieuniformen, ein Festzug voll Pomp und Getöse ...

Wieder ertönte die Fanfare – *tantara-tantiri* – schrill und nervtötend.

»Der Prinz von Vail-Alan! Vorkaufsberechtigter Herrscher über Ballenkarch!«

Ein blonder Mann, der neben den hochgewachsenen Ballenkarts schmächtig wirkte, betrat das Podest und ließ sich auf dem Thron nieder. Er hatte ein festes Gesicht mit Lachfalten um den Mund und Hände, die sich unruhig verkrampften. Dabei strahlte er geistvolle Intelligenz und grenzenlose Kühnheit aus. Aus der Menge erhob sich ein heiseres *»Aaaaah«* der Ehrerbietung.

Joe nickte ohne große Überraschung. Wer hätte es auch sonst sein sollen?

Harry Creath ließ seinen Blick durch den Saal schweifen. Er streifte Joe, glitt weiter, kehrte zurück. Eine Minute lang starrte er ihn verblüfft an.

»Joe Smith! Was zum Teufel machst du denn hier?«

Dies war der Augenblick, für den er tausend Lichtjahre weit gereist war. Und ausgerechnet jetzt verweigerte Joes Verstand ihm den Dienst. Er stammelte die Worte, die er zwei Jahre lang ständig wiederholt hatte – in Zeiten der Mühsal, Gefahr und Langeweile – die Worte, die seine zweijährige Besessenheit ausdrückten. »Ich kam her, um dich zu holen.«

Er hatte sie ausgesprochen, damit war ihnen Genüge getan. Der Zwang, der fast etwas Autosuggestives gehabt hatte, war endlich von ihm gewichen. Aber Harry hatte seine Worte gehört, und sein Gesicht verriet höchstes Erstaunen. »Bis hierher? Du hast den ganzen weiten Weg gemacht, nur um mich zu holen?«

»Genau.«

»Weshalb denn, um Himmels willen?« Harry lehnte sich lachend zurück.

»Hast du es vergessen? Auf der Erde ist etwas unerledigt geblieben.«

»Nicht, daß ich wüßte. Du wirst schon lange und schnell auf mich einreden müssen, wenn du mich vom Gegenteil überzeugen willst.« Er drehte sich zu einer Wache um, die mit regloser Miene neben ihm stand. »Sind diese Leute nach Waffen durchsucht worden?«

»Ja, Prinz.«

Harry wandte sich wieder an Joe und lächelte entschuldigend. »Es sind einfach zu viele Leute an mir interessiert. Ich kann es mir nicht erlauben, offensichtliche Risiken zu ignorieren. Schön, du willst also, daß ich zur Erde zurückkehre. Warum?«

Warum? überlegte Joe. *Warum?* Weil Margaret sich einbildete, Harry zu lieben, und Joe annahm, daß sie in einen Traum vernarrt war. Weil Joe glaubte, daß Margaret, wenn sie Harry näher kennen würde, einen Monat vielleicht und nicht nur zwei Tage, wenn sie ihn im täglichen Leben um sich hätte, schon einsehen würde, daß die Liebe nicht nur eine achterbahnmäßige Aneinanderreihung atemberaubender Nervenkitzel war – und daß die Ehe aus mehr als einer Reihe lustiger Eskapaden bestand.

Kurz gesagt, wenn er Margaret diesen romantischen Unsinn aus dem hübschen Köpfchen schlagen könnte – dann wäre dort endlich genug Platz für Joe. Das war es doch, was er geglaubt hatte, oder nicht? Es schien damals alles so einfach. Er war Harry zum Mars gefolgt, um ihn zurückzuholen, nur um herauszufinden, daß Harry schon nach Io weitergereist war. Und von Io zum Pluto, dem Sprungbrett in die Galaxis. Und dann hatte dieser Zwang von ihm Besitz ergriffen, diese Besessenheit. Er war vom Pluto gestartet und weiter, immer weiter gereist. Bis nach Kyril und über Kreuzweg jetzt nach Ballenkarch.

Röte überzog sein Gesicht, als er sich Elfanes Blick bewußt wurde, der ruhig und nachdenklich auf ihm ruhte. Er öffnete den Mund, um zu sprechen, doch dann schloß er ihn wieder. *Warum?*

Unzählige Augen hingen an ihm, Augen von überall im Saal. Neugierige Augen, desinteressierte Augen, feindliche Augen und musternde Augen – Hableyats unbewegte, Elfanes forschende und Harry Creath' spöttische Augen. Und langsam wurde sich Joe einer niederschmetternden Tatsache bewußt – daß er sich zum größten Trottel in der Geschichte des Universums machte, wenn er jetzt die Wahrheit zugab.

»Es wird doch nicht mit Margaret zu tun haben?« fragte Harry gnadenlos. »Nun antworte schon – hat sie dich etwa geschickt?«

Joe sah wie in einer Vision Margaret vor sich und verglich sie mit Elfane. Sein Blick glitt zur Priesterin ab. Ein ziemliches Früchtchen, dickköpfig, intolerant, äußerst gefühlsbetont und extrem egozentrisch. Aber ehrlich und anständig.

»Margaret?« Joe lachte laut. »Nein. Mit Margaret hat das alles nichts zu tun. Und überhaupt habe ich meine Meinung inzwischen geändert. Bleib mir nur ja von der Erde weg.«

Harry entspannte sich etwas. »Wenn es mit Margaret zu tun gehabt hätte – nun, dann wärst du ein wenig zu spät gekommen.« Er reckte den Hals. »Wo zum Teufel steckt sie denn? *Margaret!*«

»Margaret?« murmelte Joe.

Sie stieg auf das Podest und blieb neben Harry stehen. »Hallo, Joe«, sagte sie, als hätten sie sich gestern nachmittag zum letztenmal gesehen, »was für eine reizende Überraschung.«

Sie lachte innerlich, das war ersichtlich. Auch Joe grinste, obgleich grimmiger. Na gut, was blieb ihm anderes übrig, als die bittere Medizin zu schlucken. Ihre Augen trafen sich, und er brummte: »Meinen Glückwunsch.« Ihm kam in den Sinn, daß Margaret es wirklich geschafft hatte, jenes Leben zu leben, das sie sich immer gewünscht hatte – voll Aufregung, Ränke und Abenteuer. Und obendrein schien es ihr auch noch zu gefallen.

12

Harry hatte die ganze Zeit über zu ihm gesprochen. Auf einmal wurde sich Joe seiner Stimme bewußt. »... du siehst also, Joe, daß es eine großartige Sache ist, die wir vorhaben. Aber es ist ja auch eine großartige Welt. Sie quillt über von wertvollen Erzen, Holz, organischen Produkten und willigen Arbeitskräften. Ich habe ein bestimmtes Bild vor Augen, Joe – Utopia!

Eine Menge guter Leute stehen hinter mir. Sie sind zwar noch ein wenig ungehobelt, aber sie sehen diese Welt mit meinen Augen und sind bereit, auf mich zu setzen. Ganz zu Anfang mußte ich natürlich einige Köpfe zurechtrücken, aber jetzt wissen sie, wer der Herr im Haus ist, und wir kommen hervorragend miteinander aus.« Harry blickte zufrieden über die versammelten Ballenkarts, von denen jeder einzelne ihn mit einer Hand hätte erwürgen können.

»In zwanzig Jahren«, rief Harry, »wirst du diese Welt nicht mehr wiedererkennen. Wir werden wahre Wunder bewirken. Es ist einfach phantastisch, Joe, glaube mir. Aber jetzt entschuldige mich bitte für einen Augenblick. Ich habe dringende Staatsgeschäfte zu erledigen.« Er lehnte sich auf dem Stuhl zurück und ließ seinen Blick von den Mang zu den Druiden wandern.

»Bringen wir es hinter uns. Ich sehe, Sie haben mir eine Menge zu sagen. Und da ist ja auch mein alter Freund Hableyat.« Er zwinkerte Joe zu. »Tüchtiger Bursche. Wie geht's denn so, Hableyat?«

Hableyat trat an das Podest heran. »Eure Exzellenz, ich fürchte, ich befinde mich in einer ungewöhnlichen Situation. Ich konnte mich noch nicht mit meiner Regierung in Verbindung setzen und bin nicht ganz sicher, wie weit meine Autorität reicht.«

»Hol den Magnerru«, befahl Harry einer Wache. Dann wandte er sich wieder an Hableyat. »Magnerru Ippolito traf erst kürzlich von Mangtse hier ein und behauptet, im Namen eures Ampianu zu sprechen.«

Ein Mang erschien aus einem Bogengang seitlich des Podestes – ein kräftiger Mang mit eckigem Gesicht und tiefschwarzen Augen, zitronengelber Haut und orangenen Lippen.

Er trug eine scharlachrote Robe, deren Bordüre mit purpurnen und grünen Quadraten bestickt war, und einen kubischen schwarzen Hut.

Erru Kametin und die anderen Mang in seiner Begleitung verbeugten sich tief und grüßten mit ausgestreckten Armen. Hableyat nickte respektvoll, ein eingefrorenes Lächeln auf den dicken Lippen.

»Magnerru«, sagte Prinz Harry. »Hableyat möchte gern wissen, welche Freiheiten er hat, die es ihm erlauben, Politik zu machen.«

»Keine«, erklärte der Magnerru knapp. »Nicht die geringsten. Hableyat und die Blauwasser wurden aus dem Ampianu ausgeschlossen. Der Lathbon tagt mit den Rotstromern. Hableyat spricht nur mit seiner eigenen Stimme, und die wird bald verstummen.«

Harry nickte. »Dann dürfte es angebracht sein, vor seinem Ableben seine Meinung zu hören.«

»Mein Lord«, sagte Hableyat, und sein Gesicht drückte immer noch völlige Unschuld aus, »meine Meinung ist unbedeutend. Ich zöge es vor, jene des Magnerrus und der beiden Erzthearchen zu hören, die uns begleiten. Ich darf Eure Exzellenz darauf aufmerksam machen, daß die höchsten Würdenträger Kyrils vor Euch stehen – die Erzthearchen Oporeto Implan und Gameanza. Sie werden Euch ihre Ansichten darlegen.«

»Meine bescheidene Hütte wimmelt ja geradezu von prominenten Persönlichkeiten«, sagte Harry.

Gameanza trat, mit einem durchdringenden Blick auf den Magnerru, vor. »Prinz Harry, ich halte die gegenwärtige Atmosphäre für ungeeignet, um Diskussionen über Politik zu führen. Aber selbstverständlich werde ich dem Prinzen, wann immer er das wünscht – je eher desto besser –, gern die Tendenz der druidischen Politik und meine Vorstellungen hinsichtlich der politischen sowie ethischen Situation darlegen.«

»Sprechen Sie nur mit diesem drögen Schleimer«, meinte der Magnerru. »Hören Sie sich an, wie er das Sklavensystem auf Ballenkarch einführen will. Und dann schicken Sie ihn mit einem Viehtransporter auf seine stinkende Welt zurück.«

Gameanza versteifte sich. Seine Haut schien spröde zu werden.

»Ich stehe Ihnen zur Verfügung«, erklärte er Harry mit scharfer Stimme.

Harry erhob sich. »Na bestens. Dann ziehen wir beide uns doch jetzt eine halbe Stunde zurück und diskutieren Ihren Vorschlag.« Er hob die Hand, um zu verhindern, daß der Magnerru etwas sagte. »Sie haben das gleiche Privileg, also beruhigen Sie sich. Wie wär's, wenn Sie sich inzwischen mit Hableyat ein wenig über die guten alten Zeiten unterhielten? Wenn ich recht verstehe, hatte er bis vor kurzem ihre Position inne.«

Als er vom Podest sprang und den Saal verließ, folgte ihm Erzthearch Gameanza, seinen Amtskollegen neben sich. Margaret winkte Joe beiläufig zu. »Bis später.« Sie verschwand durch eine andere Tür.

Joe entdeckte eine Bank an der Wand und setzte sich erschöpft. Vor ihm standen zu lebenden Bildern erstarrt die Mang und dicht daneben Elfane und Hableyat, die etwas desorientiert und hilflos wirkten. Weiter entfernt tuschelten die Ballenkarts in ihren prächtigen Kostümen miteinander, verwirrt über den derben Humor, der ihnen entgegengeschlagen war.

Elfane wandte den Kopf und sah sich im Thronsaal um. Als sie Joe entdeckte, zögerte sie, kam schließlich aber doch auf ihn zu und setzte sich neben ihn. Nach einer Weile erklärte sie hochmütig: »Gib's nur zu – du machst dich über mich lustig.«

»Nicht, daß ich wüßte.«

»Du hast den Mann doch gefunden, den du gesucht hast«, sagte sie mit hochgezogenen Brauen. »Warum tust du jetzt nichts?«

Joe zuckte die Schultern. »Ich hab's mir eben anders überlegt.«

»Weil diese blondhaarige Frau – Margaret – hier ist?«

»Auch deshalb.«

»Du hast mir nie von ihr erzählt.«

»Ich ahnte nicht, daß es dich interessiert.«

Elfane blickte schweigend geradeaus. »Weißt du, warum ich's mir anders überlegt habe?« fragte er schließlich.

Sie schüttelte den Kopf. »Nein, weiß ich nicht.«
»Deinetwegen.«
Elfane starrte ihn wütend an. »Also bist du *doch* wegen dieser blonden Frau hergekommen?«
Joe seufzte. »Jeder kann mal einen Fehler machen. *Mindestens* einen ...«
Aber so leicht war sie nicht zu besänftigen. »Ich schätze, wenn *ich* dich irgendwohin schickte, um nach jemandem zu suchen, würdest du es nicht tun. Sie bedeutet dir mehr als ich.«
»Herrgott!« fluchte Joe. »Du hast mir ja auch nie zu verstehen gegeben, daß du ... ach, was soll's.«
»So? Meinst du? Ich machte dir immerhin den Vorschlag, mein Geliebter zu werden.«
Joe blickte sie wütend an. »Ich hätte gute Lust, dich übers Knie ...« Er erinnerte sich daran, daß Kyril nicht die Erde und Elfane eine Priesterin war, also alles andere als ein Schulmädchen.
Elfane lachte. »Ich verstehe dich sehr gut, Joe. Auf der Erde sind die Männer es offenbar gewohnt, ihren Willen durchzusetzen, und die Frauen sind nur zweitrangige Wesen. Aber vergiß nicht, Joe, daß auch du mir nie gesagt hast ... daß du mich liebst.«
»Ich traute mich nicht«, brummte Joe.
»Versuch's doch mal.«
Joe versuchte es und stellte fest, daß selbst über einen Abgrund von tausend Lichtjahren und zwei völlig verschiedenen Kulturen hinweg Frauen nun einmal Frauen waren. Ob Priesterin oder Schulmädchen.
Harry und der Erzthearch Gameanza kehrten in den Thronsaal zurück. Das Gesicht des Druiden war eine Maske der Ausdruckslosigkeit. Harry wandte sich an den Magnerru. »Wenn jetzt bitte *Sie* die Güte hätten, ein paar Worte mit mir zu wechseln?«
Der Magnerru preßte in unterdrücktem Zorn die Hände gegen sein Gewand und folgte Harry in die inneren Gemächer. Offenbar war die formlose Art des Prinzen nicht so ganz nach seinem Geschmack.
Hableyat ließ sich neben Joe nieder. Elfane blickte

eisern zur Seite. Hableyats Miene war von Sorge geprägt. Seine gelben Wangen waren eingefallen, und die Lider hingen schwer herab.

»Kopf hoch, Hableyat«, sagte Joe. »Schließlich sind Sie noch nicht tot.«

Hableyat schüttelte den Kopf. »Alles, wofür ich lebte, zerfällt vor meinen Augen.«

Joe blickte ihn scharf an. War seine Verzweiflung nicht übertrieben? Wirkte seine Miene nicht zu theatralisch? Er erwiderte zurückhaltend: »So ganz habe ich Sie immer noch nicht durchschaut.«

Hableyat zuckte die Schultern. »Ich bin ein Patriot. Ich möchte meinen Planeten erblühen, seinen Wohlstand wachsen sehen. Ich bin in der Kultur meiner Welt verwurzelt; ich kann mir keine bessere vorstellen und strebe danach, daß diese Kultur sich vertieft und mit den Kulturen anderer Welten verbindet, das Gute übernimmt und das Schlechte beiseite läßt.«

»Mit anderen Worten«, sagte Joe, »Sie sind genauso ein Imperialist wie Ihre militanten Freunde. Nur Ihre Methoden sind anders.«

»Ich fürchte, Sie haben mich doch durchschaut«, seufzte Hableyat. »Außerdem bin ich der Überzeugung, daß in unserer Zeit der militante Imperialismus keine Chance mehr hat – daß kultureller Imperialismus die einzig praktikable Form darstellt. Ein Planet läßt sich nicht gewinnbringend von einem anderen Planeten besetzen und unterdrücken. Man mag ihn verwüsten und seines Reichtums entblößen, aber die Logistik einer solchen Eroberung – also die mit Produktion, Beschaffung, Lagerung und Verwaltung der dazu erforderlichen Einrichtungen verbundenen Unkosten – sind praktisch untragbar. Ich fürchte, daß die von den Rotstromern beabsichtigte Militäraktion die Mittel Mangtses erschöpfen, Ballenkarch ruinieren und den Weg für einen religiösen Imperialismus der Druiden freimachen wird.«

Joe spürte, wie Elfane sich versteifte. »Und weshalb sollte das schlimmer sein als der kulturelle Imperialismus der Mang?«

»Meine teure Priesterin«, erwiderte Hableyat. »Ich könnte nicht zwingend genug argumentieren, um Sie zu überzeugen. Es mag deshalb genügen, wenn ich sage, daß die Druiden mit enormem Aufwand nur wenig erreichen, daß Sie auf Kosten der unterdrückten Massen leben – und daß es diesem System hoffentlich niemals gelingen wird, sich so auszubreiten, daß ich einmal zum einfachen Volk zähle.«

»Und ich auch nicht«, sagte Joe.

Elfane sprang auf. »Ihr seid beide gemein!«

Joe ertappte sich dabei, wie er sie am Arm packte und mit einem kräftigen Ruck auf die Bank zurückzog. Sie wehrte sich einen Augenblick lang, blieb dann jedoch ruhig neben ihm sitzen.

»Lektion Nummer eins in Erdensitte«, sagte Joe vergnügt. »Es zeugt von schlechten Manieren, über Religion zu debattieren.«

Ein Soldat stürzte keuchend in den Saal, das Gesicht vor Schrecken verzerrt. »Einfach entsetzlich«, ächzte er. »Auf der Straße zum ... Wo ist der Prinz? Holt den Prinzen – ein grauenhaftes Gewächs!«

Hableyat sprang auf die Beine, der Blick wachsam wie immer, und rannte zur Tür. Einen Augenblick später rief Joe: »Ich komme mit.«

Elfane folgte ihm schweigend.

Joes erster Eindruck war der eines grenzenlosen Chaos. Eine wirre Menschenmenge umringte etwas, das er nicht genau erkennen konnte – ein stämmiges grünbraunes Ding, das sich zu strecken und auszudehnen schien.

Hableyat bahnte sich einen Weg durch den Kreis. Joe ging neben ihm, dicht gefolgt von Elfane, und blickte fassungslos drein. Er glaubte seinen Augen nicht trauen zu dürfen. War *das* der Sohn des Baumes?

Er war zu einem komplexen Gebilde herangewachsen und ähnelte nicht länger dem Lebensbaum auf Kyril. Der Sohn hatte sich einem neuen Zweck angepaßt – Schutz, Wachstum und Flexibilität.

Er erinnerte Joe jetzt an einen gewaltigen Löwenzahn. Ein weißer flaumiger Ball schaukelte sanft etwa zwanzig Fuß über dem Boden auf einem schlanken Stiel, der von einem umgedrehten Kegel flacher grüner Wedel umgeben war. Vom unteren Ende eines jeden Wedels streckte sich eine grünschwarz gesprenkelte Ranke nach außen. In diese Ranken verstrickt waren die Körper dreier Männer.

»Das Ding ist ein Teufel!« stieß Hableyat aus und tastete nach seinem Gürtel. Aber seine Waffe hatten die Posten der Residenz beschlagnahmt.

Ein Häuptling der Ballenkarts griff die Pflanze mit entsetzlichem Gesichtsausdruck an, hieb wild mit dem Säbel auf sie ein. Der flaumige Ball beugte sich ein wenig zu ihm herab, und die Ranken zuckten zurück wie die Beine eines Insekts, ehe sie von allen Seiten gleichzeitig zuschnappten, den Mann einwickelten und seine Haut durchdrangen. Er schrie auf, verstummte und erstarrte. Die Ranken färbten sich pulsierend rot, und der Sohn wuchs in die Höhe.

Vier weitere Ballenkarts griffen den Sohn mit grimmigen Gesichtern an, sechs andere folgten. Die Ranken schnellten vor, saugten sich fest und ließen zehn blutleere Leichen zu Boden sinken. Der Sohn nahm mit atemberaubender Geschwindigkeit an Größe zu.

»Tretet zur Seite«, ertönte Prinz Harrys ruhige Stimme. »Bitte, tretet zur Seite.«

Harry betrachtete die Pflanze – sie war bis zu den Spitzen der Wedel zwanzig Fuß hoch, und der flaumige Ball ragte noch einmal zehn Fuß empor.

Der Sohn schlug mit erstaunlicher Intelligenz los. In Sekundenschnelle zuckten die Ranken vor, umschlangen ein Dutzend schreiender Menschen und zogen sie näher. Panik breitete sich unter den Anwesenden aus. Wellen der Wut und Angst schoben sie abwechselnd vor und zurück. Schließlich gab es kein Halten mehr, und kreischend stürzte sich die Menge auf die Pflanze.

Säbel blitzten auf, wurden gehoben und rasten nieder. Weit oben schwang der flaumige weiße Ball ohne Eile hin und her. Er konnte wahrnehmen. Mit seinem pflanzlichen Bewußtsein sah er, fühlte er und schmiedete er Pläne. Dabei war er ruhig, furchtlos und kannte nur ein Ziel. Seine Ranken schnellten vor, umwickelten ihre Opfer, saugten ihnen das Blut aus und schnellten erneut vor. Der Sohn des Baumes wuchs und schwoll immer mehr an.

Keuchende Überlebende taumelten aus seiner Reichweite, starrten auf den mit Leichen übersäten Boden. Harry winkte einem seiner persönlichen Gardesoldaten. »Bring mir eine Hitzekanone!«

Die Erzthearchen traten protestierend einen Schritt vor. »Nein, das dürfen Sie nicht. Das ist der Heilige Sprößling, der Sohn des Baumes.«

Harry beachtete sie gar nicht. Gameanza umklammerte verzweifelt seinen Arm. »Rufen Sie Ihre Soldaten zurück. Füttern Sie ihn nur mit Verbrechern und Sklaven. In zehn Jahren wird er gewiß ein wunderschöner Baum sein, auf den Sie stolz sein können!«

Harry schüttelte ihn ab. »Bring diesen Wahnsinnigen weg!« befahl er einer Wache.

Ein Projektor auf Rädern wurde hinter der Residenz hervorgeschoben und fünfzig Fuß vom Sohn entfernt aufgestellt. Harry nickte. Ein schenkeldicker Energiestrahl raste auf den Sohn zu. *»Aaah!«* seufzte die Menge erleichtert auf, doch das Seufzen war verfrüht. Der Sohn nahm die Energie in sich auf, schwoll immer weiter an und streckte sich. Der flaumige weiße Ball thronte bereits hundert Fuß hoch über dem Boden.

»Richtet den Strahl auf die weiße Kugel an der Spitze!« befahl Harry.

Der Energiestrahl wanderte den schlanken Stiel hinauf und konzentrierte sich auf den Kopf der Pflanze, der zu glänzen begann, Funken sprühte und sich hastig wegzuducken versuchte.

»Das gefällt ihm wohl nicht!« schrie Harry. *»Los, gebt ihm Zunder!«*

Die Erzthearchen, die von Soldaten außerhalb der Menschenmenge festgehalten wurden, heulten auf, als

ginge es ihnen persönlich an den Kragen. »*Nein, nein, nein!*« wimmerten sie unablässig.

Der weiße Ball richtete sich auf und spuckte einen gewaltigen Energieschwall zurück. Der Projektor explodierte, und Köpfe und Arme und Beine spritzten in alle Richtungen.

Lähmendes Schweigen senkte sich herab. Dann setzte das Stöhnen ein, gefolgt von gellenden Schreien, als die Ranken erneut ausschnellten, um den wachsenden Hunger des Sohnes zu stillen.

Joe zerrte Elfane hastig zurück, und eine Ranke verfehlte sie nur um wenige Zentimeter. »Aber ich bin doch eine Druidenpriesterin«, sagte sie in fassungslosem Staunen. »Der Baum schützt die Druiden. Er nimmt doch bloß die einfachen Pilger ...«

»*Die Pilger!*« Joe erinnerte sich an die Pilger auf Kyril – erschöpfte staubbedeckte Menschen, die durch die Pforte den Baum betraten. Er erinnerte sich, wie sie alle noch einmal vor der Pforte stehenblieben und einen letzten Blick auf das trostlose graue Land warfen und dann zum Blätterdach hinaufsahen, bevor sie sich wieder umdrehten und den Stamm betraten. Junge und alte, kranke und gesunde Menschen, Tausende an jedem Tag ...

Joe mußte seinen Kopf jetzt weit zurücklegen, um die Spitze des Sohns zu sehen. Der biegsame Stiel wurde strammer, der kleine weiße Ball schaukelte und drehte sich und blickte auf sein neues Reich hinab.

Harry kam auf Joe zugehinkt. Sein Gesicht war eine bleiche Maske. »Joe – das ist die teuflischste Kreatur, die mir jemals untergekommen ist. Und glaube mir, ich habe schon allerhand erlebt.«

»Ich kenne eine noch größere – auf Kyril. Sie verschlingt die Bürger zu Tausenden.«

»Die Leute hier vertrauen mir«, meinte Harry. »Sie halten mich selbst für so eine Art Gott – nur weil ich ein bißchen was von irdischer Technik verstehe. Ich muß dieses Ungeheuer vernichten.«

»Heißt das, du wirst nicht mit den Druiden zusammenarbeiten?«

Harry schnaubte verächtlich. »Wofür hältst du mich eigentlich? Ich tanze nach niemandes Pfeife, auch nicht nach der der Mang. Sie können mir beide gestohlen bleiben. Ich wollte sie bloß hinhalten, bis ich hier ein wenig Ordnung geschaffen hatte. Ganz zufrieden bin ich immer noch nicht – und mit so etwas wie diesem gräßlichen Unkraut habe ich natürlich schon gar nicht gerechnet. Wem zum Teufel habe ich es überhaupt zu verdanken?«

Joe schwieg. »Es wurde auf Anordnung des Baumes von Kyril hierhergebracht«, sagte Elfane.

Harry starrte sie an. »Großer Gott, spricht das Ding etwa auch noch?«

»Der Rat des Thearchen liest den Willen des Baumes aus den verschiedensten Zeichen«, sagte sie.

Joe kratzte sich am Kinn.

»Hmpf«, machte Harry. »Hübsche Dekoration für eine nette kleine Tyrannei. Aber das ist im Augenblick nicht das Problem. Dieses Ding muß vernichtet werden!« Und leiser fügte er hinzu: »Und der Stammvater auf Kyril am besten gleich mit, nur um sicherzugehen.«

Joe hörte es – und warf Elfane einen schnellen Blick zu. Er erwartete, daß sie wütend aufbegehren würde. Aber sie betrachtete nur schweigend den Sohn.

»Energie beschleunigt sein Wachstum nur«, überlegte Harry. »Damit geht's also nicht. Eine Bombe? Versuchen wir ihn in die Luft zu jagen. Ich schicke jemanden um Sprengstoff ins Lager.«

Gameanza hatte sich endlich losgerissen und kam mit flatterndem Gewand auf ihn zugerannt. »Euer Exzellenz, wir protestieren mit Vehemenz gegen eure aggressiven Angriffe auf diesen Baum!«

»Tut mir leid.« Harry grinste sardonisch. »Für mich ist er eine mörderische Bestie.«

»Aber seine Gegenwart ist doch ein Symbol der freundschaftlichen Bande zwischen Kyril und Ballenkarch«, beschwor ihn Gameanza.

»Schönes Symbol. Vergessen Sie diesen metaphysischen Quatsch, Mann. Dieses Ding ist ein Mörder, und ich werde nicht teilnahmslos zusehen, wie es mein Volk verschlingt. Ich bedaure euch für die Godzillaausführung, die ihr auf eurem eigenen Planeten habt – obwohl ich das wahrscheinlich nicht sollte.« Er musterte Gameanza von oben bis unten. »Ihr habt euch den Baum ganz schön zunutze gemacht. Er hat euch tausend Jahre lang ein angenehmes Leben beschert. Nun, dieser hier hat jedenfalls keine Chance. In zehn Minuten sind nur noch Splitter von ihm übrig.«

Gameanza wirbelte herum und schritt zu dem zwanzig Fuß entfernt stehenden Oporeto Implan, mit dem er sich leise besprach. Zehn Pfund Sprengstoff, mit einer Zündkapsel versehen, wurde gegen den Stamm des Sohnes geschleudert. Harry hob sein Strahlengewehr, das auf die Zündfrequenz eingestellt war.

Plötzlich kam Joe ein Gedanke. Er sprang auf Harry zu und packte ihn am Arm. »Warte einen Moment. Was ist, wenn das Ding in tausend Splitter zerstreut wird und jeder von ihnen zu wachsen beginnt?«

Harry ließ das Gewehr wieder sinken. »Das ist ja ein furchtbarer Gedanke.«

Joe deutete auf die Umgebung. »Die Farmen dort sehen recht gepflegt und modern aus.«

»Alles nach dem neuesten Erdenstand. Wieso?«

»Du läßt das Unkraut also nicht mit der Hand jäten?«

»Natürlich nicht. Wir haben Dutzende verschiedene Arten von Unkrautvernichtungsmitteln – Hormone und ...« Er hielt inne und klopfte Joe begeistert auf die Schulter. »Unkrautvernichtungsmittel! *Wachstumshemmer!* Joe, ich mache dich zum Minister für Landwirtschaft!«

»Sehen wir erst einmal«, sagte Joe, »ob das Zeug überhaupt eine Wirkung auf den Baum hat. Wenn er wirklich eine Pflanze ist, müßte es ihn umhauen.«

Es haute ihn um.

Die Ranken krümmten sich, fingerten hilflos umher und erschlafften. Der flaumige weiße Kopf spie Energiestöße in alle Richtungen.

Die Wedel wuchsen in Sekundenschnelle bis zu der kaum faßbaren Höhe von zweihundert Fuß, dann sanken sie kraftlos zu Boden. Eine neue Hitzekanone wurde von einigen grimmigen Soldaten herbeigeschafft. Jetzt wehrte sich der Sohn nur noch schwach. Der Stamm verkohlte, die Wedel versengten und wurden schwarz. Innerhalb von Minuten war vom Sohn des Baumes nur noch ein stinkender Stumpf übrig.

Prinz Harry saß auf seinem Thron. Die Erzthearchen Gameanza und Oporeto Implan standen mit bleichen Gesichtern, halb von ihren Kapuzen verborgen, neben dem Podest. Die Rotstrommang warteten gemeinsam an einer Seite des Thronsaals, in starrer Rangordnung hintereinander aufgereiht – und allen voran der Magnerru mit ziseliertem Brustharnisch und scharlachrotem Umhang, dann Erru Kametin und hinter ihm die beiden Prokuratoren.

Mit klarer Stimme verkündete Harry: »Ich habe Ihnen nicht viel zu sagen – zumal ja bekannt sein dürfte, daß seit einigen Monaten eine weitverbreitete Ungewißheit darüber bestand, welcher Seite sich Ballenkarch zuwenden würde – Mangtse oder Kyril.

Nun«, er rutschte auf seinem Thron umher und legte erhaben seine Arme auf die Lehnen, »diese Überlegungen beschäftigten lediglich die Druiden und die Mang, hier auf Ballenkarch gab es darüber nie irgendwelche Unklarheiten. Ich betone ein für allemal, daß wir uns weder mit dem einen noch dem anderen noch einem dritten Planeten zusammentun werden.

Wir gedenken, uns in eine völlig andere Richtung zu entwickeln, und ich bin überzeugt, daß wir hier die herrlichste Welt diesseits der Erde aufbauen werden. Was den Sohn des Baumes betrifft, so mache ich dafür niemanden persönlich verantwortlich. Die Druiden handelten, glaube ich, nach bestem Wissen und Gewissen. Sie sind meiner Ansicht nach fast so sehr ein Opfer ihres Glaubens wie das einfache Volk. Noch etwas – auch wenn wir keine politischen Verpflichtungen eingehen, sind wir durchaus an Geschäftsbeziehungen interessiert. Wir wollen Handel treiben. Wir werden Werkzeuge herstellen – Hämmer, Sägen, Zangen, Schweißmaschinen. In einem Jahr beginnen wir mit der Produktion von elektrischen Apparaturen. In fünf Jahren werden wir unten an der Küste der Alansee eine eigene Raumschiffswerft haben.

In zehn Jahren werden wir unsere Güter zu allen Sternen liefern, die nachts von hier aus zu sehen sind – und vielleicht noch zu weiteren. Sie, Magnerru, können heimkehren und meine Botschaft an Ihr Ampianu und den Lathon weiterleiten. Was die Herrn Druiden betrifft, so bezweifle ich, daß sie nach Kyril zurückkehren möchten. Es dürfte wahrscheinlich ein gewaltiger Aufruhr auf dem Planeten herrschen, bis sie ihn erreichen.«

»Wie meinen Sie das?« fragte Gameanza scharf.

Harry lächelte grimmig. »Raten Sie mal.«

Von Harrys privatem Sonnendeck aus schien das Wasser der Alansee im Licht der untergehenden Sonne in tausend Schattierungen zu glühen. Joe saß in einem Liegestuhl. Neben ihm hatte es sich Elfane bequem gemacht. Sie trug ein einfaches weißes Kleid.

Harry schritt auf und ab, redete und gestikulierte. Er erzählte von seinen Plänen, von neuen Hochöfen in Palinth, von hundert weiteren Schulen, von landwirtschaftlichen Maschinen für die neuen Versuchsfarmen, von wirkungsvollen Waffen für die Armee.

»Der Barbar in ihnen lebt noch immer«, sagte Harry. »Sie lieben den Kampf, sie lieben die Wildnis, ihre Frühlingsfeste, ihre nächtlichen Feuertänze. Es ist ihnen angeboren und anerzogen, und ich könnte es ihnen nicht herausreißen, selbst wenn ich es wollte.«

Er blinzelte Joe zu.

»Die Feuerfresser schicke ich gegen die Clans von Vail Macrombie – das ist auf dem anderen Kontinent. Dadurch schlage ich zwei Fliegen mit einer Klappe. Sie stoßen sich an den Macrombiekannibalen die Hörner ab und erobern allmählich den ganzen Kontinent. Sicher, es ist ein blutiges Geschäft, aber genau das, was sie brauchen.

Die Jungen erziehen wir von vornherein anders. Ihre Helden werden nicht länger Krieger, sondern Techniker und Ingenieure sein. Das dürfte auch zeitlich gut hinkommen. Die neue Generation wächst auf, während ihre Väter entlang dem Matenda Kap aufräumen.«

»Sehr weitsichtig«, meinte Joe. »Ach ja. Wo wir gerade von weitsichtig sprechen – wo steckt eigentlich Hableyat? Wenn ich nicht irre, habe ich ihn schon seit Tagen nicht mehr gesehen.«

Harry setzte sich ebenfalls in einen Liegestuhl. »Hableyat ist fort.«

»Fort? Wohin?«

»Offiziell weiß ich es nicht – schon gar nicht, da wir Druiden unter uns haben.«

Elfane hob den Kopf.

»Ich ... ich bin keine Druidin mehr. Darüber bin ich hinweg. Ich bin jetzt eine ...« Sie blickte Joe an. »Was bin ich doch gleich, Joe?«

»Eine Planetenvertriebene«, sagte Joe. »Eine Weltraumwaise. Eine Frau ohne Zuhause.« Er wandte sich an Harry. »Mach's nicht so geheimnisvoll. So wichtig kann es doch nicht sein.«

»Ist es aber! Vielleicht.«

Joe zuckte lässig die Schultern. »Na gut, wenn du nicht willst.«

»Nein, nein«, meinte Harry. »Ich sag's dir ja. Hableyat ist, wie du weißt, in Ungnade gefallen. Er ist aus dem Geschäft, und jetzt hat der Magnerru Ippolito das Sagen. Die mangtsche Politik ist recht komplex und äußerst rätselhaft, und man scheint auf Mang großes Gewicht auf Prestige zu legen – darauf, daß man sein Gesicht bewahrt. Der Magnerru hat seines auf Ballenkarch jedenfalls verloren. Wenn Hableyat eine große Tat vollbringt, dürfte er wieder im Rennen liegen. Und es ist zu unserem Vorteil, wenn die Blauwasser auf Mangtse an der Macht sind.«

»Und?«

»Ich gab Hableyat die gesamten Unkrautvernichtungshormone, die wir besaßen – etwa fünf Tonnen. Er lud sie in das Schiff, das ich ihm zur Verfügung stellte, und brach auf.« Harry machte eine fahrige Geste. »Wo er damit hin ist? Ich weiß es nicht.«

Elfane stieß hörbar die Luft aus. Sie schauderte leicht und blickte hinaus auf die Alansee, die im letzten Sonnenlicht rosa, golden, lavendelfarben und türkis aufleuchtete. »Der Baum ...«

Harry erhob sich. »Zeit zum Abendessen. Wenn er das wirklich vorhat – den Baum mit Hormonen zu besprühen –, dürfte das ein ganz schönes Spektakel werden.«

Die Häuser von Iszm

Ins Deutsche übertragen
von Brigitte Beyer

1

Es galt als offenes Geheimnis, daß die Besucher von Iszm nur aus einem einzigen Grund kamen: um ein weibliches Haus zu stehlen. Kosmographen, Studenten, von kleinen Kindern bis zu den abgefeimtesten Halunken: Die Iszm wendeten auf alle das gleiche zynische Schema an: Überprüfung von Körper und Geist bis ins kleinste Detail und genaueste Überwachung.

Nur die Tatsache, daß sie auch wirklich viele Hausdiebe dingfest machen konnten, rechtfertigte diese Prozeduren.

Aus der Entfernung sah es einfach aus, so ein Haus zu stehlen. Ein Samenkorn, nicht größer als ein Gerstenkorn, konnte in einen Riemen eingenäht werden, ein Sämling konnte in die Muster eines Schals verwoben werden, ein junger Schößling ließ sich zu einem Geschoß zusammenwickeln und ins All hinauskatapultieren. Es gab tausend Wege, ein Haus von Iszm zu stehlen. Alle hatte man versucht, und die erfolglosen Diebe waren ins Irrenhaus verbracht worden – eskortiert von den Iszm, die bis zur letzten Minute von ausgesuchter Höflichkeit blieben. Die Iszm waren Realisten und sie wußten, daß ihr Monopol eines Tages, vielleicht in einem Jahr, vielleicht in Hunderten oder Tausenden von Jahren, gebrochen werden würde. Aber als fanatische Geheimnisträger dieses Monopols wollten sie versuchen, diesen Tag so lange wie möglich hinauszuzögern.

Aile Farr war ein großer, hagerer Mann in den Dreißigern, mit einem verschlossenen Gesicht, großen Händen und Füßen. Seine Haut, seine Augen und Haare hatten die eintönige Farbe von Staub. Was aber von größerer Wichtigkeit für die Iszm war: er war Botaniker und als solcher eine besonders verdächtige Spezies.

Er kam am Jhespiano Atoll an Bord des Red Ball Paketbootes *Eubert Honoré* an, und er begegnete einem Maß an Verdächtigung, wie es selbst für die Iszm nicht selbstverständlich war. Zwei Szecr, Angehörige der Elitepolizei, fingen ihn direkt an der Ausstiegsluke ab und eskortierten ihn wie einen Gefangenen die Gangway hinunter. Sie führten ihn in einen besonderen Gang, der nur in einer Richtung begehbar war. Flexible Stacheln staken aus den Wänden in einer Richtung. Ein Mensch konnte diese Halle betreten, aber er konnte nicht umkehren. Das Ende dieser Passage war durch eine klare Glasscheibe markiert – Farr konnte nicht mehr vor oder zurück.

Ein Iszic, mit weinroten und grauen Bändern ausgezeichnet, kam heran und betrachtete ihn prüfend durch die Glaswand. Farr fühlte sich wie ein seltenes Tier im Käfig. Der Iszic ließ widerwillig die Scheibe zurückgleiten und führte Farr in einen kleinen Privatraum. Während die Szecr hinter ihm stehenblieben, übergab Farr seine Landeerlaubnis, sein Gesundheitszeugnis, sein Führungszeugnis, seinen Einreiseantrag. Der Beamte steckte die Landeerlaubnis in einen Reißwolf, inspizierte das Gesundheitszeugnis und die Goodwill-Erklärung und gab sie zurück. Dann lehnte er sich zurück und studierte eingehend den Einreiseantrag.

Das Auge des Iszic ist in viele große und kleine Facetten eingeteilt und fähig, in zwei Richtungen zu sehen. Der Beamte las mit den unteren Augensegmenten, während die oberen Farr einer eingehenden Betrachtung unterzogen.

»Tätigkeit«, er wandte sein ganzes Auge Farr zu, ließ dann den oberen Teil hochflirren und las weiter, »... Forschungsabteilung. Beschäftigungsort: Universität von Los Angeles, Abteilung Botanik.« Er legte den Antrag beiseite. »Darf ich Sie nach Ihren Gründen für einen Besuch auf Iszm fragen?«

Farr versuchte, Ruhe zu bewahren. Er deutete auf den Antrag. »Ich habe alles niedergeschrieben.«

Der Beamte las weiter, ohne seine Augen von Farr zu lassen. Farr betrachtete dieses Meisterwerk mit erstaunten Augen.

»Ich habe mein Freisemester«, las der Beamte, »ich besuche eine Reihe von Welten, auf denen Pflanzen von großem Nutzen für die Menschheit sind.« Der Beamte richtete seine vollen Augen auf Farr. »Und warum machen Sie sich die Mühe, hierher zu kommen? Sicherlich kann man doch auch auf der Erde an diese Informationen herankommen?«

»Ich bin mehr an Informationen aus erster Hand interessiert.«

»Zu welchem Zweck?«

Farr zuckte die Achseln. »Wissenschaftliches Interesse.«

»Ich nehme an, daß Ihnen unsere Gesetze bekannt sind.«

»Wie hätte sich das vermeiden lassen?« fragte Farr leicht irritiert, »seit das Schiff Starholme verlassen hat, bin ich unablässig damit bombardiert worden.«

»Also wissen Sie, daß Ihnen keine besonderen Privilegien eingeräumt werden können – keine ausgedehnten oder analytischen Studien ... Verstehen Sie?«

»Natürlich.«

»Unsere Reglementierungen sind sehr streng, das muß ich betonen. Viele Besucher vergaßen sie und brachten sich somit in ernsthafte Schwierigkeiten.«

»Im Moment jedenfalls«, warf Farr ein, »kenne ich Ihre Gesetze besser als meine eigenen.«

»Es ist untersagt, jegliches Teilchen der Vegetation aufzuheben, abzutrennen, zu schneiden, anzunehmen, zu verbergen oder mitzunehmen. Dies betrifft jeden Bruchteil unserer Vegetation, Samen, Sämlinge, Schößlinge, ganze Bäume, wo auch immer Sie darauf stoßen mögen.«

»Ich habe nicht vor, etwas Illegales zu tun.«

»Die meisten unserer Besucher sagen dasselbe«, gab der Beamte zurück, »bitte seien Sie so freundlich und gehen Sie in das nächste Zimmer, wo Sie bitte alle Ihre Kleider und Ihre persönlichen Dinge ablegen. Bei Ihrer Abreise wird Ihnen alles zurückgegeben werden.«

Farr machte große Augen. »Mein Geld – Meine Kamera – mein ...«

»Man wird Sie mit den äquivalenten Dingen der Iszic versorgen.«

Farr betrat wortlos ein weiß gekacheltes Zimmer und zog sich aus. Ein Diener verpackte seine Sachen in einen Glasbehälter und machte Farr darauf aufmerksam, daß er vergessen hatte, seinen Ring abzulegen.

»Ich nehme an, wenn ich falsche Zähne hätte, wollten Sie die auch haben«, grollte Farr.

Der Iszic straffte sich. »Sie haben versichert, daß Ihre Zähne ein Bestandteil ihres Körpers wären, natürlich und nicht verändert.« Die oberen Segmente der Augen blickten Farr vorwurfsvoll an. »War dies eine ungenaue Aussage?«

»Natürlich nicht«, protestierte Farr, »sie sind echt. Ich wollte nur eine Vermutung aussprechen ... es war ein Witz.«

Der Iszic murmelte etwas in eine Membran, und Farr wurde in einen Nebenraum geführt, wo seine Zähne einer genauesten Überprüfung unterzogen wurden. »Ich muß lernen, keine Witze zu machen«, beschloß Farr, »dieses Volk hat anscheinend keinen Sinn für Humor.«

Schließlich führten die Ärzte, mürrisch ihre Köpfe schüttelnd, Farr wieder in das andere Zimmer, wo er auf einen ganz in eine weißgraue Uniform gekleideten Iszic traf, der eine Subkutanspritze hielt.

Farr zuckte zurück. »Was soll das?«

»Ein harmloses radioaktives Mittel.«

»So was brauch' ich nicht!«

»Es ist aber notwendig«, entgegnete der Mediziner, »für Ihre eigene Sicherheit. Die meisten Besucher mieten ein Boot und segeln auf den Pheadh hinaus. Hin und wieder gibt es dort Stürme und die Boote werden vom Kurs abgetrieben. Dieses Mittel läßt Ihre Position dann auf einem Bildschirm ermitteln.«

»Ich will aber nicht beschützt werden«, versuchte Farr zu widersprechen, »ich will kein Lichtpunkt auf einem Bildschirm sein.«

»Dann müssen Sie Iszm verlassen.«

Farr gab nach, innerlich fluchend auf die Größe der Spritze und die Menge des radioaktiven Stoffes.

»Und nun bitte in den nächsten Raum für die dreidimensionale Wiedergabe, wenn Sie mir bitte folgen wollen.«

Farr zuckte die Achseln und begab sich in das anliegende Zimmer.

»Bitte auf diese graue Scheibe, Farr Sainh – Handflächen nach vorne, Augen weit geöffnet.«

Er stand stocksteif, als feine Bürsten tastend über seinen Körper fuhren. In einer Glaskuppel erschien sein dreidimensionales Ebenbild und wuchs zu einer Höhe von 15 cm an. Farr betrachtete es mit süßsaurer Miene.

»Ich danke Ihnen«, sagte der Operator freundlich, »Kleidung und andere notwendige persönliche Sachen werden Ihnen im nächsten Raum ausgehändigt.«

Farr kleidete sich in die Besucheruniform: weiche weiße Hosen, ein graugrün gestreifter Kittel, ein leichtes dunkelgrünes Samtbarrett, das ihm über das eine Ohr fiel. »Kann ich jetzt gehen?«

Der Diensttuende blickte neben sich in einen Apparat. Farr konnte das Flackern großer Buchstaben erkennen. »Sie sind Farr Sainh, der Botanikforscher.« Es hörte sich an, als wollte er sagen: »Sie sind Farr, ein offensichtlicher Krimineller.«

»Ich bin Farr.«

Diese Formalitäten dauerten drei Stunden. Farr wurde wieder der Obhut der Szecr unterstellt, die ihn sehr sorgfältig untersuchten.

Schließlich wurde er in die Freiheit entlassen. Ein junger Mann in den kennzeichnenden gelben und grünen Streifen der Szecr geleitete ihn zu einer Gondel, die in der Lagune dümpelte. Es war ein langes schlankes Fahrzeug aus einem Guß. Farr setzte sich gespannt, und er wurde hinüber in die Stadt Jhespiano gerudert.

Es war seine erste Begegnung mit einer Iszicstadt, und sie überstieg die Bilder seiner Phantasie bei weitem. Die Häuser wuchsen in unregelmäßiger Reihe entlang der Alleen und Kanäle – schwere, knorrige Stämme, die zuerst die unteren Hülsen trugen, dann Unmengen breiter Blätter, die halb die oberen Schotenreihen verdeckten. Etwas schlug in Farrs Erinnerung an – eine Assoziation –

ein Gedanke an Hefe oder Mycetozoa unter dem Mikroskop. Lamproderma violaceum? Dictydium cancellatum? Hier handelte es sich doch eindeutig um die selbe Art Wucherung der Zweige. Die Hülsen hätten große Sporenkapseln sein können. Auch hier gab es diese perfekt gebogene tragfähige Symmetrie, die verschiedenen komplexen Farbabstufungen: dunkles Blau, überlagert von einem glimmenden Grau, brennendes Orange mit scharlachrotem Glanz, Scharlach mit Purpur überstäubt, schmutziges Grün, Weiß, blaßrosa überhaucht, verschiedene Brauntöne und fast gänzliche Schwärze. Darunter auf den Avenuen flanierte das Volk der Iszic, blasse Wesen, geborgen in ihrem strengen Zunft- und Kastensystem.

Die Gondel glitt an ihren Landeplatz. Ein Szecr mit einem gelben Barrett mit grünen Quasten wartete – allem Anschein nach ein Mann von Bedeutung. Es gab keine formelle Vorstellung – der Szecr konnte Farr selbst einordnen.

Farr sah keinen Grund zu warten und ging die Avenue hinunter, die zu einem der neuen kosmopolitanischen Hotels führte. Der Szecr machte keinen Versuch, ihn aufzuhalten. Farr war nun auf sich selbst gestellt, wenn auch unter intensiver Überwachung.

Farr entspannte sich erst einmal und schlenderte gut eine Woche in der Stadt herum. Es gab nur wenige andere Besucher von fremden Welten. Die Einreisebehörden der Iszic entmutigten den Tourismus so weit, wie es nach den allgemeinen Einreiseverträgen möglich war. Farr versuchte, ein Gespräch mit dem Vorsitzenden der Exportgesellschaft zu führen, doch ein kleiner Unterbeamter verweigerte es ihm höflich, aber strikt. Farr hätte gerne den Export der Häuser minderer Qualität diskutiert. Aber er hatte nichts anderes erwartet. Er erforschte die Kanäle und die Lagune in Gondeln und spazierte die Alleen entlang. Schließlich widmeten ihm drei Szecr ihre Zeit, folgten ihm stillschweigend durch die Straßen oder setzten sich in benachbarte Schoten auf den öffentlichen Terrassen.

Einmal wanderte er um die Lagune herum bis zum entferntesten Ende der Insel, einer felsigen sandigen Gegend, die dem Wind und der vollen Sonneneinstrahlung ausgesetzt war. Hier lebten die untersten Kasten in bescheidenen Dreihülsenhäusern, die in langen Reihen wuchsen, welche durch Streifen heißen Sandes getrennt waren. Diese Häuser waren von neutraler Farbe, ein bräunliches Graugrün, mit einem Büschel großer Blätter in der Mitte, die schwarze Schatten über die Schoten warfen. Solche Häuser waren nicht für den Export bestimmt, und Farr, der ein gut entwickeltes soziales Gerechtigkeitsempfinden besaß, fühlte sich unwohl. Ein Jammer, daß diese Häuser nicht den Billionen Barackenbewohnern auf der Erde zugute kommen konnten. Die Errichtung eines ganzen Gebietes solcher Wohneinheiten würde so gut wie nichts kosten: nur die Kosten für Samen! Farr näherte sich einem der Häuser und spähte in eine niedrig hängende Schote. Sofort brach ein Ast ab und hätte Farr verletzt, wenn er nicht zurückgesprungen wäre. Einer der zwanzig Meter entfernt stehenden Szecr schlenderte heran. »Wir möchten Ihnen empfehlen, nicht die Bäume zu belästigen.«

»Ich habe nichts und niemanden belästigt.«

Der Szecr zuckte die Achseln. »Der Baum dachte anders. Sie sind darauf trainiert, gegenüber Fremden mißtrauisch zu sein. Unter den unteren Kasten ...« hob der Szecr verächtlich an, »gehen die feudalen Streitereien weiter, und die Bäume werden unruhig bei der Anwesenheit eines Fremden.«

Farr drehte sich um und betrachtete den Baum mit neuem Interesse. »Wollen Sie damit sagen, daß der Baum ein Bewußtsein besitzt?«

Die Antwort des Szecr war nicht mehr als ein gleichgültiges Achselzucken. »Warum werden diese Bäume nicht exportiert?« fragte Farr weiter. »Sie hätten einen riesigen Markt. Viele Leute brauchen solche Häuser, weil sie sich nicht mehr leisten können.«

»Sie haben sich die Antwort selber gegeben«, antwortete der Szecr, »wer ist der Vertreiber auf der Erde?«

»K. Penche.«
»Ist er ein wohlhabender Mann?«
»Außerordentlich wohlhabend.«
»Würde er genauso reich sein, wenn er Schuppen wie diese verkaufen würde?«
»Mag sein.«
Der Szecr wandte sich ab. »Wir jedenfalls hätten nichts davon. Diese Häuser sind nicht weniger schwer zu pflanzen, aufzuziehen, zu verpacken und zu verschiffen als die Häuser der Klasse AA, mit denen wir handeln ... Ich möchte Ihnen den Rat geben, nicht noch einmal so nahe an ein fremdes Haus heranzutreten. Sie könnten durchaus schwere Unbill erleiden. Die Häuser sind gegenüber Eindringlingen nicht so tolerant wie ihre Bewohner.«
Farr erkundete weiter die Insel, lernte Obstgärten mit Früchten und niedrigen groben Sträuchern kennen, wie sie auch auf der Erde üblich waren. Aus ihrer Mitte sprossen holzartige Ruten mit einem Durchmesser von fast 3 Zentimetern und einer Höhe von 3 Metern: glatt, glänzend und kerzengerade. Als Farr sich näher damit beschäftigen wollte, mischten sich die Szecr ein.
»Dies sind doch keine Haus-Bäume«, protestierte Farr, »überhaupt, ich will doch nichts kaputtmachen. Ich bin ein Botaniker und interessiere mich für fremdartige Pflanzen.«
»Trotzdem«, insistierte der Szecrleutnant, »sind weder diese Pflanzen noch die Kräfte, die sie entwickeln, Ihr Eigentum und sie sind deshalb für Sie auch nicht von Interesse.«
»Die Iszic scheinen wenig Verständnis für wissenschaftliche Neugierde zu besitzen«, bemerkte Farr.
»Dafür haben wir um so mehr Wissen um Habgier, Diebstahl, Betrug und Ausbeutung.«
Darauf wußte Farr nichts zu antworten, und er fuhr, verlegen grinsend, fort, sich den Strand anzusehen und wandte sich dann zurück zu dem vielfarbigen Astwerk, den Schoten und Stämmen der Stadt.
Etwas an der Überwachung irritierte Farr. Er wandte

sich an den Leutnant und zeigte auf einen einige Meter entfernt Beschäftigten. »Warum macht er mich nach? Ich setze mich hin, er setzt sich hin. Ich trinke, er trinkt. Ich kratze mich an der Nase, er kratzt sich an der Nase.«

»Eine besondere Technik«, erklärte der Szecr, »wir zerteilen Ihre einzelnen Denkprozesse.«

»Das wird kaum gehen«, meinte Farr.

Der Leutnant deutete eine Verbeugung an. »Farr Sainh mag recht haben.«

Farr lächelte voller Nachsicht. »Glauben Sie allen Ernstes, Sie können meine Pläne vorhersagen?«

»Wir können nur unser Bestes tun.«

»Für diesen Nachmittag habe ich vor, ein seetüchtiges Boot zu chartern. Wußten Sie das?«

Der Leutnant zog ein Papier hervor. »Ich habe den Chartervertrag für Sie geregelt. Es ist die Lhaiz, und ich habe eine Crew engagiert.«

2

Die Lhaiz war ein zweimastiges Fahrzeug in Form einer holländischen Holzpantine, mit purpurfarbenen Segeln und einer bequemen Kajüte. Sie war aus einer speziellen Baumart für Schiffe gewachsen und bestand aus einem Stück einschließlich des Hauptmastes, der wahrscheinlich der Stengel der Schote gewesen war. Der Fockmast, das Spriet, die Spieren und das stehende und laufende Gut waren künstlich hergestellt, nach dem Verständnis der Iszic eine so ärgerliche Sache wie ein mechanischer Antrieb für einen terrestrischen Elektronikingenieur. Die Crew brachte das Schiff auf Westkurs. Atolle gingen rosafarben über dem Horizont auf, versanken hinter ihnen. Einige waren kleine, verlassene Gärten, andere wurden genutzt für die Saat, Aufzucht, Veredelung, Verpackung und Verschiffung von Häusern.

Als Botaniker war Farr sehr interessiert an den Plantagen, aber die Überwachung wurde hier besonders streng, bis hin zur Kontrolle jeder einzelnen seiner Bewegungen.

Auf dem Tjiere Atoll fühlte sich Farr so beengt, daß er seinen Bewachern entfloh. Die Lhaiz segelte an die Pier, und zwei der Crew machten die Leinen fest, während die anderen die Segel bargen und die Spieren festsetzten. Aile Farr sprang leichtfüßig vom Achterdeck auf die Pier hinunter und entfernte sich in Richtung Land. Hinter sich hörte er mißmutiges Gemurmel, das ihm ein maliziöses Gefühl der Genugtuung verschaffte.

Er betrachtete die Insel vor sich. Auf jeder Seite erstreckte sich ein langer Strand, hohe Wellen rollten an, die Abhänge des Basaltufers eingehüllt in grüne, blaue und schwärzliche Vegetation, eine Szene von großer Schönheit und voller Frieden. Farr widerstand dem Drang, auf den Strand hinunterzuspringen und sich unter dem Laub zu verbergen. Die Szecr waren sehr höflich, aber auch schnell am Abzug. Ein großer, kräftiger Mann erschien oben auf den Docks. Blaue Bänder umgaben seinen Leib und seine Glieder im Abstand von zwölf Zentimetern. Dazwischen leuchtete die bleiche Haut der Iszic hindurch. Farr verlangsamte seinen Schritt. Die Freiheit hatte ihr Ende gefunden.

Der Iszic hob sein Lorgnon an einem Ebenholzstab. Dieser Gegenstand wurde gewöhnlich von Iszic der hohen Kasten getragen und war ein so persönliches Assessoir wie ein inneres Organ. Farr war schon des öfteren betrachtet worden, doch es irritierte ihn immer wieder aufs neue. Wie jeder andere Besucher von Iszm, wie die Iszic selber, hatte er keine Wahl, keine Zuflucht, kein Entkommen. Die Bestrahlung seiner Schulter hatte ihn etikettiert. Er war katalogisiert und jedem zugänglich, der ihn sich ansehen wollte.

»Ihr Wunsch, Farr Sainh?« Der Iszic gebrauchte den Dialekt der Kinder, den sie benutzten, bevor sie die Sprache ihrer Kaste erlernten.

Farr ließ ergeben die formelle Antwort hören. »Ich erwarte Euren Willen.«

»Der Hafenmeister ist gehalten, Ihnen entgegenzukommen. Sie wurden vielleicht ungeduldig?«

»Meine Ankunft ist eine unwichtige Sache, bitte bemühen Sie sich nicht.«

Der Iszic schwang sein Lorgnon. »Eine besondere Ehre, einen Kollegen kennenzulernen.«

Farr erwiderte säuerlich: »Nennt Ihnen das Ding auch meinen Beruf?«

Der Iszic warf einen Blick auf Farrs rechte Schulter. »Ich sehe, Sie sind kriminell nicht vorbelastet. Ihr Intelligenzindex ist 23. Ihr Ausdauerstandard ist Klasse 4 ... Ich kann noch weitere Informationen erhalten.«

»Mit wem habe ich die Ehre?« fragte Farr.

»Mein Name ist Zhde Patasz. Ich besitze die Ehre, auf Tjiere Atoll anbauen zu dürfen.«

Farr taxierte den blaugestreiften Mann. »Sie sind Pflanzer?«

Zhde Patasz ließ sein Monokel kreisen. »Wir werden vieles zu besprechen haben. Ich hoffe, Sie als meinen Gast begrüßen zu dürfen.«

Der Hafenmeister kam außer Atem heran. Zhde Patasz schwang sein Lorgnon und entfernte sich.

»Farr Sainh«, keuchte der Hafenmeister, »Ihre Bescheidenheit führte dazu, daß Sie Ihre Eskorte verloren. Wir bedauern es zutiefst.«

»Sie übertreiben.«

»Kaum möglich. Hier entlang, Sainh.«

Er marschierte den Abhang hinunter in einen weiten Graben. Farr schlenderte so gemütlich hinterher, daß der Hafenmeister alle paar hundert Meter gezwungen war, anzuhalten und auf ihn zu warten. Der Graben führte am Rande des Basaltes entlang und wurde dann zu einer unterirdischen Passage. Viermal mußte der Hafenmeister eine Glasscheibe beiseite schieben, viermal schloß sie sich direkt hinter ihnen wieder. Farr bemerkte, daß Monitore, Sonden, Detektoren, Analysatoren seine Anwesenheit feststellten, seine Strahlung kontrollierten, sein Gewicht, seinen Metallgehalt. Er schlurfte unbeeindruckt weiter. Sie würden nichts finden. All seine Kleidung und seine persönlichen Habseligkeiten waren beschlagnahmt worden. Er trug noch immer die Besucheruniform, die Hosen aus weißem Seidenstoff, das Jackett, grau und grün gestreift, und die dunkelgrüne Samtbaskenmütze.

Der Hafenmeister klopfte an eine Tür aus gerieftem Metall. Sie öffnete sich in der Mitte mit zwei ineinander verzahnten Hälften wie ein mittelalterliches Fallgitter. Der Weg führte in einen lichten Raum. Hinter einem Tisch saß ein Szecr in den üblichen gelbgrünen Streifen.

»Wenn es dem Sainh beliebt – die dreidimensionale Wiedergabe für unsere Akten.«

Farr stellte sich geduldig auf die graue Metallscheibe.

»Handflächen vorwärts, Augen weit geöffnet.«

Farr stand ruhig da. Die Fühler tasteten seinen Körper ab.

»Wir danken Ihnen, Sainh.« Farr ging zum Tisch hinüber. »Das ist etwas anderes als in Jhespanio. Lassen Sie es mich sehen.«

Der Angestellte zeigte ihm eine transparente Karte mit einem menschengestaltigen bräunlichen Fleck in der Mitte. »Nicht viel Ähnlichkeit«, sagt Farr.

Der Szecr ließ die Karte in einen Schlitz fallen. Auf dem Tisch nahm eine dreidimensionale Wiedergabe von Farr Gestalt an. Sie konnte hundertfach vergrößert werden, um zum Beispiel Fingerabdrücke, die Poren auf den Wangen, das Ohr oder die Oberflächenstruktur der Netzhaut erkennbar zu machen.

»Ich würde es gerne als Souvenir haben«, sagte Farr, »er ist bekleidet. Der in Jhespiano entblößte mich vor aller Welt.«

Der Iszic zuckte die Achseln. »Nehmen Sie es.«

Farr steckte die Kopie in seine Tasche.

»Nun, Farr Sainh, darf ich eine direkte Frage stellen?«

»Auf eine mehr oder weniger kommt es nicht an.«

Farr wußte, daß ein Cephaloskop auf sein Gehirn gerichtet war. Jeder Impuls von Aufregung, jede Andeutung von Furcht wurde auf der Tabelle aufgezeichnet. Er stellte sich das Bild eines heißen Bades vor.

»Planen Sie, Häuser zu stehlen, Farr Sainh?«

Jetzt – das gelassen kühle Porzellan, das Gefühl warmer Luft, des Wassers, der Geruch von Seife.

»Nein.«

»Wissen Sie um solche Pläne oder haben Sie daran Anteil?«

Warmes Wasser, sich zurücklehnen, sich entspannen.

»Nein.«

Der Szecr sog an seinen Lippen, sein Gesicht drückte höfliche Skepsis aus. »Sie sind sich über die Strafen für Diebe im klaren?«

»O ja«, entgegnete Farr, »sie kommen ins Irrenhaus.«

»Vielen Dank, Farr Sainh, Sie können gehen.«

3

Der Hafenmeister übergab Farr einem Paar untergeordneter Szecr in gelbgoldenen Bändern.

»Hier entlang, bitte.«

Sie erklommen eine Rampe und erreichten eine verglaste Arkade.

Farr blieb stehen, um sich die Plantage anzusehen, seine Führer machten ungeduldige Bewegungen, drängten ihn ängstlich vorwärts.

»Wenn Farr Sainh es wünscht ...«

»Nur eine Minute«, antwortete Farr gereizt, »es hat doch keine Eile.«

Rechterhand befand sich die Stadt, ein Wald verwirrender Formen und Farben. Im Hintergrund wuchsen die Dreihülsenhäuser der Arbeiter. Man konnte sie hinter dem wundervollen Glanz an der Lagune kaum erkennen, die Häuser der Pflanzer, der Szecr, der Hauszüchter und Haushändler. Jedes war verschieden von den anderen, aufgezogen durch Geheimnisse, die selbst die Iszic voreinander verbargen.

Sie sind wunderschön, dachte Farr, aber in einer unerklärlichen, geheimnisvollen Weise auch verwirrend, so wie der Gaumen sich manchmal nicht entscheiden kann, ob er einen neuen Geschmack gut finden soll. Er kam zu dem Ergebnis, daß seine Umgebung wohl sein Urteil beeinflußte. Iszic-Häuser auf der Erde sahen wohnlich genug aus. Dies hier war Iszm, und jede fremde Note des fremden Planeten beeinflußte das Bild.

Er wandte seine Aufmerksamkeit den Feldern zu. Sie erstreckten sich zu seiner Linken, in den verschiedensten Schattierungen von Braun, Grau, Graugrün, Grün, je nach Alter der Entwicklung oder Art der Pflanze. Jedes Feld besaß seine langgestreckte, geschützte Ecke, wo reife Sämlinge veredelt und verarbeitet wurden, um schließlich für ihre Bestimmung irgendwo im Universum abgepackt zu werden.

Die beiden jungen Szecr begannen in der Sprache ihrer Kaste zu murren, und Farr wandte sich vom Fenster ab.

»Diesen Weg, Farr Sainh.«

»Wohin gehen wir?«

»Sie sind der Gast von Zhde Patasz Sainh.«

Na wundervoll, dachte Farr. Er hatte die Häuser, die zur Erde exportiert wurden, genau untersucht, diese AA Klasse-Häuser, die K. Penche verkaufte. Sie würden einem Vergleich mit den Häusern, die die Pflanzer für sich selbst bauten, kaum standhalten.

Plötzlich wurde er auf die beiden jungen Szecr aufmerksam. Sie standen wie Statuen und starrten auf den Boden der Arkade.

»Was ist los?« fragte Farr.

Ihr Atem ging schwer. Farr betrachtete den Fußboden. Eine Vibration, ein dumpfes Donnern. Erdbeben! durchfuhr es Farr. Der Klang schwoll an, die Fenster begannen, vibrierend zu klirren. Farr hatte das Gefühl von plötzlich aufsteigender Wildheit und Bedrohung. Er sah zum Fenster hinaus. In einem nahegelegenen Feld brach der Boden auf, machte einen kleinen verrückten Sprung – und da war der Ausbruch. Zarte Sprößlinge wurden unter Tonnen von Dreck begraben. Eine metallene Schnauze streckte sich heraus, hob sich drei Meter, sechs

Meter. Eine Tür klappte auf. Vierschrötige, muskulöse, braune Männer sprangen heraus, rannten in die Felder und begannen, Pflanzen auszureißen. In der Tür stand ein Mann, mit einem vor Anspannung zu einem Grinsen verzerrten Gesicht, und schrie unverständliche Kommandos.

Farr sah fasziniert zu. Ein Angriff von gigantischem Ausmaß. Signalhörner gellten aus der Stadt Tjiere. Das wilde Zischen der Abwehrraketen war zu hören. Zwei der braunen Männer gerannen zu blutigen Klumpen. Der Mann in der Tür brüllte und die anderen zogen sich zu der metallenen Schnauze zurück.

Der Eingang schlug zu. Einer der Aufständischen hatte zu lange gewartet. Er hieb mit seinen Fäusten auf die Hülle, ohne Ergebnis. Er wurde nicht beachtet. Rasend trommelte er weiter, und die Sämlinge, die er gesammelt hatte, zerbrachen in seinem Griff.

Die Schnauze vibrierte und erhob sich noch weiter vom Boden. Die Abwehrraketen von Tjiere begannen kleine Metallstücke zu feuern. Eine Tür in Form eines Bullauges öffnete sich in der Metallhülle. Eine Waffe spie blaue Flammen. Ein Baum in Tjiere zitterte und schwankte. Farr fühlte in seinem Herzen einen erschütternden, tonlosen Schrei. Die jungen Szecr stürzten schwer keuchend auf die Knie.

Der Baum krachte um. Die großen Hülsen, die Blätterterrassen, die Äste, die sorgfältig angelegten Balkone – sie schwirrten durch die Luft und brachen in einem erbärmlichen Knäuel zusammen. Die Körper von Iszics flohen aus den Ruinen, purzelten und kugelten durcheinander.

Die Metallschnauze wuchs noch einmal um drei Meter. Einen Augenblick später würde sie die Erde abschütteln und sich dann gewaltig in den Raum erheben. Der braune Mann, draußen zurückgelassen, kämpfte darum, sich auf dem Boden zu halten, er hämmerte noch immer gegen die Metallhülle, aber jetzt ohne Hoffnung.

Farr blickte in den Himmel hinauf. Drei Schirme

schwebten aus den oberen Luftschichten herab – häßlich, pure Kraft. Sie sahen aus wie metallene Skorpione.

Ein Abwehrgeschoß schlug einen Krater neben dem Schiff in den Boden. Der braune Mann wurde in die Luft geschleudert. Er schlug drei Purzelbäume und landete auf dem Rücken.

Die Metallkapsel zog sich wieder in den Boden zurück, zuerst langsam, dann schneller und immer schneller. Eine weitere Rakete hämmerte auf den Bug ein. Das Metall kreischte und zersprang in kleine Teilchen. Die Schnauze war unter der Erde, Erdklumpen begruben sie.

Noch eine Rakete – sie wirbelte den Staub auf.

Die beiden jungen Szecr waren wieder auf die Beine gekommen. Sie starrten hinaus auf das verwüstete Feld, ihre Zunge jammerte in einem für Farr unverständlichen Ton. Einer griff nach Farrs Arm.

»Kommt, wir müssen Sie in Sicherheit bringen. Gefahr, große Gefahr!«

Farr schüttelte ihn ab. »Ich werde hier warten.«

»Farr Sainh, Farr Sainh«, schrien sie, »unsere Order lautet, für Ihre Sicherheit zu sorgen.«

»Ich bin hier sicher, ich will zusehen.«

Die drei Schirme hingen über dem Krater und bewegten sich vor und zurück.

»Sieht aus, als wenn die Rebellen davonkommen«, meinte Farr.

»O nein! Unmöglich!« riefen die Szecr. »Das wäre das Ende von Iszm!«

Aus dem Himmel schwebte ein schlankes Schiff herunter, kleiner als die Monitore. Wenn die Schirme Skorpione waren, war das neue Schiff eine Wespe. Es verhielt über dem Krater und versank in dem Dreck – langsam, hungrig, wie eine Sonde. Es begann zu dröhnen, zu vibrieren, dann verschwand es außer Sicht.

Ein Dutzend Männer rannte die Arkade entlang, rannte in der seltsamen, zurückgelehnten Haltung der Iszic. Einem Impuls folgend lief Farr hinter ihnen her und ignorierte das Entsetzen seiner zwei Szecr.

Die Iszic stürmten über das Feld bis zum Krater. Farr folgte ihnen. Er kam an dem schlaffen Körper des braunen Mannes vorbei und hielt an. Das Haar des Mannes wirkte wie eine schwere Löwenmähne. Seine Gesichtszüge waren breit und stumpfsinnig. Seine Finger umklammerten immer noch die Sprößlinge, die er ausgerissen hatte. Die Finger wurden schlaff, gerade als Farr bei ihm anhielt. Im selben Moment öffneten sich seine Augen. Sie waren voller Intelligenz. Farr beugte sich vorwärts, teils aus Mitleid, teils aus Interesse. Hände ergriffen ihn. Er sah gelbe und grüne Streifen und wütende Gesichter mit zurückgezogenen Lippen, die den bleichen Mund der Iszic und ihre scharfen Zähne entblößten.

»He!« protestierte Farr, als er über das Feld gestoßen wurde. »Laßt mich los!«

Die Finger der Szecr krampften sich um seine Arme und Schultern. Sie schienen geradezu besessen von einem mörderischen Irrsinn zu sein, und Farr hielt lieber den Mund. Tief unter seinen Füßen röhrte es dumpf, der Boden bebte. Die Szecr zerrten ihn in Richtung Tjiere, dann änderten sie die Richtung. Farr begann zu kämpfen, zu ziehen. Etwas Hartes traf ihn am Hinterkopf. Halb betäubt, wehrte er sich nicht mehr. Sie schleppten ihn zu einem alleinstehenden Baum an der steilen Basaltböschung. Es war ein sehr alter Baum mit einem knorrigen schwarzen Stamm, einem schweren Schild aus Blättern und zwei oder drei verdorrten Hülsen. Im Stamm gähnte ein unregelmäßiges Loch. Ohne viel Aufhebens warfen sie ihn hindurch.

4

Aile Farr fiel mit einem heiseren Aufschrei durch die Finsternis. Er trat um sich und strampelte durch die Luft. Sein Kopf schrammte über die Innenseiten. Dann stieß seine Schulter dagegen, seine Hüfte, sein ganzer Körper.

Aus dem Fallen wurde ein Rutschen, als die Röhre eine Kurve machte. Seine Füße berührten eine Membran, die unter ihm nachgab, dann noch eine und noch eine. Sekunden später traf er auf eine elastische Wand auf. Der Aufprall betäubte ihn. Er lag still und sammelte seine Gedanken.

Schließlich bewegte er sich und befühlte seinen Kopf. Die Schramme auf seinem Kopf schmerzte. Da vernahm er ein eigentümliches Geräusch, den zischenden, holpernden Sturz von etwas, das die Röhre herunterrutschte. Farr warf sich zur Seite. Etwas Hartes und Schweres traf ihn in die Rippen, etwas schlug auf die Wand auf, er hörte ein Stöhnen. Es wurde still bis auf das Geräusch eines flachen Atems.

Farr flüsterte vorsichtig: »Wer ist da?«

Keine Antwort.

Farr wiederholte die Frage in allen ihm bekannten Sprachen und Dialekten. Immer noch keine Antwort. Er stützte sich mühsam auf. Er besaß kein Licht und auch keine Möglichkeit, ein Licht zu entzünden.

Der fremde Atem ging in ein mühsames Röcheln über. Farr tastete in die Dunkelheit und fühlte einen verdrehten Körper.

Er stemmte sich auf die Knie und legte die unsichtbare Person flach hin, streckte deren Arme und Beine. Der Atem wurde gleichmäßiger.

Farr lehnte sich zurück und wartete. Fünf Minuten verstrichen. Die Wände des Raumes vibrierten plötzlich, und Farr konnte das dumpfe Geräusch einer weit entfernten Explosion hören. Eine oder zwei Minuten später wiederholten sich das Geräusch und das Zittern. Die Schlacht unter der Erde tobt, dachte Farr, Wespe gegen Maulwurf, eine Schlacht im Untergrund auf Leben und Tod.

Eine Welle von Stößen und Tönen erschütterte ihn, die Wände bebten. Er vernahm eine Explosion, die etwas Endgültiges an sich hatte. Der Mann in der Dunkelheit ächzte und hustete.

»Wer ist da?« wiederholte Farr.

Ein heller Lichtstrahl traf sein Gesicht. Farr zuckte zusammen und drehte den Kopf weg. Das Licht folgte ihm.

»Nehmen Sie das verdammte Licht weg!« knurrte Farr.

Das Licht wanderte seinen Körper hinauf und hinunter, verweilte auf dem gestreiften Besucherhemd. Im Widerschein konnte Farr den braunen Mann erkennen, schmutzig, zerzaust, voll blauer Flecken. Das Licht kam von einer Schulterklappe seiner Tunika.

Der braune Mann sprach mit einer schleppenden, heiseren Stimme. Farr kannte die Sprache nicht und schüttelte verneinend den Kopf. Der braune Mann betrachtete ihn einen Moment länger, zweifelnd, mißtrauisch. Schließlich taumelte er mühsam auf seine Füße und ließ Farr für einige Minuten aus den Augen, um die Wände, den Boden und die Decke ihrer Zelle zu betrachten. Weit oben und unerreichbar, befand sich die Öffnung, durch die sie hineingelangt waren, seitlich davon eine Art fest verknoteter Schließmuskel. Farr fühlte Ärger in sich aufsteigen, der Schnitt auf seinem Kopf schmerzte. Diese Geschäftigkeit des braunen Mannes verblüffte ihn, da es doch ganz offensichtlich keine Methode zur Flucht gab. In der Beziehung konnte man den Szecr keine Nachlässigkeit vorwerfen.

Farr beobachtete den braunen Mann und entschied schließlich, daß es sich um einen Thord handeln mußte, ein Mitglied der menschenähnlichsten der drei arkturischen Rassen. Es kursierten einige unschöne Gerüchte über die Thord, und Farr war nicht übermäßig begeistert, ein Mitglied dieser Rasse zum Zellengenossen zu haben, noch dazu im Dunkeln.

Der Thord hatte die Inspektion der Wände beendet und wandte seine Aufmerksamkeit wieder Farr zu. Seine Augen glommen feucht, tief, kalt und gelb. Er sprach wieder mit seiner verhaltenen heiseren Stimme. »Dies ist kein richtiges Gefängnis.«

Farr war irritiert. Unter den gegebenen Umständen war das eine äußerst seltsame Bemerkung. »Warum sagen Sie das?«

Der Thord betrachtete ihn gute zehn Sekunden lang, ehe er zu einer Antwort ansetzte. »Es gab große Aufregung. Die Iszic warfen uns hier herein, um uns erst einmal sicherzustellen. Bald werden sie uns woanders hinbringen. Hier gibt es keine Spione in den Wänden, keine Tonaufzeichner. Dies ist ein Speicher.«

Farr betrachtete zweifelnd die Wände. Der Thord gab ein leises Seufzen von sich, das Farr von neuem durcheinander brachte, bis er verstand, daß sich der Thord amüsierte. »Sie wundern sich, wieso ich da so sicher sein kann«, meinte er, »es gehört zu meinen Fähigkeiten, die Schwere der Aufmerksamkeit zu fühlen.«

Farr nickte höflich. Der prüfende Blick des Thord wurde ihm zunehmend unangenehm. Farr drehte sich etwas weg. Der Thord murmelte in einem summenden, monotonen Geräusch vor sich hin. Jammerte er? Klagte er? Das Licht wurde schwächer, aber das jammervolle Raunen des Thord ging weiter. Farr wurde schließlich müde und fiel in Schlaf. Es war ein unruhiger, gestörter Schlaf. Sein Kopf schien zu platzen und in Flammen aufzugehen. Er hörte vertraute Stimmen und heisere Schreie. Er war zu Hause auf der Erde und auf dem Weg, jemanden zu besuchen. Einen Freund. Wen? Farr wälzte sich herum und seufzte. Er wußte, daß er schlief, aber er wollte aufwachen.

Die hohlen Stimmen, die Schritte, die ruhelosen Bilder schwanden und er sank in einen tiefen, festen Schlaf.

Das Licht strömte durch eine ovale Scheibe herein und beleuchtete die Silhouetten zweier Iszic. Farr erwachte. Er wunderte sich kaum, daß der Thord verschwunden war. Der ganze Raum sah anders aus. Er befand sich nicht mehr in den Wurzeln des knorrigen schwarzen Baumes.

Er kämpfte sich in eine sitzende Position hoch. Alles verschwamm vor seinen Augen, und er konnte kaum einen klaren Gedanken fassen. Die Gedanken schwammen, ohne Halt finden zu können. Es kam ihm vor, als sei sein Gehirn in einzelne Bestandteile aufgelöst worden, die nun frei durch die Luft segelten.

»Aile Farr Sainh«, sagte einer der Iszic, »dürften wir Sie bitten, uns zu begleiten?« Beide trugen die gelben und grünen Bänder: Szecr.

Farr krabbelte mühsam auf seine Füße und taumelte durch die ovale Tür. Er wanderte durch einen sich drehenden Korridor, eskortiert von den Szecr. Der vorangehende Szecr schob eine Wand beiseite, und Farr fand sich in der Arkade wieder, die er vor kurzem durchquert hatte.

Sie führten ihn nach draußen unter den nächtlichen Himmel. Die Sterne funkelten. Farr machte die Heimatsonne einige Grad unterhalb eines Sternes aus, den er als Beta Aurigae kannte. Es berührte ihn nicht, er fühlte kein Heimweh. Er fühlte überhaupt nichts. Er sah, ohne wahrzunehmen. Er fühlte sich leicht, beschwingt, entspannt.

Vorbei an dem Chaos des umgestürzten Baumes näherten sie sich der Lagune. Vor ihnen erwuchs ein großer Stamm aus einem Teppich aus grünem Moos.

»Das Haus von Zhde Patasz Sainh«, erklärte der Szecr, »Sie sind sein Gast. Er steht zu seinem Wort.«

Die Tür schwang auf, und Farr betrat, etwas wacklig auf den Beinen, den Baumstamm. Die Tür schloß sich geräuschlos hinter ihm. Farr befand sich allein in einer großen, runden Eingangshalle. Er mußte sich an einer Wand abstützen und ärgerte sich über seine schwächliche Konstitution. Er machte einen neuerlichen Versuch, seine ganze Kraft zusammenzunehmen, was ihm auch ansatzweise gelang.

Eine junge Frau der Iszic trat zu ihm. Sie trug schwarze und weiße Bänder und einen schwarzen Turban. Die Haut zwischen den Bändern schimmerte in einem schwachen Rosa-Violett. Eine schwarze Linie um ihren Kopf betonte die horizontale Einteilung ihrer Augen. Farr wurde sich auf einmal seiner schmutzigen, zerzausten und unrasierten Erscheinung bewußt.

»Farr Sainh«, begrüßte ihn die Frau, »bitte beehren Sie mich mit Ihrer Gesellschaft.«

Sie führte ihn zu einem Aufzugsschacht. Die Scheibe

trug sie dreißig Meter nach oben, und Farr fühlte, wie ihm von dieser Bewegung schwindlig wurde. Er spürte die kühle Hand der Frau.

»Hier hindurch, Farr Sainh.«

Farr machte einen Schritt vorwärts, blieb stehen und lehnte sich gegen die Wand, bis der Schwindel nachgelassen hatte.

Die Frau wartete geduldig.

Die Flecken vor seinen Augen verschwanden. Er befand sich im Kern eines Astes. Die Frau stützte ihn, indem sie ihm einen Arm um die Taille legte. Er blickte in die blassen, facettierten Augen, die unbeteiligt auf ihn gerichtet waren.

»Ihr Volk hat mich unter Drogen gesetzt«, ächzte Farr.

»Hier entlang, Farr Sainh.«

Sie ging vor ihm den Korridor entlang, mit dem wiegenden Gang, der den Oberkörper Wellenbewegungen ausführen ließ. Farr folgte ihr langsam. Seine Beine wurden kräftiger, er fühlte sich langsam besser.

Am Ende des Knotens hielt die Frau an, drehte sich um und vollführte mit ihren Armen eine weit schwingende, zeremonielle Bewegung. »Hier ist Ihr Zimmer. Sie werden nichts vermissen. Für Zhde Patasz ist die Dendrologie wie ein offenes Buch. Seine Pflanzen erfüllen jeden Wunsch. Treten Sie ein und genießen Sie das exquisite Haus von Zhde Patasz.«

Farr betrat den Raum, einen von vieren einer Zimmerflucht, die er in dieser Vollkommenheit noch nie zuvor gesehen hatte. Dies hier war das Eßzimmer. Eine große Blattader entwuchs dem Boden und spreizte sich nach allen Seiten, um einen Tisch zu formen, der ein gutes Dutzend von Tabletts voller Speisen trug.

Das nächste Zimmer, aus blauen Fasern gewoben, schien der Ruheraum zu sein, dahinter befand sich noch ein Zimmer, das in Dunkelgrün gehalten war. Plötzlich erschien ein kleiner, unterwürfig hüstelnder Iszic hinter Farr, gekleidet in die rosa und weißen Bänder eines Hausdieners. Gewandt entfernte er Farrs erdverkrustete Kleidung. Farr trat ins Bad, und der Diener klopfte gegen die Wand. Aus winzigen Öffnungen ergoß sich eine frisch duftende Flüssigkeit, die kühl über Farrs Haut rann. Der Diener schöpfte mit einer Kelle den blaßgrünen Nektar und goß ihn über Farrs Kopf. Sofort war er mit einem prickelnden, sprudelnden Schaum bedeckt, der sich schnell auflöste und Farrs Haut erfrischt und weich zurückließ.

Der Diener erschien nun mit einer Hülse, gefüllt mit einer bläßlichen Creme. Die verrieb er vorsichtig mit einem Bastpinsel über Farrs Gesicht und Farrs Bart verschwand. Direkt über ihm hatte sich eine Flüssigkeit in einem zerbrechlichen Membransack gebildet. Die Blase wuchs und wuchs und schwebte und zitterte. Jetzt stach der Diener mit einem scharfen Dolch hinein, der Sack barst, und eine sanft nach Nelken duftende Flüssigkeit besprühte Farr und trocknete sofort wieder. Farr betrat das vierte Zimmer, in dem der Diener ihn in frische Kleidung kleidete. Zum Schluß befestigte er eine schwarze Rosette an der Seite eines Beines. Farr wußte einiges über die Gebräuche der Iszic und wunderte sich. Als die persönliche Insignie von Zhde Patasz zeichnete die Rosette nur bedeutende Gäste aus. Farr stieg damit zu einem besonders geehrten Gast von Zhde Patasz auf, der damit die Verteidigung von Farr gegen alles und jeden Feind zu seiner eigenen Sache machte. Farr hätte jeden Nerv, jeden Reflex, jede Handlung des Hauses verändern dürfen, er hätte sich der wertvollsten Schätze des Zhde Patasz bemächtigen dürfen – er wurde hiermit generell zum alter ego von Zhde Patasz selbst. Diese Ehre war ungewöhnlich und für einen Menschen von der Erde wohl einmalig. Farr fragte sich, womit er diese außergewöhnliche Auszeichnung verdient hatte. Vielleicht sollte es eine Art Wiedergutmachung für die erlittene rüde Behandlung sein, die Farr während des Thord-Aufstandes ertragen mußte. Ja, sagte sich Farr, das mochte eine Erklärung sein. Er hoffte, Zhde Patasz würde darüber hinwegsehen, daß er nicht mit den komplizierten Ritualen der Iszic-Höflichkeit vertraut war.

Die Frau, die Farr zu seinen Zimmern geführt hatte,

erschien wieder. Sie vollführte einen vollendeten Kniefall. Farr war nicht so ausreichend an die subtilen Arten des Benehmens der Iszic gewöhnt, um unterscheiden zu können, ob es sich hier um eine ironische Geste handelte. Er enthielt sich jeglicher Bewertung. Die plötzliche Veränderung seines Status war schon bemerkenswert genug. Sollte das Ganze ein Scherz sein? Kaum. Die Iszic besaßen keinen Sinn für Humor.

»Aile Farr Sainh«, deklamierte die Frau, »jetzt, da Sie sich erfrischt haben, möchten Sie vielleicht Ihrem Gastgeber, Zhde Patasz, Gesellschaft leisten?«

Farr brachte ein schwaches Lächeln zustande. »Jederzeit.«

»Dann erlauben Sie mir, Sie hier den Weg entlang zu führen. Ich werde Sie zu den Privatgemächern von Zhde Patasz Sainh geleiten, wo er mit großer Ungeduld Ihrer harrt.«

Farr folgte ihr den Gang entlang, einen Aufstieg unter niedrigen Ästen hindurch, den Aufzug im Zentralstamm hinauf, und noch einen weiteren Gang entlang. An einer Verzweigung hielt sie an, verbeugte sich und breitete die Arme aus. »Zhde Patasz Sainh erwartet Sie.«

Der Schließmechanismus öffnete sich, und Farr betrat vorsichtig das Zimmer. Man konnte Zhde Patasz nicht sofort erkennen. Farr ging langsam weiter und spähte nach rechts und links. Die Hülse war zehn Meter lang und öffnete sich zu einem Balkon mit taillenhoher Balustrade. Die Wände und die gewölbte Decke trugen kleeblattförmige Büschel aus einer seidengrünen Faser, der Boden war mit pflaumenblauem Moos bedeckt; die aus den Wänden wachsenden Lampen verbreiteten ein anheimelndes Licht. An einer Wand standen vier magentarote schalenförmige Sessel, in der Mitte des Zimmers befand sich eine hohe, mit Wasser gefüllte zylindrische Vase mit Pflanzen und schwarz schillernden Aalen. An den Wänden hingen Bilder von irdischen Meistern, deren Farbkompositionen in dieser Umgebung seltsam anmuteten. Zhde Patasz trat vom Balkon herein. »Farr Sainh, ich hoffe, es geht Ihnen gut?«

»Gut genug«, gab Farr vorsichtig zur Antwort.

»Wollen Sie Platz nehmen?«

»Wie Sie es wünschen.« Farr ließ sich auf einer der magentafarbenen zerbrechlichen Blasen nieder. Ihre glatte Oberfläche streckte sich und paßte sich seinem Körper an.

Sein Gastgeber ließ sich schwerfällig neben ihm nieder. Ein Augenblick der Stille entstand, in dem jeder den anderen betrachtete. Zhde Patasz trug die blauen Bänder seiner Kaste, und heute waren seine blassen, schmalen Wangen mit glänzenden roten Scheiben geschmückt. Farr wurde klar, daß es sich hier nicht um zufällige Dekorationsstücke handelte. Jedes äußerliche Attribut eines Iszic besaß in irgendeinem Maß irgendeine Bedeutung. Heute zeigte sich Zhde Patasz ohne die übliche lose Baskenmütze. Statt dessen formten die Knoten und Auswüchse auf der Spitze seines Kopfes eine Art Schopf, ein Zeugnis für die jahrtausendalte aristokratische Abstammungslinie.

»Genießen Sie Ihren Besuch auf Iszm?« fragte Zhde Patasz schließlich.

Farr überlegte einen Augenblick und antworte dann förmlich. »Ich habe vieles von Interesse gesehen. Ich mußte auch Belästigungen erfahren, von denen ich hoffe, daß sie keine anhaltenden Schäden hinterlassen.« Er griff nervös an seinen Kopf. »Allein Eure Gastfreundschaft vermag mich für die schlechte Behandlung, die ich erfahren habe, zu entschädigen.«

»Dies sind traurige Nachrichten«, sagte Zhde Patasz, »wer hat Ihnen das angetan? Geben Sie mir die Namen und ich werde sie ertränken lassen.«

Farr gab zu, daß er den Szecr, der ihn in das Loch geworfen hatte, wohl nicht genau identifizieren könnte. »Außerdem waren sie natürlich wegen des Aufruhrs sehr nervös, daraus will ich ihnen keinen Vorwurf machen. Aber ich scheine danach unter Drogen gesetzt worden zu sein, und das empfinde ich als wenig freundliche Behandlung.«

»Ihre Bemerkungen werden sorgfältig entgegengenommen«, bemerkte Zhde Patasz äußerst höflich, »die Szecr verwenden normalerweise ein hypnotisches Gas gegen die Thord. Es scheint, als wären Sie durch einen dummen Zufall in dieselbe Zelle geraten und mußten deshalb dasselbe Ungemach erleiden. Ohne Zweifel sind die Verantwortlichen zu diesem Zeitpunkt voller Zerknirschung über den Vorfall.«

Farr versuchte, empört zu klingen. »Meine normalen Rechte sind völlig mißachtet worden. Der Einreisevertrag wurde überhaupt nicht respektiert.«

»Ich hoffe, Sie werden uns vergeben«, sagte Zhde Patasz. »Sie sehen natürlich ein, daß wir unsere Felder beschützen müssen.«

»Ich hatte mit dem Aufstand nichts zu tun.«

»Ja. Wir verstehen das.«

Farr lächelte bitter. »Während ich unter Hypnose stand, habt ihr alles aus mir rausgepreßt, was ich weiß.«

Zhde Patasz zeigte die seltsame Kontraktion der Augen, bei der feine Fäden die Segmente der Augen teilten. Farr wußte, daß das ein Zeichen von Vergnügen war. »Zufällig habe ich von Ihrem Mißgeschick erfahren.«

»Mißgeschick? Eine Frechheit war das!«

Zhde Patasz machte eine beschwichtigende Geste. »Die Szecr wollten ganz sicherlich durch Hypnose die Oberhand über die Thord gewinnen. Diese Rasse verfügt über mächtige Fähigkeiten, sowohl psychischer wie physischer Art, und das völlige Fehlen moralischer Skrupel, weswegen sie wahrscheinlich zur Durchführung dieses Aufstandes engagiert wurden.«

Farr war verwirrt. »Sie meinen, die Thord handelten nicht aus eigenem Impuls?«

»Nein, das glaube ich nicht. Die Organisation war zu präzise, der ganze Plan zu ausgereift. Die Thord sind eine ungeduldige Rasse, und da es unmöglich ist, daß sie diese Verschwörung angezettelt haben, müssen wir den Schuldigen woanders suchen. Wir sind sehr intensiv auf der Suche nach dem Rädelsführer.«

»Deshalb wurde ich unter Hypnose befragt, obwohl das dem Reiseabkommen widerspricht.«

»Ich nehme an, daß die Befragung nur allgemeine Probleme des Aufstandes betraf.« Zhde Patasz zeigte sich sehr bemüht, Farr zu beruhigen. »Vielleicht waren die Szecr zu pflichtbewußt, aber Sie schienen ein Verschwörer zu sein. Das müssen Sie doch einsehen.«

»Ich fürchte nein.«

»Nein?« Zhde Patasz schien überrascht zu sein. »Sie kamen am Tag der Revolte in Tjiere an. Sie versuchten, im Hafen Ihrer Eskorte zu entkommen. Während eines Interviews versuchten Sie, grundlos Ihre Reaktionen zu beeinflussen. Bitte verzeihen Sie, wenn ich Ihnen Ihre Fehler aufzeige.«

»Schon recht, machen Sie nur weiter.«

»In der Arkade entkamen sie ein zweites Mal Ihrer Begleitung. Sie rannten hinaus aufs Feld, ganz offensichtlich in der Absicht, sich an dem Aufstand zu beteiligen.«

»Aber das ist doch Unsinn«, warf Farr ein.

»Wir sind zufrieden darüber, daß es so ist«, sagte Zhde Patasz, »der Aufstand endete für die Thord in einem Desaster. Wir zerstörten den Maulwurf in einer Tiefe von elfhundert Fuß. Es gab keine Überlebenden außer der Person, mit der Sie Ihre Zelle teilten.«

»Was wird aus ihm?«

Zhde Patasz zögerte. Farr meinte, Unsicherheit in der Stimme von Zhde Patasz erkennen zu können. »Unter normalen Umständen wäre er vielleicht der Unglücklichste von allen.« Er verstummte, versuchte, seine Gedanken in Worte zu kleiden. »Wir glauben an den abschreckenden Effekt der Strafe. Er würde in ein Irrenhaus geführt werden.«

»Was geschah mit ihm?«

»Er tötete sich selbst in der Zelle.«

Farr war auf einmal verwirrt, als gäbe es hier eine unerwartete Entwicklung. In irgendeiner Weise war ihm der braune Mann verpflichtet; irgend etwas war verloren ...

Zhde Patasz fragte mit besorgter Stimme: »Sie scheinen schockiert zu sein, Farr Sainh.«

»Ich wüßte nicht warum.«

»Sind Sie müde oder fühlen Sie sich nicht wohl?«

»Ich muß mich erst wieder ganz erholen.«

Die Iszic-Frau kam mit einem Tablett voller Speisen – würziger Nüsse, einer heißen aromatischen Flüssigkeit und getrocknetem Fisch.

Farr aß mit großem Appetit, er war hungrig. Zhde Patasz betrachtete ihn mit seltsamem Gesichtsausdruck. »Es ist schon eine wunderliche Sache. Wir kommen von verschiedenen Welten, wir haben uns aus verschiedenen Ursprüngen entwickelt, trotzdem teilen wir einige gemeinsame Sehnsüchte, gemeinsame Ängste und Wünsche. Wir schützen unseren Besitz, die Dinge, die uns Sicherheit bringen.«

Farr spürte die wunde Stelle auf seinem Kopf. Sie tat noch immer weh, und er spürte das Pulsieren des Blutes. Er nickte nachdenklich. Zhde Patasz schlenderte zum Glaszylinder und sah hinunter auf die sich tummelnden Aale. »Manchmal sind wir sicherlich überängstlich und unsere Ängste lassen uns über uns hinauswachsen.« Er drehte sich wieder um. Sie sahen sich für einen langen Augenblick an, Farr halb versunken in seinem Schalensessel, der Iszic groß und kräftig, die doppelten Augen groß in seinem dünnen, gebogenen Gesicht.

»Jedenfalls«, meinte Zhde Patasz, »hoffe ich, Sie werden Ihr Unglück vergessen. Der Thord und sein Mentor oder seine Mentoren sind verantwortlich. Aber es hat ihnen nichts genützt. Und bitte bewerten Sie unseren Eifer nicht zu streng. Der Aufstand war von enormem Ausmaß und beinahe erfolgreich. Wer plante, wer managte eine solche komplizierte Operation? Das müssen wir herausbekommen. Die Thord arbeiteten mit großer Präzision. Sie griffen nur nach ganz bestimmten Samen und Sämlingen, die zuvor ein Spion in der Verkleidung eines Touristen ausgekundschaftet hatte.« Und Zhde Patasz blickte Farr düster an.

Farr lachte auf. »Nicht so ein Tourist wie ich. Ich kümmerte mich noch nicht einmal indirekt um solche Dinge.«

Zhde Patasz machte eine höfliche Verneigung. »Eine glaubwürdige Haltung. Aber ich bin sicher, daß Sie unsere Reaktion verständlich finden. Wir müssen unser Betriebskapital schützen. Wir sind Geschäftsleute.«

»Keine besonders guten Geschäftsleute«, antwortete Farr.

»Eine interessante Ansicht. Warum nicht?«

»Sie haben ein gutes Produkt«, sagte Farr, »aber Ihr Markt ist unökonomisch. Begrenzter Verkauf, starke Preiserhöhungen.«

Zhde Patasz zog sein Monokel hervor und schwenkte es ungeduldig. »Da gibt es mehrere Theorien.«

»Ich habe verschiedene Analysen des Haus-Handels studiert«, sagte Farr, »sie weichen nur in Kleinigkeiten voneinander ab.«

»Und wo stimmen sie überein?«

»Daß eure Methoden ineffizient sind. Auf jedem Planeten hat ein einziger Händler das Monopol. Das ist ein System, das nur den Händler zufriedenstellt. K. Penche ist hundertfacher Millionär und er ist der bestgehaßte Mann auf der Erde.«

Zhde Patasz ließ gedankenverloren sein Lorgnon kreisen. »K. Penche wird nicht nur ein gehaßter, sondern auch ein unglücklicher Mann sein.«

»Freut mich zu hören«, gab Farr zurück. »Warum?«

»Der Aufstand zerstörte einen Großteil seiner Zuteilung.«

»Er wird keine Häuser bekommen?«

»Nicht von der Art, die er bestellt hat.«

»Nun gut«, meinte Farr, »das macht keinen großen Unterschied. Er verkauft alles, was ihr ihm schickt.«

Zhde Patasz zeigte Anzeichen von Ungeduld. »Er ist ein Erdbewohner, ein Kaufmann. Wir sind Iszic und das Hausziehen liegt in unserem Blut, ist ein essentieller Instinkt. Die Linie der Pflanzer begann vor zweihunderttausend Jahren, als Diun, die erste Anthrophibie, aus dem Ozean herauskroch. Während ihm das Salzwasser noch aus den Kiemen tropfte, suchte er Zuflucht in einer Schote. Er ist mein Vorfahr. Wir haben die Meisterschaft in der Behandlung der Bäume erreicht. Wir werden die Errungenschaften dieser Symbiose nicht teilen oder zulassen, daß man uns ausplündert.«

»Irgendwann wird das Wissen verbreitet«, sagte Farr, »ob Sie es wollen oder nicht. Es gibt zu viele obdachlose Lebewesen im Universum.«

»Nein.« Zhde Patasz hielt sein Lorgnon fest. »Die Macht kann nicht einfach rational eingesetzt werden. Da bleibt ein Rest von Magie.«

»Magie?«

»Nicht im engen Sinn. Aber es gibt magische Elemente. Zum Beispiel singen wir Zauberformeln, damit die Samen keimen. Die Schößlinge kommen und wachsen. Ohne diese Zauberformeln keimen sie nicht. Warum? Wer weiß es? Auf Iszm niemand. In jeder Phase der Aufzucht, Veredelung und Ernte in der Herstellung eines Hauses spielt dieses Moment hinein, macht den Unterschied aus zwischen einem Haus und wild wuchernden nutzlosen Weinranken.«

»Auf der Erde«, sagte Farr, »würden wir mit dem eigentlichen Baum beginnen. Wir würden eine Million Samen säen, wir würden eine Million Entwicklungen untersuchen.«

»Nach tausend Jahren hättet ihr die Anzahl der Schoten pro Baum unter Kontrolle.« Er ging zur Wand hinüber und berührte die grünen Fasern. »Dieses Gewebe hier – wir spritzen eine Flüssigkeit in ein Organ der eigentlichen Hülse. Die Flüssigkeit enthält Substanzen wie pulverisierte Ammonitennerven, Asche des Frunsebusches, Sodiumisochromylazetat, Staub des Phanodano-Meteoriten. Die Flüssigkeit durchläuft sechs kritische Stadien und muß durch den Rüssel einer Seelymphe eingespritzt werden. Sagen Sie mir, wie lange es bei den Erdforschern dauern würde, bevor sie grüne Fasertapeten in ihren Schoten wachsen lassen könnten.« Er betrachtete Farr durch sein Lorgnon.

»Vielleicht käme es uns nie darauf an. Wir könnten mit Fünf- oder Sechsschotenhäusern zufrieden sein, die die Besitzer nach eigenem Geschmack einrichten könnten.«

Zhde Patasz' Augen flackerten. »Aber das sind doch halbe Sachen! Das verstehen Sie doch, oder? Ein Gebäude muß aus einem Guß sein – die Wände, die sanitären Einrichtungen, die gewachsene Einrichtung! Welchen Nutzen hätten unsere Erfahrungen, unsere zweihunderttausendjährigen Anstrengungen sonst? Jeder Dilettant kann Grünzeug an die Wand pappen, nur ein Iszic kann es wachsen lassen!«

»Ja«, sagte Farr, »das glaube ich Ihnen.«

Zhde Patasz fuhr fort und fuchtelte erregt mit seinem Monokel durch die Luft. »Und wenn Sie ein weibliches Haus stehlen würden, und wenn Sie es schaffen würden, den Samen für ein Fünfhülsenhaus zu ziehen, wäre das doch nur der Anfang. Es muß hochgezogen, gemeistert, geschult werden. Die Gewebe müssen beschnitten werden, die Nervenstränge müssen lokalisiert und paralysiert werden. Die Schließmuskeln müssen bei der kleinsten Berührung auf und zu gehen. Die Kunst der Hausaufzucht ist mindestens so wichtig wie die Saat des Hauses. Ohne die richtige Behandlung kann ein Haus eher zu einer unberechenbaren Landplage werden, ja zu einer Bedrohung.«

»K. Penche erzieht keines der Häuser, die Sie zur Erde schicken.«

»Pah! Die Häuser von Penche sind brav, geistlos. Sie sind völlig uninteressant. Sie besitzen keine Schönheit, kein Eigenleben.« Er hielt inne. »Ich kann das nicht erklären, eure Sprache hat keine Begriffe für das, was ein Iszic für sein Haus empfindet. Er wächst mit, er wächst in es hinein. Seine Asche findet hier seine Ruhe. Er trinkt seine Sekrete, er atmet seinen Atem; das Haus beschützt ihn; es nimmt die Farbe seiner Gedanken an. Ein denkendes Haus wird den Fremden ausstoßen. Ein verletztes Haus wird töten – und ein verrücktes Haus – ist das, wohin wir unsere Kriminellen schicken.«

Farr lauschte fasziniert.

»Das ist alles ganz schön – für einen Iszic. Ein Erdbewohner ist nicht so empfindsam, nun, jedenfalls nicht ein einfacher Erdenmensch. Oder, wie Sie sagen würden, ein

Angehöriger der unteren Kasten. Er will nur ein Haus, um darin zu wohnen.«

»Sie können Häuser erwerben«, sagte Zhde Patasz, »wir geben sie Ihnen gerne. Aber Sie müssen sich an den zugelassenen Verteilungsweg halten.«

»K. Penche?«

»Ja. Er ist unser Vertreter.«

»Ich glaube, ich werde zu Bett gehen«, meinte Farr, »ich bin müde und mein Kopf schmerzt.«

»Wie schade. Aber ruhen Sie sich gut aus, und morgen, wenn Sie möchten, werden wir meine Plantage besichtigen. In der Zwischenzeit ist mein Haus Ihr Haus.«

Die junge Frau mit dem schwarzen Turban führte Farr zu seinen Zimmern zurück. In zeremonieller Weise wusch sie sein Gesicht, seine Hände und Füße und versprühte einen aromatischen Duft.

Farr fiel in einen unruhigen Schlaf. Er träumte vom Thord. Er sah das derbe, braune Gesicht, hörte die schwere Stimme. Die verletzte Stelle auf seinem Schädel brannte wie Feuer, und er warf sich unruhig hin und her.

Das Gesicht des braunen Mannes verschwand wie ein ausgeblasenes Licht. Farr fiel in tiefen Schlummer.

5

Am nächsten Tag erwachte Farr unter den seufzenden, wispernden Klängen der Musik der Iszic. Neue Kleidung hing griffbereit. Er zog sie an und schlenderte auf den Balkon hinaus.

Eine Szene voll zauberhafter, erschreckender Schönheit bot sich dar. Die Sonne, Xi Aurigae, war noch nicht aufgegangen. Der Himmel war ein elektrisierendes Blau, die See sein dunkelblauer Spiegel, der sich zum Horizont hin in düsteres Schwarz trübte. Zu seiner Rechten und Linken standen die geräumigen, luxuriösen Häuser der Aristokraten von Tjiere, das Laub bildete eine Silhouette vor dem Himmel. Die Schoten schillerten in den verschiedensten Farben: tiefes Blau, Kastanienbraun, Dunkelgrün wie alter Samt. Dutzende von Gondeln trieben über den Kanal. Jenseits erstreckte sich der Basar von Tjiere, wo die Reichtümer und Erzeugnisse der Industriebetriebe des Südkontinents feilgeboten wurden, sowie einige Waren von anderen Welten, die durch ein Farr nicht ganz verständliches wirtschaftliches Austauschverfahren hierher gekommen waren.

Aus dem Appartement hinter ihm klang es wie das Sirren einer Saite. Farr drehte sich zu zwei Dienern um, die einen riesigen mit Speisen überladenen Buffetaufbau hereintrugen. Farr verzehrte Waffeln, Früchte, Seeknollen und Teigwaren, während Xi Aurigae langsam über dem Horizont aufging.

Das prompte Erscheinen der Diener, als er mit dem Essen fertig war, entlockte Farr ein schiefes Grinsen. Sie entfernten das Buffet, und die Iszicfrau, die ihn am vorhergehenden Abend begrüßt hatte, trat ein. Heute trug sie außer ihrem normalen Kostüm aus schwarzen Bändern einen komplizierten Kopfputz aus schwarzem Gebinde, der die Knoten und Ausbeulungen ihres Schädels verbarg und sie unerwartet attraktiv erscheinen ließ. Nach der üblichen Begrüßungszeremonie kündigte sie an, daß Zhde Patasz um das Vergnügen der Gesellschaft von Farr Sainh bäte.

Farr begleitete sie in die Eingangshalle am Fuß des Stammes. Hier erwartete ihn Zhde Patasz in Begleitung eines Iszic, den er als Omon Bozhd, Generalverteter der Pflanzenkooperative, vorstellte. Omon Bozhd war größer als Zhde Patasz, sein Gesicht breiter und weniger scharf geschnitten, sein Benehmen ein wenig brüsker und direkter. Er trug blaue und schwarze Bänder mit schwarzen Wangenscheiben, eine Bekleidung, die Farr vage als Kostüm der oberen Klassen einzuordnen wußte. Zhde Patasz' Benehmen gegenüber Omon Bozhd schien aus einer besonderen Mischung aus Herablassung und Respekt zu bestehen, soweit Farr das überhaupt beurteilen konnte. Farr schrieb Zhde Patasz' Haltung einer schwelenden Uneinigkeit mit Omon Bozhds' Kaste und dessen blaßweißer Haut zu, die ihn als Mann des südlichen Archipels oder sogar des Südkontinents auswies und die die blaßblaue Tönung vermissen ließ, welche die aristokratischen Pflanzer des Pheadh auszeichnete. Farr war bereits genügend über die ungewöhnliche Aufmerksamkeit irritiert, die ihm zuteil wurde, und achtete deshalb nicht weiter auf den Mann.

Zhde Patasz geleitete seine Gäste zu einem Gleiter mit gepolsterten Bänken, der von einer fast lautlosen Luftkissenkonstruktion getragen wurde. Es gab keinerlei Anzeichen von Schmuck oder Dekoration. Da war nur die bleiche Schale der Konstruktion, aus einem Stück gewachsen, einschließlich der Verstrebungen und Röhren, der gebogenen Sitze und der herabhängenden Litze aus dunkelbraunen Fasern. Sie sprachen für sich. Ein Diener in roten und braunen Bändern stand mit gespreizten Beinen und bediente die Kontrollen mit einem vorstehenden gabelartigen Zinken. Auf einer niedrigen Bank im Heck saßen zwei weitere Diener, die die verschiedenen Gerätschaften, Embleme und das Ausrüstungszubehör von Zhde Patasz trugen, Dinge, deren Bestimmung Farr nicht einmal vermuten konnte.

In letzter Minute schloß sich ein vierter Iszic der Gruppe an, ein Mann in blauen und grauen Bändern, den Zhde Patasz als Uder Che, seinen ›Chefarchitekten‹, vorstellte.

»Das eigentliche Iszicwort«, erklärte Zhde Patasz, »lautet natürlich anders und beinhaltet eine ganze Reihe von Bedeutungen und Nuancen: Biochemiker, Konstrukteur, Dichter, Initiator, jemand, der etwas liebevoll ernährt, und vieles andere. Der Endeffekt jedenfalls ist derselbe und beschreibt jemanden, der neue Arten von Häusern entwickelt.«

Ihnen folgte, natürlich, ein Trio der allgegenwärtigen Szecr auf einer weiteren, kleineren Plattform. Farr glaubte in der Gruppe seinen Begleiter während des Thord-Aufstandes erkennen zu können, denjenigen, der an seinen Mißlichkeiten schuld war. Aber ganz sicher war er nicht. Für sein fremdes Auge sahen alle Iszic gleich aus. Er spielte mit dem Gedanken, Zhde Patasz auf den Mann aufmerksam zu machen, denn der hatte geschworen, den Schuldigen ertränken zu lassen. Aber Farr hielt sich zurück. Zhde Patasz konnte sich gezwungen sehen, zu seinem Wort zu stehen.

Die Plattform glitt unter den massiven Baumhäusern ins Zentrum der Stadt, dann eine Straße hinaus entlang einer Reihe von kleineren Feldern. Hier wuchsen die kleinen, graugrünen Sprößlinge, die Farr als Kinderhäuser erkannte. »Die Klassen AAA und AABR für die Arbeitsaufseher des Südkontinents«, erklärte Zhde Patasz in einer leicht gönnerhaften Attitüde, »dort drüben wachsen Vier- bis Fünfhüllenhäuser für Künstler. Jedes Gebiet hat seine speziellen Aufgaben, mit denen ich Sie jetzt nicht langweilen will. Unsere Exportware für andere Welten ist zum Beispiel nicht so diffizil herzustellen, denn wir vertreiben nur einige standardisierte, leicht aufzuziehende Strukturen.«

Farr runzelte die Stirn. Es schien, als sei Zhde Patasz' gönnerhafte Art eine Spur schärfer geworden. »Sie könnten Ihren außerplanetarischen Absatz enorm steigern, wenn Sie Abwechslung hinein brächten.«

Zhde Patasz und Omon Bozhd zeigten sich amüsiert. »Wir verkaufen so viele Bäume in andere Welten, wie wir wollen. Warum sollten wir größere Anstrengungen unternehmen? Warum die Einzigartigkeit und besondere Qualität unserer Häuser unter die Leute werfen? Sie selbst sagten, daß ein Erdenbewohner sein Haus als nicht mehr als einen Wetterschutz betrachtet.«

»Sie haben mich mißverstanden oder ich habe mich unglücklich ausgedrückt. Und selbst wenn es so wäre, und es ist nicht so, der Bedarf besteht nach der ganzen Variationsbreite von Häusern, auf der Erde so gut wie auf jedem anderen Planeten, den Sie mit Ihren Häusern beliefern.«

Omon Bozhd antwortete. »Sie sind wirklich irrational, Farr Sainh, wenn ich dieses Wort in seiner am wenigsten beleidigenden Bedeutung verwenden darf. Lassen Sie es mich erläutern. Auf der Erde besteht, wie Sie darlegten, ein Bedarf an Häusern. Auf der Erde gibt es aber auch ein Übermaß an Wohlstand, und zwar in solchem Maße, daß die große Energie wieder reglementiert wird. Dieser Reichtum wäre in der Lage, die Notlage bei den Wohnungen in einem Augenblick zu lösen – wenn die, die diesen Reichtum besitzen, es wollten. Wenn Sie sehen, daß es so nicht klappt, werfen Sie ein begieriges Auge auf uns relativ arme Iszic, in der Hoffnung, daß wir weniger halsstarrig sein mögen als die Leute auf eurem eigenen Planeten. Wenn ihr merkt, daß wir mit unseren eigenen Problemen beschäftigt sind, nehmt ihr das übel – und hierin liegt das Irrationale der Position, die Sie vertreten.«

Farr lachte. »Das ist eine etwas verzerrte Wiedergabe der Realität. Wir sind reich, das stimmt. Aber warum? Weil wir ständig versuchen, die Produktion zu steigern und den Aufwand zu verringern. Die Häuser der Iszic besitzen diese Effektivität.«

»Interessant«, murmelte Zhde Patasz, und Omon Bozhd nickte weise. Der Gleiter drehte und schwebte über Knäuel stacheliger, schwarz überwucherter, grauer Büsche hinweg. Jenseits, hinter einer Umzäunung am Strand entlang, lag der ruhige blaue Ozean dieser Welt, der Pheadh. Der Gleiter stürzte mit der Nase voran über die niedrige Brandung und schwebte hinüber zu einem vor dem Ufer liegenden Inselchen.

Zhde Patasz sprach mit sonorer Grabesstimme. »Ihnen wird jetzt gezeigt werden, was nur wenige zu sehen bekommen. Eine Versuchsstation, in der wir neue Häuser konzipieren und entwickeln.«

Farr suchte nach einer angemessenen Antwort, die sein Interesse und seine Dankbarkeit ausdrücken sollte, aber Zhde Patasz hatte sich bereits wieder abgewandt. Farr schwieg.

Die Plattform glitt über das Wasser, und unter den Luftkissen brodelte die aufgewirbelte Luft hinter ihnen als weiße Gischt. Das Licht von Xi Aurigae glitzerte auf dem blauen Wasser, und Farr stellte sich vor, was für eine herrliche Szene dies auf der Erde sein würde – gäbe es nicht dieses plump geformte Gleitboot, diese großen käseweißen Männer in Streifen und den besonderen Aspekt der Bäume auf der Insel da vorne. Diejenigen, die er bis jetzt ausmachen konnte, waren von einem Typ, den er bisher noch nicht gesehen hatte: schwer, niedrig, mit dicht verfilzten schwarzen Ästen. Das Blattwerk, fleischig braune Rinde, schien in dauernder Bewegung zu sein.

Der Gleiter verlangsamte seine Fahrt, schwebte zum Küstenstrand hinunter und hielt sechs Meter über dem Boden. Uder Che, der Architekt, sprang in das knietiefe Wasser und watete vorsichtig an Land. Er trug einen schwarzen Kasten. Sofort reagierten die Bäume auf seine Anwesenheit, zuerst lehnten sie sich ihm entgegen, dann prallten sie zurück und entfalteten ihre Äste. Nach einer Weile öffnete sich eine Durchfahrt, die groß genug für den Gleiter war, der nun über den Strand und dann durch die Öffnung glitt. Uder Che folgte ihnen und kletterte wieder in den Bus. Die Bäume verflochten ihr Astwerk hinter ihnen und bildeten wieder eine undurchdringliche Wand.

Zhde Patasz erläuterte es. »Die Bäume würden jeden töten, der versuchen sollte einzudringen, ohne das richtige Sicherheitssignal abzugeben. Dies wird von dem Kasten ausgestrahlt. Früher organisierten die Pflanzer des öfteren Expeditionen gegeneinander. Das ist jetzt, selbstverständlich, nicht mehr der Fall. Vielleicht sind diese Wachbäume auch nicht mehr nötig. Aber wir sind ein konservatives Volk und halten an unseren Sitten fest.«

Farr sah sich um und unternahm keinen Versuch, sein Interesse zu verbergen. Zhde Patasz beobachtete ihn geduldig und vergnügt. Schließlich sprach Farr. »Als ich nach Iszm kam, hoffte ich auf eine Gelegenheit wie diese, ohne sie wirklich zu erwarten. Ich gebe zu, daß ich verwirrt bin. Warum zeigen Sie mir all diese Dinge?« Er suchte in dem zerfurchten blassen Gesicht, konnte aber wie gewöhnlich nichts aus dem Gesichtsausdruck eines

Iszic entnehmen. Zhde Patasz überlegte einen Augenblick, bevor er antwortete. »Vielleicht suchen Sie nach Gründen, wo keine existieren, außer der üblichen Fürsorge eines Gastgebers für seinen Gast.«

»Das mag sein«, gab Farr zu und lächelte höflich, »aber vielleicht gibt es noch andere Motive?«

»Denkbar. Der Aufstand der Thord beschäftigt uns noch immer, und wir suchen nach weiteren Informationen. Aber wir wollen uns heute nicht mit solchen Dingen belasten. Als Botaniker, nehme ich an, sind Sie an den Erfindungen von mir und Uder Che interessiert.«

»In der Tat.« Und in den nächsten zwei Stunden betrachtete Farr Häuser mit Hülsen auf Strebepfeilern für die Welt von Cleo 8 und Martinson's Fort mit ihrer hohen Schwerkraft, leichte und komplexe Schotengebilde von Häusern, die wie Ballons wirkten und für Fei bestimmt waren, wo die Schwerkraft nur die Hälfte von der von Iszm betrug. Es gab Bäume, die aus einem zentralen säulenartigen Stamm und vier gewaltigen Blättern komponiert waren, die sich in gewaltigen Bogen zur Erde bogen und dort vier riesige Hallen bildeten, beleuchtet vom blassen grünen durchscheinenden Licht. Es gab einen anderen Baum mit einem massiven Stamm, der nur eine einzige, turmartige Hülse trug, deren durchbrochenes Laubwerk bis zur Erde hinabreichte: ein Wachtturm für die feudalistischen Stammesangehörigen von Eta Scorpionis. In einer umwallten Einfriedung standen Bäume mit selbständigem Bewegungsvermögen und Bewußtsein. »Eine neue und aufregende Art der Forschung«, erzählte Zhde Patasz Farr, »wir spielen mit dem Gedanken, Bäume zu entwickeln, die spezielle Aufgaben selbständig ausführen können, Wachfunktionen, die Übersicht über Gärten, Mineraliensuche, einfache Handhabung von Maschinen. Wie ich schon sagte, damit amüsieren wir uns zur Zeit. Ich habe davon gehört, daß auf dem Durac-Atoll der Hauptpflanzer einen Baum geschaffen hat, der zuerst verschiedenfarbige Gewebe produziert und aus diesen charakteristische Teppiche wirkt. Zum Beispiel haben wir dort drüben eine Verbindung hergestellt, die jemanden, der die Grundregeln der Adaption nicht kennt, unglaublich erscheinen mag.«

Farr gab einen höflichen Ton des Erstaunens und der Bewunderung von sich. Er bemerkte, daß sowohl Omon Bozhd als auch Uder Che sehr aufmerksam den Ausführungen des Pflanzers folgten, als wenn sie etwas Ungeheuerliches erwarteten. Und plötzlich wurde Farr klar, daß ihm der Grund von Zhde Patasz' Zuvorkommenheit, wo er auch liegen mochte, bald enthüllt werden würde.

Zhde Patasz fuhr im harten, rauhen Akzent des aristokratischen Iszic fort. »Der Mechanismus, wenn ich ihn so nennen darf, dieser Verbindung ist eigentlich nicht schwierig. Der tierische Körper hängt von Nahrung und Sauerstoff ab, zuzüglich einiger unwichtiger Komponenten. Das vegetabile System produziert, wie jeder weiß, diese Substanzen und verwertet die ausgeschiedenen Produkte des Tieres wieder. Es wurde versucht, ein in sich geschlossenes System zu schaffen, das nur die Energie von einer Quelle außerhalb beziehen muß. Unsere derartigen Bemühungen, obwohl Sie sie dramatisch genug finden werden, sind noch weit von einer eleganten Lösung entfernt. Es ist keine leichte Sache, die Dinge zu verbinden: Jeglicher Austausch wird durch halbdurchlässige Membranen vorgenommen, die die pflanzlichen von den tierischen Flüssigkeiten trennen. Jedenfalls wurde ein Anfang gemacht.« Während Zhde Patasz sprach, bewegte er sich auf eine bleiche gelbgrüne Halbkugel zu, über der das große gelbe Laub hin und her schwang. Zhde Patasz zeigte auf einen gewölbten Eingang. Omon Bozhd und Uder Che hielten sich diskret im Hintergrund. Farr warf ihnen einen zweifelnden Blick zu.

Zhde Patasz verbeugte sich wiederum. »Als Botaniker glaube ich Ihnen hier mit unseren Anstrengungen etwas bieten zu können.«

Farr studierte den Eingang, versuchte, seine Bedeutung einzuschätzen. Da drin war etwas, von dem die Iszic wollten, daß er es sähe, etwas, das ihm eine Erfahrung vermitteln sollte ... Gefahr? Sie hatten keinen Grund, ihn zu hintergehen. Er war in jedem Fall ihrer Gnade ausgeliefert. Darüber hinaus war Zhde Patasz durch die universellen Gesetze der Gastfreundschaft so fest gebunden wie ein Beduinenscheich. Gefahr würde nicht bestehen. Farr trat vor und setzte seinen Fuß in das Innere der Kuppel. In der Mitte befand sich ein kaum vom Boden abgehobenes Bett aus Erde, in dem eine riesige Blase lag, ein Sack aus gelbem Gummi. Die Oberfläche dieses Sackes war mit weißen Streifen und Membranen wie Venen durchzogen, die im Mittelpunkt einen blaßgrauen Stamm bildeten, der wiederum die symmetrische Krone der Äste und großflächiger, herzförmiger, schwarzgrüner Blätter bildete. Soviel nahm Farr mit dem ersten Blick wahr, obwohl seine Aufmerksamkeit vom ersten Augenblick des Eintritts von dem gefesselt war, was sich in der Gummikapsel befand: der nackte Körper eines Thord. Die Füße ruhten im dunkelgelben Sediment des Sackbodens, der Kopf befand sich direkt unter dem Stamm, die Arme waren zu den Schultern hochgezogen und endeten nicht in Händen, sondern in einem Gewirr graudurchwobener Kugeln, die als Stränge in den Stamm verliefen. Die Oberfläche des Schädels war entfernt worden und enthüllte die orangefarbenen Windungen, die das Thord-Gehirn ausmachten. Um dieses entblößte Gehirn herum hing eine Art Nimbus, den Farr, als er nähertrat, als ein Netzwerk von Fäden erkannte, die sich zu einem Strang verdichteten und im Stamm verschwanden. Die Augen waren hinter einer dunklen, braunen Membran verborgen, die den Thord als Lid diente. Farr atmete tief durch, kämpfte gegen einen Brechreiz an, der aus Mitleid und einem seltsamen, undefinierbaren Zwang bestand ... Er wurde sich der Aufmerksamkeit der Iszic bewußt und wandte sich ab. Die doppelfacettierten Augen der drei waren auf ihn gerichtet. Farr unterdrückte seine Gefühle, so gut er konnte. Was auch immer die Iszic erwarteten, er würde sie enttäuschen. »Dies muß der Thord sein, mit dem ich zusammen eingesperrt war.«

Zhde Patasz trat vor, und seine Lippen zuckten. »Sie erkennen ihn wieder?«

Farr schüttelte den Kopf. »Ich sah ihn ja kaum. Er ist ein fremdartiges Wesen und sieht für mich aus wie jeder andere seiner Rasse.« Er starrte in den blubbernden Gummisack. »Lebt er?«

»In gewisser Weise.«

»Warum haben Sie mich hierher gebracht?«

Zhde Patasz schien verwirrt zu sein, fast sogar ärgerlich. Farr fragte sich, welcher komplizierte Plan soeben schiefgegangen war. Er starrte auf den Sack. Der Thord – bewegte er sich? Auch Omon Bozhd, der zu seiner Linken stand, hatte anscheinend den kaum spürbaren Muskelreflex bemerkt. »Der Thord hat große psychische Reserven«, sagte er und trat vor.

Farr drehte sich zu Zhde Patasz um. »Ich hatte verstanden, daß er tot ist.«

»So ist es auch«, bestätigte Zhde Patasz, »nach jeglicher Wahrscheinlichkeit. Er ist nicht länger Chayen, der 14. Tente, Baron von Schloß Binicristi. Seine Persönlichkeit hat den Körper verlassen, er ist nur noch ein Organ, ein Knoten an einem Baum.«

Farr betrachtete wiederum den Thord. Die Augen hatten sich geöffnet, und das Gesicht war zu einer seltsamen Maske verzerrt. Farr fragte sich, ob der Thord die Worte verstehen konnte. In Omon Bozhd, der neben ihm stand, arbeitete es. Ein schneller Blick auf Zhde Patasz und Uder Che zeigte auch bei ihnen dieselbe Ungläubigkeit. Alle starrten den Thord an. Aus Uder Che brach plötzlich ein Schwall der Iszic-Sprache hervor, und er zeigte auf das Laub. Farr sah auf und sah die Blätter zittern. Kein Lufthauch, kein Luftzug regte sich. Farr betrachtete den Thord und sah, daß dieser die Augen auf ihn gerichtet hatte. Die Gesichtsmuskeln spannten sich, die Muskeln um den Mund wurden verkniffen. Farr konnte seinen Blick nicht abwenden. Über ihm keuchten und ächzten die Äste.

»Das ist unmöglich!« krächzte Omon Bozhd. »Dies ist keine korrekte Reaktion!«

Die Zweige schwankten, taumelten. Es gab ein schreckliches Krachen, und ein Teil des Laubwerks segelte herab, fiel auf Zhde Patasz und Uder Che. Wieder ertönte der Schmerzensschrei des gemarterten Holzes; der Stamm zersplitterte, und das Innere des Baumes schwankte und wankte. Der Sack zerbarst und der Thord streckte seine Glieder von sich, halb noch gehalten von den Gewebesträngen, die an seinen freien Armen endeten. Sein Kopf fiel zurück, und sein Mund öffnete sich zu einem gespenstischen Grinsen. »Ich bin kein Baum«, krächzte er mit einer kehligen, gurgelnden Stimme. »Ich bin Chayen von Tente.« Tropfen einer gelben Baumflüssigkeit rannen aus seinem Mundwinkel. Er bekam einen Hustenanfall und fixierte wieder Farr. »Geh fort hier, geh fort. Verlaß diese verfluchten Baumkonstrukteure. Geh, tu, was du tun mußt.«

Omon Bozhd war vorgesprungen, um Zhde Patasz unter dem heruntergefallenen Baum hervorzuhelfen. Farr sah unsicher zu ihnen hinüber. Der Thord sank zurück. »Ich sterbe jetzt«, wisperte er rauh, »ich sterbe nicht als Baum von Iszm, sondern als Chayen von Tente.«

Farr drehte sich um und half Omon Bozhd und Zhde Patasz, die versuchten, Uder Che unter dem Blattwerk hervorzuziehen. Ein abgebrochener Ast hatte das Genick des Architekten durchbohrt. Zhde Patasz schrie verzweifelt auf. »Diese Kreatur hat mich im Tode verwundet, wie sie mir im Leben geschadet hat. Er hat den fähigsten aller Architekten getötet.« Zhde Patasz drehte sich um und verließ die Kuppel. Omon Bozhd und Farr folgten ihm.

Die Gruppe kehrte nach Tjiere zurück, schweigsam und betroffen. Zhde Patasz zeigte gegenüber Farr nicht mehr als die übliche Höflichkeit. Als der Gleiter in die Zentralallee einbog, sagte Farr: »Zhde Patasz Sainh, die Ereignisse dieses Nachmittags haben Sie tief getroffen, und ich halte es für das beste, wenn ich Ihre Gastfreundschaft nicht länger in Anspruch nehme.«

Zhde Patasz antwortete knapp. »Farr Sainh kann tun, was er für das Beste hält.«

»Ich werde die Erinnerung an meinen Aufenthalt auf dem Tjiere-Atoll für immer im Herzen tragen«, deklamierte Farr, »Sie haben mir Einblick gewährt in die Probleme eines Iszicpflanzers, und dafür möchte ich Ihnen danken.«

Zhde Patasz verbeugte sich. »Farr Sainh kann versichert sein, daß wir ihn immer frisch in Erinnerung behalten werden.«

Der Gleiter hielt auf dem Platz, an dem die drei Hotels wuchsen, und Farr stieg aus. Nach kurzem Zögern tat Omom Bozhd es ihm nach. Es erfolgte ein letzter Austausch formeller Dankesworte und ebenso förmliches Abwinken. Dann schwebte der Gleiter davon.

Omon Bozhd wandte sich an Farr. »Und was sind jetzt Ihre Pläne?« fragte er ernsthaft.

»Ich werde ein Zimmer im Hotel mieten«, meinte Farr.

Omon Bozhd nickte, als hätte Farr eine profunde Wahrheit ausgesprochen.

»Und dann?«

»Ich habe noch immer mein Mietboot«, sagte Farr stirnrunzelnd. Er empfand keine große Lust, sich weitere Plantagen auf anderen Atollen anzusehen. »Ich werde vielleicht umkehren nach Jhespiano. Und dann ...«

»Und dann?«

Farr zuckte mürrisch die Achseln. »Ich weiß noch nicht genau.«

»Jedenfalls möchte ich Ihnen noch eine angenehme Reise wünschen.«

»Ich danke Ihnen.«

Farr überquerte den Platz und trug sich bei dem größten der Hotels ein. Man gab ihm eine Hülsensuite, die sich nicht wesentlich von der unterschied, die er bei Zhde Palasz bewohnt hatte.

Als er zum Abendessen ins Restaurant hinunterging, waren wieder die Szecr zur Stelle, und Farr fühlte wieder den Ärger in sich aufsteigen. Nach dem Essen, einer typischen Mahlzeit der Iszic aus Meeresfrucht- und Rohkostplatten, schlenderte Farr die Allee hinunter zum Wasser, wo er auf der Lhaiz Bescheid sagte, daß sie sich sofort zur Abreise bereitmachen sollten. Der Kapitän war nicht an Bord, und der Bootsmann protestierte, daß man vor der Morgendämmerung nicht aufbrechen könnte. Farr mußte sich damit zufrieden geben. Er verbrachte den Abend mit einer Strandwanderung. Die Brandung, der warme Wind, der Sand – alles war wie auf der Erde, wären da nicht die fremdartigen Silhouetten der Bäume und die zwei hinter ihm her trabenden Szecr gewesen, die alles in einen anderen Zusammenhang stellten. Plötzlich empfand Farr Heimweh. Er war genug gereist. Es war an der Zeit, zur Erde zurückzukehren.

6

Farr ging an Bord der Lhaiz, bevor Xi Aurigae ganz über dem Horizont aufgestiegen war. Mit der Freiheit auf dem Pheadh vor ihm wurde ihm leichter ums Herz. Die Crew arbeitete an den Fallen und setzte die Segel; die Lhaiz umgab die Geschäftigkeit eines ausfahrenden Seglers. Farr warf sein geringes Gepäck in die Achterkajüte, sah sich nach dem Kapitän um und gab den Befehl abzusegeln. Der Kapitän machte eine Verbeugung und gab der Crew die entsprechenden Kommandos. Eine halbe Stunde verging, aber noch immer hatte die Lhaiz nicht abgelegt. Farr suchte den Kapitän auf, der weit vorne stand. »Warum die Verzögerung?«

Der Kapitän zeigte nach unten, wo ein Matrose in einem Bootsmannsstuhl am Schiffsrumpf beschäftigt war. »Ein Leck wird abgedichtet, Farr Sainh. Wir werden bald unterwegs sein.«

Farr kehrte zu seinem erhöhten Platz auf dem Achterdeck zurück und setzte sich in den Schatten des Sonnensegels. Weitere fünfzehn Minuten verstrichen. Farr entspannte sich und betrachtete seine Umgebung, die Geschäftigkeit auf dem Wasser, die Passanten in ihren Bändern und Streifen der verschiedensten Farben ...

Drei Szecr näherten sich der Lhaiz und kamen an Bord. Sie sprachen mit dem Kapitän, der sich daraufhin umdrehte und weitere Kommandos gab.

Die Segel füllten sich im Wind, die Leinen waren losgeworfen, es knarrte in der Takelage. Plötzlich sprang Farr wütend aus seinem Stuhl auf. Er wollte auf die Szecr losstürzen und sie vom Schiff verweisen, hielt jedoch inne. Es wäre nur wieder eine Übung in reiner Zwecklosigkeit. Er kochte vor unterdrückter Wut, als er zu seinem Stuhl zurückging. Gluckernd und durch das blaue Wasser rauschend gewann die Lhaiz die hohe See. Tjiere-Atoll wurde ein Punkt, ein Schatten am Horizont, verschwand. Mit dem Wind achtern, jagte die Lhaiz nach Westen. Farr runzelte die Stirn. Er konnte sich beim besten Willen nicht erinnern, irgendeine Anweisung für die Fahrtrichtung gegeben zu haben. Er sprach den Kapitän darauf an.

»Ich habe keinen Kurs bestimmt. Warum segeln Sie nach Westen?«

Der Kapitän zog das Lid von einem Teil seiner Augensegmente. »Unser Ziel ist Jhespiano. War das nicht der Wunsch von Farr Sainh?«

»Nein«, widersprach Farr aus reiner Opposition, »wir halten nach Süden, nach Vhejanh.«

»Aber Farr Sainh, sollten wir nicht besser den direkten Weg nach Jhespiano nehmen? Sonst könnte es sein, daß Sie den Abflug Ihres Raumschiffes verpassen!«

Farr blieb vor Überraschung die Luft weg. »Was soll das nun wieder? Habe ich den Wunsch geäußert, an Bord des Raumschiffs zu gehen?« fragte er schließlich.

»Nein, Farr Sainh. Soweit ich gehört habe, nicht.«

»Dann seien Sie doch so freundlich und kommen meinen Anweisungen nach. Wir werden nach Vhejanh segeln.«

Der Kapitän zögerte. »Ihre Anweisungen, Farr Sainh, müssen natürlich sorgfältig überlegt werden. Aber auch die Befehle der Szecr müssen berücksichtigt werden. Sie wünschen, daß die Lhaiz ihren Weg nach Jhespiano fortsetzt.«

»In diesem Fall«, schnappte Farr, »können die Szecr auch die Passage bezahlen. Von mir kriegen Sie keinen Pfennig.«

Der Kapitän wandte sich langsam um und beriet sich mit den Szecr. Es folgte eine kurze Diskussion, während der der Kapitän und die Szecr immer wieder Blicke zu Farr hinüber warfen, der abseits auf dem Achterdeck saß. Schließlich fuhr die Lhaiz südwärts, und die Szecr wandten sich verärgert ab.

Sie kamen gut voran. Farrs Entspannung schwand dahin. Die Crew war so aufmerksam wie immer und nicht weniger förmlich. Die Szecr beobachteten jede seiner Bewegungen und suchten ihn grundlos, aber regelmäßig in seiner Kajüte auf. Farr fühlte sich mehr als Gefangener denn als Tourist. Ihm erschien es, als wollte man ihn zu einer unüberlegten Handlung provozieren oder ihm den Aufenthalt auf Iszm so weit wie möglich verderben. »Da braucht ihr euch keine Sorgen machen«, dachte er grimmig, »der Tag, an dem ich diesen Planeten verlasse, wird der glücklichste in meinem Leben.«

Das Atoll Vhejanh erschien am Horizont. Es war eine Gruppe von Inseln, die ein Zwilling von Tjiere hätte sein können. Farr zwang sich, an Land zu gehen, aber er fand nichts Besseres zu tun, als sich auf die Hotelterrasse zu setzen, vor sich einen Pokal voller Narzic, einem scharfen, schwach salzigen Getränk, das aus Seetang destilliert wurde und das die Iszic des Pheadh in Mengen konsumierten. Als er ging, fiel sein Blick auf ein Plakat mit dem Foto eines Raumschiffs und einer Tabelle der Ankunfts- und Abflugzeiten. Die RS Andrei Simic sollte Jhespiano in drei Tagen verlassen. Dann gab es keine weiteren Flüge für die nächsten vier Monate. Farr studierte den Fahrplan sorgfältig. Schließlich kehrte er zum Hafen zurück, löste seine Charter der Lhaiz auf und buchte einen Flug nach Jhespiano.

Er kam noch am selben Tag an und buchte sofort seine Passage an Bord der Andrei Simic zur Erde. Danach überkam ihn ein Gefühl der Erleichterung und große Ruhe. »Alberne Situation«, dachte er in einem Anflug von Selbstironie, »vor sechs Monaten war mir nichts wichtiger als eine Reise zu fremden Sternen. Jetzt will ich nichts anderes als nach Hause, auf die Erde.«

Das Flughafenhotel von Jhespiano war ein riesiger Komplex von einem Dutzend untereinander verbundener Bäume. Farr bekam eine hübsche Hülse mit Blick auf den Kanal, der von der Lagune ins Herz der Stadt führte. Jetzt, da er den Zeitpunkt seiner Abreise festgelegt hatte, fühlte Farr sich besser. Er genoß wieder seine sterilen, importierten Mahlzeiten im Restaurant. Die Gäste waren eine buntgemischte Gesellschaft aus Repräsentanten der meisten anthropoiden Rassen, darunter ein Dutzend Terraner.

Das einzig Ärgerliche blieb die fortgesetzte Überwachung durch die Szecr. Sie wurde so aufdringlich, daß Farr sich zuerst beim Hotelmanager beschwerte, dann beim Leutnant der Szecr. In beiden Fällen erntete er nur ein bedauerndes Schulterzucken. Schließlich marschierte er quer über das eingezäunte Grundstück zu einem kleinen Bungalow, einem der wenigen unorganischen Gebäude von Iszm, wo sich das Büro des Ausländerkommissars befand. Der Kommissar war ein kleiner, untersetzter Terraner mit einem schnauzenförmigen Gesicht, krausem, schwarzem Haar und affektiertem Gehabe, und Farr entwickelte sofort eine starke Abneigung gegen ihn. Dennoch schilderte er seine Belästigungen in der erforderlichen verhaltenen Weise, und der Kommissar versprach, die Beschwerde weiterzuleiten.

Am nächsten Tag meldete sich Farr im Verwaltungsgebäude, einem massiven, würdevollen Bau über dem Hauptkanal. Bei diesem zweiten Besuch gab sich der Verwaltungsbeamte nur sehr förmlich, obwohl er Farr zum Essen einlud. Sie nahmen die Mahlzeit auf einem Balkon ein, während auf dem Kanal unter ihnen Packbootschoten, beladen mit Früchten und Blumen, vorbeisegelten.

»Ich habe das Szecr-Zentralbüro wegen Ihres Falles verständigt«, sagte der Beamte, »sie drücken sich sehr vage aus, das ist ungewöhnlich. Normalerweise sagen sie klipp und klar, So-und-so muß unter Bewachung stehen, er hat spioniert.«

»Ich verstehe immer noch nicht, wieso sie mich so eindringlich beobachten.«

»Offensichtlich waren Sie anwesend, als eine Gruppe von Arkturiern . . .«

»Thord.«

Der Kommissar registrierte die Korrektur. ». . . als die Thord einen großangelegten Aufruhr in den Plantagen von Tjiere entfesselten.«

»Ich war da, das stimmt.«

Der Beamte spielte mit seiner Kaffeetasse. »Das hat anscheinend schon ausgereicht, um ihren Argwohn zu wecken. Sie glauben, daß ein oder zwei Spione, als Touristen verkleidet, diesen Aufstand geplant und kontrolliert haben, und haben da anscheinend vor allem Sie als Rädelsführer in Verdacht.«

Farr lehnte sich in seinem Stuhl zurück. »Das ist unglaublich! Die Szecr setzten mich unter Hypnose und fragten mich aus. Sie wissen alles, was ich weiß. Und hinterher beherbergte mich der Hauptpflanzer von Tjiere als Gast in seinem Hause! Sie können doch nicht annehmen, daß ich etwas damit zu tun habe! Das ist doch unlogisch!«

Der Kommissar zuckte unbestimmt die Achseln. »Das mag schon sein. Die Szecr geben zu, daß nichts Konkretes gegen Sie vorliegt. Aber in irgendeiner Weise muß es Ihnen gelungen sein, sich ihnen verdächtig zu machen.«

»Und deshalb muß ich mir, schuldig oder nicht, ihre Aufdringlichkeit gefallen lassen? Das steht weder so im Vertragsabkommen, noch kann man es hineininterpretieren.«

»Auch das mag stimmen.« Der Kommissar klang verärgert. »Ich glaube, ich kenne die Bestimmungen des Abkommens so gut wie Sie.« Er goß Farr eine zweite Tasse Kaffee ein und warf ihm dabei einen seltsamen Blick zu. »Ich gehe davon aus, daß Sie unschuldig sind, aber vielleicht gibt es da etwas, das Sie wissen. Sind Sie mit irgend jemandem zusammengetroffen, den Sie verdächtigen könnten?«

Farr machte eine ungeduldige Bewegung. »Sie warfen mich in eine Zelle mit einem Thord zusammen. Ich sprach kaum mit ihm.«

Der Beamte schien nicht ganz überzeugt zu sein. »Da muß es etwas gegeben haben, was sie jetzt beschäftigt. Die Iszic haben, ganz egal, wie Sie das sehen, kein Interesse daran, Sie oder irgend jemanden aus einer bloßen Laune heraus zu belästigen.«

Farr verlor die Geduld. »Wen vertreten Sie eigentlich? Mich? Oder die Szecr?«

Der Kommissar antwortete kühl. »Versuchen Sie einmal, die Sache von meinem Standpunkt aus zu sehen. Es ist ja trotz alledem nicht unmöglich, daß Sie das sind, wofür man Sie hält.«

»Das müssen Sie erst mal beweisen. Und selbst wenn, Sie sind mein gesetzlicher Vertreter. Wofür sonst sind Sie hier?«

Der Beamte wich ihm aus. »Ich weiß nur, was Sie mir erzählten. Ich sprach mit dem Kommandeur der Iszic. Er gab sich unverbindlich. Vielleicht sehen sie in Ihnen auch ein Opfer, oder einen Köder, einen Boten. Sie warten vielleicht darauf, daß Sie eine falsche Bewegung machen oder sie zu jemandem hinführen werden.«

»Da können sie lange warten. Jedenfalls bin ich der Betroffene, nicht die Iszic.«

»Inwiefern?«

»Nach dem Aufstand warfen sie mich in eine Zelle. Ich hatte das Gefühl, sie wollten mich einsperren – sie warfen mich in eine hohle Wurzel in einen unterirdischen Kerker hinunter. Ich verletzte mich schwer am Kopf. Ich habe immer noch den Schorf drauf.« Er befühlte seinen Schädel, wo jetzt wieder das Haar zu wachsen begann, und seufzte. Es war offensichtlich, daß der Kommissar nichts unternehmen würde. Er sah sich auf dem Balkon um. »Dieser Platz wird garantiert abgehört.«

»Ich habe nichts zu verbergen«, erwiderte der Kommissar steif, »sie können Tag und Nacht zuhören. Was sie wahrscheinlich auch tun.« Er erhob sich. »Wann startet Ihr Schiff?«

»In zwei oder drei Tagen, das hängt von der Fracht ab.«

»Dann gebe ich Ihnen den Rat, solange die Überwachung zu ertragen. Machen sie das Beste draus.«

Farr dankte mechanisch und ging. Die Szecr warteten draußen. Sie verbeugten sich höflich, als Farr auf die Straße hinaustrat. Farr seufzte resigniert. Da sich ja anscheinend keine Veränderung der Lage abzeichnete, konnte er wirklich nur das Beste daraus machen.

Er kehrte ins Hotel zurück und nahm in der durchscheinenden Kabine, die seiner Schote angeschlossen war, eine Dusche. Die Flüssigkeit bestand aus einem kühlen, frisch duftenden Schaum, der aus einem Ausguß spritzte, welcher ihn unangenehm an ein Kuheuter erinnerte. Nachdem er sich angezogen hatte – neue Kleidung stellte das Hotel –, ging Farr auf die Terrasse hinunter. Seine eigene Gesellschaft langweilte ihn, und er sah sich an den Tischen um. Teilweise hatte er sich bereits flüchtig mit den anderen Gästen bekannt gemacht: Mr. und Mrs. Anderview, ein Pärchen unablässig schwätzender Missionare; Jonas Ralf und Wilfried Willeran, Ingenieure, die vom Bau der großen Äquatorbahn auf Capella XII zur Erde zurückkehrten und nun mit einer Gruppe rundreisender Lehrer zusammensaßen, die gerade auf Iszm angekommen waren; drei rundliche Monagi, Handelsreisende mit irdischen Vorfahren, aber nach 150 Jahren physisch der Umgebung von Monago oder Taurus 61 III angepaßt. Rechts von ihnen drei Nenes, große schlanke, menschenähnliche Wesen, sehr aufgeweckt, redselig und hellseherisch, dann ein Paar junger Terraner, von denen Farr annahm, daß es sich um Studenten handelte, eine Gruppe der Großarkturier, eine Rasse, aus der sich nach einer Million Jahren auf einem anderen Planeten die Thord entwickelt hatten. Auf der rechten Seite der Monagi saßen vier Iszic in roten und purpurnen Bändern, deren Bedeutung Farr nicht kannte, und, nicht weit entfernt, konzentriert einen Pokal Narciz trinkend, ein weiterer Iszic in Blau, Schwarz und Weiß. Farr starrte ihn an. Er war sich nicht sicher – alle Iszic sahen sich so ähnlich –, aber dieser hier mußte Omon Bozhd sein. Als hätte er Farrs Blick gespürt, drehte sich der Mann um, nickte Farr höflich zu, erhob sich und kam über die Terrasse auf ihn zu. »Darf ich mich zu Ihnen setzen?«

Farr deutete auf einen Stuhl. »Ich hatte nicht erwartet, daß wir so schnell unsere Bekanntschaft erneuern würden«, sagte er trocken.

Omon Bozhd vollführte eine der Iszicgesten, die jenseits von Farrs Verständnis lagen. »Sie wußten nichts von meinen Plänen, zur Erde zu fliegen?«

»Nein, natürlich nicht.«

»Seltsam.«

Farr sagte nichts.

»Unser Freund Zhde Patasz Sainh bat mich, Ihnen eine Botschaft zu übermitteln«, fuhr Omon Bozhd fort, »als erstes läßt er Ihnen einen korrekten Typ 8 Gruß übermitteln und die Gewißheit seiner Beschämung über die Belästigung, die Ihren letzten Tag in Tjiere vergällte. Daß der Thord diese psychische Kraft für eine solche Tat besaß, erscheint uns allen noch unglaublich. Zweitens rät er Ihnen, Ihre Gesellschaft der nächsten Monate mit großer Vorsicht auszuwählen, und drittens bittet er für mich um Ihre Fürsprache und Gastfreundschaft auf der Erde, wo ich der Fremdling sein werde.«

Farr war in Gedanken versunken. »Wie konnte Zhde Patasz Sainh wissen, daß ich zur Erde zurückkehre? Als ich Tjiere verließ, lag dies nicht in meiner Absicht.«

»Ich habe erst letzte Nacht über Telecom mit ihm gesprochen.«

»Ich verstehe«, murrte Farr, »also gut, natürlich werde ich alles für Sie tun, was in meiner Macht steht. Welches Gebiet auf der Erde gedenken Sie aufzusuchen?«

»Ich habe noch keine konkreten Pläne. Ich werde die Häuser von Zhde Patasz an den verschiedenen Orten inspizieren und allgemein viel herumreisen.«

»Was meinen Sie mit ›meine Gesellschaft mit Vorsicht aussuchen‹?«

»Genau das. Es scheint, daß Gerüchte vom Aufstand in Tjiere bis nach Jhespiano gelangt sind und unterwegs ausgeschmückt wurden. Gewisse kriminelle Elemente könnten deshalb großes Interesse an Ihren Aktivitäten zeigen – aber ich fange an, mich zu verplaudern.« Omon Bozhd stand auf, machte eine Verbeugung und ging. Völlig irritiert sah Farr ihm nach.

Am nächsten Abend hatte das Hotelmanagement angesichts der großen Anzahl von Gästen von der Erde eine musikalische Soirée mit irdischer Musik und Erfrischungen im Stil der Erde arrangiert. Fast alle Gäste, Terraner und andere, nahmen teil.

Farr betrank sich mit Scotch mit Soda, mit dem Effekt, daß er sich mit großer Galanterie um die jüngste und hübscheste der reisenden Lehrer bemühte. Sie schien sein Interesse zu erwidern, und sie schlenderten Arm in Arm die Strandpromenade entlang. Es wurde nicht viel gesprochen, aber sie sah ihn immer wieder von der Seite an. »Wenn ich das sagen darf, Sie scheinen gar nicht der Typ zu sein.«

»Typ? Welcher Typ?«

»Oh, Sie wissen schon. Ein Mann, der die Iszic zum Narren hält und ihnen die Bäume unter der Nase wegstiehlt.«

Farr lachte. »Ihr Instinkt trügt Sie nicht. So einer bin ich auch nicht.«

Wieder warf sie ihm einen schnellen Seitenblick zu. »Ich habe aus zuverlässiger Quelle etwas anderes gehört.«

Farr versuchte, seine Stimme leicht und unbeteiligt klingen zu lassen. »So? Was haben Sie denn gehört?«

»Also – natürlich ist das alles geheim, denn wenn die Iszic davon wüßten, kämen Sie ins Irrenhaus, deshalb wären Sie der letzte, der davon spricht. Aber derjenige, der mir davon erzählte, ist vertrauenswürdig, und ich werde natürlich zu niemandem ein Wort sagen. Offen gesagt, ich bewundere Sie!«

»Ich habe nicht die leiseste Ahnung, wovon Sie reden«, sagte Farr gereizt.

»Nein, nein, Sie würden natürlich nie wagen, es zuzugeben«, bedauerte die junge Frau, »schließlich könnte ich eine Agentin der Iszic sein – sie haben welche, wissen Sie?«

»Ein für allemal«, knurrte Farr, »ich weiß nicht, wovon Sie reden.«

»Von dem Krieg auf Tjiere. Es geht überall herum, daß Sie der Kopf hinter der Revolte sind. Daß Sie Bäume aus Iszm zur Erde schmuggeln. Jeder redet davon.«

Farr lachte müde. »Was für ein Unsinn. Wenn dem so wäre, glauben Sie, ich liefe dann hier herum? Ganz sicher nicht. Die Iszic sind alles andere als so dumm, wie Sie glauben ... woher stammt bloß diese lächerliche Idee?«

Die junge Frau war beleidigt. Sie hätte einen wagemutigen Baumdieb diesem braven, gradlinigen und unschuldigen Aile Farr vorgezogen. »Ich bin sicher, ich weiß es nicht.«

»Wo haben Sie davon gehört?«

»Im Hotel. Einige der Leute unterhielten sich darüber.«

»Hauptsache, man hat eine Sensation«, sagte Farr.

Die junge Dame grollte, und ihre Haltung war merklich kühler geworden, als sie auf die Terrasse zurückkehrten.

Sie hatten sich gerade gesetzt, als vier Szecr, durch ihren Kopfputz als hohe Offiziere gekennzeichnet, den Raum durchquerten. Sie hielten am Tisch von Farr und verbeugten sich. »Wenn es Farr Sainh recht ist – seine Anwesenheit wird an anderer Stelle gewünscht.«

Farr lehnte sich zurück, einen Augenblick versucht, sich zu widersetzen. Er blickte sich um, sah aber nur abgewandte Gesichter. Die Lehrerin machte einen aufgeregten Eindruck.

»Wo wünscht man meine Anwesenheit«, fragte Farr mit vor Wut belegter Stimme, »und warum?«

»Es gibt einige Routinefragen zu beantworten, in Verbindung mit Ihren beruflichen Geschäften auf Iszm.«

»Hat das nicht bis morgen Zeit?«

»Nein, Farr Sainh. Bitte kommen Sie jetzt.«

In seiner Würde gekränkt, rappelte sich Farr auf die Füße und ging, umgeben von den Szecr.

Man brachte ihn etwa eine Viertelmeile entfernt in ein

unscheinbares Dreihülsenhaus am Strand. Hier saß ein alter Iszic auf einem Diwan. Er lud Farr durch eine Bewegung ein, sich ihm gegenüber zu setzen, und stellte sich als Usimr Adislj vor, aus der Kaste der Weisen, der Theoretiker und Philosophen und anderer, die sich mit abstrakten Grundsätzen beschäftigen. »Als ich von Ihrer Anwesenheit in Jhespiano und Ihrer kurz bevorstehenden Abreise erfuhr, hielt ich es für meine Pflicht, so bald wie möglich Ihre wichtige Bekanntschaft zu machen. Wie ich es verstanden habe, beschäftigen Sie sich auf der Erde beruflich mit dem Wissensgebiet, das auch eine unserer wichtigsten Wissenschaften darstellt.«

»Das stimmt«, sagte Farr kurz angebunden. »Ihre Aufmerksamkeit ehrt mich, aber ich hätte eine etwas weniger aufregende Art der Einladung vorgezogen. Jeder im Hotel ist jetzt überzeugt, daß die Szecr mich als überführten Häuserdieb verhaftet haben.«

Die Antwort von Usimr Adislj war ein gleichgültiges Schulterzucken. »Diese krankhafte Gier nach morbider Sensation ist ein allgemeiner Wesenszug der Hominiden, die von Menschenaffen abstammen. Es ist eine Empfindung, der man bestenfalls leise Verachtung zollen sollte.«

»In der Tat«, sagte Farr, »da pflichte ich Ihnen bei. Aber war es wirklich notwendig, vier Szecr mit Ihrer Einladung loszuschicken? Es war nicht sehr diskret.«

»Nun ja. Männer unseres Schlages können sich nicht mit derlei Bagatellen befassen. Aber erzählen Sie mir von Ihrer Ausbildung und Ihren besonderen Interessen.«

Vier Stunden lang diskutierten Farr und Usimr Adislj über Iszm, die Erde, das Universum, die Mannigfaltigkeit denkender Lebewesen und die Aussichten der Zukunft. Als die Szecr, in Zahl und Rang nun zu einem Paar Unteroffiziere reduziert, Farr schließlich zurück ins Hotel geleiteten, hatte er das Gefühl, einen sehr gewinnbringenden Abend verbracht zu haben.

Als er am nächsten Morgen zum Frühstück auf die Terrasse kam, wurde er geradezu mit Ehrfurcht begrüßt. Mrs. Anderview, die hübsche junge Frau des Missionars, meinte, »wir waren uns sicher, daß man Sie abgeführt hatte – ins Gefängnis. Oder ins Irrenhaus. Und wir fragten uns, ob wir nicht sofort den Kommissar verständigen sollten.«

»Es war nichts von Bedeutung«, sagte Farr, »ein Mißverständnis. Aber ich danke Ihnen für die Anteilnahme.«

Auch die Monagi fragten ihn. »Stimmt es, daß Sie und der Thord die Szecr reingelegt haben? Wenn das stimmt, sind wir bereit, mit Ihnen über jedes Angebot zu reden, wenn Sie in den Besitz eines weiblichen Hauses gelangen können.«

»Ich bin keineswegs in der Lage, jemanden zu überlisten«, erklärte Farr, »und ich besitze keinen weiblichen Baum, weder durch Zufall noch sonst irgendwie.«

Die Monagi nickten und winkten verständnisvoll ab. »Natürlich, natürlich, nicht auf Iszm, wo sogar das Gras Ohren hat.«

Am nächsten Tag landete die Andrei Simic, und die Abflugzeit wurde festgelegt: 9 Uhr morgens in zwei Tagen. Während dieser zwei letzten Tage bewachten ihn die Szecr, wenn das überhaupt möglich war, mit noch verbissenerem Eifer. In der Nacht vor der Abreise trat einer von ihnen heran und überbrachte mit großer Förmlichkeit eine Botschaft. »Wenn Farr Sainh die Zeit erübrigen kann, wird er gebeten, im Einschiffungsbüro vorzusprechen.«

»Schon gut«, murrte Farr und machte sich auf das Schlimmste gefaßt. Er gab sein Gepäck am Raumterminal auf und begab sich ins Einschiffungsbüro, in der Erwartung der letzten Überprüfung.

Die Szecr verwirrten ihn vollends. Er wurde in die Hülse des Szecr Vizekommandeurs geführt, der geradewegs zum Kern der Sache kam.

»Farr Sainh – Sie haben vielleicht unser Interesse an Ihnen in den letzten Wochen bemerkt.«

Da stimmte Farr zu.

»Ich bin nicht befugt, Ihnen die Hintergründe zu enthüllen«, fuhr der Szecr fort, »die Überwachung diente vor allem Ihrer Sicherheit.«

»Meiner Sicherheit?«

»Wir hatten Grund zu der Annahme, daß Sie sich in Gefahr befinden.«

»In Gefahr? Lächerlich.«

»Keineswegs. Eher im Gegenteil. In der Nacht der Musikveranstaltung entfernten wir einen vergifteten Dorn aus Ihrem Sitz. Bei anderer Gelegenheit, als Sie ein Getränk auf der Terrasse zu sich nahmen, hatte man Gift in Ihr Glas geschüttet.«

Farrs Mund klappte vor Überraschung auf. Irgendwo, irgendwie war ein schrecklicher Fehler gemacht worden. »Wie können Sie da so sicher sein? Es klingt – unglaublich.«

Die feinen Trennfäden der doppelten Facettenaugen klimperten vergnügt. »Sie erinnern sich an die Formalitäten bei Ihrer Ankunft. Sie erlauben uns, eine Art Quarantäne über die Einfuhr von Waffen zu verhängen. Gift ist eine andere Sache. Ein Staubkorn kann mit zehn Millionen gefährlicher Bakterien infiziert sein und kann ohne Schwierigkeiten eingeführt werden. Also kann sich jeder Außen-Weltler, der einen Mord begehen will, nur zweier Dinge bedienen: Er kann erwürgen oder vergiften. Der Eifer der Szecr verbot Akte physischer Gewaltanwendung, also mußten wir nur auf Gift achten. Welche Medien gab es da? Nahrung, Getränke, Injektion. Als wir zu diesem Schluß gekommen waren, dachten wir die weiteren Möglichkeiten durch: vergiftete Dornen, Splitter, Stachel, die in den Oberschenkel, das Gesäß oder die Hüfte mittels vertikaler Gewaltanwendung, zum Beispiel Ihr Gewicht, ritzen oder eindringen sollten. Also richteten wir die ganze Zeit über unsere Aufmerksamkeit auf Stühle oder Bänke, auf die Sie sich setzen wollten.«

»Das sehe ich«, flüsterte Farr überwältigt.

»Gift in Ihren Getränken können wir durch ein Reagenz feststellen, das dunkel wird, wenn an der ursprünglichen Flüssigkeitszusammensetzung eine Veränderung vorgenommen wurde. Als einer Ihrer Scotch mit Soda ungewöhnlich trübe wurde, nahmen wir ihn weg und ersetzten ihn.«

»Das ist alles sehr verwirrend«, meinte Farr, »wer könnte mich vergiften wollen – und warum?«

»Ich bin nur autorisiert, Ihnen die Warnung zu übermitteln.«

»Ja, aber – wovor warnen Sie mich?«

»Die Details spielen keine Rolle für Ihre Sicherheit.«

»Aber – ich habe doch nichts getan!«

Der Vizekommandeur der Szecr spielte mit seinem Monokel. »Das Universum ist acht Billionen Jahre alt, davon haben die letzten zwei Billionen intelligentes Leben hervorgebracht. Während dieser ganzen Zeit gab es nicht eine Stunde absoluter Gerechtigkeit. Es sollte keine Überraschung für Sie sein, daß dies auch auf Ihre persönlichen Umstände zutrifft.«

»Mit anderen Worten ...«

»Mit anderen Worten: Bewegen Sie sich lautlos, spähen Sie um Ecken, folgen Sie verführerischen Frauen nicht in dunkle Räume.«

Er zog an einem gespannten Klingelzug. Ein junger Szecr erschien. »Führe Aile Farr Sainh an Bord der Andrei Simic. Wir heben alle weiteren Überprüfungen auf.«

Farr starrte ihn ungläubig an.

»Ja, Farr Sainh«, bestätigte der Szecr, »wir sind der Meinung, daß Sie Ihre Ehrlichkeit unter Beweis gestellt haben.«

Farr verließ die Hülse in völliger Verwirrung. Irgend etwas stimmte nicht. Die Iszic stellten die Überwachung bei nichts und niemandem ein.

Allein in seiner Kabine auf der Andrei Simic ließ er sich auf dem elastischen Brett nieder, das als Bett diente. Er war in Gefahr. Das hatte der Szecr gesagt. Es war eine unangenehme Vorstellung. Farr besaß ein vernünftiges Maß an Mut. Im Kampf gegen einen sichtbaren Feind hätte er sich nicht gedrückt. Aber erfahren zu müssen, daß man ihm nach dem Leben trachtete, ohne das Wie und Warum und Wofür zu kennen, das verursachte ihm ein flaues Gefühl im Magen. Natürlich konnte der Szecr sich geirrt haben, dachte Farr; oder er könnte dieses Hirngespinst benutzt haben, um seine Abreise von Iszm zu beschleunigen. Er erhob sich und durchsuchte seine Kabine. Er fand keine eindeutigen Mechanismen, keine Wanzen. Er sortierte seine Habseligkeiten so, daß er jede Veränderung sofort bemerken würde. Dann schob er die Kunststofftür beiseite und spähte den Gang entlang. Es war ein Band aus gerieftem, grauem Glas – leer. Farr trat hinaus und hastete in den Aufenthaltsraum.

Er studierte die Passagierliste. Es gab achtundzwanzig Reisende, ihn eingeschlossen. Einige der Namen erkannte er wieder: Mr. und Mrs. Anderview, Jonas Ralf, Wilfried Willeran und Omon Bozhd; andere, annähernd phonetische Wiedergaben fremder Laute, sagten ihm nichts. Er kehrte in seine Kabine zurück und legte sich aufs Bett.

7

Erst als die Andrei Simic im All schwebte und der Kapitän in den Aufenthaltsraum kam, um die üblichen Begrüßungsformalitäten zu verlesen, sah Farr seine Mitreisenden. Da gab es sieben Iszic, neun Terraner, die drei Monagiweisen, drei Codain-Mönche auf einer rituellen Pilgerfahrt durch die Welten, fünf weitere aus verschiedenen Welten, von denen die meisten mit dem Schiff in Iszm angekommen waren. Mit Ausnahme von Omon Bozhd trugen die Iszic die goldenen und schwarzen Bänder der Pflanzenvertreter. Sie waren rauhe Männer der oberen Kasten, mehr oder weniger vom selben Schlag. Farr hielt zwei oder vielleicht auch drei für Szecr. Die Erdbewohner bestanden aus einem Paar schwatzhafter junger Studenten, einem grauhaarigen Krankenpfleger auf der Heimreise, den Anderviews, Ralf und Willeran und Carto und Maudel Wlewska, einem jungen Paar auf der Rundreise.

Farr taxierte die Gruppe und versuchte, sich jeden in der Rolle des potientiellen Attentäters vorzustellen. Er mußte sich eingestehen, daß ihm das mißlang. Die, die schon vorher auf dem Schiff waren, schienen automatisch aus dem Kreis der Verdächtigen auszuscheiden, wie die Codain-Mönche und die engelhaften Monagi. Es erschien völlig unlogisch, die Iszic zu verdächtigen – blieben also einige Terraner –, aber warum sollte einer von ihnen ihm etwas antun wollen? Warum sollte ihm überhaupt jemand etwas antun wollen? Er kratzte sich nachdenklich am Kopf und zerstörte damit den Schorf, den er von seinem Unfall im Wurzelwerk von Tjiere immer noch trug.

Die Reise wurde zur Routine – eintönige Stunden, unterbrochen durch Mahlzeiten und Schlafperioden nach einem Rhythmus, den jeder Passagier selbst bestimmte. Um etwas gegen die Langeweile zu tun, oder weil die Langeweile keine anderen Gedanken aufkommen ließ, ging Farr auf einen unschuldigen Flirt mit Mrs. Anderview ein. Ihr Ehemann war durch die Anfertigung eines gewichtigen Berichtes über die Erfolge seiner Mission auf Dapa Coory auf dem Planeten Mazen in Anspruch genommen und erschien nur zu den Essenszeiten. Er überließ Mrs. Anderview sich selbst – und Farr. Sie war eine reizende Person, mit einem üppigen Mund und der Andeutung eines einladenden Lächelns. Farrs Anteil an der Sache nahm ihn nur halbherzig in Anspruch, mit einem warmen Ton, ein oder zwei bezeichnenden Blicken – kurzum, ein bequemer Flirt als Zeitvertreib. Deshalb war er auch sehr überrascht, als Mrs. Anderview, von der er noch nicht einmal den Vornamen kannte, eines Abends in seine Kabine huschte und ihn schüchtern, aber provozierend anlächelte.

Farr setzte sich auf und blinzelte.

»Darf ich hereinkommen?«

»Sie sind schon drin.«

Mrs. Anderview nickte bedächtig und schloß die Tür hinter sich. Farr wurde sich auf einmal bewußt, daß sie hübscher war, als er zu bemerken sich erlaubt hatte. Ein süßliches Parfüm, Aloe, Kardamon, Limone, umschwebte sie.

Sie setzte sich neben ihn. »Ich langweile mich so«, schmollte sie, »Nacht für Nacht schreibt Merritt, es ist immer das gleiche. Er denkt an nichts anderes als an sein Budget. Und ich – ich habe gern Spaß.«

Die Einladung hätte kaum deutlicher sein können. Farr überlegte hin und her. Er hatte einen Kloß im Hals, während ihn Mrs. Anderview beobachtete. Sie errötete leicht.

Jemand klopfte an die Tür. Farr sprang auf, wie jemand, der sich ertappt fühlt. Er schob den Schirm auf. Draußen wartete Omon Bozhd.

»Farr Sainh, darf ich Sie einen Augenblick stören? Ich wäre Ihnen sehr dankbar.«

»Ja also, eigentlich bin ich beschäftigt.«

»Die Sache duldet keinen Aufschub.«

Farr drehte sich zu der Frau um. »Nur eine Minute, ich bin gleich zurück.«

»Beeil dich!« Sie schien ungewöhnlich ungeduldig zu sein. Farr sah sie erstaunt an und hob zu einer Antwort an.

»Sch«, zischte sie warnend. Farr zuckte die Achseln und trat auf den Korridor hinaus.

»Worum geht's?« fragte er Omon Bozhd.

»Farr Sainh – wollen Sie Ihr Leben retten?«

»Natürlich«, sagte Farr, »aber ...«

»Dann laden Sie mich in Ihre Kabine ein.« Omon Bozhd trat einen Schritt vor.

»Da ist aber kaum noch Platz«, erwiderte Farr, »außerdem ...«

Der Iszic sagte ernst: »Sie verstehen den Sachverhalt, oder?«

»Nein«, gab Farr zurück, »ich würde gerne, aber ich fürchte, ich verstehe ihn nicht.«

Omon Bozhd nickte. »Lassen Sie uns in Ihre Kabine gehen. Es bleibt nicht viel Zeit.«

Er schob die Tür zur Seite und trat ein. Farr folgte ihm. Er kam sich vor wie ein Idiot, aber er wußte nicht, welcher Art.

Mrs. Merritt Anderview sprang auf die Füße. »Oh«, keuchte sie und wurde rot, »Mr. Farr!«

Farr streckte in hilfloser Geste die Hände aus. Mrs. Anderview wollte die Kabine verlassen, aber Omon Bozhd stand ihr im Weg. Er grinste, sein blasser Mund klaffte auseinander und erblößte seinen grauen Gaumen und einen Bogen spitzer Zähne.

»Bitte verlassen Sie uns nicht, Mrs. Anderview, Ihr Ruf bleibt unangetastet.«

»Stehlen Sie nicht meine Zeit«, sagte sie scharf. Farr sah plötzlich, daß sie gar nicht hübsch war, ihr Gesicht verzerrt, ihre Augen ärgerlich und selbstsüchtig.

»Bitte«, insistierte Omon Bozhd, »nicht jetzt schon. Nehmen Sie doch bitte wieder Platz.«

Es klopfte heftig gegen die Tür. Eine heisere, wütende Stimme. »Machen Sie auf, machen Sie sofort auf!«

»Aber sicher«, sagte Omon Bozhd. Er ließ die Tür zur Seite schnappen. Im Türrahmen stand Anderview. Man konnte das Weiß seiner Augen sehen. Er hielt eine Maschinenpistole in der zitternden Hand. Er erblickte Omon Bozhd, seine Schultern sackten nach vorne, sein Kiefer klappte herunter.

»Entschuldigen Sie, wenn ich Sie nicht hereinbitte«, sagte Farr, »wir sind etwas beengt.«

Anderview fing sich wieder. »Was geht hier vor?«

Mrs. Anderview schob sich an ihm vorbei auf den Gang. »Nichts«, sagte sie mit kehliger Stimme, »gar nichts.« Sie schwebte den Korridor hinunter.

Mit beiläufiger Stimme sagte Omon Bozhd zu Anderview. »Für Sie gibt es hier nichts zu tun. Vielleicht schließen Sie sich lieber Ihrer Frau an.«

Langsam machte Anderview auf dem Absatz kehrt und ging.

Farr fühlte sich schwach in den Knien. Er sah in Tiefen, die er nicht auszuloten wußte, Motive, Gründe wirbelten durcheinander ... Er sank auf die Bank und brannte vor Scham, daß er sich wie ein brünstiger Hirsch benommen hatte.

»Was für ein exzellenter Vorwand, einen Mann zu eliminieren«, bemerkte der Iszic, »noch dazu innerhalb der irdischen Konventionen.«

Farr blickte abrupt auf, als er den ironischen Unterton bemerkte. Er sagte säuerlich: »Ich denke, Sie haben meine Haut gerettet, jedenfalls ein gut Teil davon.«

Omon Bozhd wedelte mit der Hand, schwenkte ein unsichtbares Monokel. »Nur eine Kleinigkeit.«

»Nicht für mich«, knurrte Farr, »ich hänge an meiner Haut.«

Der Iszic wandte sich zum Gehen.

»Noch eine Minute«, hielt ihn Farr zurück und erhob sich, »ich will wissen, was hier vorgeht.«

»Die Sache spricht doch für sich selbst, oder?«

»Vielleicht bin ich ein bißchen begriffsstutzig.«

Der Iszic betrachtete ihn prüfend. »Vielleicht sind Sie zu sehr in die Sache verstrickt, um sie als Ganzes zu sehen.«

»Sie gehören zu den Szecr?« fragte Farr.

»Jeder Vertreter im Ausland ist ein Szecr.«

»Also, was geht hier vor? Warum sind die Anderviews hinter mir her?«

»Sie haben Ihren Nutzen gegen die Gefahr, die Sie darstellen, abgewogen.«

»Das ist doch unglaublich!«

Omon Bozhd konzentrierte beide Segmente seiner Augen auf Farr. Er sprach weiterhin in Rätseln. »Jede Sekunde unserer Existenz ist ein Wunder. Bedenken Sie die zahllosen Variationen und Möglichkeiten, die uns in jeder Sekunde erwarten. Abenteuer für die Zukunft. Wir nehmen immer nur eine an – von den anderen weiß niemand, wohin sie gehen. Dies ist das ewige Wunder, die herrliche Unsicherheit vor der nächsten, während die Vergangenheit einen Teppich aus Lösungen wirkt.«

»Ja, ja«, sagte Farr.

»Unser Geist erstarrt vor dem Wunder des Lebens in seiner Ausweglosigkeit, seiner Größe«, Omon Bozhd fixierte Farr, »unter diesem Gesichtspunkt verdient das Vorgefallene nicht größeres Interesse als ein einzelner Atemzug.«

Farr antwortete steif. »Ich kann so viele Atemzüge machen, wie ich schaffe. Sterben kann ich nur einmal, da ist also eine gewisse praktische Differenz. Offensichtlich denken Sie auch so. Ich stehe jedenfalls in Ihrer Schuld. Aber – warum?«

Omon Bozhd schleuderte sein imaginäres Monokel. »Die Logik der Iszic ist offensichtlich eine andere als die der Erdenbewohner. Obwohl wir ganz eindeutig gewisse Instinkte teilen – so unsere Vitalität und das Bedürfnis, unseren Freunden zu helfen.«

»Ich sehe schon«, sagte Farr, »Ihre Hilfe war also nichts als eine freundschaftliche Geste?«

Omon Bozhd verbeugte sich. »Sie können sie als solche betrachten. Und nun wünsche ich Ihnen eine gute Nacht.« Er verließ die Kabine.

Benommen ließ sich Farr aufs Bett fallen. In den wenigen verstrichenen Minuten waren aus dem freundlichen, etwas unbedarft wirkenden Missionar Anderview und seiner attraktiven Frau ein Paar skrupelloser Mörder geworden. Aber warum? *Warum?*

Vollständig konfus schüttelte Farr den Kopf. Der Vizekommandeur der Szecr hatte etwas von einem vergifteten Dorn und einem vergifteten Getränk gesagt. Und von ihrer offensichtlichen Verantwortung. Er sprang wütend auf die Füße, warf die Tür zur Seite und sah auf den Gang hinaus. Rechts und links glommen die Bänder aus grauem Glas. Darüber führte ein ähnlicher Gang zu den oberen Kabinen. Farr trat leise hinaus, schlich bis zum Ende des Ganges und blickte durch einen Bogen in den Aufenthaltsraum. Die zwei jungen Touristen, der Krankenpfleger und zwei Iszic spielten Poker. Die Iszic führten, ein Segment ihrer Augen auf die Karten gerichtet, das andere auf die Gesichter der Gegenspieler.

Farr drehte sich um. Er erklomm die Leiter zum Überdeck. Es herrschte Stille bis auf das ferne Summen des arbeitenden Schiffes – das Seufzen der Pumpen, das Summen der umlaufenden Luft, das unterdrückte Murmeln aus dem Aufenthaltsraum.

Farr fand die Tür mit dem Namensschild *›Merritt und Anthea Anderview‹*. Er zögerte, lauschte. Er hörte nichts, keine Geräusche, keine Stimmen. Er streckte seine Hand aus, um zu klopfen, hielt inne. Er rief sich Omon Bozhds Vortrag über das Leben in Erinnerung, die unwiderrufliche Einbahnstraße in die Zukunft ... Er konnte klopfen, er konnte in seine Kabine zurückkehren. Er klopfte.

Niemand antwortete. Farr blickte den Gang hinauf und hinunter. Noch immer hätte er in seine Kabine zurückkehren können. Er rüttelte an der Tür. Sie öffnete sich. Der Raum war dunkel. Farr tastete mit dem Ellbogen nach dem Lichtschalter. Licht überflutete den Raum. Merritt Anderview saß steif in einem Stuhl und glotzte ihn mit weit aufgerissenen, furchtlosen Augen an.

Farr sah, daß er tot war. Anthea Anderview lag auf dem unteren Sitz, entspannt und still. Farr kümmerte sich nicht weiter um sie, auch sie war tot.

Eine Maschinenpistole mit Schalldämpfer hatte ihre Gehirne homogenisiert, ihre Gedanken und Erinnerungen zu einem braunen Brei verschmelzen lassen; die von ihnen gewählten Straßen in die Zukunft waren abgebrochen. Farr stand ganz still. Er versuchte, seinen Atem anzuhalten, aber er wußte, daß es bereits passiert war. Er raste nach draußen und schloß die Tür. Die Stewards würden die Körper bald finden ... Währenddessen – Farr dachte nach und wurde immer unruhiger. Man konnte ihn gesehen haben. Sein alberner Flirt mit Anthea Anderview konnte allgemein bekannt sein, vielleicht sogar die Auseinandersetzung mit Merritt Anderview. Seine Anwesenheit in der Kabine konnte leicht festgestellt werden. Auf jedem Objekt im Raum würde sich der Film seines ausgestoßenen Atems befinden. Vor Gericht würde diese eindeutige Identifikation anerkannt, wenn man festhalten konnte, daß kein anderer auf dem Schiff in seine Atemgruppe fiel.

Farr drehte sich um. Er verließ die Kabine und ging in den Aufenthaltsraum. Niemand schien ihn zu beachten. Er kletterte die Leiter zur Brücke hinauf und klopfte an die Tür der Kapitänskabine.

Captain Dorristy öffnete – ein untersetzter, wortkarger Mann mit schrägstehenden schwarzen Augen. Hinter Dorristy stand Omon Bozhd. Farr meinte, daß seine

Wangenmuskeln zuckten und seine Hand die Schwenkbewegung mit einem unsichtbaren Lorgnon vornahm.

Farr fühlte sich plötzlich besser. Er hatte den Ball angenommen, den Omon Bozhd ihm wie auch immer zugespielt hatte. »Zwei Passagiere sind tot – die Anderviews.«

Omon Bozhd konzentrierte sämtliche Augenfacetten auf ihn, kalt, unerbittlich.

»Das ist ja interessant«, meinte Dorristy, »kommen Sie herein.«

Farr trat ein. Omon Bozhd wandte den Blick ab.

Dorristy sagte sanft: »Bozhd erzählte mir, daß Sie die Anderviews getötet hätten.«

Farr drehte sich zu dem Iszic um. »Er ist anscheinend der beste Lügner auf dem Schiff. Er selbst tat es.«

Dorristy grinste und sah von einem zum anderen. »Er sagte, Sie wären hinter der Frau hergewesen.«

»Ich brachte ihr nur höfliche Aufmerksamkeit entgegen. Das Ganze war eine langweilige Sache. Bis jetzt.«

Dorristy sah den Iszic an. »Was sagen Sie dazu, Omon Bozhd?«

Der Iszic schwang sein nicht existierendes Monokel. »Es war etwas mehr als Höflichkeit, was Mrs. Anderview in Farrs Kabine zog.«

Farr sagte: »Etwas anderes als Altruismus bewegte Omon Bozhd, meine Kabine aufzusuchen und Anderview daran zu hindern, mich zu erschießen.«

Omon Bozhd zeigte Überraschung. »Ich wußte nichts von Ihrer Beziehung.«

Farr schluckte seinen Ärger runter und wandte sich an den Kapitän. »Glauben Sie ihm?«

Dorristy lächelte säuerlich. »Ich glaube niemandem.«

»Also es war so. Es ist schwer zu glauben, aber es ist wahr.« Farr erzählte die ganze Geschichte. ». . . nachdem Bozhd gegangen war, dachte ich nach. Ich wollte der ganzen Sache endlich auf den Grund gehen, koste es, was es wolle. Deshalb ging ich zu der Kabine der Anderviews. Ich öffnete die Tür, sah, daß sie tot waren. Ich kam sofort hierher.«

Dorristy sagte nichts, aber er beobachtete jetzt Omon Bozhd intensiver als Farr. Schließlich zuckte er die Achseln. »Ich werde die Kabine versiegeln lassen. Sie können die Sache untereinander austragen, wenn wir auf der Erde angekommen sind.«

Omon Bozhd verdunkelte die untere Hälfte seiner Augen. Lässig schwang er das unsichtbare Lorgnon. »Ich habe Farrs Geschichte gehört«, sagte er nachdenklich, »er beeindruckt mich mit seiner Offenheit. Ich glaube, daß ich mich geirrt habe. Es ist unwahrscheinlich, daß er das Verbrechen begangen hat. Ich ziehe meine Anschuldigung zurück.« Er stakste aus der Kabine. Farr blickte ihm triumphierend nach.

Dorristy sah Farr an. »Sie haben sie also nicht getötet, was?«

Farr schnaubte. »Natürlich nicht.«

»Wer dann?«

»Ich nehme an, einer der Iszic. Warum? Ich habe keine Ahnung.«

Dorristy nickte, dann knurrte er barsch aus einem Mundwinkel. »Nun gut, wir werden es ja sehen, wenn wir in Barstow landen.« Er warf Farr einen Seitenblick zu. »Ich würde es begrüßen, wenn Sie über die Sache Stillschweigen bewahren würden. Reden Sie mit niemandem darüber.«

»Das hatte ich nicht vor«, antwortete Farr kurz angebunden.

8

Die Körper wurden photographiert und in die Kältekammer gebracht, die Kabine versiegelt. Das Schiff war voller Gerüchte, und Farr fand es schwierig, das Gesprächsthema Anderview zu vermeiden.

Die Erde kam näher. Farr empfand keine Besorgnis, aber die Ungewißheit, die unterschwellige Geheimnisturerei blieb: Warum hatten ihm die Anderviews aufgelauert? Sähe er sich auch auf der Erde weiteren Gefahren ausgeliefert? Farr wurde ärgerlich. Diese Intrigen waren nicht seine Sache, er wollte damit nichts zu tun haben. Aber es bohrte weiterhin lästig in seinem Unterbewußtsein: Er war irgendwie verstrickt, auch wenn er diesen Gedanken von sich wies. Er hatte wirklich andere Sorgen: seinen Beruf, seine Doktorarbeit, die Bearbeitung eines Video, das er an das Fernsehen zu verkaufen hoffte.

Und da war noch etwas anderes, eine Dringlichkeit, eine Macht, etwas tun zu müssen. In unbedachten Augenblicken überkam es Farr – ein Mißvergnügen, wie etwas Unerfülltes in den Tiefen seines Gehirns. Es besaß keine direkte Verbindung zu den Anderviews und ihrer Ermordung, keine Verbindung zu irgend etwas. Es war etwas, was getan werden mußte, etwas, was er vergessen hatte ... oder nie gewußt hatte ...

Omon Bozhd sprach ihn nur noch einmal an, als er ihm im Aufenthaltsraum begegnete. Er sprach mit seiner lässigen Stimme. »Sie wissen jetzt um die Schrecken, die Ihnen drohen. Es kann sein, daß ich auf der Erde nicht mehr in der Lage sein werde, Ihnen zu helfen.«

Farrs Verstimmung war geblieben. Er sagte: »Auf der Erde werden Sie vielleicht für einen Mord zur Rechenschaft gezogen.«

»Nein, Aile Farr Sainh, man kann mir nichts beweisen.«

Farr studierte das blasse, schmale Gesicht. Iszic und Erdbewohner – aus verschiedenen Ursprüngen entwickelt und trotzdem derselben humanoiden Art angenähert: von Amphibien, von Menschenaffen. Und trotzdem würde da niemals eine Übereinstimmung oder Sympathie zwischen den Rassen erwachsen. Zweifelnd fragte Farr: »Haben Sie sie getötet?«

»Es ist zweifellos nicht nötig, einem Mann von der Intelligenz des Aile Farr eine offensichtliche Sache erklären zu müssen.«

»Machen Sie weiter, erklären Sie. Erklären Sie es

immer wieder. Ich bin schwer von Begriff. Haben Sie sie getötet?«

»Es ist unhöflich von Ihnen, auf der Beantwortung dieser Frage zu bestehen.«

»Na gut, dann antworten Sie eben nicht. Aber warum haben Sie versucht, es mir anzuhängen? Sie wußten, daß ich es nicht getan habe. Also, was haben Sie gegen mich?«

Omon Bozhd lächelte dünn. »Gar nichts. Das Verbrechen, wenn es ein Verbrechen war, kann Ihnen nicht nachgewiesen werden. Die Untersuchungen würden Sie höchstens zwei oder drei Tage belästigen und damit andere Dinge reifen lassen.«

»Warum haben Sie Ihre Anschuldigung zurückgezogen?«

»Ich habe eingesehen, daß mir ein Fehler unterlaufen war. Ich bin ein Hominide – weit entfernt von der Unfehlbarkeit.«

Farr war sprachlos vor Wut. »Warum hören Sie nicht endlich auf, in apokryphen Andeutungen zu sprechen? Wenn Sie etwas zu sagen haben – dann sagen Sie es.«

»Farr Sainh überstürzt die Sache. Ich habe nichts zu sagen. Die Botschaft, die ich für ihn hatte, habe ich abgeliefert. Er wird nicht von mir verlangen, daß ich meine Seele offenlege.«

Farr nickte und grinste. »Einer Sache können Sie sicher sein – wenn ich eine Möglichkeilt sehe, dieses Spiel, das Sie spielen, zu beenden –, ich werde diese Möglichkeit ergreifen.«

Jede Stunde wurde der Stern, der die Heimatsonne war, greller, jede Stunde kam die Erde näher. Farr konnte nicht schlafen. Ihm lag ein Stein im Magen. Reue, Verwirrung, Ungeduld verdichteten sich zu physischem Unwohlsein. Außerdem war sein Schädel noch immer nicht verheilt. Es juckte und schmerzte. Er fürchtete, eine Iszic-Infektion davongetragen zu haben. Diese Vorstellung machte ihn noch nervöser. Er sah schon, wie sich die Infektion ausweitete, wie sein Haar ausfiel, sein Kopf zu der wäßrig-milchigen Hautfarbe der Iszic ausbleichte.

Auch die innere Unruhe verließ ihn nicht. Er überlegte. Er versuchte, sich die Tage und Monate ins Gedächtnis zurückzurufen, er notierte, analysierte – ohne Erfolg. Er knüllte alle Notizen zu einem Papierklumpen zusammen und warf ihn weg.

Und schließlich, nach der längsten und aufregendsten Reise, die Farr jemals mitgemacht hatte, trat die RS Andrei Simic in das Sonnensystem ein.

9

Sonne, Erde, Mond – ein Archipel schimmernd warmer runder Inseln, nach einer langen Reise durch die dunkle See. Die Sonne schwebte auf der einen Seite vorbei, der Mond auf der anderen. Vor ihnen erschien der Ball der Erde, wurde größer: grau, grün, sandfarben, weiß, blau, Wolken und Wind, Sonnenschein, Frost, Stürme und Staub, der Nabel des Universums, der Heimathafen, die Endstation, der Ort der Abrechnung, den alle Außerirdischen als Provinzler betraten.

Es war Mitternacht, als die Hülle der Andrei Simic in die Atmosphäre eintauchte. Die Generatoren tauchten aus der Lautlosigkeit auf, sie sangen schrill, zitternd, Tenor, Bariton, Bass und sanken wieder in die Lautlosigkeit.

Die Passagiere warteten im Salon, und das Fehlen der Anderviews fiel in diesem Kreis besonders auf. Jeder war angespannt und nachdenklich, beugte sich in seinem Sitz vor oder stand stocksteif da.

Die Landeraketen zischten. Das Licht überflutete die Landegänge. Der Eingang schwang auf. Stimmengewirr – Kapitän Dorristy schob einen großen Mann mit groben, intelligenten Zügen, krausem Haar und dunkelbrauner Haut herein.

»Dies ist Inspektor Kirdy vom Spezialkommando«, erklärte Dorristy, »er wird den Tod von Mr. und Mrs.

Anderview untersuchen. Bitte helfen Sie ihm; um so schneller werden Sie in die Freiheit entlassen.«

Niemand sprach. Auf der einen Seite standen die Iszic wie Eisstatuen. Um der irdischen Konvention entgegenzukommen, trugen sie Hosen und Hemden. Ihre Haltung drückte Mißtrauen aus, als wenn sie sich selbst auf der Erde verpflichtet fühlten, ihre Geheimnisse schützen zu müssen.

Drei untergeordnete Kriminalbeamte betraten den Raum, starrten seltsam in die Runde. Die Anspannung wuchs.

Inspektor Kirdy hatte eine angenehme Stimme. »Ich werde Sie so wenig wie möglich aufhalten. Ich möchte jetzt mit Herrn Omon Bozhd sprechen.«

Omon Bozhd betrachtete Kirdy durch sein Lorgnon, das er jetzt bei sich hatte, aber die rechte Schulter des Inspektor Kirdy zeigte keine informativen Farbspiele. Er war nie über den Mond hinausgekommen.

Omon Bozhd trat vor. »Ich bin Omon Bozhd.«

Kirdy führte ihn in die Kabine des Kapitäns. Zehn Minuten vergingen. Ein Assistent erschien im Flur. »Mr. Aile Farr.«

Farr kam auf die Füße und folgte dem Assistenten aus dem Salon.

Kirdy und Omon Bozhd fixierten einander, ein Studium voller Kontraste: das außerordentlich blasse, strenge, adlerscharf geschnittene Gesicht auf der einen Seite – das dunkle, warme, grobe auf der anderen.

Kirdy sprach Farr an. »Ich möchte, daß Sie Mr. Bozhds Geschichte auch anhören und mir sagen, was Sie davon halten.« Er wandte sich an den Iszic. »Wären Sie so freundlich, Ihre Ausführungen zu wiederholen?«

»Kurz zusammengefaßt«, sagte Omon Bozhd, »stellt sich die Situation so dar: Kurz bevor ich Jhespiano verließ, hatte ich Grund zu der Annahme, daß die Anderviews etwas gegen Farr planten. Ich teilte meine Verdächtigungen meinen Freunden mit.«

»Den anderen Iszic-Herrschaften?« hakte Kirdy nach.

»Genau. Mit ihrer Hilfe brachte ich eine Wanze in der

Kabine der Anderviews an. Meine Befürchtungen erwiesen sich als gerechtfertigt. Sie kehrten in ihre Kabine zurück, und hier wurden sie selbst getötet. In meiner Kabine erfuhr ich von diesem Umstand. Farr Sainh hat natürlich an der ganzen Sache keinen Anteil. Er war – und ist – vollkommen unschuldig.«

Prüfende Blicke trafen Farr. Er sah finster drein. War er so offensichtlich brav, naiv, aufrichtig?

Omon Bozhd wandte sich wieder Kirdy zu. »Farr ist, wie ich schon sagte, unschuldig. Aber ich meinte, ihn vor weiteren Gefahren schützen zu müssen, und beschuldigte ihn deshalb fälschlicherweise. Farr Sainh, der Sachlage nicht kundig, verweigerte die Zusammenarbeit und beschuldigte mich. Meine Anklage beeindruckte Kapitän Dorristy nicht im geringsten, deshalb zog ich sie zurück.«

Kirdy wandte sich an Farr. »Was sagen Sie dazu, Mr. Farr? Glauben Sie noch immer, daß Mr. Bozhd der Mörder ist?«

Farr kämpfte seinen Ärger nieder. »Nein«, zischte er schließlich mit zusammengebissenen Zähnen, »seine Geschichte ist so – so fantastisch, daß ich meine, sie muß wahr sein.« Er warf einen Blick auf Omon Bozhd. »Warum reden Sie nicht? Sie sagten, Sie übersähen die ganze Sache. Wer also beging den Mord?«

Omon Bozhd schwang sein Monokel. »Ich habe mich über Ihre Strafgesetze erkundigt. Meine Anschuldigung hätte kein großes Gewicht, die Geschworenen würden auf Beweisen bestehen. Diese Beweise gibt es. Falls und wenn Sie sie finden, wird meine Aussage unwichtig oder bestenfalls marginal.«

Kirdy wandte sich an seinen Assistenten. »Nehmen Sie Hautproben, Atem- und Schweißabdrücke aller Passagiere auf.«

Nachdem die Proben aufgenommen waren, kam Kirdy in den Salon und gab eine Erklärung ab. »Ich möchte Sie einzeln befragen. Die, die damit einverstanden sind, können ihre Zustimmung zu einem zusätzlichen Cephalogramm geben, wobei diesen Antworten natürlich mehr

Gewicht beigemessen wird. Ich erinnere Sie daran, daß durch das Cephalogramm erzielte Aussagen vor Gericht nicht als Beweismittel der Anklage anerkannt werden – nur zum Beweis der Unschuld. Bestenfalls kann Sie das Cephalogramm also vor einer Anklage retten. Außerdem mache ich Sie darauf aufmerksam, daß die Verweigerung, ein Cephalogramm aufnehmen zu lassen, nicht nur Ihr gutes Recht ist, sondern von manchen auch als eine moralische Verpflichtung betrachtet wird. Deshalb werden denen, die sich weigern, ein Cephalogramm erstellen zu lassen, daraus keine juristischen Nachteile entstehen. Die Benutzung dieses Gerätes ist freiwillig.«

Die Befragung dauerte drei Stunden. Die ersten, die befragt wurden, waren die Iszic. Einer nach dem anderen verließ den Salon, alle mit dem gleichen Ausdruck gelangweilter Geduld. Als nächstes wurden die Codain befragt, dann die Monagi, dann die verschiedenen Nicht-Terraner, und dann Farr. Kirdy trug ihm das Cephalogramm an. »Der Gebrauch dieses Gerätes bedarf Ihrer Zustimmung.«

Farr war schlechter Laune. »Nein«, sagte er, »ich verweigere die Verwendung dieser neumodischen Geräte, Sie müssen meine Aussage so akzeptieren, wie ich sie mache, oder nicht.«

Kirdy nickte freundlich. »Wie Sie wünschen, Mr. Farr.« Er überflog seine Notizen. »Sie lernten die Anderviews in Jhespiano, auf Iszm kennen?«

»Ja.« Farr beschrieb die Umstände.

»Sie hatten Sie vorher nie gesehen?«

»Nie.«

»Ich habe das so verstanden, daß Sie auf Iszm Zeuge eines Überfalls auf die Bäume waren?«

Farr schilderte das Ereignis und seine folgenden Abenteuer. Kirdy warf ein oder zwei Fragen ein, dann erlaubte er Farr, in den Salon zurückzukehren.

Schließlich wurden die verbleibenden Erdbewohner nacheinander befragt, Ralf und Willeran, die Wlewskas, die jungen Studenten, bis nur Paul Bengston, der grauhaarige Sanitäter, übrigblieb. Kirdy begleitete die Studenten in den Salon zurück. »So weit wären wir«, sagte er, »entweder hat das Cephaloskop oder etwas anderes die Unschuld der einzelnen Befragten erwiesen. Der andere Beweis bestand hauptsächlich aus dem Faktum, daß die Komponenten der Atmung nicht mit denen auf dem Filmband am Arm von Mrs. Anderview übereinstimmten.«

Jeder im Raum erstarrte. Aller Augen wanderten zu Paul Bengston, der abwechselnd bleich und rot wurde.

»Wenn Sie mit mir kommen wollen, Sir.«

Er stand auf, trat vor, sah sich um, dann folgte er Kirdy in die Kabine des Kapitäns.

Fünf Minuten vergingen. Kirdys Assistent erschien im Aufenthaltsraum. »Es tut uns leid, daß wir Sie alle warten lassen mußten. Sie können jetzt das Schiff verlassen.«

Ein allgemeiner Tumult brach aus – ein Geplapper, ein Gemurmel. Farr saß still da. In ihm baute sich ein Druck auf: Ärger, Enttäuschung, Erniedrigung. Dieser Druck wurde stärker und stärker, erfüllte ihn mit Wut. Er sprang auf die Füße, rannte durch den Raum und stieg die Leiter zu der Kapitänskabine hinauf.

Kirdys Assistent hielt ihn auf. »Entschuldigen Sie, Herr Farr. Ich denke nicht, daß Sie da hineinplatzen sollten.«

»Es interessiert mich nicht, was Sie denken«, fauchte Farr. Er zerrte an der Tür. Sie war verschlossen. Er hämmerte gegen die Tür. Kapitän Dorristy ließ sie einen Spalt breit zur Seite gleiten und streckte seinen Quadratschädel heraus. »Bitte? Worum geht's?«

Farr preßte seine Hand gegen Dorristys Brust, schob ihn beiseite, warf die Tür auf und trat ein. Dorristy setzte zu einem Schlag an. Farr hätte es als Entschuldigung begrüßt, zurückschlagen zu dürfen, einzuschlagen, zu verletzen. Aber einer der Assistenten trat dazwischen.

Kirdy stand Angesicht zu Angesicht mit Paul Bengston. Er wandte seinen Kopf. »Ja, Mr. Farr?«

Dorristy, außer Atem, murrend, rot im Gesicht, stand im Hintergrund.

Farr sagte: »Dieser Mann – ist er schuldig?«

Kirdy nickte. »Es läßt keinen anderen Schluß zu.«

Farr betrachtete Bengston. Sein aufgedunsenes Gesicht schien zu verschwimmen und sich wie durch eine Trickaufnahme zu verändern, die offene und freundlich wirkende Fassade zerbröckelte zu Heuchlerei, Grausamkeit und Gefühllosigkeit. Farr wunderte sich, daß er sich so hatte täuschen lassen. Er beugte sich etwas vor. Paul Bengston wich nicht aus, seine Augen begegneten ihm voller Verachtung und Haß.

»Warum?« fragte er, »warum passierte das alles?«

Bengston antwortete nicht.

»Ich muß es wissen«, beharrte Farr, »warum?«

Immer noch keine Antwort.

Farr schluckte seinen Stolz hinunter. »Warum?« fragte er demütig. »Bitte sagen Sie es mir!«

Paul Bengston zuckte die Achseln, lachte irrsinnig auf.

Farr bettelte. »Ist es etwas, das ich weiß? Etwas, das ich gesehen habe? Etwas, das ich besitze?«

Bengston schien so etwas wie Hysterie zu ergreifen. Er sagte: »Ich mag die Art nicht, wie Sie Ihr Haar kämmen.« Und er lachte, bis ihm die Tränen kamen.

Kirdy sagte grimmig: »Ich habe auch nichts anderes aus ihm rauskriegen können.«

»Aber was könnte sein Motiv gewesen sein?« fragte Farr kläglich, »sein Grund? Warum wollten die Anderviews mich umbringen?«

»Wenn ich es herausfinde, werde ich Sie verständigen«, sagte Kirdy, »währenddessen – wo kann ich Sie erreichen?«

Farr überlegte. Da gab es etwas, das er tun mußte ... Es würde ihm wieder einfallen und bis dahin: »Ich werde in Los Angeles, im Imperador-Hotel, wohnen.«

»Idiot«, flüsterte Bengston.

Farr wollte vortreten. »Sachte, Mr. Farr«, sagte Kirdy.

Farr wandte sich ab.

»Ich werde es Sie wissen lassen«, sagte Kirdy.

Farr sah Dorristy an. Dorristy sagte: »Machen Sie sich nichts draus. Sie brauchen sich nicht zu entschuldigen.«

10

Als Farr in den Aufenthaltsraum zurückkam, waren die meisten Passagiere von Bord gegangen und checkten beim Einreisebüro ein. Einem Anfall von Panik nahe, beeilte sich Farr, ihnen zu folgen. Die Andrei Simic, der große Vogel des Alls, hatte ihn wie in einer Schraubzwinge gehalten, wie in einem Sarg; er konnte es nicht mehr erwarten, sie zu verlassen und den Boden der Erde zu berühren.

Es war fast Morgen. Der Wind der Mojave blies in sein Gesicht, roch aromatisch nach Salbei und dem Staub der Wüste, die Sterne blinkten und verblaßten langsam im Osten. Oben auf der Rampe blieb er stehen und suchte die Aurigae. Dort waren sie: Capella mit dem schwächsten Widerschein, Xi Aurigae mit Iszm. Farr ging die Rampe hinunter und betrat heimatlichen Boden. Er war wieder auf der Erde. Diese Berührung ließ eine Idee in ihm aufkeimen. Natürlich, dachte er voller Erleichterung, das ist das Nächstliegende, den Mann mußte er aufsuchen: K. Penche.

Morgen. Erst einmal zum Imperador-Hotel. Ein Bad in hundert Gallonen heißen Wassers. Und hundert Gallonen Scotch als Nachttrunk. Und dann ins Bett.

Omon Bozhd näherte sich ihm. »Es war mir ein Vergnügen, Sie kennengelernt zu haben, Farr Sainh. Ein letzter Rat: Seien Sie so vorsichtig wie möglich, ich fürchte, Sie sind noch immer in großer Gefahr.« Er verneigte und entfernte sich. Farr sah ihm lange nach. Er hatte keine Veranlassung, über diese Warnung zu spotten.

Er passierte die Einreiseformalitäten schnell und gab sein Gepäck zum Imperador auf. Nachdem er die Reihe der Helikopter passiert hatte, betrat er den Eingang der U-Bahn. Die Scheibe wischte unter seine Füße (immer die Angst im Nacken, immer der Gedanke: Was ist, wenn die Scheibe nicht kommt? Gerade diesmal?).

Die Scheibe verlangsamte ihre Fahrt. Farr bezahlte,

orderte ein Einmannfahrzeug zu den Docks, sprang hinein, tippte sein Ziel ein und ließ sich entspannt auf den Sitz sinken. Es gelang ihm kaum, seine Gedanken zu ordnen. Visionen sickerten in sein Gehirn: die Räume des Alls, Iszm, Jhespiano, die Häuser mit den vielen Schoten. Er segelte mit der Lhaiz zum Tjiere Atoll. Er spürte den Schrecken des Aufruhrs auf den Feldern von Zhde Patasz, den Sturz in das Wurzelwerk des Kerkers, die Haft, zusammen mit dem Thord – und später die schreckliche Erfahrung auf Zjde Patasz' Versuchsinsel ... Die Visionen schwebten an ihm vorüber, sie wurden zur weit entfernten Erinnerung, ferner als die Lichtjahre bis Iszm.

Das Summen des Wagens lullte ihn ein. Seine Augenlider wurden schwer; er begann zu dösen.

Er zwang sich wachzuwerden, blinzelte. Unglaublich, phantastisch diese ganze Sache. Aber sie war wirklich. Farr zwang sich zu nüchternen Überlegungen. Aber sein Gehirn weigerte sich, vernünftig zu denken und Pläne zu entwickeln. Die Stimulantien hatten ihren Stachel verloren. Hier in der Untergrundbahn, der ganz gewöhnlichen Untergrundbahn der heilen Welt bekam Mord ein unwirkliches Gesicht ...

Ein Mensch auf der Erde konnte ihm helfen: K. Penche. Erd-Agent für Iszic Häuser, der Mann, dem Omon Bozhd schlechte Nachrichten brachte.

Der Wagen vibrierte, ruckte plötzlich und schoß aus der Hauptröhre in Richtung Ozean. Er drehte sich zwei weitere Male, wand sich weiterhin durch die regionalen Bahnen und hielt schließlich an.

Die Tür glitt auf, und ein uniformierter Angestellter half ihm auf den Bahnsteig. Er bezahlte an einem Stereobildschirmautomaten. Ein Aufzug brachte ihn sechzig Meter höher an die Oberfläche, dann weitere hundertfünfzig Meter zu seinem Zimmer hinauf. Man zeigte ihm einen langgestreckten Raum, in angenehmem Olivgrün gehalten, strohfarben, rostbraun und weiß. Eine Wand bestand nur aus Glas und gab den Blick frei auf Santa Monica, Beverly Hills und den Ozean. Farr zeigte sich zufrieden. Iszic-Häuser mochten in vieler Hinsicht bemerkenswert sein, aber sie würden niemals das Imperador-Hotel übertreffen können.

Farr nahm sein Bad, trieb im heißen Wasser, das leicht nach Limonen duftete. Die rhythmischen Ströme kühleren Wassers massierten ihn, seine Beine, seinen Rücken, seine Rippen, seine Schultern ... fast wäre er eingeschlafen. Der Boden der Wanne hob sich, schob ihn sanft in die Vertikale und setzte ihn auf seine Füße. Luft wirbelte ihn trocken, Höhensonnenlampen gaben ihm in Sekunden eine schnelle, angenehme Farbe.

Er kam aus dem Bad und fand einen großen Scotch mit Soda vor – nicht gerade hundert Gallonen, aber genug. Er stellte sich ans Fenster, nippte am Glas und genoß das Gefühl der ihn überkommenden Mattigkeit.

Die Sonne ging auf, goldenes Licht, das die Ausläufer der Weltstadt wie eine Flut überrollte. Irgendwo dort draußen, in dem luxuriösen Viertel, das einst der Signal Hill gewesen war, wohnte K. Penche. Für einen kurzen Moment war Farr irritiert. Seltsam, dachte er, wie Penche die Lösung für alles darzustellen schien. Nun gut, wenn er ihn sah, würde er wissen, ob es richtig war oder nicht.

Farr verdunkelte die Fenster und das Licht schwand. Er stellte den Wecker auf Mittag, sank ins Bett und schlief sofort ein.

Das Fenster wurde heller und das Tageslicht drang in den Raum. Farr erwachte, setzte sich im Bett auf und klingelte nach dem Essen. Er bestellte Kaffee, Grapefruit, Schinken, Eier. Dann sprang er aus dem Bett und ging ans Fenster. Der Welt größte Stadt breitete sich vor seinen Augen aus, soweit er sehen konnte, streckte ihre weißen Fühler in den Dunst, und überall vibrierte und fieberte es vor pulsierendem Leben.

Die Wand spuckte ein Tablett mit dem Frühstück aus. Farr wandte sich vom Fenster ab, setzte sich und beobachtete den Stereobildschirm, während er aß. Minutenlang vergaß er seinen Kummer. Durch seine lange Abwesenheit hatte er den Anschluß an die aktuellen Geschehnisse verpaßt. Ereignisse, die vor einem Jahr passiert waren, wurden für ihn auf einmal interessant. Er fühlte, wie ihm das Blut in die Wangen stieg. Es war gut, wieder auf der Erde zu sein.

Die Nachrichtenstimme aus dem Bildschirm sagte: »Nun zu einigen Kurzmeldungen aus dem Weltraum. Es wurde gerade bekannt, daß auf dem Sed Ball Packboot Andrei Simic zwei Passagiere, offenbar Missionare, die von ihrem Dienst aus der Mottram Gruppe heimkehrten ...«

Farr vergaß sein Frühstück, und der kurze Moment der Ruhe verschwand.

Die Stimme gab die Tatsachen wieder. Der Bildschirm veränderte sich und zeigte die Andrei Simic: Zuerst das Äußere, dann den Laufgang, mit einem Pfeil, der die Richtung zu der ›Kabine der Toten‹ wies. Wie freundlich und unbeteiligt der Bericht war! Wie vage und zufällig die ganze Affäre erschien!

»... die zwei Opfer und der Mörder konnten als Mitglieder des berüchtigten Schlechtwettersyndikats identifiziert werden. Anscheinend hatten sie Iszm, den dritten Planeten von Xi Aurigae, besucht, um ein weibliches Haus herauszuschmuggeln.«

Die Stimme sprach weiter. Bilder von den Anderviews und Paul Bengston folgten.

Farr stellte den Apparat ab und schob den Tisch in die Wand zurück. Er erhob sich, wollte hinausgehen, um sich die Stadt anzusehen. Es eilte. Er mußte Penche aufsuchen.

Er wählte Kleidung der Größe 2 aus dem Verteiler, Unterwäsche, ein Paar blaßblauer, neuer Kunststoffsandalen. Während er sich anzog, plante er seinen Tagesablauf. Zuerst, natürlich, Penche ... Farr runzelte die Stirn und hielt im Schnüren seiner Sandalen inne. Was sollte er Penche erzählen? Er überlegte, was an der ganzen Sache eigentlich für Penche interessant sein sollte. Was konnte Penche schon tun? Er bezog sein Monopol von den Iszic. Er würde es kaum riskieren, sich gegen sie zu stellen.

Farr atmete tief ein und schob diese unerquicklichen Spekulationen beiseite. Es war zwar unlogisch, aber trotzdem die Stelle, an die er sich wenden sollte. Da war er sich sicher. Er fühlte es in den Knochen.

Nachdem er mit dem Ankleiden fertig war, ging er zum Stereoschirm und wählte das Büro von K. Penche. Penches Symbol erschien – ein konventionelles Haus der Iszic, ein einfacher, schwerer Typ, mit vertikalen Balken, die den Namen formten – K. Penche, Häuser. Farr hatte nicht den Bildwiedergabeknopf gedrückt, so daß sein eigenes Bild nicht auf dem Bildschirm von Penches Büro erschien. Eine Maßnahme instinktiver Vorsicht.

Eine weibliche Stimme ertönte. »K.-Penche-Unternehmen.«

»Hier ist –« Farr zögerte und hielt seinen Namen zurück, »verbinden Sie mich mit K. Penche.«

»Wer spricht?«

»Mein Name ist vertraulich.«

»Worum geht es, Sir?«

»Vertraulich.«

»Ich werde Sie mit dem Sekretariat von Mr. Penche verbinden.«

Das Bild der Sekretärin erschien – eine junge Frau von mattem Charme. Farr wiederholte seine Anfrage. Die Sekretärin betrachtete den Bildschirm. »Senden Sie bitte Ihr Bild.«

»Nein«, sagte Farr, »verbinden Sie mich mit Mr. Penche – ich will direkt mit ihm sprechen.«

»Ich fürchte, das ist unmöglich«, sagte die Sekretärin, »das widerspricht den Geschäftsgrundlagen.«

»Sagen Sie Mr. Penche, daß ich gerade mit der Andrei Simic von Iszm eingetroffen bin.«

Die Sekretärin drehte sich um und sprach in ein Mikrophon. Nur eine Sekunde später verschwamm ihr Gesicht, und der Bildschirm füllte sich mit dem Gesicht von K. Penche. Es war ein massives, mächtiges Gesicht, wie der Teil einer schweren Maschine. Die Augen brannten aus tiefen, rechteckigen Höhlen, Muskeln umklammerten seinen Mund. Die Augenbrauen hoben sich zu einem zynischen Bogen; sein Ausdruck war weder angenehm noch unangenehm.

»Wer spricht?« fragte K. Penche.

In Farrs Gehirn stiegen Wörter hoch, wie Blasen aus einem dunklen Faß. Es waren Wörter, die er niemals hatte sagen wollen: »Ich komme aus Iszm. Ich habe es.« Farr lauschte seinen eigenen Worten mit Erstaunen. Die Wörter erschienen erneut. »Ich komme von Iszm ...«, er preßte die Zähne zusammen und verweigerte seinem Kehlkopf, Wörter zu bilden. Die Sätze spritzten hinter dieser Barriere hervor.

»Wer spricht? Wer sind Sie?«

Farr reichte hinüber, drehte den Bildschirm ab und sank geschwächt in seinen Stuhl. Was ging hier vor? Er hatte nichts für Penche. ›Nichts‹ meinte in diesem Fall ein weibliches Haus, natürlich. Farr mochte naiv sein, aber nicht in dem Maße. Er besaß kein Haus, keinen Samen, Sämling oder Sprößling.

Warum wollte er überhaupt Penche sehen? Verborgene Gefühle brachen sich in seinem Kopf Bahn. Penche konnte ihm nicht helfen ... Doch eine Stimme in einem anderen Teil seines Gehirns sagte ihm, daß Penche den Knoten lösen könnte, daß er ihm einen guten Rat geben könnte ... Nun gut, ja, dachte Farr schwach, das mag richtig sein.

Farr entspannte sich. Ja, sicherlich – dies war sein Motiv. Aber andererseits war Penche Geschäftsmann, der von Isziv abhing. Wenn Farr überhaupt zu jemandem gehen sollte, so war das sicherlich die Polizei, das Spezialkommando.

Er lehnte sich zurück, rieb sein Kinn. Es wäre so schlimm nicht, den Mann aufzusuchen, vielleicht könnte er die ganze Sache loswerden.

Unzufrieden sprang Farr auf die Füße. Es schien alles unvernünftig zu sein. Warum sollte er Penche sehen? Er sollte sich nur einen guten Grund nennen ... es gab keinen. Schließlich kam er zu dem Ergebnis: Er wollte nichts mit Penche zu tun haben.

Er verließ das Zimmer, stieg zum Hauptraum des Imperador hinunter und ging zum Schalter, um einen Bankscheck einzulösen. Der Scheck war gedeckt; aber man mußte einige Minuten warten. Farr trommelte ungeduldig mit seinen Fingern auf die Theke. Neben ihm stritt ein verwirrter, froschgesichtiger Mann mit dem Empfangschef. Er wollte eine Botschaft an einen Gast abgeben, aber der Empfangschef blieb skeptisch. Der hektische Mann begann herumzupöbeln. Der Portier stand hinter seinem gläsernen Tresen, mit der Miene des steifen, gelangweilten Offiziellen und schüttelte den Kopf. Mit der gelassenen Strenge des in den Gesetzen und Regeln Erfahrenen machte es ihm Vergnügen, die Versuche des großen Mannes zu vereiteln.

»Ich weiß, daß er hier ist«, beharrte der Mann, »es ist wichtig, daß die Botschaft ihn erreicht.«

»Es ist ja seltsam«, mokierte sich der Offizielle. »Sie wissen nicht, wie er aussieht, Sie wissen nicht, wie er heißt – da könnten Sie ja leicht Ihre Botschaft an den falschen Mann bringen.«

»Das lassen Sie mal meine Sorge sein.«

Der Empfangschef schüttelte lächelnd den Kopf. »Offensichtlich wissen Sie nur, daß er heute morgen um fünf Uhr hier eingetroffen ist. Wir haben mehrere Gäste, die zu der Zeit angekommen sind.«

Farr zählte sein Geld. Die Unterhaltung interessierte ihn, er trödelte herum, brachte umständlich die Münzen in seiner Börse unter.

»Der Mann kam aus dem All. Er war gerade von der Andrei Simic gekommen. Wissen Sie jetzt, wen ich meine?«

Farr schlenderte langsam davon. Er konnte sich genau vorstellen, was passiert war. Penche hatte auf den Anruf gewartet. Er war wichtig für ihn. Er hatte die Spur zum Imperador verfolgt und einen Mann herübergeschickt, der ihn treffen sollte. Aus einer Ecke des Raumes beobachtete er, wie der Mann wutschnaubend die Rezeption verließ. Farr wußte, daß er es an anderer Stelle probieren würde. Einer der Liftjungen oder ein Steward würde ihm die Auskunft für ein Trinkgeld geben.

Farr trat aus der Tür, sah sich noch einmal um. Eine unscheinbare Frau mittleren Alters kam ihm entgegen.

Ihre Augen trafen sich, sie sah zur Seite, und ihr Schritt stockte für den Bruchteil einer Sekunde. Farr war jetzt vorsichtig bis zum Mißtrauen, sonst wäre ihm das nicht aufgefallen. Die Frau hastete an ihm vorbei, betrat das Förderband und wurde durch den Orchideengarten des Imperador auf den Sunset Boulevard hinausgetragen.

Farr folgte ihr, sah, wie sie in der Menge verschwand. Er überquerte die Straße an einer Haltestelle und nahm den linken Weg zum Hubschrauberdeck. Eine Kabine stand leer neben dem Unterstand. Farr sprang hinein und wählte irgendeinen Zielpunkt. »Laguna Beach.«

Die Kabine hob sich auf das Band nach Süden. Farr sah nach draußen. Hundert Meter hinter ihm ruckte eine Kabine an und folgte ihnen. Farr rief dem Fahrer zu: »Drehen Sie zum Ufer ab.«

Die Kabine hinter ihnen wendete.

Farr befahl: »Setzen Sie mich hier ab.«

»South Gate?« fragte der Fahrer zurück, als könne sich Farr nicht allein entscheiden.

»South Gate.« Nicht sehr weit von Penches Büro und seinem Ausstellungsgelände auf dem Signal Hill, dachte Farr. Zufall.

Die Kabine hob sich an die Oberfläche. Farr beobachtete, daß die Verfolgerkabine unten weiterfuhr. Das hätten wir. Einem Verfolger zu entkommen, war eine einfache Sache. Jedes Kind beherrschte sie, sah es täglich im Fernsehen.

Farr folgte dem weißen Pfeil in die Untergrundbahn, trat ein. Die Scheibe stieß sacht auf, wollte ihn befördern. Farr rief einen Wagen an und stieg ein. Der Untergrund eignete sich hervorragend, um einen Bewacher abzuschütteln. Er gab ein Ziel an und lehnte sich entspannt in seinem Sitz zurück.

Der Wagen beschleunigte, rumpelte, bremste, hielt an. Die Tür sprang auf. Farr stieg aus und ließ sich vom Lift nach oben tragen. Seine Gedanken gefroren. Was hatte er hier zu suchen? Dies hier war Signal Hill – einst mit Ölbohrtürmen gespickt –, jetzt unter Wogen von exotischem Grün begraben: zehn Millionen Bäume, Büsche,

Hecken, hinter denen sich Landhäuser und Paläste verbargen. Es gab Teiche und Wasserfälle und sorgfältig angelegte Blumenrabatten mit scharlachrotem Hibiskus, blaßgelber Amaryllis, saphirblauen Gardenien. Die Hängenden Gärten von Babylon waren nichts dagegen. Bel-Air ein schludriger Vorort, Topanga etwas für Neureiche.

K. Penche besaß zwanzig Morgen auf dem Gipfel von Signal Hill. Er hatte sein Land gerodet, ungeachtet der Proteste und gerichtlichen Verfügungen. Er hatte alle Prozesse gewonnen. Nun war Signal Hill mit Iszic-Bäumen in den sechzehn Variationen der vier Grundtypen bewachsen, die K. Penche verkaufen durfte.

Farr schlenderte die schattigen Arkaden entlang, die einmal die Atlantic Avenue gewesen waren. Interessant, überlegte er, daß der Zufall ihn hergeführt haben sollte. Nun, man konnte es akzeptieren, vielleicht war es ja doch eine gute Idee, Penche aufzusuchen ...

Nein, rief sich Farr verstockt zur Raison. Er hatte seine Entscheidung getroffen, keine irrationalen Unwägbarkeiten sollten ihn davon abhalten. Merkwürdig, daß er sich im riesigen Areal von Groß Los Angeles ausgerechnet vor der Tür von K. Penche wiederfand. Das lag jenseits von purem Zufall. Sein Unterbewußtsein mußte ihn hereingelegt haben.

Er sah sich um. Eigentlich konnte er nicht verfolgt werden, aber er beobachtete einen Augenblick lang das buntgemischte Volk, das, alt und jung, in allen Rassen, Größen und Hautfarben, an ihm vorbeiflanierte. Ein unbestimmtes Gefühl ließ seinen Blick etwas länger auf einem schlanken Mann in einem grauen Anzug ruhen. Etwas an ihm stimmte nicht. Farr änderte seine Richtung, lief durch das Labyrinth der offenen Läden und Gänge unter der Arkade, duckte sich in den Schatten der Palmen in einer Cafeteria und entschwand den Blicken hinter einer Blätterwand.

Eine Minute verstrich. Dann bog plötzlich der Mann im grauen Anzug um die Ecke. Farr trat hastig vor und starrte böse in das gepflegte, parfümierte Gesicht. »Suchen Sie mich, Sir?«

»Nein, warum«, sagte der Mann im grauen Anzug, »ich habe Sie nie zuvor im Leben gesehen.«

»Ich hoffe, ich werde Sie auch nie wieder sehen«, sagte Farr. Er verließ die Cafeteria, ging zur nächsten U-Bahn-Station, fuhr hinunter und nahm einen Wagen. Er dachte einen Moment nach, gab dann Altadena an. Der Wagen ruckte an. Wie hatten sie ihn aufgespürt? Durch die U-Bahn? Unwahrscheinlich.

Ich werde mich absichern. Er stornierte Altadena, gab Pomona an. Fünf Minuten später schlenderte er mit der größtmöglichen Lässigkeit den Valley Boulevard entlang. Weitere fünf Minuten später hatte er seinen Schatten ausgemacht, einen jungen Arbeiter mit nichtssagendem Gesicht. Bekomme ich Komplexe? fragte sich Farr, entwickele ich einen Verfolgungswahn? Er testete seinen Schatten, rannte um die Blöcke herum, als suchte er ein bestimmtes Haus. Der junge Arbeiter blieb ihm auf den Fersen.

Farr betrat ein Restaurant und rief am Bildschirm das Spezialdezernat an. Er fragte nach Inspektor Kirdy und wurde mit ihm verbunden.

Kirdy begrüßte ihn höflich. Er stritt ab, eine Bewachung hinter Farr hergeschickt zu haben. Aber er zeigte Interesse. »Bleiben Sie dran, ich werde bei den anderen Abteilungen nachfragen.«

Vier oder fünf Minuten verstrichen. Farr sah, wie der saubere junge Mann das Restaurant betrat, einen unverdächtigen Platz wählte und Kaffee bestellte.

Kirdy erschien wieder auf dem Bildschirm. »Hier sind alle unschuldig. Vielleicht handelt es sich um eine Privatagentur.«

Farr zeigte seine Verärgerung. »Kann ich etwas dagegen unternehmen?«

»Sind Sie in irgendeiner Weise belästigt worden?«

»Nein.«

»Dann können wir auch nichts machen. Nehmen Sie die U-Bahn, schütteln Sie sie ab.«

»Ich habe schon zweimal die U-Bahn gewechselt. Sie sind immer noch da.«

Kirdy machte ein verdutztes Gesicht. »Ich wünschte, sie würden mir verraten, wie sie das anstellen. Wir haben es aufgegeben, Leute da unten zu verfolgen. Sie hängen einen doch ab.«

»Ich versuche es noch einmal«, sagte Farr, »dann brennt's aber.«

Er verließ das Restaurant. Der junge Mann stürzte seinen Kaffee herunter und nahm die Verfolgung wieder auf.

Farr stieg in den U-Bahn-Schacht. Er wartete, aber der junge Arbeiter folgte ihm nicht mehr. Er war nirgends zu sehen. Niemand war zu sehen. Farr stieg ein, wählte Ventura. Der Wagen schoß davon. Es gab offensichtlich keinen Weg, ihn durch die U-Bahn zu verfolgen.

In Ventura beschattete ihn eine attraktive junge Hausfrau. Sie schien ihre Nachmittagseinkäufe zu erledigen.

Farr schnappte sich einen Wagen nach Long Beach. Hier folgte ihm der schlanke Mann im grauen Anzug wieder, der zuerst auf Signal Hill seine Aufmerksamkeit auf sich gezogen hatte. Er blieb gelassen, als Farr ihn wiedererkannte, zuckte nur gelangweilt die Schultern, als wenn er sagen wollte: »Was haben Sie anderes erwartet?«

Signal Hill. Wieder dort, ein, zwei Meilen entfernt. Vielleicht war es doch keine schlechte Idee, bei Penche reinzuschauen.

Nein!

Farr setzte sich in ein Straßencafé, voll im Blick des Verfolgers, und bestellte ein Sandwich. Der Mann im feinen grauen Anzug nahm an einem Nebentisch Platz und versorgte sich mit einem Eistee. Farr empfand große Lust, die Wahrheit aus diesem geschniegelten Gesicht rauszuprügeln. Kein guter Rat. Er würde im Gefängnis landen. War Penche für diese Beschattung verantwortlich? Widerwillig verwarf Farr diese Möglichkeit. Penches Mann war am Empfangsschalter des Imperador gewesen, als Farr ging …

Wer also dann! Omon Bozhd?

Farr setzte sich kerzengerade auf, dann verfiel er in ein

lautes, scharfes, bellendes Gelächter. Die Leute warfen ihm erstaunte Blicke zu. Der graue Mann sah ihn mit leisem Vorwurf an. Farr gluckste, nervös, krampfhaft. Jetzt, wo es ihm eingefallen war, schien alles so offensichtlich, so einfach.

Er sah zur Decke der Arkade hoch, stellte sich den Himmel dahinter vor. Irgendwo, zehn, fünfzehn Meilen entfernt, hing ein Raumschiff. In diesem Schiff saß ein Iszic vor einem Empfangsschirm und Sender. Überall, wohin Farr ging, gab die radioaktive Dosis in seiner rechten Schulter ein Signal ab. Auf dem Bildschirm war Farr so unauffällig wie ein Leuchtturm.

Er ging zum Stereo und rief Kirdy an.

Kirdy zeigte sich sehr interessiert. »Ich habe von dem Zeug gehört. Anscheinend funktioniert es.«

»Ja«, knurrte Farr, »das tut es. Wie kann ich es abschirmen?«

»Einen Moment.« Fünf Minuten verstrichen. Kirdy erschien wieder. »Bleiben Sie, wo Sie sind. Ich schicke einen Mann mit einem Schutzschild.«

Der Bote kam schnell. Farr ging auf die Herrentoilette und legte ein Polster aus Metallteilchen auf Schulter und Brust.

Er lachte grimmig. »Dann wollen wir mal sehen.«

Der schlanke Mann im grauen Anzug verfolgte ihn nachlässig zur U-Bahnstation. Farr gab Santa Monica an.

An der Ocean Avenue Stadion kam er an die Oberfläche, lief den Wilshire Boulevard in nordöstlicher Richtung hinunter und zurück nach Beverly Hills. Er blieb allein. Er machte alle Tests, die er sich vorstellen konnte. Niemand folgte ihm. Farr grinste befriedigt und stellte sich den verärgerten Iszic vor seinem toten Bildschirm vor.

Er kam zum Capricorn Club – einem großen, etwas verrufen wirkenden Saloon mit dem angenehmen, altmodischen Geruch nach Sägemehl, Wachs und Bier. Er ging hinein und direkt zum Stereo, wo er das Imperador-Hotel anrief. Ja, da war eine Botschaft für ihn. Der Angestellte spulte das Band zurück, und ein zweites Mal sah

Farr in das breite sardonisch grinsende Gesicht von Penche. Die barsche, tiefe Stimme klang versöhnlich, die Wörter waren sorgfältig gewählt und einstudiert. »Ich würde Sie gerne so schnell wie möglich sehen, wenn Sie es einrichten können, Mr. Farr. Wir wissen beide um die Notwendigkeit der Diskretion. Ich bin davon überzeugt, daß Ihr Besuch für uns beide nur von Vorteil ist. Ich erwarte Ihren Rückruf.«

Die Aufnahme verschwand, der Portier erschien auf dem Bildschirm. »Soll ich es löschen oder archivieren, Mr. Farr?«

»Löschen«, sagte Farr. Er verließ die Zelle und ging ans hintere Ende der Bar. Der Barkeeper fragte, wie üblich: »Was darf's sein, Bruder?«

Farr orderte Wiener Stadtbräu.

Der Barkeeper drehte sich zu einem großen Eichenholzrad um, auf dem fröhliche Etiketten die Getränke anzeigten. Einhundertzwanzig Positionen kontrollierten einhundertzwanzig Zapfhähne. Er drückte den Hebel herunter, und eine dunkle Flüssigkeit schäumte aus dem Spender. Er goß die Flasche in einen Maßkrug um und stellte ihn vor Farr hin. Farr nahm einen tiefen Zug, entspannte sich zusehends, rieb seine Stirn.

Er war verwirrt. Irgend etwas Seltsames ging vor, das war keine Frage. Penche schien vernünftig zu sein. Vielleicht, trotz allem, war es ja doch eine gute Idee – schwach schob Farr den Gedanken beiseite. Er staunte darüber, in wie vielen Verkleidungen der Zwang auftreten konnte. Es war schwierig, sich gegen alle zu schützen, solange er sich gegen jede Art von Aktion wehrte, die einen Besuch bei Penche einschloß. Ein Maß von Unausweichlichkeit, von Gegendruck legte seinem Aktionsradius Fesseln an. Was für ein Durcheinander. Wie sollte ein Mann klar denken, wenn er nicht zwischen idiotischem, unterbewußtem Zwang und gesundem Menschenverstand unterscheiden konnte?

Farr bestellte ein weiteres Bier. Der Wirt, ein gedrungener kleiner Mann mit rosigen Backen, kugelrunden Augen und einem feinen Oberlippenbart, kam der

Bestellung nach. Es handelte sich um ein interessantes psychologisches Problem, das Farr aus den verschiedensten Winkeln beleuchten müßte. Aber jetzt lag es zu nahe. Er versuchte, die Notwendigkeit vernünftig anzugehen. Was gewinne ich dadurch, daß ich zu Penche gehe? Penche hatte Profit in Aussicht gestellt. Er stellte sich vor, daß Farr etwas besaß, das er haben wollte.

Es konnte sich nur um ein weibliches Haus handeln. Farr hatte aber kein weibliches Haus, deshalb, das war ganz klar, hätte er von Penche auch nichts zu gewinnen.

Aber Farr war unzufrieden. Die Logik war zu glatt. Er fürchtete, daß man ihn hereingelegt hatte. Auch die Iszic waren beteiligt. Auch sie mußten annehmen, daß er ein weibliches Haus besaß. Seit sie hinter ihm her waren, versuchten sie herauszubekommen, wo er dieses imaginäre Haus abliefern könnte.

Penche läge natürlich nichts daran, daß sie es herausbekämen. Wenn die Iszic von Penches Beteiligung erfuhren, war es das Mindeste, daß sie ihren Vertrag mit ihm lösten. Sie konnten ihn auch töten.

K. Penche spielte mit hohem Einsatz. Auf der einen Seite konnte er seine eigenen Häuser anbauen. Sie würden ihn zwanzig oder dreißig Dollar das Stück kosten. Er konnte soviel davon, wie er wollte, für zweitausend verkaufen. Er würde der reichste Mann des Universums werden, der reichste in der Geschichte der Erde. Die Moguln in Indien, die Industriemagnaten der viktorianischen Zeit, die Ölbarone, die Paneurasischen Syndikate: Sie würden sich armselig neben ihm ausmachen.

Das war die eine Seite. Auf der anderen Seite – Penche war der letzte, der sein Monopol verlieren wollte. Er rief sich die verknorpelte Mundpartie des Mannes in Erinnerung, die Hakennase, die Augen wie die glühenden Sichtblenden eines Heizkessels – Farr erfaßte instinktiv Penches Position.

Es würde ein interessanter Kampf werden. Penche unterschätzte wahrscheinlich das subtile Denkvermögen der Iszic, den fanatischen Eifer, mit dem sie ihr Eigentum verteidigten. Die Iszic unterschätzten möglicherweise

Penches Geldmacht und das technische Know-how der Erdbewohner.

Es war die Situation des ewigen Paradoxons – unwiderstehliche Gewalt gegen unbewegliche Objekte. Und ich, dachte Farr, sitze mittendrin. Wenn ich versuche, mich herauszuziehen, werde ich vielleicht zermalmt. Gedankenverloren nahm er einen tiefen Schluck. Wenn ich genauer wüßte, was eigentlich vorgefallen ist, wie es dazu kam, daß ich zwischen die Seiten geriet, warum sie mich aufsammelten – dann wüßte ich, wohin ich zu springen hätte. Andererseits – was für eine Macht besitze ich! Oder es scheint zumindest so.

Farr bestellte noch ein Bier. Einem plötzlichen Impuls folgend blickte er auf und sah sich in der Bar um. Niemand schien ihn zu beobachten. Farr nahm den Krug und setzte sich in einer dunklen Ecke an einen Tisch.

Die ganze Sache, beziehungsweise seine Beteiligung daran, hatte mit dem Thord-Aufstand in Tjiere begonnen. Farr hatte den Verdacht der Iszic auf sich gezogen. Sie hatten ihn eingesperrt. Er war allein mit einem überlebenden Thord gewesen. Die Iszic hatten ein hypnobsierendes Gas in den Baumstumpf gesprüht. Der Thord und er waren betäubt worden.

Die Iszic hatten ihn garantiert Millimeter für Millimeter abgesucht, innen und außen, sein Gehirn, seinen Körper. Wenn er der Komplizenschaft schuldig gewesen wäre, hätten sie es herausbekommen. Wenn er Samen oder Sämlinge an seinem Körper getragen hätte, hätten sie es gewußt.

Was haben sie eigentlich getan?

Sie hatten ihn freigelassen, sie hatten seine Rückkehr zur Erde erleichtert, wenn nicht forciert. Er war ein Köder, ein Lockmittel.

An Bord der Andrei Simic – was sollte das alles? Mal angenommen, die Anderviews waren Penches Agenten. Angenommen, sie hatten die Gefahr erkannt, die Farr darstellte, und versucht, ihn zu töten. Was war mit Paul Bengston? Seine Funktion hätte sein können, die beiden zu bespitzeln. Entweder hatte er die Anderviews getötet, um die Interessen von Penche zu schützen oder weil er sich eine größere Scheibe vom Profit abschneiden wollte. Es hatte nicht geklappt. Er befand sich jetzt im Gewahrsam des Spezialkommandos.

Die ganze Geschichte verdichtete sich zu einer spekulativen, aber logischen Schlußfolgerung: K. Penche hatte die Revolte auf Tjiere angezettelt. Es war sein Metallmaulwurf, den die Wespe elfhundert Fuß unter der Erde zerstört hatte. Der Aufstand wäre fast erfolgreich gewesen. Die Iszic mußten vor Angst gezittert haben. Sie würden nach der Quelle suchen, nach dem Kopf hinter der Sache, unermüdlich und unerbittlich. Ein paar Tote bedeuteten nichts. Geld bedeutete nichts. Aile Farr bedeutete nichts.

Und ein kalter Schauer lief Farr über den Rücken.

Ein hübsches blondes Mädchen mit grau schimmernder Haut blieb neben seinem Tisch stehen. »Hi, junger Mann.« Sie warf das Haar mit einer gekonnten Bewegung über ihre Schulter. »Du siehst einsam aus.« Und sie ließ sich auf einen Stuhl neben ihn fallen.

Farrs Gedanken hatten ihn reizbar gemacht; das Mädchen schreckte ihn auf. Sie sah ihn an, ohne einen Muskel zu bewegen, fünf Sekunden, zehn Sekunden.

Sie lachte auf, unbehaglich, rückte in ihrem Stuhl hin und her. »Du siehst aus, als lägen alle Probleme der Welt auf deinen Schultern.«

Farr setzte sachte sein Bierglas ab. »Ich versuch', etwas rauszukriegen.«

»Aus der Luft?« Sie schob sich eine Zigarette in den Mund, spitzte ihren Mund. »Gib mir Feuer.«

Farr zündete die Zigarette an, betrachtete das Mädchen prüfend unter halb geschlossenen Lidern, taxierte sie, suchte nach dem falschen Ton, der untypischen Reaktion. Er hatte sie nicht hereinkommen sehen. Er hatte nicht gesehen, daß sie an anderen Tischen um einen Drink gebeten hätte.

»Kannst es mir erzählen, wenn ich was zu trinken kriege«, meinte sie beiläufig.

»Wenn ich Ihnen einen Drink kaufe, was dann?«

Sie blickte weg, vermied es, ihm in die Augen zu sehen. »Ich nehme an – ich nehme an, das hängt von dir ab.«

Unverblümt und schroff fragte Farr sie nach ihrem Preis. Sie wurde rot, blickte noch immer in der Bar umher, flüsterte plötzlich: »Ich glaube, du hast einen Fehler gemacht – ich nehme an, ich habe einen Fehler gemacht – ich dachte, du wärst für'n Drink gut.«

Farr antwortete leichthin: »Sie arbeiten in Kommission für die Bar?«

»Sicher«, sagte sie etwas zögernd, »was ist schlimm daran? Es ist ein netter Platz, um den Abend zuzubringen. Manchmal triffst du'n netten Kerl. Was'n mit deinem Kopf passiert?« Sie beugte sich vor, betrachtete ihn. »Hat dich einer geschlagen?«

»Wenn ich Ihnen erzählen würde, wie ich die Schramme bekommen habe«, meinte Farr, »Sie würden mich einen Lügner nennen.«

»Los mach, versuch's mal.«

»Ein paar Leute waren hinter mir her. Sie brachten mich zu einem Baum und warfen mich hinein. Ich fiel bis in die Wurzel, zwei- oder dreihundert Fuß tief. Auf dem Weg da runter habe ich mir den Kopf gestoßen.«

Das Mädchen sah ihn lange an. Sein Mund verzog sich zu einer schiefen Grimasse. »Und auf dem Grund sahst du kleine rosa Männchen mit grünen Laternen. Und ein riesiges, flauschiges Kaninchen.«

»Ich hab's ja gleich gesagt.«

Sie beugte sich zu seiner Schläfe vor. »Du hast da ein lustiges langes graues Haar.«

Farr zog seinen Kopf zurück. »Ich will es auch behalten.«

»Wie du meinst.« Ihre Augen fixierten ihn kalt. »Bist du auf'm Sprung oder soll ich dir meine Lebensgeschichte erzählen?«

»Warte mal«, erwiderte Farr, stand auf und durchquerte den Raum bis zur Bar. Er zeigte sie dem Wirt. »Die Blonde da an meinem Tisch, sehen Sie sie?«

Der Barkeeper sah hin. »Was ist mit ihr?«

»Hängt sie öfter hier rum?«

»Hab' sie noch nie vorher gesehen.«

»Sie arbeitet nicht gelegentlich für Sie?«

»Bruder, g'rad hab' ich's gesagt. Hab' sie noch nie im Leben gesehen.«

»Danke.«

Farr kehrte an den Tisch zurück. Das Mädchen fuhr mißmutig mit ihrem Finger über die Tischplatte. Farr sah sie lange an.

»Was ist?« brummte sie.

»Für wen arbeiten Sie?«

»Hab' ich doch gesagt.«

»Wer hat Sie auf mich angesetzt?«

»Spiel nicht verrückt.« Sie versuchte auf die Füße zu kommen, Farr hielt ihr Handgelenk fest.

»Laß mich los! Oder ich schreie!«

»Das hoffe ich doch«, nickte Farr, »ich würde mich über den Anblick der Polizei freuen. Setzen Sie sich wieder hin – oder ich rufe sie selber.«

Sie sank langsam auf ihren Stuhl zurück, dann drehte sie sich um, flog an seine Brust, sah zu ihm auf und legte ihre Arme um seinen Nacken. »Ich bin so alleine. Wirklich, das stimmt. Ich bin erst gestern aus Seattle angekommen. Ich kenne hier keine Menschenseele, also sei nicht so hart, mich zurückzustoßen. Wir könnten es nett miteinander haben ... oder nicht?«

Farr grinste. »Erst werden wir reden, dann können wir nett sein.«

Etwas traf ihn, hinten im Nacken, als ihre Hand ihn berührte. Er blinzelte, griff nach ihrem Arm. Sie sprang hoch, machte sich von ihm los, ihre Augen frohlockten. »Nun was, was wollen Sie jetzt tun?«

Farr wollte sie erreichen. Sie tänzelte zur Seite, ihr Gesicht voller Verachtung. Farrs Augen trübten sich, seine Glieder wurden schwach. Er taumelte auf die Füße, der Tisch fiel um. Der Wirt schimpfte und sprang über den Tresen. Farr machte zwei wacklige Schritte auf das Mädchen zu, das sich davonmachen wollte. Der Barkeeper vertrat ihr den Weg.

»Einen Moment mal.«

In Farrs Ohren rauschte es. Er hörte das Mädchen steif sagen: »Gehen Sie mir aus dem Weg. Er ist betrunken. Er belästigte mich ... redete lauter unanständiges Zeug.«

Der Wirt überlegte irritiert. »Irgendwas geht hier vor.«

»Na gut, aber mich lassen Sie aus dem Spiel.«

Farrs Knie gaben unter ihm nach. Er hatte einen schrecklichen Kloß im Hals, in seinem Mund. Er sank auf den Fußboden. Er konnte Bewegung wahrnehmen, er fühlte rauhe Hände und hörte die Stimme des Wirtes übermäßig laut. »Was ist los mit dir, Junge? Schaffst du's nicht?«

Farrs Gehirn war irgendwo ganz woanders, hing in einer Hecke gläserner Zweige. Töne krochen seinen Schlund herauf. »Rufen Sie Penche ... rufen Sie K. Penche.«

»K. Penche«, wiederholte jemand sanft, »bei dem Knaben ist 'ne Schraube locker.«

»K. Penche«, murmelte Farr, »er wird Sie bezahlen ... rufen Sie ihn, sagen Sie ... Farr ...«

11

Aile Farr starb. Er sank in ein rotes und gelbes Chaos der Formen, die ihn umwirbelten und zerstampften. Wenn die Bewegung zum Stillstand käme, wenn die Formen sich aufrichteten und sich zurückzogen, wenn Scharlach und Gold sich zu Schwarz verfärbten – dann würde Aile Farr tot sein.

Er sah den Tod kommen, wie das Zwielicht über dem Sonnenuntergang seines Lebens ... Er fühlte eine plötzliche Schärfe, einen Mißklang. Ein heller, grüner Fleck explodierte über den traurigen Rots und Rosas und Gold ...

Aile Farr lebte wieder.

Der Arzt lehnte sich zurück und legte die Spritze beiseite. »Sauberer kleiner Schnitt«, erklärte er der Polizeistreife.

Farrs Zuckungen ließen nach, und gnädig verließ ihn das Bewußtsein.

»Wer ist der Kerl?« fragte der Polizist.

Der Wirt warf einen skeptischen Blick auf Farr. »Er sagte, man soll Penche verständigen.«

»Penche! K. Penche?«

»Das sagte er.«

»Na gut – rufen Sie ihn an. Alles was er tun kann, ist, Sie zu beschimpfen.«

Der Barkeeper ging zum Bildschirm. Der Polizist sah auf den Doktor hinunter, der noch immer neben Farr kniete.

»Was ist dem Knaben nun eigentlich passiert?«

Der Arzt zuckte die Schultern. »Schwer zu sagen. Eine Art weibliches Unwohlsein. Es gibt so viel, was man heute einem Menschen antun kann.«

»Diese rauhe Stelle auf seinem Kopf ...«

Der Arzt betrachtete Farrs Schädel. »Nein. Das ist eine alte Wunde. Man hat ihn im Nacken erwischt. Hier an der Stelle.«

»Sieht aus, als wenn sie ihn mit einem Handkantenschlag getroffen hätte.«

Der Wirt kam zurück. »K. Penche sagt, er macht sich gleich auf den Weg hierher.«

Alle sahen mit neuem Respekt auf Farr hinunter.

Zwei Ordonnanzen legten Farr auf eine Trage und befestigten ihn mit Metallbändern. Sie hoben ihn auf und trugen ihn davon. Der Wirt trottete nebenher. »Wohin nehmt ihr Jungs ihn mit? Ich muß Penche etwas sagen.«

»Wir bringen ihn ins Long-Beach-Unfallkrankenhaus.«

Penche kam drei Minuten, nachdem die Ambulanz weg war. Er trat ein, blickte nach rechts und links. »Wo ist er?«

»Sind Sie Mr. Penche?« fragte der Wirt respektvoll.

»Natürlich ist er Penche«, sagte die Polizeistreife.

»Gut, Ihren Freund hat man ins Long-Beach-Unfallkrankenhaus gebracht.«

Penche drehte sich zu einem der Männer um, die hinter ihm hereingekommen waren. »Finden Sie heraus, was hier vorgefallen ist«, befahl er und verließ die Bar.

Die Krankenpfleger legten Farr auf einen Tisch und schnitten ihm die Schuhe von den Füßen. Erstaunt prüften sie das Metallband, das um seine rechte Schulter geschlungen war.

»Was'n das für'n Ding?«

»Was es auch ist – es muß da weg.«

Sie zogen das Metall ab, wuschen Farr mit Antiseptika, gaben ihm verschiedene Injektionen und schoben ihn in ein ruhiges Zimmer.

Penche ging zum Hauptempfang. »Wann darf Mr. Farr transportiert werden?«

»Einen Augenblick bitte, Mr. Penche.«

Penche wartete. Der Angestellte fragte herum. »Nun, er ist jetzt außer Gefahr.«

»Kann er transportiert werden?«

»Er ist noch immer ohne Bewußtsein, aber der Doktor sagt, daß es ihm gut geht.«

»Dann lassen Sie ihn mit der Ambulanz doch bitte in mein Haus bringen.«

»Sehr gut, Mr. Penche – ahm, übernehmen Sie die Verantwortung für Mr. Farrs Versorgung?«

»Ja«, sagte Penche, »schicken Sie mir die Rechnung.«

Penches Haus auf dem Signal Hill war eine luxuriöse Ausführung der Klasse AA, Typ 4, ein Gebäude, das in etwa einem aufwendigen Erdhaus im Wert von 30000 Dollar entsprach. Penche verkaufte Häuser der Klasse AA in vier Ausführungen für 10000 Dollar – soviel er vorrätig hatte –, außerdem die Klassen A, BB und B. Natürlich züchteten die Iszic aufwendigere Häuser für ihren eigenen Bedarf, reiche, alte Gewächse mit den komplexen Reihen einander verbundener Schoten, Wände mit fluoreszierenden Farben, Röhren, aus denen Nektar, Öl und Meerwasser sprudelte, eine Atmosphäre, mit Sauerstoff und verschiedenen Essenzen angereichert, phototropische und photophobische Hülsen, Hülsen, die ein zirkulierendes Schwimmbadsystem besaßen, Schoten, die Nüsse, Zuckerkristalle und saftige Waffeln produzierten. Davon exportierten die Iszic kein Stück, ebensowenig wie die Drei- oder Vierhülsenhäuser der Arbeiter. Sie brauchten genausoviel Fürsorge und Laderaum in den Schiffen, aber sie brachten den Iszir wenig ein.

Eine Billion Erdbewohner lebte noch immer unter unwürdigen Bedingungen. Die Nordchinesen höhlten noch immer die Erde aus, die Dravida bauten Hütten aus Lehm, Amerikaner und Europäer pferchten sich in kleine Einzelzellen. Penche hielt die Situation für erbärmlich. Ein riesiger Markt lag unberührt vor ihm. Er wollte ihn für sich gewinnen.

Eine praktische Schwierigkeit gab es da noch. Diese Leute konnten nicht Tausende von Dollars für Häuser der Klassen AA, A, BB, B bezahlen, selbst wenn Penche sie ihnen verkaufen wollte. Er benötigte Drei-, Vier-, Fünfhülsenarbeiterhäuser – die die Iszic nicht exportieren wollten.

Das Problem sollte eine klassische Lösung finden: der Aufstand auf Iszm für ein weibliches Haus. Erst einmal angepflanzt, würde das weibliche Haus jedes Jahr Millionen von Samen produzieren. Etwa die Hälfte dieser Samen könnte sich wieder zu weiblichen Bäumen auswachsen. In ein paar Jahren würde Penches Einkommen von 10 Millionen im Jahr auf 100 Millionen, 1000 Millionen, 5000 Millionen ansteigen.

Für die meisten Leute erscheint ein Unterschied zwischen 10 Millionen im Jahr und 1000 Millionen nicht so erheblich. Aber Penche dachte in Millionenabständen. Geld bedeutete nicht nur das, was man dafür kaufen konnte, es bedeutete Energie, Investitionen, die Jagd nach der Macht. Er wendete nur wenig Geld für sich selbst auf, sein persönliches Leben war eher karg. Er lebte in seinem AA-Klassenhaus auf dem Signal Hill zur Demonstration, während er eine Insel im Universum hätte haben können, die im Orbit um die Erde schwebt. Er hätte seinen Tisch mit seltenen Kostbarkeiten beladen können, den wertvollsten Mahlzeiten, den kostbarsten Weinen, seltenen Likören und den Früchten anderer Welten. Er hätte sich einen Harem halten können mit Houris, von denen ein Scheich nur in seinen kühnsten Träumen träumte. Aber Penche aß Steak und trank Kaffee und Bier. Er blieb Junggeselle und ging nur unter die Leute, wenn die Geschäfte ihm die Zeit dazu ließen. Wie viele in einer Richtung begabte Menschen, die kein Ohr für die Musik haben, hatte Penche nur wenig für die angenehmen Seiten des Lebens übrig.

Er war sich seines eigenen Mangels bewußt, und manchmal berührte ihn ein Gefühl der Melancholie wie ein Pinsel aus düsteren Federn; manchmal ging er aus sich heraus, wild wie ein Bär, und die Hochöfen hinter dem rauchigen Glas seiner Augen loderten. Aber die meiste Zeit über war K. Penche säuerlich und zynisch. Andere Menschen konnten beschwichtigt werden, abgelenkt, durch Worte beherrscht werden, durch die kleinen Dinge, die kleinen Freuden des Lebens. Penche wußte das wohl und benutzte dieses Wissen wie ein Zimmermann seinen Hammer benutzt, ohne auf eine weiche Stimme in seinem Innern zu lauschen. Ohne Illusion, ohne Vorurteile beobachtete er und agierte. Hier lag vielleicht seine größte Stärke, das innere brodelnde Auge, das seinen eigenen Maßstab anlegte und die Welt in diesem Rahmen mit Gleichgültigkeit betrachtete.

Er wartete in seinem Studio, als die Ambulanz auf dem Rasen landete. Er trat auf den Balkon hinaus und sah zu, wie die Pfleger die Tage heraushoben. Er sprach mit der brüsken, harten Stimme, die so durchdringend war wie der Schrei anderer Menschen: »Ist er bei Bewußtsein?«

»Er kommt gerade zu sich, Sir.«

»Bringen Sie ihn hier herauf.«

12

Aile Farr erwachte in einer Hülse mit staubiggelben Wänden, einer braunen, von schmalen Streifen unterbrochenen Decke. Er hob seinen Kopf und sah sich um. Er sah quadratische, dunkle, schwere Möbel, Stühle, einen Schaukelstuhl, einen Tisch, überladen mit Papieren, ein oder zwei Modelle von Häusern und ein antikes spanisches Buffet.

Ein zerbrechlicher Mann mit einem großen Kopf und ernsten Augen beugte sich über ihn. Er trug einen weißen Kittel und roch antiseptisch: ein Arzt.

Hinter der Tür stand Penche. Er war ein großer Mann, aber nicht so groß, wie Farr ihn sich vorgestellt hatte. Er durchquerte langsam den Raum und sah auf Farr hinunter.

Etwas schwirrte durch Farrs Gehirn. Luft stieg in seiner Kehle hoch, sein Kehlkopf vibrierte; sein Mund, seine Zunge, seine Zähne, sein Gaumen formten Worte. Farr selbst hörte sie voller Erstaunen.

»Ich habe den Baum.«

Penche nickte. »Wo?«

Farr sah ihn verdutzt an.

Penche fragte: »Wie haben Sie den Baum aus Iszm rausgekriegt?«

»Ich weiß es nicht«, sagte Farr. Er stützte sich auf einen Ellbogen, strich über sein Kinn, blinzelte. »Ich weiß nicht, was ich sage. Ich habe keinen Baum.«

Penche runzelte die Stirn. »Entweder haben Sie ihn oder nicht.«

»Ich habe keinen Baum.« Farr kämpfte sich in eine Sitzposition hoch. Der Arzt legte ihm seinen Arm um die Schulter und half ihm hoch. Farr fühlte sich sehr schwach. »Was tue ich hier? Jemand hat mich vergiftet. Ein blondes Mädchen in der Kneipe.« Er sah Penche mit wachsendem Ärger an. »Sie arbeitet für Sie.«

Penche nickte. »Das stimmt.«

Farr fuhr sich übers Gesicht. »Wie fanden Sie mich?«

»Sie riefen das Imperador an. Ich hatte einen Mann bei der Verbindungszentrale sitzen, der auf den Anruf wartete.«

»Gut«, sagte Farr schwach, »das ist ein Mißverständnis. Wie oder warum oder was – ich weiß es nicht. Nur daß ich einen Schlag abbekam. Und das mag ich nicht.«

Penche sah den Doktor an. »Wie geht es ihm?«

»Jetzt ganz gut. Er wird bald seine Kraft wiedererlangt haben.«

»Gut. Sie können gehen.«

Der Arzt verließ die Hülse. Penche zog sich einen Stuhl heran und setzte sich. »Annas Schlag war zu hart«, sagte Penche. »Sie hätte nicht ihren Stift benutzen dürfen.« Er zog seinen Stuhl näher heran. »Erzählen Sie mir von sich.«

»Zuerst«, sagte Farr, »wo bin ich?«

»Sie sind in meinem Haus. Ich werde auf Sie achtgeben.«

»Warum?«

Penche bewegte den Kopf hin und her, ein Zeichen innerer Belustigung. »Sie wurden gebeten, mir einen Baum abzuliefern. Oder einen Samen. Oder einen Schößling. Was immer es ist, ich will es haben.«

Farr sprach mit leiser Stimme. »Ich habe es nicht. Ich weiß nichts darüber. Es war auf dem Tjiere-Atoll während des Überfalls – da bin ich Ihrem Baum am nächsten gekommen.«

Penche fragte mit ruhiger Stimme, ohne Argwohn. »Sie riefen mich an, als Sie in der Stadt waren. Warum?«

Farr schüttelte den Kopf. »Ich weiß es nicht. Es war etwas, das ich tun mußte. Ich tat es. Ich sagte auch jetzt wieder, daß ich einen Baum hätte. Ich weiß nicht warum ...«

Penche nickte. »Ich glaube Ihnen. Wir müssen herausfinden, wo dieser Baum ist. Es mag eine Weile dauern, aber ...«

»Ich habe Ihren Baum nicht! Ich bin nicht interessiert!« Farr rappelte sich auf die Füße. Er sah sich um und marschierte auf die Tür zu. »Und jetzt gehe ich nach Hause.«

Penche sah ihm amüsiert nach. »Die Tür ist verriegelt, Farr.«

Farr hielt inne, starrte auf den Türmechanismus. Verschlossen – zugedreht. Der Öffnungsnerv befand sich irgendwo in der Wand. Er drückte gegen ihre staubiggelbe, pergamentartige Oberfläche.

»So nicht«, sagte Penche, »kommen Sie wieder her, Farr ...«

Die Tür öffnete sich von selbst. Omon Bozhd stand im Türrahmen. Er trug ein hauchdünnes Gewand mit blauen und weißen Streifen, ein glockenähnliches Gebilde saß flott auf seinen Ohren. Sein Gesicht blickte streng, gelassen, mit dem Ernst eines Menschen, aber keines Erdenmenschen.

Er trat ins Zimmer. Hinter ihm kamen zwei Iszic, mit gelben und grünen Streifen: Szecr. Farr wich zurück, um sie hereinzulassen.

»Hallo«, meinte Penche, »ich dachte, ich hätte die Tür verschlossen. Ihr Jungs scheint auch alle Tricks zu kennen.«

Omon Bozhd nickte Farr höflich zu. »Wir haben Sie heute für gewisse Zeit verloren, es freut mich, Sie wiederzusehen.« Er blickte Penche an, dann wieder Farr. »Ihr Bestimmungsort scheint das Haus von K. Penche zu sein.«

»Sieht so aus«, sagte Farr.

Omon Bozhd begann höflich zu erklären. »Als Sie in der Zelle in Tjiere waren, betäubten wir Sie mit einem Hypnosegas. Der Thord hörte es. Seine Rasse besitzt die Fähigkeit, den Atem sechs Minuten lang anzuhalten. Als Sie ohnmächtig wurden, stürzte er sich auf Sie und zwang Ihnen seinen Willen auf. Eine gewalttätige Suggestion.« Er blickte auf Penche. »Bis zum letzten Augenblick hat er seinem Meister gute Dienste geleistet.«

Penche sagte nichts; Omon Bozhd wandte sich wieder Farr zu. »Er vergrub seine Instruktionen tief in Ihrem Gehirn, dann gab er Ihnen die Bäume, die er gestohlen hatte. Die sechs Minuten waren um. Er mußte Luft holen und fiel in Ohnmacht. Später brachten wir Sie zu ihm, in der Hoffnung, die Gedankensperre zu lösen. Es war ein Fehlschlag; der Thord setzte uns alle mit seinen psychischen Fähigkeiten in Erstaunen.«

Farr sah Penche an, der sich nachlässig an den Tisch gelehnt hatte. Spannung lag über dem Raum.

Omon Bozhd wandte seine Aufmerksamkeit von Farr ab. Der hatte seinen Zweck erfüllt. »Ich kam auf die Erde«, erklärte er Penche, »aus zwei Gründen. Ich muß Ihnen mitteilen, daß Ihre bestellte Lieferung von Häusern der Klasse AA wegen des Überfalls auf dem Tjiere-Atoll nicht erfüllt werden kann.«

»Gut, gut«, meinte Penche milde, »das heißt, nicht so gut.«

»Meine zweite Aufgabe besteht darin, den Mann zu finden, dem Aile Farr seine Botschaft überbringen soll.«

Penche zeigte Interesse. »Sie haben Farrs Verstand durchleuchtet? Warum waren Sie dann nicht in der Lage, es herauszufinden?«

Die Höflichkeit des Iszic war automatisch, ein Reflex. Omon Bozhd beugte seinen Kopf. »Der Thord befahl Farr zu vergessen und sich erst zu erinnern, wenn er seinen Fuß auf die Erde setzte. Er besaß große Macht und Aile Farr ein beachtlich zähes Gehirn. So konnten wir ihm nur folgen. Hier ist sein Ziel. Das Haus von K. Penche. Ich kann daher meinen zweiten Auftrag erfüllen.«

Penche sagte: »Also gut, spucken Sie's aus.«

Omon Bozhd verneigte sich. Seine Stimme klang ruhig und förmlich. »Meine erste Botschaft an Sie ist damit nicht mehr von Bedeutung, Penche Sainh. Sie erhalten keine Häuser der Klasse AA mehr. Sie erhalten überhaupt keine Häuser mehr. Sollten Sie Ihren Fuß jemals auf Iszm oder das Hoheitsgebiet der Iszic setzen, werden Sie für das Verbrechen, das Sie an uns begangen haben, bestraft werden.«

Penche wackelte mit dem Kopf, ein untrügliches Zeichen seiner inneren, zynischen Erheiterung. »Sie entlassen mich also aus dem Vertrag. Ich bin nicht länger Ihr Vertreter.«

»So ist es.«

Penche drehte sich zu Farr um und fuhr ihn plötzlich mit seiner scharfen Stimme an. »Die Bäume – wo sind sie?«

Unwillkürlich fuhr Farrs Hand zu der wunden Stelle auf seinem Kopf.

Penche sagte: »Kommen Sie her, Farr, setzen Sie sich hin. Lassen Sie mich sehen.«

Farr knurrte: »Bleiben Sie weg von mir. Ich bin nicht der Spielball für jedermann.«

Omon Bozhd fuhr mit seinen Erläuterungen fort. »Der Thord verankerte sechs Samen unter Ihrer Schädeldecke, Farr Sainh. Es war ein neuartiges Versteck. Die Samen sind winzig. Wir brauchten dreißig Minuten, bis wir sie gefunden hatten.«

Farr preßte angeekelt seinen Kopf.

Penche krächzte heiser: »Setzen Sie sich, Farr. Lassen Sie mich herausfinden, wo wir stehen.«

Farr lehnte sich mit dem Rücken gegen die Wand. »Ich weiß, wo ich stehe. Und das ist nicht bei Ihnen.«

Penche lachte.

»Sie machen doch nicht gemeinsame Sache mit den Iszic?«

»Ich mache mit niemandem gemeinsame Sache. Wenn ich Samen auf meinem Kopf habe, geht das niemanden etwas an, außer mich selbst!«

Penche machte einen Schritt nach vorne, sein Gesicht hatte einen häßlichen Ausdruck angenommen.

Omon Bozhd sagte: »Die Samen sind entfernt worden, Penche Sainh. Die Beulen, die Farr Sainh vielleicht noch spürt, sind Tantalkügelchen.«

Farr befingerte seinen Kopf. In der Tat – da waren sie: harte Beulen, von denen er dachte, sie gehörten zu seinem Schädel. Eins, zwei, drei, vier, fünf, sechs ... Seine Hand wanderte durch sein Haar, hielt inne. Unwillkürlich sah er Penche an, dann den Iszic. Sie schienen ihn nicht zu beachten. Er drückte auf das kleine Etwas, das er in seinen Haaren entdeckt hatte. Es fühlte sich wie eine kleine Blase an, ein Säckchen von der Form eines

Getreidekorns, und es hing mit einer Faser an seinem Schädel. Anna, das blonde Mädchen, hatte ein langes, graues Haar gesehen ...

Farr sagte mit schwankender Stimme: »Ich habe jetzt genug ... ich gehe.«

»Nein, das tun Sie nicht«, widersprach Penche ohne eine Regung von Gefühl oder Aufregung. »Sie bleiben hier.«

Omon Bozhd bemerkte höflich: »Ich glaube, daß die Gesetze der Erde es verbieten, einen Menschen gegen seinen Willen festzuhalten. Und wenn wir es zulassen, machen wir uns mitschuldig. Ist es nicht so?«

»Sozusagen, mit Einschränkungen«, lächelte Penche.

»Um uns selbst zu schützen, müssen wir darauf bestehen, daß Sie keine Ungesetzlichkeiten begehen.«

Penche beugte sich trotzig vor. »Sie haben Ihre Botschaft abgeliefert. Gehen Sie zum Teufel.«

Farr wollte an Penche vorbei. Aber Penche hob den Arm und legte seine Handfläche flach auf Farrs Brust. »Sie bleiben besser hier, Farr, hier sind Sie sicherer.«

Farr starrte in Penches glühende Augen. Vor Wut und Verachtung brachte er keinen Ton heraus. »Ich gehe, wohin ich will«, stieß er schließlich hervor, »ich bin es leid, den Trottel zu spielen.«

»Lieber ein lebender Trottel als ein toter Dummkopf.«

Farr schob Penches Arm beiseite. »Ich nehme meine Chancen wahr.«

Omon Bozhd flüsterte den beiden Iszic hinter sich etwas zu. Sie trennten sich, jeder nahm auf einer Seite des Türmuskels Aufstellung.

»Sie können gehen«, sagte Omon Bozhd zu Farr, »K. Penche kann Sie nicht aufhalten.«

Farr hielt kurz inne. »Ich stelle mich auf keine Eurer Seiten.« Er sah sich in der Hülse um und trat zum Stereoschirm.

Penche näherte sich ihm, grinste dabei den Iszic an.

Omon Bozhd sagte scharf: »Farr Sainh!«

»Das ist legal«, triumphierte Penche, »lassen Sie ihn doch.«

Farr berührte die Knöpfe. Der Bildschirm glomm auf und zeigte ein Bild.

»Geben Sie mir Kirdy«, sagte Farr.

Omon Bozhd gab ein winziges Zeichen. Der Iszic zu seiner Rechten schlitzte die Wand auf und durchschnitt die Kommunikationsröhre. Der Schirm wurde dunkel.

Penches Augenbrauen hoben sich. »Über kriminelle Handlungen reden«, höhnte er, »und dann mein Haus demolieren!«

Omon Bozhds Lippen verzogen sich, zeigten das blasse Zahnfleisch, die Zähne. »Bevor ich nicht fertig bin ...«

Penche hob seine linke Hand; sein Zeigefinger spie eine orangene Feuerzunge aus. Omon Bozhd sprang zur Seite, der Feuerstrahl streifte sein Ohr. Die beiden anderen Iszic bewegten sich wie Nachtfalter und stachen in gleichmäßigem Tempo und mit großer Präzision in die Wand der Hülse.

Penche bewegte seinen Finger ein zweites Mal. Farr sprang vor, ergriff Penches Schulter und wirbelte ihn herum. Penches Mund war verkniffen. Seine rechte Hand schoß hoch und erwischte Farr im Magen. Farr, dessen rechter Haken danebenging, taumelte zurück. Penche wandte sich wieder den drei Iszic zu. Sie hatten sich hinter den Türmuskel geduckt, der hinter ihnen zuschnappte. Farr und Penche befanden sich alleine in der Schote. Farr entfernte sich von der Wand und Penche wich zurück.

»Halten Sie sich fest, Sie Idiot«, fauchte Penche.

Die Hülse zitterte, wackelte. Farr, halb verrückt in seiner blinden Wut, watete weiter. Der Fußboden schlug Falten. Farr fiel auf die Knie.

»Festhalten, hab' ich gesagt«, schnauzte Penche, »für wen arbeiten Sie, für die Erde oder die Iszic?«

»Sie sind nicht die Erde«, knurrte Farr, »Sie sind K. Penche! Ich kämpfe, weil ich mich nicht mehr ausnutzen lassen will.« Er versuchte, auf die Füße zu kommen. Ein Schwächegefühl überkam ihn. Er lehnte sich zurück, außer Atem.

»Lassen Sie mich das Ding auf Ihrem Kopf sehen«, forderte Penche.

»Bleiben Sie weg von mir! Ich schlage Ihnen das Gesicht ein!«

Der Boden der Hülse schwankte wie ein Trampolin. Farr und Penche wurden durchgerüttelt, durcheinandergeworfen. Penche blickte elend drein. »Was machen die?«

»Sie haben es schon getan«, sagte Farr, »sie sind Iszic und dies ist ein Haus der Iszic. Sie spielen darauf wie auf einem Instrument.«

Die Schote verhielt sich ruhig, unbeweglich, bebend. »Da«, sagte Penche, »es ist vorbei ... Jetzt zu dem Ding auf Ihrem Kopf.«

»Bleiben Sie weg ... Was es auch ist, es gehört mir!«

»Mir gehört es«, sagte Penche sanft, »ich habe dafür bezahlt, es anpflanzen zu können.«

»Sie wissen ja nicht mal, was es ist!«

»Und ob ich das weiß. Ich kann es sehen. Es ist ein Sproß. Die erste Hülse bricht schon auf.«

»Sie sind verrückt. In meinem Kopf kann doch kein Samen keimen!«

Die Schote schien sich zu versteifen, bog sich wie der Buckel einer Katze. Das Dach begann zu brechen.

»Wir müssen hier raus«, stellte Penche fest. Der Fußboden röhrte und zitterte. Penche rannte zum Türmuskel und berührte den Öffnungsnerv.

Der Muskel blieb geschlossen.

»Sie haben den Nerv durchgeschnitten«, sagte Farr.

Die Hülse hob sich langsam, wie der Aufsatz eines Kipplasters. Der Boden neigte sich. Das gewölbte Dach krachte. Ein scharfer Splitter traf Farr am Fuß.

Penche richtete seinen Finger auf den Schließmuskel. Die Patrone feuerte ins Auge des Muskels. Die Iris vergalt es ihm mit einer Wolke aus schmutzigem Dampf.

Penche taumelte zurück, würgte.

Zwei weitere Dachträger brachen auf.

»Sie töten uns, wenn sie uns treffen«, schrie Penche und beobachtete den Deckenboden, »gehen Sie da weg!«

»Aile Farr, das wandelnde Gewächshaus ... Sie verfaulen, ehe Sie mich ernten, Penche ...«

»Werden Sie nicht hysterisch«, sagte Penche grob, »kommen Sie hier rüber!«

Die Schote klaffte auseinander, und die Möbel begannen, in ihr Maul hineinzufallen. Penche wehrte sich verzweifelt. Farr rutschte über den Boden. Die ganze Hülse bog sich, Fragmente der Adern sprangen auf, rissen, klapperten. Die Möbelstücke trudelten umher und prallten gegen die beiden Männer, quetschten, zerkratzten, stauchten sie zusammen.

Die Hülse schüttelte sich, die Tische, Stühle hoben sich und knallten auf den Boden zurück. Farr und Penche versuchten, sich zu befreien, bevor ihnen die Möbel die Knochen brachen.

»Sie manipulieren das von außen«, keuchte Farr, »indem sie die Nerven herausziehen ...«

»Wenn wir auf den Balkon kämen ...«

»Würden wir heruntergeschleudert.«

Das Schütteln wurde noch stärker – ein kurzes Heben, ein kräftiges Senken. Die Fragmente der Rippen und die Möbel schwebten hoch, zitterten und rollten zurück wie Erbsen in eine Dose. Penche stützte sich mit den Händen auf dem Tisch ab und versuchte, die Bewegung auszugleichen, ihre beiden Körper zu verschonen. Farr ergriff einen Splitter und begann, auf die Wand einzustechen.

»Was machen Sie da?«

»Die Iszic haben hier hereingestochen – und einige Nerven getroffen. Ich versuche, andere zu treffen.«

»Sie werden uns garantiert töten!« Penche starrte auf Farrs Kopf. »Vergessen Sie die Pflanze nicht ...«

»Sie haben mehr Angst um die Pflanze als um sich selbst.« Farr stach hier, dort, oben, unten.

Er traf einen Nerv. Die Schote gefror plötzlich zu angsterregender Starre. Aus der Wand tropften seltsame große Perlen einer säuerlichen Flüssigkeit. Die Schote zuckte konvulsivisch, und das Innere wirbelte durcheinander.

»Das ist der falsche Nerv!« gellte Penche. Er griff nach

einem Splitter und begann auch, herumzuhacken. Ein Geräusch wie ein leises Wimmern durchzog die Hülse. Der Boden flog hoch, krümmte sich in pflanzlicher Todesangst. Die Decke brach zusammen.

»Wir werden zerquetscht«, brüllte Penche. Farr sah das Schimmern von Metall – die Spritze des Arztes. Er nahm sie hoch, jagte sie in das schwammige, kreidige Grün der Vene und zog sie ab.

Die Schote schauderte, torkelte, zuckte. Die Wände warfen Blasen und zerbarsten. Eine Flüssigkeit stürzte heraus und floß in den Eingangskanal. Die Hülse fiel in konvulsivischen Zuckungen in sich zusammen.

Die zerstörten Fragmente der Rippen, zerbrochene Möbel, Farr und Penche fielen der Länge nach durch die Hülse, auf den Balkon – in die Dunkelheit.

Farr griff nach den Verstrebungen der Balustrade, um für kurze Zeit seinen Fall aufzuhalten. Die Rippe brach, Farr fiel weiter. Der Rasen war nur einen Meter entfernt. Unter ihm war etwas Rauhes. Es ergriff seine Beine und zog mit aller Kraft. Penche.

Sie rollten über den Rasen. Farrs Kraft war fast am Ende. Penche quetschte seine Rippen, zog sich hoch und umklammerte seinen Hals. Farr sah das zynische grinsende Gesicht nur wenige Zentimeter vor sich. Er zog seine Knie an – heftig. Penche winselte auf, schnappte nach Luft, aber er hielt fest. Farr griff mit den Fingern nach Penches Nase und drehte sie. Penche kullerte auf den Rücken, sein Griff lockerte sich.

Farr krächzte: »Ich werde dieses Ding ausreißen ... ich werde es zerquetschen.«

»Nein«, japste Penche, »nein.« Er schrie. »Frope! Carlyle!«

Gestalten erschienen. Penche kam auf die Füße. »Da sind drei Iszic im Haus. Laßt sie nicht raus. Bleibt beim Stamm stehen – und erschießt sie.«

Eine kühle Stimme antwortete: »Heute nacht wird niemand erschossen.«

Zwei Lichtstrahler konzentrierten sich auf Penche. Er zitterte vor Wut. »Wer sind Sie?«

»Spezialdezernat. Ich bin Polizeiinspektor Kirdy.«

Penche atmete hörbar aus. »Nehmen Sie die Iszic fest. Sie sind in meinem Haus.«

Die Iszic traten in den Lichtschein.

Omon Bozhd sagte: »Wir sind hier, um unser Eigentum zurückzufordern.«

Kirdy betrachtete sie wenig freundlich. »Welches Eigentum?«

»Es befindet sich in Farrs Kopf. Es ist der Samen eines Hauses.«

»Ist es Farr, den Sie beschuldigen?«

»Das tun sie besser nicht«, sagte Farr verärgert, »sie bewachten mich jede Minute, sie suchten mich, sie hypnotisierten mich.«

»Penche ist der Schuldige«, unterbrach Omon Bozhd bitter. »Penches Agent hinterging uns. Jetzt ist alles klar. Er versteckte die sechs Samen genau dort, wo er wußte, daß wir sie finden würden. Aber er hatte noch ein Wurzelstück; das verankerte er auf Farrs Schädel, mitten zwischen den Haaren. Wir haben es nicht gefunden.«

»Verdammtes Glück«, meinte Penche.

Kirdy sah zweifelnd Farr an. »Das Ding ist noch am Leben?«

Farr schluckte sein Gelächter hinunter. »Am Leben? Es sendet Wurzeln aus – es bringt Blätter hervor, eine Schote. Es wächst. Ich bekomme ein Haus auf dem Kopf!«

»Es ist der Besitz der Iszic«, erklärte Omon Bozhd scharf, »ich verlange seine Rückgabe.«

»Es gehört mir«, sagte Penche. »Ich habe es gekauft – und dafür bezahlt.«

»Es gehört mir«, sagte Farr, »auf wessen Kopf wächst es denn?«

Kirdy schüttelte den Kopf. »Sie kommen am besten alle mit.«

»Ich gehe nirgendwohin, ehe ich nicht verhaftet bin«, sagte Penche mit großer Würde. Er streckte den Finger aus. »Verhaften Sie lieber die Iszic. Sie haben mein Haus zerstört.«

»Sie kommen mit – alle«, sagte Kirdy. Er drehte sich um. »Bringt den Wagen her.«

Omon Bozhd hatte sich entschieden. Er reckte sich stolz zu seiner ganzen Höhe auf, die weißen Bänder glommen in der Dunkelheit. Er blickte zu Farr hinüber, griff unter seinen Kittel und holte eine Maschinenpistole hervor.

Farr duckte sich und ließ sich fallen.

Das Geschoß sirrte über seinen Kopf. Kirdys Gewehr spie blaue Flammen. Omon Bozhd verglühte in einer blauen Aureole. Er war tot, aber er feuerte weiter und weiter. Farr rollte über den dunklen Boden. Die anderen Iszic schossen auf ihn. Sie ignorierten die Gewehre der Polizei, sie waren blau flammende Figuren, tot, aber unter einem Kommando stehend, das über den Tod hinaus ihr Leben bestimmte. Geschosse trafen Farrs Beine. Er stöhnte auf und lag still.

Die drei Iszic brachen zusammen.

»Jetzt«, sagte Penche befriedigt, »werde ich mich um Farr kümmern.«

»Sachte, Penche«, meinte Kirdy.

»Bleiben Sie weg«, sagte Farr.

Penche hielt an. »Ich gebe ihnen zehn Millionen für das, was auf Ihrem Kopf wächst.«

»Nein«, sagte Farr wild, »ich werde es selbst aufziehen. Ich werde allen Samen verschenken . . .«

»Es ist ein Spiel«, warf Penche ein, »wenn er männlich ist, ist er nichts wert.«

»Und wenn er weiblich ist«, widersprach Farr, »ist er . . .« Er schwieg, als ein Polizeiarzt sein Bein untersuchte.

». . . eine Menge wert«, vollendete Penche trocken, »aber sie werden Widerstand zu spüren kriegen.«

»Von wem?« keuchte Farr.

Die Ambulanz brachte eine Trage.

»Von den Iszic. Ich gebe Ihnen zehn Millionen. Ich werde es mit ihnen aufnehmen.«

Die Müdigkeit, der Schmerz, völlige Erschöpfung überwältigten Farr. »Einverstanden. . . Ich bin die Sache leid.«

»Das kommt einem Vertrag gleich«, triumphierte Penche, »diese Offiziere sind Zeugen.«

Sie legten Farr auf die Trage. Der Doktor sah auf ihn hinunter und bemerkte einen Zweig in Farrs Haar. Er reichte hinunter und riß ihn aus.

»Au!« sagte Farr.

Penche schrie auf. »Was hat er gemacht?«

Farr sagte schwach: »Sie sollten auf Ihr Eigentum besser acht geben, Penche.«

»Wo ist es?« schrie Penche verzweifelt, schrill und packte den Arzt am Kragen.

»Was?« fragte der Arzt zurück.

»Bringt Licht!« brüllte Penche.

Farr beobachtete, wie Penche und seine Männer im Dreck wühlten und einen bläßlichen Schößling suchten, der auf seinem Kopf gewachsen war. Dann umgab ihn gnädige Bewußtlosigkeit.

Penche besuchte Farr im Krankenhaus. »Hier«, sagte er knapp, »Ihr Geld.« Er warf einen Scheck auf den Tisch. Farr sah ihn an. »Zehn Millionen Dollar.«

»Das ist viel Geld«, bemerkte Farr.

»Ja«, sagte Penche.

»Sie haben den Sprößling also gefunden.«

Penche nickte. »Er lebte noch. Er wächst jetzt ... er ist männlich.« Er nahm den Scheck auf, betrachtete ihn, legte ihn auf den Tisch zurück. »Ein Trinkgeld.«

»Sie hatten gute Aussichten«, tröstete Farr ihn.

»Ich mache mir nichts aus Geld«, gab Penche zurück. Er blickte aus dem Fenster, hinaus auf Los Angeles, und Farr fragte sich, woran er wohl dachte.

»Wie gewonnen, so zerronnen«, sagte Penche. Er wandte sich zum Gehen.

»Und jetzt?« fragte Farr. »Sie haben kein weibliches Haus, Sie handeln nicht mehr mit Häusern.«

K. Penche sprach. »Es gibt weibliche Häuser auf Iszm. Viele. Ich werde mir einige verschaffen.«

»Wieder ein Überfall?«

»Nennen Sie es, wie Sie wollen.«

»Wie nennen Sie es?«

»Eine Expedition.«

»Ich bin froh, daß ich nicht beteiligt sein werde.«

»Das weiß ein Mensch nie«, merkte Penche an, »Sie könnten Ihren Sinn ändern.«

»Zählen Sie nicht auf mich«, sagte Farr.

ENDE

Vor langer Zeit haben die Menschen den Blauen Planeten besiedelt, eine riesige Wasserwelt. Nun leben sie auf gigantischen Blättern von Wasserpflanzen, und ihr Leben dreht sich um das, was das Meer ihnen gibt – und um König Krakon, Gott und gefräßiger Tyrann in einem, ein krakenähnliches Geschöpf, das die Siedler schützt, aber auch einen großen Tribut verlangt. Der junge Signalgeber Sklar Hats sieht in ihm bloß einen Parasiten und wagt es, gegen die althergebrachte Ordnung zu rebellieren ...

HUGO- und NEBULA-Preisträger Jack Vance gehört mittlerweile zu den Klassikern des Genres. Er ist ein Meister des SF-Abenteuer-romans. Wie kein Zweiter versteht er es, die unterschiedlichsten Elemente phantastischer Literatur miteinander zu vermischen. Er ist einer der Begründer und bis heute einer ihrer prominentesten und literarischsten Vertreter der Science Fantasy.

ISBN 3-404-23209-7

BASTEI
LÜBBE

Hier ist die Weisheit! So verkündet die Offenbarung des Johannes. Wer Verstand hat, der überlege die Zahl des Tiers; denn es ist eines Menschen Zahl, und seine Zahl ist: 666. Oder anders ausgedrückt: 1,03144 x 10hoch28; oder: 10 314 424 798 490 535 546 171 949 056: die Anzahl der möglichen Universen.

Dies ist eines der Meisterwerke von Robert A. Heinlein, dem mehrfachen Hugo-Preisträger. Ein spannender Abenteuerroman und Spiel mit der SF zugleich: Ein Genie erfindet eine Maschine, mit der man jedes erdenkbare Universum aufsuchen kann, und so bereisen die vier Helden des Romans unter anderem auch einige Welten aus der SF (zum Beispiel E. E. Smiths oder Isaac Asimovs Universum). Heinlein selbst tritt zusammen mit einigen seiner Hauptfiguren aus anderen Romanen auf. Also nicht nur ein Roman zum Schmökern, sondern auch ein Schlüsselwerk für alle Sammler klassischer SF.

ISBN 3-404-23206-2

BASTEI
LÜBBE

Auch in diesem Abenteuer hat Honor Harrington es wieder einmal mit allerlei Widrigkeiten zu tun. Zwar wurde der Angriff der Republik von Haven erfolgreich abgewehrt, doch damit sind die Probleme des Königreiches Manticore noch nicht beendet. Honor findet sich unerwartet inmitten einer innerpolitischen Krise wieder, verraten von einem alten Feind, den sie schon lange besiegt geglaubt. Nun muß sie auf einem Schlachtfeld für Gerechtigkeit kämpfen, das ihr gänzlich unvertraut ist, in einem privaten Krieg, in dem es heißt: Tod oder ein ›Sieg‹, der nur in Schimpf und Schande enden kann.

ISBN 3-404-23211-9

Nobelpreisträger Edward Kitchener beschäftigt sich mit Kosmischer Quantentheorie – ein Forschungsauftrag des Unternehmens Event Horizon. Doch bald schon wird der Wissenschaftler tot im Labor aufgefunden: Mord. Viele hätten ein Motiv gehabt. Und so muß Greg Mandel erneut seine Ermittlungen aufnehmen. Handelt es sich um Industriespionage, ein Verbrechen aus Leidenschaft, einen Racheakt? Doch dann stößt Greg auf eine heiße Spur, die in die Vergangenheit führt . . . in eine Vergangenheit, die nach Kitcheners Theorie nie stattgefunden haben dürfte ...

Ein neuer, in sich abgeschlossener Roman um den Detektiven Greg Mandel von einem der Hoffnungsträger der modernen SF.

ISBN 3-404-23208-9

BASTEI
LÜBBE

Charity - die beste Frau der Space-Force ist zurück: Für alle Freunde der spannenden SF-Serie (bisher 10 Bände) gibt es nun endlich eine Fortsetzung.

Auf einem Übungsflug mit einem erbeuteten Moroni-Jäger entdeckt Charity in der Trümmerwüste der irdischen Städte plötzlich Menschen, die sich unter der Erde eine neue Heimat geschaffen haben. Sie leben jedoch unter der ständigen Bedrohung riesiger Raubinsekten, die durch ein Mutagen der Moroni entstanden sind. Charity kann eine Gruppe dieser Menschen retten, doch der Schluß liegt nahe, daß es noch ungezählte weitere Überlebende in dieser schrecklichen Welt unter der Erdoberfläche gibt. Die Moroni sind seit Jahren besiegt und vertrieben, doch der Schock sitzt noch so tief, daß die Menschheit neu aufrüstet . . .
. . . gerade rechtzeitig, denn Skytown, eine Stadt, fünfhundert Kilometer im Orbit über der Erde, wird von einer unbekannten Macht angegriffen, die mit schier unglaublicher Rücksichtslosigkeit vorgeht. Nur vor Charity scheinen sie eine unerklärliche Angst zu haben ...

ISBN 3-404-23207-0

BASTEI
LÜBBE

Die Familien, welche die Republik von Haven regieren, stecken in Schwierigkeiten: Die Schatzkammern sind leer, das Volk ist unruhig, und ein Bürgerkrieg droht. Doch es gibt eine Taktik, die sich in der Vergangenheit bereits mehrfach bewährt hat: Ein kurzer Krieg muß her, ein schneller Sieg, der das Volk wieder eint und die Schatzkammern füllt. Also wendet sich Haven wieder einmal gegen das Königreich Manticore, das bisher nie einen ernstzunehemenden Gegner darstellte. Doch diesmal kommt es anders, denn diesmal steht den Angreifern eine Frau gegenüber, mit der sie nicht gerechnet haben: Captain Honor Harrington von der Royal Manticore Navy ...

ISBN 3-404-23205-2